共生共樂의 삶을 위하여

땅의 옹호

김종철 평론집

녹색평론사

책머리에

선인들의 가르침에 망본초란(忘本招亂)이라는 말이 있다. 즉, 근본을 잊
어버리면 망한다는 것이다. 생각해보면, 인간의 삶에서 땅의 건강을 유지
하고, 그러기 위해서 땅을 돌보는 일보다 더 근본적인 것이 없을 것이다.
그런데 오늘날 한국 사람들에게 '땅'이라고 하면 막대한 불로소득을 안겨
주는 부동산, 즉 끊임없는 투기의 대상 이외에 어떤 의미가 아직도 남아
있을까. 지금 이 나라는 투기꾼들의 세상이다. 그리고, 바로 그 투기꾼들
이 나라의 온갖 권력을 장악하고 있는 탓에 끊임없이 땅을 파헤치고, 죽
이는 이른바 '개발사업'이 끝도 없이 계속되고 있는 것이다.

옛 사람들에게 '땅'은 만물을 기르는 어머니 대지(大地)였다. 그리하여
그들은 순환적인 패턴으로 돌아가는 자연의 리듬에 순종하면서, 사람끼
리 어울려 땀 흘려 땅을 갈고, 씨를 뿌리며, 수확의 기쁨을 나눔으로써만
인간다운 삶과 문화가 유지될 수 있다고 믿었다. 이것은 설명할 필요가
없는 자명한 진리였다. 아무리 잔혹한 전쟁일지라도 땅과 땅을 보살피는
사람들과 그들의 공동체를 뿌리째 파괴한다는 일은 있을 수 없었다. 그
것은 인간생존과 문화의 종언을 의미하는 것이었기 때문이다.

그러나 이러한 땅의 의미는 자본주의 근대의 발흥과 더불어 뿌리로부
터 흔들리기 시작하였다. 자본주의 문명의 전개는 노동자에 대한 착취의
역사라기보다 세계 전역의 토착문화와 그 문화의 토대인 땅에 대한 체계
적인 유린과 공격의 역사라고 할 수 있다. 자본주의는 땅을 사고팔 수 있

는 상품으로 전환시킴으로써 그 땅을 기반으로 살아온 사람들의 공동체적 삶을 가차없이 망가뜨리고, 오로지 소수 특권층의 배타적인 '행복'을 증진시켜왔다. 뿐만 아니라, 그 과정에서 무엇보다도 땅 그 자체의 생명력이 거의 회복불능의 수준으로 훼손되었다.

하지만, 그러한 파괴는 궁극적으로 자본주의 체제 자신의 붕괴를 가져올 밖에 없다. 그 징후는 이미 기후변화, 피크오일, 식량 및 금융위기 등등 수습하기 어려운 다양한 생태적, 사회적, 정치적 위기를 통해서 세계 전역에 걸쳐 갈수록 뚜렷해지고 있다. 그럼에도 불구하고, 자본주의가 스스로를 자제하여 파괴의 속도를 줄이거나 멈추기를 기대한다는 것은 불가능한 것으로 보인다. 왜냐하면 자본주의란 본질적으로 자기제어 능력을 철저히 결여한 메커니즘이기 때문이다.

오늘날 한국사회는 '땅'을 유린하는 것을 대가로 하여 얻은 '경제적 성공'에 두뇌가 마비되어 침로(針路)를 잃어버린 사회가 되었다. 지금 이 사회는 '경제'라는 일원적 가치를 위해서라면 모든 인간적인 가치가 희생되어도 좋다고 하는 분위기가 만연해 있다. 그 결과, 이 사회는 무엇 때문에 '근대화'를 지향하고, '경제발전'을 추구해왔는지 참으로 알 수 없는 기묘한 사회로 변해버린 것이다. 일찍이 이보다 더 인간성이 파괴되고, 인간관계가 망가진 흉흉한 사회가 있었던가. 말할 것도 없이, 이것은 이른바 '압축적' 근대화에 성공한 사회로서 당연히 치러야 할 대가임이 분명하다. 하지만 이 기초적인 사실을 오늘의 한국인들이 순순히 인정한다는 것은 쉽지 않을 것이다. '경제적 성공'이 바로 인간다운 삶의 '실패'를 의미한다는 것은 이제 겨우 '선진적' 삶을 향유하기 시작했다고 생각하는 사람들로서는 가장 받아들이기 힘든 진실일 것이기 때문이다.

그러나, 아무리 가혹한 진실이라도, 진실을 언제까지 외면할 수는 없는 일이다. 길게 말할 것도 없이, 이제 '단군 이래 최대의' '번영'과 '풍요'도 거의 끝나가고 있음이 확실하다. 지금 우리에게 필요한 것은 지금까지 해왔던 것을 더 많이 투입함으로써 사태를 개선하려는 가망없는 노력이 아니다. 정말 중요한 것은, 사태의 핵심을 직시하고, 우리가 정말 지향해야 할 '선진사회'란 대체 무엇이며, '좋은 삶'이란 과연 무엇인지, 근원적으로 사색할 줄 아는 비판적 능력을 회복하는 일일 것이다.

이 책은 《간디의 물레 — 에콜로지와 문화에 관한 에세이》(1999년)를 펴낸 이후 지금까지 내가 주로 《녹색평론》에 썼던 글들을 한 권의 책으로 묶은 것이다. 《녹색평론》 100호를 기하여 내놓는 이 책의 준비과정에서 나는 《간디의 물레》 이후 내 생각에 일어난 약간의 변화의 흔적을 느낄 수 있었다. 그 변화는, 간단히 말하면, 근년에 이르러 이반 일리치의 생애와 사상이 내게 갈수록 중요한 비중을 차지해온 점과 크게 관계되어 있을 것이다. 일리치는 우리의 삶에서 '우정'이 갖는 중심적인 의의에 대해서 나를 깨우쳐주었고, '우정'에 기초한 새로운 정치적 공동체의 가능성을 꿈꿀 수 있게 해주었다.

나아가서 일리치는 내게 실제로 좋은 벗들을 불러다주었다. 내가 오랜 직장이었던 대학을 그만두고 서울로 자리를 옮긴 뒤, 나의 제안으로 시작된 '이반 일리치 읽기모임'은 아직도 계속되고 있다. 벌써 4년이 넘었지만 대부분 초기회원들이 계속해서 참가하고 있는 이 모임을 통해서 나는 대학생활에서는 한번도 경험해보지 못한 진정한 '우정'의 의미를 음미할 수 있게 되었다. '우정'은 사심없는 마음, 자기희생의 정신 없이는 성립하지 않는다. 그러므로 어떤 의미에서 '우정'이야말로 지금 세계를 황폐화하는 자본과 국가의 논리에 맞설 수 있는 가장 강력한 힘인지도 모른다.

아무리 암울한 시대일지라도 사람이 사람답게 사는 데 필수적인 '희망'을 제공하는 원천이 바로 '우정'이라고 일리치는 말했다. 그의 말은 실제로 '일리치 읽기모임'을 통해서 빈번히 입증되었다. 나는 이 책이 이 모임의 벗들에게 하나의 작은 선물이 되기를 염원하면서 책을 내놓는다.

2008년 4월
김종철

목 차

共生共樂의 삶을 위하여

땅의 옹호

흙의 문화를 위하여

이런 소중한 모임에 불러주셔서 영광입니다. 아침에 대구를 떠나서 지금 막 당도해서 분위기도 모르고 대뜸 여기 서게 되어서 어떻게 말씀을 드려야 할지 모르겠습니다만, 점심때도 되고 했으니 빨리 끝내도록 노력하겠습니다. 조금 늦어지더라도 너무 미워하지 마십시오.

전주에는 '한울생협'이 있고, 서울을 비롯해 전국의 여러 도시에 '한살림'을 비롯한 다양한 이름의 생협 조직 속에서 생산자와 소비자들이 농산물 직거래를 중심으로 생명을 살리는 활동을 시작한 지 이제 10년이다 넘었습니다. 오늘 이런 자리는 사실 굉장히 중요한 의미가 있는 모임입니다. 연례적인 모임이겠지만, 오늘 이런 모임은 여기서 생산자 농민들과 도시에서 생활하는 사람들이 모여서 우리가 과연 어떤 삶을 살아가야 할 것인가를 함께 궁리하는 그런 자리란 말이에요. 어떻게 보면 이 자리는 국무회의보다 훨씬 더 중요한 자리입니다. 국무회의는 맨날 깨부수는 의논만 하는 곳이잖아요. 어떻게 하면 이 산천을 때려부술 것인가, 어떻

이 글은 2002년 2월 23일 전주의 한울생협 총회에서 했던 이야기를 정리한 것임.

게 하면 밑바닥 백성들과 온갖 목숨붙이들을 괴롭힐 것인가, 알고 보면 결국 그런 얘기들을 우리가 낸 세금 가지고 하고 있는 거예요.

그런데 우리는 진짜 아이들 제대로 사람답게 키우고, 좀더 나은 사람 꼴을 하고 살기 위해서 어떻게 하면 우리끼리라도 서로 협동하고 도울 것인가, 이런 거 연구하고 궁리하려고 모였단 말이에요. 세상에서 이보다 더 중요한 모임이 어디 있겠어요. 그러니까 우리가 자부심을 가져야 해요. 점심 좀 늦게 먹어도 됩니다. (웃음)

저도 텔레비젼에 중독이 되어서 아직 텔레비젼을 끊지 못하고 사는데, 아무것도 아닌 줄 알면서도 집에 있는 날은 대개 9시 뉴스는 보게 되죠. 요즘 서울에서 대학을 나와서 별 하는 일 없이 지내는 우리 딸이 잠시 집에 내려와 있는데, 어제 같이 텔레비젼을 보고 있다가 갑자기 이 아이가 얼굴이 빨개지면서 "아빠, 세상이 왜 이래"라고 조그맣게 소리를 질러요. 평소에 그런 소리를 잘 하는 아이가 아닙니다. 또 어제 뉴스가 특별히 다른 날보다 더 끔찍한 얘기도 아니었어요. 물론 가만히 들으면 전부가 다 기막힌 뉴스들이지요. 어제는 올림픽 이야기도 나왔지만, 서울의 아파트 단지들에서 주민들이 담합해 가지고 아파트 값을 그냥 무턱대고 올려놓는다는 얘기, 여러분도 아마 들으셨을 겁니다. 갑자기 5천만원, 1억원 이상으로 껑충 덮어놓고 올려놓고, 그런 값 이하로 팔지 못하도록 이웃을 협박하기도 한다는 그런 뉴스가 나왔잖아요. 이게 서울 전역으로 확산되고 있다고 해요. 그런 사람들이 뉴스기자에게, 남들이야 10억을 받든 20억을 받든 당신들이 무슨 간섭이냐고 대들더군요. 물론 그런 값으로 아파트가 매매되지는 않겠지만, 그래 놓으면 상당히 시가가 상승할 거라는 계산을 하고 그런 짓들을 하는 거겠지요. 사람들 마음이 이젠 사악할 대로 사악해져서 같이 더불어 산다는 개념 같은 것은 벌써 깨끗이 사라져 버렸어요. 이런 뉴스는 사실 새로운 것도 아니죠. 그런데 우리 딸이 좀 예민한 아이거든요. 예민하지만 평소에는 그런 소리 전혀 안하는데, 어제는 무엇 때문에 더 참을 수 없었던지 버럭 그런 비명 같은 소리를 내질러요. 눈에는 눈물까지 글썽해 가지고. 제가 큰 충격을 받았습니다.

물론 사람이라면 누구나 그런 뉴스에 접하면 마음이 언짢아지겠지요. 말은 안하더라도 말입니다. 그런데 내 자식이란 말이에요. 저는 학교 선생 하면서 거짓말을 많이 하고 살아요. 학생들을 보고 내가 너희들을 내 자식처럼 생각한다라고 말하지요. 하지만 그건 사실이 아니잖아요. 노력을 해도 잘 안됩디다. (웃음) 내 자식의 반쯤은 생각할 수 있는지는 모르지만 엄밀히 내 자식은 아니니까 심리적으로 거리를 두고 살잖아요. 학생들이 좀 억울한 사정이나 고달픈 문제를 갖고 있어도 여유있는 마음으로 충고하면서 지나갑니다. 그러나 막상 내 자식이 저러니까 내 마음이 못 견디겠어요. 솔직히 말해서 당분간 세상이 개선될 가능성은 없잖아요.

저는 철드는 게 늦어서 고등학교 다닐 때는 사회적인 문제는 별로 생각하지 않고 살았어요. 그때는 모두 다 가난했으니까 특별히 부러워하거나 미워할 만한 부자도, 잘난 사람도 우리 주변에는 없었어요. 그러다가 서울로 가서 대학을 다니면서 세상에 기막히게 큰 부자도 많지만, 찢어지게 가난한 사람이 너무도 많은 걸 보고, 또 그때가 한일회담 문제로 대학 캠퍼스가 늘 시끄러울 때였으니까 소위 사회적, 정치적 의식이란 게 조금씩 생기지 않을 도리가 없었지요. 그런데 제가 그때 품었던 한가지 의문이 있었습니다. 이 세상은 왜 이렇게 나쁜 놈들이 활개를 치고 착하고 어진 사람들은 왜 늘 억눌려 살아야 하는가 하는 거였습니다. 이 의문은 실은 아직도 풀지 못하고 있는 의문입니다. 하여간 그때 이십대에 저는 저 나름으로 그런 심각한 의문으로 괴로움이 많았는데요. 그런데 수십년이 지난 뒤에 지금 내 딸이 바로 그런 심정을 토로하고 있는 거란 말이에요. "아빠, 세상이 왜 이래"라고 하는 말에 아무 답변을 하지 못하고 있는데, 걔가 계속해서 하는 말이 "아빠가 녹색평론이니 뭐니 하면서 애를 써봤자 세상이 뭐 달라지겠어?"라고 해요. 달라질 리가 만무하죠.

지금은 최대의 위기입니다. 인류사상 이런 위기는 없었어요. 지금 세상이 온통 미쳐 돌아가고 있잖아요. 어제 뉴스에도 곧 철도파업이 있을 거라는 얘기도 나왔고, 요즘 기차 타면 철도원들이 띠 두르고 있는 걸 볼 수 있는데, 철도 민영화 계획 때문이죠. 아마 전기도 가스도 전부 민영화될 모양입니다. 정부라는 게 이 사회의 약자들을 보호해야 한다는 최소한의 책임도 포기한 것 같아요. 민영화해서 철도 경영이 빨리 흑자로 돌아서게 해야 한다, 철도사업이 수지맞는 장사가 되어야 한다는 거 아닙니까. 민영화해서 흑자경영을 이룬다는 것은 결국 무슨 얘깁니까. 대량 해고시킨다는 얘기죠. 그리고 대부분 자동화, 기계화로 처리하는 시스템으로 가겠다는 거죠. 일단 공공사업이 아니라 사기업이 되면 철도요금도 물론 자유롭게 올릴 수 있겠지요. 국가가 개입할 명분도 방법도 없어지잖아요.

그런데 왜 이렇게 되어가고 있을까요. 이 모든 것은 결국 세계 자본주의 체제를 이끌어가고 있는 대자본과 다국적 기업들로부터의 압력 때문이란 말이에요. 모든 공공사업을 사기업화해야 한다, 국가의 보조금 지불 제도는 모두 폐지하고, 국산과 수입산에 대한 구분도 철폐되어야 한다, 시장을 완전 개방하라, 구조조정하라, 그렇게 하면 가난한 사람들도 언젠가 다 부자가 될 수 있다, 이것 말고는 대안이 없다. 이런 다국적 기업들의 주장에 국민으로부터 선출된 정부라는 게 동조하는 정도가 아니고 앞장서서 나가고 있잖아요. 세계화 시대에 치열한 국제경쟁에 이렇게 하지 않으면 살아남을 수 없다면서 모든 걸 장사논리로만 이끌고 가잖아요. 그러나 이런 식으로 계속 가다간 사람도 사람이지만, 이 나라 산천이 조만간 완전히 망가질 도리밖에 없어요.

며칠 전 미국 대통령이 다녀갔지만 참 한심하데요. 참 우울했습니다. 다 알고 있는 사실이지만 새삼스럽게 우리가 별 수 없이 식민지 백성이라는 사실이 노골적으로 드러나는 현실을 보면서, 명색이 대학교수랍시고 내가 학생들 앞에서 이러쿵저러쿵 지껄이고 있다는 게 한없이 수치스럽다는 느낌이 들었습니다. 정말 이게 무슨 꼴이냐. 백여년 전에 이 나라의 선비들 심정을 한번 생각해봤습니다. 그때는 물론 기가 막혔겠지요. 그러나 지금이 그때보다 상황은 더 고약한지 모릅니다. 그땐 나라가 눈앞에서 망하는 걸 알고는 있었잖아요. 지금은 더 지독한 내부적 침략이 계속되고 있는데도 망한다는 것을 모르고 있어요. 지금은 예전처럼 노골

14

적인 정치적·군사적 식민지로 전락하는 일은 없겠지만, 안으로는 더 지독한 노예의 삶이란 말이에요. 인간다운 위엄을 지키면서 살 수가 없게 돼 있습니다.

우리 주변에는 자기 자동차 가지고 시내를 벗어나서 훤히 뚫린 도로로 나가면 해방감을 느낀다는 사람들이 꽤 있는데, 한번 생각해보세요. 지금 정부가 해외자본가나 IMF나 미국 사람들의 압력을 무시할 수 없는 이유가 무엇입니까? 지금 당장 우리가 석유를 들여오지 않으면 한국경제가 그대로 주저앉습니다. 한방울도 나지 않는 석유를 들여오려면 외국자본에 의지하지 않을 수 없고 그 사람들이 하라는 대로 안 따를 수가 없습니다. 그러니까 우리가 정부를 욕하고 자본가를 욕하지만 따지고 보면 문제는 궁극적으로 나 자신한테 있어요. 내가 내 자동차를 유지하려고 하는 한에서 나도 공범이에요. 우리 각자가 매일매일 살아가는 방법이 바로 나 자신의 삶을 망가뜨리고 있는 원흉이란 말입니다.

아까 대구에서 전주로 오는 동안 지리산 휴게소에서 잠깐 쉬다가 왔는데, 또 연중행사가 시작되었더군요. 지리산 고로쇠 수액 판다고 크게 써 붙여놓고 플라스틱통들을 잔뜩 늘어놓았더군요. 자기 몸 보신한답시고 애매한 나무들을 못 살게 하는 건 밀렵꾼들 통해서 야생 짐승들 간이나 쓸개 빼먹는 짓이나 똑같잖아요. 아무 생각 없이 그저 자기 몸뚱아리 하나 살찌고 편하면 그만이라는 식으로 살고들 있잖아요. 기후변화 같은 데 대해서는 개인으로서 실감을 느끼지 못한다고 칩시다. 그러나 지금 공기는 숨을 쉴 수 없을 정도고, 물은 마실 수 없는 것으로 되어가고 있는데다가 그마저 고갈되어가고 있습니다. 자기는 그렇다 치더라도 자식들은 어떻게 해요. 그리고, 하루하루 먹고 살아가기 바쁜 사람들은 몰라도 이 사회에서 지식인이라고 하는 사람들은 이런 걸 좀 생각하면서 살아가라고 위임받은 사람들이라고 할 수 있는데, 맨날 누가 뭘 많이 먹는가 하고, 거기 빌붙어 먹을 궁리들이나 하고 살아가고 있어요. 조금 양심적이라는 사람들도 기껏 한다는 소리가 지식정보 사회라느니 남북협력을 통한 시장확대 운운하면서 지금까지 해왔던 것과 조금도 다르지 않은 사고방식에 그대로 빠져 있어요.

제가 제일 마음이 아픈 게 뭐냐 하면, 농업이 붕괴되고 있다는 거예요. 아무리 지금 곤란한 상황이라고 하더라도 우리가 그래도 내일을 기약해볼 수 있고, 지금은 엉터리지만 그래도 다음 세대쯤 가서는 희망이 있을 것이라고 기대해볼 수 있기 위해서는 땅이 남아있어야 해요. 그런데 지금 둘러보십시오. 일년에 여의도의 몇십배나 되는 농경지가 잠식되고 있다고 하잖아요. 그것도 한해 두해가 아니라 30년 이상이나 계속되어왔는데, 거기다가 지금은 가속이 붙었어요. 멀쩡한 국도와 고속도로가 다 있는데도 불구하고 끊임없이 도로가 새로 건설되고 있습니다. 왜 이럴까요. 요즘 언론에서는 경제가 조금 안정되어 간다고, 경제지표가 나아지고 있다고 그러지요. 우리나라는 참 특이한 나라 같아요. 지금 온 세계 전체가 경제가 나빠져 간다고 합니다. 미국도 10년 넘게 장기호황을 누려왔지만 이제부터는 아니라고 하잖아요. 일본은 거의 회생할 가능성이 없다는 말도 들립니다. 전세계적인 투자과잉, 생산과잉으로 물건 팔아먹을 데가 없다고 그래요. 그런데 유독 한국경제만 그 와중에서 살아남는다는 건 있을 수 없는 일이잖아요. 그런데도 경제상황이 나아지고 주식시장이 활기를 띠고 있는데 그 근거가 뭘까요. 건설경기와 부동산시장 때문입니다. 다른 게 뭐가 제대로 돌아가는 게 있습니까. 그러니까 당장의 곤경 모면해보려고 지금 계속 땅을 마구 파헤치고 그린벨트 없애버리고 부수어버리는 거예요. 자기 콩팥 떼어 팔아서 돈 있다고 착각하는 꼴이죠.

저는 대통령 선거에 아무런 기대도 갖고 있지 않은 사람입니다. 신문에 보니까 벌써 이름만 다를 뿐이지 똑같데요. 대통령 하겠다고 나선 사람들이 정책이라고 내놓는 게 전부가 다 똑같고, 여야도 아무 다를 게 없어요. 노무현이라는 사람이 예외적으로 성장보다는 분배에, 경쟁보다는 연대가 중요하다는 얘기를 하는 것 같은데, 그런 사람도 과연 농업문제에 대해서 깊은 고민이 있을까요? 우리 농촌에는 이제 유권자도 별로 없잖아요.

하여간 제가 제일 절망적으로 생각하는 것이 농업붕괴입니다. 그래서 오늘 이 자리도 제가 감사한 마음으로 왔어요. 여러분이 하자는 게 결국 뭡니까. 농촌 살리자는 거죠. 제가 한살림이나 이런 생협활동에 대해서 관심이 많으니까 사정을 조금 압니다만 아무 영문도 모르고 들어온 주부들이 많잖아요. 그저 식구들에게 무공해, 무농약 음식 먹여볼까 싶은 생각으로 가입했을 뿐이죠. 그건 물론 나쁜 일이 아니죠. 그만한 애정이라도 가지고 있는 게 정말 다행스러워요. 세상에는 유기농산물이 비싸니 어쩌니 하고 이 운동을 트집잡거나 우습게 보는 사람들도 있는데, 유기농산물이라고 비싸면 얼마나 비싸겠습니까. 세상에서 제일 터무니없이 싼 게 농산물 아닙니까. 그동안 계속하여 농촌이 붕괴되어온 건 농산물이 제 값을 못 받아왔기 때문이란 말이에요. 공업화를 한답시고, 소위 근대화를 한답시고 고의적으로 농산물 가격을 억제하고, 공장과 도시의 노동력을 확보하기 위해서 농촌경제를 고의적으로 망하게 해놓은 결과가 지금의 농촌이란 말입니다. 이렇게 오래 길들여오다 보니까 보통 사람들이 온갖 쓸데없는 물건들을 한마디 불평도 안하고 값비싸게 사들여 놓으면서도 정작 농산물 가격에 대해서는 호들갑을 떨어요. 김치냉장고 사들여 놓으면서 정작 거기에 들어가는 김치 어머니, 배추와 무에 대해서는 아주 홀대를 하거든요. 그리고 언론도 늘 공업제품에 대해서는 아무 군소리도 못하면서 상투적으로 유기농산물 비싸다는 얘기만 곧잘 합니다. 그래서 뭐 도농직거래 운동이란 거는 알고 보면 도시 중산층들이 자기네들끼리 해먹는 수작이라고 비아냥거리기도 하는데, 참 서글퍼요.

어쨌든 저는 순전히 가족 이기심이 동기가 되었다 할지라도 자기 식구들에게 가급적 독이 없는 음식, 가급적 영양분이 있는 음식을 먹이겠다고 하는 그런 마음으로 이런 생협활동에 참가하는 분들이 참 소중하다고 생각합니다. 그런 분들이 있어야 죽어가는 농업과 농촌을 살려보겠다는 최소한의 꿈이라도 꿀 수가 있습니다. 목마른 놈이 우물 판다고 자식들에게 안심하고 먹일 게 없다는 생각 때문에 밤잠을 제대로 못 자본 경험이 있는 사람이라야 오늘날 이 현실에 대하여 정말 근본적으로 고민할 게 아닙니까.

그런데 중요한 것은 세월이 가도 노상 무농약 농산물 먹어보겠다는 그런 수준에만 머물러 있어서는 곤란하다는 얘깁니다. 궁극적 목표는 농촌을 살리는 일이에요. 내가 도시에서 살고 일자리를 갖고 있다고 해서 나한테 농촌이 관계없는 것이 아니잖습니까. 내가 도시에서 설사 무슨 일을 하고 있든 간에 농촌이 살아있어야 내 뿌리가 존재해요.

그런데 농촌 살리기라는 문제를 오해하는 사람이 있을 수 있습니다. 여러분도 들어보셨겠지만 '태평농법'이라는 거 말이죠. 이런 얘기 그동안 별로 공개적으로 하지는 않았습니다만, 태평농법이라는 거 생각해보면 참 곤란한 것입니다. 지금 태평농법 한다는 그분이 5만평인가 하는 땅을 자기가 고안한 쇠갈퀴 같은 것을 부착한 콤바인을 사용해서 무경운(無耕耘) — 이 말은 원래 일본의 자연농법 창시자 후쿠오카 마사노부 선생의 자연농법에서 가져온 것인데 — 으로 땅을 갈지 않고 따로 비료도 하지 않고 농약 같은 것도 치지 않고 풀도 매지 않고 농사를 지으니까 거의 일할 필요가 없다, 그래서 태평농법이라는 거죠.

농촌에서 농사짓는 게 괴로운 것이라고 사람들은 생각하는데 실제로 태평농법으로 하면 한 사람이 몇만평을 감당하는 것도 손쉬운 일이 되는 거지요. 그래서 그 책이 꽤 관심을 끌었는데, 그런데 한번 곰곰이 생각해보십시오. 저는 이게 땅 부자들 귀에 들어가면 곤란하겠다는 생각이 들더라고요. 예를 들어, 돌아가신 정주영 씨 같은 분 말입니다. 그런 재력과 저돌적인 성격을 가진 사업가라면 그냥 몇몇 소수의 인원을 고용해서 무슨 상무다 부장이다 하는 그럴듯한 직함을 주고는 콤바인 몇대 주고 어마어마한 땅을 경작하도록 할 수 있을 거란 말이에요. 소수의 부자들이 농토를 독점하고 그런 식으로 기계를 써서 유기농산물을 만들어낸다고 한다면 그 결과가 어떻게 되겠습니까. 이 나라의 농업과 농촌이 어떻게 될까요. 미국의 기업농이 그런 식이죠. 그러나 거기서는 비행기로 비료 주고 농약 치고 하니까 지금 미국의 농토가 쇠퇴하고 얼마 안가면 사막화의 위험도 있다는 게 알려지면서 이런 대규모 기계화 농법으로는 계속 더 갈 수 없다는 생각을 하는 사람들이 늘어나고 있어요. 대규모 기업농으로 가서는 토양을 보존하는 게 불가능하다고 하는 반성이 지금 나오고 있습니다. 그런데 우리나라의 이 태평농법은 그런 문제까지 해결해줄 수 있단 말이에요. 약도 안 치고 비료도 안 쓰고 땅을 갈지도 않고 땅을 기름지게 만들고 그러면서 사람의 노동은 필요없는 농사, 얼마나 환상적입니까. 현대적인 산업체제의 논리와 딱 맞아 들어가잖아요. 기계화·자동화를 통해서 인력을 줄이죠, 그렇게 생산한 것을 도시의 백화점에서 유기농산물이라고 값비싸게 팔아먹을 수 있고. 그런데 그게 뭐가 문제냐. 한번 생각해보세요. 이런 식으로 된다면 결국 농촌 마을이 없어집니다. 농촌공동체가 없어져요. 농촌공동체는 농촌에서 하는 일이 노동집약적인 일이기 때문에 성립될 수 있습니다. 일하고 살아가는 데 서로 협동하고, 주고받지 않으면 안될 많은 일거리가 있고 생활방식이 있으니까 자연히 사람들이 마을을 이루어 상호부조의 삶을 영위해가는 거죠. 우리의 전통 사회뿐만 아니라 농사를 중심으로 하면서 기초적인 생명유지 수준에서 땅에 뿌리를 박고 살아가는 모든 토착적 사회가 다 이런 식으로 살아왔습니다. 그런 사회에서는 실업이란 개념이 있을 수가 없죠.

요즘 실업자 문제가 점점 심각해져 가고 있는데, 이 문제는 현재와 같은 산업체제를 고수하는 한 절대로 해결이 안됩니다. 구조적으로 볼 때 실업자가 늘 일정한 수준 이상으로 존재하고 있어야 돌아가게 되어있는 게 자본주의 체제이고 산업주의 문명입니다. 빈곤문제도 그래요. 별 생각 없이 우리가 모두가 부자로 사는 사회가 되어야 한다고 말하지만, 부자가 부자로서 행세할 수 있는 사회는 필연적으로 가난한 사람들이 늘 존재하고 있어야 해요. 모든 사람이 전부 부자가 되면 부(富)라는 게 아무 의미가 없어요. 아무도 아쉬울 게 없으니까 부자의 권력이 먹혀들지 않습니다. 그러니까 경제성장 제일주의를 목표로 하고 있는 한, '빈곤퇴치'라는 것은 실은 헛구호일 뿐입니다. 누군가가 계속 빈곤상태에 있지 않으면 경제성장이 가능하지 않습니다. 오늘날 산업사회에서의 노동이란 것은 사람이 자발적으로 즐겨 할 수 있는 게 아닙니다. 싫고 재미없는 노동이지만 임금을 받을 수 있고 보상을 받기 때문에 어쩔 수 없이 하는 겁니다. 그러니까 산업적 노동은 본질적으로는 강제노동입니다. 가난하지 않다면 무엇 때문에 그런 강제노동을 받아들이겠습니까. 그러니까 경제성장, 개발, 산업문명, 진보라는 것은 기실은 끝없이 빈곤을 확대 재창출하도록 구조화되어 있는 체제라고 할 수 있습니다.

빈곤문제를 제대로 해결하려면 부자가 없는 세상으로 가야 합니다. 다같이 각자 필요한 것만큼 땀흘려 일하면서 그저 최소한도로 인간다운 생존을 유지할 수 있는 수준의 경제, 최대한도의 자급자족이 가능한 문화 속에서만 실업도 해결되고, 빈곤문제도 해결되고, 출산, 육아, 교육, 의료, 노인부양 문제를 포함한 온갖 생활문제가 비로소 극복될 수 있습니다. 지금과 같은 체제를 확대하고, 경제성장을 계속해 나가서 사회복지 예산을 증대시켜서 문제를 해결한다는 이른바 산업선진국형 복지체제에 기대를 걸고 있는 사람이 많지만, 그 방법으로는 결국 죽도 밥도 안되게 되어있어요. 우선 생태계가 견디어 내지를 못합니다. 그것은 결국 오늘의 생태적 위기와 민주주의의 위기를 초래한 주된 원인을 가지고 해결책을 찾는 모순적인 방법일 뿐입니다. 그리고 스웨덴 같은 이른바 모범적인 복지사회가 얼마나 더 갈 수 있을 것 같아요. 벌써 스웨덴은 국고가 비어가고 있다고 해요. 그런 문제와는 별도로 스웨덴과 같은 국가적 복지체제가 과연 인간다운 삶을 보장하는 체제인지도 의심스럽습니다. 세계에서 자살률이 제일 높은 나라가 스웨덴입니다. 근본적으로 인간성에 반하는 무슨 문제가 있다는 얘기거든요.

모든 점을 고려할 때 저는 우리가 가야 할 길은 살아있는 마을 공동체가 중심이 되어있는 사회 말고는 없다고 생각합니다. 물론 옛날과 똑같은 모양의 농촌공동체로 돌아가는 것은 불가능하고, 의미도 없어요. 어떻든 우리가 인간다운 삶에 대한 꿈을 버리지 않는다면 어떤 형태로든 땅이 살아있고 농촌에 마을이 풍성하게 살아있는 세상으로 가야 합니다. 인간다운 위엄을 유지하고 권력에 대해서든 물건에 대해서든 기계에 대해서든 노예가 아닌 자유인의 삶을 살아가자면 말입니다.

이런 이야기를 가장 분명하게 선각적으로 자기 사상의 핵심으로서 말쓿하셨던 분이 바로 간디입니다. 간디는 우리나라에서는 인도의 독립을 위해서 비폭력적인 방법으로 싸웠던 인도의 민족적 영웅 정도로 생각하고 있는 사람들이 많은데, 사실은 굉장히 영성적으로 깊이있는 정치-경제사상가이자 문명비판가입니다. 간디는 보면 볼수록 대단한 혜안을 가졌던 분입니다. 20세기 초에 이미 산업주의 문명이 인류 전체에 대하여 큰 재앙이 될 날이 곧 올 거라고 말했거든요. 간디는 일생을 두고 인도사람들이 입는 카디라는 옷을 손수 물레로 돌려서 짜서 입었습니다. 인도사람 각자가 집에서 혹은 마을에서 자기가 입을 옷을 손수 지어 입어야 진정한 독립을 얻을 수 있다고 했어요. 말로만 독립투쟁, 식민지 청산을 떠들면 아무 소용없는 일이죠. 자기자신들의 생활이 자치, 자립적인 것으로 되도록 토대를 만들어놓는 게 가장 확실한 독립의 조건이란 말이죠. 식민세력에 대해서, 혹은 제국주의자에 대해서 외교적으로 혹은 정치·경제적으로 혹은 군사적으로 맞설 수 있는 힘을 하루빨리 키워야 독립·자존할 수 있다고 흔히들 생각하지만 그건 근본적으로 몰지각한 소리라는 거죠. 그런 방식이 진정 가능할지도 의심스럽지만, 그런 방향으로 추구해서 소위 경제발전을 이루고 정치적 위상을 높였다고 하는 사회들을 한번 곰곰이 들여다보세요. 대내적으로는 차별구조가 강화되고, 대외적으로는 지금까지의 제국주의자, 식민주의자들 못지않은 가혹한 약탈, 착취자가 되는 겁니다.

간디는 인도의 진정한 독립은 영국으로부터 정치적으로 독립한다고 해서 이룩되는 게 아니라고 일관되게 말합니다. 그래서 간디가 생각하는 것은, 진정하게 새롭고 자주적인 인도의 토대는 53만8천개의 농촌 마을이며, 그 마을들 속에서 자립적인 삶의 방식이 번성하는 것이라고 했어요. 그래서 독립 이후에 간디의 제자들 가운데 많은 젊은이들이 인도의 농촌으로 들어갑니다. 그런데 이게 무슨 하늘의 조화인지 독립되자마자 간디가 암살을 당해요.

이제부터야말로 간디의 사상과 철학이 인도사회에서 제대로 된 실천을 기다리고 있던 바로 그 시점에서 암살을 당해요. 그러고는 네루가 등장하죠. 네루는 간디의 정치적 제자이지만, 스승의 사상과 철학에 대해서 깊이 이해하지 못했던 것 같아요. 네루는 속으로는 간디의 역사와 문명에 대한 관점에 대해서 늘 거리를 두고 있었어요. 말하자면 이 문제에 있어서는 간디를 망령든 할아버지쯤으로 생각했던 게 아닌가 싶어요. 지금이 어떤 세상인데 농촌 마을 중심의 사회를 이야기하고, 수공업적 생산방식을 말하는가 하고 말이죠. 그래서 네루는 인도가 선진국을 따라잡기 위해서는 빨리 산업화와 경제발전을 해야 한다, 그래서 그 방법으로 자본주의뿐 아니라 사회주의적 모델도 적용하고, 그래서 소비에트 연방으로부터 원조도 과감히 받아들이면서, 한때는 중립 외교를 표방하고 그랬잖아요. 그런 점 때문에 세계의 지식인들로부터 진보적이라는 평가를 듣기도 했지만, 지식인들이 말하는 진보라는 개념 자체가 사실은 굉장히 문제가 많은 거예요.

　하여튼 네루는 인도의 산업화를 가장 우선적인 국가 시책으로 삼았고, 그래서 이미 독립 초기부터 거대한 댐 건설들을 국가적 프로젝트로 계획하였어요. 지금 인도에는 예를 들어 나르마다 강 같은 경우에 강이 얼마나 큰지 대형 댐이 3,000개나 건설 완료되거나 공사중이거나 계획중이라고 합니다. 그게 대부분 네루 시대부터 계승된 국가적 프로젝트예요. 댐 건설이나 원자력발전소, 핵무기, 새만금 매립공사, 고속도로, 공항, 관광진흥 — 이런 게 전부 같은 뿌리에서 나오는 발상들입니다. 간디를 암살한 것은 고드세라는 힌두교 청년이었는데, 세상에 알려지기로는 힌두교도와 무슬림들 간의 갈등 속에서 간디가 무슬림들을 끼고 도니까 화가 나서 암살했다고 하지만, 법정 최후진술을 보면 단순히 그런 게 아니었어요. 최후진술에서 고드세라는 청년이 이렇게 말했다고 합니다. 내가 간디 선생님을 존경하기 때문에, 그분이 영원히 인도 사람들의 아버지로 남아 있도록 하기 위해서 암살을 했다 — 라는 겁니다. 자기가 보기엔 간디가 미쳤다는 거죠. 서구식 근대화와 산업문명과 진보를 거부하니까. 지금까지는 영국으로부터 독립운동을 하는 과정에서는 간디가 옳았지만 이제부터 현대사회를 건설해 나가는 과정에서는 간디는 오히려 인도의 적이 될 것이다, 그래서 인도민중의 적이 되기 전에 그분을 영원한 인도인의 아버지로 모시기 위해 죽였다는 거죠. 이 얘기가 맞을지도 몰라요. 간디가 계속 살아서 인도의 산업화를 막았더라면 아마 인도의 지식인, 지도층 사이에서 간디를 공격하는 사람이 많았을 겁니다. 실제로 산업주의나 서구식 경제발전에 관한 간디의 생각에 동조하고 귀를 기울인 인도의 지도층은 거의 없었어요. 그런데 간디가 정확히 예견한 대로 산업주의 문명이 지구와 인류의 재앙이 되었다는 게 분명해진 오늘날에 와서는 간디가 옳았다고 생각하는 사람들이 세계적으로 늘어나고 있습니다.

왜냐하면, 지금과 같은 발전, 진보의 논리로는 인류에게 전망이 없거든요. 기술의 발전으로 극복될 것 같아요? 지금 지식인이라고 자처하는 사람들 사이에는 은근히 생명공학의 발전에 기대를 걸고 있는 사람들이 꽤 있는데, 조금만 더 깊이 생각해보아도 기술을 가지고는 어림도 없다는 것을 알 수 있습니다. 현대적 기술이라는 건 본질적으로 조작하고 통제하는 기술입니다. 인간의 기술적 지식과 재간이 아무리 뛰어나다 한들, 저 자연의 한없이 정교하고 신비스럽고 복잡한 질서를 무슨 수로 통제한다는 겁니까. 생명공학 기술로 품종개량을 시도하는 문제만 하더라도 그 결과가 생태계에 어떤 영향을 미칠지 아무도 모르는 거란 말이에요. 또 그런 기술로 개량을 하다보면 종내에는 생물종다양성이 소멸되어버려요. 생물다양성은 지구 생물권을 유지하게 하는 근원적인 조건인데 이게 훼손된다면 모든 게 끝입니다. 제 주변에도 이렇게 안이한 생각을 하면서 자기들 전공에만 열심인 교수들이 많습니다. 그래서 제가 가끔 그래요. 지금 하고 있는 공부들 좀 중단하고 세상 돌아가는 문제에 조금만이라도 근본적인 관심을 기울여보라고. 생명공학이라고 하는 아무것도 확실하게 예측할 수 없는 불투명하기 짝이 없는 기술에 인류의 장래를 맡기고, 수천년 수만년 동안 우리가 생명을 유지하는 확실한 방법으로서 실천해왔던 방법을 포기하자는 게 말이 되느냐. 지금 우리가 식량자급도가 25%도 안되는 형편에서 정부 사람들은 앞으로 농가 가구수를 10만 이하로 줄이겠다고 계획하고 있는 이런 상황에서 제발 우리 모두가 농업과 농촌에 대해서 관심을 가지고 고민 좀 하고 살자고요. 그리고, 농사에 대해서 관심을 가져야 한다는 것은 꼭 식량문제 때문만이 아니잖아요.

　저는 사람이 사람답게 살기 위해서도 농촌이 반드시 살아나야 된다고 믿습니다. 사람이 사는 가장 높은 가치가 뭡니까. 무엇 때문에 우리가 살아요? 여러분들은 뭐라고 생각해요? 전 이 세상에서 제일 소중한 건 우애, 즉 사람과 사람 사이의 관계라고 생각해요. 제가 젊은 시절에 이런 이치를 깨달았더라면 좋았을 텐데 뒤늦게 좋은 사람들 다 놓치고 이제 이런 생각을 합니다. 세상에서 제일 소중한 건 건강도 아닌 것 같아요. 건강이 제일이라고 얘기들 하지만, 그렇지 않은 것 같아요. 물론 살아있는 동안 우리가 건강하게 살도록 할 수 있는 데까지 노력은 해야죠. 그러나 인생에 있어서는 건강보다 더 중요한 가치가 있는 게 분명해요. 우리 각자가 이 세상을 하직할 때를 상상해보면 그건 확실한 것 같아요. 가끔 저는 내 자신이 죽을 때를 가상해서 뒤에 남은 가족이나 내 자식들에게 무슨 말을 하고 죽을까를 생각해봅니다. 임종시의 말이라는 건 자기의 인생을 요약하는 것이니까 거기에 위선과 거짓이 끼어들 틈이 없죠. 그러니까 사람이 자기에게 가장 진실한 이야기를 솔직하게 할 거란 말이에요. 어떤 이태리 철학자는 무신론자일수록 죽기 직전에 솔직한 이야기를 한다는 얘기를 했어요. 죽은 뒤에는 털어놓고 참회할 데가 없으니까요.

　그런데 가만 생각해 보니까 다른 사람들도 마찬가지겠지만 저 같은 경우에도 죽을 때, 평생 동안 돈을 많이 벌지 못한 것에 대해서 후회하거나 유감스러울 것 같지는 않아요. 또, 내가 살아있는 동안에 출세를 못한 걸 억울하다고 생각하면서 죽을 사람도 없을 거예요. 내가 권세가 많아서 남들을 좀 부려먹지 못하고 가는 게 아쉽다고 생각하는 사람도 있을 것 같지 않아요. 그리고 또 평생 좀 건강하고 기운도 세게 지냈더라면 하고 회한의 눈물을 흘리게 될 것 같지도 않습니다. 부귀영화를 누리고, 자손이 번창하고, 세상에서 이름도 날리고 ― 이런 게 보통 사람들이 늘 탐하는 것인데 말이죠. 옛날 소설 〈옥루몽〉 같은 걸 보아도 그런 욕망의 세계에서 우리 조상들도 살았거든요. 이런 욕망은 지금도 마찬가지로 우리들

24

속에 뿌리깊이 있잖아요. 그런데 이 모든 것도 죽는 순간에는 하나도 중요하지 않단 말이에요. 대체로 숨을 거두기 직전에는 누구든, 사람들하고 좀더 잘 지냈으면 좋았을 걸, 누구에게 그렇게 박절하게 하지 않았어야 옳았는데, 그러니 너희들은 사이좋게 잘 지내고 남들에게 친절하게 해라 등등, 이게 고금동서를 막론하고 인간이 생의 마지막 무대에서 내뱉는 공통된 대사입니다. 인간이란 본래 영물이니까 평소에는 등신같이 살고, 어리석기 짝이 없는 듯해도 속 깊이에서는 알 건 다 알고 있어요. 핵심은 무엇인지 뭐가 진짜인지 알고 있는 거예요. 알고 있으면서도 살아있는 동안에는 온갖 장애물이 가로막고 있어서 엉터리 짓 하다가 죽는 순간에는 깨닫습니다.

제일 중요한 건 결국 사람과 사람과의 관계, 우정입니다. 지난 1월에 제가 전주에 왔다가 돌아갔습니다만, 그때 저하고 같이 시간을 보낸 분이 몇분 여기 앉아 계신데, 그날 황급히 돌아가는 바람에 미친놈 꼴이었지요. 사실 바쁜 건 죄악입니다. 바쁘게 지내다보면 사람들과 차분히 이야기를 나누지도 못하고, 남의 이야기에 귀기울이고 주의집중을 할 수가 없잖아요. 어떤 철학자는 도덕의 문제는 근본적으로 주의집중의 문제라고 해요. 그건 정말 옳은 말인 것 같아요. 요즘 우리들 생활이 뿌리로부터 어긋나있는 것은 우리들이 대체로 바쁘게 지내는 것과 굉장히 큰 관계가 있다고 생각합니다.

하여튼 그날 모처럼 제가 전주에 왔다가 행사가 끝나고서 저녁을 먹으러 가는데 저를 자동차에 태우고 어디론가 가더라고요. 저는 모처럼 전주 음식맛 좀 보고 가는가 보다고 생각하고 있는데 자동차가 시내를 벗어나서 교외로 가요. 그래서 어디로 가느냐고 물어보니 새로 생긴 채식전문 뷔페식당으로 간다는 거예요. 제가 속으로 자업자득이란 생각이 들더라고요. 《녹색평론》에서 맨날 채식 얘기를 하니까 이분들이 저를 생각해서 그리로 데리고 간 거예요. 실은 저는 고기는 안 먹지만, 채식주의자는 아니거든요. 가끔 계란도 먹고 생선도 먹고 때로는 라면도 먹습니다. 그런데 채식전문 식당이라는 건 그렇다 합시다. 뷔페는 문제 있는 거 아니에요? 한번 생각해 봅시다. 우리가 집회를 가지고 행사를 할 때는 뷔페식이 필요할지 몰라요. 그렇지만 이 서양에서 들어온 뷔페라는 음식 먹는 방법이 과연 인간간의 관계를 결합시키는 것인지 분리시키는 것인지 한번 생각해볼 필요가 있지 않을까요. 우리 전통사회뿐만 아니라 모든 토착사회에서 음식은 어떻게 먹습니까? 나누어 먹잖아요. 된장찌개를 상 가운데 놓고 여럿이 둘러앉아서 나누어 먹습니다.

예전에 중국에서는 유토피아를 대동(大同)세상이라고 했답니다. 동양에서는 유토피아라는 말을 안 쓰고 대동세상이라고 하죠. 그런데 대동이라는 말이 원래 무슨 말이냐 하면, 동양철학 전공하는 친구에게 물어보니까, 동(同)자가 본래 상형문자인데, 그게 천막을 쳐놓고 그 밑에서 사람들이 함께 밥 먹는 모습이라는 겁니다. 그러니까 동양에서는 이상사회가 별 게 아니라 사람들이 밥을 같이 먹는 세상, 즉 한 식구로 사는 세상이라는 얘기죠. 혈연, 지연, 부족, 인종, 종파, 높은 사람 낮은 사람 따위를 따지지 않고 그냥 세상 사람들이 같이 밥을 먹는 세상 말입니다.

지금 세상 돌아가는 꼴이 하도 기막혀서 우리가 주저앉고 싶은 생각이 들 때가 많아요. 그러나 어렵게 생각하지 말고, 우리가 할 수 있는 한 곳 곳에서 틈을 비집고 당장 대동세상을 실천하는 것도 가능하다는 생각이 들어요. 예를 들어, 제가 좀 아는 분인데, 이분은 밖에 나와서는 식사를 좀처럼 하지 않으려고 해요. 음식점에서 사서 먹는 밥이란 게 전부 오염되어 있잖아요. 그러니까 조금이라도 농사와 농산물 유통에 대해서 아는 사람의 눈에는 그게 독이지 인간의 식사라고는 할 수 없거든요. 그러나 그런 생각 때문에 자꾸 바깥 생활을 기피하다 보면 사람 만나는 기회도 줄어들고, 협소해지고, 늘 혼자서만 지낼 수밖에 없잖아요. 제가 아는 어떤 이는 당근을 절대로 안 먹는 사람도 있어요. 당근은 오염된 땅의 중금속을 잘 흡수하는 성질이 있다고 하잖아요. 그래서 음식에 당근 들어가 있으면 일일이 건져내고 먹어요. 그러면 어떻게 되겠어요? 사람들에게서 멀어지잖아요. 오염된 음식이라도 여럿이서 같이 나누어 먹는 것이, 좋고 깨끗한 식품 혼자서 뒤돌아 앉아 먹는 것보다는 낫다는 얘기이죠. 아까 말씀드렸죠. 내가 이 깨끗한 음식 먹고 수명을 10년 더 늘릴지는 모르겠지만, 그보다 더 중요한 우정의 문제는 어떻게 되느냐 이걸 생각해보자는 겁니다.

제가 좋아하는 블레이크라는 영국 시인이 있는데, 이 사람의 잠언에, "새의 보금자리, 거미의 거미줄, 사람의 우정"이라는 구절이 있어요. 그러니까 새와 거미에게 제일 중요한 게 새집과 거미줄이듯이 사람에게 제일 중요한 것이 우정이라는 얘기죠. 그런데 여기서 중요한 것은 이런 우정 또는 우애가 우리가 마음먹기에 따라서 쉽게 되거나 안되고 하는 게 아니라는 겁니다. 우정이 유지될 수 있게 하는 생활이 있어야 하고 생활방식이 있어야 합니다. 남들의 도움이 필요없는 생활방식을 갖고 있는 사람들이 서로 돕고 협동하는 생활을 유지할 수도 없고, 아쉬워할 리도 없습니다. 예를 들어, 의료문제나 요즘 주부들의 제일 큰 관심사가 아이들 양육하는 문제, 출산문제 등인데요. 이런 얘기 제대로 하자면 시간이 한참 걸리니까 오늘은 그만둘 수밖에 없습니다만, 하여튼 요즘 한국에서 제왕절개율이 50%라는 사실은 정말 기가 막히는 문제입니다. 의사들은 별문제 없다고 할지 모르지만, 실은 그렇지 않다고 해요. 왜? 우리는 단순히 살덩어리가 아니란 말이에요. 우리는 심층에 뿌리깊은 무의식을 가지고 있는 존재입니다. 제왕절개를 통해서 태어나거나 출산시에 기술적 간섭을 많이 받고 태어난 아이들은 심리적으로 근원적으로 행복하지 못하다고 해요. 불란서의 유명한 산과의사 미셸 오당이라는 분은 지구의 생태적 미래는 인간의 아이들이 어떤 방식으로 태어나느냐 하는 데 달려있다고 말합니다. 자기의 마음이 평화롭고 자유로워야 우리가 타인이나 자연세계에 대해서 폭력적으로 대하지 않을 수 있으니까요. 굉장히 중요하고 근원적인 얘기이죠. 그런데 지금 현대 기술사회에서는 산파를 거의 볼 수 없잖아요. 산파가 저절로 없어진 줄로 아십니까? 미국의 의사협회라는 것은 원래 산파를 포함해서 자치적으로 건강을 돌보는 민간의 많은 지혜와 기술을 없애고 불법화하기 위해서 만들어진 단체입니다. 그래서 현대적 기술의학이 지배를 하게 되면서 사람들이 서로를 돌보는 자주적인 능력들을 잃어버리게 된 겁니다.

옛날에는 아이를 낳고 애를 기르고 사람이 죽을 때 임종을 하고 장사를 치르는 게 비즈니스가 아니라 우리의 삶의 중요한 통과의식이었고, 이런 의식은 전부 가족과 마을의 힘으로 치러냈잖아요. 지금은 인간생존에 필요한 모든 기초적인 것들이 전부 상품이란 형식으로 접근하게 돼 있어요. 그러니까 우리가 전부 돈을 벌지 않으면 죽는다고 하는 고정관념 속에서 살고 있어요. 당장 현금을 구해야 된다는 강박관념 때문에 우리가 미친 듯이 살고 있단 말이에요. 그러나 공동체 속에서 살아간다면 사람과 사람끼리 돈 관계를 떠나서, 또 국가의 복지체제라는 것을 떠나서 우리가 자주적, 자치적으로 살 수 있는 힘이 생기고 진정으로 안전하고 위엄있는 삶이 가능해집니다. 애써 저금하려고 할 필요도, 꼬불칠 필요가 하나도 없잖아요. 내가 일할 기운이 없어지면 동네사람들이 나를 돌보아줄 것이고, 내 죽은 뒤에 내 자식들도 안전하게 살아갈 수 있을 것이라는 믿음이 있으니까요. 교육도 그래요. 오늘날 우리사회가 엄청난 교육지옥이 되어있는 것은 정말 배움에 대한 갈망 때문이 아니라는 건 우리가 다 아는 일입니다. 경쟁적으로 남을 제치고 남의 위에 군림하기 위해서, 아니면 남의 뒤에 처지지 않기 위해서 미친 듯이 달려가는 것 아닙니까. 이러니 우리 꼴이 늘 참혹하기 짝이 없어요. 그런데 공동체적 상황 속에서 사람들이 협동적으로 서로 도우면서 살아간다면 지금과 같은 교육도 필요없는 것이 됩니다. 본래 인간은 학교라는 제도를 통해서가 아니라 삶의 현장 속에서 저절로 배움을 익히며 성장합니다. 그것이 오랜 인류사회의 경험이거든요. 학교교육이라는 것은 사회적 서열화를 전제로 하고, 또 그러한 차별적인 서열화를 강화하는 데 이바지할 뿐입니다. 그러니까 학교는 사람들이 서로 우애있게 사는 것을 원천적으로 방해하는 근대적 질곡이라고 할 수 있습니다.

미국에 아미쉬라는 독특한 공동체가 있다는 걸 여러분들도 알고 계시겠지요. 지금 수십만명이 주로 인력과 축력에 의지하는 전통적인 방법으로 농사를 짓고 공동체를 만들어 살고 있는데, 그들은 수십년간 투쟁해서 미국 연방법원으로부터 자기 아이들을 미국의 학교에 보내지 않아도 된다는 권리를 인정받았습니다. 그 사람들은 성경을 읽을 수 있는 능력과 기본적인 셈법만 알면 족하지 더이상 교육이 필요없다고 생각하는 사람들입니다. 아마 지금 지구상에서 가장 행복하게 살고 있는 사람들일 겁니다. 농사지으면서 수공업 제품 만들어 내고, 현대적 테크놀로지를 될 수록 멀리하고, 텔레비젼은 말할 것도 없고, 전화도 집집마다 두고 살지 않습니다. 전화가 집집마다 있으면 가족의 해체를 가져올지 모른다고 동네에 공중전화 한 대씩 두고 있다고 합니다. 얼마나 현명한 사람들이에요. 그 사람들은 미국의 주류 사회처럼 살아가면 필연적으로 사람들 사이에 소외와 차별이 생길 뿐 아니라 무엇보다도 그런 생활방식은 하느님에 대해서 불경(不敬)을 저지르게 된다고 생각하니까요. 저는 현대문명의 본질은 이 '불경'이라는 개념으로 생각해봐야 한다고 봅니다. 예를 들어서, 지금 우리가 마시는 이 물이 좋으냐 나쁘냐, 이 물이 어느 정도 오염이 되어있느냐 하면서 이른바 과학적으로 접근해서는 우리가 결국 이 기술사회의 논리에 말려들어갈 뿐입니다. 그렇게 되면 맨날 갈팡질팡 할 수밖에 없어요. 중요한 것은 이 물을 하느님 앞에 바칠 수 있느냐 없느냐를 기준으로 해야 한다는 것이죠. 동학에서는 깨끗한 물 한잔으로 한울님께 심고(心告)하라고 하잖아요. 물이 더럽다는 것은 하느님의 눈으로 봤을 때 우리의 삶이 죄악에 가득찬 것이라는 얘기가 되거든요. 그걸 무슨 약품으로 아무리 소독을 하고 정화를 한다 한들 우리의 삶의 야만주의와 불경함이 씻어지는 것은 아니지요.

다시 한번, 이 모든 것을 극복할 수 있는 유일한 길은 농촌공동체를 살리고, 땅으로 돌아가는 방법밖에 없습니다. 그래서 지금 이런 생협활동이 중요하다는 것입니다. 혼자서는 못합니다. 아무리 훌륭한 사상을 가지고 있는 사람이라 하더라도 혼자서는 불가능하고 큰 의미도 없어요. 일본의 자연농법 창시자 후쿠오카 선생 같은 분은 대단한 양반이지요. 한 사람의 사상가로서 오늘의 인류를 위해서 값진 가르침을 보여주는 사람이지만, 그 방법은 보편적인 것이 될 수가 없죠. 그분은 자연농법이라는 농법

을 창시하고 그런 농법의 철학적 의미를 가르쳐주고는 있지만, 공동체의
의미에 대해서는 별로 관심이 없고, 그냥 산속에서 외롭게 살고 있어요.
아무리 사상이 훌륭하다 하더라도 혼자서는 재미가 없어요. 에른스트 블
로흐라는 독일의 철학자는 성경에 나오는 "하느님의 왕국이 너희의 가운
데(among you) 있다"라는 말을 주목해야 한다고 말해요. 이 말을 잘못 번
역해서 "너의 속에(within you)" 있다고 생각하는 사람들이 있지만, 정확하
게는 내 개인의 내부가 아니라 너와 나 사이에, 사람들과의 관계에 천국
이 있다는 얘기라는 거죠. 그러니까 결국 여럿이서 같이 땀을 흘려 일하
고, 같이 놀고, 서로 보살피면서, 함께 밥 먹고 사는 데서 사람다운 삶이
존재한다는 뜻이죠.

  미국에 예수의 생애를 평생 연구해온 종교사학자로 존 도미니크 크로
싼이라는 학자가 있는데, 이 사람은 역사적으로 실존했던 인물로서 예수
를 꼭 볼 필요가 있다고 합니다. 교회에서 예수를 어떻게 신화화해왔든
지 간에 성경에 나타난 예수의 가르침은 본질적으로 그 당시 예수의 실
존적 상황에 깊은 관계가 있다는 관점이지요. 이 학자에 의하면, 예수 그
리스도의 가르침의 핵심은 복음서를 통해서 일관되게 나타나고 있는데,
그것은 한마디로 같이 밥 먹어라(eating together)라는 것입니다. 그리고 남
의 아픔을 낫게 해주는 것(healing)이라는 겁니다. 이것은 단순히 질병을
치료하는(cure) 게 아니라 몸과 마음과 심령의 건강을 다 아우르는 포괄
적인 치유를 의미합니다. 그러니까 이것도 단순히 의료기술의 문제가 아
니라 사람과 사람 사이의 정신적, 영적인 교감의 문제인 거죠.

  그런데 크로싼이라는 학자는 이러한 복음서의 핵심적인 가르침은 근원
적으로 당시의 지중해 연안지방의 유태 농민의 세계관에서 나왔다고 합
니다. 그래서 그 사람의 책 제목이 《역사적 예수》인데 부제가 〈지중해 연
안의 유태인 농민의 생애〉로 되어있습니다. 여기서 농민이라고 하면 절
대로 대농(大農)을 얘기하지 않아요. 농민은 항상 소농을 두고 하는 말입
니다. 음식 나누어 먹는 것은 근본적으로 농민의 풍습이고 세계관이라는
거죠. 복음서에 보면 예수가 굉장히 급진적이잖아요. "천국은 이와 같으

니" 하면서 드는 예수의 몇몇 유명한 비유 중의 하나에, 어떤 장자가 저녁밥을 해놓고 사람들을 초빙한 이야기가 있잖아요. 동네 부자들과 세력가들을 집으로 불러서 같이 저녁식사를 하기로 약속이 되어있는데 시간이 되어도 이 사람들이 안 와요. 그래서 하인을 보냈는데 전부다 바빠서 지금 못 온다는 전갈이 옵니다. 무슨 갑자기 할 일이 생겼다, 다른 약속 때문에 못 간다, 부자들이나 잘난 사람들은 항상 이렇습니다. 그래서 장자가 하인을 보고 이렇게 말합니다. 지금 저 큰 신작로에 나가서 지나가는 사람이 있으면 누구든지 보이는 대로 데리고 와라, 그 사람들하고 같이 식사하자, 그렇게 말해요. 그런데 이 학자의 얘기를 들어보니까 이건 대단한 이야기예요. 당시도 위계사회이기 때문에 사회적 신분이 다른 사람끼리는 같은 식탁에 절대로 안 앉았답니다. 계급이 같고, 신분이 같고, 인종이 같고, 종파가 같아야 식탁에 같이 앉는다는 겁니다. 그러니까 신작로에서 지나가는 사람 아무나 데리고 와서 같이 식사하자는 이야기는 인간사회에 있는 모든 차별과 불평등성을 전부 근원적으로 부정하는 굉장히 혁명적인 선언인 셈이죠. 그런데 이 사상의 뿌리가 무엇이냐 하면 그게 바로 농민의 세계관이라는 겁니다.

제가 바르게 이해하고 있는지는 모르지만 동양의 노자사상의 근본 뿌리도 농민의 세계관이라고 해요. 당시 중국은 이미 국가체제를 만들어서 왕이 있고 통치체제가 확립된 계급사회였지만, 중국의 변방에는 제도화된 통치체제도, 지도자도 없이 그냥 풀뿌리 민중들끼리 자유롭게 마을을 형성해서 살고 있었는데, 그 사람들이 바로 오랑캐란 이름으로 불리던 사람들입니다. 노자의 무위자연이라는 사상은 그런 사람들의 생활을 묘사한 것이라는 견해지요. 노자는 요순사회도 이미 아니라고 하잖아요. 아무리 어진 정치를 한다 하더라도 이미 국가체제니까 진정한 자주적, 자치적 민중 공동체는 아니지요. 청동기 시대 초기에 자발적으로 상호부양의 유대관계를 이루어서 살았던 농민의 세계관이 바로 도가사상의 뿌리라는 얘깁니다. 모든 사람이 아무 차별 없이 한 지붕 밑에서 같이 밥 먹는 대동세상 말입니다. 위계질서가 확립된 사회가 되면 말이 쉬워서 그렇지 자기 하인하고, 거지하고 같이 밥 먹는다는 건 쉬운 일이 아닙니다.

　이와 같은 밥을 같이 먹는다는 근원적인 평등의 세계관, 즉 뿌리깊이 농민적인 가치를 우리가 상실했기 때문에 이 세상이 이렇게 지옥이 되었다고 저는 생각합니다. 부분적으로 땜질을 한다고 해서 해결이 될 리가 없습니다. 며칠 전에 부시 대통령이 와서 전쟁은 안하겠다고 말했다고 해서 다들 가슴을 쓸어내리고 있는 모양이지만, 참으로 서글프고 비참한 이야기이지요. 그렇다고 해서 민족의식을 발휘해서 우리도 힘을 길러야 된다고 하는 사람들도 있겠지만, 저는 그러한 부국강병의 논리는 거꾸로 가는 길이라고 생각합니다. 미국 사람들에게 정말 사람이 어떻게 사는 게 사람답게 사는 것인지 보여줄 만한 생활을 우리가 창조해야 합니다. 꿈같은 소리를 제가 하고 있는지 몰라요. 그러나 우리가 할 수 있는 일이 무엇인지, 그런 게 없겠는지 끊임없이 틈새를 비집고 찾아보면서, 이 야만적인 사회의 지배논리를 거부해야 한다고 생각합니다. 이대로 그냥 체념하고 따라갈 수는 없잖아요. 우리가 정말 자식들을 사랑한다면 말입니다.

　오늘 너무 심각한 얘기만 해서 아름다운 시를 한편 읽고 끝내겠습니다. 평생 농촌에서 가난하게 살다가 간 프랑스의 시인 프란시스 잠이 쓴 시인데, 여러분에게 들려드리고 싶어서 번역시집 《새벽의 삼종에서 저녁의 삼종까지》(곽광수 옮김)를 가져왔습니다. 제목이 〈위대한 것은 인간의 일들이니〉로 되어있는 작품인데, 이 시에서 어떤 인간의 일들이 이 세상에서 가장 위대한 것이라고 시인은 생각하는지 한번 들어봅시다.

　　위대한 것은 인간의 일들이니
　　나무 병에
　　우유를 담는 일,
　　꼿꼿하고 살갗을 찌르는
　　밀 이삭들을 따는 일,
　　암소들을 신선한 오리나무들 옆에서
　　떠나지 않게 하는 일,

32

숲의 자작나무들을
베는 일,
경쾌하게 흘러가는 시내 옆에서
버들가지를 꼬는 일,
어두운 벽난로와, 옴 오른
늙은 고양이와, 잠든 티티새와,
즐겁게 노는 어린 아이들 옆에서
낡은 구두를 수선하는 일,
한밤중 귀뚜라미들이 날카롭게
울 때 처지는 소리를 내며
베틀을 짜는 일,
빵을 만들고
포도주를 만드는 일,
정원에 양배추와 마늘의
씨앗을 뿌리는 일,
그리고 따뜻한
달걀들을 거두어들이는 일.

이런 '위대한' 일들을 하면서 살고 싶다는 생각이 저도 정말 간절해요.
얘기 그만하겠습니다. 고맙습니다. (2002년)

땅의 옹호

세계의 가장 원시적인 인간들은 소유하고 있는 것이 거의 없지
만, 결코 가난하지 않다. 가난은 적은 양의 재화도, 단순한 수단
과 목적 사이의 관계도 아니다. 그것은 무엇보다도 사람 사이의
관계이다. 가난은 문명의 산물이다.

— 마셜 살린즈 《석기시대의 경제학》

나는 그다지 여행을 즐기는 체질이 아니다. 이것은 타고난 성격으로
인한 것인지, 혹은 오랫동안 건강문제를 가진 채 살아오면서 굳어진 습
관에 기인한 것인지 알 수 없으나, 하여튼 무슨 나들이를 해야 할 일이
생기면 반갑기보다도 먼저 부담스럽다는 느낌이 앞서는 것을 보면, 이건
확실히 뿌리깊이 체질화된 반응임이 틀림없다는 생각이 든다. 1980년대
중반을 넘어서면서 내 주변의 가까운 사람들도 포함해서 많은 한국인들
이 차례차례 자동차 운전을 배우고, 자유로이 이곳저곳을 다니며 새롭고
낯선 풍물에 접하는 경험을 통해서, 말하자면 '풍요로운' 삶을 구가하기
시작하던 무렵과 그 이후에도, 내가 자동차를 아예 거들떠보지 않고 살
아올 수 있었던 것도, 따져보면, 내게 남달리 예민한 환경의식이 있어서

가 아니었다. 자동차를 타고 여기저기 다녀야 할 필요도, 그런 생활스타일을 즐기고 싶은 심리적인 욕구도 내게는 없었기 때문이기도 하지만, 무엇보다도 자동차 운전을 배우러 다니고 어쩌고 한다는 게 나로서는 지극히 성가신 일이었기 때문이다.

그러나, 요즘 나는 내가 정말 여행을 좋아하지 않는 이유는 아마도 나자신의 정신건강을 지키고자 하는 무의식적인 자기보호 본능이 작용하기때문이 아닌가 하는 생각을 하게 되는 때가 종종 있다. 무슨 말이냐 하면, 나도 사회적인 삶이 있기 때문에 때때로 자동차를 타고 낯선 도시나 농촌을 방문해야 할 경우가 있고, 그때마다 반드시 마주치는 파괴와 오염의 풍경 앞에서 견딜 수 없을 정도로 마음이 상하기 때문이다.

일단 길을 떠나면, 아무리 단단히 마음을 다잡아도 허사다. 수십년이 넘게 잠시도 쉬지 않고 계속되어온 개발이라는 이름의 이 광란의 잔치 ― 어머니 대지(大地)의 젖가슴을 아무런 망설임도 없이 짓밟고 파헤치는 패륜행위가 걷잡을 수 없이 자행되고 있는 현장은 내가 어디를 향해 가든 한반도 남쪽 구석구석에 널려 있는 것이다.

둘러보면, 이 땅에는 손상되지 않은 산과 구릉, 오염되지 않은 강과 호수가 이제는 더이상 존재하지 않는다. 기후풍토에 맞지도 않는 골프장이니 스키장이니 하는 것들을 위해서 오로지 돈이 된다는 이유 때문에 아까운 삼림이 없어지고, 산과 계곡이 기형화되고 있는 모습은 아무리 보아도 볼 때마다 사람의 마음을 갈갈이 찢어놓는다. 소중한 농토가 고속철도와 도로와 아파트와 공장부지를 위하여 멋대로 잘려 콘크리트가 무지하게 퍼부어졌거나 퍼부어지고 있는 것도 참을 수 없는 광경이다. 그럴 듯한 이름과 괴상한 몰골로 주변의 경관을 일그러뜨리고 있는 무수한 러브호텔들과 '가든'들…. 그런가 하면, 여름날 시골길을 달리는 자동차의 창을 열어놓을 수가 없을 지경으로 풍겨오는 농약냄새, 썰렁한 농촌마을의 분위기, 게다가, 곳곳에서 마주치는 폐교 조처된 시골학교의 황량한 모습들….

그 가운데서도 내가 가장 이해할 수 없는 것은 지금 남한 천지에서 도로건설과 도로확장이라는 명분으로 벌어지고 있는 엄청난 토지훼손과 환경파괴 행위이다. 간교하게도, 대대적인 파괴 행위가 벌어지고 있는 공사 현장일수록 "우리는 환경친화적 도로공사를 하고 있습니다" 따위의 터무니없는 슬로건이 유행처럼 팻말에 크게 적혀 있다. '환경'에 대하여 생각하고 있다니 고마워해야 할 것인가. 주의해서 살펴보면, 지금 진행되고 있는 대부분의 도로공사는 실제로 불필요한 공사일 뿐만 아니라 심히 자원낭비적인 것이라는 것을 짐작하기 어렵지 않다. 이미 한반도 남쪽은 자동차로 접근 불가능한 오지(奧地)라고 할 만한 곳은 어디에도 존재할 수 없게 되었을 만큼 도로망은 조밀하게 건설되어 있다. 그럼에도 불구하고, 아까운 땅을 대규모로 망가뜨리는 도로공사가 끊임없이 계속되고 있다는 것은 무엇을 말하는가. 공사를 위한 공사가 진행되고 있다는 의혹을 사기에 충분한 현실이라고 할 수밖에 없다. 다시 말해서, 자동차 관련 산업과 건설관계 이해당사자들의 이익을 위하여 중앙 내지는 지방정부들이 은밀히 협력을 하고 있다는 것을 드러내는 증거로서밖에 이러한 공사를 합리적으로 설명하기는 어려운 것이다.

하기는 도로공사뿐이겠는가. 예를 들어, 무수한 생명의 서식지이자 건강한 생태계의 유지에 관건적인 구실을 하는 거대한 갯벌을 가차없이 죽이는 새만금 방조제 공사는 어떤가. 북한산 관통도로 공사는? 무지와 만용에 뿌리를 둔 이러한 극단적인 야만주의는 언제, 어떻게 중지될 수 있을까? 아마도 이 '역동적인' 경제가 이 모양대로 간다면 이러한 기세는 꺾이지 않을 것이 틀림없고, 그 결과 이 산천은 죄다 콘크리트로 뒤덮여 버리고 말 것이다. 그래서, 비통한 심정으로 나는 종종 마음속으로 기도를 한다. 하루빨리 이 경제가 망하게 하소서.

땅을 망가뜨리고, 그리하여 궁극적으로 우리의 삶의 근본토대를 파괴하는 이 범죄적인 행위가 버젓이 경제의 이름으로 행해지고 있는 이토록 기막힌 사태는, 말할 것도 없이, 자본과 국가의 책임이지만, 그러나 이것은 오늘날 자본과 국가체제에 반대하고, 심지어 환경보호 운동에 헌신하고 있는 것으로 되어있는 활동가들까지도 포함한 이 나라의 수많은 지식인들의 책임이기도 하다는 것을 주목할 필요가 있다. 이렇게 말할 수 있는 것은 과연 지금 이 나라의 지식인 사회에서 단순한 환경보호 차원을 넘어서, 인간생존의 자연적 토대가 급속히 파괴, 오염되어 가는 사태에 직면하여, 이 문제를 무엇보다도 농경문화의 쇠퇴라는 비극적 재난에 결부하여 이해하려는 지적, 도덕적 노력을 얼마나 볼 수 있는가 하는 의문 때문이다.

오늘날 진보와 보수라는 정치적 입장에 관계없이, 거의 모든 지식인들은 근대주의라는 이데올로기에 사로잡혀 농경의 의미를 단순히 산업의 일부로 파악하는 데 길들여져 있고, 그 결과 언론, 교육, 문화, 과학, 종교, 의학, 예술을 포함한 거의 모든 지적, 도덕적 체계는 사실상 우리의 삶을 근원적으로 파괴하는 데 유효한 수단으로 동원되고 있다고 말해도 과언이 아니다. 그렇지 않다면, 지금 지식사회에 만연한 농업 및 농촌사회에 대한 뿌리깊은 몰이해와 무관심을 설명할 도리가 없는 것이다. 지식인들이 환경문제에 대해서, 혹은 근대주의를 넘어서야 할 필요성에 대해서 이야기하고 있지 않는 것은 아니다. 그러나, 이른바 탈근대론이라는 것도 근본적으로 근대주의라는 토대를 더욱더 강화하는 기능 이외에 좀더 근원적인 도전으로 나아갈 수 있는 내재적인 힘을 갖고 있지 않다는 것은 분명하다. 따지고 보면, 탈근대론이라는 것은 어디까지나 근대주의라는 토양에서 태어나고 그것을 자양분으로 하여 자랄 수밖에 없는 논리라고도 할 수 있는데, 왜냐하면 그것은 근대주의와 함께 명백히 도시 중심의 감수성과 세계관을 뿌리깊이 공유하고 있기 때문이다. 한때 적어도 일부 지식인들 사이에서 유행하던 탈근대론이, 지금 갈수록 생태적, 사회적 위기가 심화되어 가는 상황에서 오히려 퇴조를 보이고 있다는 사실을 보더라도, 그것은 관념적인 지식인의 담론 세계를 넘어서 참으로 현실적인 힘이 되기에는 뿌리가 허약한 논리임을 스스로 증명하는 것이다.

일반적으로, 환경문제에 대해서 지식인들이 보여주는 관심도 뿌리가 허약하기는 마찬가지다. 가령, 지금 환경운동에 헌신하고 있다는 사람들 가운데서도, 왜 우리가 땅을 지키고, 농민과 농촌공동체를 되살리는 것이 긴급하고 중대한 문제인지에 대하여 명확한 인식을 보여주는 사람들은 실제로 예외적일 만큼 드물다. 이것은 놀라운 일이지만 사실이다. 예를 들어, 지난 봄 대구 근교의 어느 대학에서 열린 대규모 환경관계 토론모임에서, 하루종일 수십명이 발표를 하고 토론을 진행하는 과정에서 오늘날 농민과 농촌이 멸종될 위기에 처한 현실에 대해서 언급하는 지식인이나 환경운동가는 단 한 사람도 없었다. 그 모임의 결과로 수백쪽이 넘는 두툼한 자료집이 나왔지만, 그 속에서 농촌문제를 심각하게 거론하고 있는 글은 단 한편도 눈에 띄지 않았다.

이러한 현상은 다른 면에서는 꽤 비판적인 의식의 개진을 보여주곤 하는 이른바 진보적 지식인 그룹에서도 마찬가지다. 몇년 전《창작과 비평》에 기고한 한 사회과학 전공자는 앞으로 농업은 농민이 없는 상황에서 이루어질 것이라고 전망하고 있었는데, 그는 그것을 바람직한 현상으로 보고 있음이 분명한 어조를 숨기지 않고 있었다. 그러니까, 일찍이 맑스가 농촌 사람들에 언급하여 '촌뜨기들의 어리석음(rural idiocy)'이라는 용어를 사용했던 그 맥락에 따라서 농민은 역사적으로 시대착오적인 존재라는 관념이 '진보적' 경향의 지식인들의 마음속에 뿌리깊이 박혀있는지 모른다.

일반적으로, 농민과 농촌문제 혹은 좀더 근원적으로 인간생존의 토대에 대하여 지식인들의 편견 혹은 무관심이 얼마나 심각한 수준에 이르렀는가를 암시하는 조그마한 에피소드가 있다. 몇해 전 나는 '민족문학작가회의'가 주최한 한 문학 심포지엄에 발제자의 하나로 초대받아 간단한 발표를 하고 토론자들과 얘기를 나눈 적이 있다. 그때 심포지엄은 '문학과 환경'이라는 큰 주제 밑에서, 여러 사람이 발제와 토론에 참가하는 것으로 구성되어 있었는데, 그중 한 부분의 발제용으로 〈왜 땅을 지켜야 하는가〉라는 제목으로 내가 미리 쓴 간단한 글도 당일 행사장에서 배포된 자료집에 실려 있었다. 그런데, 정작 자료집을 펴보니 그 글의 제목은 〈왜 이 땅을 지켜야 하는가〉라고 고쳐져 있었다. 심포지엄을 주관하고 있던 작가회의의 실무진이 무슨 생각으로 그렇게 고쳤는지 정확히 알 수는 없으나 실제로 두 제목 사이에는 미묘하나마 의미의 차이가 있다는 것은 분명했다. 그럼에도 불구하고, 그렇게 제목이 고쳐진 것이다. 아마도 그 때 작가회의 담당자의 감수성으로는 좀더 구체적이고 명확한 정치적 의미를 내포한 듯한 '이 땅'이 아니라 굳이 그냥 '땅'이라고 할 때의 막연하고 싱거운 어감이 받아들이기 어려운 것이었는지 모른다. 그러나 그렇게 함으로써 그는 오늘날 인류사회가 직면한 근본적인 위기가 본질적으로 ─ 국방의 개념이 아니라 문명의 개념으로서 ─ 땅을 대하는 방식에 직결되어 있는 문제라는 것에 대해서 현재 이 사회의 많은 다른 지식인들과 다름없는 이해력의 결핍을 드러냈다고 말해도 좋을지 모른다.

이 조그마한 에피소드가 흥미로운 것은 그것이 예외적인 이야기가 아니기 때문이다. 실제로, 이런 이야기는 아마 오늘날 비교적 사회의식이 예민하다고 알려진 대부분의 작가와 시인, 문필가에게도 해당될 것이다. 벌써 오래된 일이지만, 한때 문단에서 크게 주목을 받고 있던 '노동자 시인' 박노해의 작품경향에 관련해서 어떤 평론가가 썼던 용어를 나는 아직 기억하고 있다. 그는 그 무렵까지의 박노해의 문학적 성과를 논하는 평문의 한 대목에서 이 시인의 작품에 드러나는 몇가지 약점 내지는 한계를 지적하면서, 그 한계는 부분적으로 '농경적 상상력'에 기인한다고 말했다. 이미 농경시대는 지나갔고, 농경은 이제 기껏해야 주변적 문제에 지나지 않게 된 시대에 농경사회에 뿌리를 둔 상상력은 시대착오적이라는 생각에서 나온 발언이었음은 말할 필요가 없다. 흥미롭게도, 최근에 나는 이와 흡사한 발언에 또다시 마주치는 경험을 하였다. 최근에 〈한겨레〉 신문의 한 짧은 시사 논평에서 어느 문학평론가가 신동엽의 유명한 시 〈껍데기는 가라〉의 일부를 인용하면서 "때 지난 농경적 상상력"에도 불구하고, 그 시가 지금 상황에서 감동을 준다는 이야기를 하는 것이었다. 여기서 내가 간과할 수 없는 것은 농적(農的) 세계를 본질적으로 시대에 뒤떨어진 것으로 보는 관점이 당연한 것으로 얘기되어 있다는 점이다. 그는 신동엽의 시가 '농경적 상상력' 때문이 아니라, '농경적 상상력'

에도 불구하고, 지금도 가치가 있다는 논리를 편 것이다.

농사 또는 농촌적 가치에 대한 이러한 지식인들의 편견은, 말할 것도 없이, 세계적인 현상이다. 모더니즘은 단순한 문학적 경향이나 예술적 유파라기보다 현대세계에서 교육받은 지식인들이라면 반드시 거쳐야 할 기본적 교양인지 모른다. 결국 같은 이야기지만, 정치적 이데올로기에 관계없이, 그동안 동서양을 막론하고 대부분의 지식인들은 근대적 제도와 관습의 확립을 통해서 비로소 문명화된 삶이 세계의 일부 지역에서나마 가능해졌다는 것을 믿도록 교육받아왔다. 실제로, 근대적 문화와 예술이 성립하고 발전하는 데 필요한 여러 전제조건은 본질적으로 산업사회와 도시의 발달이라는 보다 큰 테두리 속에서 가능해진 것들이기도 했다. 따라서, 근대 자본주의와 산업문명이 진전됨에 따라 가차없이 붕괴, 해체될 수밖에 없었던 농민과 농촌의 의미가 주변적인 것으로 비쳐지는 것은 당연한 일인지 모른다.

그러나, 아무리 초현대식 교통수단이 발달해 있다 하더라도 인간의 이동수단으로서 가장 초보적이고 가장 근본적인 수단, 즉 자신의 두 다리로 걸어다닌다고 하는 보행의 중요성이 조금도 줄어들 수 없듯이, 아무리 컴퓨터와 생명공학의 시대라 하더라도 인간사회에서 농경의 중요성은 결코 줄어들 수 있는 게 아니다. 농사나 농경은, 구석기 시대의 상황을 제외하고, 인간이 이 지상에서 비폭력적인 평화의 삶을 지속적으로 영위할 수 있는 가장 근본적인 형태의 삶의 방식으로서 오랜 세월을 통해서 충분히 검증되어온 방식이다. 흔히 근대주의 프로젝트에 마음을 빼앗긴 지식인들은 이러한 기초적인 사실을 망각한 채, 역사를 직선적인 진보의 흐름으로 파악하는 데 순응해왔고, 그 결과 쉽사리 농민과 농사의 세계가 갖는 중심적인 가치에 둔감하거나 때로는 노골적으로 폄하하는 자세를 취하게 되는 것인지 모른다. 아마도 20세기의 가장 위대한 문학비평가 중의 한사람이라고 할 수 있는 F. R. 리비스는 가령 T. S. 엘리어트와 같은 동시대의 뛰어난 모더니스트 시인에게서 옛 영국의 농민들을 은근히 내려다보는 듯한 어조가 있음을 주목하고, 그러한 태도가 얼마나 근거 없는 편견의 소산인가를 신랄하게 지적한 바 있다. 리비스에 의하면, 엘리어트가 은근한 경멸감을 품고 대하는 그 '촌뜨기들'이야말로 바로 세 익스피어의 위대한 문학이 태어날 수 있는 언어적 토양을 근원적으로 일 구어온 사람들이었다.

오늘날 우리가 아무리 땅으로부터 멀리 떨어진 삶에 익숙해져 있다고 하더라도, 모든 진정한 문화와 예술과 철학의 근본 전제는 언제나 농경 문화였고, 지금도 그렇다는 것을 우리는 잊지 말아야 한다. 이것은 전통 사회에서 대부분의 예술가들과 철학자들에게 굳이 설명할 필요가 없는, 자명한 사실이었다. 실제로, 역사의 어느 시기에서나 조금이라도 사람의 마음을 움직이는 힘을 가진 문학이나 예술의 창조는 반드시 흙의 문화에 뿌리를 둔 감수성과 세계관에서 우러나오는 것이었다. 우리가 조금만 주 의해서 보면, 우리가 쓰는 일상어뿐만 아니라 수많은 시적 은유와 상징 과 수사들이 거의 대부분 농경사회에서 성장해온 말들이라는 것은 누구 든 쉽게 알 수 있는 사실이다.

그러나, 그보다 더 중요한 것은, 우리가 지금도 여전히 인간다운 삶에 필수적인 것으로서 옹호하거나 옹호하려고 하는 가치들은 본질적으로 거 의 예외 없이 농경문화라는 근본 토양에 뿌리박고 있다는 점이다. 예를 들어, 생명에 대한 본능적인 사랑, 평등한 관계와 민주주의에 대한 강렬 한 욕구, 노동의 존엄성과 인권에 대한 의식, 개인적 자율성, 자치와 자 립, 비폭력주의, 협동과 연대, 상호부조와 보살핌 등등, 아무리 인간정신 이 경멸을 당하는 짐승스러운 상황에서도 우리가 끝끝내 옹호하고자 하 는 이러한 윤리적 덕목들은, 따지고 보면, 신석기 시대가 시작된 이후 형 성되고 확립되어온 마을문화 속에서 자연스럽게 싹트고 강화되어온 가치 들이라고 할 수 있다. 이런 맥락에서 미국의 문명비평가 루이스 멈포드 의 발언은 특히 경청할 만하다. 그는 일찍이 촌락공동체야말로 인류사회 에서 가장 영속적인 가치들을 배태한 원천이었음을 되풀이하여 강조하였 던 것이다. 《기계의 신화》 등 방대한 저술을 통해서 인류사에 있어서 기 술적 진보가 갖는 의미를, 생태학적 관점에 근거하여, 집요하게, 또 깊고 장기적인 시각에서 성찰하는 데 생애의 대부분을 바쳤던 멈포드가 만년에 이르러, 인간사회가 건전하게 돌아가려면 전체 인구의 적어도 80%가 농경 혹은 농경에 관련된 일에 종사하고 있어야 한다는 흥미로운 견해를 토로한 것도 마을문화의 핵심적인 의의에 대한 그 자신의 이러한 확신 때문이었다.

한 사회의 장기적인 생존과 번영이라는 문제에 관련하여, 농민 내지 농촌공동체가 갖는 중심적인 중요성에 관한 성찰은, 실은 문명이 시작된 이래, 비록 소수이지만 좀더 근원적이고 철저한 사고의 궤적을 보여주는 사상가들에 의해서 끊임없이 이루어져왔다. 그러한 사정은 지금도 마찬가지여서, 주류 문화의 두터운 장벽 때문에 이들의 발언에 접하는 것은 쉬운 일이 아니지만, 그래도 이러한 예외적인 정신들의 존재로 해서 우리는 오늘의 문명이 어디에서 근본적으로 뒤틀려버렸는가를 이해할 수 있게 되는 것이다.

지금 미국의 캘리포니아 주립대학에서 그리스 문화를 연구하고, 가르치고 있는 빅터 데이비스 핸슨 교수도 그러한 사람 가운데 하나라고 할 수 있다. 그는 본래 캘리포니아의 한 골짜기에서 수세대에 걸쳐 건포도 농사를 해온 농가의 태생으로, 그 자신 좀더 젊었을 때는 직접 농사일을 하면서 살았고, 지금도 그 농장에서 가족들과 함께 살고 있는 사람이다. 그는 오늘날 대학교수로 대변되는 이른바 현대적인 학자들의 세계가 도덕적, 정신적으로 얼마나 공허하고 불모적(不毛的)인 세계인가를 묘사하는 어떤 글에서, 자신의 한 동료교수가 '건포도 나무'라는 게 있는지 진지한 어조로 물어보던 일이 있었음을 이야기하고 있다. 그러면서 그는, 이러한 근본적인 무지 혹은 상식의 결핍에도 불구하고, 갈수록 뿌리 없는 지식과 추상적인 관념의 세계는 계속하여 번영을 누리고 있는 반면에 농민계층과 농촌사회가 사실상 소멸 직전에 처한 최근의 상황에 대하여 깊이 유감스러워하고 있다.

그러나, 고전학 교수로서 데이비스 핸슨의 아마도 가장 중요한 업적은 고전 그리스 문화에 대한 그의 독창적인 해석이라고 할 수 있다. 그는,

서구세계에서 늘 모범적인 정치형태로서 기념되어온 희랍의 민주주의와 그 터전인 '폴리스'의 존재는 폴리스의 시민들을 떠나서 생각할 수 없고, 그 시민들은 근본적으로 독립적 자영 농민들이었다는 사실에 주목해야 한다고 강조한다. 그에 의하면, 대략 기원전 8세기에서 4세기까지 그리스의 민주주의가 건재했다고 할 수 있는데, 그 원천은 주로 이 시기의 희랍의 농민-시민들의 활력에 있었다는 것이다. 그리하여, 플라톤이나 아리스토텔레스와 같은 고전 희랍의 문화적 번성기의 철학자, 또는 소포클레스를 위시한 비극작가들에게 있어서 농사 혹은 농민의 존재가 갖는 핵심적인 중요성은 '자명한' 것이었다. 희랍의 민주주의에서 시작된 서구의 핵심적인 정치적 이념, 예를 들어, 개인적 자율성과 평등, 자립과 자치, 사유재산 개념 등은 따져보면 자신의 손으로 땅을 일구면서 자립적인 삶을 영위하고, 그런 삶에 대하여 깊이 자부심을 느끼고 있던 희랍의 농민-시민들의 세계관과 가치들에서 유래된 것이었음을 핸슨 교수는 그의 저서 《또다른 희랍인들 — 가족농과 서구문명의 농경적 뿌리》 속에서 풍부한 인용과 자료를 동원하여 설득력 있게 설명한다.

그리스의 '폴리스'의 기원과 쇠퇴는 농업에 달려있었다. 그리스 도시-국가 네트워크를 만들어낸 물질적 번영은 소규모 집약농경, 식량을 생산하고 토지를 소유하는 새로운 방식, 그리고 그에 따른 새로운 종류의 인간의 출현에 말미암은 것이었다. 이 새로운 인간에게 농사일은 단순히 생존이나 이익을 위한 수단이 아니라, 실용주의와 절제와 균형의 추구가 근원적인 가치로 여겨지는 도덕적 수월성(秀越性)이 단련되는 도가니였다.

하기는, 독립적인 자작농의 존재야말로 진정한 민주주의가 가능하기 위한 불가결한 기초라는 생각은 미국 민주주의의 초석을 닦은 것으로 알려진 제퍼슨에 의해서, 그리고 제퍼슨식 민주주의를 신봉하는 여러 정치사상가, 지식인들에 의해서 계속적으로 토로되어왔다. 실제로, 미국의 자본주의와 산업화가 엄청난 규모로 발달함에 따라서 사실상 미국사회는 갈수록 진정한 민주주의 사회와는 거리가 먼 사회가 되었을 뿐만 아니라 ─ 그 결과로 오늘날 세계평화와 인류의 생태적 미래에 가장 큰 위협적인 세력이 된 것은 우리가 잘 알고 있는 일이지만 ─ 이처럼 미국이 그 자신의 원래의 이념을 배반하게 되는 과정은 무엇보다도 자영 농민들의 존재가 미국사회에서 위축, 소멸되어온 과정에 정확히 대응하고 있는 것이다. 제퍼슨이 진정한 민주주의의 기초로서 옹호했던 자영농민들이 사라지고, 그 대신 소수의 자본가, 기술관료 및 전문가들에게 부와 권력이 집중되는 현상이 갈수록 심화됨으로써 미국사회는 형식적인 민주주의적 제도와 절차에도 불구하고 풀뿌리 민중에 의한 통치라는 것은 공허한 수사일 뿐 사실상 특권적 지배세력에 의한 독과점적 통치체제로 굳어져온 것이다.

자급자족하는 능력을 가진 사람들이 광범위하게 존재하고, 단순소박한 순환형 생활방식과 상호부조와 협동을 통한 공생공락(共生共樂)의 삶을 실현할 수 있을 때 비로소 사회적으로 건전하고, 생태적으로 지속가능한 세상이 될 수 있다는 것은 생태적 위기에 대하여 골똘히 고민을 해본 사람이라면 거의 예외없이 공감하는 견해이다. 그러니까, 미국에 있어서 농민계층이 되살아나 새로이 활력있는 사회세력이 되느냐 마느냐 하는 것은 미국 민주주의의 장래를 위해서나 인류사회 전체의 운명을 위해서나 관건적인 의미를 갖는다고 할 수 있다.

오늘날 농업 및 농민문제는 결코 역사에서 사라져 가는 주변적 계층에 관한 문제도 아니고, 산업문명의 압력 밑에서 소멸될 운명에 처한 사람들에 대한 동정적 관심이라는 수준에서 처리될 문제도 아니다. 그것은 지금 인류사회가 전지구 규모로 직면하고 있는 사회적, 생태적 위기에 관련하여 인간과 생태계의 사활이 걸린 중대한 문제이다. 농민이 사라지면 땅을 보호할 사람도 없어지고, 민주주의의 가능성도 축소될 수밖에 없다는 것을 우리는 명심할 필요가 있는 것이다.

제2차 세계대전 이후 세계의 농지에 광범위하게 적용된 화학 및 기계 농법은 그동안 '녹색혁명'이라는 이름 밑에서 기록적인 식량증산에 이바지해온 것으로 평가받고, 많은 농업전문가들에 의해서 지구상의 폭발적인 인구증가에 대비한 가장 효과적인 농법이라고 찬양되어왔다. 그러나, 실제로 세계의 굶주림의 문제는 단순히 수확량의 문제가 아니라 분배의 문제, 즉 사회적 평등과 부의 비집중화를 통해서만 실제로 해결될 수 있는 문제라는 것을 보여주는 많은 증거가 있다는 것을 우리는 기억해야 한다. 그러나, 그런 문제를 제외하더라도, '녹색혁명' 이후 세계적인 다국적기업들의 주도 밑에서 세계 전역에 걸쳐 수십년간 시행되어온 화학비료와 각종 농약 및 농기계들에 의한 ─ 거의 전적으로 석유에 의존하는 ─ 집약적 산업영농은 지구상의 모든 생명의 근본토대인 토양이 급속하게 고갈, 오염되는 결과를 빚고 말았다는 것이야말로 아마도 가장 비극적인 재난일 것이다. 제2차 대전 이후 지금까지 미국에서 전체 농경지 토양의 4분의 1이 사라졌다는 통계만 보더라도 현대적 산업영농이라는 방식이 얼마나 무서운 결과를 가져오는 것인가를 명확히 이해할 수 있다.

실은, 미국뿐만 아니다. 세계 전역에 걸쳐 지금 농경지는 대규모로 도시화, 산업화를 위해 급속히 전용되고, 곳곳에서 화학물질과 기계의 남용으로 사막화가 진행되고 있다. 생명체의 생육과 서식을 가능하게 하는 원천인 땅과 흙이 이처럼 급속히 고갈, 축소되고, 또 질적으로 열화(劣化)되고 있는 사태보다도 더 불길한 일이 있을 수 있을까. 그러니까, 재생불가능한 석유에 철저히 의존하고 있다는 점에서뿐만 아니라 토양의 상실과 오염이라는 문제까지 고려한다면, 대기업과 농업관련 전문가들의 이해관계에 봉사할 뿐인 산업적 영농은 하루빨리 폐기해야 할 방법이지 식량증산 운운하며 더이상 장려할 방법이 결코 아닌 것이다.

그러나, 말할 필요가 없는 일이지만, 사태는 심히 비관적이다. 농사에 관련해서도 지금 이 세계에는 허위의 논리가 광범위하게 유포되고 있을 뿐이다. 아직도 농업전문가들 중에는 유기농법에 대해 적대적인 태도를 드러내는 사람들이 적지 않고, 그들과 의견을 같이하는 자본과 국가의 논리는 계속하여 영농규모를 확대하여 농업생산의 효율화를 보다 철저히 함으로써 농업이 경쟁력있는 산업이 되어야 한다는 것이다. 그래서, 지금 농업문제는 간단히 농가소득의 문제로 환원되고, 농가소득의 증대는 농가를 줄이는 방법을 통해서 도달할 수 있다는 '합리적'인 논리가 활개를 치는 것이다. 결국, 농업전문가들이나 정부나 기업의 사고방식 가운데는 독립적인 자영 농민 — 소농, 가족농 — 을 보호하고 되살려내야 한다는 생각은 털끝만큼도 들어있지 않음이 확실하다. 그러니까, 그들의 눈에는 기업농을 보다 효과적으로 시행할 수 있는 농지의 대형화와 효율성의 제고가 중요할 뿐이지, 민주주의의 초석이면서 생태적으로 건전한 삶의 토대인 농민과 농촌은 성가신 존재로 여겨질 수밖에 없는 것이다. 그 결과 그렇지 않아도 지난 수십년간 급속히 진행된 이농현상 끝에 이제 고령층 농민들로만 겨우 잔존하고 있는 농촌공동체는 자본과 국가와 전문가들의 협동적인 공작에 의해서, 그리고 많은 지식인들과 도시인들의 무관심 속에서, 바야흐로 괴멸 직전에 이르렀다.

아마도 지금은 문명이 시작된 이래 인간으로서 가장 근원적이고 심각한 질문을 해야 할 상황인지도 모른다. 즉, 농민과 마을이 사라진 세상에서 우리에게 계속해서 인간적으로 의미있는 삶이 가능할 것인가. 아마도 당분간은 농민과 마을이 없어도 산업으로서의 농업은 지속될 수 있을지 모른다. 기업농이나 영농회사들에 의해서 보다 본격적으로 '과학적 영농'이 이루어지고, 소수나마 여전히 농촌에 잔류해 있을 수밖에 없는 사람들은 농기업에 예속된 농업노동자들로서 연명하거나 도시빈민으로 전락하는 비참한 운명을 감수해야 할지 모른다.

이미 세계적인 다국적기업들은 21세기의 가장 유망한 산업으로서 식품, 의약 부문에 눈독을 들이기 시작하였다. 몬산토를 비롯한 거대 생명공학 기업들은 지금 유전자조작 농산물을 세계 전역으로 퍼뜨림으로써, 인류사회가 식량문제에 관한 한 자신들에게 거의 전적으로 의존할 수밖에 없는 상황을 만들어내는 데 부심하고 있다. 더욱이, 지금 경제의 세계화라는 이름 밑에서 막무가내로 진행되고 있는 무역자유화와, 그것을 뒷받침하고 있는 세계무역기구(WTO) 체제는 기후, 풍토, 지리, 역사, 문화적 조건에 따른 지역적 차이를 깡그리 무시하고 오로지 시장경쟁력이라는 논리에 충실할 수밖에 없는 생산방식과 소비주의를 세계 전역에 획일적으로 강제함으로써 다국적기업들의 세계 지배를 돕는 데 앞장서고 있다.

이러한 추세 속에서, 지난 25년간 지구상에서 100만종 이상의 생물종이 멸종되는 것과 함께 문화적 다양성도 심각하게 훼손되어 가고 있다는 것은 너무도 당연한 현상인지 모른다. 영어 제국주의가 어디서나 기승을 부리고 있는 오늘날, 세계 전역에서 아직 살아있는 6,000종의 언어들 중 절반은 이미 아이들에게 가르쳐지지 않고 있으며, 21세기 말에 이르면 세계의 언어는 500종으로 감소할지도 모른다는 가공할 예측도 나오고 있다.

언어가 사라지고, 토착 내지 전통문화가 위축되고, 그 결과 문화적 다양성이 소멸되어 간다는 것은 오랜 세월 동안 인간공동체에 전승되어온 삶의 지혜와 자연세계에 대한 이해와 지식, 그리고 우주의 의미에 대한 직관이 상실되어 간다는 것을 뜻한다. 이것은 따져보면 엄청난 위험을 자초하는 현상이라고 할 수 있다. 왜냐하면, 생태적 위기가 급속도로 악화되고 있는 지금 과거 어느 때보다도 더 긴요한 이러한 지혜와 지식이 사라짐으로써 인류사회가 일상적으로 직면하는 문제들에 대해서 적절하게 대응할 수 있는 능력이 돌이킬 수 없는 감퇴를 강요당할 것임이 분명하기 때문이다. 세계화의 압력 밑에서 지역경제와 지역문화가 붕괴되고 있다는 것은 결국 인간다운 삶의 가능성이 하루하루 축소되고 있다는 것을 의미한다. 무역자유화와 시장만능주의가 이대로 계속되는 한 지구생태계와 인간의 삶은 나날이 더 취약해지고, 소생의 희망은 더 멀어져 갈 것이다.

그러나, 말할 것도 없이, 무역자유화의 논리에 의한 농산물 시장개방 요구와 거기에 대한 자발적 협력 내지 순응주의는 결국 오랫동안 일관되게 계속되어온 농민 및 농촌적 가치에 대한 천시(賤視)의 연장이며, 근대주의적 오만과 편견과 무지의 확대된 국면일 뿐이다. 최근 중국산 마늘 수입 문제를 둘러싼 논란에서 분명하게 드러나듯이, 자본과 국가와 전문가들이 숭상하는 것은 어디까지나 이윤이지, 생명의 보전이 아니다. 지금 경제성장과 수출입국, 그리하여 이른바 '선진국'으로 '도약'하겠다는 열망이 팽배한 사회에서, 국내의 마늘농사를 보호함으로써 얻는 이익 1,500만 달러를 위해서, 마늘을 포기하고 핸드폰을 수출함으로써 생기는 이익 5억 달러를 포기하자는 데 동의할 사람이 이 나라의 권력 엘리트와 지식인들과 유권자들 사이에서 과연 얼마나 있을 것인가.

그러니까, 마늘문제는 궁극적으로 정부의 외교력의 문제나 몇몇 관료의 직무유기와 무능력의 문제가 아니다. 그것은 우리가 한 인간집단으로서 어떤 사회를 바라는가, 라는 좀더 근원적인 의미의 정치적, 철학적 선택에 관계되어 있는 문제라고 할 수 있다. 우리가 좀 가난하더라도 우리 다음 세대들에게도 인간다운 생존이 가능한 농적(農的) 순환사회를 지금부터라도 회복시키는 데 진력할 것이냐, 아니면 지금까지 해온 대로 대외의존적 수출산업을 통한 경제성장의 추구라는 미래가 없는 길을 계속 가느냐의 문제인 것이다.

지금 이른바 세계의 산업국가 중에서 홍콩, 싱가포르, 대만을 제외하고는 한국처럼 25% 정도의 식량자급률을 확보하고 있는 국가는 존재하지 않는다. 서유럽과 북미국가는 오랜 공업 선진국들이면서도 전부 150% 안팎의 수준, 심지어 프랑스의 경우는 200%를 넘는 식량자급도를 유지하고 있다는 사실은 우리가 반드시 주목해야 할 현실이다. 아시아의 신흥 공업사회들인 한국, 대만, 싱가포르, 홍콩 등은 식량자급도가 형편없다는 공통점 이외에 환경문제가 심각하고, 이른바 엘리트들의 대부분이 자기 자식들을 미국과 캐나다나 그밖의 '선진국'으로 유학 내지는 이민을 보내는 데 열중해 있다는 점에서도 괄목할 만한 공통점을 드러내고 있다. 그러니까, 사회의 장기적인 생존가능성이라는 근본문제에 대해서는 철저히 외면하면서, 단기적인 경제적 이득의 추구에 혈안이 되어있는 사회일수록 그 사회의 엘리트들은 내심으로는 자기 사회에서 언젠가 떠날 준비를 하고 있다는 것이 아닌가. 그렇지 않다면, 아무리 돈이 좋다고 하더라도 다음 세대들도 살아가야 하는 생존의 토대를 파괴하는 행위를 이토록 장려 내지는 방치하고 있는 현실을 도무지 설명할 도리가 없는 것이다.

농산물은 해외로부터 사들여와서 먹으면 된다고 쉽게 생각하는 사람들이 실제로 적지 않고, 그들이 대부분 강력한 권력을 가지고 있다는 사실은 우리의 마음을 심히 암담하게 만든다. 그러나, 무엇보다 가장 큰 문제는 그러한 사람들이 흔히 농사의 원리와 산업의 원리가 근본적으로 다르다는 점을 잊고 있다는 사실이다. 우리가 지금 농민의 운명과 농촌의 생존가능성에 대하여 고민을 하는 것은 물론 일차적으로는 식량의 안정적 공급에 대한 염려(지금 미국산 쌀값이 싼 것은 그나마 우리의 쌀 생산이 계속되고 있기 때문이지 국내의 쌀 경작지가 현저히 축소되는 날 주로 아시아 시장을 겨냥해서 생산되고 있는 미국산 쌀 가격이 천정부지로 폭등할 가능성이 높다는 사실도 결코 간과할 수 없는 문제이다), 그리고 농업의 환경보전적 기능 ― 기후의 안정화에 대한 기여, 홍수조절, 지하수 함양, 경관의 유지 등등 ― 이 중단되는 사태가 불러일으킬 경악할 만한 환경재난을 염두에 두고 있기 때문이지만, 이에 못지않게, 농경문화가 갖는 근원적인 미덕, 그리고 그 미덕의 실천이야말로 사회적 분열과 인간소외가 극에 달한 오늘날 다른 어떤 것보다도 가장 시급히 필요하다는 신념 때문이다.

그 미덕이란, 간단히 말해서, 사람으로 하여금 늘 겸손한 마음을 갖고 살지 않을 수 없게 하는 농사의 원리에서 나오는 것이다. 농사는 사람이 짓는 일이지만, 사람의 힘만으로는 농사가 되지 않는다는 것을 철저히 터득한 사람만이 제대로 된 농사꾼이 되게 하는 특성을 갖고 있다. 농경은 사람으로 하여금 자연 속에서 차지하는 인간의 위치와 한계를 끊임없이 의식하게 만든다. 아무리 사람의 재간이 뛰어나고, 기술이 정교하다 하더라도 별과 달의 운행을 마음대로 할 수 없고, 기후를 통제하고, 흙의 성질을 마음대로 바꾸고, 벌레와 새와 짐승이 오가는 것을 제어하는 것은 불가능하다. 아무리 혹독한 가뭄이 들어도 궁극적으로 인간에게는 가뭄을 견디는 일 이외에 다른 해결책이 존재할 수 없다. 저수지를 만들고, 수리시설을 정비하는 등의 일은 어디까지나 부분적이고 지엽적인 노력일 수밖에 없다. 그러나, 이러한 고통과 참을성의 습득을 통해서 인간은 대지(大地) 위에서 겸손해지고, 자기보다 더 큰 존재의 소리를 들을 수 있는 귀를 갖게 되는 것이다. 이것은 운명에 대한 수동적인 굴복을 뜻하는 것이 아니다. 세계적인 반핵운동가이자 생태철학자인 다카기 진자부로(高木仁三郎)가 그의 저서 《핵의 세기말》 속에서 명석한 언어로 설명하고 있듯이, 세계의 토착민 또는 전통적인 농민사회에서 전형적으로 발견되는 그러한 겸손의 자세는 결코 숙명적인 수동의 태도가 아니라, 있는 그대로의 세계를 "수용(受容)할 줄 아는 큰 마음"에 관계되어 있는 것이다. 다카기는 자연을 단지 정복과 통제와 관리의 대상으로 여기는 세계관에서 나온 전형적인 현대기술로서 원자핵 에너지가 갖는 근본문제를 언급하면서, 이와 대조적으로 비서구 세계의 민중생활 속에서 광범위하게 살아있었던 '수용적 마음'에 대하여 다음과 같이 묘사한다.

그들은 마구잡이로 자연과 사물의 움직임에 개입하는 게 아니라, 자연과 인간 간의 상호관계를 중시하고, 스스로 자연과 화합하며, 공생하면서 보다 훌륭한 삶을 영위해 간다. 그리고 거기에서 문화를 발효시킨다. 그러한 문화의 존재방식을 추구하는 과정에서 그들은 많은 면에서 좀더 고도의 삶의 기술과 현명함을 몸에 붙이고, 좀더 유연한 감성과 좀더 고도의 지성과 신체를 획득한다.

산업주의 문화는 이러한 겸손의 자세를 조롱하고 비웃으면서 성장해왔지만, 그렇게 함으로써 '산업인간'은 도덕적, 정신적으로 극히 왜소한 미숙아가 되어버렸다. 산업의 세계에서 만물의 척도는 인간의 한계를 모르는 자기 확대의 욕망이다. 그리하여, 자본과 기술의 힘으로 얼마든지 자연적 제약을 뛰어넘을 수 있다는 교만심이 분별없이 확대되어왔고, 그 결과로 지금 우리는 스스로의 생존의 발판을 제거하는 데 열중하고 있는, 인류 역사상 가장 난폭하고 어리석은 시대에 살게 된 것이다.
우리는 오늘날 단 한순간도 사회적 약자를 괴롭히고, 자연세계에 훼손을 가하지 않고는 생활을 영위할 수 없는, 근원적으로 폭력에 기초한 삶을 숙명처럼 받아들이면서 살아가고 있다. 일찍이 간디는 독립을 쟁취한 이후 인도가 가야 할 장래에 대한 비견을 말하는 자리에서 "진리와 비폭력을 실천하는 삶은 우리가 도시가 아니라 촌락에서, 궁전이 아니라 오두막에서 살 때만 실현될 수 있다"라고 말하였다. 도시 중심의 뿌리없는 소비주의 문화가 걷잡을 수 없는 전염병처럼 창궐하는 오늘의 현실에서 이것은 시대착오적인 헛소리로 들리기 쉽다. 그러나, 우리가 정말 사람다운 삶을 생각한다면, 간디의 말에 담긴 심오한 의미를 이해할 수 있어야 한다. 이 맹목적인 성장과 발전의 논리에 대하여 '아니오'라고 단호하게 거부하고, 농(農)의 세계의 근원적인 아름다움을 알아보는 지혜와 용기가 없다면, 우리가 인간의 위엄과 품위에 대하여 계속해서 얘기한다는 것은 공허한 말장난에 지나지 않는다. (2002년)

아름다운 영혼을 기리며

R형께

오래 만나지 못했습니다. 여름이 가면 한번 만나볼 수 있으리라 했는데, 어느새 깊은 가을입니다. 나이 들어가면서 몸과 마음이 갈수록 무거워져 가는 듯하여 새삼 서글픈 심정이 됩니다.

요즘도 북한산을 자주 오르시겠지요. 북한산은 많이 망가졌다고는 해도 원래 명산이니까, 지금쯤 가을의 정취가 굉장하리라 짐작됩니다. 하기는 높은 산까지 가지 않아도 어디서나 충분히 느낄 수 있는 가을입니다.

문득 이제는 수사(修辭)는 모두 군더더기라는 느낌이 듭니다. 시인 예이츠는 50세가 넘어 쓴 어떤 작품의 첫구절을 단순히 "나무들은 그들의 가을 아름다움 속에 있다"라고 썼습니다. 젊었을 적에는 이 구절이 참 싱겁다고 생각했는데, 요즘 학교에서 이 시를 학생들과 함께 읽다가 그 간결한 표현에 새삼스럽게 뭉클한 느낌을 받았습니다. 왠지 점점 사소한 것이 사소한 것으로 보이지 않습니다. 그리고 무엇보다도, 말이 아니라, 말을 포함하여 모든 것을 존재하게 하는 근원 — 세상의 있음과 신비와 그로 인한 아름다움 앞에 전율을 느낄 뿐입니다.

세상은 본시 믿을 수 없을 만큼 아름다운 곳인데, 그런 세상을 지금 우리가 어떻게 하고 있는가 — 깊어가는 가을하늘을 바라보면서도 나는 내내 마음이 편치 않습니다. 저 하늘의 오존층이 구멍이 뚫리고, 얇아져 간다는 것을 알고 있는 한, 그래서 예컨대 지구상에서 개구리들이 급속히 멸종되어 간다는 사실을 알고 있는 한, 내 마음이 편치 못한 것은 당연합니다. 개구리들의 알은 햇빛에 노출되어 있는데, 지금 햇빛은 점점더 많은 자외선을 포함하고 있기 때문에 그 알들이 제대로 부화를 하지 못합니다. 강화된 자외선으로 피해를 입는 게 개구리들만이 아니라는 건 말할 필요도 없는 일입니다. 사람들 사이에 피부암이 증가하고, 백내장 환자가 속출하는 게 모두 그것과 관계되어 있다는 유력한 견해도 있습니다. 앞으로 농사도 점점 어려워질 게 분명한데, 거기다가 지구온난화라는 무서운 재앙의 일상화를 생각해보십시오.

그런데도 불구하고, 우리는 너무도 태평스럽습니다. 정말 워낙 통이 큰 사람들이어서 태평인지, 몰라서 태평인지, 알면서도 사실을 인정하기가 두려워서 짐짓 태평스러움을 가장하는지 모르겠습니다만, 이토록 자멸적인 행동을 아무런 거리낌없이 끊임없이 되풀이하고 있는 것을 어떻게 이해해야 할까요.

나는 요즘 시내에서 경산의 학교로 오고가는 버스 속에서 아예 눈을 감고 있는 경우가 점점 많아져 갑니다. 잠깐 눈을 붙이려는 게 아니라, 지나가는 길에서 보이는 산과 들이 마구잡이로 파괴되어 가는 모습을 볼 수가 없기 때문입니다. 도대체 상처입지 않은 산과 들이 없습니다. 이 길을 오가며 지난 20년 동안 수없이 보아왔던 풍경의 손상임에도 불구하고, 또 나이가 많아져도, 나는 적응이 안됩니다. 산허리가 허옇게 드러난 모습을 보면 가슴이 미어터지는 것 같습니다. 생명의 서식처가 이처럼 갈갈이 찢겨져 가는 데가 여기뿐만 아니라는 것을 너무도 잘 알기에, 나는 여행이고 뭐고 돌아다니는 것이 도무지 싫습니다. 재작년 가을인가, 원주에서 장일순 선생님 5주기 기념행사 때 소백산을 통해서 자동차를 타고 갔다온 일이 있었습니다만, 나는 그때 소백산의 깊은 오지(奧地)마저 고속도로 공사로 돌이킬 수 없이 거덜나고 있는 현장을 보면서, 너무도 고통스러웠습니다. 하기는 요즘 시골에서는 더 살기가 고달파요. 경제 때문이라기보다 환경파괴가 더 노골적이기 때문입니다. 작년 여름인가 김해 근처 시골에 방을 하나 빌려 잠시 쉬어보겠다고 갔다가 하룻밤 자고 도로 대구로 돌아올 수밖에 없었습니다. 무엇보다 시골이 조용할 것이라는 예상이 터무니없이 빗나갔기 때문입니다. 농약냄새가 사방에서 바람을 타고 들이닥치는 것도 참을 수 없었지만, 시골 동네가 근처의 고속도로를 달리는 자동차들의 소음에 완전히 무방비 상태였습니다. 게다가 행상들의 확성기 소리가 이미 시골도 점령해버렸더군요. 한밤중에 천지를 진동시키는 듯한 황소개구리의 괴성은 말할 수도 없었고요. 언젠가 형이 했던 말, "사람의 자식이 머리 둘 곳이 없다"라는 말이 참으로 실감나는 세월입니다.

그러나, 문제는 돌파구가 거의 보이지 않는다는 점입니다. 요며칠 노벨평화상 얘기로 떠들썩하지만, 우리들 대부분이 잊어버리고 있는 것은 지금 우리 상황이 과연 평화상 운운할 형편이 되는가 하는 것입니다. 나는 대통령의 노벨평화상 수상소식을 듣는 순간 매향리 생각을 했습니다. 그 것은 아마 '평화'라는 말 때문이었을 겁니다. 내가 매향리의 일에 대해 갖고 있는 지식과 관심은 보잘것없는 수준입니다. 신문에서 보도해주는 것 이상 특별히 자료를 챙겨보지도 않았어요. 그런데, 얼마 전에 MBC 토론 프로그램에서 우연히 매향리 주민이 말하는 것을 들을 기회가 있었는데, 그때 그 발언이 너무도 감동적이었고, 그 이후 내내 뇌리를 떠나지 않습니다. 아마 형도 들었다면 좋았을 텐데, 주민대표로 청중석에서 발언할 기회를 얻었던 그분 말씀이 자기들은 6·25가 끝난 뒤에도 계속하여 50년 동안 내내 전쟁상황 속에서 살아왔다는 거예요. 끊임없는 폭격 속에서 살아왔으니, 맞는 말이지요. 그런데, 그러면 이제 주민들이 원하는 게 뭐냐고, 보상금을 받아서 다른 곳으로 이주하기를 원하는가, 아니면 미군 폭격연습장의 이전을 원하는가라는 토론 사회자의 질문에 대한 그분의 답변이 뭐였는지 짐작하시겠습니까. 그는 폭격연습장이 얼마나 끔찍한 것인가를 간단히 설명한 다음 자기들은 폭격장의 즉각적이고 완전한 폐쇄를 원할 뿐이라는 거였습니다. 우리나라의 어느 곳에도 그런 폭격장이 더 있어도 안되지만, 자기들은 평화로운 삶을 뿌리로부터 부정하는 그러한 폭격장이 설령 미국으로, 미국의 사막지대로 옮겨간다 하더라도 반대하고 싶다고 하는 것이었습니다. 사막에도 생명이 붙어살고 있고, 사막 자체도 생명일 텐데, 생명에 대해 무자비한 상해를 끝도 없이 자행하는 그런 폭력이 지구상 어느 곳에서도 계속되어서는 안된다는 말이었습니다. 나는 학교에서 야간수업을 마치고 밤늦게 들어와서 그날 뉴스라도 잠깐 들어보려고 텔레비젼을 켰다가 그 발언을 들었습니다. 기막히더군요. 엄청난 고통을 진정으로 겪어본 사람이 아니고는 할 수 없는 말이라는 생각이 들었습니다.

돈 몇푼이면 만사가 해결될 수 있다는 사고방식에 깊이 빠져있는 사람들에게 이런 발언이 어떻게 받아들여질 수 있을까요. 나는 너무나 오랜만에 인간으로서의 존엄성이라는 게 어떤 것인지 감동적으로 마주치는 경험을 하였습니다. 인간에게는 아마 고통스러운 상황에 직면하면 할수록 꺾어질 수 없는 정신력이라는 게 내재되어 있는지도 모릅니다. 그러나 한편으로는, 오죽하면, 얼마나 큰 고통이었기에 저런 생각에 이르렀을까 — 하는 안쓰러운 느낌이 드는 것도 사실이었습니다. 그리고, 나아가서는, 그들 때문에 수십년 동안 밤낮없이 삶을 유린당해온 매향리 사람들이, 다만 그 일부라 할지라도, 저런 엄청나게 큰 생각을 갖고 있다는 것을 미국 사람들이 상상이라도 할 수 있을까 하는 생각이 들었습니다. 지난번 프랑크푸르트 공항에서 북한의 최고 인민회의 김영남 의장이 미국 사람들에게 당한 수모 기억나시지요. 아무리 적성국가로 낙인이 찍혔다 하지만, 명색이 국가의 수반이라는 인물에 대해서 비행기 탑승 직전에 옷을 뒤지고, 구두를 벗으라고 하는 요구가 어떻게 가능한지, 그가 만일 백인이었다면, 저런 대우를 할 수 있었을까 등등 — 며칠을 두고 쉽게 풀리지 않는 의문 때문에 내 옹졸한 마음이 한결 더 졸아드는 기분이었습니다.

또, 바로 지금 이 편지를 쓰고 있는데, 동두천에서 농민들이 길에 말리느라고 널어둔 나락을 미군 탱크들이 아랑곳도 하지 않고 짓밟고 지나갔다는 뉴스가 나오고 있습니다. 한해 농사를 망쳐버린 농민들의 기막혀하는 얼굴, 분노로 일그러진 얼굴이 뉴스를 전하는 텔레비전 화면에 비쳤다 사라지고 있습니다. 나는 민족주의적 감정을 말하는 게 아닙니다. 힘센 자들의 오만불손함에 대해서 말하고 있을 뿐입니다. 하기는 그들은 자기들의 임무에 충실했을 뿐이라는 논리도 가능하겠지요. 아우슈비츠의 나치스 친위대원들이 자기들의 가정에서는 다정다감한 어버이이자 남편이었다고 하지 않습니까. 그들은 대부분 또 자기들이 기르는 개나 고양이 같은 동물도 지극히 사랑하는 사람들이었다고 합니다. 그러한 그들이 인간 역사상 전례 없는 참혹한 대량학살을 집행하는 데 망설임이 없었던 것은 무엇보다 그들의 주어진 직분에 대한 충실성 때문이었다는 해석이 있습니다. 그들은 자기들에게 과해진 일에 헌신함으로써 자기자신의 삶이 어떻든 뜻이 있고, 보람있는 것이라는 느낌을 가질 수 있었는지 모릅니다. 그들은 적어도 권위를 부정하거나 권위에 대한 불복종을 택했을 때, 설령 명백한 처벌을 면한다 하더라도, 거의 틀림없이 직면할 죄책감, 외로움, 소외로부터 미리 벗어날 수 있었다는 거지요. 사람이란 귀속감을 잃어버리는 걸 극도로 두려워하는 허약한 존재인지도 모릅니다.

그러니까, 직분에 대한 충실성이라는 것이 과연 무엇인지 우리는 물어보아야 합니다. 더욱이, 그러한 충실성이 자기가 소속한 기관, 단체, 집단, 국가, 민족에 대한 맹목적 헌신이라는 것에 연결되어 있을 때는 그 결과는 무서운 질곡이자 재앙이 되리라는 것은 말할 나위가 없습니다. 애국심이니 국익이니 하는 말에는 무엇보다 먼저 부패의 냄새가 짙게 풍깁니다. 달라이 라마의 방한을 불허한다는 정부의 결정도 '국익'을 고려해서라고 합니다. 티베트를 강점하고 있는 중국정부의 입장에서 달라이 라마의 한국방문이 탐탁할 리는 없겠지요. 그런데, 노벨평화상을 받았다고 해서 국가적 경사 운운하는 상황에서, 바로 또하나의 노벨평화상 수상자인 달라이 라마의 방한을 '국익' 때문에 허용할 수 없다는 것은 너무도 염치없는 논리란 말이에요. 하기는 염치가 있거나 말거나 그때그때마다 내 편할 대로 살면 그만이라는 편의주의가 팽배해 있는 세상이니 이렇게 일관성을 따지고, 합리성을 따지는 것 자체가 부질없는 짓일지도 모릅니다.

이번호를 편집하는 도중에 뜻밖에 권정생 선생님이 시를 한편 보내주셨어요. 그동안 건강이 많이 안 좋으신 듯해서 원고청탁도 되도록 미루고 지냈는데, 갱지로 된 이백자 원고지에 반듯한 글씨로 쓴 시를 한편 보내오셔서 얼른 읽어보았더니, '애국심'을 비판하는 내용이더군요. 소위 애국심이라는 것으로부터 해방된 사람만이 꽃과 나무와 풀을 진정으로 사랑할 수 있으리라는 것입니다. 아마 세상 돌아가는 것에 대해서 선생님도 요새 나하고 비슷한 심정을 느끼고 계신지도 모른다는 생각이 들었습니다.

어쨌든 국익이니 애국심이니 하는 허깨비 같은 소리는 그만하고, 정직해지는 게 제일 중요하지 않을까 싶어요. 요즘은 아이들도 거짓말투성이에요. 가령, 입시 때 면접을 보면서 왜 이 학과에 지원했느냐고 물어보면, 모두들 장차 국가와 민족을 위해서 일하겠다고 합니다. 기왕 거짓말할 바에야 좀더 보편적 가치인 인류를 위해서 일하겠다고 하면 조금 더 나을 것 같은데, 그렇게 말하는 학생은 물론 없습니다. 하물며, 자기 고향이나 마을 사람들을 위해서 일하겠다는 대답을 어떻게 기대할 수 있겠어요. 형도 학교에 계시니까, 내 말이 무슨 말인 줄 짐작하실 겁니다. 물론, 예전부터 우리사회가 뿌리깊은 권위주의 사회니까 사적 공간에서 하는 이야기와 공적 공간에서 하는 얘기가 많이 다르고, 또 달라야 하는 경우도 있지만, 지금은 권위주의의 질곡이 여러 면에서 퇴조를 보이고 있다고 하는 상황인데, 오히려 허세와 거짓말이 더 노골적으로 기승을 부리고 있습니다.

지난 6월에 남북정상회담이 있기 직전, 중앙일보에 역사학자 이인호 선생이 쓴 짧은 글을 우연히 읽어볼 수 있었습니다. 지금도 그 글에서 읽고 기억이 생생한 것은, 남북이 갈라진 이후 많은 불행과 비극이 계속되어왔지만, 그 중에서도 가장 큰 불행은 냉전체제 속에서 "우리가 한번도 진실을 끝까지 추구하는 습관을 길들일 수 없었다"는 말이었습니다. 나는 이인호 선생과는 일면식도 없고, 그저 그분이 견실한 러시아사 전공자라는 사실을 알고 있을 뿐이지만, 이런 말을 하는 선생의 심정을 이해할 수 있을 것 같았습니다. 학문이든 생활이든 우리의 삶의 토대는 허위와 기만으로 점철되어왔고, 이런 것을 예민하게 느끼는 사람이 있어서 무엇인가를 시도한다 하더라도 침묵과 무관심과 냉소주의의 벽을 뚫는다는 것은 불가능한 일이니까요. 실제로, 나 자신도 그래요. 누가 조금 날카롭게 원칙을 들고 나오면, 우선 피곤하다는 생각이 먼저 든단 말이에요. 적극적인 악행이 있다기보다도 변화시키기 힘든 관성의 힘이 우리를 지배하고 있는 게 틀림없어요. 물론 이 모든 게 냉전체제와 직접 관계되어 있는 것은 아니겠지요. 그러나, 우리가 대체로 깊게 생각하고, 철저하게, 끈질기게 탐구해보는 태도가 부족한 것은 사실이고, 그것은 사회 전체에 완강히 뿌리박고 있는 금기의식, 그로 인한 인식의 상투성이라는 것과 불가분의 관계에 있는 게 분명해요. 사실, 자신의 삶이 거짓 속에 뿌리박고 있다는 의식조차 없이, 우리는 정치적인 치매상태 속에서 오히려 안도감을 느끼고 살아왔단 말이에요.

그러니까, 진실 속에 뿌리박은 삶이란 큰 용기와 지혜가 없이는 불가능한 것인지 모릅니다. 6월 남북정상회담 이후 이산가족이 때늦은 상봉을 할 기회를 갖게 된 것은 더 말할 필요도 없이 고마워해야 할 경사지만, 그러나 여야를 불문하고, 뻔한 거짓말을 계속하고 있는 것은 아직도 가야할 길이 너무도 멀다는 생각을 하게 합니다. 지금 편리하게도, 민족이라는 말이 거침없이 쓰여지고 있지만, 과연 민족 전체에게 고루 이익이 되는 방향으로 가고 있다는 것인지 나는 모르겠습니다. 남북간에 이제부터는 절대로 전쟁이 일어나지 않도록 하는 노력을 한다는 차원을 떠나서, 남북협력 사업이니, 경협이니 하는 단어들이 핵심이 되는 것을 보고 있으면, 나도 모르게 긴 한숨이 나옵니다. 오랜 실랑이 끝에 남한과 미국이 대북협력 사업으로 설정한 최초의 일이 하필이면 원자력발전소 건설로 나타나는 것을 볼 때와 마찬가지로 착잡하기 그지없는 기분입니다.

물론 북한사회가 개방적이고, 자유로운 사회가 되어야 한다는 것은 말할 필요가 없습니다. 그러나 그러한 개방이 이른바 세계화 경제에 대한 종속관계의 심화를 의미하고, 남북화해와 협력의 구체적인 결실이 남한의 자본과 기술 플러스 북한의 노동력에 의한 국제경쟁력의 강화라는 것으로 나타나야 하는 것이라면, 그래서 약자를 억압하고 강자를 섬기는 이 야만주의의 구조가 근본적으로 변경되기는커녕 오히려 심화, 확대되는 데 기여한다면, 그러한 방식의 '평화구조'와 통일을 위한 노력이, 적어도 풀뿌리 민중의 입장에서, 무슨 의미가 있는지 묻지 않을 수 없다는 말입니다.

물론, 어떻든 남북이 좋은 관계를 유지, 발전시켜 나가는 것이 우선적인 일이라는 데는 이견이 있을 수 없겠지요. 그러나, 예를 들어, 지난번 노동당 창건기념 행사 때 북한 당국에서 남한의 단체, 개인들을 초청하였을 때, 나는 그 명단을 유심히 보았습니다만, 남한의 노동자나 농민의 대표라고 할 수 있는 사람들은 개인이건 단체건 빠져있더군요. 이것이 단순한 간과(看過)를 말하는지, 의도적인 제외를 말하는지 나는 짐작도 못합니다만, 명색이 노동자 농민의 이름으로 세워지고, 유지되는 체제라고 하면서, 이런 방향으로 간다는 것은 그쪽의 '진실'도 결국 돈 문제라는 걸 단적으로 말해주는 게 아닌가 싶습니다. 철도도 연결되고, 어느 정도의 자유로운 왕래도 곧 가능할 것 같은 분위기에 마음이 들뜨는 것은 사실이지만, 새로운 남북관계의 전개 앞에서 우리의 마음이 마냥 편할 수는 없습니다. 당장 휴전선 일대에 대한 개발 이야기가 나오는 것을 보십시오. 먹잇감이 나타나기를 학수고대하던 이리떼라고 할까요.

여러 가능성이 있다면, 역사는 나쁜 쪽으로 가기 쉽다는 이야기가 있다고 들었습니다만, 근거가 있는 얘기인지 모르겠습니다. 나는 지금 사람들 마음이 온통 사기(邪氣)로 차 있는 게 아닌가 하는 생각을 떨쳐버리기가 힘들어서 하는 말입니다.

의사들의 파업도 그래요. 나는 의사들의 파업이 시작될 때, 마음 한구석에는 꽤 재미있다는 생각도 있었습니다. 의사들이라고 해서 파업을 절대로 해서는 안된다는 법이 있을 수 없고, 파업행위를 통해서 정당한 쟁점이 드러나고 합리적인 토론이 시작된다면 그것은 건강한 삶에 기여하는 바가 있을 것이기 때문입니다. 그러나 의사들의 파업 내지 폐업이 장기화됨에 따라 대다수 시민들처럼 나도 의사들의 진정한 요구가 무엇인지 점점더 알 수가 없다는 느낌이 들었습니다. 무엇보다도 나는 그들이 이 사회에서 의료 및 건강관련 종사자들로서 함께 일하고 있는 여러 다른 보건전문가들과의 관계는 간단히 무시하고, 유아독존적인 자세로 일관하는 듯한 자세에 큰 실망을 느끼지 않을 수 없었습니다. 의약분업이 지금 단계에서 정말로 바람직한 것인가 하는 것은 별개문제입니다. (나는 의약분업으로 약물 오남용의 습관이 근절 또는 감소될 수 있다고 믿는 데에는 문제가 있다고 봅니다. 실제로, 의약분업이 실시되고 있는 이른바 구미 선진국에서도 약물 오남용은 지금 굉장히 큰 사회적 문제가 되어있단 말이에요. 중요한 것은 오늘날 전세계적으로 화학물질에 대한 의존이 심화된 데에는 거대 화학 및 제약자본과 거기에 결탁된 정치의 문제가 근본문제라는 것을 잊지 말아야 합니다.) 그리고, "국민의 건강을 위해서" 지금 필요한 것은 '의권'의 확립과 '완전한' 의약분업 ― 약사들의 임의조제, 대체조제를 완전히 금지하는 ― 이라고 하는 의사들의 주장이 정말 타당한가 아닌가 하는 것은 내가 보기에는 부차적인 문제입니다.

'의권'이라는 단어가 나오는 것을 보면서 처음에 나는 어리둥절한 기분이었습니다. '교권'이라는 말은 조금 구시대적인 느낌이 안 드는 것은 아니지만, 성립가능한 말이라고 생각됩니다. 독재정권과 권위주의적인 관료에 의해서, 그리고 자기중심적인 학부형들에 의해서 교사의 독립성과 자율성이 무참하게 유린되어온 상황에서 교권이라는 말이 나온다는 것은 당연한 일일 것입니다. 그러나, '의권'이라고 하면, 누구의 무슨 권리를 말하는 것인지요.

'의권'이라는 용어를 쓰는 것을 보면 의사들이 자기들을 희생자로 보고 있다는 얘기가 되는데, 그런 사고방식에 공감을 느낄 사람들이 얼마나 될까요. 의료보험 제도가 도입된 이래 의사들의 경제적 소득이 예전과 같지 않다는 것은 잘 알려져 왔고, 의료보험 제도가 갖고 있는 모순은 합리적으로 개선될 필요가 있다는 데 대해서도 대체로 동의하는 분위기인 듯합니다. 그러나, 그나마 편법으로 또는 심지어 부정한 방법으로라도 어느 정도 이상의 수입이 보장되던 상황이 더이상 계속될 수 없게 되자 의사들이 돌연히 "국민의 건강을 위해서"라는 명분을 내걸고, 자신들의 파트너인 약사들의 존재는 아랑곳도 하지 않고 막무가내로 자신들의 일방적인 주장의 관철을 위하여, 수많은 무고한 사람들에게 스트레스를 주면서, 들끓는 간청과 항의와 분노의 목소리 가운데서, 세계에서도 유례가 없는 규모와 강도로 파업상황을 장기간에 걸쳐 되풀이하여 결행하는 것을 보면서, 나는 설령 그들의 주장에 충분한 타당성이 있다 하더라도 그들을 지지하고 싶은 마음이 없어지고, 하나의 전문집단으로서의 의사라는 직업에 대해서 정나미가 떨어질 지경이 되었습니다. 무엇보다도 나는 우리나라 의사들의 사회성의 문제를 테마로 한 연구가 있어야 하지 않을까 하는 생각이 들었습니다.

이런 상황은 의사들이 은연중 자신들을 특권적인 존재로 생각하기 때문이 아닐까요. 왜 그들은, 예를 들어, 학교 교사들보다 더 높은 사회적 지위를 누리고, 높은 경제적 보상을 받아야 한다고 생각하는 걸까요. 교사들만큼 대우를 받는다 하더라도 이미 의사들은 그들 자신의 직분 속에서 돈으로, 물리적으로 환산할 수 없는 커다란 보답을 받고 있다는 것을 왜 기억하지 못할까요. 우리들 대부분에게는 한평생을 살면서 정말 보람있는 삶을 경험하는 순간이 드물게밖에 주어지지 않습니다. 그러나 생각해보면, 의사들에게는 그들의 일상적인 진료행위 하나하나가 보람의 순간이 될 가능성이 큽니다. 따져보면, 의사의 진료행위로부터 '축복'을 받는 것은 환자보다도 오히려 의사 자신일지 모릅니다. 이런 생각을 할 수 있다면, 마음에 교만이 들어올 여지가 없겠지요. 나는 의사단체에서 정부에 보내는 요구사항 속에 일반약품은 슈퍼마켓에서도 판매할 수 있게 해야 한다라는 구절이 있다는 얘기를 듣고, 충격을 받았습니다. 자신들이 말하는 '의권' 확보와도 관계없는 문제에까지 간섭하려 들면서 약사들의 생존권은 철저히 무시하는 자세를 그대로 드러내고 있기 때문이었습니다.

더불어 평등하게 살아야 한다는 의식의 결핍은 물론 의사들의 문제만은 아닙니다. 자본주의 체제가 심화되고, 산업주의 문명이 기승을 부릴수록 인간관계는 냉혹하고, 황량한 것일 수밖에 없습니다. 그리고, 조금 더 생각을 해보면, 최근의 의사파업의 문제는 현대 서양의학의 근본문제와도 연관되어 있는 것인지도 모릅니다. 무슨 말이냐 하면, 오늘날 의사들의 심리의 저변에 깔려있는 독선적인 자세는 현대 서양의학에 내재한 배타성과 긴밀히 관계되어 있을지도 모른다는 얘깁니다. 현대 서양의학은 이른바 과학성이라는 무기를 뒷받침으로 하여, 질병과 건강을 자기와 다른 관점에서 접근하는 모든 다른 종류의 의료기술을 처음부터 철저히 억압하고, 무시하며, 불법화하는 과정을 통해서 오늘과 같은 독점적 지위를 누려왔다는 것은 잘 알려진 일입니다. 그러니까, 핵심적인 문제는 서양의학이 건강을 돌보고, 질병을 회복시키는 방법에 있어서 여러 있을 수 있는 방법 가운데서 한가지 방법이라는 사실을 몰각하고, 자기만이 유일무이한 정당한 방법이라고 완강하게 고집을 부린다는 점일 것입니다.

그러나, 이러한 완고한 배타성이 실제로 가능한 것은 현대의학이 산업주의 체제의 핵심적 구성요소로 작용하고 있기 때문이라고 할 수 있습니다. 오늘날 건강과 의료는 무엇보다 상품이 되었고, 산업체제를 유지시키는 데 불가결한 요소가 되었습니다. 미국에서의 한 연구에 의하면, 지금 의료 및 건강관련 산업은 국방관계 다음으로 큰 산업이라고 합니다. 상식적으로 생각해볼 때, 오늘날 빈발하는 질병들, 특히 퇴행성 질병들이 만연하는 것은 근본적으로 우리의 환경이 ─ 넓은 의미든 좁은 의미든 ─ 갈수록 악화하기 때문인데, 그렇다면 예방의학적 차원에서 환경을 보호하고 정화하는 노력이 무엇보다 선행되어야 할 것으로 보입니다. 그러나, 실제 상황은 거꾸로 가고 있는 것은 미국이나 한국이나 다를 게 없습니다. 왜? 환경파괴를 막고, 환경을 정화하는 노력은 돈이 되는 일이 아니고, 돈과 권력을 독점하고 있는 기성체제에 잠재적으로 근본적인 위협이 될 가능성이 크기 때문입니다.

한국이든 미국이든, 의사들이 지금 악화일로에 있는 환경상황에 대해서 그들의 전문성을 바탕으로 집단적인 개선의 노력을 보여주지 않는 것도 주목할 현상입니다. 물론 극소수의 예외가 없지는 않지만, 과연 일반적으로 의사들이 질병과 건강의 문제에 대해 책임감 있는 자세로 깊이 생각하고 있는지 의심스럽다는 말입니다. 의사들이 관심을 갖는 것은 이른바 첨단기술일 뿐, 질병 발생의 보다 근본적인 맥락으로서의 사회적, 환경적 상황에 대한 성찰은 너무도 희박한 게 아닌가 합니다. 따져보면, 이것도 개개인의 자질문제 이전에 서양의학 자체의 내재적 논리에 관계되어 있는 문제일 것입니다.

물론, 기술을 위주로 하는 현대 서양의학이 쓸모없다는 얘기가 아닙니다. 문제는 여러 다양한 원천에 뿌리를 둔 민간 및 전통의술들과 공존하면서, 많은 건강관리 내지 치유방법들 중 하나일 뿐이라는 자기인식에 서양의학이 겸손하게 도달할 용의가 되어 있느냐 하는 것입니다. 하버드 의과대학 출신으로 지금 미국에서 저명한 자연의학자로 주목받고 있는 제임스 고든은 오늘의 주류의학, 즉 기술주의 서양의학은 질병에 대처하는 방법으로서 최후에 적용해야 할 기술이라고 언명한 적이 있습니다. 나는 이런 견해를 한국의 의학계에서도 조심스럽게 경청하는 분위기가 빨리 조성되기를 고대합니다. 왜냐하면, 의료문제는 우리가 생태중심의 새로운 문명사회로 나아가는 데 있어서 우리들 대부분에게 가장 직접적으로 관계되어 있기 때문입니다. 지금과 같은 기계론적인 세계관에 뿌리를 둔 기술주의 의학을 언제까지나 주류의학으로 계속 떠받들면서, 우리가 당면한 사회적, 생태적 위기를 극복한다는 것은 불가능한 일입니다. 생각해보십시오. 제왕절개 수술을 받는 산모가 전체 산모 중 절반에 이르고 있는 현실입니다. 이 문제에 관해서는 나는 따로 좀더 본격적인 글을 써보려고 합니다만, 간단히 말하여, 이런 식으로 우리의 삶이 철저히 기술에 의해 간섭을 받는다면, 인간으로서의 우리의 주체성, 존엄성의 문제는 더이상 운위할 수 없는 날이 곧 오게 될 것입니다.

일찍이 간디는 인도 사람들이 서양의학에 의존하면 할수록 노예상태를 면하지 못한다고 갈파한 적이 있습니다. 간디의 관점에서 볼 때, 서양의학은 근본적으로 그것이 인간영혼과 자연을 어지럽히는 근대 서구의 기계론적 세계관에 토대를 둔 것인 한, 자연과의 근원적인 조화를 토대로 사람이 사람과 살아가면서 쌓아온 전통적인 삶의 기술 ─ 건강을 유지하기 위한 보살핌의 지혜와 기술 ─ 을 조롱하고 억압하는 폭력의 기술일 수밖에 없으며, 따라서 풀뿌리 민중의 삶과 공동체를 뿌리로부터 훼손하는 데 막대한 역할을 한다는 것입니다. 간디의 이러한 통찰은 오늘날 이 사회의 일그러진 의료체제의 진정한 개혁을 생각하는 데뿐만 아니라 나아가서 지금 급속도로 우리의 삶의 뿌리를 건드리고 있는 이른바 첨단 과학기술의 문제에 관련해서 깊이 음미하지 않으면 안될 것이라고 나는 생각합니다.

물론, 우리가 과학기술의 진보에 대해 무조건 부정적인 태도를 취하는 것은 어리석은 일입니다. 그러나, 지금 유전자조작 기술이라는 것을 위시한 첨단 과학기술의 동향을 암시하는 새로운 소식들에 접할 때마다 솔직히 마음이 너무도 편치 않습니다. 구체적인 내용은 잘 알 수 없다 하더라도, 적어도 직관적으로 나는 오늘의 이른바 첨단 과학기술의 세계가 인간의 인간다움의 원천이 무엇인지 완전히 망각하거나 무시하고 나아가는 극단적인 교만과 불경(不敬)에 기초하여 움직이는 세계라는 것은 확연히 느낄 수 있습니다. 사람이 어디까지 손을 대고, 어디서부터 건드리지 말아야 하는가 하는 것은 간단히 얘기할 수 있는 문제가 아니겠지만, 지금은 그러한 한계에 대한 의식 자체가 완전히 무너져 있는 상황이 아닌가 싶습니다.

20세기의 뛰어난 시인이자 트라피스트 수도승이었던 토머스 머튼은 〈시인들에게〉라는 짧은 에세이에서, 시인을 정의하기를 "열매가 맺은 다음에 꽃이 피기를 기대하는 사람이 아니라 먼저 꽃이 핀 다음에 열매가 맺기를 기다리는 사람"이라고 말했습니다. 열매는 꽃이 핀 다음이라야 비로소 맺을 수 있다는 건 너무나 당연한 얘기인데, 새삼스럽게 이것을 언급하는 것은 왜일까요. 지금은 모든 게 거꾸로 가고 있는 세상이기 때문입니다. 본말전도(本末顚倒)도 이만저만이 아닙니다. 지금 모두들 죽으러 가는 길을 가면서 이게 살길이라고 착각하고 있잖아요. 어떻게 보면, 오늘의 문명은 인간이 제 욕심에 눈이 어두워져서 앞뒤를 돌아보지 않고, 자연의 순리라는 잣대를 간단히 망각해버린 데서 타락하기 시작했는지 모르겠다는 생각이 듭니다.

지금 대부분의 사람들은 터무니없는 미신에 깊이 젖어있는 게 아닌가 합니다. 왜냐하면 사람들은 대부분 과학기술의 진보가 불가피하고, 그것을 통해서 인류가 직면한 위기가 극복될 수 있으리라고 믿고 있는 것처럼 보이기 때문입니다. 일본 잡지《세카이(世界)》9월호에 〈과학기술의 새로운 전개〉라는 제목으로 일본의 지식인 세 사람이 나눈 좌담이 실려 있어서 읽어보았습니다. 과학철학자, 물리학자, 경제학자로 된 참석자들이 요즘의 과학기술이 어떻게 달라지고 있는가에 대해 이야기를 주고받고 있는 좌담기록이었습니다만, 그 이야기 중에서 퍽 흥미로운 대목이 있었습니다. 그것은 2, 30년 전에 비하여 지금 일본의 자연계 과학자들은 핵 문제나 환경위기 등으로 인해 과학에 대해서 좀더 조심스러워지고, 좀더 겸손해지는 경향이 있다고 할 수 있는 반면에, 오히려 인문사회계 지식인들 사이에서는 "실제 요즘의 과학기술의 내용도 잘 모르면서" 과학기술 시대에 대하여 거의 맹목적인 순종 내지는 적응해야 할 필요를 주장하는 소리가 높아지는 기현상이 있다는 지적이었습니다. 나는 이것이 일본에 국한된 이야기가 아니라고 생각합니다. 나는 한국의 자연과학 연구자들이 얼마나 겸손한 생각을 갖고 사는지는 모릅니다. 그러나 적어도 인문사회계 지식인 사회에서는 아마도 일본에 못지않은 맹목적인 과학 숭배 사조가 널리 퍼져 있는 게 확실합니다. 실제로 오늘의 과학이 구체적으로 무엇을 어떻게 하고 있는 것인지 잘 알지도 못하면서 말입니다.

이번호《녹색평론》을 준비하면서 나는 이런 생각에 잠겨 있었습니다. 그런데, 과학기술계 내부로부터 근본적인 자성의 소리가 나오고 있다는 것이 놀랍습니다. 메시지 자체는 암울하지만, 그래도 나는 빌 조이의 글 〈왜 우리는 미래에 필요없는 존재가 될 것인가〉를 번역하면서 결국 사람의 깨달음보다 더 값진 것이 없다는 생각을 하게 되었습니다. 이 글은 그 자체 크게 새로운 얘기가 아닐지 모릅니다. 적어도 산업주의 문명이 발흥한 이후 수많은 사상가, 시인, 예술가들이 고민해온 핵심적인 문제가 바로 이와 관련된 주제였다고 할 수 있으니까요. 그러나, 재미있는 것은, 현재 시점에서 이른바 첨단 과학기술계의 대부라고 할 수 있는 사람이 이런 글을 쓰게 된 동기입니다. 그도 다른 과학자들과 다름없이 오랫동안 자신의 일에 열중해 왔을 뿐입니다. 그러다가 자기와 비슷하게 각자의 분야에서 첨단에 서있는 연구자들을 만나 얘기를 나누고 나서, 그들의 작업이 전체적으로 세계에 어떤 영향을 끼칠 것인가 하는 데 생각이 미치자, 그에게 지금까지와는 근본적으로 다른 '깨달음'이 왔던 것입니다. 이른바 전문가의 좁은 시야, 관심사에 파묻혀 있는 동안에는 보이지 않던 문제의식이 싹튼 것입니다.

지금 이런 식으로 생명공학, 로봇공학, 나노테크놀로지 등이 걷잡을 수 없이 발전하다가는 조만간 인간존재 자체가 뿌리째 망실될지도 모른다는 빌 조이의 견해가 반드시 정확한 예언이냐 하는 것은 오히려 부차적인 문제일지도 모릅니다. 중요한 것은 그의 문제의식은 우리들이 대개 인간다운 상식과 체험으로 근본적으로 공감할 수 있는 것이라는 점입니다. 기본 방향이 지금 그쪽으로 가고 있는 것은 틀림없으니까요. 정작 내가 빌 조이의 글에서 실제로 두려움을 느낀 대목은 아무리 비인간적인 디스토피아의 세계가 닥쳐온다 하더라도 인간은 그 상황에 결국 길들여질 수 있을 것이라고 하는 그의 어떤 동료의 '낙관적인' 견해에 접할 때였습니다. 예를 들어, 인간의 신체가 실리콘으로 구성된다 하더라도 200년이나 300년쯤 수명을 누린다면, 그는 그것을 받아들이겠다는 얘기 같은 대목 말입니다. 만일 오늘날 과학자, 기술자들이 대체로 이런 생각, 이런 체질을 가지고 있는 사람들이라면 어떻게 될 것인가 — 등골이 오싹해집니다.

그러나, 어떻든 이러한 과학자 그룹의 핵심멤버로부터 — 첨단 과학연구의 '포기'를 제안하는 데까지 나아가는 — 가열한 자기성찰의 목소리를 듣게 된 것은 퍽 다행스럽다는 생각이 듭니다. 실은, 나는 이런 글이 발표된 것도 모르고 지내다가 지난 초여름에 독일을 다녀온 이필렬 교수에게서 들었습니다. 이필렬 교수는 독일 방문중에 일간지 〈프랑크푸르터 알게마이네 차이퉁〉에 이 글의 전문이 번역 게재된 것을 보았다고 했습니다. 나는 그 얘기를 듣고, 독일의 언론 상황과 시민적 관심사와 그 수준이, 우리의 형편과 비교하여 너무나 부럽다는 생각이 들었습니다. 한국에서 이런 글이 일간신문에 전문 번역 게재된다는 것은 상상할 수도 없는 일입니다. 생명공학을 비롯한 과학기술이 갈수록 괴물이 되어가고, 우리의 일상생활 속으로 이미 그것이 심각한 정도로 침범해 들어와 있음에도 불구하고, 우리 사회에서는 여전히 이런 문제는 일반적인 무관심 속에 관계 전문가들의 관심사로만 처리되고 있으니까요. 우리는 예컨대, '생명윤리위원회' 같은 기구에 일임하면 모든 게 해결될 거라는 터무니없이 안이한 생각들을 하고 있습니다. 그런 종류의 위원회는 처음부터 생명조작기술을 합법화하려는 목적을 가지고 출범한 기구임이 분명한데도 말입니다. 그리고, 무엇보다도 지금 생명조작기술이라고 하는 것은 종래의 새로운 기술들 — 가령 자동차, 텔레비전 등 — 이 끼쳐온 해악(害惡)에 비해서도 엄청나게 차원이 다른 '악마의 기술'이 될 가능성이 매우 높은 것입니다. 이것은 인간성을 뿌리로부터 파괴해버릴지도 모르는 너무나 근원적인 차원의 문제인데, 이런 문제를 어떻게 간단히 몇몇 위원회의 구성으로 대응할 수 있다는 것인지 모를 일입니다.

그리고, 전문가들이 설령 정직하고, 믿을 수 있는 사람들이라 하더라도, 전문가의 시각은 본질적으로 체제변호적인 데로 기울기 쉽다는 것도 문제입니다. 그것은 오늘날 과학자들의 개인적 윤리문제도 문제이지만, 개인 윤리를 초월하여 그들의 과학자 내지 전문가로서의 신념체계와 기본가정들이 산업주의 체제를 유지, 확장하는 데 이바지해온 가치체계와 근본적으로 같은 뿌리를 공유하고 있기 때문입니다. 나는 오늘날 소위 전문가 내지 과학자들에게 특유의 체질이라는 게 있다는 생각이 들 때가 간혹 있어요. 그들은 상식적으로는 도저히 이해할 수 없는 일을 협소한 전문가의 시각으로 정당화할 수 있다고 믿는 데 길들여져 있는 것으로 보입니다. 미국의 시인이자 농부이며 지금 생존해 있는 가장 뛰어난 문명비평가의 한 사람이라고 할 수 있는 웬델 베리에 의하면, 이 시대의 비극의 핵심에는 무엇보다 전문가의 득세가 있습니다. 전문가들에게 중요한 것은 지도일 뿐, 지도가 가리키는 땅과 공동체와 인간의 구체적인 삶 자체가 아니라는 거지요.

우리는 전문가들의 의견을 물론 존중해야 하지만, 그것을 무비판적으로 수용하는 데에는 큰 위험이 따른다는 것을 잊지 말아야 합니다. 생명공학이나 핵문제, 의료문제, 심지어 수돗물불소화 문제 등에서 소위 전문가들이 취해온 태도에는 한심스러울 정도의 안이성과 무책임, 때로는 속임수까지 포함되어 있기 쉽습니다. 그럼에도 불구하고, 언론은 구체적인 상황이 발생하면 몇몇 전문가들의 의견을 듣는 것으로써 할 일을 다한 것으로 알고 있습니다. 특히 한국의 언론이나 지식사회가 이런 문제에 둔감하고 무관심한 것은, 따져보면, 우리가 아직도 문화의 종속성, 즉 식민지적 상황에서 벗어나지 못하고 있기 때문인지 모릅니다. 어련히 미국 사람들이 알아서 하겠느냐, 미국정부와 전문가들과 주류언론이 보증하는 것이니까 안심해도 될 것이 아니냐 하는 지극히 안이한 판단이 지배적이라는 말입니다. 이번호에 실린 중국계 영국 과학자 매완 호 교수의 과학윤리에 관한 글에서도 언급되어 있듯이, 지금 미국의 FDA를 포함한 정부기관을 비롯하여, 기업이나 거대 권력시스템에 연결되어 있는 전문가, 과학자들의 비윤리성은 이 문제에 조금 깊이 관심을 가진 사람이면 누구의 눈에나 분명하게 드러나고 있습니다.

결국, 모든 것은 인간의 자기초월 내지는 자기희생의 능력에 달려있다는 결론이 나오지 않을 수 없습니다. 모든 사람이 모든 곳에서 소리높이 자기를 주장하는 데 여념이 없는, 이 이기적인 욕망으로 짓이겨진 세상에서, 한가닥 희망의 신호가 있다면, 스스로 '자기'를 포기하는 사람들의 아름다운 모습입니다. 아마도 빌 조이의 경우도 그렇다고 해야겠지만, 세계적인 반핵운동가 다카기 진자부로(高木仁三郎) 선생의 생애는 그런 점에서 전형적인 모습을 보여준다고 생각됩니다. 지난 10월 초 향년 62세로 다카기 선생이 영면하셨다는 소식을 들었을 때, 한번도 상면한 적이 없는 외국인임에도 불구하고, 나는 어쩔 수 없이 슬픔에 잠겼고, 세계가 허전해진 듯한 느낌을 받았습니다. 여러 해 전에 장일순 선생님의 별세 소식을 들었을 때, 또 내게 처음 에콜로지의 의미를 깨닫게 해준 독일 철학자 루돌프 바로의 죽음을 뒤늦게 알았을 때에도 나는 이와 비슷한 느낌이었습니다.

다카기 선생의 생애는 《시민과학자로 살다》에 잘 그려져 있습니다. 항암치료를 위해서 병원 입원중의 고통스러운 상황에서 집필한 이 자전적인 기록에서 특히 내게 감동적인 것은 그의 꾸밈없는 소박한 마음이 처음부터 끝까지 느껴지는 진솔한 서술방식이었습니다. 제2차 대전 이후 자본주의 산업체제의 확대와 함께 갈수록 체제변호론적 논리가 일방적으로 강화되는 상황에서 고뇌하는 젊은 핵화학자 다카기에게서 우리가 보는 것은 한 순결한 영혼의 모습입니다. 그러나 마침내, 반핵운동을 포함한 시민운동이 아직 성숙되지도 않았고, 개인적 생계수단마저 불확실한 상황이었음에도 불구하고, 도쿄도립대학의 교수직을 버리고, 그럼으로써 거대 시스템에 봉사하는 과학자의 길을 거부하면서 풀뿌리 민중과 함께하는 '체제 밖'의 과학자의 길을 선택했을 때, 다카기 선생은 현대사회에서 참다운 지식인의 자세가 어떤 것인지 한 범례를 제시한 셈입니다. 그리하여, 일본만이 아니라 세계적으로 많은 사람들이 핵문제에 관해 보다 날카로운 의식을 갖게 되는 데 그의 공헌은 막대한 것이 되었습니다. 그러나, 내가 보기에 다카기 선생의 생애에서 우리가 정말 배워야 할 것은 좀더 근본적인 것, 즉 그분의 철저히 겸손한 자세가 아닌가 싶습니다.

아마 그분의 책을 직접 읽어보면 실감이 날 거라고 믿습니다만, 또 다카기 선생과 오랜 친교가 있는 서울의 반핵정보자료실의 김원식 선생으로부터 들은 이야기가 하나 있습니다. 녹색평론사에서 《시민과학자로 살다》의 한국어판을 내고 난 다음에 나는 이 책에서 받은 감동 때문에 그의 생태주의적인 사상이 좀더 본격적으로 서술된 책이 있으면 그것을 번역해서 출판해 보았으면 좋겠다는 뜻을 김원식 선생께 전했습니다. 그래서 김원식 선생이 일본으로 전화를 하셨던 모양인데, 전화를 통해서 다카기 선생이 "나 같은 사람에게 사상은 무슨 사상입니까, 사상이라고 할 것까지는 없고 …"라고 하면서 《지금 자연을 어떻게 볼 것인가》라는 책을 추천하더라는 겁니다. 나는 이런 겸손한 말투 속에 그분의 한없이 소박하고 맑은 인품을 느꼈습니다. 아마도 이런 아름다운 영혼의 소유자였기에, 임박한 죽음 앞에서도 생의 마지막 순간까지 자신이 할 수 있는 모든 노력을 다하고 가려는 자세를 유지할 수 있었던 게 아닌가 싶습니다.

쓸데없이 편지가 길어졌습니다. 건강하시기 바랍니다. (2000년 10월)

왜 자치, 자율의 삶이 필요한가

제가 감기가 걸려서 목소리가 듣기 거북하실 겁니다. 평소에도 좋은 목소리는 아닙니다마는…. 오늘 제가 이런 자리에 와서 기념강연이라는 걸 할 자격이 없는 사람인데, 임재택 교수가 하도 오라고 성화여서 오긴 왔습니다. 그래서 여기서 한시간 정도 또다시 위선적인 이야기를 해야 될 모양입니다. 너그럽게 이해해주시기 바랍니다.

오늘 저는 이런 모임, 즉 생태유아공동체 같은 풀뿌리 생활협동 운동이 왜 필요한가 하는 문제를 놓고 조금 근본적인 각도에서 말씀드리려고 합니다. 그런데 지금 이 모임이 열리고 있는 장소에 대해 우선 얘기 좀 하고 넘어가지요. 여기가 국립대학의 강당이고, 국립대학이란 결국 국가기관입니다. 저렇게 커다랗게 태극기가 걸려 있는 거 보십시오. 아까 시작할 때 사람을 괜히 일으켜 세워 가지고 국민의례랍시고, 국기에 대한 경례를 시키더군요. 그럴 줄 알았으면 저는 여기 안 왔을 겁니다. 국기에

이 강연기록은 2003년 3월 29일 부산에서 열린 (사)생태유아공동체 창립 1주년 기념강연을 녹취·정리한 것임.

대한 경례라니, 이게 무슨 뜻인지 잘 생각해봐야 합니다. 지금 이 나라에서 태극기를 이렇게 숭상하는 사람들이 정작 태극기가 상징하는 실체에 대해서는 어떻게 하고 있습니까? 상징물은 이토록 거룩하게 떠받들면서 상징의 실체인 이 나라의 땅과 산천과 거기서 살고 있는 목숨 가진 것들은 과연 어떤 대우를 받고 있습니까. 지금 온 산하가 도처에서 파괴되고 오염되고 있는데도, 국가기관들이 얼마나 진지한 관심을 가지고 그 문제를 대하고 있습니까. 완전히 위선자, 사기꾼들이에요.

저는 태극기에 대해서는 어릴 때부터 그냥 조건반사적으로 경례를 해야 된다고 배워와서 지금까지 그렇게 해왔습니다. 그러나, 이제는 의식적으로 국기에 대한 경례 같은 건 안하려고 합니다. 아까 총회 시작할 때 국민의례 순서라고 일어나라고 해서, 혼자 앉아있으면 이상할 것 같아서 서긴 섰지만…. 그냥 서있었어요. 여러분들은 모두 오른손을 들어 왼쪽 가슴에 갖다대고 있더군요. 이런 짓도 우리나라에서만 해요. 무조건 왼쪽 가슴에 손을 얹도록 우리가 훈련받아왔어요. 한국의 특수상황 때문인가요?

요즘 정부가 이라크에 파병하겠다고 하는데 아마 국회에서 결국 통과되겠죠. 내세우는 이유가 국익을 위해서랍니다. 전쟁은 명분없는 전쟁, 부도덕한 전쟁이지만 우리는 특수한 상황이니까 파병을 하지 않을 수 없다는 논리가 또 나오고 있어요. 그래도 저는 새로운 정부에 조금 기대를 했는데, 그런 기대가 얼마나 어리석은 것인지 또 깨닫고 있습니다. 한국의 특수한 상황이 아무리 어려운 것이라 해도, 가령 팔레스타인 사람들이 이걸 들으면 기분이 어떨까요? 그리고, 캐나다 같은 나라는 우리가 보기에 선진국이고, 독립 자주적인 나라처럼 보이지만 경제적으로나 문화적으로나 사실상 미국에 종속되어 있습니다. 미국이 경제봉쇄 정책을 취하면 캐나다나 멕시코 같은 국가는 하루도 지탱할 수가 없습니다. 그럼에도 불구하고 이번 미국의 이라크 침략전쟁에 대해서 캐나다와 멕시코 정부는 공식적으로 반대했습니다. 그런데 우리는 국익을 들먹이고, 한국의 특수사정 운운하면서 파병하겠다고 합니다. 사실 그게 현실적으로도 정말 국익에 부합하는지 따져볼 문제라는 생각도 듭니다만, 일단 그게 이득을 가져올 것이라고 생각합시다. 우리가 이렇게 흥청망청 사는 데 도움이 된다고 생각합시다. 그러나, 우리가 이렇게 흥청망청 살기 위해서 무고한 이라크의 어린이들과 부녀자들이 아무 영문도 모르고 비극적인 죽음을 맞이하고, 평생을 불구로 살아야 한다, 말이 되는 얘기예요?

그런데 이 모든 일이 국가의 이름으로 행해집니다. 국가가 생긴 이래 인류가 한번도 행복해진 적이 없습니다. 국기에 대한 경례, 이제 하지 맙시다. 우리 아이들한테 우리가 배웠던 낡아빠진 그런 사고방식을 더이상 되풀이하도록 가르치지 맙시다. 우리가 각자 이 세상에 사람으로 태어났는데, 사람답게 살아가야 되지 않겠습니까. 그런데 요즘 놀라운 것은 대학생들 중에 파병을 지지하는 학생들이 꽤 많다는 것입니다. 내가 죽는 한이 있어도 남들을 억울하게 희생시키는 게 잘못이라는 생각은 특히 젊은 사람들이라면 당연히 갖고 살아야 되잖아요. 그런데 대학생들 중에 국익이니 현실적인 실리를 들먹이는 학생들이 적지 않아요. 국제적 현실은 도덕과 윤리로 움직이는 게 아니라 철저하게 현실주의적인 이익에 따라서 움직인다고 제법 그럴듯하게 어른스러운 소리를 하면서 말이에요.

저는 대학생들이 이렇게 된 게 대학교육 때문이라는 생각을 합니다. 지금 대학 만들어 가지고 대학을 운영하면서 우리사회가 좋아지는 게 뭐가 있습니까. 한번 근본적으로 질문해볼 필요가 있습니다. 대학 나왔다 하면 전부 다 자기 고향을 저버리잖아요. 자기 마을사람들을 위해서, 고향을 위해서 살아가겠다는 젊은이들이 없잖아요. 모두들 대처로, 서울로 가려고 하고, 미국이나 유럽으로 떠나려고 하잖아요. 그들이 얼마나 진정한 향토애, 진정한 애국심이 있겠습니까. 사실 그러한 사람들일수록 국기에 대한 경례는 더 열심이지요.

제가 요즘 번역, 출판을 준비하고 있는 책이 하나 있는데, 미셸 오당이라는 프랑스 산과의사의 저서입니다. 생태유아교육 운동을 시작하면서 임재택 선생이 그동안 여러번 세미나를 열었지요. 제가 그때 몇번 와서 이 의사 얘기를 했는데, 이분은 자연출산 운동을 벌이고 있는 세계적으로 저명한 의사입니다. 최근에 그분의 새로운 책이 나왔는데, 제목이 '농부와 산과의사'입니다. 농사를 짓는 것과 아기를 출산하는 것이 근본적으로 똑같다는 것입니다. 현대농법이 자연적인 방법을 버리고, 소위 기술농업을 함으로써 농토가 사막화되고 또 농산물이 오염되고 질적으로 형편 없는 것이 되어버렸듯이, 오늘날 산업사회에서는 거의 대부분의 아이들이 병원에서 과도한 기술적 간섭을 받으면서 태어나는데, 그래서 무서운 결과가 된다는 것입니다. 실제로 마취제, 분만촉진제, 이런 것은 물론이고, 제왕절개도 아무런 생각 없이 하고 있잖아요. 이렇듯 농사짓는 문제와 병원에서 아이를 출산하는 문제를 연관지어 쓴 책인데, 여기에 보면 놀라운 뉴스가 또 한가지 있습니다.

요즘 아이들에게 모유를 먹이는 게 중요하다고 생각하는 사람들은 많이 늘어가고 있지만, 그런데 지금 모유가 많이 오염돼 있다고 하잖아요. 그래서 조금 영리하게 생각하는 사람들은 모유에서는 다이옥신이 검출되고 한다고 하니까 잘 처리된 조제분유를 먹이는 것이 낫지 않겠느냐, 이렇게 생각하게 되는 거죠. 그런데 미셸 오당 박사의 책을 보니, 그게 아닌 것 같아요. 그분이 수많은 과학적 연구를 검토해본 결과에 의하면, 모유오염 문제보다 큰 문제는 자궁 속에서 성장하는 태아에게 끼치는 오염 문제입니다. 태아가 어머니에게서 받아먹는 영양분이 오염되어 있을 때 이것이 나중에 아이의 건강에, 태어난 뒤 섭취하는 어떤 오염물질보다 더 큰 치명적인 영향을 끼친다는 것입니다. 이분이 제일 문제삼는 게 자궁내 오염입니다. 여러가지 과학적인 자료를 면밀히 검토한 결과 자궁내 오염이 지금 매우 심각하다는 사실을 발견한 겁니다. 나중에 자라나서 정서적이거나 지능적인 결함을 드러내는 아이들 상당수가 자궁내의 오염의 영향 때문이라는 게 증명되고 있다는 거예요. 이것은 이른바 서구 선진국의 이야기입니다. 우리나라 사람들을 대상으로 조사한 것도 아니에요. 지구상에서 비교적 깨끗한 환경을 누리고 살고 있다고 하는 스칸디나비아 여러 나라, 핀란드, 스웨덴, 노르웨이, 영국 등의 자료입니다. 그렇다면 우리나라는 어떻겠습니까. 이보다 더 심하면 심했지 덜하지는 않을 거 아닙니까.

지금 우리가 피검사를 해보면 아주 희한할 거예요. 미국에서 어떤 저명한 저널리스트가 미국인이 얼마나 독성물질에 노출되어 있는가를 알아보기 위해서 조사하던 중 자기 피를 병원에서 검사해보았는데, 아주 독성물질 칵테일이었다고 그래요. 그 사람은 미국의 상류계층입니다. 굉장히 좋은 환경에서 살고 있는데도 그런 결과가 나온 겁니다. 그 사람 얘기가 자기 같은 늙은 사람들이야 어차피 그렇다 치고, 아기를 낳아야 할 젊은 여성들의 혈액이 이런 모양이라면, 세계의 장래가 암담하다는 거예요. 꼭 기형아 출산에 대한 걱정만이 아닙니다. 요즘 점점 아토피 증세를 가진 아이들이 놀랄 만큼 증가하고 있잖아요. 또, 겉으로는 멀쩡해 보여도 요즘 아이들이 침착하지 못하고, 주의집중력이 엄청나게 모자란 것, 이런 현상도 결국 오염문제와 연관되어 있다고 보아야 할 겁니다. 사람이 먹어야 사는 생물학적 존재인 한, 뭐니뭐니해도 음식물 섭취가 우리의 육체적, 정신적 건강은 말할 것도 없고, 우리 각자의 인간성과도 큰 관계가 있을 것은 분명한 일입니다.

루돌프 슈타이너라는 현인이 있었습니다. 발도르프 학교의 창립자이기도 하고, 다방면에 걸쳐 천재적인 통찰력을 보여준 20세기 초의 현자인데, 이분이 1920년대에 농업강좌라는 걸 했어요. 그가 말년에 제일 중요하게 생각했던 것이 농업입니다. 왜냐하면 이미 그때 그분은 근대적 농법이 가져올 재앙을 예견했던 거예요. 이대로 내버려두면 미래에 인류가 큰 위험에 처한다고 생각하였습니다. 그게 1920년대였습니다. 그 무렵에 뭐 그리 큰 오염이 있었겠느냐고 생각하기 쉽죠. 그러나, 이미 서양에서도 선각자들은 다 보고 있었습니다. 농업을 기업화하고, 기계화하고, 화학화하는 방식, 소위 근대적 농사법이 확대된다면 인류의 장래를 기약할 수 없다고 생각했던 겁니다.

그래서 죽기 전에 제자들을 모아놓고, 농사를 실지로 어떻게 할 것인지 자상한 강좌를 연속해서 열었습니다. 한국어판으로도 그 책이 나와 있습니다. 그런데 그 농업강좌를 열게 된 구체적인 동기가 있었어요. 슈

타이너는 인지학회를 창시한 사람이잖아요. 인지학회라는 건 본래 신지학회에서 떨어져 나왔습니다만, 둘다 근본적으로 유사한 영성수련 조직입니다. 종교라고 할 것까지는 없고, 인간의 영성적인 삶, 내면적 삶의 문제에 관심이 많은 사람들의 모임이라고 할 수 있습니다. 우리가 무엇 때문에 삽니까? 밥이나 얻어먹고 그냥 이렇게 뭐 육체적인 만족을 즐기며 사는 게 목적인 것은 아니잖아요. 그것도 필요하지만 보다 높은 어떤 차원으로, 영적으로 깨달음을 얻자는 게 인간의 궁극적인 삶의 목적이라고 할 수 있겠지요.

그래서 제자들과 그런 삶을 추구했는데, 어느날 어느 제자가 물었습니다. 왜 옛날과는 달리 요즘에는 사람들이 열심히 명상을 하고 수련을 해도, 별로 영적으로 높은 수준으로 발달한 사람이 잘 나타나지 않는지, 그 이유가 무엇이라고 보십니까? 그러니까, 현대에 와서 사람들의 내면적, 정신적 삶이 예전에 비해 왜 이처럼 빈곤하게 되었느냐는 질문이지요. 매우 그럴듯한 철학적 답변을 기대하면서 그런 질문을 했어요. 그런데 너무도 간단한, 단순명쾌한 대답이 나왔습니다. 그건 다른 게 아니고 요즘 사람들이 먹는 음식물이 질적으로 너무 낮아서 그렇다는 대답이었습니다. 옛날에 비해서 양은 많아졌고, 풍족하게 먹는 것 같지만 실제로 생명력이 고갈된 음식물을 먹고 있다는 것입니다. 벌써 20세기의 초에 그런 얘기를 했습니다.

어제 어떤 기사에서 보니까 요즘 지구온난화로 인해서 대기권에 이산화탄소가 옛날보다 훨씬 많이 증가했는데, 그 결과로 지금 농산물에서 점차적으로 영양성분이 줄어들고 있다는 보고가 나온 게 있다고 합니다. 이런 식으로 가면 앞으로 우리가 지금처럼 밥 한그릇 먹고는 움직일 수 없을지도 몰라요. 워낙 영양분이 고갈되어 있어서 앞으로는 한끼에 밥 두그릇 먹어야 할지 모릅니다. 바로 그런 이야기를 이미 1920년대에 슈타이너라는 분이 지적한 거예요. 그리고 그분은 이게 단순히 육체를 움직이는 에너지를 우리가 충분히 얻을 수 없다는 차원이 아니고 그것이 사람의 영적인 생활에 깊이 영향을 미친다는 겁니다. 따지고 보면 이해하기 어려운 얘기가 아닙니다. 고기를 많이 먹는 사람들은요, 아무리 영적인 수행을 한다 하더라도 절대로 안됩니다. 간디의 자서전을 보면 젊었을 적에 한참 수행할 때에는 우유 한잔만 먹어도 마음이 흔들린다는 얘기가 나와요. 맑은 기운이 사라지는 것을 자기가 예민하게 느낄 수 있다고 그래요.

건강문제도 그렇지 않습니까. 평소 건강할 때는 잘 못 느끼지만, 건강을 잃을 듯 말 듯한 그런 경계에서는 우리가 몸의 반응을 몹시 예민하게 느낄 수 있잖아요. 아주 예민하게, 고기를 먹느냐 야채를 먹느냐에 따라서 우리 몸이 영 달라져버리는 것을 느낄 수 있어요. 우리 마음 상태도 달라져요. 그런 걸 보면 음식물이라는 것이 우리의 심적인 에너지를 형성하는 데 얼마나 중요한 것인가, 알 수 있습니다.

요즘 제가 걱정이 많은데 … 아이들 때문입니다. 우리가 아이들을 낳았으면 책임을 져야 됩니다. 아이들에게 그냥 손쉽게 피자나 주고, 햄버거나 먹이고, 콜라나 마시게 하고, 그래서야 되겠습니까? 그리고, 지금 온갖 음식물에 다 들어가 있는 합성 착색료, 방부제, 일일이 열거할 수도 없는 온갖 이상한 화학물질들 … 그런 화학물질 칵테일이라고 할 수 있는 소시지를 대강 썰어가지고 아이들 도시락 반찬으로 넣어주는 부모가 되어서야 되겠습니까? 그건 자식 죽이려고 작정한 사람이지 부모라고 할 수는 없잖아요.

그래서, 저는 이 생태유아공동체가 잘되기를 정말 진심으로 바랍니다. 우리가 무슨 거창한 생각 가지고 시작할 필요는 없어요. 지금 한국의 부모 치고 자기 자식 잘되지 않기를 바라는 부모는 없을 것인데, 우선 이기적인 욕심으로라도 자기 자식은 살리고 싶지 않겠습니까. 거기서 출발하자는 겁니다.

그런데 이왕이면 좀더 철저하게 이기적으로 되었으면 좋겠어요. 내 새끼가 정말 건강하게 자라고, 올바르게 사람 노릇하려면 다른 아이들도 건강해야 하고 전체 사회가 맑고 건강하게 돌아가야 합니다. 그러니까 사회를 맑고 건강하게 하려면 어떻게 해야 됩니까? 딴 사람들을 자꾸 비난하고, 딴 사람들 탓을 계속해야 합니까? 나부터 맑고 건강해지도록 해야 합니다. 딴 사람들 생각은 나중에 해도 돼요. 제가 이런 모임에 와서 얘기도 하고, 지금 생명운동에 열심인 젊은이들과 얘기를 나누다 보면, 상당수가 우리만 이런다고 되겠습니까, 그런 의문을 가지고 있어요. 세상은 다 저렇게 미쳐 돌아가고 있는데 소수의 우리들이 이런 노력을 한다고 무슨 실효가 있겠느냐는 거지요. 물론 당장에 무슨 효과가 있겠어요. 세상은 급속도로 뒤틀려가고 있는 게 확실해요. 환경문제만 해도 파국 직전인데, 설상가상으로 지금 부시라는 사람이 벌이는 전쟁 때문에 세계의 앞날은 정말 암담하다고 할 수밖에 없습니다. 앞으로 어떻게 될지 정말 모르겠어요. 예측이 불가능합니다.

지금 우리가 민주주의 사회라고 생각하는 서구나 미국도 이런 식으로 가면 기본적인 시민권, 인권 이런 게 아마 굉장히 제한받게 될 게 틀림없습니다. 지금 알카에다 용의자들이라고 해서 미국의 수사관들이 아랍인들을 붙들어가지고 고문을 자행하고 있습니다. 명백한 증거가 있는 것도 아닌데 고문을 하고 있습니다. 예를 들어, 미국의 방송 중에 사람들이 많이 보는 '폭스 텔레비전'이라는 게 있는데, 이건 거의 극우 언론이에요. 그 방송의 앵커라는 사람이 그 아랍인들의 고문당한 사진을 방송에서 보여주면서 시청자들에게 묻습니다. 이런 놈들이 9·11테러를 저질렀다. 이 놈들이 앞으로 미국에 어떤 짓을 가할지 모른다. 이런 놈들을 우리가 고문을 해서라도 테러계획에 대한 정보를 빼내야 되지 않겠느냐. 여러분 어떻게 생각하십니까. 그러면 대부분의 시청자들로부터 찬동을 표시하는 전화가 쏟아져 들어옵니다. 그런데 미국의 대중들이 잊고 있는 것은, 지금 자신들의 적이라고 하는 아랍인들에게 가해지는 이런 폭력이 조만간 자기자신들의 시민권, 인권을 근본적으로 제약하는 실마리로 작용할지도 모른다는 사실입니다. 그래서 결국 미국사회도 전쟁을 위한 노골적인 병영국가로 변모할지 모릅니다. 이번 이라크에 대한 침공도 미국 행정부가 실은 이런 것을 의도적으로 노린 결과가 아니냐 하고 추측하는 사람도 있습니다.

그리고 또, '새로운 미국의 세기를 위한 프로젝트'라는 게 있습니다. 지금 미국 국방부 장관 럼스펠드나 부장관 월포위츠 같은 사람들이 중심이 되어가지고, 벌써 오래 전부터 짰던 시나리오라고 해요. 이제는 세계의 초강국으로서, 미국이 세계와 타협하고 대화하고 그런 것은 도저히 받아들일 수 없다, 미국의 마음에 들지 않으면 그냥 무력으로 치고 들어가겠다, 국제법 같은 것 고려할 필요가 없다, 그런 안하무인격으로 세계를 제국주의적으로 지배하려는 계획이라고 합니다. 참으로 걱정입니다. 앞으로 한국은 끊임없이 북핵문제 때문에 불안하게 지내야 할 겁니다. 그러나 우리만 이런 게 아닙니다. 온 세계의 풀뿌리 민중은 다같은 운명이라고 할 수 있습니다. 우리가 자기연민에 빠질 필요는 없습니다. 미국의 보통 시민도 우리보다 팔자가 더 나을 것도 없습니다.

헤르만 쉐르라는 독일의 세계적인 재생가능 에너지 전문가가 있습니다. 아마 세계 최고의 태양에너지 전문가라고 해도 될 사람입니다. 오늘 제가 에너지문제는 길게 말씀 못 드리겠지만, 인류에게 새로운 미래가 있다면 그것은 태양에너지 시대로 가는 데 성공하느냐 못하느냐에 달려 있다고 할 수 있습니다. 화석연료 체제는 재생 불가능한 에너지를 쓴다는 점에서뿐만 아니라, 이것이 근본적으로는 중앙집권적인 시스템을 강화할 수밖에 없는 반민주적인 에너지 체제라는 점을 기억하는 것이 중요합니다. 우리가 좀더 민주적인 사회, 좀더 사람답게 사는 사회로 나아가려고 하면 중앙집권적인 국가 시스템에 매달릴 것이 아니라 우리 동네, 우리 마을의 힘으로 우리의 생활을 자치적으로 꾸려나갈 역량을 키워야 합니다. 그러기 위해서는 우리가 집집마다 동네마다 태양광발전 시스템과 풍력발전을 돌리고, 소규모 수력발전 시설을 하여 자연환경에 부담을 주지 않고, 에너지문제를 우리 스스로 해결해나가는 그러한 자율적 체제로 가야 합니다.

헤르만 쉐르는 그런 문제에 대해서 가장 깊이 있는 전문가인데, 현재 독일 연방의회의 의원이기도 합니다. 아마 지금 독일이 소위 선진국 중에서도 태양에너지 시스템 보급이 제일 빠르게 확산되고 있는 게 바로 이런 분 덕분일 겁니다. 그 헤르만 쉐르라는 사람이 최근에 어떤 인터뷰에서 무슨 얘기를 하느냐 하면, 지금 세계가 이처럼 암담한 상태가 된 것은 오늘날 세계를 지배하고 있는 이른바 지도자들이라는 인간들이 백치들이기 때문이라는 거예요. 과학기술이 이렇게 놀랄 정도로 발달했는데, 그럼에도 불구하고 그 과학기술이 지금 어떻게 쓰이고 있습니까. 인간의 진정한 행복은커녕 완전히 재앙을 불러왔잖아요. 과학기술이 발달할수록 재앙의 강도와 그 파괴력은 점점더 커지고 있는 게 분명해요.

그래서 헤르만 쉐르가 하는 말이 세계가 지금 백치들에 의해 통치된 결과가 이 모양이라고 하는 거예요. 그런데, 깊이 생각해보면, 국가가 있고 자본이 지배하는 한에 있어서는 과학기술이 이렇게 될 수밖에 없어요. 우리는 국가의 보호 밑에 우리가 생존하고 있다고 쉽게 생각하지만, 그런 게 아니라 국가 때문에 우리 생활이 편할 날이 없다, 그렇게 보는 게 맞습니다. 아무튼 국가기관에 기대할 것은 아무것도 없습니다. 실은 국가가 생긴 이래 지금까지 일관되게 그래왔습니다. 국가의 군대는 실제로 외국인보다 자기 국민들을 더 많이 죽여왔습니다. 이게 역사적인 현실입니다. 국가가 왜 존재하고, 국가의 군대가 왜 존재합니까. 자기 국민을 탄압하고 억압하기 위해서입니다. 이런 사실을 우리는 명확하게 인식하고 있을 필요가 있어요. 자, 보십시다. 국가가 교육이라는 이름으로 우리 아이들을 맡아서 어떻게 해놓았어요? 사회적 약자들이 어떻게 살아가고 있습니까? 국가의 힘이 커지면 희망이 있을까요? 생각있는 사람이 교육부 장관이 되어서 유아교육 시설에 좀더 투자한다고 해서 아이들의 미래가 좀더 나아질 것이라는 생각이 듭니까? 아무것도 달라질 것이 없을 겁니다. 저는 결국 우리 자신이 책임질 수밖에 없다고 생각합니다.

지금 우리 삶의 매듭 하나하나가 문제투성이 아닌 게 없습니다. 요즘 아이 낳는 거 정말 겁나잖아요. 양육은 어떻게 할 것인가, 무엇을 먹이고, 어떻게 교육시킬 것인가, 학교는 어떻게 안심하고 보낼 것인가. 영어 잘하라고 아이들의 혓바닥을 자르는 세상입니다. 그리고, 지금 우리가 얼마나 다들 건강이 나쁩니까. 건강 좋은 사람 없어요. 지금 그냥 움직이니까 건강하다고 착각하면서 살 뿐이지요. 언제 드러누울지 몰라요. 그럼 찾는 곳이 무조건 병원이죠. 병원에 가면 시원하게 해결이 되나요? 또 병원이 뭔가가 실효가 있다고 칩시다. 실은 현대의학이 치료할 수 있는 병은 전체 질병 가운데서 30%도 안된다는 얘기가 있어요. 그리고 그 30%도 대부분 플라시보 효과라고 그래요. 심리적 효과라는 말입니다. 의사가 확신을 가지고 환자에게 약을 주고, 환자도 의사를 믿고 약을 먹으면 낫는다는 얘기죠. 심지어 비타민C를 주고 그게 좋은 수면제라고 하면 불면증 환자가 잠을 잘 잔다고 그러잖아요. 그런데, 어떻든 현대의학의 위력이 크다고 칩시다. 그런다고 해서 우리가 아플 때마다 병원에 가야 되느냐 하는 좀더 근본적인 문제가 있습니다. 하기는 요즘은 아프지도 않는데 건강진단 받는다고 병원에 가는 일도 흔해졌어요. 조기 발견해야 된다고 하면서요.

현대문명을 아무리 비판하는 사람이라도 옛날보다 사람이 오래 살게 되었지 않느냐, 라는 말 앞에서는 대개 침묵합니다. 의학의 발달에 대해서는 대부분의 사람들이 부정을 못해요. 그러나 저는 그런 태도가 문제라고 봅니다. 옛날보다 오래 산다는 것도 따지고 보면 거짓말이에요. 옛날에는 유아사망률이 높아서 평균 수명이 짧았던 것이지, 오래 사는 사람은 다 오래 살았거든요. 그런데, 설사 옛날보다 지금 사람들이 더 오래 산다 한들 그게 중요한 겁니까. 사람은 몇살에 죽더라도 좀 깨닫고 죽어야 합니다. 오래 사는 게 목적이 아니잖아요. 오래 사는 것 자체를 목적으로 하여 무조건 장수만 누리려 한다면 우리의 삶은 근원적으로 피폐해져버릴 겁니다. 중요한 것은 인간다운 위엄을 가지고 사는 거잖아요. 우리가 무조건 질병 없이, 오래 살기만 바란다면, 그래서 병에 걸릴 때마다 곧장 병원으로 달려간다면 우리는 늘 이상하게 바보같이 살게 됩니다. 자, 보십시오. 감기 한번 걸릴 때마다 병원에 간다고 합시다. 요즘 가벼운 병이라도 집에서 어떻게 다스려야 할지 아는 사람이 점점 없어져 가고 있습니다. 감기에 걸려 콜록거리고 있으면 우선 식구들이 성화예요. 왜 병원에 안 가고 식구들 속 썩이느냐고 그러죠. 그런데, 식구 때문에 속상하고, 어떻든 서로 돌보고, 이러는 동안에 가족이 강화되는 것 아닌 가요? 서로 보살피고, 어려울 때 같이 있어주고, 옆에서 주물러주고, 위로하고, 그러기 위해서 가족이 있는 것 아닙니까? 그러니까 아플 때마다 병원에 가서 문제를 해결하겠다 하면, 그때 필요한 것은 가족의 사랑이 아니라 돈입니다. 현금만 있으면 돼요. 가족이 뭐가 필요 있어요. 병원에 가면 전문적인 기술을 갖춘 사람이 있고, 훨씬 좋은 시설이 있고, 직업적인 간호사, 간병사도 있잖아요. 그러니 돈이 제일이지요. 실제로 지금 급속도로 가족이 해체되는 주요한 요인이 이런 데 있습니다.

저는 현대의학과 현대적 병원이 발달하면 발달할수록 전통적인 가족의 유대는 희박해질 거라고 생각합니다. 그래서 앞으로 우리는 각자 가족도 없이 혼자서 쓸쓸하게 비인간적인 기술사회 속에서 살아가야 할지 모릅니다. 결국, 국가나 국가기관에 우리의 운명을 맡겨놓다가는 결국 이런 꼴이 될 수밖에 없습니다. 지금 제가 시간이 없어서 그냥 한가지 예로서 의료문제에 대해서 얘기했습니다만, 교육도 마찬가집니다. 국가가 정말 우리 아이들의 행복, 그 아이들이 진실로 사람답게 살아가는 데 대해 관심이 있다고 생각하십니까? 교육부와 학교가 아이들에 대해서 관심이 있다고 하는 건 괜히 하는 말입니다. 실제로 자기 아이에 대해서 정말 진정한 관심을 가질 수 있는 사람은 부모밖에 없어요. 그리고, 그 아이들을 잘 아는 이웃사람들밖에 없어요. 인간본성으로 볼 때 우리는 가까이 있는 사람에게만 진짜 관심과 애정을 가질 수밖에 없어요. 그러니까, 이런 사람들이 자기 아이나 이웃 아이의 교육도 책임져야 되는 거예요.

하여간 제가 하고 싶은 얘기는 우리 자신의 삶의 문제를 국가라든지 전문가라든지 하는 멀리 있는 기관에 맡겨서 처리하겠다는 허황한 생각을 버리자는 것입니다. 지금 우리사회에서 소위 진보적인 사람들의 사고 방식이 갖고 있는 큰 맹점이 뭐냐 하면 중앙정부, 국가권력의 힘으로 국가적 복지체제를 만들어서 수많은 사회적, 인간적 문제들을 해결하자는 생각입니다. 근데 잘 생각해봅시다. 서구 복지국가가 지금 어떻게 되고 있습니까? 몇십년 해보니까 안된다는 거 아니에요? 설사 그것이 경제적으로 가능하다 하더라도 사람들이 어떻게 돼요? 스웨덴이 가장 복지체제가 잘된 나라이면서 세계에서 가장 자살률이 높은 나라라는 거 어떻게 설명해야 합니까. 사는 게 재미가 없는 거예요. 생활의 안전망은 국가적인 차원에서 확보가 되어있지만, 그래서 굶주릴 염려는 전혀 없는데, 밥이 아무 맛이 없는 거예요. 사람과의 관계도 맛이 없어요. 왜? 전부 비인격적 관계가 돼버렸기 때문이죠. 당장 굶주린다거나 아파서 치료를 못 받는다거나 하는 일은 있을 수 없죠. 시스템이 잘되어 있으니까. 그런데 재미가 없는 거예요. 이게 정말 중요한 거 아닙니까? 고통이 있고, 슬픔이 있고, 억울한 일이 있더라도 ─ 혹은 있으니까 ─ 사람끼리 서로 돕고, 진심에서 우러나온 인간관계가 유지되고, 그러는 동안에 진짜 맛있고, 생기있는 삶이 가능해지는 거라는 말입니다.

그리고 또, 생태적으로도, 국제적인 사회정의의 측면에서도 국가 중심의 복지체제는 더이상 갈 수가 없다는 중대한 사실이 있습니다. 우리가 복지국가 체제를 만들려면, 간단히 말해서, 우리는 앞으로도 끊임없이 자연을 파괴해야 하고, 우리보다 경제력이 약한 사람들 소위 후진국 민중의 피를 빨아먹어야 돼요.

지금 새 정부 들어서서 동북아 중심 국가라는 말이 나오고 있습니다. 노무현이라는 사람도 한심하지만, 새 정부의 브레인들이라고 하는 사람들의 수준이 이렇게 한심합니다. 지금이 어느 땐데 19세기, 20세기적인 낡아빠진 부국강병의 논리와 사고를 가지고 미래를 설계하겠다는 것인지 … 생각해봅시다. 동북아 중심 국가라는 말이 무슨 뜻입니까? 이 말을 중국 사람들이나 일본 사람들이 들으면 어떤 기분이겠어요? 왜 아직도 그런 바보 같은 사고방식에서 벗어나지 못하고 있는 걸까요? 말이라도, 이제부터는 공생의 윤리에 입각해서, 아시아의 다른 이웃 국가들과 친하게 지내는 국가가 되겠다, 하면 안됩니까? 그러면 뭔가 미흡한 기분이 들까요? 이웃과 친하게 지내는 국가, 문화국가가 되자고 하면 왜 안됩니까?

제 생각에는 우리나라 정치가들 중에는 김구 선생님밖에 안 계신 것 같아요. 김구 선생님은 우리는 부강한 나라 싫다고, 우리는 문화국가가 되어야 한다고 하셨잖아요. 동북아 중심 국가라는 그런 천박한 사고방식과는 전혀 다른 발상이에요. 자기가 가장 힘센 자가 되어가지고 떵떵거리며 살겠다는 이런 생각은 현실적으로도 실현 불가능하지만, 원리상 이것보다 어리석은 사고방식이 없어요. 우리나라가 일본에게 당했으면 일본이 왜 잘못되었는가를 깊이 생각할 줄 알아야 됩니다. 소위 구미 열강의 침략 앞에서 독자적으로 자기보다 발전이 늦은 나라를 침략함으로써 자기들이 패권국가의 하나가 되겠다는 것 아니었습니까. 발상법을 전환해서, 아시아 국가들과 연대해서 구미 열강의 침략을 막겠다는 쪽으로 나갔어야 그게 올바른 역사가 됐을 겁니다. 19세기, 20세기는 제국주의 시대였으니까 어쩔 수 없었다 칩시다. 하지만 21세기에도 이런 낡아빠진 사고의 틀에 매여 있으면 인류의 장래가 어떻게 되겠어요? 이제부터는 부국강병주의를 가지고는 더이상 나아갈 데가 없습니다. 아무 의미가 없어요. 그래 가지고는 우리의 하루하루는 약육강식의 전쟁터밖에 될 수 없습니다. 그럼 그 속에서 누군들 인간다운 위엄을 지키고 살 수 있겠습니까.

그러니까 지금 우리가 여기 모여서 하고자 하는 이런 생활협동조합 활동이 굉장히 중요한 거죠. 지금은 우선 먹거리 운동에 국한되어 있지만, 앞으로 이런 운동이 좀더 발전되어 전 생활범위로 나아갈 수 있을 거라고 봅니다. 아이들을 양육하는 문제, 교육문제, 노인 돌보는 일까지도 국가기관이 아니라 우리 자신이 책임져 보자. 적어도 삶의 기초에 관한 문제를 더이상 국가와 시장이라는 거대한 비인격적인 시스템에 맡겨놓을 것이 아니라 우리의 자발적인 협동적인 노력, 이웃들과의 연대의 힘으로 자치적으로 꾸려가보자는 겁니다. 이것이야말로 진정으로 자존심 있는 사람들이 할 일이라고 생각합니다. 또 그렇게 해야만 우리가 무책임해지지 않고, 진정으로 행복해질 수 있습니다. 우리 바깥의 시스템에 맡겨놓아버리면 결국 우리 자신의 인간으로서의 자발적인 능력과 책임감이 둔해지기 마련입니다.

대구 지하철 사고 … 생각도 하기 싫은 사건입니다. 그런데, 여기서 한번 생각해봐야 할 것은 그 비극의 와중에서 많은 승객들이 119에 전화를 했다고 하는 사실입니다. 도우러 오지도 않는 119에 대고 필사적으로 전화를 돌리고 있었던 광경을 생각해봅시다. 또 올 수 있었다 하더라도, 119가 모든 상황을 해결해줄 수는 없는 거란 말입니다. 나와 내 옆사람의 공동의 노력으로 이 상황에서 어떻게 빠져나가야 할지 기민하게 생각할 만한 훈련이 평소에 되어있었더라면 상황이 상당히 달라졌을지도 모릅니다. 물론 지하철 자체의 문제, 당국이나 관계자들의 책임은 엄격히 물어야 합니다. 문제는 오늘날 우리가 대부분 자기 생활의 문제에 자발적, 능동적으로 대처하는 능력을 잃어버리고 있다는 사실입니다. 무조건 급하면 119란 말이에요. 열쇠를 잃어버려도, 몸이 조금 아파도 덮어놓고 119에 전화를 건다고 하잖아요. 이게 벌써 우리가 의존심리가 굳어졌다는 것을 의미하는데, 그러다 보면 결국 우리가 모두 등신이 되는 겁니다.

제가 농업문제에 관심이 많은 것도 실은 이런 문제와도 관계가 있습니다. 농업이 중요한 것은 물론 식량자급이나 국토보전이나 그런 면도 중요하지만, 농업이 온전해야 우리가 자치적, 자율적으로 살아갈 수 있는 기반이 확보되기 때문입니다.

사실 농업문제를 생각하면, 기가 막혀요. 지금 우리나라 식량자급률이 20%도 안될 겁니다. 그것도 대량으로 석유를 사용해서 그런데, 석유가 없어지면 어떤 비참한 상황이 될지, 그런 것에 대해 이 사회에 대책이 있는지, 참으로 한심한 상황입니다. 제네바에 있는 '석유자원 분석연구소'라는 데서 예측하고 있는 거지만, 이제 2008년이 되면 세계의 석유생산량이 피크에 오를 것이라고 합니다. 그렇게 되면 석유값은 폭등하게 될 겁니다. 거의 모든 산업이 석유에 의존해 있는 한국경제의 현실에서 볼 때 이것은 매우 다급한 문제입니다. 그런데 거기에 대한 국가적인, 사회적인 대책은 하나도 없습니다. 국가는 늘 발등에 불이 떨어져야 움직이니까 그렇다고 칩시다. 지식인들은 뭐하고 있습니까. 오늘날 우리사회에서 비교적 양심적인 지식인들이 정치개혁에 대해서 이야기하고, 사회적 공정성에 대해 얘기하는 것은 좋습니다. 그런데 왜 사회적인 공정성의 문제, 부정부패에 대해 얘기하면서, 그러한 것의 근본적인 원인에 대해서는 생각하지 못하는지 모르겠습니다. 인간생활의 토대 중의 토대인 농업을 이렇게 피폐하게 만들어놓고 어떻게 이 사회가 공정하고 정의로운 사회가 될 수 있다는 것인지 저는 잘 모르겠습니다. 근본적인 문제에 대해서는 철저히 외면하면서 늘 피상적인 현상에만 주목하고 있단 말이에요.

한국 사람들 먹는 거 다 좋아하죠. 약국에서 제일 잘 팔리는 게 소화제하고, 변비약이라고 그래요. 그런데 그렇게 먹는 거 좋아하는 사람들이, 자기들이 먹는 식품, 농산물의 출처에 대해서는 어떻게 이렇게 철저하게 무관심할 수 있는지 불가사의한 일이에요. 다들 돈만 있으면 모든 게 해결되는 줄 알고 있어요. 그건 대단히 어리석은 착각입니다. 지금 쌀이 남아돈다고 하지만, 그래서 쌀값은 비교적 안정되어 있지만, 만약에 쌀수입 개방이 본격화하고, 저렴한 외국쌀이 대량으로 들어오기 시작하면, 우리나라 쌀농사는 전멸할 것이고, 우리쌀이 생산되지 않으면, 지금까지 헐하게 공급되던 외국쌀은 값이 천정부지로 폭등할 것은 불을 보듯 훤한 일입니다.

먹을 것이 없어서 미국 사람들한테 달라고 하면 주겠어요? 줄 것 같아요? 농업을 피폐시켜 놓고는 아무것도 안돼요. 사실상의 식민지가 될 거란 말이에요. 노무현 정부 들어서고 나서 농업에 대한 새로운 근본적인 대책이 제가 볼 때는 하나도 없어요. 그냥 지금까지 하던 대로 농사를 수출산업에 대한 걸림돌로 여기고 있어요. 심지어 경제계에서는 아예 농업을 포기하자는 얘기도 나오고 있다고 그래요. 그러니까 이제 현실적으로 우리의 농업을 지키는 일은 오로지 여러분과 같은 깨어난 소비자들밖에는 있을 수 없습니다. 그래서 유기농산물 생산자들과 제휴하는 노력, 이게 굉장히 중요합니다. 지금 정부나 기업, 이들을 대변하는 언론, 전문가, 이런 사람들은 될 수 있는 한 한국의 농토가 다 없어지기를 바라는 사람들입니다. 귀찮거든요. 괜히 공업제품 수출하는 데 마찰만 일으킨다고 생각하는 거죠.

정말 농사 지켜줄 사람이 누구겠어요? 한국의 지식인들이 지켜줄 것 같아요? 농사의 '농'자에도 관심이 없는데 … 농과대학 교수들도 마찬가지예요. 오죽 농사에 대한 신념이 없으면 농과대학 이름을 전부 다 바꾸겠어요. 정말 수치스러워요. 미국과 일본도 농과대학 이름은 바꾸지 않습니다. 근데 우리는 뭐 생명자원대학이라는 둥 웃기는 이름으로 전부 개명을 했잖아요. 농사의 농자가 어때서요? 세상 사람들 중에 밥 안 먹고 똥 누지 않는 사람이 어디 있어요? 말이 안되잖아요. 모든 학문, 모든 지식, 모든 철학의 중심에 농(農)이 있어야 하는 거예요. 저는 농학과는 따로 자연계 대학에 속해 있을 게 아니라 인문대학의 중심에 있어야 한다고 생각하는 사람입니다. 이게 사람살이의 근본이거든요. 농사는 단순히 기술이 아니잖아요. 그것은 철학이며, 정신입니다. 그 다음에 뭔가가 있을 수 있는 겁니다. 사람은 이 세상에서 어떻게 살아갑니까. 하늘과 땅과 오랜 인간사회의 지혜가 결합함으로써 우리가 이 세상에서 생존한다는 게 가능하게 된단 말입니다. 그러니까 농(農)이 근본이잖아요.

근데 왜 관심이 없느냐 하는 겁니다. 달리 살 수 있는 방법이 있다는 얘긴가요? 아마도 많은 지식인들은 테크놀로지가 문제를 해결해줄 거라고 생각하고 있는지 모르겠어요. 그러나 밑바닥 백성들은 그게 아니라는 것을 본능적으로 알고 있습니다. 《녹색평론》 심각하게 보는 지식인은 별로 없어도, 농민이나 이 사회에서 소외된 사람들, 그리고 여러분과 같이 자식 키우는 사람들이거나 남의 자식들 돌보는 사람들은 《녹색평론》을 심각하게 읽고 있어요. 하기는 기득권층에서는 진짜 사회변화, 뿌리로부터 변화를 꿈꾸는 사람들이 나오기 어렵습니다. 기득권자들은 새로운 삶에 대한 꿈이 있을 리 없죠. 뭔가 지금 간절한 사람들이 꿈을 꿀 수밖에 없어요. 아이들이 아토피 때문에 잠을 못 자고 괴로워하는 것을 지켜보는 어머니의 마음 없이는 이 세상을 바꾸어야겠다는 진정한 열정이 생기질 않습니다. 그러니까 답답한 우리가 스스로 우물을 팔 도리밖에 없어요. 기존 제도나 시스템에 기대할 수가 없어요. 여기 신문사에서 오신 분들도 있는지 모르지만, 언론에 기대할 수도 없습니다. 절대로 안됩니다.

기득권 가진 사람들에게 기대할 수 없다는 얘기를 하다 보니까 생각나는 분이 권정생 선생님입니다. 저도 사람이기 때문에 세상 돌아가는 형편을 보면서 때로는 울분을 느끼고, 슬픔을 느끼면서, 말할 수 없는 절망감에 사로잡힐 때가 많아요. 제 주변에 있는 명색이 대학교수라는 사람들의 행태를 보아도 희망은 제로예요. 이 사회에서 어떻든 특권적인 위치에 있는 사람들로서, 좀 책임감을 가지고 사물의 근본을 생각하면서 현실에 대해 깊이 고민해야 할 사람들이 맨날 연구비 타령만 하고 있어요. 아니면 어떻게든 이름을 내거나 출세하려는 데만 관심이 있어요. 그래서 그런 교수들이 내놓는 연구업적이란 게 우리가 사는 데 진짜 아무짝에도 쓸모없는 게 대부분이에요. 학문이라는 이름 밑에서 왜 저렇게 쓸데없는 데에 시간을 허비하는가. 기가 막힌 현실이죠. 우리나라의 대학교수치고 우리 농촌에 일년에 한번이라도, 아니 평생에 한번이라도 가본 사람이 얼마나 있는지 모르겠습니다. 그러면서 방학만 되면 쥐뿔 나게 외국에 나갑니다. 방학 때뿐만 아니라 평소에도 갖가지 구실을 붙여서 외국에 나가고, 그걸 유능하다고 믿는 경향이 있어요. 외국에 나가서 그 사람들 하는 짓이란 대개 자기 자식들 유학시키는 일 준비하거나 그런 일들이에요. 이 땅에 뿌리박고 살겠다는 정신 가진 사람들이 아닙니다. 그래서 이런 현실을 보면서 저는 우울할 때가 많습니다. 그럴 때, 그래도 살아야지, 그래도 절망하지 않고 가는 데까지 가보아야지 하고 마음을 다잡는 데 제일 필요한 게 뭐냐 하면 내 마음 속에 존경하는 분을 모시고 사는 것입니다.

그런 분이 계시고, 나보다도 훨씬더 가난하게, 외롭게 지내면서도, 사람들에게 맑은 기운을 끊임없이 주신다고 생각하면, 그런 분이 지금 나와 같은 사회, 같은 시대에 살고 계신 것을 생각하면, 큰 위로가 되고 용기가 생기거든요. 그런 분들 가운데서 저에게는 권정생 선생님의 존재가 참으로 큽니다. 보통 그분을 아동문학가라고 하지만, 단순한 아동문학가가 아니지요. 다 아시겠지만, 이분 자신은 평생 동안 고통 속에서 지내시고 계시잖아요. 20대 청년기에 결핵에 걸려가지고 예순이 넘은 지금까지도 병고에 시달리고 계십니다. 어느 정도냐 하면 지금도 비교적 몸이 괜찮을 때가 나락 한섬을 지고 있는 것과 같은 기분이라고 하니까요. 안동 조탑리에 있는 조그만 일자 집은 아마도 우리나라에서 사람의 거처로는 가장 작은 집이 아닌가 싶어요. 그런 집에서 혼자 살고 계시죠. 평생 결혼할 생각도 못하시고, 한때는 유랑도 하면서 걸인 노릇도 했고, 오랫동안 시골교회 종지기를 하면서 생계를 유지하다가 70년대에 작품 발표를 시작하셨지요. 그러면서도 이분처럼 꿋꿋한 사람도 없어요. 지금도 늘 편찮으시니까 찾아뵙기가 쉽지는 않지만, 그래도 어쩌다가 찾아가서 말씀을 들으면 제가 정신이 확 깹니다. 절더러 글을 늘 쉽게 쓰라고 충고도 하시고 그래요. 제 글이 좀 어려운가 보죠. 글을 쉽게 써라. 다른 사람이 그런 말을 하면 별로 귀담아듣지 않을 텐데, 선생님이 왜 그런 말을 하시는지 짐작이 되니까, 이건 사실 무서운 말씀이라는 거 느껴져요. 글을 쉽게 써야 한다는 거, 그게 무슨 말이겠어요. 특권적인 입장에서 쓰지 마라, 진리는 소수의 특권적인 엘리트 문화에 있는 게 아니라 풀뿌리 백성들의 삶에 있다는 얘기거든요. 그런 아주 뼈있는 얘기를 그렇게 순하게 얘기하십니다. 설명도 없어요. 근데 이분 자신의 글을 보면 정말 글이 쉽잖아요. 하고 싶은 말 다 하시면서 누구든지, 교육을 많이 받은 사람이건 아니건 다 쉽게 이해할 수 있는 글이란 말이에요. 권 선생님의 유명한 동화 《강아지똥》만 해도 그렇지요. 강아지가 길가에 똥을 누었는데, 계절이 바뀌고, 비바람을 겪고, 그런 과정을 거쳐서 나중에 흙이 되어가지고, 거기서 민들레가 피어난다는 이야기잖아요. 똥이 민들레로 환생하였다는 이야기잖아요. 이 세상 생명은 어떤 것이라도 사라지는 게 아니라 끝없이 순환하면서 서로서로에게 밥이 되면서, 되풀이하여 꽃을 피운다는 그런 아름다운 얘기를 소박한 아이들의 말로 써서 문단에 등단하셨지요.

문단에 등단하기 전까지 한 20년 동안 이분이 뭘 하고 사셨나 하면, 조탑리에서 목사도 없고 전도사만 있는 조그만 시골교회 문간방에 살면서 종지기를 하셨습니다. 그때 종을 치기 위해서 겨울 새벽 4시에 나오는데 얼마나 손이 시립니까. 요즘은 기후가 이상하게 돌아가서 겨울에도 혹한이 드물지만, 그 무렵에는 정말 혹독한 추위였거든요. 그래서 이분이 장갑을 끼고 종을 치다가 어느날 아차 정신이 번쩍 들었습니다. 하느님의 말씀을 삼라만상에 전하는 이 거룩한 시간에 자기가 손 시리다고 장갑을 끼고 있다는 게 말이 되느냐는 겁니다. 그래서 그후로는 아무리 추워도 맨손으로 경건하게 종을 칠 수밖에 없었다고 어디선가 얘기하셨어요. 그런 분입니다.

그리고, 또 재미난 얘기가 있는데, 거처하는 데가 허름한 문간방이니까 구들장도 헐고, 벽도 갈라지고 그렇게 엉성한 거처였습니다. 추운 겨울에 자다가 발밑에 물컹하고 걸리는 게 있어서 살펴보니까 쥐들이 추워서 따뜻한 곳을 찾다가 거기서 자는 거예요. 그래 한 겨울 내내 그 쥐들하고 같이 지냈어요. 쥐들도 목숨붙이들이잖아요. 사람만 춥습니까? 권 선생님이 늘 하시는 말씀이, 사람들끼리만 잘살겠다고 하는 건 너무도 염치없는 짓이란 겁니다. 지금 전쟁도, 생태적인 위기도, 온갖 사회적인 문제도 그 근원은 무엇입니까? 나만 잘살자고, 또는 우리만 잘살자고, 또는 인간끼리만 잘살겠다는 욕심 혹은 어리석음 때문이잖아요. 이런 사실을 알면서도 저 같은 사람은 실천을 못해요. 그런데 권 선생님은 언행이 일치해요. 나는 솔직히 내 발밑에 쥐새끼가 왔으면 걷어차버릴 것 같아요. 저는 개미 같은 건 별로 죽일 마음이 없어도, 바퀴벌레는 보이는 대로 죽이려고 덤벼들어요. 바퀴벌레도 자기 어미한테는 얼마나 예뻐 보이겠어요. 고슴도치가 자기 아이 찾는 얘기 아시죠? 어느날, 고슴도치가 자기 아이를 잃어버렸어요. 그러나, 도저히 찾지를 못하는 거예요. 왜냐하면 만나는 동물들한테 자기 새끼를 보았는지 물어보면서 새끼 고슴도치의 생김새를 얘기하는데, 피부는 비단결 같고 어쩌고 하니까… 찾을 수가 없잖아요. 고슴도치 어미 눈에는 새끼의 피부가 그렇게 보이는 거예요. 문제는 우리가 내 새끼가 이쁘면 남의 새끼도 그 부모에게는 말할 수 없이 이쁠 거라는 것을 잊고 있다는 게 문제예요. 제 새끼는 군대 안 보내고 남의 새끼들만 군대 보내려고 하는 거, 이건 말이 안되잖아요. 지금 이라크 침략전쟁에 파병한다고 하는데, 파병 결정한 사람들이나 거기에 동의하는 국회의원들이나 자기 자식 거기에 보내는 사람 있을까요?

그리고, 이 자리에서 이런 얘기 해도 될지 모르지만, 권정생 선생님이 쓰신 《우리들의 하느님》이란 책 아시죠? 녹색평론사에서 나온 책인데, 출판사에 관계없이 좋은 책이에요. 그런데 얼마 전에 MBC 방송의 '느낌표'라는 독서권장 프로그램에서 그 책을 다음번 선정도서로 하겠다는 연락이 저희에게 왔어요. 그 프로그램은 꽤 호평을 받고 있는 모양인데, 물론 그 나름대로 의미있는 거라고 저도 생각해요. 근데 저 자신은 텔레비전 자체에 대해서 워낙 부정적인 사람이기 때문에 제가 출판한 책이 그런 프로그램에 선정되었다는 게 달갑지 않아요. 물론 책이 그렇게 방송을 타면 꽤 많이 읽히겠죠. 출판사나 저자에게도 적지않은 수입이 생길 것도 틀림없고요. 방송국에서 처음 연락하면서 당장 20만부쯤 준비를 해두는 게 좋다고 그랬어요. 그런 걸 보면 거의 폭발적인 수요가 생긴다는 게 맞는 말이지요. 그러나 저는 싫다고 했습니다. 그랬더니 방송국 쪽에서 좀 당황했던 모양이에요. 출판사 측에서 거부하리라는 예상은 하지 못했을 거고, 프로그램 녹화 예정날짜는 잡혀있을 테니까 일정에 차질이 생기기도 했을 거니까요. 그래서 방송국 사람들이 저자에게 직접 연락을 취했던 모양이에요. 아마 선생님 책을 이런 식으로라도 독자들에게 널리 알리는 게 좋지 않으냐 하고 설득하려 했겠지요. 하기는 저도 그런 생각을 안한 것이 아니고, 또 적지않은 인세수입이 생기면 권 선생님의 아무 대책 없는 노후생활에도 좀 도움이 될지 모르겠다는 생각도 했습니다. 그렇지만, 어쩐지 그렇게 하기가 싫었어요. 나중에 들은 얘기지만, 권 선생님 반응도 명쾌했다고 그러더군요. 방송국 사람에게 한마디로 느낌표 도서로 선정되는 게 싫다고 말씀하셨다고 합니다. 그러면서 무슨 말씀을 하셨느냐 하면, 아이들이 자라면서 가장 행복한 경험은 책방에서 자기 손으로 책을 고르는 일인데, 왜 그런 행복한 경험을 없애려는 거냐, 그러셨답니다.

여러분이 오늘 제 얘기 들으시고, 권 선생님 한번 뵙겠다고 안동으로 가실까 봐 드리는 얘긴데, 그분이 요즘 특히 외부인의 방문을 굉장히 성가셔 합니다. 몹시 고통스러워하신다고 해요. 오래 앉아있지도 못하는데,

타처에서 자꾸 사람들이 찾아오는 게 얼마나 고통스러우시겠습니까. 제발 찾아갈 생각들 하지 마시고, 그 대신 선생님이 쓰신 글을 읽으시기 바랍니다. 이런 분이 우리와 동시대에 우리나라에서 살고 계신다는 사실에 위안과 기쁨을 느끼면서 말입니다.

쓸데없는 욕심, 그 결과가 뻔히 보이는 헛된 욕심에 휩쓸려 결과적으로 우리 아이들이 살아갈 길을 막고 있는 게 지금 우리가 살아가는 모습입니다. 언제까지 이래서는 안되잖아요. 이제 우리가 진짜 철저하게 이기적인 욕망을 발휘해서 우리 아이들이 제대로 인간답게 살려면 우리가 지금 당장 무엇을 하고, 어떻게 살아야 할지 고민하면서, 우리 스스로 서로 돕고 협동하고 연대해서 살아갈 길을 만들어야 합니다. 엄마들이 자기 새끼들을 위해서라면 못할 짓이 뭐 있습니까. 뭐가 부끄럽다고 못 나섭니까. 그리하면, 이것이 결국 우리 농토를 살리고, 우리 농업을 살리는 길이죠. 농사가 중심이 되는 순환형 사회가 이제 와서 실현 가능하냐 아니냐 하는 것을 따지지 맙시다. 하느님을 믿는 사람들이 하느님의 존재가 실제로 증명되었기 때문에 믿는 건 아니잖아요. 우리가 아이를 낳을 때 계산하고 낳았습니까? 하늘에서 선물로 주시니까 우리가 받아들인 거잖아요. 인색한 사람은 이웃이 없습니다. 그러나 인심 후한 사람은 늘 친구가 있잖아요. 그보다 더 좋은 사회보장 시스템이 어디 있습니까. 그러니까 우리가 국가적인 시스템이니 복지체제니 하는 거 더이상 믿지 말고 우리끼리 살아가는 데 어떻게 최선을 다할 것인가, 그것을 계속해서 연구하면서, 밑바닥에서 서로 돕고 보살피는 생활을 조직하려고 노력하다 보면 언젠가 희망의 길이 뚫리지 않겠습니까? (2003년)

민중의 자치와 평화

이른바 '개발의 시대' 동안에 '민중의 평화'는 사라졌다. 발전이
라는 외피 밑에서 세계 전역을 통하여 민중의 평화를 깨뜨리는
전쟁이 계속되어온 것이다. 오늘날 세계에서 개발이 이루어진
지역에서는 민중의 평화는 사실상 사라져버렸다. 나는 경제개발
에 대한 — 풀뿌리에서 시작하는 — 제약이 민중이 자기의 평화
를 회복하는 데 필수적인 조건이라고 믿는다.

— 이반 일리치

부안 앞바다 위도에 핵폐기물 처리장을 건설하겠다는 정부의 발표로
지금 부안에서는 거의 전쟁상태를 방불케 하는 흉흉한 상황이 계속되고
있다. 오랫동안 핵폐기장 부지 선정에 고심해오던 정부가 이번 결정을
내린 것은 당초 위도 주민들의 동의를 얻은 부안 군수의 유치신청을 근
거로 한 것이라고 발표되었다. 그러나, 시간이 갈수록 위도 주민들의 동
의라는 게 거액의 현금보상을 미끼로 한 거의 속임수 수준의 책략에 의

이 글은 2003년 8월 24일 제주도 서귀포에서 열린 인권재단 주최 '2003 평화회의'에서 발표된
원고임.

한 것임이 드러나고, 그 결과 이제 와서 국책사업에 관련하여 현금보상
이라는 선례를 남길 수 없다는 정부의 방침이 알려지면서 위도 주민들
사이에서도 핵폐기장을 받아들일 수 없다는 움직임이 거세게 일어나고
있다. 그리하여, 만약 위도에 핵폐기장이 들어서면 자신들의 생존이 걸려
있는 어업과 관광이 큰 타격을 입을 수밖에 없을 것이라는 불안한 전망
때문에 맹렬히 반대투쟁을 전개해온 부안의 다수 뭍 사람들과 이제는 같
은 입장에 서게 된 게 오히려 잘 된 일이라고 말하는 위도 주민까지 나타
나게 되었다.

지금 핵폐기장이 들어설 위도와 그 주변의 부안군 사람들이 환경운동
가들과 더불어 핵폐기장 건설을 반대하는 주된 이유는, 말할 것도 없이,
방사능의 위험에 대한 두려움 때문이다. 핵산업과 밀접한 관계를 맺고
있는 관료와 '전문가'들은 그러한 두려움이 근거 없는 것이라고 계속하여
주장해오고 있지만, 극히 간단한 상식의 눈으로 보더라도, 정말 위험이
없다면 어째서 구미 여러 국가들이 원자력발전을 중단하거나 적어도 더
이상 확대하지 않기로 결정하였는지, 또 원자력산업이 계속되는 나라에
서 어째서 핵폐기물 처리가 끊임없이 논란의 대상이 되고 있는지 설명하
기 어려울 것이다. 핵폐기장 건설을 반대하는 사람들이 자주 구호처럼
외는 말, 즉 그렇게 안전하다면 청와대나 국회의사당 부근이나 혹은 서
울의 강남지역에 설치하면 될 게 아니냐 하는 주장은, 결코 밑바닥에서
생활하는 사람들의 단순히 무식한 발언으로 치부될 수는 없는, 문제의
핵심을 찌르는 논리를 담고 있다고 할 수 있다.

그러나, 설령 뛰어난 과학기술력과 관리 능력으로 ― 이것은 현실적으
로 물론 믿을 수 없는 것이지만 ― 방사능 방출 위험으로부터 어느 정도
안전성이 확보될 수 있다고 하더라도 문제는 여전히 남는다. 핵폐기물에
들어있는 다양한 방사성 물질들, 특히 그중에서도 반감기가 무려 2만년
이상 걸리는 플루토늄과 같은 치명적인 방사성 물질의 존재를 고려한다
면, 핵 안전시설과 그 관리는 이미 과학기술이나 인력관리의 차원을 넘
어서는 문제이기 때문이다. 생각해보자. 역사상 어떤 국가, 어떤 정부가

94

만년 이상 지속된 예가 있는가. 국가가 망하고, 정부가 소멸되었는데도 방사능으로부터 사람과 생명을 지키고자 홀로 불침번을 서는 과학기술자, 경영자가 있을 수 있겠는가.

나는 오늘날 극히 조심스럽게 다루지 않으면 안되는 위험한 기술을 가지고 문명된 생활을 설계하고자 하는 사람들, 특히 소위 전문가들이라고 하는 사람들이 범하고 있는 가장 큰 잘못은 근본적으로 자기들의 전문영역을 넘어서는 문제에 대해서까지 전문가연하는 태도를 취하는 점이라고 생각한다. 지금 원자력의 안전문제에 대해서 정부나 산업체나 전문가들은 지역주민들을 교육하고 계몽하면 될 문제라고 생각하는 듯한 발언을 계속하고 있지만, 엄밀히 말하면 계몽되어야 할 사람들은 그들 자신이지, 풀뿌리 민중이 아니다. 이번에 위도의 주민들이 처음에 핵폐기장이 자신들의 마을에 들어서는 것을 용인하기로 한 것은 방사능의 안전성에 대한 확고한 믿음이 있어서가 아니었다. 그들은 안전에 위협이 있을지도 모른다는 의구심에도 불구하고, 워낙 고달픈 생활이 좀 나아질지도 모른다는 가능성, 특히 현금보상에 대한 기대 때문에 도장을 찍었다는 것은 두말할 필요도 없는 사실이다. 거액의 돈을 거머쥐게 된다면 빚도 갚고, 어디론가로 이주해서 새로운 삶을 시작할 수 있을지도 모른다는 나름대로의 이기적인 계산이 작용하고 있던 것이다. 물론 이것은 나무랄 수 있는 행동이 아니다. 비슷한 처지에 있는 사람이라면 누군들 그러지 않겠는가.

문제는 돈만 있다면, 지금까지 오랜 세월 뿌리를 박고 살아온 생존의 터전을 떠나, 새로운 삶을 시작하는 게 가능하고, 때로는 그게 더 나을 수도 있다고 하는 생각이 어느새 시골의 풀뿌리 공동체에까지 깊이 침투해 있는 현실이다. 생각해보면, 이것은 아무런 새로운 현상도, 놀랄 만한 현실도 아니다. 이러한 현실은 지난 30여년에 걸쳐 이 사회를 압도해온 경제성장과 개발의 논리가 가져다준 당연한 귀결일 것이다.

그러나, 세계가 놀라워하는 급속도의 경제성장과 개발 덕분에 이 사회가 과거에 상상할 수도 없었던 재화와 서비스를 생산, 유통, 소비하는 사회로 전환해온 것은 사실이지만, 그 과정에서 과연 풀뿌리 민중의 삶이 얼마만큼 개선되었는지 대답하는 것은 쉽지 않다. 아마도 주류 경제학의 입장에서 볼 때, 민중의 삶은 전반적인 향상을 기록해왔다고 할 수 있을지 모른다. 소위 경제개발이 본격화하기 시작하던 60년대 후반의 사정에 비추어보건대, 지금 한국인들의 생활수준은 적어도 수치상으로 드러나는 상품생산과 소비의 증대라는 측면에서, 아무리 가난한 사람이라 할지라도, 엄청난 '진보'를 나타내고 있다는 것은 부인하기 어렵기 때문이다. 그러나, 우리는 이제 이러한 '진보'가 너무도 끔찍한 대가를 지불해왔다는 것을 간과해서는 안된다. 이른바 경제발전을 통한 사회적 진보라는 것은 말로 다할 수 없는 인간적 비극과 사회적 모순의 누적적 확산을 의미하는 것이었고, 그 결과 우리는 지금 사회적으로, 또 무엇보다, 생태적으로 돌이키기 어려운 대재앙에 직면해 있는 것이다.

경제성장과 개발을 제창하거나 지지하는 사람들의 논리가 아무리 그럴듯하다 하더라도, 이제 그 방향으로는 더이상 나아갈 길이 없다는 것은 두말할 필요가 없는 일이다. 아직도 한국사회는 환경보다는 경제성장이 더 긴급하다고 생각하는 지식인들이 실제로 적지 않은 현실이지만, 그런 사람들이 잊고 있는 것은 이미 우리의 경제활동 ─ 생산과 소비와 폐기의 수준 ─ 은 생태적으로 허용될 수 있는 범위와 한계를 훨씬 넘어 서 있다는 사실이다. 환경도 부유한 선진국의 환경이 질적으로 우수한 현실을 감안하면, 환경문제를 생각하더라도 먼저 경제를 발전시키는 것이 옳다는, 아직도 흔히 들리는 주장은 오늘날 소위 선진국의 부가 비서구 지역에 대한 식민주의, 제국주의적 착취의 산물이라는 사실을 모르거나 모른 척함으로써 가능한 주장일 뿐이다. 뿐만 아니라, 지금과 같은 선진국 수준의 경제생활이라는 것은 보편적으로 모든 사회에 적용 가능한 것이 아니라는 중대한 사실을 간과해서는 안된다. 만일 오늘날의 선진국의 중산층 혹은 후진국의 지배층이 누리는 생활패턴이 전세계적으로 되려면, 지구가 서너개가 더 있어도 모자란다는 것은 엄연한 과학적 사실이다. 그러니까, 우리가 어떻게 해서든 먼저 높은 경제성장을 이루어, 국제적인 위상이나 발언권을 높여가야 한다는 논리는, 그 애국주의적 열정은 가상하다고 해야 할지 모르지만, 결국 자기보다 경제적인 발전이 늦은 집단, 사회, 지역을 착취하자는 것밖에 안되는 극히 비윤리적인 사고의 발현이라고 하지 않을 수 없는 것이다. 이런 식의 낡은 부국강병의 논리가 계속 허용, 확대되는 분위기에서, 사람과 사람들 사이의, 그리고 사람과 사람 아닌 뭇 생명들 사이의 평화로운 관계는 꿈도 꾸지 못할 것이라는 것은 자명한 일이다.

평화의 문제를 생각하는 자리에서, 좀더 근원적으로 이 문제를 들여다보려면, 우리는 불가피하게 오늘날 평화, 무엇보다도 민중의 평화를 어지럽히는 가장 큰 원인이 무엇인가를 생각해보지 않으면 안된다. 여기서 특히 민중의 평화를 운위하는 것은 평화의 문제를 논의하는 데 결코 빠트려서는 안될 차원을 주목하기 위해서이다. 그것은 간단히 말해서, 오늘날 전세계적으로 풀뿌리 민중의 일상생활 자체가 전쟁과 같은 상황에 놓여있다는 기본적 사실이다. 그리고, 민중의 평화라는 개념이 중요한 또다른 이유는, 지금 국가와 국가, 민족과 민족, 집단과 집단 사이에 일어나는 군사적 충돌이나, 침략이 본질적으로는 지배자들 사이의 갈등과 충돌이지 결코 민중과 민중 사이의 대결일 수는 없다는 가장 근본적이되 흔히 간과되고 있는 사실을 좀더 명확히 할 필요가 있기 때문이다. 이렇게 말하는 것은 국민국가라는 틀이 여전히 우리의 삶의 근본적 가능성과 제약으로 작용하고 있는 현실을 무시하자는 얘기가 아니고, 또 실제 전쟁 상황에서 일차적으로 희생되는 병사들이 국가의 이름으로 동원된다는 사실을 외면하자는 얘기도 아니다. 문제는 과거에도 그랬고, 지금도 그렇고, 또 장래에도 그럴 수밖에 없지만, 풀뿌리 민중을 동원하지 않고는 전쟁이 성립되지 않는 게 사실이라고 하더라도, 모든 전쟁은 어디까지나 풀뿌리 민중과는 이해관계를 같이 할 수 없는 지배자들의 것이라는 사실을 명확히 할 필요가 있다는 것이다. 일찍이 철학자이자 역사가인 이반 일리치는 일본방문중에 행한 기념할 만한 강연 〈평화의 근원적 의미를 생각한다〉(1980)에서, 평화라는 개념은 지역, 문화, 사회적 지위에 따라 다양한 용도로 사용되어왔다는 역사적 사실을 상기하면서, 지배자들의 관심이 늘 '평화유지'에 있어왔다면, 풀뿌리 민중은 언제나 "평화로이 내버려두어져 있기를" 염원하면서 살아왔다는 점을 강조한 바 있다. 그러니까, 다른 모든 경우와 마찬가지로, 민중이 이해하는 평화와 지배층이 생각하는 평화는 그 내포가 전혀 다른 것일 수밖에 없는 것이다.

이렇게 민중의 삶에 있어서 평화가 갖는 의미가 국가나 지배자들의 그것과 본질적으로 다를 수밖에 없다는 것은, 생각해보면, 너무도 당연한 일이다. 땅에 뿌리박고 사는 풀뿌리 민중에게 있어서 중요한 것은 하루하루의 생존이며, 가족과 이웃들과 어울려 삶의 기쁨을 향유하면서, 서로 돕고 보살피면서 다음 세대를 위하여 준비하여 가는 생활이다. 그들에게는 지배와 정복과 영토확장과 같은 '전쟁의 동기'를 잉태하는 욕망이 있을 수 없다. 정복인간(homo conquistador)은 본래 풀뿌리 민중의 심성과는 질적으로 전혀 다른 차원의 멘탈리티에 뿌리를 두고 있음이 확실하다. 지난 수십년간 알프스 계곡의 한 작은 마을에서 살아온 영국작가 존 버저의 관찰처럼, 민중생활이 근본적으로 겨냥하는 것은 생존의 순환적인 지속이다. 따라서 그들에게 무엇보다 중요한 것은 그들 자신의 개인적, 집단적 생존을 가능하게 하는 땅의 보존과 오랫동안 땅을 돌보아온 공동체의 지혜, 이웃들과의 협동적 관계와 상부상조, 보살핌과 환대, 고통을 견디는 기술, 그리고 자립적 생존을 위한 토대 중의 토대인 이러한 여러 공동자산이 훼손 없이 보존되는 것이다. 이반 일리치에 의하면, 유럽에서 적어도 중세까지 민중생활의 토대로서 '공유지'는 지배자들이 만들어내는 수많은 전쟁상황 가운데서도 거의 훼손 없이 보존되어왔다. 밭을 갈고, 밀을 수확하는 농민의 생활이 붕괴되면 전쟁의 수행에 필요한 물자를 공급받을 수도 없었기 때문이다. 아무리 왕들과 제후들이 전쟁을 벌여도, 이렇게 공유지가 보존되어 있는 한, 민중생활은 대체로 평화로이 유지될 수 있었고, 전쟁은 다른 세계로부터 들려오는 소문이었을 뿐이다. 민중에게는 땅이 보존되고, 이웃들과의 관계가 살아있는 한, 자급, 자치의 근본적으로 평화로운 삶이 가능했고, 국가와 교회의 존재는 그들의 삶에서 부차적, 외면적인 것에 지나지 않았다.

그러나, 우리가 다 아는 바와 같이, 중세 말기부터 공유지는 파괴되기 시작한다. 공유지의 사유화를 본격적으로 강제한 이른바 엔클로져 운동을 통해서 실제로 파괴되기 시작한 것은 자기 땅이 없는 가난한 농민들의 생존수단뿐만 아니라, 공동체의 자율적인 삶의 방식 그 자체였다. 그리고, 유럽에서 공유지가 광범위하게 붕괴되어 가는 시기는 자본주의의 발흥뿐만 아니라 정확히 근대적 국민국가의 출현 및 그 확대과정과 일치하는 것이었다. 그리고 또, 말할 것도 없이, 그 시기는 콜럼버스 이후의 서구제국의 해외팽창, 나아가서 제국주의적 세계 지배가 본격화하는 과정과 궤를 같이하는 것이었다. "문명은 안에서의 억압과, 바깥으로의 정복을 의미한다" — 이것은 인류학자 스탠리 다이어먼드의 유명한 말이지만, 콜럼버스 이후 500년 동안 서구제국이 온 세계의 토착민중 사회를 정복, 유린해오는 과정에서 그 명분이 언제나 '문명개화'였다는 것은, 적어도 유럽에 있어서 '문명'의 역사와 본질이 어떠한 것인지를 명료하게 전해준다. 그것은 반드시라고 해도 좋을 정도로 언제나 유럽사회 안팎의 풀뿌리 민중의 삶의 기반을 망가뜨리는 과정으로 점철되어온 것이다. 오늘날 온 세계를 소수의 특권적 부유층과 대다수의 소외된 빈곤층으로 양극화하는 과정을 갈수록 심화, 확대시키고 있는 이른바 '세계화'는 단순히 냉전체제 이후의 미국에 의한 패권주의적 세계지배를 위한 새로운 틀, 새로운 전략이라고 볼 수는 없다. 500년 전 콜럼버스가 카리브해의 작은 평화로운 섬 타이노에 도착하여, 콜럼버스 자신이 감탄할 정도로, 춤과 노래와 높은 수준의 공예문화를 향유하면서 "거의 낙원 속에 살고 있는" 순진무구한 토착민들을 노예로 만들고, 강제노동을 시키고, 무자비한 살육을 감행했을 때, 이미 '세계화'는 시작되었던 것이다. (인디언 혹은 인디오라는 말은 우리가 보통 알고 있다고 생각하는 것과는 달리, 본래 지극히 평화로운 낙원 속에서 살고 있는 토착민들을 가리켜 스페인 사람들이 사용했던 말이라는 설이 있다. 즉, 스페인어로 "하느님의 품속에서"라는 말 en Dios에서 유래했다는 것이다.)

　여기서 우리는 새삼스럽게 지난 500년 동안 계속되어온 서구 문명의 비서구 지역과 민중에 대한 침략, 약탈의 역사를 세세하게 거론할 필요는 없을 것이다. 그러나, 한가지 기억해야 할 것은 이러한 비서구 문화권에 대한 서양의 침략은 언제나 자기사회 내부에서의 밑바닥 공동체에 대한 가차없는 억압과 파괴와 표리일체의 관계에 있었다는 사실이다. 그러니까, 서구의 내부이든 외부이든, 침략은 어디에서든 민중생활의 토대, 즉 자급문화(subsistence)에 대한 끊임없는 공격을 의미하는 것이었다. 유럽인들과의 느닷없는 첫 대면에 노출됨으로써 거의 전면적인 붕괴, 사멸을 강요당한 아메리카의 토착민 문화는 극단적인 경우를 보여준다 하더라도, 아메리카 인디언에 대한 그러한 공격은 바로 서양 자본주의의 제국주의적 팽창에 내재한 메커니즘의 필연적인 산물이었고, 그런 한에서 토착 아메리카인들의 운명은 서양세계 내부의 기층민을 포함한 세계 도처의 토착민들과 풀뿌리 민중이 겪게 되는 비극적 재난을 예고하는 데 지나지 않았다. 말할 것도 없이, 금년 봄 온 세계의 양심의 소리를 간단히 무시하고, 또 전통적인 동맹국들로부터의 지지도 받지 못한 채 일방적으로 자행된 미국의 이라크 침략전쟁도 이러한 일관된 공격의 역사에 있어서 최신의 사례를 나타낼 뿐이다.

그러나, 공격이 반드시 물리적인 폭력으로 표현될 필요는 없다. 아마도 민중의 자급, 자치, 자율적인 생존의 지속이라는 입장에서 본다면, 노골적인 군사적 공격 못지않게 혹은 좀더 근원적인 차원에서 더욱 위협적인 것은 이른바 '개발'이라는 이름으로 자행되는 생존의 토대의 파괴일 것이다. 실제, '개발'이라는 것은 1949년 1월에 미국 대통령 트루먼이 미국의 세계에 대한 새로운 전략으로서 4개항에 관한 조치를 발표하기 전에는 존재하지 않았던 개념이다. 향후 미국과 같은 '발전된' 선진국의 첫째 임무는 미개발 내지 저개발된 국가나 지역들에 대한 지원과 원조여야 한다는 트루먼의 새로운 대외정책 노선에 대한 공식적 천명은 결국 좀더 세련된 형태의 식민주의적 지배를 계속하겠다는 발언에 지나지 않는 것이었다. 그러나, 식민지 지배에서 갓 풀려난 소위 신생 독립국의 엘리트들에 의해서 '개발'은 열광적으로 받아들여졌고, 이데올로기의 대립에 관계없이, 거의 모든 저개발 국가의 가장 중요한 국가적 과제로 되었다. 그리하여 근대적 학교와 대학들이 들어서고, 종합병원이 세워지고, 관료조직이 강화되고, 도로와 항만과 공항이 건설되고, 자동차가 들어오고, 텔레비전이 들어오고, 거대한 댐들이 강을 막기 시작하고, 원자력발전소가 들어서고, 산업단지들이 우후죽순처럼 들어서면서, 농지가 축소, 오염되고, 갯벌이 사라지고, 바다가 오염되고, 농촌공동체가 붕괴되고, 도시가 비대화하고, 슬럼이 확장되고, 범죄가 증가하고, '빈곤의 근대화'가 만연하게 된 것이다.

허다한 제3세계 정치지도자들이 대개 맹목적인 개발론자들이었고, 지금도 그렇다는 것이 현대사의 비극의 한 큰 원인이라고 할 수도 있겠는데, 그러나 그 가운데는 더러 '개발'의 이러한 파멸적인 귀결에 대하여 솔직히 자신의 과오를 시인하는 사람도 없지는 않았다. 예를 들어, 독립 후 인도를 이끌어온 네루는 정치지도자로서의 생애의 마지막에 인도사회를 서구사회 못지않은 산업사회로 만들기 위해 헌신적으로 일해왔음에도 불구하고, 인도 민중의 처지는 갈수록 더 절망적인 상황으로 치달아온 부정할 수 없는 현실 앞에서, 자신이 산업화를 경계하라고 했던 간디의 가르침을 경시한 게 큰 실수였다는 것을 솔직히 시인하지 않을 수 없었다. 1964년 작고 직전, 네루는 이렇게 말했다(William Fisher ed., *Toward Sustainable Development* (1993) 참조).

요즈음 나는 갈수록 간디의 방식에 대해 생각하고 있습니다. 이것은 조금 이상하게 생각될런지 모르겠습니다. 왜냐하면 나는 근대적 산업에 대한 열렬한 지지자이고, 최선의 기계와 최고의 효율을 가진 기술을 선호하는 사람이기 때문입니다. 그러나, 우리나라의 오늘의 형편을 볼 때, 아무리 빠르게 우리가 산업시대를 향해 진보하고 있다고 하더라도, 대부분의 국민은 이러한 진보의 영향을 입지 못할 것이라는 것은 언제나 사실일 것입니다. 매우 오랫동안 근대적 발전은 그들에게 이익을 주지 못할 것입니다. 그러므로, 우리는 모든 사람이 직접 참여할 수 있는 좀더 다른 생산방식을 찾지 않으면 안됩니다. 물론 그들의 도구는 근대적 기술에 비해 열등할지 모릅니다. 하지만, 우리는 이런 도구들을 사용하지 않으면 안됩니다. 그렇지 않으면 이들은 실업자가 될 것입니다. 우리는 늘 이 점을 기억하고 있어야 합니다. 우리는 이 나라의 가장 가난한 사람들을 위해 계획을 세워서, 그들의 비참한 상황을 개선하도록 분투노력하지 않으면 안됩니다. 지금 나는 이 문제로 끊임없이 번민하고 있습니다.

식민주의−개발−세계화가 결국 역사적으로 제국주의적 지배가 심화되어가는 과정을 나타내는 단계별 개념들이라는 것을 가장 분명하게 알려주는 것은 이러한 일련의 단계를 통해서 풀뿌리 민중의 삶이 근본적으로 아무것도 달라진 게 없을 뿐만 아니라, 오히려 갈수록 절망적인 상황으로 내몰려왔다는 움직일 수 없는 역사적, 사회적 사실이다. 가령 오늘날 거대한 댐들과 원자력 기술과 정보통신 분야에서의 풍부한 기술인력을 자랑하고 있는 인도의 경우, '풍요'는 극히 일부 특권계층에 국한된 현상일 뿐 가난한 사람들의 생활이 독립 이전 식민지 시대에 비하여 비교할 수 없을 만큼 참상을 드러내고 있다는 것은 누구나 인정하는 사실이다. 문제는 인도의 경우가 결코 예외적인 현상이 아니라는 데 있다. 지금 금융권력과 초국적기업들에 의해서 주도되고 있는 '세계화'는 낭비가 구조화된 미국식 생활방식을 세계 전역에 무차별적으로 강요함으로써 지역생태계에 뿌리박고 살아온 세계의 수많은 지역공동체들을 와해시키고, 인간생존의 자연적 토대를 파괴하고 있다. 아마도 이런 추세로 사회적, 생태적 상황이 계속된다면, '세계화'의 미래는커녕 인류가 이 지구상에 단순히 살아남는다는 것도 불가능해지는 순간이 곧 다가올지도 모른다.

'개발'이든 '세계화'든 언제나 근대화, 진보라는 이름으로 진행되어왔지만, 그런 의미에서의 근대주의, 근대성이라는 것은 세계 도처의 토착민중사회에게는 견딜 수 없는 재앙, 문자 그대로 홀로코스트였다. 그러나, 서구의 침략 앞에서 비서구 지역의 엘리트와 지식인들은 일반적으로 국민국가 체제를 시급히 정비하여, 과학기술과 군사력을 양성함으로써 서양문명을 따라잡지 않으면 안된다는 다급한 욕구를 느끼고, 표현하는 경향을 드러내었다. 이러한 경향은 가령 동북아시아의 바다에 흑선(黑船) 혹은 양이선(洋夷船)이 나타난 19세기 중엽 이래 지금까지 조금도 수그러들지 않고 계속되고 있는 현상이라고 할 수 있다.

아마도 그 대표적인 것은 일본의 메이지유신(明治維新)과 그 이데올로그들이라고 할 수 있을지 모르겠는데, 여기서 우리가 잠깐 살펴볼 필요가 있는 것은 후쿠자와 유키치(福澤諭吉)의 경우이다. 후쿠자와는 우리가 잘 아는 바와 같이 메이지 시대의 대표적인 자유민권사상의 제창자로서, 또 게이요(慶應) 대학을 설립하기도 한 교육사상가이자 실천가로서 지금까지도 일본사회에서 널리 추앙받고 있는 인물이다. 그리고, 그는 또한 구한말의 조선의 개화세력을 배후에서 도와, 갑신정변에서 실패하여 일본으로 피신했던 김옥균을 보호하고 있던 인물이기도 했다. 그러니까, 어느모로 보나 그는 그 무렵 동아시아 사회에서 '진취적' 사상과 운동 경향을 대변하고 있던 인물이었다고 할 수 있다. 그는 당시의 세계상황을 문명과 미개와 야만이 공존하는 세계로 파악하고, 아직 '미개' 사회의 수준에 머물고 있는 일본의 국가적 과제는 무엇보다도 서양제국이 보여주고 있는 '문명'의 수준을 하루빨리 따라잡기 위해서 진력하는 것이라고 생각했다. 그가 보기에, 일본은 당시의 조선이나 지나(支那)가 '야만'의 상태에 머물러 있는 것에 비해서는 한 단계 더 발전된 사회수준을 보여주고 있지만, 서양에 비해서는 분명히 낙후된 사회였다. 그리하여, 그가 제창한 것이 유명한 탈아입구(脫亞入歐)론, 즉 "아시아를 벗어나서 유럽으로 들어가자"고 하는 주장이었다. 아마도 약간 세련된 형태로 변모했을지는 모르지만, 본질적으로는 아시아의 소위 엘리트들 사이에서는 지금도 계속되고 있는 이러한 탈아시아의 욕구는 후쿠자와 유키치에게는 탈농(脫農), 즉 자급, 자족적 농업중심 사회를 벗어나 팽창적, 공격적 공업중심 사회가 되는 것을 의미했다. 그리고, 이러한 후쿠자와류의 멘탈리티가 메이지 시대 이후 계속해서 일본 지배층의 사고의 주류를 이루면서, 조선과 대만의 식민지화, 중국침략, 태평양전쟁, 히로시마와 나가사키의 비극 …
종전 후의 경제부흥, 미나마타의 비극을 위시한 환경재난, 식량자급률
30% 미만, 평화헌법 체제의 약화와 우경화 추세 등으로 이어지는 연속적
인 재앙으로 귀결되어왔다는 것은 우리가 다 아는 사실이다.

농업중심 사회로는 '문명된' 사회를 기대할 수 없다는 후쿠자와 식의
사고방식은 사실상 지난 100년 동안, 의식적이든 무의식적이든, 적어도
동아시아 사회의 엘리트들 전체를 지배해온 사고방식이었다고 할 수 있
다. 여기서 우리가 기억할 필요가 있는 것은 실제로 메이지시대에도 서
양 강대국의 모범을 따를 것이 아니라, 서양에서도 비교적 작은 나라들
의 선례에 따라, 군사적, 경제적으로 부국강병을 추구하는 대신에, 인민
이 평화롭게 살아갈 수 있는 체제로 발전하는 것이 일본의 장래로서 바
람직하다는 견해, 즉 소일본주의(小日本主義)를 제창한 지식인들이 소수지
만 존재했다는 사실이다(다나카 아키라(田中彰),《小日本主義 - 日本의 近代를
다시 읽는다》(1999) 참조). 이러한 견해는 시대의 대세에 밀려 파묻혀버렸지
만, 오늘날 부국강병의 논리와 공업중심 체제로는 실제로 아무런 희망의
탈출구가 보이지 않게 된 상황에서 오히려 더욱 돋보이는 생각이라고 할
수 있을지 모른다. '소일본주의'라는 아이디어에는 기본적으로 인간불평
등 사상과 그에 기초한 "주인이 아니면 노예가 될 수밖에 없다"는 해묵
은 침략과 지배와 전쟁의 논리를 거부하고, 개인이든 집단이든 이웃들과
공존공생하는 삶이 바람직하다는 생각이 내포되어 있다고 할 수 있다.

실제로, 후쿠자와라는 인물이 '자유민권' 사상의 제창자로서 흔히 기억
되고 있다고는 하나, 그의 그 자유민권 사상의 배후에는 아시아의 이웃
나라들을 야만시하는 강한 경멸감이 들어있었고, 그 연장선에서 조선과
중국에 대한 침략전쟁을 지지했다는 것을 이해한다면, 우리가 일본 개화
기의 후쿠자와로 대변되는 자유주의 사상이 기본적으로 얼마나 편파적인
인간관, 사회관 위에 서있던 것인가를 쉽게 짐작할 수 있다. 후쿠자와의
자유주의 사상이 기실 뿌리깊은 인간불평등 사상 위에 세워져 있다는 것
은 비단 대외적인 관계에서만이 아니라, 자기 사회 내부의 하층민을 보

는 그의 시각에서도 명확히 드러난다. 그가 소위 명문 사학(私學)의 설립자라는 것은 잘 알려진 역사적 사실이지만, 동시에 그가 국립대학의 설립을 강력하게 반대했던 인물이라는 것도 기억할 필요가 있다. 후쿠자와가 국립대학 설립을 반대한 가장 큰 이유는 국립대학이란 국가의 비용으로 인재를 기르는 교육기관인데, 그러한 국립기관으로서는 가난한 가정 출신이면서 머리가 좋은 수재[貧智者]들의 입학을 가로막을 수는 없고, 이러한 청년들이 대학교육을 받으면 대개 사회주의자가 되어 국가체제에 위협을 줄 가능성이 높기 때문이라는 것이었다. 그에 의하면, 새로운 국제화된 세계에서 어차피 교육도 경쟁원리를 토대로 할 수밖에 없고, 따라서 상품이 비싼 게 있고, 싼 게 있듯이 교육이라는 상품도 각 가정의 능력에 따라 구매하게 되는 것은 당연한 일이라는 것이다. (후쿠자와의 '탈아론'과 교육관에 대해서는 역사학자 야스카와 쥬노스케(安川壽之輔)의 《福澤諭吉의 아시아 認識》(高文硏, 2000)을 주로 참조하였다.)

　최근에 작고한 일본의 역사학자 이에나가 사부로(家永三郎)는 일본정부를 상대로 군국주의 침략의 역사를 교과서에서 진실되게 기록할 것을 요구하는 투쟁을 오랫동안 계속했던 양심적인 학자이다. 그는 그의 저서 《태평양전쟁》(1986)에서 아시아침략을 정당화했던 후쿠자와식의 논리를 반박하면서 후쿠자와가 서양제국주의의 침략에 직면하여 일본이 아시아의 이웃나라들에 대한 침략이 아니라 오히려 이웃나라들과의 협력과 연대를 추구하는 방향으로 갔어야 했다고 주장하고 있다. 이것은 물론 옳은 말이지만, 그러나 무엇보다 풀뿌리 민중에 대한 계급적 편견이 이토록 뿌리깊었던 '사상가'에게서 어디까지나 겸허한 마음과 철저한 평등관 없이는 불가능하다고 할 수 있는 그러한 아시아적 연대의 사상을 기대한다는 것은 처음부터 무리였을 것임이 분명하다.

　후쿠자와의 경우가 하나의 전형으로서 보여주듯이, 서양의 제국주의적 침략에 맞서서 대응하려는 노력 역시 대부분의 경우 서양을 따라잡으려는 방식으로 전개되었고, 그 결과 어디서나 부국강병론이 활개를 치고, 농업포기 공업우선 사회로의 재편이 일반화된 게 현대사의 현실이라는 것은 우리가 다 아는 사실이다. 그리고, 그러한 사회재편 과정에서 민중의 삶은 뿌리로부터 흔들리고, 민중의 삶에서 평화는 점점 가망없는 목표가 되어왔다는 것도 더 말할 필요가 없는 사실이다. 일반적으로 지식인들 사이에서는 근대성 내지 근대주의의 역사적, 사회적 의의를 높이 평가하는 경향이 있지만, 여기서 우리가 깊이 새겨두어야 할 기본적인 사실의 하나는 설령 근대 자본주의 국민국가 체제의 발전에 의해서, 그리고 그 체제와 결합된 근대적 과학기술에 의해서, 인류사회가 근대 이전에는 상상도 할 수 없었던 많은 이익과 혜택을 누릴 수 있게 된 게 사실이라고 하더라도, 그것은 따져보면 늘 인류 전체 가운데서 극히 소수에게만 국한될 수밖에 없는 혜택이라는 점이다. 이러한 기본적인 사실을 계속 간과한다면, 우리는 흔히 근대적 가치와 논리의 근원적인 극복이 아니라 부분적인 개조를 통해서 당면한 위기적 현실을 타개하고자 하는 오래된 지적, 도덕적 타성에서 벗어나는 것이 불가능할 것이다.

아마도 이런 맥락에서도 간디의 사상과 실천이 갖는 세계사적 의의(意義)는 실로 엄청난 것이라고 할 수 있을지 모른다. 하루빨리 서양문명을 따라잡는 것이 시대의 최우선 과제라고 생각했던 후쿠자와의 경우가, 따져보면, 지금까지도 계속되는 전세계의 소위 엘리트들의 일반화된 사고양태(思考樣態)라면, 이미 20세기 초에 서양문명의 본질적 모순과 한계를 명확히 간파하고, 그 문명이 절대로 인류사회에 보편적인 것이 될 수는 없다는 것을 꿰뚫어봄으로써, 서구 산업주의 문명과는 근본적으로 다른 생활방식을 제시했던 간디의 경우는 매우 예외적인 것이었다. 생각해보면, 간디의 이러한 예외성은 지금 날이 갈수록 중대한 의미를 갖는다고 할 수 있다. 인류의 일부가 아니라 인류 전체의 공존공생이라는 견지에서 볼 때, 간디가 제시한 길은 부국강병의 논리가 활개를 침으로써 대다수 민중은 늘 소외와 억압과 빈곤을 강요당해온 현대사 전체의 상황에서 진실로 인류사회의 활로를 열어주는 가장 창조적인 발상이라고 해야 마땅할 것이다.

간디의 《힌두 스와라지》(1909)는 그가 아직 남아프리카에서 활동중이던 때에 쓴 소책자이지만, 이 책은 생애 마지막까지 간디가 견지하였던 문명관과 사회경제사상을 압축적으로 담고 있는 기념할 만한 문서라고 할 수 있다. 그것은 간디 자신 이 책의 중요성을 되풀이하여 언급하고 있는 사실에서도 알 수 있다. 1921년에 간디는 "그것은 1909년에 씌어졌지만, 지금 나는 그 책에서 아무것도 취소하고 싶지 않다. 그 책자는 '근대'문명에 대한 심각한 공격을 내용으로 하고 있다. 나는 인도가 '근대문명'을 배격한다면, 그렇게 함으로써 오직 이득만을 얻게 될 거라고 생각한다"라고 말하고, 또 1945년에는 어떤 편지에서 이렇게 말했다.

　　나는 《힌두 스와라지》에서 내가 기술했던 것을 지금도 완전히 지지합니다. 그후의 내 경험은 1909년에 내가 썼던 것이 진실이라는 것을 확인시켜주었습니다. 비록 내가 그것을 믿는 유일한 사람으로 남는다 하더라도 나는 유감이 없습니다 … 나는 만약 인도가, 그리고 세계가, 진정한 자유에 도달하려면, 조만간 우리들이 마을, 즉 궁전이 아니라 오두막으로 가서 살아야 한다고 믿습니다 … 우리들은 마을생활의 단순소박성에서만 진리와 비폭력의 비전을 가질 수 있습니다 … 내가 말하고자 하는 것의 요지는 각자가 생명의 유지에 필요한 것들을 스스로 통제할 수 있어야 한다는 것입니다.

　간디에게 '자유인도'의 핵심은 자기들의 삶의 운영방식을 결정할 힘을 갖고 있는 마을자치(스와라지)였다. 《힌두 스와라지》를 통하여 간디가 시종일관 강조하고 있는 것은 농촌마을 중심의 자치, 자급, 자립적 민주주의야말로 인도뿐만 아니라 인류사회의 보편적인 생활방식으로서 영구적으로 지속가능하고, 만인이 평등하게 살아갈 수 있는 시스템을 보장한다는 것이었다. 간디의 시각에서 볼 때, 서구식 산업문명의 근간에는 강자에 의한 약자의 지배라는 구조를 합법화하는 인간불평등 사상을 적극적으로 옹호하는 논리가 들어있을 뿐만 아니라, 무엇보다도 그것은 널리 인류사회에 보편적으로 적용하는 것도 가능하지 않고, 장기적인 지속이

가능하지도 않는, 자원약탈과 낭비를 내재적인 원리로 하는 경제체제 위에 구축되어 있는 문명이었다. 예를 들어, 독립 후의 인도가 무엇보다 산업화를 이룩해야 한다고 생각했던 네루는 자본주의의 악이 사회주의적인 방식으로 극복될 수 있으리라고 보았지만, 간디는 "산업화 자체에 악이 내재하고 있고, 따라서 그것은 결코 '사회화'를 통해서 근절시킬 수 없는 것"이라고 생각했던 것이다.

간디의 사상은 식민주의에 대한 투쟁 가운데서 정립되었지만, 여기서 우리가 특히 주목해야 할 것은 그의 식민주의에 대한 이해가 갖는 독특함과 예리함이다. 예를 들어, 레닌을 위시한 사회주의 사상가들이 흔히 제국주의 혹은 식민주의의 본질을 자본주의의 문제로 파악해왔다고 한다면, 간디는 한걸음 더 나아가 식민주의를 서구 산업문명 그 자체, 즉 '근대성'의 불가결한 구성요건으로서 이해했던 것이다. 식민주의는 흔히 피식민지 주민들에게 '근대적'인 가치와 제도와 문물을 전파하기 위한 것이라는 명분을 갖고 있지만, 부분적으로 이것이 어느 정도 사실인 측면이 없지 않은 경우가 있다 하더라도, 그러한 식민주의에 의한 시혜는 어디까지나 좀더 본질적인 의미를 갖는 침략과 약탈을 위해 포장된 명분일 뿐이지, 결코 식민주의 그 자체에 내재한 논리일 수는 없는 것이다. 식민주의에 내재되어 있는 것은 상업적 이익을 위한 팽창, 지배하려는 권력의지와 '영광'에 대한 탐욕이다.

이러한 식민주의를 근간으로 하는 서구 근대문명은, 간디의 시각에서 보면, 철저히 폭력에 근거한 문명이었다. 따라서, 그것은 진정한 문명이 아니었다. 간디에게 참다운 문명이란 윤리적, 종교적, 영성적인 의미를 갖는 것이었다. 그것은 사람으로 하여금 진리의 삶에 이르게 하는 '행동양식'이었다. 야만이란 그러한 행동양식의 결여를 의미하는 것이다. 그런데, 계몽사상 혹은 좀더 정확히는 산업혁명을 통해 정립된 서구 근대문명의 주된 행동양식은 사회적 강자들의 이익을 위해서는 약자들의 운명이 철저히 유린되는 것을 합법화하는 것을 원칙으로 하고 있었다. 그리고, 무엇보다도 그것은 인간의 물질적 욕망과 정치적 야심을 충족시키기 위해서 자연을 마음대로 소유, 착취해도 된다고 보는, 자연과 인간을 철저히 이분법적으로 나누어 보는 인식론적 혁명을 동반했다. 이것은 서구 세계의 전통과도 근본적으로 단절되는 경험이었고, 그 결과 철저히 세속화되어 가는 서구 근대문명의 세계에서 정치의 주된 목적이 이제부터는 오로지 경제적 번영을 위한 욕망 충족에 있다는 생각이 뿌리깊이 자리잡기 시작한다. 그리하여, 종교는 한갓 미신으로 치부되거나, 아니면 그 사회적, 심리학적 쓸모 때문에 평가될 뿐이었다. 또한, 산업주의 문명은 노동의 개념도 변화시켰다. 노동은 더이상 인간이 자기를 실현하는 창조적인 수단이 아니라, 단순히 이윤과 자본, 권력을 생산하는 능력으로 간주되기 시작하였다. 뿐만 아니라, 육체노동은 교육받지 못한 하층민에게 적합한 것으로 비쳐지기 시작하고, 또 기술의 혁명적 발달과 더불어, 종래 어디까지나 주체인 인간을 돕는 도구였던 기계는 이제부터는 그 자체의 내적 논리에 따라 움직이는 자율적인 존재가 됨으로써 인간이 도리어 기계의 하인이 되는 상황이 전개되었다.

이런 상황에서 근대적 정치사상은 자유주의와 자유주의적 제도를 제창하였지만, 그것은 어디까지나 산업국가들에 해당되는 제도와 가치였지, 인도를 포함한 비서구 사회들에까지 해당되는 것은 아니었다. 산업화되지 못한, 즉 '문명개화'되지 못한 사회를 위해서 서구 근대 부르주아 정치사상이 준비하고 있었던 것은 제국주의와 식민주의였다. 최선의 양심적 자유주의를 대표했다고 평가받아온 존 스튜어트 밀도 이러한 '문명'과 '비문명'이라는 개념을 근거로 세계를 가르는 방식에 동의하였고, 그 결과, 후쿠자와가 자신의 자유민권 사상과 제국주의적 침략의 논리 사이에 별로 갈등을 느끼지 않았던 것처럼, 밀도 자신의 자유주의 사상으로써 인도에 대한 제국주의적 지배를 정당화하는 데 아무런 모순을 느끼지 않았던 것이다. (Anthony J. Parel, Introduction, *Hind Swaraj* (Cambridge edition), 1997)

존 스튜어트 밀과 같은 양심적 자유주의자조차 끝내 제국주의적 멘탈리티를 벗어날 수 없었던 것은 그 개인의 문제라기보다는 서구적 근대성에 내재한 근원적인 한계 때문이라고 보는 것이 타당할 것이다. 흔히 우리는 제국주의적 지배와 정복의 논리와는 별도로 서구의 근대성이 갖고 있는 역사적 진보성과 보편적 가치는 따로 평가되어야 한다는 주장을 들어왔다. 예를 들어, 인권 혹은 시민적 권리의 개념, 법치주의, 대의 민주주의, 국가에 의한 제도적 복지체제, 여성해방의 논리, 근대적 교육제도, 경제적 번영의 가능성, 종교적 관용을 포함한 관용의 정신, 그리고 무엇보다 근대적 과학과 기술의 혜택 등등 ─ 이러한 것은 서구와 역사적 전통과 문화적 배경이 다른 비서구 지역 어디에서도 '보편적'인 것으로 적용될 수 있고, 또 마땅히 적용되어야 한다는 믿음은 특히 제3세계의 교육받은 지식인들 사이에 뿌리깊이 펴져있다고 할 수 있다. 문제는 이러한 근대적 가치와 제도의 원활한 수용과 운용을 가로막는 자본주의적 경제 시스템에 의한 사회적 불균형이며, 따라서 이러한 불균형을 어떻게 시정하느냐 하는 것이 유일한 과제라고 그들은 흔히 생각하는 경향이 있다. 그들에게 근대성 그 자체는 의심할 수 없는 보편적 가치이자 '진보'의 불가결한 계기인지 모른다.

그러나, 이렇게 의심할 수 없는 진보적 가치들이 오랜 인류사의 경험이라는 맥락에서 볼 때, 또 세계 도처의 토착 공동체의 삶에 비추어 볼 때, 실은 극히 부분적이고 한시적인 의미를 가질 수밖에 없다는 것은 매우 분명해진다. 예를 들어, 인권이나 법치주의라는 개념에 대해서 생각해보자. 지금 치아파스의 사파티스타 농민운동과도 연계되어, 신자유주의 세계화에 대하여 강력한 풀뿌리 저항운동을 전개하고 있는 멕시코의 노(老) 지식인 구스타보 에스테바는 젊은 시절 한때 정부에서 일하고 대학에서 가르치기도 했던 사람이지만, 지난 수십년 동안 멕시코 남부 농촌 지역에서 토착민들과 함께 생활을 같이 하며 살아왔다. 그는 자신을 일컬어 '전문가 버릇을 떨쳐버린(deprofessionalized)' 지식인이라고 말하고 있기도 하지만, 현대적 지식인으로서는 거의 예외적이라 할만큼 철저하게 풀뿌리 민중공동체의 입장에서 오늘의 문명세계를 보고 있는 그의 최근의 책 《풀뿌리 포스트모더니즘》(1998)은 모더니즘의 진정한 극복은 엘리트 지식인들의 현란한 지적 언어유희를 통해서가 아니라 세계의 밑바닥 민중공동체에 의한 자립, 자치적 삶의 방식의 유지, 회복에 의해서만 이루어질 수 있다는 핵심적 메시지를 중심으로 씌어져 있다. 이러한 메시지는 풀뿌리 민중 자신의 삶이 소생할 수 있는 가능성은 그들의 삶을 그동안 짓밟고 유린해온 가장 근본적인 폭력, 즉 근대적 기획들의 극복 없이는 불가능하다는 인식에서 나온다. 실제로, 에스테바는 그 자신 오랜 세월 멕시코의 도시 변두리와 궁벽한 농촌에서 겪었던 풍부한 체험을 근거로, 이러한 풀뿌리 공동체 어디서나 발견되는 '서로 어울려 사는 삶'이라는 공동체적 생활방식이야말로 비단 변두리로 밀려난 소외된 사람들만이 아니라 지금 전세계가 직면한 위기를 극복할 수 있는 기본적인 자원이 될 수 있다는 것을 증명해 보여주고 있다.

그러한 예증 가운데, 인권이나 법치라는 서구적 개념과는 달리 멕시코의 토착민 사회가 오랫동안 어떻게 자신의 독특한 관습을 보존해왔는지에 대한 에스테바의 설명은 주목할 만하다. 에스테바에 의하면, 예를 들어, 살인사건이 발생하면, 서구식으로 하자면 범인을 체포하여 기소, 재판을 거쳐 징벌을 가하는 것이 인권을 보호하고, 법치주의를 실현하는 정당한 방식이겠지만, 토착민들은 그렇게 하지 않고, 계획적이든 우발적이든 살인을 저지른 사람을, 며칠동안 그가 흥분상태에서 진정될 때까지 어떤 방에 가두어놓거나 어디에 붙들어 매어 놓거나 한 뒤에 마을 사람들이 모두 모인 자리에서 그를 어떻게 할 것인가를 의논한다. 마을에서 추방하자, 외딴 곳에 격리시키자, 등등 여러 의견이 나오지만, 대개는 그가 외롭게 되면 또 어떻게 될지 모르니까 그를 받아들여 우리가 돌보면서 지켜주자는 결론이 나온다는 것이다.

여기서 우리가 보는 것은, 범죄행위를 죄를 저지른 사람의 전체적 상황에서 따로 분리해내어 그것을 개별적으로 묻고, 징벌을 가하는 방식, 즉 근대적 인권 내지는 법치주의의 원리와는 전혀 다른 차원의 원리에 토대를 둔 사고방식이다. 이것은 무엇보다 정의의 실현과 공정한 질서를 중시하는 근대적 개인주의 문화에 길들여진 감각으로는 상상하기 어려운 철저히 사람과 사람의 관계를 중시하는 '보살핌의 문화'의 전형이라고 할수 있다. 중요한 것은 이러한 보살핌의 문화를 실제로 가능하게 하는 토대, 즉 살아있는 공동체의 존재이다.

서구 근대문명이 발전시켜온 인권 내지는 법치주의 원리보다도 더 근본적이고, 인간적으로 더 탁월한 원리가 토착 전통사회에서는 이미 오랜 예전부터 뿌리박고 있었으며, 그것은 근원적으로 공동체적 삶의 방식에 기인해왔다는 사실을 좀더 명확히 이해하기 위해서 우리가 여기서 살펴볼 필요가 있는 것은 이른바 '관용(tolerance)'이라는 개념이다. 이 개념은 서구 근대사회의 역사적 경험을 떠나서 이해하기 어려운 말이며, 따라서 철저히 서구적 토양에서 배태된 개념이라고 할 수 있다. 무엇보다 그것은 종교적 신념이나, 인종이나, 계급이나, 민족에 따른 차이, 즉 이방인이나 낯선 사람들의 '타자성'을 인정하고, 허용한다는 뜻이지만, 그러나 따지고 보면, 관용이라는 것은 결국 세련된 혹은 '문명화된' 형태의 '불관용'일 뿐이다. 관용의 대상이 되는 사람들은 여전히 지배그룹이 인정할 수 없는 차이를 가진 존재이지만, '문명화되어' 있는 지배그룹 혹은 주류문화의 너그러움 때문에 그 존재가 허용되는 게 가능하다는, 그러한 수준의 '관용'인 것이다. 그러니까, 이것은 최선의 경우에 약자에 대한 강자의 아량이나 선심의 표현에 지나지 않으며, 상황의 변화에 따라 언제든 방기(放棄)될 수 있는 개념이라고 할 수 있다.

그러나, 철저히 서구 부르주아 문화의 소산이라고 할 수 있는 이러한 '관용'의 개념에 비해 근대 이전의 서구 전통사회나 오늘날의 토착 공동체의 인간관계를 근본적으로 뒷받침하고 있다고 할 수 있는 '환대(hospitality)'의 원리는 근본적으로 다르다. '환대'는 상대의 존재에 대해 아무런 평가 없이, 있는 그대로 타자를 받아들이고, 도움을 필요로 하는 타자의 처지에 보상을 바라지 않고 반응하는, 풀뿌리 공동체의 오래된 생활관습이다. 이것은 철저히 평등주의적인 인간관, 세계관에 기초하고 있다. 한국의 전통사회에서 집을 떠나 여행중에 있는 과객에게 무상으로 먹을 것과 잠자리를 제공하는 것은 거의 상식적인 일이었다는 것을 우리

112

는 알고 있지만, 그러나 이러한 상식적 관습은 세계 각처의 토착사회 어디서든 존재하는 기본적인 관습이었다. 풀뿌리 공동체들이 오랜 세월에 걸쳐 궁핍한 물질적 조건에도 불구하고, 근본적으로 흔들림 없는 삶을 영위할 수 있었던 것은 바로 이러한 '환대'의 관습 때문이었다.

　나카무라 테쓰(中村哲)는 일본 후쿠오카 출신의 의사로서, 지난 20년 동안 아프가니스탄 변경 지역 촌락에서 주로 한센병 환자들을 돌보는 의료구호 사업을 전개해온 사람이다. 그의 책《우물을 파는 의사》(2001)에는 젊은 시절 등산을 좋아하여, 중앙아시아의 험준한 산들을 오르내리는 경험 끝에 그가 어떻게 해서 결국 아프가니스탄의 궁벽한 시골에서 의료활동을 하면서 장기체류를 하게 되었는지 그 내력과 더불어, 오랜 전쟁의 참화로 온갖 생활조건이 파괴되어 가는 그 지역에 근년에 닥쳐온 가장 심각한 재난, 즉 물 부족 사태를 극복하기 위해 일본의 후원자들의 도움으로 그가 우물을 파는 의사가 되지 않을 수 없었던 얘기가 자세히 서술되어 있다. 2001년 9월 11일 미국 뉴욕과 워싱턴에서의 테러에 뒤이어 미국정부가 아프가니스탄을 공격하기 시작했을 때, 나카무라는 아프가니스탄의 실정을 알리기 위해 급히 일본으로 돌아와 각지를 돌며 강연을 행하였다. 그 강연중에 그는 아프가니스탄의 시골마을은 아무리 전쟁의 참화로 파괴되어 왔어도, 그 나름으로 공동체적 토대 위에서 자립적으로 살아올 수 있었음을 강조하고, 그 자립의 원리는 마을마다 불문율로 갖고 있는 오래된 두가지 관습, 즉 '환대법'과 '복수법'에 뿌리를 두고 있다고 설명하였다.

　'복수'라는 것은 이슬람의 전통에 따른 정의의 실현방식을 말한다. 상대방이 내 이빨을 하나 뽑아갔다면, 그에 정확히 상응하는 보복, 즉 나도 상대방의 이빨 하나만을 뽑아와야지 그 이상의 피해를 주어서는 안된다는 것이 이 전통에서 말하는 '복수'의 방식이다. 그러니까, 이것은 세계무역센터에서 수천명의 미국인이 희생되었다고 해서, 그에 대한 보복으로 아프가니스탄, 이어서 이라크, 그리고 전세계에 걸쳐 무고한 인명과 땅을 파괴하고, 위협을 계속하는 미국식 '복수법'에 비하면 명백히 훨씬더 인간적이며, 진실로 문명화된 방식이라고 아니 할 수 없는 관습이다. 나카무라가 볼 때, 이러한 관습은 낯선 사람을 차별없이 받아들이는 '환대법'과 함께 아프가니스탄 민중사회가 엄청난 고난 속에서도 인간적으로 살 만한 사회로서 존속할 수 있었던 근원적인 힘이었다.

실은 아프가니스탄 마을뿐만 아니라, 모든 지역, 모든 문화, 모든 사회적 집단이 각기 자기 나름으로 타자를 환대하는 방식을 갖고 있음이 틀림없다. 그러나, 서구세계에서 환대의 방식은 비서구 세계에서 보는 것과는 근본적으로 다른 방식으로 발전해왔고, 그 결과 오늘날에는 호스피탈, 호스피스 등 명칭에 그 자취가 남아있을 뿐 환대의 실질적 내용은 사라져버렸다. 이러한 견해는 이반 일리치에 의해서 주로 개진되어왔는데, 그는 《환대와 고통》(1987)이라는 주목할 만한 에세이에서, 역사적 경과에 따라 서구 근대사회에서 환대의 관습이 사실상 사라져버린 현상을 한 가톨릭 순례자의 경험을 통해 확인하고 있다.

　　작고한 추기경 쟝 다니엘루가 들려준 경험은 이러한 복잡한 역사적 진실을 간단히 전달해주고 있다. 그의 중국인 친구 한 사람이, 기독교도가 된 다음에, 북경에서 로마까지 걸어서 순례를 행하였다. 중앙아시아에서 그는 규칙적으로 환대에 접했다. 슬라브 국가들 속으로 들어가서는 그는 이따금 누군가의 집으로 초대되었다. 그러나, 그가 서방교회 지역에 도착한 뒤에는 그는 구빈원에서 잠자리와 먹을 것을 구하지 않으면 안되었다. 왜냐하면 각 가정의 문들은 낯선 이들과 순례자들에게 닫혀 있었기 때문이다.

이처럼 '환대'에 관련하여, 동양과 서양이 보여주는 차이는 오랜 역사적 과정의 산물이라고 일리치는 설명한다. 그리고, 이러한 차이를 낳은 서양세계의 경험에서 그는 기독교의 타락의 시작을 보고 있다. 일리치의 유명한 표현대로, "가장 좋은 것이 부패함으로써 가장 나쁜 것이 되어버린" 이 경험은 4세기에 고대 로마에서 기독교가 로마의 국교가 됨으로써 비롯되었다. 일리치에 의하면, 기독교의 핵심은 사마리아인 이야기에 표현되어 있는 것과 같이, 신분, 인종, 종파, 남녀노소 구별 없이 모든 사람이 모든 사람을 대하여 표시하는 자발적 환대의 정신이었다. 그리하여, 지하에 숨어서 지낼 수밖에 없는 고난 속에서도 초대 기독교인들의 가정에는 예외없이 세가지 물건이 늘 갖추어져 있었다. 그것은 양초 하나, 마른 빵 한 조각, 담요 한 장이었다. 왜냐하면 밤중에 누구든 길을 가는 나그네가 대문을 두드리면 어느 때라도 그를 초대하여 자신의 집 '문지방'을 넘어 들어오도록 촛불로 안내하여, 준비된 빵으로 허기를 면하게 하고, 담요를 깔아 잠자리를 만들어줄 필요가 있기 때문이었다. 그러나, 이러한 자발적인 환대의 풍습은 로마의 국교로 된 기독교 교회가 가난한 사람, 집 없는 사람, 떠돌이 행려병자 등을 제도적으로 구제하는 기관들을 설치, 운영하기 시작함으로써 사람들 사이에서 점차 사라지게 된다. 그렇게 됨으로써 기독교도들의 가정에서 나그네를 위한 양초와 빵과 담요도 사라지게 되었다. 그런 것들을 더이상 준비해두고 있어야 할 필요가 없어진 것이다. 일리치는 이러한 '환대의 제도화'에서 근대국가의 복지체제의 기원을 보고 있지만, 하여튼 지금까지 사람들 사이의 전적인 자유로운 선택에 의해서 자발적으로 이루어지던 타인에 대한 친절한 행위, 보살핌의 행동이 이처럼 공적인 기관 혹은 전문가의 일이 됨으로써, 적어도 서방 기독교 사회에서 인간은 타자에 대한 우애의 자발적 표현이라는 인간으로서의 가장 좋은 자질을 기르는 기회로부터, 교회는 자기도 모르게 사실상 예수의 가르침의 핵심으로부터 멀어지는 길을 걷기 시작하였다는 해석이 가능한 것이다.

말할 것도 없이, 이러한 '환대의 제도화'는 서구 근대국가의 발전과 그로 인한 제국주의적 팽창을 통해서 돌이킬 수 없이 심화, 확대되어왔다. 이미 공동체가 붕괴된 곳에서 사람들 사이의 보상을 기대하지 않는 자발적인 친절과 보살핌의 행위가 순조롭게 유지된다는 것은 불가능하기 때문이다. 공동체(community)가 본래 어원적으로 함께(com)라는 낱말과 선물(munus)이라는 낱말의 결합에서 온, "선물을 주고받는 관계"라는 뜻이라는 것을 이해한다면, 화폐경제가 삶의 온갖 국면을 지배하고 있는 근대사회에서, 사람이 사람에 대하여 베푸는 배려와 보살핌이라는 가장 기본적인 형태의 증여행위가 사라지게 된다는 것은 너무나 당연한 일인지 모른다. 그러나, 화폐가 아니라, 증여행위가 경제의 중심이 되는 세상으로 나아가지 않는 한, 지금 우리에게 구원의 가능성이 없다는 것은 말할 필요도 없는 사실이다.

화폐경제에서 증여경제로 — 이것은 아마도 평화의 문제를 논의하는 마당에서 우리가 마주치는 가장 근본적인 과제일 것이다. 왜냐하면, 진정으로 평화로운 세계는 단지 총성이 멈춘다고 해서 보증되는 세계가 아니기 때문이다. 지금 세계는 소수의 다국적기업들과 그들에 봉사하는 범지구적인 엘리트 계층이 향유하는 낭비적인 소비문화의 확장을 위해서 다수의 풀뿌리 민중의 삶이 끝없이 희생을 강요당하는 구조화된 '폭력의 경제학' 속에 갇혀있다. 어느모로 보나 오늘날 '북'의 부유한 계층이 '남'의 가난한 이들을 희생시켜온 대가로 누리고 있는 삶의 방식은 범죄적인 것임에 틀림없지만, 이러한 생활도 더는 지속가능하지 않다는 데 사태의 절박성 혹은 희망의 가능성이 있는지 모른다. 세계인구의 20분의 1에 불과한 미국 사람들이 세계 전체 자원의 절반을 소모하고 있는 불균형을 시정하려는 노력보다도, 그러한 생활방식을 모방하고자 하는 열망이 팽배한 세계적인 현실을 생각하면, 장래는 실로 암담하다고 해야겠지만, 지구온난화를 비롯하여 어김없이 다가오는 생태적 재앙이라는 긴박한 현실 앞에서 지능이 높다는 인간이 언제까지 이 임박한 재앙을 못 본 척할 것이라고 상상하는 것도 매우 어렵기 때문이다.

결국, 근원적인 해결은 풀뿌리 민중공동체의 자기회복 이외에 다른 길이 있을 수 없다. 과학기술의 힘에 기대어 위기를 타개하겠다는 것은 터무니없는 망상이다. 과학기술은 최선의 경우에 부분적인 도움이 되겠지만, 지금과 같이 자본과 국가에 예속되어 있는 한 그것은 도리어 치명적인 재앙을 불러올 가능성이 농후하다. 지금 다국적기업, 특히 생명공학 회사들은 유전공학의 힘을 빌어, 의료와 농업에서 비약적인 진보가 이룩

될 수 있다고 미국정부를 위시하여 각국 정부의 전문가들을 동원하여 선전하고 있지만, 이것이 비군사적인 수단에 의한 세계 전체의 사실상의 식민화를 꾀하는 기도라는 것은, 이 문제를 조금이라도 깊이 들여다보는 사람이라면 누구에게든 분명하게 드러나는 사실이다.

예를 들어, 지금 특히 서유럽 국가들에 의해서 거부당하고 있는 유전자조작 식품을 온 세계의 농지와 식탁으로 확대하기 위해서 생명공학 기업과 미국정부가 어떤 책략을 쓰고 있는지를 보면 이것은 명확하게 드러난다. 2002년 남부 아프리카에 식량부족 사태가 만연하였을 때, 미국은 처음에 유전자조작 잉여 농산물을 아프리카 아이들의 점심식사용 식량으로 강제적으로 먹이려고 시도하였다. 심지어 미국은 유전자조작 식품을 국제 긴급구호 식품으로서 받아들이도록 적십자연맹에 압력을 행사하였다. 그러나, 이러한 강제적인 시도는 먹혀들지 않았다. 잠비아와 짐바브웨 정부는 유전자조작 식품과 같은 의심스러운 식품으로 자기 국민을 먹이기보다는 차라리 굶어죽도록 내버려두겠다고 말하면서, 미국 쪽의 시도에 저항을 했다. 수단도 유전자조작 식품을 원조식량으로 받아들이지 않겠다는 결정을 내렸다. 그러자, 미국은 다른 방법을 찾았다. 미국 상원은 '에이즈, 결핵, 말라리아 퇴치를 위한 미합중국의 지도력에 관한 법령(2003)'을 통과시켜, 에이즈로 고통받고 있는 아프리카 국가들이 유전자조작 농산물을 받아들이는 조건으로 에이즈 치료약을 제공할 수 있게 만들었다 (Devinder Sharma, "GM Foods : Towards An Apocalypse" *ZNet*, 2003. 7. 19).

이제 미국정부는 세계 전역에서 사람들이 자신의 의사와 관계없이 미국이 원하는 대로 먹지 않으면 안되는 상황을 만들어내고 있는 것이다. 이것은 일찍이 인류역사에서 선례가 없는 일이다. 뿐만 아니라, 과학기술이 상업적 이윤과 극소수 기득권층의 권력욕망을 위하여 이처럼 치욕스럽게 봉사하는 도구로 둔갑해버린 것도 일찍이 없었던 일이다.

만약 아프리카나 그밖의 '개발도상국'들이 유전자조작 농산물을 받아들인다면, 지역의 기후풍토에 맞지도 않는 유전자조작 농산물 재배로, 또 WTO의 지적 재산권에 묶여있는 생명공학 회사들의 종자들을 매년 되풀이하여 사들이지 않을 수 없는 메커니즘에 의해서, 세계의 광대한 지역에 걸친 토착농업은 그날로 붕괴될 것이란 것은 불을 보듯 훤한 일이다. 실제로, 한국의 경우도 예외가 아니지만, 오늘날 제3세계의 빈곤의 가장 큰 원인이 미국 등 주요 선진국들에 의한 식량원조, 그리고 나아가 '현대적' 농업기술과 그에 결부된 기계와 화학물질의 남용으로 인한 농경지의 훼손과 농촌공동체의 와해, 소농의 몰락에 기인한다는 것은 이미 널리 인정되고 있는 역사적 사실이다.

결국, 민중의 평화를 위하여 가장 중요한 것은 농촌공동체의 보존과 회복이다. 농업은 아직도 세계의 절대다수 인구가 종사하고 있는 가장 보편적인 일자리이다. 뿐만 아니라, 전세계가 사실상의 기업식민지로 전락해가고 있는 오늘날, 자본과 국가와 '전문가'로 이루어진 막강한 지배세력의 횡포에 대항하기 위한 토대 중의 토대로서 독립 소농들의 존재는 갈수록 중요하다고 하지 않을 수 없다. 굳이 제퍼슨을 들먹이지 않더라도, 자치, 자급, 자립적인 소농의 존재는 진정한 민주주의의 존립에 필수적이다. 그리고, 말할 것도 없이, 생태적 위기의 현실을 고려한다면, 소농의 역할은 한결 더 중요해지지 않을 수 없다. 왜냐하면, 지속적인 농경은 오직 소농들이 번창하는 농촌공동체의 활력이 보증될 때만 가능한 것이기 때문이다. 식민주의와 개발의 시대 동안에 이미 쇠퇴하기 시작한 소농은 지금 세계화의 논리가 활개를 치는 상황에서, 세계 전역에서 급속도로 몰락하고 있다. 막대한 정부 보조금에 의하여 날이 갈수록 비대화하고 있는 대농, 농기업, 생명공학 회사들의 지배 밑에서 광대한 농경지가 사막화하고, 오염되고, 죽어가기 시작한 것은 이미 오래된 일이다. 우리가 이제라도 소농을 되살리려는 노력에 전력을 기울이지 않는다면, 땅에 뿌리박은 지혜로써 수천년의 세월을 지속가능한 방식으로 살아온 풀뿌리 민중 자신의 인간다운 삶의 회복은 말할 것도 없고, 지금까지 그들의 일방적인 희생 위에 '풍요'를 구가해온 사람들의 인간다운 삶 역시 더는 기약할 수 없다는 것은 명백한 일이다.

"지구는 모든 사람의 기본욕구를 위해서는 풍요로운 곳이지만, 인간의 탐욕을 충족시키기에는 턱없이 부족한 곳이다." 오늘날 에콜로지스트들 사이에 자주 인용되고 있는 간디의 이 말은, 되돌아보면, 생태적 위기라는 문제가 아직 어느 누구의 관심사로도 떠오르지 않았던 20세기 초의 상황에서 나온 것이라고는 믿기 어려울 만큼 시대를 앞지른 탁월한 선견지명에서 나온 발언이었다. 요컨대, 서구문명이 이룩해온 공업중심의 물질적 번영이라는 것은 그 혜택이 인류의 극히 일부분에게 국한될 뿐이며, 그나마도 그것이 유지되기 위해서는 사회적 약자와 자연자원을 끊임없이 억압, 착취할 수밖에 없도록 구조화된 것이라는 기본적인 사실을 간디는 누구보다도 먼저 명쾌하게 파악하고 있었던 것이다. 그리하여, 이러한 산업문명의 해독과 한계를 극복하자면, 다시 말하여, 모든 사람이 장기적인 지속성의 토대 위에서 차별없이 행복한 삶을 누리려면 '고르게 가난한 사회'에 대한 비전 없이는 불가능하다는 진리를 간디는 천명한 것이라고 할 수 있다. 그리고, '고르게 가난한 사회'는 어떤 형태로든 농업중심의 순환적 생활방식에 토대를 둔 사회여야 한다는 것은 길게 말할 필요가 없다.

척결해야 할 것은 세계의 '낙후된' 사회의 가난이 아니라, 세계의 '선진' 사회의 풍요로움이다. 이 점을 명확히 하는 것보다 지금 민중의 평화를 생각하는 사람들에게 더 필요한 일은 없을 것이다. (2003년)

폭력의 문화를 넘어서

　시내의 한 중학교 영어교사로 일하고 있는 옛 제자가 모처럼 내 사무실에 들러 최근에 겪은 자신의 출산 경험에 대해 얘기를 해주었다. 이 여성은 예전에 대학 재학시 강의실에서 이따금 내가 생명이나 환경윤리에 관해 이야기하는 것을 늘 주의 깊게 들었다고 했다. 이미 자기 또래의 많은 다른 학생들과 달리 그런 문제에 특별히 민감한 사람이었던 만큼 내 강의를 통해서 그가 새로운 문제의식을 갖게 되었다고는 말할 수 없겠지만, 하여튼 그는 그가 겪은 최근의 경험을 내게 꼭 들려주고 싶은 생각이 나서 찾아왔다는 것이었다.

　이야기의 요지는 단순했다. 그의 출산은 이번이 첫번째 경험이었는데, 그 과정에서 제왕절개 수술이 오늘날 한국의 현실에서는 너무도 빈번히, 거의 당연지사로 이루어지고 있고, 그래서 보통 산모들은 긴급상황이 아닌데도 불구하고 제왕절개를 받아들이지 않을 수 없는 압력을 받고 있음을 자신의 체험으로 뼈저리게 느끼게 되었다는 것이다. 지금 한국에서 자연분만이 점점 줄어들고, 산부인과에서는 제왕절개를 통한 분만이 비일비재하다는 것은 나도 소문을 들어 알고 있었고, 이 이야기를 들려준 그 여성도 이미 잘 알고 있었던 일이었다. 그러나 이 여성의 '유난스러움'은 이제 뿌리깊이 만연해 있는 이러한 분만 관행을 그 자신은 순순히 받아들일 수 없었다는 데 있다. 그래서 그는 자기가 임신기간 내내 정기적인 검진을 위해 다니던 산부인과에서도 제왕절개 수술을 많이 한다는 사실을 알고는 출산 직전에 병원을 바꾸었다고 한다. 이 과정에서도 놀라웠던 것은 수백만의 인구가 살고 있는 대도시에서 자연분만을 적극적으로 시도하고, 출산 후 태어난 아기에게 바로 모유를 먹일 수 있도록 배려하고 있는 것으로 알려진 병원이 거의 없다는 사실이었다.

가까스로 발견한 병원은 시내 변두리의 한 작은 동네병원이었는데, 출산 직전에 의사를 만나서 자초지종을 이야기하고, 마침내 허락을 얻어 출산에 임박해서 그 병원에 입원을 하게 되었다. 그러나 이 예외적인 병원에서도 일은 간단하게 풀려나가지 않았다. 무슨 까닭인지 예정보다 분만이 지연되었고 그러자 인공분만에 대하여 비판적인 태도를 갖고 있는 것으로 소문이 나있는 그 병원 의사도 산모와 그 가족들에게 제왕절개를 강력하게 권하더라는 것이다. 그리하여 친정 어머니와 시어머니를 비롯한 가족들로부터 오는 항거하기 어려운 압력은 말할 것도 없고, 산모 자신이 지금까지의 자신의 신념과 온갖 노력이 수포로 돌아갈지도 모른다는 고통에 시달려야 했다. 그러나 그는 제왕절개 수술에 동의하는 종이에 서명하기를 마지막 순간까지 미루면서, 그 동안의 자기 교육을 통해서 오늘날 대부분의 산부인과 의사들은 모르거나 관심이 없지만 자기는 알고 있는 몇가지 방법 ─ 기도와 명상과 요가를 포함한 ─ 에 끈질기게 매달렸고, 그 결과 조금 늦게 나오긴 했지만 건강한 옥동자를 아무 탈없이 맞이할 수 있었다는 것이다.

출산 한달이 가까워온다는 이 엄마의 얼굴에서는 엄청난 일을 치러낸 사람만이 가질 수 있는 자부심과 기쁨이 가득했다. 그리고 그는 그가 지난 일년 동안 스스로 찾아서 열심히 학습했던 태교와 출산에 관한 ─ 의과대학에서 보지 않는 ─ 다양한 책들을 날더러 참고로 하라면서 두고 갔다.

이 조그만 에피소드를 내가 여기서 들먹이는 것은 어떠한 경우에도 제왕절개 수술을 받아들여서는 안된다는 어리석은 주장을 하기 위해서가 물론 아니다. 내가 주목하고자 하는 것은 출산과 같은 가장 자연적인 생명과정마저 어느새 빈번한 기술적 조작의 대상이 되어버렸을 정도로 오늘날 우리의 삶이 뿌리에서부터 뒤틀려 있다는 사실이다. 인류생활의 시초부터 수없이 많은 세대에 걸쳐 가장 자연스럽게 수행되어온 출산이라는 종족보존행위를 지극히 정상적인 방법으로 되풀이하려고 해도 지금 우리사회에서는 개인으로서는 감내하기 어려운 비상한 노력과 용기가 필요하게 된 것이다. 왜 이렇게 되었을까.

사회 전체가 거의 미쳐버린 것이 아닌가 하는 생각이 들 정도로 도처에서 난맥상을 드러내고 있는 오늘날 한국사회에서 모든 문제는 다른 모든 문제와 복잡하게 얽혀있기 때문에 이 문제 또한 간단하게 설명하기란 쉬운 일이 아닐 것이다. 그러나 오늘날 우리를 괴롭히고 있는 거의 모든 문제의 근원에 돈과 권력이 개입해 있듯이 제왕절개가 쉽사리 권장되는 산부인과의 관행 역시 돈 문제와 관련이 있으리라는 것은 우리가 어렵지 않게 추측할 수 있다. 병원에서의 기술적 개입이 크면 클수록 의료수가는 높아지고, 병원의 소득이 증가되는 것이라고 할 때, 건강보험제도의 보편화로 병원 운영이 옛날과 같지 않다고 생각하는 의사들의 입장에서는 조그마한 빌미가 있다면 산모에게 제왕절개를 통한 출산을 권하고 싶은 유혹을 뿌리치기 어려울지도 모른다. 거기에다 원칙에 대한 고려보다도 모든 것을 쉽게, 힘들지 않게 처리하고자 하는 편의주의가 가세할 때, 병원이나 산모 어느 쪽에서도 특별한 동기가 없는 한 제왕절개는 굳이 거부해야 할 이유가 없는 의료행위가 되는 것인지도 모른다.

그러나 좀더 근본적인 문제가 있다는 점에 주목할 필요가 있다. 중요한 것은 개개인의 윤리의식이 아니라 극소수의 예외를 제외한 대다수 의사들에게서 공통적으로 볼 수 있는 기술주의적 세계관이다. 오늘날 한국의 산부인과에서 제왕절개가 매우 예외적인 기술이 아니라 거의 보편화된 일상적 기술이 되었다는 것이 사실이라면, 그것은 적어도 이 일을 수행하는 의사들에게는 제왕절개라는 기술에 대한 거부감이나 저항감이 없거나, 있더라도 매우 약하다는 것을 뜻한다. 아마도 그들은 자연분만과 제왕절개를 통한 분만은 그 둘 사이에 거의 아무런 본질적인 차이가 없는 것이라고 생각하고 있음이 틀림없다. 그렇지 않다면, 양심적인 의사들로서 그들이 지금처럼 빈번한 제왕절개를 용인하고 있지는 않을 것이 아닌가.

따져 보면, 생명이나 건강에 기술적으로 개입하는 문제에 대하여 의료전문가들이 갖고 있는 태도는 오늘의 한국에서 대부분의 일반 대중이 갖고 있는 태도와 크게 다르지 않은 것인지도 모른다. 발전된 기술의 도움으로 가능한 한 고통 없이 출산할 수 있다면 그것은 적극적으로 권장되어야 하는 것이 아니라 하더라도 적어도 반대해야 할 이유는 없는 것이 아닌가 하는 것이 많은 사람들의 생각인지 모른다. 하기는 자연스러운 분만만이 옳고, 제왕절개와 같은 인공적 기술의 개입에 의한 분만은 문제가 있다는 것을 누구든 얼른 납득할 수 있는 방법으로 확실히 증명해 보이는 것은 어려운 일일지 모른다. 그래서 자연분만과 제왕절개에 의한 분만 사이에는 무시할 수 없는 결정적인 차이가 있다는 것을 많은 전문가와 대중은 받아들이지 않으려 하는지 모른다.

그러나, 지금 영국의 런던에서 '초기 건강연구 센터'라는 연구조직을 이끌고 있는 미셸 오당에 의하면, 임신중의 태아기와 출산시, 그리고 태어나서 일년 남짓 동안의 건강상태가 한 개인의 평생에 걸친 건강을 좌우하는 가장 큰 잠재적인 원인이라고 한다. 미셸 오당은 본래 프랑스 파리 근교의 한 국영병원에서 수십년 동안 외과 및 산과의사로서 일을 해왔고, 그 과정에서 수중분만 등 새로운 출산방식의 개발을 통해서 자신의 산과에서의 자연분만율을 획기적으로 높이고, 그동안 병원출산에서 소홀히 되어왔던 자연분만의 중요성을 널리 일깨움으로써 세계적인 주목을 받아왔다.

미셸 오당이 자연분만에 관심과 주의를 기울인 것은, 물론, 오랜 산과의사로서의 체험에 근거한다. 그는 수많은 출산과정에 조력하는 과정에서, 분만촉진제 투여, 회음수술, 제왕절개와 같은 의료적 개입이 오늘날 성행하고 있는 것은, 사람들이 흔히 믿고 있는 것과는 반대로, 산모들의 생리적 문제 때문이 아니라, 병원출산이라는 부자연스러운 환경과 메커니즘 그 자체가 자연스러운 분만을 어렵게 만들기 때문이라는 중요한 사실을 발견하였다. 그가 발견한 것은 의료라는 기술적 수단에 의한 인위적 개입과 간섭이 적으면 적을수록 그만큼 아기를 낳는 일은 더 순탄하게, 수월하게 이루어진다는 것이었다. (이러한 발견은, 따져 보면, 오늘날 기계화, 화학화에 거의 대부분 의존하고 있는 현대적 농사법에 대해서도 그대로 적용될 수 있다. 오늘날 대부분의 농민과 도시 소비자들은 화학비료와 농약을 쓰지 않고는 농사가 안된다고 믿고 있지만 — 그리하여 오염된 식품은 현대인의 피할 수 없는 운명이라고 체념하는 경향이 있지만 — 실은 지난 수십년 동안 땅의 본성을 무시하고, 온갖 화학물질과 기계에 의존하여 생산성 제고에만 골몰해온 결과, 땅이 생명력을 잃어버렸고 거기에 억지 농사를 계속하자니 더 많은 화학물질을 퍼붓지 않을 수 없는 악순환이 확대되어온 것이라고 할 수 있는 것이다.)

그러나, 미셸 오당의 발견은 거기서 멈추지 않는다. 그는 이후 자신의 경험을 토대로, 수많은 의료 및 건강과학 연구자들에 의해 축적되어온 방대한 연구논문들을 읽고 검토하는 것과 함께 세계 전역에 걸쳐 다양한 문화권에서의 출산 관행에 대한 실제 탐사를 통해서, 사람의 태어나는 방식이 한 개인의 육체적, 정신적 건강에 중대한 영향을 미칠 뿐만 아니라, 그 개인이 속한 문화의 성격에도 근원적으로 심대한 영향을 미친다는 것을 확신할 수 있게 되었다. 다시 말해서, 출산시에 기술적 개입이 많으면 많을수록 그 개인은 보다 공격적인 성향의 인간으로 자라날 가능성이 상대적으로 높고, 따라서 그러한 개인들이 다수를 이루고 있는 문화는 좀더 폭력적으로 될 잠재적인 경향을 갖고 있다는 것을 오당은 수많은 '과학적' 증거를 통해 확인할 수 있었던 것이다.

그렇게 해서, 미셸 오당은 개인의 건강이라는 차원뿐만 아니라, 생태적으로 건강한 문명의 회복을 위해서도 좀더 부드럽고, 자연스러운 출산,

즉 기술이라는 '폭력'의 개입이 최소한도로 되는 출산 관행의 회복이 중요하다고 역설한다. 그런 의미에서, 그는 가장 근원적인 차원에서 발언하는 생태주의 사상가라고 할 수 있다.

실제로, 아직은 소수이지만, 미셸 오당과 같은 생각을 하고 있는 사람은 아주 드물지 않다. 미국의 저명한 과학교육자 칠턴 피어스도 지금 80이 넘은 고령이지만 쉼없는 강연과 계몽활동을 통해서, 오늘날 미국의 아이들을 망치고, 따라서 미국의 장래를 어둡게 하는 가장 큰 요인이 다름 아닌 병원출산과 텔레비젼이라고 역설하고 있다. 피어스가 이렇게 말할 때, 그도 역시 오당과 같은 근거, 즉 병원출산과 텔레비젼에 노출된 아이들이 불가피하게 공격적, 폭력적인 성향을 내면화할 가능성이 높다는 움직일 수 없는 과학적 증거에 대한 풍부한 지식과 경험을 갖고 있기 때문이다.

우리가 이러한 비주류 사상가, 과학자, 활동가들의 증언에 귀를 기울일 것인가 말 것인가는 우리 자신의 선택에 달려있다. 그러나, 어떤 경우에도, 우리가 간과하지 말아야 할 것은, 지금 우리를 지배하고 있는 주류문화와 과학계가 일반적으로 보여주고 있는 과학기술주의에 대한 맹목적인 숭상과 너그러운 태도의 배후에 있는, 은연중 자연적 지혜보다 인간의 지식과 기술이 우월하다고 믿고 있는 '교만성'이다. 지금 걷잡을 수 없이 허물어지는 생태계의 위기에 직면하여 많은 사람들은 과학기술의 진보를 통해서 이 모든 위기가 언젠가 해결될 수 있으리라는 믿음에 쉽게 동조하고 있다. 그러나 우리는 이와 같은 믿음이 얼마나 어리석은 것인가를 깊이 생각해볼 수 있어야 한다. 물론 과학기술의 진보는 앞으로도 계속되어야 할 필요가 있다고 하더라도, 오늘의 문명사회가 본질적으로 집단자살 체제로 되어오는 데 지금까지의 과학기술의 책임이 결코 적다고 말할 수 없는 것이다. 그러니까 생태적 위기가 심화, 확대되는 데 무엇보다 큰 책임이 있는 과학기술은 인간의 삶과 지구의 장래에 관련하여 좀더 크고 근본적인 틀 속에서 비판적으로 검토되어야 할 문젯거리이지, 그 자체가 결코 구원의 수단이 될 수는 없는 것이다. 지금까지 주류를 형성해온 과학기술의 발전은 무엇보다 자연에 대한 인간의 배타적인 지배와 우위를 자명한 진리로 받아들여온 인간중심주의적 — 따라서 가부장적, 남성본위, 서구중심, 강자중심적 — 세계관을 토대로 하여 이루어져 왔고, 그 결과 그것은 근원적으로 폭력의 기술일 수밖에 없었다는 사실을 우리는 냉철하게 살필 수 있어야 하는 것이다.

자연을 단순히 인간의 물질적 이익을 위해 마구잡이로 이용할 수 있는 대상으로 보는 세계관이 지배하는 한, 오늘의 당면한 무수한 사회적, 생태적 위기를 극복하는 것은 말할 것도 없고 우리 자신이 내면적으로 평화로운 삶을 영위하는 것은 영영 회복 불가능한 일이 될 것이다. 예를 들어, 제왕절개를 통한 출산의 경험이 개인에게 어떤 건강상의 후유증을 남기느냐 아니냐 하는 문제를 넘어서 우리가 근본적으로 물어보아야 할 것은 자연적 순리를 습관적으로 무시하고 갈수록 편의주의와 기술을 앞세우는 문화 속에서 인간다운 삶의 존엄성과 그것의 토대인 영성(靈性)이 과연 온전히 유지될 수 있느냐 하는 것이다.

남의 나라 얘기이긴 하지만, 수십년 동안 오스트레일리아에서 아기를 받아온 어떤 산과 의사가 있었다. 그는 어느날 문득 그의 병원에서 갓 태어난 아기들이 이 세상에 태어나면서 맨 처음 만나는 얼굴이 바로 자신의 얼굴이라는 '놀라운' 사실에 생각이 미쳤다. 이 생각으로 인해 그는 다음부터는 아기들을 극히 정성스럽게 받을 수밖에 없었다. 그때까지 그는 언제나 단순한 직업의식에서 습관적으로, 기계적으로 아기들을 받아왔을 뿐이었던 것이다. 그러나 이 돌연한 깨달음이 있은 뒤 그의 일은 지금까지와는 전혀 차원이 다른 것이 되었다. 그것은 이 세상에서 가장 아름답고 거룩하게 생명을 섬기는 일의 하나가 된 것이다.

그리하여 그의 삶은 비록 겉으로는 예전과 다름없는 것이라 하더라도 내면적으로는 지극히 풍부한 것으로 변화하였다. 이야기는 거기서 끝나지 않는다. 이제부터 그의 도움으로 세상에 태어나는 아기들은 더없이 극진한 보살핌과 사랑 속에서 지극히 만족스럽게 세상과의 첫 만남을 경험할 수 있게 된 것이다.

 개미를 보면 밟아 죽이는 아이가 있는 반면 개미가 쉽게 움직이도록 길을 만들어주는 아이도 있다. 말할 필요도 없지만, 자신의 내면이 평화로운 사람은 남에게 해코지를 하지 않는다. 오늘날 우리의 삶은 경쟁, 폭력, 공격성으로 수습 불가능할 정도로 짓이겨져 있다. 이러한 상황을 넘어서기 위해서 아마도 우리에게 가장 시급한 것의 하나는 세상에 갓 태어나는 아기들을 어떤 방식으로 맞이할 것인가를 다시 생각해보는 일일 것이다. 폭력 없는 세상은 내면적으로 자유롭고 평화로운 인간만이 만들어낼 수 있고, 인간의 심성은 근본적으로 태어날 때의 분위기에 깊이 좌우된다는 것은 의문의 여지가 없는 것으로 보이기 때문이다. (2004년)

부시 재선과 민주주의의 희극

　세계의 민중법정에 기소되어, 처벌을 받아 마땅한 A급 전범(戰犯)이 또 다시 유일 초강대국의 최고 권력자로 선출되는 비극적 – 혹은 희극적 – 사태가 일어났다. 이 세계에는 정말 정의가 존재할 수 없는 것일까.

　4년 전 실제로 투표에 지고서도 대통령이 될 수 있다는 기이한 모습을 온 세계에 보여준 미국의 '민주주의'는, 지금 당장 세계평화에 가장 큰 위협이 되고 있는 존재일 뿐만 아니라, 그동안 미국의 대다수 유권자들의 이익에도 철저히 반하는 정책을 일관되게 펴온 인물에게 또다시 무소불위의 권력을 위임하는 불가사의한 선택을 하였다.

　4년 전 부시 2세는 자국의 산업을 보호해야 한다는 구실로 지구온난화 대책을 위한 국제적인 협력의 산물인 교토의정서를 거부함으로써 미국 대통령으로서의 권능을 행사하기 시작하였다. 그렇게 함으로써 국제사회에서의 고립을 자초하는 것도 아랑곳하지 않고, 이어서 9·11테러를 빌미로 아프간의 무고한 풀뿌리 민중을 향해 폭격을 가하고, 드디어는 '예방전쟁'이라는 전율할 만한 논리를 내세워 이라크에 대한 침략을 감행하였다. 이 과정에서 침략전쟁에 동의하지 않는 전통적인 동맹국들은 거짓

정보에 의해 기만당하거나 회유 혹은 위협에 시달렸다. 유엔은 상처투성이가 되었다. 미국정부로부터 끝없는 냉소와 모욕을 받으면서 유엔의 권위는 회복 불가능한 것으로 되었다.

부시 정권의 일방주의적 패권추구는 대외관계뿐만 아니라, 미국 자신의 민주주의에 대해서도 심대한 훼손을 가하여, 미국 내에서의 인권유린과 시민적 권리의 제약은 유례없이 심각한 것이 되었다. 이러한 좀더 근본적인 문제, 즉 평화와 환경과 민주주의의 훼손이라는 문제에 대해서 미국의 유권자들이 실제로 어떻게 실감하고, 어떤 평가를 내리든지 간에, 부시 집권 4년간의 치적은 미국의 대다수 시민들 자신의 생활현장에서 볼 때도 결코 지지할 만한 게 아니었다. 경제적 불평등의 심화, 소수의 부자들을 일방적으로 살찌게 하는 대규모 감세정책, 의료, 교육비를 포함한 사회적 복지예산의 축소 등 부시 행정부의 경제정책은 서민생활에 위협적인 방식으로 일관하였다. 지난 4년간 미국에서 200만개의 일자리가 사라졌고, 정부의 비호 아래 기업의 부패는 심화되었다. 게다가 명분없는 전쟁을 위한 막대한 군비조달 문제로 국가의 재정적자는 위험한 수준으로 악화되어왔다.

그럼에도 불구하고, 부시는 재선에 성공하였다. 선거라는 것은 물론 경쟁상대에게 달려있다. 부시의 성공은 곧 민주당 후보 케리의 패배를 의미하고, 케리의 패배는 그가 미국의 다수 유권자들을 설득하는 데 상대적으로 열세에 있었다는 것을 의미한다. 케리는 분명히 좀더 합리적이고, 지성적인, 따라서 좀더 예측가능한 인물로서 비쳐졌지만, 단호하고 결단력 있는 지도자로서의 이미지는 약한 것으로 매스컴에 의해 전달되었다. 그 결과, 무엇보다 테러에 대한 공포가 만연해 있는 오늘날 미국의 분위기에서 대다수 유권자들에게는 많은 약점과 과오에도 불구하고 가차없는 대테러전 사령관으로서의 부시의 모습이 더욱 믿음직스러웠을 것이다 — 라는 게 선거 직후 대부분의 분석가들의 해석이었다. 그러니까, 지금 미국은 유일 초강대국으로서 세계평화에 기여해야 할 도덕적 책임보다는 오히려 보이지 않는 적에 의한 공격 가능성에 극도로 예민해져 있는 피해자의 심리가 지배하고 있는 사회라고 할 수 있다.

2001년 9·11테러는 미국으로 하여금 세계 속에서의 자신의 위치와 역할에 대하여 근본적으로 숙고하게 하는 계기가 되기는커녕, 그 반대로 미국의 배타적인 이기심이 강화되는 촉매제가 되었을 뿐인지 모른다. 그리하여, 이 이기심이 다른 인종, 문화, 종교, 세계관에 대한 두려움을 증가시키고, 그 두려움 때문에 오늘날 미국사회는 매우 긴장된 불관용의 사회로 급속히 빠져들고 있는지 모른다. 자신의 내면이 자유롭고 평화로운 사람만이 남들의 자유와 행복에 관심을 가질 수 있다는 이치를 생각해볼 때, 오늘날 미국이 갈수록 편협하고 이기적인 사회로 되고 있다는 사실은 세계를 위해서 더없이 불행한 사태라고 하지 않을 수 없다.

11월 2일의 선거일이 임박해감에 따라, 여론조사 결과는 예측불허의 박빙의 승부를 계속 예고하고 있었지만, 실제로 나타난 결과는 부시의 일방적인 승리였다. 이 사실에서 짐작할 수 있듯이, 오늘날 미국사회의 심층에 자리잡고 있는 자폐증적인 자기중심주의는 매우 넓고 깊이 뿌리를 내리고 있음이 틀림없다. 그렇지 않다면, "부시만 아니면 누구든 좋다"라는 필사적인 구호 아래 미국 안팎의 반전, 평화, 민주주의를 염원하는 헤아릴 수 없이 많은 사람들의 목소리가 유례없이 결집되어 큰 반향을 불러일으켜온 이번 선거의 결과가 왜 이렇게 되었는지 그 이유를 설명하기 어렵기 때문이다. 그런 점에서 보자면, 케리는 선거운동의 시작단계에서 이미 패배의 길로 가고 있었다고 할 수 있다. 선거의 중심적인 쟁점이었던 이라크 전쟁을 둘러싼 논쟁에서, 그는 자폐적인 애국주의가 활개를 치고 있는 '여론의 풍토' 속에서 처음부터 이 전쟁의 부도덕성과 침략성을 명확히 지적하는 용기를 보여주지 못했고, 그 결과 이 문제에 관한 한 시종일관 부시에게 끌려다니며, 소극적인 자기방어의 자세를 취할 수밖에 없었다.

아니, 케리 자신이 이 전쟁의 부도덕성과 침략성을 충분히 인식하고 있었는지가 의심스럽다. 자신이 대통령이었다면 자기 역시 이라크의 대량살상무기 보유 사실이 확인되지 않은 상황이라 하더라도 이라크에 대한 공격을 주저하지 않았을 것이라고 했던 케리의 말은 단순히 '애국시민들'을 고려한 '정치적' 발언이라기보다는, '국익'과 '안보'에 관해서는 부시 못지않게 한치도 양보할 수 없다고 생각하는 케리 자신의 신념이었을 가능성이 높다. 이런 점에서, 공화, 민주 양당 간의 정권교체는 사실상 큰 의미가 없는지도 모른다. 미국의 오래된 민권운동가로서 지난번 대통령 선거에 이어 이번에도 무소속으로 출마했던 랄프 네이더가 주장하는 것처럼, 그러한 정권교체는 기득권층의 옹호와 다수 민중의 소외를 구조적으로 강화하는 정치적 메커니즘의 영구화에 이바지할 뿐인지도 모르기 때문이다.

돌이켜보면, 미국 정치에 있어서 보수주의와 자유주의의 대립, 혹은 공화주의적 가치와 민주주의적 가치의 대립은 건국 초기, 즉 헌법초안이 작성되던 시기까지 거슬러 올라가는 오랜 역사를 가지고 있고, 이 두 대립하는 가치의 차이는 물론 간단히 무시될 수 있는 것이 아니다. 예를 들어, 오늘날 문제되고 있는 낙태나 동성애자의 문제에서 보수적 입장과 리버럴한 입장이 보여주는 차이는 인권개념의 기초적 해석에 대한 시각의 차이라고 할 수 있지만, 이 두 해석 중 어느 것이 정책결정의 근거가 되느냐 하는 것은 개인들의 삶에 심대한 현실적인 영향을 끼칠 수 있다.

그럼에도 불구하고, 이른바 국익과 안보의 논리를 움직일 수 없는 최우선적 국가적 과제로 섬기면서, 어느 때든 필요하다고 생각하면 대외적 침략을 망설이지 않고, 다른 나라의 주권을 유린하는 것을 개의치 않는다는 점에서 이 지배적인 두 정치적 세력 사이에는 근본적인 차이가 없다는 것도 분명한 사실이다. 이번 선거에서도, 이라크 전쟁에 관련한 케리의 부시 비판은 전쟁의 침략성을 겨냥한 게 아니었다. 그것은 절차상의 문제, 즉 유엔과 동맹국들로부터 협조를 받지 않고 전쟁을 시작했다는 점에 대한 비판이었다. 실제로, 노엄 촘스키 교수의 계산에 의하면, 제2차 세계대전 이후 미국은 평균 2년마다 전쟁을 하거나 남의 나라 깊숙이 군대를 보내어 그 국민의 주권을 유린하는 노골적인 침략을 감행해 왔지만, 이 과정에서 민주, 공화 양당의 전쟁에 대한 근본적인 견해 차이는 없었다.

　토머스 제퍼슨은 미국 민주주의의 초석을 놓은 건국의 아버지이다. 그는 권력의 집중화를 경계하고, 진정한 민주주의는 철저히 분권적이며, 지역에 바탕을 둔 독립적인 소농을 토대로 한 사회체제에서만 꽃필 수 있음을 역설함으로써, 미국의 역대 정치 지도자 중에서도 가장 래디칼한 민주주의 사상가로 알려져 왔다. 그런 제퍼슨조차도 이러한 미국의 정치 전통에서 예외가 아니었다.

　카리브 해의 섬 하이티가 오랫동안의 독립투쟁 끝에 프랑스 식민지로부터 벗어난 것은 1801년이었다. 오랜 식민주의 지배 아래서 노예로 살아온 하이티의 흑인민중은 독립된 나라를 세우면서 인류 역사상 최초로 노예제를 전면 폐지하였다. 노예제라는 인류사의 가장 수치스러운 제도를 전면적으로 폐지한다는 이 역사적인 사건은, 근대적 인권개념을 표방하고 있던 프랑스혁명의 이념에도 불구하고 의연히 노예제를 유지하고 있던 유럽 국가들과 미국에 큰 충격을 주었다. 이때 제퍼슨의 반응은 "노예제 폐지라는 이 악성 괴질이 아메리카 대륙의 다른 지역으로 확산되기 전에 기필코 박멸하지 않으면 안된다"는 것이었다. 그 이후, 하이티는 나폴레옹의 군대에 의해 또다시 유린되는 비극을 경험하고, 수세대에 걸친 피나는 투쟁 끝에 다시 프랑스의 지배로부터 벗어났으나, 20세기에 접어들면서 이제는 미국 군대의 점령통치 하에 들어갔다가, 그후 미국이 심어놓은 압제자들의 폭압정치 밑에서 허덕여왔다. 그러는 동안, 원래 카리브 해에서도 가장 숲이 무성했던 아름다운 섬 하이티는 이제 깡그리 헐벗은 황무지로 변했고, 유엔의 통계에 의해서도 세계에서 가장 비참한 가난과 절망의 땅으로 떨어졌다. 우루과이의 작가 에듀아르도 갈레아노는 이런 하이티의 운명에 대해서, "세계 최초로 노예제 폐지를 실현한 데 대한 대가로서 가차없는 징벌"을 받은 결과라고 신랄하게 말하고 있다.

　아마도 미국의 근본문제는 대부분의 미국 시민들이 미국이 얼마나 "소름끼치는 토대 위에 세워진 제국"(아룬다티 로이)인지 모르거나, 알면서도 충분히 숙고하지 않으려 한다는 점에 있는지 모른다. 미국의 역사는 "수

많은 토착민을 대량학살하고, 그들의 땅을 도둑질하고, 뒤이어 자신들의 땅에서 부려먹기 위해서 아프리카의 수많은 흑인들을 유괴, 노예로 만들어온" 과정으로 점철되어 있다. 그것은 한마디로 남의 불행을 대가로 나의 행복을 추구해온 역사이다.

말할 것도 없이, 이러한 미국의 역사는 유감스럽게도 전혀 과거지사가 아니다. 그것은 지금도 형태를 달리하여 되풀이되고 있는 엄연한 현실의 풍경이다. 이라크 침공과 같은 사태는 노골적인 군사적 수단에 의한 주권 유린과 약탈을 보여주는 적나라한 경우라 하겠지만, 오늘날 세계화라는 이름 밑에서 미국에 의해 주도되고 있는 경제적 침탈 역시 이와 궤를 같이하는 사태라고 할 수 있다. 세계화는 오늘날 전세계를 거대 기업들의 식민지로 만들려는 새로운 형태의 제국주의적 침략에 다름아니다. 세계화 프로젝트가 강요하는 시장개방화에 의해 세계 전역에서 소농민의 생존은 벼랑 끝으로 내몰리고, 대규모 구조조정과 민영화에 의해서 노동자의 권리는 뿌리로부터 부정당하고 있다. 지금 미국식 시장논리가 지배하는 곳에서는 어딜 가나 풀뿌리 민중의 삶은 뿌리로부터 망가지고 있다.

뿐만 아니라, 미국의 대중들이 '잠자는 미녀'의 게임을 계속하면서 이런 절박한 현실을 외면하고 있는 동안, 지구의 생태적 위기는 걷잡을 수 없이 악화되고 있다. 세계의 저명한 기상학자들은 금세기 중에 지구 기온이 적어도 5~8도까지 치솟을 것으로 예측하고 있는데, 이 기온상승의 폭은 2억5천만년 전, 즉 이첩기(二疊紀)의 말, 지구상의 생물종 95%가 소멸되었던 당시의 기온상승 폭과 같은 것이라고 한다. 지구온난화로 인한 기후변화는 비선형적인 과정이기 때문에, 그것이 실제로 어떠한 재앙을 불러올지 정확히 예측하는 것은 불가능하다. 그러나, 그것이 상상을 넘는 대재앙일 것이라는 것은 짐작하기 어렵지 않다. 예를 들어, 우리는 지금 갠지스강과 메콩강, 양자강을 포함한 아시아의 많은 강들에 물을 흐르게 하는 히말라야의 빙하들이 앞으로 40년 안에 사라질 가능성이 높다는 것을 알고 있다. 만약 이 강들이 말라버린다면, 인류의 3분의 1이 의존하고 있는 쌀농사는 전면적으로 붕괴될 것이며, 세계는 대량 기아사태에 직면할 것이다.

　상상하기도 두려운 이런 모습은 시시각각으로 다가오고 있는 우리의 미래이다. 이미 지구온난화 자체를 방지한다는 것은 불가능한 일이 되어버렸는지 모른다. 그나마 온난화 과정을 좀더 지연시키고자 하는 필사적인 노력은 부시 행정부에 의해 간단히 무시되고 있다. 이제 우리를 구원할 수 있는 것은 '기적'밖에 없는지도 모른다.

　생각이 여기에 미치면, 우리가 부시의 재선이라는 사실을 충격으로 받아들인다는 것은 우스운 노릇인지 모른다. 케리가 대통령으로 당선되었다 한들 사태가 근본적으로 달라지리라는 희망이 있을 수 없었기 때문이다. 다만, 이번 선거결과를 보면서 우리들 가운데 적지않은 사람이 느끼고 있는 분노와 슬픔과 좌절은 비록 무너져가고 있는 세계일망정 아직 정의가 살아있음을 보여주는 최소한의 증거를 보고 싶어 하는 열망이 우리들의 마음속에 남아있기 때문이었을 것이다.

　어떤 점에서, 이번 미국의 대통령 선거결과에 한국인들보다 더 실망하고 있는 사람들도 드물지 모른다. 이미 캐나다로의 이주를 결심하고 있는 미국시민들이 늘어나고 있다는 뉴스 같은 데서 엿볼 수 있듯이, 마이클 무어를 포함한 미국의 전체 유권자 중 절반에 가까운 사람들이 선거후 느끼는 좌절과 실망감은 당연하다고 해야겠지만, 그들 못지않게 많은 한국인들이 부시의 재선에 실망을 느끼는 것은 무엇 때문인가. 그것은 당면한 북핵 문제에 관련해서 한반도에서 위기가 고조될 가능성을 두려워하기 때문이라는 것은 말할 필요가 없다.

　그러나, 우리는 '두려움'이 우리의 삶을 근원적으로 황폐화시킨다는 사실에 주의해야 한다. 우리의 길들여진 생활방식이 흔들릴지도 모른다는 두려움, 심하면 우리의 생명도 안전하지 못할지 모른다는 두려움이 커지면, 다른 무엇보다도 안전 혹은 '안보'에의 욕구가 강화되고, 그런 상황에서 사회적 삶의 개선을 위한 우리의 정당한 정치적 행동은 위축되고, 전체의 안전을 위해서 개인의 자유로운 사상적 표현과 실천은 제약되는 것이 정당하다는 파시즘의 논리가 활개를 치기 쉽다.

무엇보다도, 안전이 가장 중요한 덕목이 되는 상황에서 인간은 생명과 세계의 근원적인 신비를 느끼고 표현하는 능력을 잃어버린다. 그것은 '경이로움'과 '놀람'을 차단하는 불모의 공간이 된다. 그런 상황에서 개인은 인간으로서의 가장 근원적인 자질이자 선천적인 권리, 즉 세계를 "시적으로 향수하는" 능력을 박탈당할 수밖에 없다. 파시즘 체제는 인간의 시적(詩的) 능력을 뿌리로부터 부정하는 체제이다.

생각해보면, 오늘날 미국에서 — 그리고 정도의 차이는 있겠지만, 일본에서, 그리고 한국에서도 — 만연하고 있는 배타적 애국주의 내지 쇼비니즘은 많은 경우 이른바 '미국식 생활방식'을 '안전하게' 고수하려는 사람들의 무의식적 욕망에 연결되어 있음이 분명하다. 그런데, 대부분의 미국인들은 낭비를 끝없이 부추기는 이 '미국식 생활방식'이 얼마나 끔찍한 범죄행위에 기초한 것인지를 알지 못한다. 그들은 주류 미디어와 헐리우드 영화가 끊임없이 제공하는 기만적인 정보와 이미지 조작에 현혹된 채 풍요로운 상품과 서비스가 제공하는 안락 속에 마비되어 있다. 무서운 것은 정치적, 군사적 파시즘만이 아니다. 인간정신을 뿌리로부터 마멸시키고, 비판적 상상력을 고갈시키는 데 '안락에의 전체주의'(후지타 쇼조)만큼 강력한 효력을 발휘하는 약도 없을 것이다.

비판적 상상력은 주어진 삶의 테두리를 넘어 대안적인 삶에 대한 비전을 갖게 하는 능력이다. 그것은 주어진 현실의 진상을 정직하게 대면함으로써 얻어질 수 있는 능력이다. 그러나, 오늘날 미국식 생활방식이 대변하는 산업문명은 인간생존의 자연적 토대에 근본적인 한계가 있다는 가장 기초적인 사실에 철저히 눈을 감고 있다. 경제학은 자연자원이 조만간 고갈될 수 있다는 사실, 그리고 지구 생태계가 오염을 받아들일 수 있는 용량에 한계가 있다는 사실을 아예 외면하고 있다. 지속가능성이라는 용어가 유행처럼 사용되고 있지만, 그것은 허황한 수사일 뿐, 진심으로 이 문제를 고려하고 있는 정치, 언론, 교육, 학문, 의료는 거의 없는 게 아닌가.

이런 상황이니만큼, 예컨대 고령화 시대에 대한 대책으로서 국가적인 출산장려 정책의 필요성이 말해질 때, 거기에 대해 이의를 제기하는 목소리가 드문 것도 당연한 일일 것이다. 좁은 땅에 5,000만이든 6,000만이든 인구가 많으면 많을수록 좋다는 논리가 어떻게 생태적 수용능력이라는 근본한계와 조화될 수 있는지, 마땅히 물어보아야 하는데도 불구하고, 그런 목소리는 거의 들리지 않는 현실인 것이다.

비단 고령화 문제만이 아니다. 지금 한국사회를 무겁게 짓누르는 거의 모든 현안의 핵심이라고 흔히 생각되고 있는 경제문제만 하더라도 그렇다. 즉, 현재 경제가 날로 어려워지는 것은 누구나 실감할 수 있는 현실인데, 여기서 불황의 주요 원인이 소비의 위축현상이라는 진단이 옳다고 하더라도, 정말 소비가 활성화된다면 한국경제가 안정될 수 있는가. 그리고, 소비가 활성화되고, 고도의 성장이 다시 실현된다면 그것은 결국 생태적 파국을 앞당긴다는 의미일 텐데, 그러면 그런 경제는 언제까지 지속이 가능할 것인가. 오히려 지금보다 경제규모를 대폭 줄이고, 근검절약이 몸에 배인 생활방식으로의 전환이 장기적인 경제안정을 위한 올바른 길이 아닐까. 그래서 지금까지 있어온 산업경제의 추진방향과는 근본적으로 다른 방향, 즉 어렵더라도 소농 중심의 농업을 근간으로 하는 지역분권적 '태양에너지 경제' 시스템으로 가려는 노력으로 방향전환을 할 때만 비로소 장기적으로 희망이 있는 사회로의 길이 보일 뿐만 아니라, 지금 당장의 이른바 국가적 현안이라고 하는 '국토의 균형발전'이라는 과제를 정당하게 해결하고, 따라서 민주주의를 제대로 실현할 수 있는 유일한 길이 열릴 수 있지 않을까. ― 우리에게 지금 이러한 근본적인 질문보다 더 절박한 것이 있을 것 같지 않은데도, '현실주의'의 지배 밑에서 이러한 질문이 제기될 만한 공간은 계속해서 봉쇄당하고 있다.

어떤 각도에서 보든, 지금은 암울한 시대이다. 경제성장, 개발을 통하여 세계의 빈곤과 불평등 구조가 해소될 수 있으리라는 가정은 완전히 근거 없는 것이 되었음에도 불구하고, 거의 모든 기업가와 정치 지도자, 교육받은 엘리트들은 말할 것도 없고, 일반 대중 역시 경제성장과 개발만이 살 길이라는 고정관념에서 헤어나지 못하고 있다. 그리하여, 한때 세계가 알아주는 고도 경제성장을 기록해왔던 한국에서 이제 많은 사람들은 불황기의 고통에 직면하여 '개발독재' 시대에 대한 그리움을 표시하면서, 경제를 살리는 일 이외의 어떠한 정치적, 사회적 개혁 프로그램도 중단되거나 보류되어야 한다고 주장하고 있다. 이것은 경제성장을 위해서 민주주의는 미루어도 된다는 개발독재의 논리와 본질적으로 다르지 않다. 우리는 한때 한국사회는 가난하기 때문에 민주주의가 안된다는 논리에 익숙해 있었다. 그런데 '한강의 기적'을 이룩하고도 한참을 통과한 이 시점에 이르러 경제를 위해서 민주주의를 보류해야 한다는 주장을 다시 듣게 되었다.

결국, 경제성장, 개발, 산업화는 그것이 진전되면 될수록 민주주의와 거리가 멀어지는 것이라고 할 수밖에 없다. 그렇게 될 수밖에 없는 것은, 경제성장이라는 것은 본래 경제적 불평등, 즉 빈부격차라는 토대 위에서만 가능한 것이며, 또한 동시에 경제성장은 기왕의 경제적 불평등 현상을 더욱 심화시키는 과정이기 때문이다. 말할 것도 없이, 진정한 민주주의의 대전제는 경제적 자립과 독립성을 가진 시민들의 존재, 즉 경제적 민주주의라는 기초 없이는 성립할 수 없는 것이다.

지금 우리사회가 앓고 있는 경제위기는 본질적으로 경제성장의 둔화가 아니라, 경제적 불평등의 문제에서 나온다고 할 수 있다. 다시 말해서, 문제의 본질은 민주주의의 문제인 것이다. 비정규직 노동자가 전체 노동자의 절반을 차지하고, 청년 실업자가 나날이 증가하고, 서민가계의 회복이 출구가 보이지 않는다고 하는 다른 한편에, 어마어마한 떠돌이 자금이 투자될 곳을 찾아 헤매고, 해외여행과 해외송금액이 폭증하고 있다는 사실은 이 사회의 부가 극도로 편중되어 있다는 것을 가리키는 증거이다. 성장이냐 분배냐 하는 해묵은 논쟁은 이런 상황에서 부질없는 말놀음일 뿐이다. 그럼에도 불구하고, 아직도 이 사회는 경제성장이라는 유령에 붙들려, 불황을 타개한다는 명분으로 이른바 한국판 뉴딜정책, 즉 대대적인 환경파괴에 나서려 하고 있다.

이런 절망적인 상황을 어떻게 타개할 것인가. 우리가 믿을 데는 정말 '기적'밖에 없는가.

그러나, '절망 속의 희망'이라는 말이 있다는 것을 기억할 필요가 있다. 20세기는 비극과 재난의 시대이면서 동시에 꺾이지 않는 인간정신의 위대함을 드러낸 시대이기도 하였다. 시베리아의 유형지나 나치의 수용소와 같은 차마 인간으로서 견딜 수 없는 혹독하고 처참한 역경 속에서 끝까지 인간적인 위엄을 잃지 않고 살아남은 사람들은 누구든 '절망 속의 희망'에 대해 언급해왔다.

미국 대통령 선거 직후, 부시 재선이라는 서글픈 사태를 보면서 미국의 민중사가(民衆史家) 하워드 진은 이러한 어둡고 불길한, 불투명한 상황에서 우리가 희망을 잃지 말아야 할 필요성을 역설하는 한편의 짧은 에세이를 썼다. 그 에세이의 말미에서, 그는 "아무리 보잘것없는 방식일지라도 실천적 행동을 한다면, 우리가 어떤 거대한 유토피아적 미래를 기다릴 필요가 없다"고 말한 다음에, 이렇게 끝을 맺고 있다. "미래는 현재의 무한한 연속이다. 그러므로, 우리가 지금 비타협적으로, 인간이라면 마땅히 살아야 한다고 우리 자신이 생각하는 그런 방식으로 산다는 것 자체야말로 찬란한 승리일 것이다." (2004년)

쓰나미와 자급의 삶

40년 만의 대지진이라고 하니까, 지금 이 지구상에 살아있는 대부분의 사람들에게는 전대미문의 자연재앙인 셈이다. 12월 26일 일요일의 남부 아시아의 해변지역에 들이닥친 지진해일로 사태 발생 후 일주일이 경과한 현재까지 15만이 넘는 인명이 희생되었다는 게 확인되고 있다. 그러나 앞으로 점점더 많은 사망자가 확인될 것을 예상하고, 또 영영 확인할 수 없을 가능성이 높은 실종자들을 고려하면, 실제로 희생자는 수십만명을 훨씬더 넘을 것이라고 추정하는 것도 어렵지 않다. 기막힌 사태이다. 이 맘때쯤 연말연시의 축제 분위기 속에 젖어있어야 할 온 세계의 도시가 침울한 풍경을 드러내고 있다는 언론의 보도는 큰 과장이 아닐지도 모른다.

순전히 인명피해의 수를 가지고 생각해보더라도, 이번 지진해일로 인해 지금까지 확인된 사망자의 수는 재작년 3월 이후 지금까지 미국의 침공에 의해 '부수적 손상'을 입어 희생당한 이라크 사람들의 수와 거의 맞먹는다. 혹은, 순간적인 참화의 기록으로 본다면, 이번 희생자 수는 1945년 히로시마의 원폭투하로 인해 즉사한 인명에 필적할 만한 것이다.

물론, 자연적 재앙과 전쟁으로 인한 참화를 단순 비교한다는 것은 말이 안된다. 이라크전쟁은 앞으로 얼마나 더 많은 희생자를 만들어낼 것인지 아직도 불투명한 상황이고, 또 그동안 죽은 사람들 이외에 육체적으로 또 심리적으로 부상을 당한 사람들, 집을 잃고, 삶의 터전과 수단을 잃은 부지기수의 사람들이 처한 곤경을 생각하면, 그리고 이 전쟁에 의해 사람뿐만 아니라, 생태계가 입은 돌이킬 수 없는 손상을 고려하면, 이 불의(不義)의 침략전쟁을 자연재해에 비교한다는 사실 자체가 심히 부도덕한 행위인지 모른다.

히로시마의 경우도 마찬가지다. 태평양전쟁 종식 후 수많은 증언에 의해 명백히 드러났듯이, 히로시마 원폭투하는 전쟁에서 승리한다는 목적에 국한해서 볼 때 전혀 불필요한 공격이었다. 실제로 이미 다 이긴 전쟁에서 일본으로부터의 항복을 겨우 며칠 일찍 받아내는 효과 이외에 군사적인 효용은 아무것도 없었음에도 불구하고, 미국은 히로시마와 나가사키라는 인구가 밀집된 일본의 두 도시의 상공에서 실제로 원자탄을 터뜨렸고, 그 결과는 인류 역사상 가장 참혹한 아비규환의 지옥도였다. 8월 6일 히로시마에서 10만명, 며칠 후 나가사키에서 8만명이 즉사했고, 살아남은 사람들은 대부분 죽은 자의 '행운'을 부러워하는 처지가 되었다. 전후(戰後) 60년이 되어가는 지금도 그때의 방사능 피해로 인한 후유증을 앓고 있는 사람들이 적지않다는 사실은 원자탄이라는 가공할 무기가 얼마나 끔찍스러운 것인가를 잘 말해주고 있다.

히로시마 원폭투하가 일본의 항복을 촉구하려는 1차적인 목적 이외에 소련과 중국을 포함한 세계의 여러 나라에 대하여 미국의 힘을 과시하고 겁을 주기 위한 목적을 갖고 있었다는 것은 이미 잘 알려져 있는 사실이다. 이른바 원폭의 아버지라고 하는 오펜하이머를 위시해서 맨해튼 계획에 참가했던 여러 과학자들이 히로시마 원폭투하의 뉴스를 듣고, 자신들의 연구결과가 저질러놓은 참상에 충격을 받으면서, 그들이 만든 폭탄이 왜 하필 도시를 공격대상으로 했는지 이해할 수 없어했다고 하지만, 과시적 목적을 위해서도 미국은 도시를 공격할 필요가 있다고 생각했음이 분명하다. 어떤 증언에 의하면, 이미 도쿄와 오사카를 비롯한 일본의 주요도시들이 완전히 초토화될 만큼 미군의 재래식 폭탄에 의한 맹렬한 공습이 계속되던 상황에서 미군 지휘부는 히로시마와 나가사키에 대한 일체의 공습을 금지하는 명령을 내려놓고 있었다. 예정대로 원폭이 투하될 경우 얼마나 가공할 파괴력을 보여주는지를 좀더 극적으로 '과시하기' 위하여 두 도시가 그때까지 온전한 모습을 유지하고 있어야 할 필요가 있었던 것이다. 결코 파시즘에 대한 투쟁이라는 명분으로는 정당화될 수 없는 너무도 어이없이 반인간적이며 반문명적인 전쟁 종결 방식이었다.

히로시마의 경험은 삽시간에 10만명이 넘는 인명을 희생시키고, 무수한 사람들의 삶을 불구로 만들었다는 점에서 이번 남부 아시아가 겪은 재앙에 그나마도 가장 가깝게 비교할 수 있는 비극적인 재앙인지 모른다. 그러나, 말할 것도 없이, 전쟁으로 인한 재앙과 자연적 재앙 사이에는 근본적인 차이가 있다. 이번 사태에서도 이것이 단지 천재지변이 아니라 인재(人災)라고 할 만한 측면도 포함되어 있다고 하는 견해가 표명되고 있지만, 설혹 그런 요소가 개입되어 있는 게 사실이라 하더라도, 진도 9에 가까운 엄청난 지각변동이 일으킨 위력적이고 급격한 바닷물결의 사태(沙汰) 앞에서 인간이 근본적으로 속수무책일 수밖에 없는 것은 당연한 일이다. 조기경보 체계가 확립되고, 잘 작동하였다면, 인명피해가 크게 줄었을 것이라는 것은 분명하고, 그런 점에서 그러한 쪽의 노력이 계속되어야 한다는 것은 말할 필요도 없다. 하지만, 그러한 인위적인 대책도 자연의 힘 앞에서는 결국 한계를 노정할 뿐이라는 것도 잊어서는 안된다.

지진해일을 영어에서 쓰나미(tsunami)라고 표기하는 것에서 알 수 있듯이, 이 말은 본래 지진이 빈번히 발생하는 나라, 즉 일본 사람들의 말[津波]에서 유래한 것이다. 일본은 작년에도 니가타(新潟) 지방에 닥친 지진으로 엄청난 재난을 경험했고, 1995년 한신(阪神) 지방을 휩쓴 대지진은 전후 수십년 동안 쌓아올린 고도 경제성장의 성과를 일시에 붕괴시킴으로써, 양심적인 지식인들 사이에서 경제대국 일본의 진로를 근본적으로 성찰해야 할 필요성에 관련하여 일시적이나마 치열한 논의를 촉발하는 중요한 자극제가 되었다.

여하튼 일본은 유사 이래 끊임없이 크고작은 지진에 의해 시달림을 받아왔고, 그 결과로 지진 피해를 최소화하기 위한 다양한 생활수칙들이 발달되어왔다. 그리고, 다른 한편으로, 이러한 끊임없는 예측불허의 지진 때문에 일본 사람들의 내면적, 정서적 삶이 일정한 영향을 받아왔을 것이라는 것도 짐작하기 어렵지 않다. 실제로, 일본의 저명한 보수적 철학자 우메하라 다케시(梅原 猛)는 언젠가 일본문화의 저변에 흐르고 있는 하나의 괄목할 만한 일본 특유의 정서로 '천연(天然)의 무상감(無常感)'이 있다는 것을 지적하고, 이러한 정서의 존재를 빈발하는 지진에 대한 경험과 연관지어 설명한 바 있다. 사람들은 지진의 파괴력 앞에 속절없이 노출됨으로써 일시에 자신들의 삶과 삶의 기반이 손상되거나 송두리째 소멸해버리는 사태를 되풀이하여 경험하는 동안에, 결국 이 세상에 영원한 것은 없으며, 자신들의 삶 역시 덧없고 일시적이라는 의식이 그들의 내면 속에 깊이 각인되어왔다는 것이다. 전통적으로 일본이 동아시아의 다른 나라보다도 더 농후하게 불교적 세계관에 바탕을 둔 문화감각과 생활 스타일을 발전시켜온 것도 이런 점에 관계되어 있는지 모른다.

과연 '천연의 무상감'이라는 개념을 둘러싼 철학자 우메하라의 설명이 얼마나 견실한 근거를 가지고 있는 것인지 하는 것과는 별개로, 적어도 전통사회에서 일본의 문화가 인간의 삶의 근본적이고 궁극적인 테두리로서의 자연적인 한계를 예민하게 의식하는 바탕 위에서 구축되어 있었다는 지적은 중요한 것이라고 생각된다. 따져보면, 이것은 비단 일본의 경우에 한정되는 게 아니다.

지금은 지진이나 홍수와 같은 큰 재앙이 닥쳐야만 비로소 잠깐 의식하게 되지만, 전통적으로 농경을 토대로 생활과 문화를 일구어왔던 사회에서는 인간생존의 자연적인 한계에 대한 의식은 일상적 생존방식에 뿌리로부터 빈틈없이 반영되어 있었다. 그렇게 하지 않으면 유복한 삶은커녕 단순히 생존을 지속한다는 것 자체가 불가능하였다. 씨를 뿌릴 때가 있고, 거둘 때가 따로 있었으며, 농번기가 있고, 농한기가 있었다. 땅도 겨울이면 사람처럼 쉬어야 한다는 것은 불문율이었다. 사람들은 아무리 배가 고파도 가을이 되어 나락이 여물기를 기다려야 한다는 것을 알고 있었다.

1910년 일제에 의해 조선이 합병되었음을 지리산 기슭에서 한달 뒤에야 처음으로 알고, 한편의 절명시(絶命詩)를 남기고 자결한 매천 황현(黃玹)은 생전에 조선의 농촌풍경을 사실적으로 묘사한 적지않은 시를 지었다. 그런 그의 소품의 한 대목에 "궁촌(窮村)이라 오이가 더디 익는구나"라는 재미있는 표현이 있지만, 배가 고프기 때문에 오이라도 따먹고 싶은 간절한 사람의 심정을 여실히 담고 있는 이 표현에서 우리의 주목을 끄는 것은 당시의 궁핍했던 농촌 살림만이 아니다. 그에 못지않게 인상적인 것은, 아무리 사람의 욕구가 절실하다 하더라도 자연의 질서는 사람의 인위적인 행위로 조작할 수 있는 게 아니라는 근원적인 인식이 흔들림 없는 전제가 되어있는, 한 오래된 문화에 뿌리박은 소박한 감수성이다.

매천의 시가 씌어진 지 거의 100년이 경과한 지금, 우리는 아무 때나 계절에 관계없이 우리가 먹고 싶은 것들이 지천으로 널려있는 시대에 살고 있다. 이제 사람들은 한겨울에 수박과 참외, 혹은 딸기를 먹는 것을 이상하게 생각하지 않는다. 또, 바나나, 키위, 파인애플과 같은 과일을 보아도 그런 것들이 우리와 기후풍토가 너무도 다른 먼 나라에서 값비싸고 긴 수송과정을 거쳐 도달한 수입농산물이라는 것을 새삼스럽게 떠올리는 사람도 드물게 되었다. 사람들에게 중요한 것은 경제가 잘 돌아가는 것이며, 공급과 수요가 균형을 이루어 확대순환을 계속하는 것이다. 그래서 끊임없이 권장되는 것은 투자와 소비이다. 우리가 먹는 것이 어디에서 어떤 경로를 거쳐 우리의 식탁에 도달하는가를 아는 것은 불필요한 일이 되어버렸다.

먹는 것에 관련해서 이따금 도시 사람들이 특별한 관심을 드러낼 때는 대개 자신의 건강문제에 연결되었을 때이다. 수십년에 걸친 산업화된 농사 관행의 결과, 국산이든 수입농산물이든 대체로 거의 모든 식품이 안심하고 먹을 만한 것이 못된다는 것은 누구든 아는 사실이 되었기 때문이다. 하지만, 오랜 기계화와 화학물질 남용으로 토지 자체가 오염될 대로 오염되고, 농촌공동체가 사실상 소멸되어 가는 오늘의 상황에서 오염되지 않은 농산물의 생산이란 지난한 목표일 수밖에 없는데도 불구하고, 도시의 소비자들은 돈만 있으면 얼마든지 쉽게 '친환경 유기농산물'을 구해 먹을 수 있다고 생각하는 경향이 있다. 그들에게 있어서는 '친환경 유기농산물'이라는 것은 자본주의 시장법칙에 따르는 또하나의 '상품'일 뿐이다. 따라서, 그러한 '상품'의 생산에, 근본적으로 인위적인 노력의 범위를 넘어가는 자연적인 제약이 있다는 것은 도저히 받아들이기 어려운 생각인지도 모른다.

그러나, 건강을 생각하는 것은 좋지만, 무엇보다 좋은 식품이란 토지와 기후와 같은 자연적인 조건에 조화를 이룬 지혜롭고 책임있는 농사의 소산이라는 것을 아는 게 중요하다. 그리고, 더욱 중요한 것은 이러한 농사는 건강한 농촌공동체의 존재를 떠나서는 실현 불가능하다는 사실을 명확히 인식하는 일이다. 이것은 인간이 물리적으로뿐만 아니라 정신적으로도 흙이라는 근원적인 존재의 지평을 벗어날 수 없는 한, 아무리 수준 높은 과학기술 시대에 있어서도 변함없는 진실이다. 좋은 농사는 땅의 성질을 잘 알고, 땅을 사랑하는 사람들의 땅에 대한 상호협동적인 충성과 보살핌이라는 덕행(德行)의 실천 없이는 기대할 수 없고, 땅에 대한 이해와 사랑은 오래된 농촌공동체 속에서 쌓여온 깊은 지혜와 기술의 바탕 위에서만 자랄 수 있는 것이다.

이런 기초적인 사실에 대한 이해가 없는, 지금과 같은 사고의 불능(不能) 상태가 만연한 상황에서는 설혹 국민소득이 지금보다 두배, 세배가 된다 하더라도 — 아니, 그러면 그럴수록 — 믿을 수 있는 농산물의 지속적인 공급은 허망한 꿈 속의 일이 될 것이다. 우리가 지금은 일시적으로나마 혹한의 겨울에도 비닐하우스에서 나온 딸기와 수박을 먹는 '즐거움'을 누릴 수 있을지 모른다. 그러나, 이것이 얼마나 토지와 기후의 본성을 거스르면서 재배되는지, 그 결과 토지를 황폐하게 하고 지하수를 고갈시키는 데 이것이 얼마나 큰 기여를 하고 있는지를 조금이라도 안다면, 이러한 반자연적인 '상품' 생산의 지속가능성은 처음부터 생각도 할 수 없는 것이라는 것은 길게 말할 필요가 없는 일이다.

오늘날 산업화된 농업은 여타의 근대적 산업방식과 마찬가지로 현재의 일시적 풍요를 위해서 장기적인 생존의 토대를 끝없이 갉아먹고 있다. 그것은 현세대의 터무니없는 욕망을 위해서 미래 세대의 생존을 극히 위태롭게 만들어가고 있는 근본적으로 무책임한 폭력의 체제이다. 미래 세대뿐만 아니다. 지금 산업화된 농업이 강요하는 단작(monoculture)에 의해서 주곡 생산은 방기된 채 미국과 유럽과 일본과 그밖의 제3세계 엘리트 계층을 위한 기호품을 생산하는 데 골몰함으로써 스스로는 기아에 허덕이는 세계 도처의 이른바 저개발 지역 농민들의 상황은 구조적으로 실제 식민지적 상황과 결코 다른 것이 아니다. 그리고, 식민지적 상황에서 땅을 사랑하는 농민의 존재를 상정하는 것은 불가능한 일이다.

《작은 것이 아름답다》의 저자 슈마허는 옛 로마가 망한 가장 큰 이유가 토지를 잘못 다룬 데 있다고 말한 적이 있다. 로마 문명은 본질적으로 정복의 문명이었고, 따라서 끝없는 영토확장과 이민족 정복을 위해서 로마의 농민들을 병사로 징발하지 않을 수 없었다. 그때문에 로마 본토의 토지는 방기되어 폐허가 되었고, 로마인들의 식량은 북아프리카를 비롯한 식민지에서 조달되었다. 그러나 그 식민지의 농토는 정복된 사람들, 즉 노예의 신분으로 떨어진 현지 주민들이 로마의 압제 밑에서 아무런 애착 없이 억지로 경작할 수밖에 없었기에 토지는 난폭하게 다루어지고, 엄청나게 혹사당했으며, 그 결과 특히 북아프리카의 땅은 어느덧 빠르게 사막화할 수밖에 없었다.

지금 우리의 문화와 생존에 닥쳐오고 있는 가장 위협적인 것은 농사를 제대로 지을 줄 아는 방법을 알고 있는 사람들이 급격히 감소하고 있다는 사실일 것이다. 이미 세계 전역에서, 세계화 경제의 지배논리가 강요하는 농산물 시장개방이라는 미증유의 폭력에 의해서 수많은 농민과 토착민들은 그들이 전통적으로 누려온 자립적 생존기반을 근원적으로 상실해 가고 있다. 한국의 경우, 가트(GATT)의 우루과이라운드 협정이 닥치기 전에, 그리고 1995년 세계무역기구(WTO) 체제의 출범 이전에 이미 농민과 농촌공동체는 몰락의 길로 들어서고 있었다. 자타가 공인하는 기록적인 한국의 고도경제성장은, 간단히 말해서, 전면적인 농업의 희생을 기초로 달성된 '성과'였다. 수십년에 걸친 경제개발, 산업화의 과정에서 농촌은 무엇보다 산업활동이 필요로 하는 싼 노동력을 제공하는 원천이었다. 이 때문에 곡가는 늘 생산비도 건지지 못하는 수준을 감내해야 했고, 날로 텅 비어가는 농촌에서 농업노동력의 결핍을 메우기 위해 기계와 화학물질의 사용이 광범위하게 도입되는 것은 불가피했다. 그런 과정에서 농토는 끊임없이 잠식되고, 남아있는 땅은 심각하게 혹사당하거나 오염되었고, 안심하고 먹을 게 하나도 없다는 푸념이 일상적으로 된 세상이 된 것이다. 그러면서도, 식량자급률은 갈수록 떨어져 25% 수준에 지나지 않게 되고, 전인구의 8% 이하로 떨어진 농촌인구는 그나마도 고령화가 급속히 진전되어 조만간 다른 요인이 가세하지 않는다 하더라도 공동체로서의 농촌과 그 문화는 한국사회에서 저절로 소멸할 상황에 이르렀다.

그러나, 정말 문제는 이러한 농업의 전면적인 쇠퇴와 농촌공동체의 소멸이라는 위협적인 현실에 직면해서 이 사회가 이것을 타개하고자 하는 방책도 의지도 갖고 있지 않을 뿐만 아니라, 무엇보다도 이것을 다급한 위기로 인식하지도 않고 있다는 점이다.

지금 한국의 농업문제는 주로 임박한 쌀 개방을 둘러싼 논의에 집중되고 있지만, 여기에서도 중요한 이슈는 단순히 농민들의 소득문제에 국한되어 있다. 농민들은 쌀 개방이 되면 외국 쌀에 비해서 상대적으로 생산비가 많이 드는 국내 벼농사가 몰락하는 것은 필연적이며, 그 결과 지금까지 그나마 농민들의 생계를 지탱해주었던 마지막 근거가 사라질 것에 대한 절박한 두려움 때문에 차가운 겨울의 거리로 시위에 나서고 있지만, 정부와 기업과 언론과 대부분의 도시 소비자들은 한국의 경제가 세계경제에서 고립되어서는 안된다는 전제를 자명한 것으로 인식하는 토대 위에서 쌀 개방의 불가피성을 말하는 논리를 내세우고 있다. 수출만이 살길이라는 것은 아직도 대부분의 한국인들에게는 의심할 수 없는 진리인 것처럼 보인다.

그리하여, 한국농업도 언제까지나 보호막에 갇혀 있을 게 아니라, 세계의 시장에서 경쟁할 수 있는 능력을 길러야 한다는 ─ 말하는 사람 자신이 그 뜻을 정확히 알고 있는지 의심스러운 ─ 수십년 동안이나 귀에 못이 박이도록 들어온 공허한 얘기가 또다시 되풀이되고 있을 뿐이다.

지금 정부의 농정계획 가운데는 앞으로 농가의 소득배가를 위한 방책으로 농업종사자 수를 대폭 더 줄이고, 그 대신 10만 내지 20만명의 전업농을 집중적으로 육성하여 그들로 하여금 한국의 농업을 전담케 한다는 시나리오가 들어있다는 얘기도 들린다. 농업종사자의 수를 줄이면 농가의 소득은 확실히 늘어날 것이다. 그리고, 농촌공동체가 사라지고, 따라서 진정한 농민이 없어진다 하더라도, 소수의 농업 전문 인력에 의해서 기계화, 화학화의 농법으로 대규모 경작은 얼마동안 가능할지도 모른다. 그러나, 그것은 이미 농사라고 할 수 있는 게 아닐 것이다. 그것은 농업 전문 기술자들이 땅을 상대로 벌이는 전쟁이라고 해야 옳을 것이다. 마치 전업농 10~20만명 육성이라는 시나리오가 대뜸 우리들에게 유명한 율곡 선생의 10만 양병설(養兵說)을 연상시켜주듯이, 그러한 농업 전문 기술자들은 더이상 농민이 아니라, 한국인들을 먹여살리기 위한 식량확보 전쟁에 투입하기 위해서 선발된 전사(戰士)들이라고 해야 옳을 것이다.

생각하면 할수록 암울한 상황이다. 명백히 파국으로 가고 있음에도 불구하고, 우리는 지금 근본적인 방향전환에 대해서 생각하는 것을 거부하고 있다. 가장 먼저 산업화를 시작하여 농민의 급격한 감소를 선진적으로 경험했던 영국에서조차도, 더욱이 온 세계에 방대한 식민지를 경영하고 있었던 대영제국의 번성기에도 영국사회에는 전인구의 20%를 넘는 농민이 있었다. (물론 지금은 영국에서도 농민인구가 극도로 감소하여 1%가 조금 넘는 비율이 되었지만, 식량자급률만큼은 거의 100%를 넘고 있다. 영국을 포함한 소위 선진국들에서 농민인구의 극적인 감소현상에도 불구하고, 100% 이상의 식량자급률이 실현되고 있다는 것은 물론 대규모 기계화와 화학화 때문이다. 그러므로, 그것도 최근의 광우병과 구제역 파동이 명백히 보여주듯이 장기적으로는 매우 불안하고 위태로운 농사라는 것은 말할 필요가 없다. 요컨대, 농민과 그들의 공동체가 바탕이 되어있지 않은 농사라는 것은 본질적으로 미래가 없다는 사실을 잊어서는 안된다.)

식민지가 따로 있지도 않은 한국이 세계 제일의 낮은 식량자급도(아이슬란드를 제외하고)를 기록하면서, 농민이 사라진 사회를 향해 나아갈 생각을 하고 있다면, 이것은 과연 온전한 정신을 가진 사람들의 사회인지 묻지 않으면 안되는 사태라고 하지 않을 수 없다.

실제적인 문제로, 이런 방식으로 계속 간다면, 우리가 먹는 식품은 대부분 수입을 통해 들여와야 할 것인데, 그것은 결국 세계 어디선가의 농토와 농민들을 수탈한다는 것을 의미하게 된다. 하지만, 말할 필요도 없지만, 쌀이 개방되는 날 세계시장에서의 쌀값이 천정부지로 치솟을 것이라는 것은 쉽게 짐작할 수 있는 일이다. 뿐만 아니라, 경쟁력을 높인다는 명분으로 앞으로 토지에 갈수록 무겁게 가해질 압력은 한국의 경작 가능한 모든 땅을 사실상 식민지로 만들어버릴 공산이 크고, 끝내 토지의 광범한 황폐화를 초래할 것이 분명하다. 그리고 또, 말할 것도 없이, 수출의 확대를 통한 지속적인 경제발전이라는 전략이 허용되는 세계무역의 환경과 조건이 얼마나 더 오래 갈 것인지 아무도 장담 못한다.

벌써 심각한 수준을 훨씬 넘어선 고용문제, 점점 가망 없어 보이는 사회복지 시스템, 빈부격차의 심화와 날로 심각해지는 사회적 갈등, 그리고 깊이와 교양이 갈수록 상실되어 가고 있는 정신적 삶의 공간 … 지금 우리가 직면한 이러한 풀기 어려운 인간적 재난들이, 농민과 농촌공동체의 죽음을 대가로 한 더 많은 수출, 경기부양, 성장경제의 확대에 의해서 언젠가는 해결될 수 있다고 믿을 만한 근거는 실제로 전무하다는 것을 우리는 분명히 알지 않으면 안된다. 왜냐하면 이 모든 재난과 사회적 모순은 본질적으로 농민과 농촌공동체의 쇠퇴와 더불어 발생하거나 심화되어 온 현상들이라 할 수 있고, 그런 한에서 사태의 원인을 외면하고 이루어지는 기술적 대책의 한계는 처음부터 명확하다고 할 수 있기 때문이다.

그러나, 이 모든 문제도 지금 어김없이 다가오는 생태적 재앙에 비하면 아무것도 아닌지도 모른다. 남아시아의 지진해일은 예를 들어서, 지구온난화로 인한 기후변화의 여파가 어떤 재앙을 불러일으킬지 우리더러 상상해보라는 의미를 갖고 있는지도 모른다. 그리고, 남아시아의 이번 참사에 관련하여, 그동안 리조트시설을 확대하여 관광수입을 올리기 위한 목적으로 산호초와 망그로브 숲들을 마구잡이로 파괴하는 데 앞장서온 국가와 기업들의 탐욕과 개발 이데올로기 때문에 지진해일의 피해가 더 컸다는 것을 지적하는 목소리가 있다는 것도 주목할 필요가 있다.

환경이냐 경제냐 하는 양자택일을 늘 강요하는, 그렇게 함으로써 사고를 단순화시키고 비판적인 물음을 봉쇄하기 일쑤인 오늘날 세계를 지배하고 있는 권력들에 대하여 우리는 그들이 세계화의 이름으로 지금 우리더러 가자고 하는 방향은 공멸의 길이라는 것을 말해줄 수 있어야 한다.

그러한 말을 해줄 수 있는 용기와 자신감은 무엇보다 사물의 근본을 들여다보고, 되풀이하여 물어볼 수 있게 하는 우리 자신의 비판적 상상력에 달려있다. 농민과 농촌공동체가 사라지고, 수천년 동안 인간문화의 핵을 구성해왔던 농적(農的) 가치들의 재생산 기반이 돌이킬 수 없이 상실되어버린 뒤에 과연 우리는 어떻게 인간다운 삶을 계속할 수 있을 것인가 ― 이것은 우리가 지금 무엇보다도 먼저 물어보아야 할 물음이다.

(2005년)

동아시아의 평화와 '일본문제'

　여러해 동안 우리의 삶에 위협으로 가해지고 있는 이른바 북핵문제를 둘러싼 긴장과 갈등은 해결의 기미가 보이기는커녕 날이 갈수록 증폭되고 있다. 최근 들어서, 상황은 부쩍 악화되어, 심지어 국내의 언론에서도 미국에 의한 북폭의 현실적 가능성이 빈번히 언급되기 시작하였다. 그리하여, 우리는 매일매일 조금씩 달라지고 있는 미국정부 관계자들의 어조와 표정에 매달려 일희일비하는 서글픈 시간을 보내고 있다. 해방 60주년을 맞이하여 좀더 뜻있는 시간이 우리에게 주어지는 대신, 우리는 또다시 우리의 삶의 기반의 허약함을 목도하여야 하는 착잡한 사태에 직면하고 있다.

　만약 미국이 예방전쟁이라는 이름으로 이라크를 침략한 논리를 그대로 적용하여, 북한의 영변 핵시설 지역에 대한 공격을 실지로 감행한다면, 그때는 형용할 수 없는 괴멸적인 재앙이 한반도에 들이닥칠 것이라는 것은 두말할 필요도 없는 일이다. 그러나, 그로 인한 피해는 비단 한반도뿐만 아니라, 일본과 중국을 포함한 동아시아 지역, 나아가서는 미국 자신에게도 엄청난 것이 되리라는 것은 짐작하기 어렵지 않다.

실제로, 물론 가상이지만, 북한에 대한 미국의 폭격이라는 시나리오가 현실화되는 날, 수많은 정치적, 군사적, 경제적 이해관계가 걸려있는 동북아시아에 있어서의 미국의 위상이 하루아침에 급격히 추락할 가능성도 배제할 수 없는 결과일 것이다. 예를 들어, 만에 하나라도 미국의 북한에 대한 공격이 어디까지나 엄포용이 아니라, 실제 상황이 되는 순간이 온다면 한반도는 물론, 동아시아 전역에 걸쳐서 일찍이 보지 못했던 엄청난 반미 기운이 급격히 고조될 가능성이 매우 높기 때문이다. 그런 사태 속에서 자칫하면 미국은 지난 60년 동안 이 지역에서 행사해온 패권적 지배력을 상실하게 될지도 모르는 의외의 사태에 직면할 수도 있을 것이다. 과연 미국이 이러한 상황을 감내할 수 있을지 불확실하지만, 적어도 합리적인 전략가라면 이러한 사태의 전개는 결코 원하지 않을 것이다.

한반도에서 쉽게 전쟁이 일어날 수는 없을 것이라고 우리가 믿는 것은 결국 그것이 미국이 추구하는 이익에 부합될 수 없을 것이라고 생각하기 때문이다. 오스트레일리아 국립대학의 교수 개번 매코맥은 최근에 발표된 〈동북아시아에 있어서 공동체와 정체성 — 1930년대와 오늘〉이라는 논문에서 최근의 북핵문제에 관련하여 다음과 같이 분석하고 있다.

> 만일 '북한의 위협'이 (어떤 방법으로든) 해결된다면 워싱턴의 전략가들은… 일본과 남한에 있는 미군기지를 (그리고 미사일 방어시스템을) 정당화할 다른 이유를 찾아내어야 할 것이다. 동아시아는 빠르게 '유럽의' 방향으로 갈 것이고, 커다란 정치적, 사회적, 경제적 파장이 일어날 것이다. 다시 말하면, 미국은 그 단기적 목표 즉 북한정권의 붕괴나 정책의 변화를 성취하면, 이 지역을 미 제국 속에 계속하여 편입시키고자 하는 자신의 장기적 목표를 손상시키게 될 것이다. 따라서, 미국이 이 지역에 있어서의 자신의 패권적 지위를 계속 유지하기를 원하는 한, 미국은 김정일 정권이 존속하고 있는 것이 유리한 것이다.

이것은 리얼리즘에 입각한 꽤 설득력 있는 분석이라 할 수 있다. 그리고 이와 같은 매코맥 교수의 분석은 예외적인 것이라기보다, 아마도 이 문제를 바라보는 비판적 분석가들의 일반적인 견해를 대변하는 것인지도 모른다. 이렇게 볼 때, 실제로, "석유도 나지 않는" 북한을 미국이 섣불리 공격할 것이라고는 쉽게 생각되지 않는다.

그러나, 물론, 안심할 수 있는 상황은 아니다. 오늘의 미국 행정부의 정책결정에 강력한 영향력을 행사하고 있는 이른바 네오콘 그룹의 사고 방식은 보통 사람들의 상식수준을 크게 넘어서 있는 것으로 보이기 때문이다. 돌이켜보면, 이라크 침략도 실제 미국 자신에게 득보다 실이 크다는 다양한 각도에서의 분석이 있었음에도 불구하고, 결국 감행되었다. 더욱이, 이라크 침략은 아마도 역사상 미증유의 대규모의 전쟁반대 목소리가 들끓는 가운데 시작되었고, 이 과정에서 선제공격을 불허하는 국제법의 존재도, 유엔의 권능도 간단히 무시되었다.

그리고, 무엇보다도 우리가 고려하지 않을 수 없는 것은 미국 자본주의의 근간에 가로 누워있는 침략적인 성격이다.

최근에 출판되어 이미 독서계에서 크게 주목받고 있는 구술기록 《대화 ― 한 지식인의 삶과 사상》은 지난 반세기 동안 반독재, 민주주의를 위하여 전심전력으로 헌신해온 뛰어나게 양심적인 한 지식인의 험난한 생의 역정이 대화 형식으로 반추되고 있는 매우 흥미로운 회상록이다. 아마도 한국현대 지성사 혹은 사상운동사의 기념비적 증언으로 남을 가능성이 높은 것으로 보이는 이 귀중한 회상록에서 리영희 선생은 오랜 세월 냉전체제 하의 가혹한 체험을 통해서 얻은 미국에 대한 자신의 지견(知見)을 간단명료하게 압축하여 말하고 있다. 그 결론은 "미국 자본주의는 그 본성으로 인해 국제사회에서 잔인무도할 수밖에 없다"는 확신에 요약되어 있다.

리영희 선생의 말을 조금더 들어보면, "약소민족에 대한 전쟁 없이는 그 제국주의적 경제, 정치, 군사, 과학기술 체제를 유지할 수 없다는 게 내 확신이에요 … 약소민족들이 조금이라도 민주적 복지와 자립적 경제 체제를 추구하려고 하면 그런 정권들은 미국이 뒷받침하는 반동적이며

미국에 예속된 군부로 하여금 쿠데타를 일으켜 전복시켜왔어요." 이러한
말은, 이제 와서 보면 그다지 새로울 게 없는 발언이라고도 할 수 있다.
우리는 이미 예컨대 노엄 촘스키 교수와 같은 미국의 비판적 지성을 통
해서 이러한 발언에 꽤 익숙해져 있는 셈이다.

　하지만, 이 발언이 새삼스럽게 우리에게 절실하게 다가오고, 깊이 심금
을 울리는 것은, 그것이 단순히 서재에서 익힌 급진적 관념이 아니라, 냉
전구조의 모순과 혹독한 시련을 온몸으로 겪어온 개인적 체험 끝에 나온
발언으로서의 큰 무게를 갖고 있기 때문이다. 그 발언에는, 늘 정의에 목
말라 하면서, 강자의 전횡으로 약소국 민중의 삶이 끝없이 유린되는 국
제정치의 현장을 첨예한 의식으로 지켜보아왔던 한 외신기자의 분노와
슬픔이 서려있고, 탁월한 정보 분석가만이 누릴 수 있는 권위가 배어있
는 것이다.

　그러나, 지금 북핵문제를 둘러싼 갈등을 포함하여, 동아시아에 있어서
의 평화를 위협하고 있는 요소로서 간과할 수 없는 것은 결국 '일본문제'
일 것이다.

　올해가 한국이나 중국이 식민지 지배로부터 벗어난 지 60주년이 되는
해라면, 일본으로서는 태평양전쟁에서 패배한 지 60주년이 되는 해이다.
그 전후(戰後) 60주년이 되는 해 봄에 일본이 과거 자신이 피해를 끼쳤던
이웃 나라들에 대해서 내놓은 것은 과거에 대한 진지한 반성이나 사죄
도, 동아시아의 평화로운 미래를 약속하는 자세도 아니었다. 그들은 또다
시 독도에 대한 영유권을 주장하기 시작하고, 수상의 야스쿠니신사(靖國
神社) 참배와 역사교과서 문제에 대해 국내외에서 이의를 제기하는 목소
리를 계속해서 무시해왔다. 그 결과 일본정부는 2001년의 경우보다도 역
사왜곡이 더 심한, 그리하여 식민지 지배와 침략을 보다 노골적으로 정
당화하는 역사교과서를 문부성 검정에서 합격시켰다.

　이웃 나라들의 존재는 안중(眼中)에도 없다는 듯이 행동하는 일본국가
의 이러한 자세에서 분명하게 드러나는 것은 그들이 이미 심각한 자폐증

을 앓고 있다는 사실이다. 그런데 기묘하게도, 이 자폐증은 매우 선택적이다. 일본은 아시아의 근린 국가들에 대해서는 철저한 무시로 일관하면서, 동시에 미국에 대해서는 더할 나위 없는 굴종적, 노예적 자세를 드러내고 있는 것이다.

고이즈미 일본수상의 거듭된 야스쿠니신사 참배문제나 식민지 지배와 침략을 미화하는 역사교과서의 문제를 비판하는 한국이나 중국 측의 목소리에 대해서 일본정부는 내정간섭을 말라는 투로 늘 응수해왔다. 그러면서, 그들은 아시아에서 가장 큰 미군기지를 제공하고 있고, 자위대의 이라크 파병을 원하는 미국의 요구를 기꺼이 받아들였다. 게다가, 이제는 미국의 종용에 의해서 전후 60년 동안 지켜온 평화헌법 체제를 방기(放棄)하고, 이른바 "전쟁을 할 수 있는 보통의 국가"가 되기 위한 일련의 개혁조치들을 착착 실행해 나가고 있다.

일본국가의 이러한 우경화는 이제 돌이키기 어려운 흐름으로 굳어져 가고 있는 것처럼 보인다. 한국이나 중국에서 아무리 거센 반발이 일어나고, 반일시위가 아무리 치열하게 전개되더라도, 또 일본 국내의 평화와 민주주의 체제를 수호하려는 수많은 시민들의 양심의 소리에도 불구하고, 이 추세는 당분간 역전되기는 어려운 것으로 보인다.

왜냐하면 이 추세의 배후에는 비단 일본의 보수지배층의 이해관계만 아니라, 광범한 풀뿌리 계층의 지지가 존재하기 때문이다. 이른바 수정주의적 역사관에 입각하여 식민지 지배와 침략전쟁을 미화하는《새로운 역사교과서》의 저자들이 주장해온 것은 일본의 교육이 '자학사관'에서 벗어나 자신의 역사에 대한 자긍심을 자라나는 세대에 심어주어야 한다는 것이었다. 이러한 논리는 역사의식이 결여된 대부분의 대중 사이에서 큰 설득력을 띠고 쉽게 전파될 수 있다.

오늘날 산업사회는 예전의 농업사회 혹은 상업사회와는 달리, 공동체의 과거의 경험에 대한 존경심이 없는 사회이다. 빠른 속도로 변화하는 과학기술과 끝없이 새로운 상품의 소비를 제도화하고 있는 자본주의 경제체제 하에서 옛 사람의 지혜라는 것은 거추장스럽고, 불필요한 것이 되었기 때문이다. 영국의 역사가 J. H. 플럼이 말하듯이, 현대사회라는 것은 '과거의 죽음'으로 특징지어지는 사회임이 틀림없다.

아닌 게 아니라, 현재 일본의 고등학교에서 한반도에 왜 두개의 국가가 있는지 그 연유를 알고 있는 학생은 한 학급에서 겨우 두세명에 지나지 않는다고 한다. 역사적 기억의 심각한 퇴화를 단적으로 보여주는 이러한 상황에서, 단지 사람의 본능적인 향토애와 애국주의적 정서에 호소하는 자민족중심주의적, 자폐적 사관이 쉽게 전파, 수용되리라는 것은 짐작하기 어렵지 않다.

실제로, 우리가 정작 우려해야 할 것은, 이와 같은 대중적, 풀뿌리 차원에서의 포퓰리스트 내셔널리즘일지도 모른다. 역사학자 테사 모리스-스즈키에 의하면, 오늘날 일본 사람들이 공식적인 학교교육을 통해서 역사를 배우는 정도는 극히 미미한 수준이다. 따라서 현재의 역사교과서 검정문제는 그 자체로 중대한 문제라고 할 것은 없는지 모른다. 중요한 것은, 이것이 지금 만화, 영화, 텔레비전, CD 등 보다 전파력이 강한 대중 미디어를 통해서 널리 유포되고 있는 자폐적인 사관의 확산과 궤를 같이하고 있다는 사실이다.

그러니까, 일본정부와 지배층은 이러한 대중적인 차원에서의 정서적 공감을 이용하면서 지금 자신의 계획을 실행에 옮기기 위한 순차적인 계단을 밟고 있을 뿐이다. 사과할 마음이 없는 사람에게 사과를 요구해봤자 소용없는 일인 것처럼, 일본국가에 대하여 식민지 지배와 침략의 과거에 대한 응분의 책임을 질 것을 추궁하는 것은 점점 갈수록 부질없는 일이 되고 있다.

그런데, 일본이 명백히 동아시아 지역에서의 선린관계와 평화의 전망을 손상시키는 이러한 방향을 집요하게 고집하는 이유는 과연 무엇일까?

아마도 그 궁극적인 이유는 하나의 근대국가로서 일본도 예외 없이 갖고 있는 근원적인 자기확장의 욕망, 즉 부국강병의 욕망에서 찾아야 할지 모른다. 이것은 근대적 국민국가 체제가 세계의 기본질서를 형성하고 있는 한, 소멸될 수 없는 욕망일 것이다. 일본의 개헌파가 일본국가의 대외 교전권(交戰權) 자체를 부정하고 있는 현행헌법 제9조를 애써 삭제하려고 하는 명분이 바로 '정상적인 국가'가 되겠다는 것이다. 이 경우 '정상국가'란, 단순한 방어를 위해서뿐만 아니라 필요하다고 생각하면 언제라도 무력으로 약자를 위협할 준비가 되어있는 군사국가를 뜻한다는 것은 더 말할 필요가 없다.

지금 일본이 군사력을 증강하고, 미일동맹 체제를 강화하는 데 있어서 빌미는 언제나 북한으로부터의 위협이지만, 이것은 따지고 보면 한갓 구실에 불과할 공산이 높다. 실제로는, '정상국가화'를 통해서 그들은 자존자대(自尊自大)의 욕망을 실현시키고 싶을지 모른다.

그러나 물론, 일반적인 국가의 욕망이라는 측면에서 오늘날 일본의 자폐적인 증상을 충분히 설명할 수는 없다. 필요한 것은, 예컨대 2차 대전 이후 독일이 보여준 것과 같은 수준의 전쟁책임에 대한 진지한 반성과 사죄가 왜 일본에서는 가능하지 않은지 그 구체적인 사정을 좀더 깊이 생각해보는 것이다.

여기에서 무엇보다 주목할 것은 일본의 '정체성' 문제이다. 일본은 1867년 메이지 유신 이래 자신이 지리적으로 비록 아시아에 속하면서도 비(非)아시아적 특성을 가진 나라라는 자의식을 강하게 소유해왔다. 실제로, 일본은 일찍이 서구 제국주의로부터의 침략위협에 노출되었으나, 메이지 유신에 의한 근대국가 체제의 수립을 통해서, 그리고 그로 인한 자본주의 산업화의 실현을 통해서 비서구 사회로서는 거의 유일하게 예외적인 '성공'을 거둔 국가가 되었다. 같은 동양에 속하는 다른 나라들이 식민지로 전락하거나, 제국주의의 침략 앞에 속수무책으로 무너지는 경험을 해온 것과는 대조적으로 일본이 이러한 '근대적' 국가의 수립에 성공할 수 있었던 원인은 무엇인가 ― 이것은 일찍부터 수많은 일본 지식인들이 던져온 물음이었고, 그 대답은 대개 일본의 문화와 전통과 역사의 '특이함'에 있었다.

예를 들어, 서양의 자본주의 근대화를 개화하게 한 역사적 조건으로서의 봉건제가 아시아에서는 예외적으로 일본의 중세사회에만 존재하고 있었다. 따라서, 일본의 전통사회는 이미 자기 속에 근대화에의 발전적 역동성을 내포하고 있었다. 이러한 점에서 일본은 아시아의 다른 나라들과는 근본적으로 이질적인 문화, 특이한 전통 위에 서 있는 나라라는 것이다.

아시아 속에 있으면서도 자기는 아시아가 아니라고 하는 생각, 아니 좀더 정확히 말하면, 아시아가 아니고자 하는 욕망 — 이것은 일찍부터 '탈아입구(脫亞入歐)'의 욕망으로 표현되었다. 자기자신을 미개하고 야만적인 아시아와는 질적으로 다른 우월한 존재라고 여기는 이러한 '탈아의 욕망'은 메이지 시대 초기부터 존재하였던 것이지만, 나중에 이것이 아시아에 대한 정복과 침략이라는 제국주의적 폭력의 논리로 발전했다는 것은 우리가 다 아는 사실이다.

실제로, 오늘날에도 일본인들의 탈아입구라는 심리적 경사(傾斜)는 뿌리깊은 것으로 보이지만, 여기에는 일본 지식인들의 공헌도 적지 않다고 말할 수 있다. 아마도 그 대표적인 사람은 지금 일본에서 이른바 '국민작가'로 추앙받고 있는 시바 료타로(司馬遼太郎)일 것이다.

시바는 역사와 풍습에 대한 해박한 지식과 박람강기(博覽强記), 그리고 뛰어난 이야기꾼의 솜씨를 가지고 대중의 마음을 사로잡는 데 있어서 달리 유례가 없을 성공을 거둔 역사소설가이다. 그는 일찍이 나름대로 역사와 사회에 대한 진보적인 시각을 보유하고 있었으나, 1970년대에 접어들면서 일본이 경제대국으로 부상하는 상황에 대응하여 그 일본의 근현대사를 좀더 적극적으로 옹호하여야 할 필요를 느꼈던 것으로 보인다. 아마도 이것은 당시의 대중적 정서에 부응하는 측면이 강했다고 말할 수 있을지 모른다. 그리하여, 그는 대중적으로 비상히 설득력있는 필치로써 그동안 침략과 패전이라는 쓰라린 기억 속에 사로잡혀왔던 사람들에게 그들의 역사가 단지 실패와 좌절만이 아니라, 얼마나 자랑스러운 것이었던가를 역사소설의 형식을 빌려 광범하게 유포하였다.

시바가 특히 강조하고, 자랑스러워하는 것은 메이지 유신 이후 적어도 노일전쟁까지 일본이 서양에 맞서는 독립된 근대적 국가로 발돋움하기 위한 과정에서 겪은 파란만장한 시련과 인내, 영웅적인 투쟁, 그리고 그 결과로 획득한 '근대화'의 성취이다. 그에 의하면, 일본은 서양세계가 옛 희랍, 로마문명으로부터 시작하여 근 2000년이라는 장구한 기간에 걸쳐 점진적으로 이룩해온 '근대화'를 단기간에 성취할 수 있었던 극히 예외적인 경우에 해당한다. 따라서, 그것은 과연 '위업'이라고 할 만하다는 것이다.

다만, 그러한 일본이 나중에 아시아에 대한 침략자와 지배자가 되고, 만주침략에서 진주만 공격에 이르는 군국주의 파시즘의 길을 걸어갔고, 그 결과 마침내 처절한 패배를 당했던 것은 사실이지만, 이 일련의 군국주의화의 과정은 그 이전의 메이지 시대의 창조적 발걸음과는 엄격히 구별해야 한다고 시바는 보고 있다. 문제가 있다면 그것은 쇼와 시대의 책임이지, 메이지 시대와는 관계가 없다는 것이다.

과연 메이지 시대와 쇼와 시대가 그렇게 확연하게 구분될 수 있는 것인지, 그 두 시대 사이에 과연 지배적인 가치, 사상, 지향, 제도에 있어서 괄목할 만한 차이가 있었는지 매우 의심스럽기는 하지만, 어떻든 이러한 시바의 역사적 관점이 일본의 대중으로 하여금 자기역사에 대한 자긍심을 갖게 하는 데 지대한 기여를 해온 것은 틀림없어 보인다.

각도는 조금 다르지만, 이와 관련해서 전후 일본의 대표적인 정치사상가로 손꼽히는 마루야마 마사오(丸山眞男)의 경우도 간단히 언급해볼 필요가 있을 것 같다.

마루야마는 물론 시바와는 달리 대중적 차원이 아니라, 학계와 지식계에서 커다란 권위와 영향력을 갖고 있었던 사상가였던 만큼 그가 보여주는 일본 근현대사에 대한 시각은 여러 각도에서 깊이 검토될 필요가 있을지 모른다. 1945년 전쟁이 끝난 직후, 대학으로 복귀한 마루야마는 유명한 〈초국가주의의 논리와 심리〉라는 평론을 발표하여, 전쟁 전 일본국가의 파시즘 체제에 대한 비판적 분석으로부터 그의 사상가로서의 생애를 시작하였다.

그런데, 이미 여러 논자들에 의해 지적되어온 사실이지만, 이 평론과 나중의 좀더 본격적인 저술을 통해서 마루야마는 일본의 전쟁책임에 대해서는 길게 논하지만, 일본의 식민지 지배 문제에 대해서는 의도적이든 아니든 외면하고 있다는 본질적인 한계를 드러낸다. 이러한 사실은 그가 태평양전쟁 말기에 징병에 의해 식민지 조선에서 병사로서 복무하였다는 그의 개인적인 이력을 고려할 때 더욱 이해하기 어려운 현상이다.

그러나, 식민지 문제에 대한 그의 무관심을 좀더 깊이 이해하기 위해서는 먼저 마루야마의 파시즘 체제에 대한 비판의 핵심이 무엇인가를 고려해야 할지 모른다. 즉, 그의 시각에서 볼 때, 메이지 시대 이후 일본 근대화의 핵심적인 결함은 그것이 서구에서 보는 것과 같은 자유주의적 가치와 제도를 결여한 위로부터의 근대화였다는 것, 따라서 그것은 시민계급의 형성을 보지 못하고, 결국 군국주의 파시즘 체제로 이어지고 말았다는 것이었다.

마루야마는 결코 근대화 그 자체를 문제시한 사상가는 아니다. 이 점에서 그는 수많은 다른 사상가, 지식인들과 근대적 가치에 대한 시각을 근본적으로 공유하고 있는 사람이라고 할 수 있다. 근대적인 것은 어떻든 받아들여야 하는 '선(善)'일 수밖에 없고, 다만 그것이 민주적인 과정을 수반해야 한다고 그는 생각하였음이 분명하다.

그런데, 우리가 여기서 물어보아야 할 근본적인 질문은, 과연 근대화 혹은 '근대성'이라는 것이 '민주주의'와 양립할 수 있는가 하는 것이다. 또, 근대화 혹은 근대성이 진정한 '민중의 평화'와 양립할 수 있는가?

마루야마 마사오의 경우, 식민지 지배 문제에 대한 그의 무관심은 어쩌면 그의 서구적 근대에의 뿌리깊은 지향과 관계가 있을지 모른다.

생각해보면, 식민지라는 것은 본질적으로 서구적 근대의 필연적인 산물이고, 서구적 근대와 그 근대를 모방한 모든 근대화의 과정은 풀뿌리 민중의 삶에 대한 근원적인 공격으로 나타날 수밖에 없다. 우리는 식민지 지배 혹은 식민지적 착취의 구조를 떠나서 근대화 혹은 근대성에 대해서 생각할 수는 없다. 근대화 혹은 근대성이라는 개념 자체는 반드시 식민지의 존재를 전제로 하는 것이다. 자본주의적 산업화와 시장시스템의 확산을 그 필수적인 요건으로 하는 근대화 혹은 근대성이라는 것은 세계 전역의 풀뿌리 민중 공동체들에게 한마디로 재앙이자, 홀로코스트였다. 오늘날 엘리트들의 감각으로는 수긍하기 어려울지 모르지만, 이것은 콜럼버스 이후의 세계사가 증언하는 움직일 수 없는 현실이다.

마루야마는 또한 메이지 시대 국가형성기의 주요 사상가, 민권운동가, 교육가였던 후쿠자와 유키치(福澤諭吉)의 찬미자이기도 했다. 그런데, 이 후쿠자와는 동시에 당대의 대표적인 탈아론(脫亞論), 정한론(征韓論)자였다. 그러니까, 그는 일본이 근대적 국가로 발전하는 데 있어서 아시아적 정체성(正體性)을 벗어나고, 조선을 식민지로 만드는 일은 불가피한 일이라고 생각했던 것이다.

엘리트로서의 마루야마 마사오가 이처럼 후쿠자와 유키치를 적극적으로 옹호하고, 찬미했던 것은 단순히 우연이 아닐 것이다. 아마도 마루야마 역시 일본의 근대화에는 식민지 지배가 불가결한 요소라고 생각하고 있었는지 모른다. 어떤 의미에서, 후쿠자와나 마루야마는 둘다 식민주의와 근대성의 표리일체 관계를 인식하지 못하는 여타의 사상가, 지식인들의 '순진성'에 비해서 훨씬더 냉철히 근대성의 본질을 투시하고 있었던 사상가였는지도 모른다.

예를 들어, 시바 료타로 같은 작가의 '순진성'에 비한다면 말이다.

흥미롭게도, 메이지 유신 이후의 일본 근대화의 과정을 '위업'으로 찬미했던 시바는 1996년 2월 사망하기 직전에 가졌던 한 대담에서, 오늘날 시장원리의 지배 속에서 황폐화하고 있는 일본사회의 현실을 개탄하고, 각별히 토지문제에 대한 관심을 피력하였다. 그의 사후 《주간 아사히》지에 〈일본인들에게 보내는 유언〉이라는 제목으로 게재된 이 대담기록에서, 이와 같은 현실의 타개책으로 시바가 제안하고 있는 것은 '토지의 공유화'였다. 그의 말을 조금 들어보자.

나는 경제를 모릅니다. 그러나, 사상만으로 오늘의 밭을 보아도, 노동의 가치라는 것은 이제 끝났다고 생각합니다. 노동의 가치가 사라지고,

물건을 만드는 기쁨도 없습니다 … 이대로 일본 전국이 이렇게 된다면 우리들이 천년 이상 장구한 세월에 걸쳐 가꾸어온 모랄이 붕괴해버린다고 생각합니다 … 땅은 우리가 거기에 기대어 살고, 마지막에는 거기로 뼈를 묻는 곳입니다. 땅 위에서 인생이 있고, 역사가 전개됩니다. 땅은 우리들 모두의 것입니다. 그런데 이상한 토지사유가 시작되었습니다 … 토지는 누구의 것도 아니고, 모두의 것이라는 윤리가 예전에는 있었습니다. 멀리로부터 돌아온 러시아인이 대지에 입을 맞추듯이, 일본국에도 멀리로부터 돌아오면 다시 밟아보는 땅의 온기를 느끼고 애국심이 생길 수 있었다고 생각합니다. 그런데, 최후의 버블(거품)이 일어나서 토지는 뒤죽박죽이 되어버렸습니다 … 자본주의는 멋대로 풀어놓으면 맹수와 같이 먹어치운다는 것은 잘 알려져 있습니다 … 다음 시대가 오지 못하는 게 아닌가 하는 느낌이 내게는 있습니다. 이처럼 어둠을 만들어버리면 일본열도라는 땅 위에 사람은 거주할지 모르지만, 튼튼한 사회를 구축한다는 것은 어렵습니다 … 적어도 토지문제를 윤리적인 의미로 결산을 해두지 않으면 다음 시대는 오지 않습니다. 토지투기를 쓰라린 마음으로 보아온 사람으로서 왠지 자포자기의 기분입니다.

현대 일본의 이른바 국민작가가 생애 최후의 자리에서 이러한 절망감을 토로하고 있는 모습을 우리는 어떻게 보아야 할까. 시바는 오랜 작가로서의 생애 동안, 천년 넘게 계속되어온 일본정신을 찬미해왔고, 그런 맥락에서 메이지 유신 이후의 근대화의 성과를 바라보며 일본의 문화와 역사에 대한 자긍심을 유포해왔다. 그런데, 생애 최후의 자리에서 그는 그러한 일본적 문화와 정신의 절망적인 붕괴를 보고 있는 것이다. 그 원인은 그가 보기에 일본 전역을 휩쓸고 있는 토지투기 바람이었다. 그래서 그는 토지의 공유화를 제창하고, 그러한 경제적-윤리적인 대혁신이 없으면 일본의 미래가 없다고 경고하고 있다.

시바가 여기서 말하고 있는 것은, 간단히 말하면, 현대 산업사회가 어디에서나 직면하고 있는 생태학적, 도덕적 붕괴의 현실이다.

그러나 돌이켜보면, 그가 개탄하고 있는, 토지가 투기상품이 되어버린 이러한 절망적인 현실은 바로 시바 자신이 그동안 찬미해 마지않았던 일본 근대화의 필연적인 귀결이 아닌가. 근대화의 추진은 찬미하면서, 그 필연적인 결과로 발생한 생태적, 윤리적 붕괴에 대해서 이렇게 개탄스러워한다는 것은 윤리적으로 또 생태적으로 건전한 근대화가 존재할 수 있다는 가정 위에서나 가능하다. 그런데, 되풀이하지만, 그런 근대화가 과연 있을 수 있는가.

일찍이 식민지 해방투쟁의 선구적 이론가로서 프란츠 파농은, 서구 근대사회는 언제나 휴머니즘에 관해 말하면서 세계 전역에서 풀뿌리 민중의 평화로운 살림을 뿌리째 거덜내고, 거리낌 없이 토착민을 살육해온 역사적 현실을 응시하면서, 서구 근대와의 결연한 결별을 선언한 바 있다.

그의 선언이 당장에 '대지의 저주받은 자들'의 운명의 개선에 얼마나 이바지할 수 있는 것인가 하는 것은 중요하지 않다. 그리고, 이제와서 우리가 근대적 가치와 제도와 관습의 테두리를 떠나서 생존할 수 없다는 것도 명백한 일이다.

그러나, 우리는 우리 자신의 인간으로서의 존엄성과 행복을 정말로 생각한다면, 근대화 내지 근대성이라는 것이 결코 무조건 떠받들고 옹호해야 하는 가치가 아니라는 것을 부단히 의식하지 않으면 안된다. 우리는 우리와 다음 세대의 단순한 생존의 가능성을 위해서도 이제 '근대적인 것'의 배후에 있는 근본모순과 어둠을 근원적으로 직시하지 않으면 안된다. 어디까지나 예외적인 소수 엘리트 그룹을 제외하고는, 근대사회의 출현은 지구상의 거의 모든 사람들에게 처음부터 대재앙을 예고하는 비극적 씨앗이었다.

아시아에서 제일 빨리, 성공적으로 근대화를 실현하였다는 자부심으로, 자신의 진정한 정체성도 잊어버리고, 끊임없이 자기의 이웃을 멸시하고, 강자에 대하여 노예적인 자세로 일관하는 오늘의 일본국가와 그것을 지지하는 사람들의 모습은 참으로 희극적이다. 이 희극성은 그들이 그들 자신의 자부심, 자긍심의 근거인 근대화의 '위업'이라고 하는 것 자체가 얼마나 허구적인 것인가를 깊이 자각하지 못하는 데서 비롯한다는 것은 말할 필요가 없다.

재일코리안 역사가로서 김정미(金靜美)라는 이가 있다. 그는 어떤 기관에도 소속하지 않은 독립적인 재야의 학자로서, 《中國東北部에 있어서의 抗日朝鮮 − 中國民衆史序說》, 《水平運動史研究》 그리고 《故鄕의 世界史》와 같은 치열한 저술활동을 통해서 일본의 식민지 지배의 문제를 끈질기게 천착해왔다. 그는 일본이 오늘날 식민지 지배에 대한 반성을 하지 못하는 근본적인 사정을 다음과 같이 예리하게 지적하고 있다. 즉, "일본제국주의가 식민지로서 지배한 지역의 사람들에게 보상-배상을 한다면, 일본은 세계 최빈국(最貧國)의 하나가 될 것이다. 아메리카 제국주의가 베트남 인민들에게 끼친 피해에 대해서 정말로 보상-배상을 한다면 아메리카는 세계 최빈국의 하나가 될 것이다."

김정미 씨는 물론 여기서 제국주의로 인해 식민지 민중에게 끼쳐진 삶의 훼손이 얼마나 엄청난 규모의 것인가를 말하고 있지만, 그의 예리한 지적에 담겨있는 함의는 거기서 끝나지 않는다. 다시 말해서, 가령 흔히 패전 후 잿더미에서 오늘의 일본경제가 부흥했다고 하지만, 그것도 우스운 이야기라는 것이다. 전후 일본경제의 부흥은 한국전쟁에 의한 특수(特需) 외에, 이미 식민지 지배를 통해 아시아 민중들에게 입힌 상해(傷害) 위에서 이루어진 이른바 본원적 축적이 있었기 때문이다.

그러나, 김정미 씨의 이 발언이 내포하는 궁극적인 의미는 이보다 훨씬더 심각한 차원에 관계하고 있다는 것을 우리는 놓치지 말아야 한다. 즉, 그것은 바로 오늘의 일본 혹은 미국의 경제도 계속해서 어떤 형태로든 제국주의적 식민지배의 구조를 기반으로 하고 있다는 사실에 대한 날카로운 지적이라고 해석할 수도 있기 때문이다.

따라서, 이러한 구조를 계속 유지하기를 원하는 한, 일본이 (그리고 미국도) 진정으로 과거의 침략 혹은 지배 행위에 대해서 사죄를 한다거나 국가적인 정당한 보상과 배상을 결정한다는 것은 불가능한 일이다. 왜냐하면 그것은 그들의 현재와 같은 방식의 경제 시스템의 근본적인 방향전환을 의미하는 것이고, 이것은 적어도 지금 상황에서는 상상하기 어려운 사태이기 때문이다. 아마도 그러한 방향전환은 일본이 아시아 속의 일원으로서의 자신의 정체성을 겸허히 재발견하고, 이웃 나라들과 여하히 평화로운 선린관계를 유지할 수 있을 것인가를 진지하게 고민할 때, 비로소 시도될 수 있는 것일지 모른다.

그러나, 그러한 방향전환을 위한 시도는 궁극적으로 일본에 국한된 과제가 아니라는 것은 굳이 여기서 덧붙일 필요가 없을 것이다. (2005년)

필요한 것은 '진보'가 아니라 開眼이다

진화론, 생존경쟁론이 생겨난 이래 문명인의 이상은 '자연의 정복'에 있었다. 자연의 정복은 곧 땅의 파괴이다. 땅의 파괴는 곧 우리 자신의 파괴이다. 문명생활이 인간생활의 퇴폐를 초래하는 까닭은 바로 거기에 있다. 문명생활은 바로 땅에 대한 반역이다.

— 石川三四郎 《近世土民哲學》(1933년)

　　지난 3월 중순 모처럼 서울을 방문한 일본의 저명한 작가이자 평화운동가인 오다 마코토(小田實) 씨는 어떤 언론과의 인터뷰에서 "오늘날 일본과 한국에서 보수세력은 과거 어느 때보다도 더 닮아가고 있지만, 그에 못지않게 두 나라의 진보진영도 미래에 대한 비젼이 없다는 점에서는 너무도 흡사하다"라는 말을 하였다.
　　일찍이 전후 일본의 지식인으로서 누구보다도 치열하게 민주주의와 평화를 위해서, 그리고 다양한 시민적 권리신장을 위한 싸움에 헌신해온 이 노작가는 오늘날 동아시아를 포함한 세계의 평화구조가 급속도로 무너지고 있는 현실을 심히 우려하고 있었다. 그런 그가 보기에 한국의 위상은 어느 때보다도 중요했다. 지배적인 권력구조의 변경이 사실상 불가능한 일본과는 대조적으로 '민주화 세력'에 의한 정부구성이 실제로 가능하다는 것을 보여준 한국이 동아시아의 평화와 민주주의를 위해 공헌할 수 있는 잠재적 능력과 역할에 대해서 그가 품고 있는 기대는 컸다.

그러나 지난 몇년간 우리들이 그랬던 것처럼 한국의 '참여정부'에 대한 그의 기대는 많은 경우 좌절되었지만, 그럼에도 불구하고 완전히 미련을 버릴 수는 없었던 모양이다. 그는 최근에 라틴아메리카에서 최초의 원주민 출신 대통령이 된 볼리비아의 모랄레스가 당선자 신분으로 해외 첫 나들이로 중국을 방문했을 때, 그때 왜 한국정부가 그를 먼저 초청을 하지 않았는지 모르겠다며 무척 아쉬워했다. 한국의 '진보' 세력에게 비젼이 결여되어 있다는 그의 견해는 이런 아쉬움에도 관계되어 있었을 것이다.

오늘날 세계의 풀뿌리 민중의 위치에서 볼 때, 라틴아메리카 원주민 대통령의 출현이라는 것은 역사적으로 중대한 의미를 갖는 사건임에 분명하다. 그렇다면, 오랜 민주화 투쟁의 산물인 '참여정부'가 자신의 위상을 제대로 인식하고 있었다면 그 원주민 대통령의 존재에 각별히 주목하는 것은 당연한 일이었을 것이다. 그러나 그런 일은 일어나지 않았다. 아마도 미국의 눈치를 보느라 용기도 없었겠지만, 애초에 그 원주민 대통령 당선자를 초대하고 싶다는 생각조차 들지 않았을 가능성이 높다. 지금 '참여정부'나 그 주변 사람들에게는 진정으로 민중과 함께한다는 자부심도, 이념도, 상상력도 이미 오래 전에 고갈되어버렸는지 모른다.

조나단 파워라는 한 미국의 저널리스트는 빌 클린턴이 대통령 임기를 끝마칠 무렵 이렇게 말하였다. "그는 우리들 중의 하나였다. 즉, 60~70년대에는 베트남 전쟁에 반대하고, 이상주의자였으며, 게다가 매우 똑똑한 사람이었다. 그는 몸소 빈곤을 체험했고, 가족적 어려움을 겪은 사람이었다. 그래서 세상을 좀더 살기 좋은 곳으로 만들고자 하는 깊은 욕망이 그에게 있을 것이라고 우리들은 생각했다. 그러나 그는 그 모든 것을 날려버렸다. 빌 클린턴의 대통령직 수행 8년간을 그림으로 그려본다면, 그것은 무산된 기회들로 가득찬 풍경이 될 것이다."(〈보스턴 글로브〉 2001년 1월

　말할 필요도 없이, 빌 클린턴의 경우와 한국의 '참여정부'의 사정이 같은 것일 수는 없다. 그러나 한국의 민주주의를 위해서나 사회적 약자와 소수자들의 운명의 개선을 위해서나 출범 당시의 '참여정부'에 걸었던 수많은 사람들의 기대는 전혀 근거가 없는 것이 아니었다. 왜냐하면 '참여정부'의 리더는 종래의 낯익은 권력 엘리트들과는 달리 늘 굴종과 소외를 강요당하며 살아온 민초들의 삶의 실상을 구체적으로 이해할 수 있는 능력과 배경을 갖고 있는 것으로 비쳐졌기 때문이다. 그러나, 유감스럽게도, 이제 임기가 얼마 남지 않은 그동안의 '참여정부'의 행적을 되돌아보면서, 소중한 기회가 너무도 어이없이 무산되어버렸다는 생각에 깊은 회한(悔恨)에 잠긴 사람들이 드물지 않을 것이다.

　회고컨대, '참여정부'는 들어서자마자 이라크 파병을 결정함으로써 현대사에서 가장 무도한 전쟁범죄의 공범이 되기를 마다하지 않았다. (그 결과, 오스트레일리아 국립대학의 역사학자 개번 매코맥이 어디선가 말하고 있듯이, 한국 대통령 노무현은 부시와 블레어, 그리고 고이즈미와 함께 언젠가 국제 전범재판에 회부될지도 모르는 처지가 되었다.) 그리고는 개발독재 시대 이래의 무분별한 환경파괴와 환경오염의 관행에 제동을 걸기는커녕, 새만금이나 핵폐기장 문제 혹은 천성산의 예가 극명히 대변하듯이, 어느모로 보든지 자멸적인 파괴행위에 분명한 '국책사업'들을 민주주의의 원칙을 어겨가면서 완강하게 추진해왔다. 그런가 하면 경제 활성화 대책이라면서 내놓는 게 전국에 걸쳐 수백개의 대규모 골프장을, 보조금을 주어가면서, 건설한다는 것이었다. '참여정부' 최대의 업적이 될 것이라고 자부하는, 행정수도 및 공공기관 이전에 의한 국토의 균형개발이라는 계획도 어이없는 것이라고 할 수밖에 없다. 그것은, 실상을 들여다보면, 이제부터 전국 방방곡곡에 걸친 대대적인 환경파괴를 좀더 심화시키겠다는 것 외에 아무것도 아닐 가능성이 매우 크다. 이 계획으로 인한 긍정적인 효과가 무엇이건, 아까운 농토가 대규모로 사라지고, 생태계가 파괴되고, 이제까지 조용하던 시골에서까지 땅값이 천정부지로 올라가고, 욕심없이 살던 시골 사람들이 순식간에 탐욕에 시달리고 마음이 병들어버린다면 그것은 '악마의 계획'이라고 할 수밖에 없는 게 아닌가.

이야기는 거기서 그치지 않는다. 오랜 세월 자기 땅에 의지하여 이웃과 더불어 마을을 이루어 살아왔던 평택 대추리의 농민들은 지금 자식보다 더 소중한 땅에서 쫓겨날 위기에 처해 있다. 주민들과 사전에 아무 상의도 없이 정부가 미군기지 이전용으로 그 땅을 강제 수용해버린 탓이다. 삶터를 빼앗기게 된 농민들의 처지에서 볼 때, 이런 경우 국가란 과연 무엇일까. 근대국가란 본질적으로 폭력에 기초해 있고, 또 폭력을 독점적으로 행사할 권리를 갖고 있다 하더라도 그 권리가 법적, 윤리적 테두리를 존중하는 한도 내에서 행사될 때만 국가권력의 정당성이 보증된다는 것은 기초적인 상식에 속한다. 게다가, '참여정부'란 모처럼 이 사회의 약자들을 우선적으로 배려할 것을 정치적으로 약속함으로써 성립한 민주정부이다. 그런 정부가 사전 설명도, 동의도 구함이 없이 토지의 강제수용이라는 절차를 통해서 뜨내기들도 아니고, 오랫동안 뿌리를 박고 살아온 풀뿌리 민중의 소중한 삶터를 박탈하려는 데서 지역 주민들과 이 상황을 지켜보는 사람들의 분노를 사고 있는 것이다.

기억해야 할 것은 시골 사람들에게 땅을 내놓으라고 하는 것은 단순히 생계수단의 박탈을 의미하는 것이 아니라는 점이다. 농민들에게 중요한 것은 물론 일차적으로 농토이지만, 그에 못지않게 중요한 것은 오랜 세월 이웃들과 함께 형성해온 마을생활의 상호부조적, 협동적 관계의 망(網)이다. 삶터란 이런 의미에서의 공동체를 전부 포함하는 것이며, 이 공동체적 관계는 사람의 인간다운 생존에 불가결한 근본 토대이다. 이 토대가 보상금 몇푼으로 쉽게 대체될 수 있다고 믿는다면, 그것은 사람살이의 근본이 무엇인지 완전히 망각한 어리석은 생각에서 나온 믿음일 뿐이다.

지금 평택에서 벌어지고 있는 저항운동은 헌법에 보장된 생존권을 지키고, 한번 깨지면 돌이킬 수 없는 자신들의 공동체적 삶을 방어하려는 사람들의 싸움이다. 거기에 대해 '국익'을 들먹이며 희생을 강요할 때, 그것을 국가에 의한 부당한 폭력, 혹은 심지어 테러로 받아들이는 현지 주민들의 반응은 극히 자연스러운 반응이라고 할 수밖에 없다. 뿐만 아니라, 이런 경우 대체 '국익'이 과연 누구의, 무엇을 위한 '국익'인가라는 좀더 근원적인 물음도 여기에 내포되어 있는 것을 주의하지 않으면 안된다. 다시 말해서, 지금 평택에서 전개되고 있는 저항운동에는 농민들의 소중한 땅이 미국의 새로운 세계제패 전략에 의한 전쟁수행 기지로 전용됨으로써 미구에 동북아시아 지역에 어떤 파국적인 위험이 닥칠지 모르는 사태에 대한, 평화를 희구하는 인간으로서의 정당한 불안과 위구심이 표출되고 있다는 측면도 들어있는 것이다. 지금 이 저항운동을 반미운동으로 지목하는 시선이 없는 것은 아니지만, 이것이 어디까지나 반전평화운동의 일부라는 것은 사태의 내면을 조금이라도 깊이, 그리고 편견없이 들여다보려는 사람들에게는 의문의 여지가 없다.

'참여정부'에 와서 전쟁 가능성의 위험이 오히려 높아지는 상황이 되고, 이 나라의 환경문제가 더욱 돌이키기 어려운 사태가 되었다는 것은 정말 아이러니이다. 그러나 그보다 더 아이러니컬한 것은 출범 초부터 끊임없이 부의 공평한 분배를 말해온 참여정부 하에서 점점더 빈부격차가 심화되고, 경제적 정의가 흔들리고, 사회적 약자들의 삶이 더 불안하고 고달파졌다는 사실이다. 이것은 무엇보다도, 대기업과 외국인 투자자들이 미증유의 엄청난 수익을 올리고 있는 상황에도 불구하고 (혹은 그렇기 때문에) 전체 노동자 중에서 비정규직이 절반을 넘어가고, 노동자들과 소규모 자영업자들의 지위가 나날이 약화되어 가고 있다는 사실에서 뚜렷이 드러난다. 한편에선 상상을 초월하는 부동산 및 주식 투기로 떼돈을 버는 불로소득자가 기승을 부리는가 하면, 청년실업이 기약없이 증가하고, 현재 취업중인 사람들도 대부분 조만간 일자리를 잃을지 모른다는 불안과 두려움 속에 나날을 지내고 있는 게 오늘의 현실이다.

그러나, 가장 마음 아픈, 그리고 결정적인 실패는 농민, 농촌, 농업의 전면적 몰락이다. 실패라는 것은 정확한 단어가 아닐지 모른다. 왜냐하면 처음부터 '참여정부'에는 농민과 농촌을 살리겠다는 적극적인 의지가 있었다는 것을 보여주는 증거가 존재하고 있지 않기 때문이다. 농민, 농촌, 농업의 몰락이라는 현상은 다른 어떤 것들의 성공으로도 보상받거나 상쇄될 수 없는 가장 근본적이고 핵심적인 것의 죽음을 뜻한다. 흔히 농민, 농촌, 농업의 쇠퇴라고 하면 곧바로 식량자급이나 식량주권의 문제에 결부하여 이해하는 것이 일반적이지만, 좀더 깊이 생각해볼 때 농사의 문제는 그러한 식량의 안정적 확보문제라는 차원을 떠나서도 진실로 인간다운 삶과 문화의 유지에 중심적인 의미를 갖고 있다는 것은 틀림없는 사실이다.

농(農)의 세계는 인간으로 하여금 늘 자신보다도 더 큰 생존의 근원과 테두리를 의식하면서 겸손한 마음으로 이 지상에서 살 수 있게 하는 터전이며, 그런 의미에서 그것은 모든 건강한 지적, 윤리적, 심미적 사고와 행동의 뿌리를 이루는 종교적 감수성과 덕성이 함양되는 원천이라고 할 수 있다. 뿐만 아니라, 지금 위협적으로 다가오는 기후변화와 에너지 위기를 비롯한 생태적 위기의 현실을 고려할 때, 오늘날 문명사회가 끝없는 생산-유통-소비-폐기라는 지속불가능한 산업적 방식을 벗어나서 농(農)적 순환사회를 회복해야 할 필요성이 날로 급박해지고 있다는 것은 길게 말할 것이 없다. 그럼에도 불구하고 지난 수십년간 근대화-산업화 과정에서 한국사회에서 농사의 가치는 일관되게 무시되어왔고, 사정은 지금도 마찬가지다. 한때는 저임금 노동력의 공급원으로, 또 산업 생산품의 소비시장으로 마치 내국 식민지처럼 수탈을 당해오면서 경제성장에 절대적 기여를 해온 한국농촌은 이제 더이상 "경쟁력이 없다"는 이유로 천덕꾸러기로 전락한 지 오래되었다. 그리하여, WTO에 의한 농산물 시장 개방의 파고가 들이닥치기 전에 이미 벼랑 끝에 다다른 농촌은 이제 그대로 내버려두면 조만간 자연적으로 운명(殞命)할 날도 멀지 않았다. 그런데 그것도 부족하였는지, 지금 '참여정부'는 한미 자유무역협정(FTA)이라는 철퇴를 꺼내 들고, 비산업적 순환형 농업의 존립근거인 가족 중심 소농과 그 공동체의 사멸을 서둘러 앞당기려 하고 있다.

주목할 것은 한미FTA를 현재 적극적으로 추진하고 있는 정부나 정부의 입장에 동조하는 사람들도 이 협정으로 인한 경제적 이익의 구체적 실체가 무엇이건, 한국농업이 치명적인 피해를 입게 될 것이라는 점은 별로 숨기지도 않고 있다는 사실이다. 하기는 막대한 정부보조금을 받고 있는 미국의 농기업이나 대농과의 경쟁에서 한국농업이 제아무리 재간을 부려도 살아남을 수 없다는 것은 삼척동자라도 알 만한 일이다. 그런 탓인지, 지금 정부는 농업부문의 피해를 최소화하기 위해 노력하고 방책을 강구하겠노라고 입으로는 말하고 있지만, 이것이 공허한 허사(虛辭)에 지나지 않는다는 것은 말하는 사람이나 듣는 사람이나 다 알고 있는 사실이다. 요컨대, 한국경제의 새로운 '성장동력'을 위해서는 돈이 되지 않는 것들은 무엇이든 버려도 좋다는 것이 오늘날 관료, 기업, 언론, 대학을 포함한 이 나라 지배 엘리트들의 사고방식인 것이다. 그러한 그들의 안목으로 볼 때, 농업이란 단순히 산업의 일부일 뿐이며, 따라서 경쟁력이 없다면 농업의 퇴출도 당연한 것이다.

실은, 굳이 한미FTA가 아니더라도, 이미 우리의 식탁은 외국농산물에 의해 대부분 점령되어버렸다. 이런 판국에 미국의 농산물이 더 자유롭게 들어와 국내 시장에 범람하게 된다 하더라도 본질적으로 사정은 더 달라질 것이 없을지 모른다. 도시의 소비자들은 한국의 농민과 농촌이야 어떻게 되든 식품의 원산지에 개의치 않고, 그저 값이 싸다면 그것을 사서 먹는 데 지금까지 그래왔듯이 앞으로도 익숙해져갈 것이다. 식량안보에 대한 불안이 없는 것은 아니지만, '세계 10위권'의 경제력을 유지하고 있는 한 농산물 수입이 불가능한 사태는 쉽게 닥치지 않을지도 모른다.

그러나, 어떤 경우에도 잊어서는 안될 것이 있다. 그것은 미국이 가령 유전자조작 농산물(GMO)에 관해서 논쟁이 없는 유일한 국가일 뿐만 아니라, 교역상대 국가에 광우병 의심이 있는 쇠고기마저 순순히 수입해줄 것을 강요하는 국가라는 점이다. 무역자유화니 시장개방이니 하는 것을 주장해온 사람들의 논리는 늘 그런 것들을 통하지 않는 한 한국경제와 사회의 '선진화'가 요원하다는 것이었다. 그런데 그러한 '선진화'의 결과 사람들의 생명과 건강이 뿌리로부터 위협받는 사태가 일상적으로 발생한다면, 그런 '선진화'의 의미는 과연 무엇일까.

뿐만 아니라, 더 중요한 것은 오늘날 미국을 포함한 세계 전역에서 종래의 산업적 농업이 갈수록 지속불가능한 것이 되어가고 있다는 엄연한 사실이다. 석유에 거의 전적으로 의존하는 화학비료와 살충제의 남용으로, 그리고 단작(單作)과 기계화로 인하여 지난 반세기 동안 미국에서만 표토의 4분의 1이 상실되어왔을 뿐만 아니라 광범위한 지역에 걸쳐 급속도로 농지의 사막화가 진행되고 있다는 두려운 사실이 가리키듯이, 소위 현대식 대규모 산업영농 방식의 장래는 극히 불투명해져 가고 있음이 확실하다.

나아가서, 지금까지 현대농업을 지탱해온 석유가 조만간 생산최대치에 다다를 것이라는 석유자원 분석가들의 결코 무시할 수 없는 경고가 근년에 들어 점점 강도 높게 들려오고 있는 현상도 간과할 수 없는 문제이다. 흔히 피크오일(peak oil)이라고 일컬어지고 있는 석유생산 능력의 극점 도달이 현실화되는 순간 그 시각부터 세계 석유가격은 어떻게 폭등할지 예측을 불허할 것이며, 그 결과 에너지 위기는 걷잡을 수 없이 될 것임에 분명하다. 에너지 위기만이 아니다. 현대적 산업활동이 거의 전부 석유를 원료로 하거나 석유에 의존해 있다는 사실을 고려하면, 한국경제를 포함해서 세계경제의 파국은 필연적인 것이 될지 모른다. 실제로, 1990년을 전후해서 소비에트 사회주의권의 붕괴로 인해 석유공급이 끊어졌을 때, 북한과 쿠바에 들이닥친 재앙은 결코 고립된 예외적인 상황이라고 할 수 없을 것이다. 그것은 석유의 순조로운 공급에 이상이 생겼을 때 지금까지 석유에 의존해 있던 산업사회들이 어김없이 직면할 상황을 앞질러 예시해준 것이라고 할 수 있다.

여기서 더 생각해보아야 할 것은, 그러한 재앙에 직면하여, 북한과 쿠바가 보여준 각기 다른 대응 방식이다. 이미 널리 알려져 있듯이, 쿠바는 첫 수년간의 엄청난 간난과 신고(辛苦) 끝에 석유에 의존하지 않는 자연적 농법의 광범한 보급과 실천을 통해서 적어도 식량문제를 해결하는 데에는 성공한 것에 비해서 북한의 경우는 홍수 피해까지 겹쳐 미증유의 기아사태를 면할 수 없었다. 해외로부터의 식량원조에도 불구하고 대량 아사자가 발생하는 극도의 비참한 상황에 빠진 북한의 경우는 아직까지 식량문제에 관한 이렇다할 해결책을 얻지 못하고 있는 것으로 보인다. 그런데, 여기서 주의해야 할 점은 카스트로 국가평의회 의장 자신이 농업관계 서적을 100여권이나 독파했다고 하는 사실에서도 얼마만큼 짐작할 수 있듯이, 쿠바의 경우 석유대란이 닥치기 이미 훨씬 전부터 지역의 토양과 기후에 적합한 친환경적 농법에 관한 국가적인 관심과 꾸준한 연구가 있었다는 사실이다. 그랬기 때문에 1990년 이후의 재앙 속에서 온 나라에 걸친 대대적인 유기적 농법으로의 전환이 가능했던 것이다.

쿠바가 국가 전체적으로 유기농업 국가로 전환해온 과정과 그 성공적인 결과에 관한 이야기는 단순히 인상적일 뿐만 아니라, 석유소비에 중독되어 있는 산업 문명국가들의 위태로운 미래에 비추어 깊이 경청해야 할 모범적인 선례의 하나가 된다고 할 수 있다. 그리고 다시 한번 잊지 말아야 할 것은 이러한 범례가 가능해진 것은 꾸준한 사전 준비가 되어 있었기 때문이라는 사실이다.

오늘날 우리의 생활을 근본적으로 지배하고 있는 것은 장기적인 전망에 대한 고려가 아니라, 찰나적 충동과 욕망이다. 그리하여 우리는 대체로 미래 세대의 운명에는 아랑곳없이 지금 여기에서의 나 자신의 개인적 욕망의 즉각적인 충족에 골몰하고 있을 뿐이다. 이러한 무책임이 일상화된 것은 사람살이의 근본을 묻지는 않고, 우리가 경제인간(homo economicus)으로 전락해버렸기 때문일 것이다. 오늘날 우리들 대부분이 밤낮없이 듣고 말하는 것은 경제성장과 경쟁력에 관한 이야기에 국한되어 있고, 우리 각자의 생활은 온통 좀더 많은 소득과 권력을 차지하려는 배타적인 경쟁에 바쳐져 있다. 그리하여 돈이 되는 것이면 그것이 무엇이든 선(善)이 되고, 그 반대는 무조건 버려야 할 것으로 여겨지는 상황 속에서, 인간다운 삶의 근본에 대한 관심과 사회적 약자들에 대한 환대의 정신은 갈수록 퇴화하고 있다.

이런 분위기에서, 경제발전 여부가 중요할 뿐 그것이 식민지이건 독재체제이건 물어볼 필요가 없다는 식의 경제지상주의적 역사인식이 버젓이 학문이라는 이름으로 행세하게 되는 것은 당연한 일인지 모른다. 근년에 한국 역사학계의 일부에서는 식민지근대화의 논리를 말하는 사람들이 눈에 띄게 나타났지만, 그들의 논리를 들어보면 가령 남북전쟁 전 흑인노예의 생활수준이 당시의 북부 백인 노동자들의 생활수준보다 높았음을 실증적으로 증명하려고 한 어떤 미국 역사학자들(Robert Fogel 외, *Time on the Cross*(1974년))에게서 엿보이는 것과 유사한, 기묘한 정신상태가 느껴진다. 식민지시대를 통해서 조선의 '근대화'가 진행되고 있었다는 것 자체는 부정할 수 없는 사실일 것이다. 하지만 문제는, 그렇다고 해서 식민지가 긍정될 수 있는 가치인가 하는 것이다. 그것은 흑인노예들이 비록 백인 노동자들보다 덜 일하고, 더 잘 먹고, 이따금씩밖에 회초리질을 당하지 않았다고 해서, 그리고 노예제 농업시스템이 경제적으로 높은 효율성을 가졌다고 해서, 노예제가 긍정될 수 없는 것과 완전히 같은 이치이다. 물론 이런 학자들이 노골적으로 노예제를 찬미하고, 식민지나 독재체제를 옹호하고 있는 것은 아니다. 그러나 비인간적인 체제일망정 거기에 경제적인 효율성이 있었다는 것을 강조한다는 것은, 순수한 학문적인 관심의 표명이라고만 하기 어려운, '경제인간'으로서의 그들 나름의 약육강식적 인간관이나 정치적 입장이 깊이 개입돼 있음을 암시해주고 있는 것이다. (덧붙여 말해둘 필요가 있는 것은 이들에게는 '근대' 혹은 '근대화'라는 것에 대한 근원적 물음이 전혀 없다는 사실이다. 그들에게는 '근대적인 것'은 무조건 긍정해야 하는 정언명령 같은 것인지 모른다.)

따지고 보면, 농사의 중요성을 식량자급이나 식량주권의 문제, 혹은 환경이나 에너지 위기와의 관련에서만 생각한다면, 그것 역시 '경제인간'으로서의 입장에서 벗어나지 못한 탓일 것이다. 우리가 농사를 옹호하고, 소농의 존재를 소중하게 생각하여야 한다고 말하는 것은 물론 일차적으로는 그러한 실리적인 차원에서의 고려에서 나온다. 그러나 그보다 더 중요하게 고려하지 않으면 안될 것은 과연 농민, 농촌, 농업이 몰락해버린 세상이 진실로 인간다운 삶이 가능한 세상인가 하는 질문이다.

물론 농사가 없는 사회를 상정하는 것이 전혀 불가능한 것은 아니다. 짐작컨대 그것은 아마도 거대한 쇼핑몰과 같은 세계일 것이다. 우리가 만약 쇼핑몰 속에서 평생을 산다면 필요한 것은 현금일 뿐, 다른 것들 — 예컨대 상부상조와 협동을 기반으로 하는 사회적 상호관계, 우정과 환대, 사상과 시와 예술은 심히 거추장스러운 것이 될 것이다. 뿐만 아니라, 쇼핑몰 속의 우리들에게는 우리가 어렸을 때 어머니의 품속에서 그리고 가족과 동네사람들을 통해서 익힌, 풍부한 뉘앙스와 깊은 울림을 가진, 우리들 대부분에게 유일한 시적 언어, 즉 모어(母語)가 반드시 필요하지도 않을 것이다. 물건과 서비스를 사고팔며, 단순한 상거래적 접촉을 유지하는 데는 일차원적인 기능적 언어만으로 충분한 것이다. 따라서 세계화된 쇼핑몰이라면 여기서는 영어와 같은 소위 국제어가 더 편리할지 모른다. 하지만 돈만 있으면 온갖 물건과 서비스와 안락함을 제공받을 수 있는 이 쇼핑몰 속의 '멋진 신세계'가 결국 모든 내면적 깊이를 잃어버린 정신적 불모의 공간이라는 것은 길게 설명할 필요가 없을 것이다.

그런데, 바로 이러한 쇼핑몰이 오늘날 실제로 평균적인 미국 사람들의 삶에 — 그리고 아마도 적지않은 한국 사람들의 삶에도 — 물리적으로나 심리적으로나 가장 중요한 비중을 차지하는 공간이 되어 있다는 것은 매우 흥미로운 현상이다. 《미국문화의 몰락》이라는 책으로 국내 독서계에도 웬만큼 알려져 있는 미국의 문화사가(文化史家) 모리스 버만은 최근에 다시 내놓은 그의 새로운 저서 《암흑시대 아메리카 — 제국의 최종 국면》(2006년) 속에서 오늘날 미국의 민주주의적 이상과 시민적 윤리가 어떻게 쇠퇴하고, 미국인들의 지적, 정신적, 도덕적 삶이 얼마나 퇴폐적이거나 황폐화되어 있는가를 미국인들의 일상적 생활에 대한 풍부하고 구체적인 분석을 근거로 생생하게 증언하고 있다. 버만에 의하면, 절제를 모르는 자본주의 소비문화, 기독교 근본주의, 교육의 실패, 분별없는 군사주의와 맹목적 애국주의가 갈수록 창궐하는 상황에서, 미국경제의 붕괴와 미국 문명의 쇠퇴는 필연적이며, 이 경향은 돌이킬 수 없는 것이 되었다. 이 책에서 저자가 되풀이하여 강조하는 것은 미국사회는 이미 사람 사이의 최소한의 인간적인 유대마저 끊어진 사회이며, 공동체적 관계는 철저히 사라지고, 원자화된 개인들은 고립 속에서 배타적인 자기이익 외에 아무 것도 볼 줄 모르는 사회로 되어버렸다는 것이다. 그들에게는 정치적 공동체의 일원으로서의 자기 인식은 잊혀졌고, 그 대신 철저한 소비자와 고객으로서의 의식만이 지배하게 되었다. 그리하여 오늘날 미국인들에게 쇼핑몰은 가장 중요한 삶의 공간, 즉 성소(聖所)가 되어버린 것이다.

9·11테러 사태 직후 많은 미국인들이 던졌던 질문은 "그들이 우리를 왜 미워하는가"였다. 그러나 케네스 폴락이라는 중동관계 전문가에 의하면, 그 질문은 다른 나라 사람들, 특히 제3세계 사람들의 생각을 정말로 알고 싶다는 질문이 아니었다. 그 질문은 단지 수사적인 것이었다. 다수 미국인들이 원했던 것은 자신들이 느끼는 분노와 복수심을 정당화시켜줄 논리였을 뿐이다. 버만에 의하면, 부시 대통령은 오늘날 평균적인 미국인들의 멘탈리티를 집약적으로 표상하는 아이콘이다. 그들에게는 만사를 선과 악이라는 지극히 단순한 잣대로 잴 능력 외에 어떠한 깊이 있는 이해력도 없으며, 내 편이 아니면 적이라는 이분법적 사고를 넘어설 수 있는 사고력이 없다는 것이다. 왜냐하면 부시를 비롯하여 오늘의 미국인들에게 가장 결핍된 것이 바로 타자의 내면을 이해하는 감정이입(empathy) 능력이기 때문이다. 오늘날 미국인들은 나르시시즘에 갇혀 자신의 것 외에 대한 아무런 호기심도, 타인에 대한 동정적 관심도 잊은 채 오로지 '미국식 생활방식'의 고수에 몰입해 있을 뿐이라는 것이다.

사이드 쿼트브(Sayyid Qutb, 1906~1966)는 일찍이 청년시절의 미국유학을 통해서 미국사회에 만연해 있는 인종주의와 성적 방종과 극단적인 개인주의 문화에 충격을 받고, 서구적 가치를 철저히 배격하는 급진적 이슬람주의 사상가로 전신한 이집트의 저명한 작가, 지식인이었다. 그의 이슬람주의 운동은 나세르의 정치적 입장과 충돌함으로써 그는 나중에 투옥되고, 드디어는 국가반역죄로 처형되었다. 그러나 그가 감옥에서 집필한 여러권의 책은 현대 이슬람주의 운동이 발화하는 데 큰 자극제가 되었

고, 그런 연유로 9·11 사태 직후 〈뉴욕타임스〉는 오사마 빈 라덴의 정신
적 스승으로 사이드 퀴트브를 지목하기도 하였다. 그런 그가 "온 세계가
미국이 된다면 그것은 인류 전체에 대재앙이 될 것이다"라는 유명한 말
을 남겨놓았다. 물론 우리는 그의 급진적 이슬람주의를 감안하여 이 말
을 새겨들을 필요가 있다. 하지만 이 발언에는 원래의 의도가 무엇이건
깊은 진실이 담겨있다는 것을 부정할 수가 없을 것이다.

　모리스 버만은 계속하여, 오늘날 미국인들이 생각하는 대표적인 미국
적 생활방식은 개인마다의 차를 소유, 운전하는 것을 당연시하는 자동차
문화로 가장 잘 대변된다고 말하고 있다. 서부로의 끊임없는 공간이동이
곧 자유로운 삶으로 이해되어온 미국문화의 전통적 모티프에 적합한 뿐
만 아니라, 미국인의 개인주의적 감수성에 가장 적합한 것이 바로 개인
자동차라고 할 수 있다. 개인 자동차는 미국인들에게 요컨대 자유와 해방
의 상징인 셈이다. 전차나 버스와 같은 대중교통 수단은 미국적 가치에
모순된다고 그들은 은연중 생각하는 것인지도 모른다. 그러나 버만이 지
적하듯이, 개인 자동차는 사람들의 생활을 철저히 자기중심적이며, 사적
인 것으로 만드는 데 어떤 다른 것보다도 크게 공헌하였고, 그 결과 미국
인의 시민적 삶과 민주주의, 그리고 도시환경, 나아가서는 지구 생태계에
헤아릴 수 없는 막대한 손상을 입히는 괴물이 되었다. 자동차는 절대로
공생공락의 도구가 될 수는 없다. 더욱이 자동차의 석유 의존도를 고려하
면, 다가오는 석유위기에 비추어 볼 때, 개인 자동차 중심의 문화란 전쟁
을 불가피한 것으로 하는 시스템일지도 모른다. 자동차 문화(car culture)
는 곧 전쟁 문화(war culture)인 것이다.

　지금 우리들의 삶을 강력하게 지배하고 있는 '세계화'의 논리는, 간단
히 말하면, 미국식 생활방식의 확산을 선진적인 문명으로 받아들이라는
요구이다. 그리고 그것이 결국 미국식 개인 자동차 중심사회로의 전환을
의미한다는 것은 다시 물어볼 것도 없다. 하지만, 유감스럽게도, 이에 대
한 거부의 목소리는 아직까지 이른바 진보세력에게서도 나오지 않고 있
다. 그것은 아직도 노동운동이 전부라고 생각하는 데 익숙한 채 농민과

농촌공동체의 중요성을 인식하지 못하고 있는 이 나라의 소위 진보세력의 근본적인 한계 때문일지 모른다. 그러나 농민과 농촌이 소멸될 때, '저항'의 마지막 근거지가 사라진다는 것을 깊이 생각해볼 필요가 있다. 부의 공평한 분배나 경제적 민주주의를 논하는 것도 좋지만, 그보다 더 다급하고 절실한 것은, 미국식 생활방식 혹은 근대문명의 본질을 근원적으로 묻고, 그 너머를 내다볼 수 있는 급진적 상상력이다. 이 상상력이 결여되어 있는 한 우리는 저항한다고 하면서 실은 비인간적 체제의 영구화를 돕는 신민 혹은 노예로 남아있을 수밖에 없을 것이다.

필요한 것은 '진보'가 아니라 개안(開眼) 혹은 회심(回心)이다. (2006년)

북핵문제와 '현실주의'

　전후 독일의 양심을 대표하는 지식인으로 평가되어온 《양철북》의 작가 권터 그라스가 최근 독일뿐만 아니라 전세계의 많은 사람들에게 큰 충격을 주는 일이 발생했다. 80세의 이 노작가가 최근에 출간된 회고록에서 자신이 소년시절에 히틀러의 무장친위대(Waffen-SS) 소속 병사였음을 고백한 것이다. 이 사실이 언론을 통해서 알려지자, 비록 말단 병사에 지나지 않았다고는 하지만 나치 독일의 가장 악명높은 조직의 일원으로 복무했던 자신의 과거를 감추고 그동안 '과거 청산'을 누구보다 열렬히 말해온 이 작가의 '위선'을 비난하는 목소리들이 여기저기서 터져나왔다. 어떤 사람들은 격앙된 나머지 권터 그라스에게 수여된 노벨문학상이 취소되어야 한다고 하는가 하면, 작가의 고향인 폴란드의 한 도시의 시민들 사이에서는 여러해 전에 그에게 수여된 명예시민증을 박탈해야 한다는 주장도 나왔다.

　그러나, 자신의 과거를 밝히는 데 왜 그렇게 많은 시간이 걸렸는지는 의문이지만, 이 뒤늦은 고백으로 권터 그라스가 전후의 독일 문단이나 사상계에 기여한 공로가 무효화되는 것은 아닐 것이다. 〈프랑크푸르터 알게마이네〉지(8월 12일자)에 게재된 흥미로운 인터뷰 속에서 작가 자신이 말하고 있듯이, 그는 나치 독일이 민족학살이라는 끔찍한 범죄를 저지르고 있다는 사실을 전혀 알 수 없는 상황에서 전쟁말기를 보냈고, 포로수용소에서 맞은 패전, 그리고 전쟁 직후 광산노동자로서의 생활을 거치면서 차츰 진실에 눈떠 가는 고통스러운 '학습과정'을 경험하게 된다. 그리고 나중에 자신이 선택한 작가, 지식인으로서의 삶에 있어서 그가 짊어진 가장 큰 과제는 한때 세계에서 가장 선진적인 민주주의와 높은 수준의 문화를 자랑하던 나라가 어떻게 하여 전체주의적 군국주의 국가로 떨어지고, 마침내 인류에 대한 극악무도한 범죄를 자행하게 되었는지, 그 내면적 과정을 천착하는 일이었다. 그 결과 그는 군국주의적 유산의 극복을 저해하는 보수세력과 끊임없이 싸우면서 전후 독일의 민주주의 재건에 헌신한 대표적인 지식인으로 기억될 수 있는 생애를 살아왔다.

군국주의 혹은 국가주의에 대한 귄터 그라스의 강한 혐오감은 오랫동안 독일 통일에 반대해온 그의 논리에서도 볼 수 있다. 그가 통일을 반대한 것은 통일된 거대국가 독일이 또다시 국가주의에의 유혹에 빠질지도 모른다는 우려 때문이었다. 그래서 그는 동서독의 통일이 아니라, 오히려 독일 전체의 모든 주(州)가 각기 독립적인 공화국으로 분화되는 것이 바람직하다는 특이한 정치적 제안을 내놓기도 했다. 이러한 제안에는 철저한 분권주의자, 민주주의의 옹호자로서의 일관된 사상과 신념이 표명되어 있다는 것은 말할 것도 없다.

그런데, 위의 인터뷰의 한 대목에서 귄터 그라스는 특히 기억할 만한 인상적인 발언을 하고 있다. 그에 의하면, 가령 독일은 완벽한 패배를 통해서 자신의 과거에 대해 끊임없이 "돌아보고, 또 돌아보지" 않을 수 없었지만, 이에 비해서 패배를 경험해보지 못한 여타 서구 국가들은 과거 식민지 지배에 관련하여 그들이 저질렀던 범죄에 대해서 반성할 수 있는 기회를 갖지 못했다는 것이다. 그들은 승리했기 때문에, 과거의 죄에 마음을 쓸 필요가 없고, 과거로부터 뭔가를 배울 필요를 느끼지 않았다는 것이다. 이것은 역사의 아이러니이다. 귄터 그라스의 말이 아니더라도,

개인이나 국가를 불문하고 "이기면 바보가 된다"는 것은 진리인지도 모른다.

 북한 핵실험으로 인해 극도로 긴장되었던 정세가 핵실험 3주 만에 잠시나마 다시 진정국면으로 접어든 느낌이다. 북한의 6자회담 복귀가 합의되었기 때문이다.

 이른바 북핵문제는 잘못하면 바로 전쟁으로 이어질지도 모르는 너무나 예민한 문제이기 때문에, 철두철미 평화적인 방법, 즉 대화와 설득, 교류와 협력을 통해서만 해결책을 찾을 수밖에 없다는 것은 지극히 온당한 논리이다. "국지적인 전쟁을 각오하고라도" 압박을 가해야 한다고 주장하는 미국이나 일본 혹은 한국 내의 보수 강경파의 논리는 국지전이든 전면전이든 일단 전쟁이 터지면 제일 먼저 희생당할 수밖에 없는 밑바닥 민중의 처지에서 볼 때, 결코 용납할 수 있는 주장이 아니다. 그러므로 어떠한 의도, 어떠한 동기에 의해서든 미국이나 북한이 6자회담의 틀 속에서나마 일단 대화를 재개하기로 합의한 것은 다행스러운 일임에 틀림없다.

 하지만, 소위 전문가가 아니더라도, 이 대화가 순탄치 않을 것임을 짐작하는 것은 어려운 일이 아니다. 며칠 후에 있을 미국의 중간선거 결과에 따라 강온(强穩)의 차이는 있겠지만, 근본적으로 북한 혹은 북핵문제를 대하는 미국의 고압적인 자세가 달라지리라고 믿을 수 있는 근거는 실제로 희박하다. 시간이 갈수록 이번의 대화재개에 대한 합의도 결국 진정한 문제해결을 바라는 열의가 아니라 단지 정략적인 계산에 의한 것임이 드러날지도 모른다. 그렇게 되면, 또다시 한반도 주변 정세는 위기상황으로 치달을 것이고, 한반도 비핵화의 원칙을 포기하고 군비를 증강해야 한다는 주장들이 활개를 칠 것이다. 그 결과 이미 우리의 의식과 행동의 구석구석까지 침투해 우리의 삶을 뿌리로부터 왜곡시켜온 '안보논리' 혹은 군사주의적 멘탈리티의 덫에서 우리가 해방되는 것은 요원한 일이 될지 모른다.

이른바 북핵문제가 난제인 진정한 까닭은 무엇인가. 이 점에 관련하여, 지난 2월 《월간중앙》의 요청으로 이루어진 한 인터뷰('Korea and International Affairs' ZNet, 2006. 2. 22)에서 노엄 촘스키 교수가 행한 발언은 매우 흥미로운 시사를 던져준다. 촘스키 교수는 현재 인류가 직면한 두가지 가장 큰 위협으로 핵무기와 환경위기를 들면서, "환경재앙을 해결할 수 있는 방법이 있는지 나는 모르지만, 내 생각에 핵무기 문제를 해결하는 것은 간단하다"고 말하고 있다. 다시 말해서, 현재 가장 많은 핵무기를 보유하고 있는 미국이 핵 확산을 저지하고자 하는 인류사회의 염원을 존중하고, 국제조약을 성실히 준수한다면 핵 확산 문제는 간단히 해소될 수 있다는 것이다.

하지만, 문제는 미국이 이러한 방향과 거꾸로 가고 있다는 데 있다. 우리가 다 알고 있듯이, 냉전체제의 종식과 더불어 군비증강이나 핵무장의 명분이 사실상 사라졌음에도 불구하고, '신세계질서' 혹은 '새로운 미국의 세기를 위한 프로젝트'라는 이름 밑에 미국의 국방예산은 오히려 상상을 불허할 정도로 증가되어왔다. 게다가, 이른바 '네오콘'이 주도하는 부시 행정부의 출범과 함께 미국은 온 세계에 대해 '제국'으로 군림하겠다는 자세를 노골적으로 드러내기 시작하였다. 그리하여 9·11테러라는 비극적 사태가 일어나자 왜 그러한 미증유의 테러가 발생했는지에 관한 성찰과 학습의 노력은 방기(放棄)하고, 미국은 오히려 이 사태를 호기(好機)로 삼아, 국제법상으로 금지되어 있는 '선제공격'의 권리를 천명하면서, 아프가니스탄에 이어 이라크에 대한 침략을 감행하였고, 그 결과 무고한 인명과 삶터가 무자비하게 살상, 유린되었다.

그런가 하면, 미국정부는 기후변화에 대한 교토협약에 협력하기를 거부함으로써 인류 전체의 사활적인 운명이 걸려있는 절박한 문제에 대처하려는 문명사회의 노력을 무력하게 만들고 있을 뿐만 아니라, 국제형사재판소의 설치나 포괄적핵실험금지조약, 생물무기협약 혹은 대인지뢰금지법 등 정의와 평화의 구조를 보다 견고히 하려는 국제사회의 노력을 일관되게 무시해왔다. 지구온난화로 인해 인류사회가 괴멸적인 재앙에 직면하든 말든, '미국적 생활방식'은 여하한 경우에도 '협상'의 대상이 될 수 없고, 따라서 미국의 산업과 경제활동의 축소라는 결과를 가져올 수 있는 기후변화협약은 절대로 받아들일 수 없다는 것이 미국의 논리이다. 또한, 정의와 평화를 위한 국제적인 공동의 노력에 합류하는 것을 거절하면서, 오히려 갈수록 끔찍한 신무기의 개발에 열중하고 있는 게 오늘날 미국의 기본자세이다.

핵 확산 방지 문제에 있어서도 국제적인 상식과 법률, 혹은 공정성의 원칙을 무시하는 미국의 자기중심적인 자세는 그대로 지속되고 있다. 유엔 안보리 상임이사국들이 보유하고 있는 핵무기는 말할 것도 없고, 이스라엘이나 인도의 핵 보유에 대한 미국의 너그러운 태도를 기억하는 사람들의 눈에는 북한이나 이란의 핵개발 문제에 대해서 미국이 드러내는 뿌리깊이 적대적인 태도는 심히 일관성을 잃은 자세로 비쳐지기에 충분한 것이다.

물론, 어떠한 명분으로든 누구에 의해서든 '악마의 무기'인 핵무기의 보유가 허용되어서 안된다는 것은 길게 말할 필요가 없다. 그러나, 세계의 경찰노릇을 자임하는 미국의 외교정책이 설득력을 갖고, 정말 효과적인 것이 되려면 무엇보다 먼저 미국 자신이 세계인들로부터 존경까지는 아니더라도 납득할 수 있는 행동을 보여주고, 최소한 외교정책에 있어서 공정성과 일관성을 보여줄 수 있어야 한다는 것이 분명하다.

더욱이, 지금 북한이 핵무기를 실험하는 단계까지 갔다고 하더라도, "이것이 실제로 국제법이나 조약의 위반인지는 분명치 않다"는 점도 유의할 필요가 있다. 즉, 국제사법재판소는 1996년에 "극단적인 환경 하에서의 자위목적, 즉 생존 그 자체가 문제가 될 때, 한 국가의 핵무기 사용이 합법적인지 불법적인지에 대해서는 명확한 결론을 내릴 수 없다"고 말한 바가 있기 때문이다. (개번 매코맥 《범죄국가, 북한 그리고 미국》 박성준 옮김, 이카루스미디어, 2006년, 243쪽)

북핵문제를 파악하는 데 균형감각을 잃지 않기 위해서 알아두어야 할 기초적인 사실의 하나는 "지난 10년 이상 워싱턴에서 북한의 핵 위협이 주요 이슈가 되어왔지만, 평양에서는 미국으로부터의 핵 위협이 지난 50년간 중심적인 이슈가 되어왔다"(위의 책, 232쪽)는 점이다. 매코맥 교수의 말대로, 핵 시대에 있어서 북한이 처한 독특한 처지는 북한이 "다른 어느 나라보다도 오랫동안 핵 위협의 그림자 아래에서 살아왔다는 데" 있다고 할 수 있다. 실제로, 한국전쟁 동안 북한은 미국의 핵 공격을 간신히 모면했고, 1953년의 휴전협정 4년 뒤에 남한에 도입되기 시작한 미국의 핵무기는 북한에 대하여 끊임없는 위협이 되었다. 1991년 이 핵무기들이 남한에서 철수된 이후에도 북한이 위협을 느낄 수 있는 상황은 여러 형태로 지속되어왔다.

수십년에 걸쳐 핵 공격의 위협에 노출되어 있다는 피해의식에 사로잡힌 정권이 자기방위의 궁극적 수단으로 핵 억지력을 개발하고자 하는 것은 예측 가능한 일이라고 할 수 있다. 미국이 인류역사상 미증유의 가공할 무기를 최초로 개발하여 히로시마와 나가사키에 실제로 투하한 이후, 세계의 여러 나라로 핵무기가 확산되어온 것은 무엇보다도 핵무기가 주는 위협과 거기에 대응하고자 하는 자기방위 논리 때문이었다. 게다가, 아프가니스탄과 이라크에 대한 미국의 공격은 결과적으로 '억지력'을 갖고 있지 않은 국가 혹은 정권이 어떤 비참한 운명에 떨어지는지를 극명히 보여주었다. 그러므로 부시 정부에 의해 '악의 축'의 하나로 지목된 북한정권이 심각한 불안감에 갇혀 궁극적인 '자위수단'의 개발을 서두르지 않을 수 없다고 판단했을 것임은 쉽게 짐작할 수 있는 일이다.

그럼에도 불구하고, 마침내 핵실험을 결행한 북한정권은 미국이 정권교체 혹은 체제변형을 기도하여 공격해 들어오지 않는다는 약속을 하고, 북한의 생존을 보장한다는 태도를 확실히 해준다면, 핵을 포기하겠다는 의사를 지금까지 그래왔듯이 계속해서 표명하고 있다. 물론 이러한 북한 당국의 말을 액면 그대로 믿지 못하겠다는 미국, 일본, 한국 내 보수 강경파들의 입장과, 북한을 공격할 의사가 없다는 미국 국무장관의 발언 정도로는 생존이 보장되었다고 생각하지 않는 북한당국 사이의 뿌리깊은 상호불신이 지금 당장 북핵문제의 해결을 가로막는 가장 현실적인 장애라고 할 수 있다.

이 장애는 어떻게 극복될 수 있을 것인가? 쉬운 대답은 있을 수 없을 것이다. 하지만, 이 문제에 대답하기 위해서 다시 한번 숙고해야 할 것은 이러한 상호불신이 증폭된 결과로서, 북한에 대한 극단적인 압박이나 폭력적인 개입을 통해서 전쟁이 발발하거나, 북한사회 ― 나아가서는 한반도 전체 ― 가 혼돈상태로 빠져든다든지, 혹은 북한 핵 보유가 기정사실이 됨으로써 동아시아 전역에 걷잡을 수 없는 핵 확산 혹은 군비증강 경쟁이라는 사태가 전개된다면 어떻게 될 것인가 하는 점이다.

물론 우리가 김정일 정권을 옹호해야 할 이유는 없다. 그러나 주의해야 할 것은 북핵문제에 잘못 대응한 결과로 전쟁이나 극심한 혼란상태가 발생하든, 아니면 동아시아 지역에서 핵무기를 비롯한 군비경쟁 체제가 강화되든, 그 어느 쪽이든 결국 가혹한 시련과 희생을 강요당할 수밖에 없는 것은 이 지역의 풀뿌리 민중들이 될 것이라는 사실이다. 따라서, 이 시점에서 정말 중요한 것은 미국, 일본, 한국의 지배계층, 권력 엘리트 및 그들과 운명을 같이하는 전문가, 학자, 지식인들의 입장이 아니라, 어떠한 상황에서도, 아무리 척박할지라도 자기 땅에 뿌리를 박고, 이웃과 더불어 삶을 가꾸고, 새끼들을 키울 수밖에 없는 밑바닥 민중의 입장에서 사태를 보는 것이다.

일찍이 함석헌 선생은 "생각하는 백성이라야 산다"는 말을 되풀이하였지만, 북핵 사태라는 위기상황에 직면하여 우리에게 지금 가장 필요한 것은 '생각하는 힘'을 기르는 일인지도 모른다.

오늘날 세계는 임박한 환경재앙에서 에너지 위기, 심각한 경제적 불평등, 인간성과 문화의 파괴에 이르기까지 온갖 국면에서 수습하기 어려운 위기를 맞고 있다. 이런 상황에서 미국은 세계 최강국으로서의 진정한 리더십을 발휘하기는커녕 갈수록 자폐적인 이기심에 갇혀 오히려 세계평화를 어지럽히고, 인류의 장래를 어둡게 하는 주범이 되어가고 있다. 미국이 이라크 침략을 감행하여 석유자원을 확보해놓는다고 해서 세계전역에 걸쳐 조만간 들이닥칠 피크오일(Peak Oil) 사태나 에너지 위기상황에서 미국만이 예외적으로 자신의 반생태적이며 배타적인 생활방식을 언제까지나 향유한다는 것은 불가능할 것이다. 마찬가지로, 미국의 산업과 경제활동의 위축을 우려하여 기후변화협약을 무시한다고 해서 지구온난화로 인한 전지구적인 대재앙을 미국만이 모면할 수 있는 것이 아니라는 것도 너무나 명백하다.

이 명백한 이치가 미국의 외교정책과 군사적 전략에도 그대로 해당된다는 것은 말할 필요가 없다. '중국의 위협'이라는 가정에 입각하여 군비를 증강하고 군사적 네트워크를 정비하고 그 기동성을 강화한다고 해서, 또 동아시아에서의 패권적 지위의 영구적인 유지를 위해서 이 지역에서의 평화구조의 정착을 끊임없이 방해하는 것으로써 미국이 설령 일시적인 국익의 확보에 성공한다 하더라도, '공생의 논리'를 거부하는 그러한 정책 혹은 전략이 궁극적으로는 '미국의 힘의 쇠퇴'에 기여할 공산이 크다.

최근 영국신문 〈가디언〉(11월 2일자)이 발표한 여론조사의 결과는 오늘날 전세계적으로 미국정부의 도덕적 위신이 회복 불가능할 정도로 떨어져 있음을 보여주고 있다. 그 여론조사에 의하면, 지금 세계여론의 압도적인 다수는 미국의 이라크 침략의 정당성을 인정하지 않고 있으며, 세계평화를 위협하는 가장 위험한 존재는 이란도, 북한도 아닌 미국정부이다. 세계의 다수 대중에 의해서 공포나 증오의 대상이 되거나 조롱과 멸시를 받고 있을 뿐인 '제국'이 오래 권력을 유지한다는 것은 불가능한 일이다.

따지고 보면, 미국이 자기자신의 건국의 이상에 반하여, 세계의 약자들의 자립적, 자주적인 삶에 폭력적으로 개입해온 것은 어제 오늘의 일이 아니다. 라틴아메리카를 위시하여, 아시아, 아프리카에서 민중의 해방투쟁에 제동을 걸고 미국이 개입해온 사례는 열거할 필요도 없지만, 이러한 개입의 역사에서 유럽이라고 해서 예외가 되는 것이 아니었다. 주목할 것은 특히 양차 대전 사이 유럽에서의 파시즘의 대두라는 사태에 대하여 미국이 보여준 반응이다. 파시즘의 대두는 평화와 민주주의를 생각하는 사람들에게 큰 걱정거리였지만, 그러나 미국의 정부, 기업, 엘리트들은 파시즘에 대하여 매우 호의적이었다. 왜냐하면 파시즘은 "과도한 민주주의와 좌익세력과 노동운동"을 꺾어놓는 강력한 세력이었기 때문이다. 실제로, 무솔리니에 대한 미국의 지원은 아낌없이 이루어졌고, 히틀러에 대해서도 그가 "미국이나 영국의 국익을 지나칠 정도로 심각하게 침해하는 직접 공격을 개시할 때까지" 실질적인 지원이 계속되었다. (노엄 촘스키 《패권인가, 생존인가》 황의방 옮김, 까치, 2004년, 86쪽)

그러나 역시 미국의 국가적 욕망이 걷잡을 수 없이 팽창하게 된 것은 2차대전을 통해서라고 할 수 있다. 기왕의 열강들이었던 유럽 국가들과 일본이 이 전쟁에서 패배하거나 상처투성이가 된 상황에서 미국은 사실상 연합군을 승리로 이끈 주역으로서 명실공히 세계 최강국이 되었다. 하지만 "이기면 바보가 된다"는 법칙을 증명이라도 하듯이, 미국은 지금까지 자신이 저질러왔던 온갖 역사적 과오에 대한 반성은커녕, 오히려 자기가 제일이라는 자만심과 선민의식에 갇혀 '미국식 문명과 생활방식'을 세계에 좀더 적극적으로 강요하기에 이르렀다. 이반 일리치의 신랄한 표현을 빌려 말하면, 미국의 권력 엘리트들은 다른 국민들에게 "폭탄을 퍼부어서라도 자신이 주는 선물을 받아들이도록 강요하지" 않고는 못 배기는 "강박적 소명의식"에 사로잡힌 사람들이 되어버렸다고 해도 과장이 아닐지 모른다.

오늘날 세계 전역에 걸쳐 725개가 넘는 기지(基地)를 보유하는 막강한 군사대국으로서 미국의 영향력은 실로 압도적이다. 하지만, 실제로 그 군사력을 뒷받침하고 있는 미국의 산업경제는 구조적으로 극히 취약하며, 지금 미국인들이 누리고 있는 풍요로운 소비생활이라는 것도 과잉생산과 빈부격차, 자원고갈, 환경오염에 의해 나날이 불안해지는 세계경제와 함께 언제 붕괴될지 모른다고 이미 여러 원천에서 경고가 나오고 있다. 말할 것도 없이, 미국경제가 무너지면 세계의 나머지 지역, 특히 미국경제와 긴밀히 연동되어 움직이고 있는 동아시아 지역경제도 괴멸적인 타격을 모면하기 어려울 것이다.

지금 세계의 현실은 갈수록 공생하지 않으면 공멸이 불가피하다는 것을 가르쳐주는 신호와 징후들이 증가하고 있다. 인간역사에 있어서 공생의 논리가 지금보다 더 절실히 필요한 적이 있었을 것 같지 않다. '제국'의 위신과 패권적 전략도, 자기방위 수단으로서의 핵무장의 선택도 무모하고 어리석기는 마찬가지이다. 지금 빠른 속도로 다가오는 미증유의 환경재앙 앞에서 인간이 언제까지나 배타적인 자기 확대의 욕망에 갇혀 있는 한 조만간 대파국은 불가피하다고 하지 않을 수 없다.

배타적인 자기 확대의 욕망은 군국주의와 전쟁을 배태하는 근원적인 심리적 토대이지만, 동시에 자본주의 세계화 경제의 메커니즘을 움직이는 원동력이다. 그리고 이 경제의 메커니즘이야말로 지금 우리가 직면한 환경재앙의 가장 근본적인 원인이라고 할 수 있다. 이 메커니즘을 멈추거나 방향을 전환시키려는 노력 없이 환경위기를 극복한다는 것은 불가능한 일이다. "환경재앙을 해결할 수 있는 방법이 있는지" 모르겠다고 말했을 때, 촘스키 교수는 이 문제가 개인적으로든 사회적으로든 매우 래디컬한 변화를 통해서가 아니면 해결될 수 없는 것임을 직관적으로 느끼고 있었는지 모른다.

그러나, 결국 전쟁의 논리나 환경파괴의 논리는 같은 뿌리에서 나오고 있음을 기억하는 것이 중요하다. 일찍이 미국 대통령 아이젠하워가 퇴임시에 미국을 실질적으로 지배하고 있는 '군산복합체'에 대해 언급한 것은 우리가 잘 알고 있는 사실이다. 사실상 오늘날 국방산업과 군대의 존재 그 자체는 미국경제에서든 세계경제에서든 자본주의 경제 시스템의 필수불가결한 구성요건이 되어 있음을 고려할 때, 이 경제 시스템을 넘어서야 할 것을 말하는 것은 환경위기와 동시에 전쟁이나 군국주의에 맞서 싸울 필요성을 강조하는 것과 다른 것이 아니다.

'하나뿐인 지구'의 관점에서 볼 때, 무분별한 환경파괴와 오염을 초래하는 경제성장이라는 것이 결국 '환상'에 지나지 않듯이, 전쟁 혹은 테러에 대비한다는 구실로 배타적인 욕망을 키우는 어떠한 국가주의적, 군국주의적 논리도 결국 공멸을 재촉하는 어리석은 '환상'일 뿐이다. 이런 의미에서 반전(反戰)-평화운동은 진정한 환경운동이 그렇듯이, '현실주의'에 맞서 싸우는 '이상주의적' 운동이 아니라, 경제성장 논리=국가주의적 안보논리가 내포하고 있는 극히 비현실적인 '낭만적 환상'에 맞서 싸우는 현실주의자의 운동이라고 할 수 있다.

북한 핵실험으로 빚어진 위기상황을 타개하는 데 이 시점에서 결정적인 요인은 미국정부를 비롯하여, 미국, 일본, 그리고 한국 내 권력 엘리트들의 태도임이 분명하다. 그러나, 그들이 좀더 덕(德)의 실천에 관심을 가져달라고 간청해봤자 부질없는 일이다. 중요한 것은 그들이 '공생의 논리'에 자발적으로 동의하도록 하는 것이다. 그러한 동의를 이끌어내는 데 기여하기 위해서 지금 무엇보다 필요한 것은 우리들의 반전-평화운동을 더욱 강화하고, 나아가 '민중의 평화로운 삶'을 파괴하는 온갖 형태의 군산복합체의 지배논리에 대한 저항과 불복종을 조직하는 일일 것이다. 전쟁을 저지하고, 평화를 옹호하는 길은 결국 우리들 자신이 얼마나 치열하게 우리의 삶과 삶터를 지키는 운동에 헌신하느냐에 달려있다고 할 수밖에 없다. (2006년)

한미FTA, 경제성장, 민주주의

손님은 하늘이 보내주신 선물이다. 그러므로 어느 집에서나 늘
손님이 묵을 방과 입을 옷을 준비하라. 온 정성을 다해서 밥상을
차려라.

— 터키 이슬람사회의 격언

　수많은 이의제기(異議提起)에도 불구하고, 한미FTA를 타결하려는 정부
의 의지에는 아무런 변화의 기미가 보이지 않는다. 오히려 미국이 정한
시한이 가까워옴에 따라 모든 절차를 서둘러 끝내려는 조급한 움직임들
이 여기저기서 노출되고 있을 뿐이다. 국민들의 이익을 위해서 꼼꼼하게
챙기면서 협상을 하겠노라는 정부측 홍보는 여전히 넘쳐나고 있지만, 그
게 결국 헛된 약속이 되지 않으리라고 믿을 수 있는 근거는 점점 희박해
져 가고 있다.
　그럼에도 불구하고, 이 문제에 대한 정부의 자세는 강경일변도이다. 최
근 인터넷 뉴스매체 기자들과의 회견에서 대통령은 한미FTA로 인해 서
민들의 삶이 더 어려워지고, '양극화'가 심화될 것이라고 하는 주장의 근
거가 무엇인지 제시해보라고 했다고 한다. 대통령의 이 발언은 그동안

수많은 독립적인 학자, 지식인, 활동가들이 각고의 노력으로 밝혀온 숱한 자료와 분석, 그리고 현지취재와 탐방의 기록들이 정부에 의해서는 일고의 가치도 없는 쓰레기 취급을 받아왔다는 것을 단적으로 말해주고 있다. 뿐만 아니라, 대통령의 생각이 옳다면, 그동안 국가권력에 의한 온갖 방해를 무릅쓰고 거리에서 끊임없이 싸워온 농민과 노동자, 시민들은 아무런 정당한 이유도 없이 소중한 시간과 에너지를 낭비하면서 나라를 시끄럽게 해온 어리석은 자들에 지나지 않는다.

생각해보면, 지금 한미FTA를 둘러싼 여러 문제 중에서 가장 우려해야 할 것은 민주주의의 위기이다. 민주주의가 무엇이냐 하는 것은 간단히 답하기 어렵다고 하더라도, 적어도 민의(民意)를 존중한다는 대원칙을 저버리고 민주주의가 성립할 수 없다는 것은 말할 필요가 없는 일이다. 민주주의 국가에서 통치자의 리더십의 원천은 그의 개인적인 자질이나 능력을 넘어 기본적으로 그에 대한 국민의 신뢰와 지지에 있다. 이것은 변함없는 진리라고 할 수 있다. 진정한 의미의 민주적 지도자는 구성원들에게 오직 '복종함으로써' 그들을 '이끌어갈' 수 있을 뿐이다.

한미FTA는 만약 타결이 되고 국회에서 비준된다면 거의 헌법에 준하는 구속력을 가지고 국민들의 삶에 중대한 영향을 끼칠 위력적인 통상조약이다. 더욱이, 그것은 장기적으로 볼 때, 소수 특권층을 제외하고 농민과 노동자, 영세상인을 포함한 대다수 서민들에게는 거의 재앙이 될지도 모른다는 우려가 여러 다양한 경로를 통해서 끊임없이 제기되어왔다. 무엇보다도, 소위 '참여정부'가 왜 이 시기에 꼭 이 협정을 맺어야 하는지에 대한 정부측의 설명은 처음부터 매우 설득력이 부족했고, 협상을 위한 사전준비도 어이없을 만큼 불철저했다는 것이 협상이 진행되는 과정에서 점점더 분명해졌다. 따라서, 협상의 내용은 별개로 하더라도 최소한 이와 같은 식으로 진행되는 협상의 졸속성과 부실함에 대해서 항의의 목소리가 나오는 것은 지극히 당연한 일이다. 하지만, 정부는 여하한 성실한 답변도, 관련자료의 공개도 거부하고, 오로지 한미FTA를 반대하는 목소리들을 가능한 한 억제하거나 봉쇄하면서, 막대한 국가예산을 들여 정부측 홍보물을 온갖 매체를 동원하여 광범위하게 유포시키는 데 열중하고 있다. 뿐만 아니라, 민주사회에서의 가장 기본적인 시민적 권리인 시위, 집회의 자유마저 노골적으로 억압하는 한편, 정부측 홍보물에 맞서서 시민들이 자주적으로 제작한 대항광고에 대해서는 납득하기 어려운 이유를 들어 방송을 허용하지 않고 있다.

한미FTA에 관련하여 지금 정부가 민중의 목소리를 아예 들으려고 하지 않고 자기주장만 완강히 되풀이하고 있는 독선적인 행태를 보면 대체 이 나라의 주권이 누구에게 있다는 것인지 보다 근본적인 의문을 제기하지 않을 수 없다는 생각이 든다. 노무현 정부는 이러고서도 자신을 민주정부로 간주하고 있는 것일까.

최근 몇몇 '진보적' 지식인들 사이에서 노무현 정부에 대한 평가와 향후 한국의 '진보진영'의 과제를 둘러싸고 진행되고 있는 논쟁이 화제가 되고 있다. 이 논쟁은 말할 것도 없이 '민주화' 운동세력이 사실상 국가권력을 장악했음에도 불구하고, 그 권력에 의해 민중의 생존조건이 실질적으로 개선되기는커녕 오히려 점점더 열악해지는 데 따른 불만과 함께 '민주세력'에 대한 다수 국민의 혐오증이 갈수록 증가하고 있다는 상황인식에서 비롯한 것이라고 할 수 있다. 실제로, 유감스러운 일이지만, '참여정부'와 '민심'의 괴리현상은 이미 돌이킬 수 없이 깊어진 게 분명하고, 이에 동반하여 연말의 대통령 선거를 앞둔 지금 한국의 '진보적' 정치세력이 몰락하다시피 내려앉은 것도 부정하기 어려운 현실이 되었다. 이것은 누구라도 이 나라의 장래를 생각하는 사람이라면 걱정하지 않을 수 없는 사태일 것이다. 이것은 차기 정권을 누가 맡느냐 마느냐 하는 차원을 떠나서 건전한 민주사회를 위한 필수적인 구성요건으로서 정치적 이념과 가치와 세계관을 달리하는 복수(複數)의 정치세력들이 공존할 수 있는 가능성이 소멸될지도 모른다는 점에서 크게 우려할 일임에 틀림없다.

군사독재 체제로부터 벗어난 지 20년이 경과한 이 시점에서, 그것도 민주화운동에 헌신했던 사람들이 주도해왔다는 정부 밑에서 오히려 민주

주의의 장래를 심각히 걱정해야 할 상황이 되었다는 것은 정말 가슴 아
픈 일이다.

그러나 정작 우리가 우려해야 할 것은 장래문제가 아니라, 오늘 당장
여기서 우리의 민주주의에 가해지고 있는 위협이다. 지금 한미FTA라는
현안(懸案)에 관련하여 정부가 보여주는 일방주의적 처리방식은, 따져보
면, '참여정부'에서는 예외적인 것이라기보다 전형적인 통치방식이었다고
해야 할지도 모른다. 누구보다 평택 대추리 농민들이 가장 생생한 증언
자가 될 수 있겠지만, 힘없고 가난한 사람들의 편이 되겠다고 공공연히
약속함으로써 집권에 성공한 정부라고는 도저히 믿을 수 없을 만큼 '참
여정부'는 국가적 중대사를 결정하고 집행하는 데 있어서 국민의 의사를
묻거나, 해당 주민들의 동의를 구하는 데 지극히 인색한 태도로 일관해
왔다. 국가권력은 일방적으로 밀어붙이기만 하는 폭력과 다름없는 것이
되어버렸고, 그 과정에서 풀뿌리 민중은 자신들이 주권자로서 존경은커
녕 최소한 인간으로서의 존엄성도 인정받지 못하고 있다는 괴로운 느낌
에 시달려야 했다.

이번의 소위 '진보논쟁'을 촉발하는 데 중요한 공헌을 한 정치학자 최
장집 교수는 현재 한국사회에는 민주주의에 대한 두개의 상이한 이해방
법이 있다고 말한다. 그중 지배적인 이해방법이란 "민주주의는 정치의
영역에 한정된 원리일 뿐 경제는 시장과 성장의 원리에 따라 운영되어야
한다"는 논리에 입각해 있다는 것이다(《경향신문》 2007. 2. 8). 지배적인 이
해방법이라는 것은 아마도 현재의 집권세력과 이 나라의 기득권층 특히
경제 엘리트들이 그러한 입장을 갖고 있다는 의미일 것이다. 이에 반해
최장집 교수를 포함한 '소수파'가 이해하는 민주주의에서는 정치와 경제
의 영역은 분리될 수 있는 것이 아니다. 민중의 열악한 사회경제적인 지
위가 개선되지 않거나 더 나빠지고 있다는 느낌 속에서 일반적으로 민중
은 "민주주의가 밥 먹여주냐"라는 냉소적인 반응을 보이고, 따라서 민주
주의에 대한 절망이 확산되기 쉽다는 것이다. 실제로 노무현 정부가 '정
치적' 영역에서 이룩한 몇몇 개혁적 성과나 치적이 최장집 교수에 의해

완전히 무시되는 것은 아니다. 다만 그러한 부분적인 성과나 치적에도 불구하고, 정부의 경제정책이 '양극화'의 심화로 귀결되고, 그 과정에서 민중의 사회경제적 지위의 개선이 갈수록 요원한 일이 된다면, 그러한 '정치적' 업적이 근본적으로 무슨 의미가 있느냐는 것이다.

최장집 교수가 말하는 것은 대체로 정상적인 사고력을 가진 사람이라면 공감할 수 있는 생각이라고 할 수 있다. 실제로, 노무현 정부의 기본적 경제정책이라는 것은 정책 결정자들의 주관적인 의도가 무엇이었던 간에 결과적으로 대통령 자신의 말처럼 시장권력에 국가권력을 넘겨주는 방향으로 진행되어 왔고, 이것은 한미FTA 협상의 추진에 극적으로 집약되고 있다고 할 수 있다. 물론 한국경제의 오늘날의 현실이 현 정부의 전적인 책임이라고는 할 수 없다. 과거로부터의 누적된 모순, 뿌리 깊은 타성에 의한 정책의 실패들로 인해 지금 보는 것과 같은 양극화 추세가 심화되어온 측면을 부정할 수는 없을 것이다. 문제는 '참여정부'의 출범 당시에 새로운 정부가 과거 어느 정부보다도 사회적 약자들을 좀더 적극적으로 고려하는 정책을 펼 것이라는 기대가 대중 속에 근거가 있든 없든 광범위하게 퍼져 있었다는 점일 것이다. 지금 민주주의의 위기가 운위되고 있는 것도 '참여정부'에 대한 그러한 기대가 환멸로 바뀌어버렸기 때문일 것이다. 그렇게 출발한 정부 밑에서 비정규직이 전체 노동자의 절반 이상을 점할 정도로 양산되고, 역대 어느 정권에 못지않게 많은 노동자들이 구속되었을 뿐만 아니라, 무엇보다도 농촌공동체를 괴멸상태로 몰아넣고서도 정부가 이 사태가 갖는 심각성에 대한 인식의 결여를 드러내고 있다는 점 등에서 현 정부의 '민주적 성격'이 근본적으로 의심받고 있는 것이다.

지금 정부 밑에서도 꾸준히 수출이 증가되고, 국가 전체의 부의 총량이 증가되고 있다고 하더라도, 흔히 지적되고 있듯이 '고용 없는 성장'으로 특징지어지는 오늘날의 경제성장 방식 속에서 그러한 부의 증가는 결국 대기업을 비롯한 경제 엘리트들의 헤게모니 혹은 사회지배력이 더욱 강화되고 있음을 의미할 뿐, 사회적 약자들의 삶을 지지해주는 데 기여한다고는 말할 수 없음이 분명하다. 오늘날 한국사회는 유례없는 수익을 올리는 대기업과 부동산 투기꾼들이 존재하고 있는 다른 한편에 평생직장이라는 전통적인 개념 자체가 사라진 상황에서 끊임없는 불안 속에서 살아가지 않을 수 없는 절대 다수 민중이 존재하고 있는, 전대미문의 심각한 '격차사회'로 빠르게 들어가고 있다. 게다가, 문제는 이러한 사회적 불균형과 왜곡된 고용구조가 일시적인 현상이 아니라 앞으로 항구적인 틀로 고착될 가능성이 높아졌다는 것이다. 이 상황이 계속되는 한 민주주의를 들먹인다는 것은 희극이 될지도 모른다.

그런데, 우리가 여기서 잠시 질문해 보아야 할 것이 있다. 민중의 사회경제적인 욕구를 해결하는 것이 민주주의의 기반을 유지하는 데 빠트릴 수 없는 요건이라고 할 때, 그때 해결되어야 할 민중의 사회경제적인 욕구란 구체적으로 무엇인가 하는 것이다. 다시 말해서, 그것은 절대적 궁핍상태의 해결을 말하는가, 아니면 심각한 경제적 불평등의 해소를 말하는가. 물론 이 두가지를 엄격히 갈라놓는 것은 현실적으로 쉬운 일이 아니고, 많은 경우에 두가지 차원은 중첩되어 있을 가능성이 크다.

말할 것도 없이, 오늘날 세계 10위권의 경제대국이라고 하는 한국에서도 최소한의 생존 자체를 어렵게 하는 비참한 빈곤은 엄연히 존재한다. 그러나 우리가 살고 있는 근대적 산업사회에서 가난하다는 것은 대개의 경우 전통사회에서는 '결핍'으로 느끼는 일이 전혀 없었을 산업문명 특유의 물자와 서비스를 획득하거나 이용할 수 없는 상태를 뜻하는 것이기 쉽다. 전통사회에서 사람은 대개 보행을 통해서 한 장소에서 다른 장소로 이동하였지만, 산업사회의 우리들에게 자동차는 이동수단으로서 필수적인 것이 되었다. 뿐만 아니라, 우리들의 조부모님이나 부모님이 일생을 통하여 단 한번도 체험하지 않았던 건강검진을 정기적으로 받지 않으면 우리는 문명적인 삶에 참여하는 '행복'을 누릴 수 없게 되었다. 이런 의미에서의 자동차나 정기검진과 같은 문명의 이기나 '혜택'에 접근하지 못할 때 느끼는 것이 오늘날의 '가난'이며, 이것을 철학자 이반 일리치는 '근대화된 빈곤'이라고 불렀다.

그런데, 결핍되어도 생존 자체에 당장의 위협이 되는 것은 아니라고 해서 이러한 '근대화된 빈곤'이 참을 만한 것은 아니다. 예를 들어, 그것은 물이나 식량이 없어서 당장 고통에 직면하는 것에 비하면 아무것도 아니라고 할 수 있을는지 모르지만, 오늘날 많은 도시 사람들은 물이나 식량을 사먹는 데 필요한 돈을 벌기 위해서 자동차를 타야 하거나, 아플 때나 혹은 아프지 않을 때도 병원에 가야 한다. 조금 깊이 생각해보면, '근대화된 빈곤'을 견디는 것은 전통적인 의미의 가난을 견디는 것보다 훨씬더 고통스러운 것이라고 할 수 있다. 왜냐하면 전통사회에서는 지금 우리들이 가지고 있는 돈과 물자와 서비스의 혜택은 없었지만, 그 대신 우리들이 가지고 있지 못한 풍부한 인간관계에 토대를 둔 공동체의 상호부조적, 호혜적 그물이 존재하고 있었기 때문이다. 예로부터 아무리 궁촌(窮村)일지언정 마을 속에서 굶어죽는 사람은 거의 없었다. 마을사람이 홀로 굶어죽도록 내버려두는 마을은 이 세상에 존재하지 않기 때문이다. 그러나 오늘날 도시생활에서는 돈이 없으면 속절없이 굶어죽거나 냉랭하고 기계적인 관료적 관리대상으로 전락하는 수밖에 없다. 이 땅의 많은 사람들에게는 오랫동안 가족과 친지들이 위기 때의 구명정 노릇을 해주었으나, 이제 그것도 아득한 옛날 이야기가 되어버렸다.

그러니까, 돈이 없으면 곧바로 비참한 나락으로 떨어진다는 것을 알기에 오늘날 우리는 너나없이 돈을 벌기 위한 투쟁에 필사적으로 가담하지 않을 수 없다. 지금 도시에서 월수(月收) 평균 110만원으로 생활을 하지 않으면 안되는 수많은 비정규직 노동자들의 입장에서는 우선 조금이라도 소득이 향상되거나 약간이나마 안정된 일자리를 얻는 것보다 더 절실한 일이 없을 것이다. 그래서 경제적 평등이라는 이상을 실현하는 것도 좋지만 우선 먹고사는 게 더 절박한 문제라는 주장도 나올 법하다. 하지만, 간과하지 말아야 할 것은 단순히 먹고살기 위해서도 이 열악한 고용구조를 타개하지 않으면 안되고, 그러기 위해서는 또한 사회 속에서의 정치적 발언권이 강화되지 않으면 안된다는 사실이다. 그리고 경제적 평등이 없는 상황에서 공평한 정치적 발언권이 주어질 수 없다는 것은 두말할 필요가 없다. 그러니까, 궁핍이 바로 재앙으로 이어지기 쉬운 오늘날의 상황에서는 경제적 평등화는 한갓 관념적인 이상이 아니라 다수 민중의 최소한의 인간다운 생존을 보장하기 위해서도 시급히 해결하여야 할 실천적 과제가 된다고 하지 않을 수 없는 것이다.

그러나, 길게 말할 필요도 없지만, 한미FTA를 경제의 새로운 '성장동력'으로 삼겠다고 하는 시장개방 만능주의 논리가 지배하고 있는 사회에서 경제적 평등을 기대한다는 것은 처음부터 불가능한 일이다. 오늘날 세계무역기구(WTO) 혹은 자유무역협정(FTA)으로 대변되는 이른바 신자유주의적 '세계화' 체제는 한마디로 초국적기업과 금융자본이 국경을 자유롭게 넘나들며 무제한한 이윤추구 활동을 할 수 있도록 보장해주려는 목적으로 여러 다양한 사회에서의 공동체 및 자연세계에 대한 전통적인 보호조치를 남김없이 철폐할 것을 강요하는 시스템이다. 오늘날 세계를 실질적으로 통치하는 권력은 어느 국민에 의해서도 선출된 바가 없는 초국적기업이나 금융기관의 간부, 그리고 그들과 이해를 같이하는 경제학자, 전문가들이 밀실에서 행하는 결정에 의존하고 있다. 그리고 이 권력 엘리트들은 세계적 기업들의 무제한한 영리활동을 통해서 '세계 전체'가 부유해질 것이며, 그럼으로써 세계의 빈곤문제가 해소될 것이라고 말해왔고, 이 증명되지 않은 이야기를 아직도 계속하고 있다.

신자유주의는 원래 철저한 개인의 자유를 옹호하는 경제사상으로 출발하였다. 신자유주의의 신봉자들은 경제활동에 대한 국가나 공적 권력에 의한 개입을 극도로 혐오하면서 오직 시장의 규칙만 따를 것을 강력히 주문해왔다. 그들에게 시장은 무소불위의 신과 같은 존재이다. 그들은 늘 경제는 어디까지나 경제논리에 맡겨야 한다고 주장하는데, 이때 경제논리란 어떠한 정치적, 사회적, 윤리적 요구에 의해서도 제어(制御)되지 않는 자율적인 시장 메커니즘을 뜻한다. 그러나 이 무한대의 자유경쟁을 부추기는 시장만능주의의 필연적인 귀결은 극단적인 약육강식의 상황, 즉 세상의 가장 힘없는 자들이 살아남기 위해서 자기들끼리 피나는 경쟁, 투쟁 속으로 내몰리지 않을 수 없는 상황이다. 그 결과 당연히 경쟁에서 진 패배자들이 속출하지만, 이들을 껴안는 시장은 물론 존재하지 않는다. 신자유주의 정책의 선구자라고 할 수 있는 영국의 대처 수상이 매몰차게 말했듯이, 자유시장주의의 교의(敎義) 속에서는 "사회적 연대라는 개념은 없다."

모든 종류의 경제발전이 민중의 삶을 풍요롭게 하는 데 이바지하는 것은 아니다. 하물며 신자유주의 노선에 충실하면서 민중의 복지를 말한다는 것은 넌센스이다. 경제정책은 신자유주의적 노선을 취하면서, 그에 따른 부작용은 가령 '복지 프로그램'과 같은 정치적인 의제(議題)로 다룬다는 것이 가능한 일인가. 말은 그럴듯하지만 이게 정말 가능하다고 믿는다면, 그것은 신자유주의에 관한 근원적인 무지를 드러내는 것이라고 할 수밖에 없다. 노무현 정부에 설마 고의적으로 자신의 지지기반을 무너뜨리고, 민중을 배신하고자 하는 의도가 있는 것은 아닐 것이다. 정책 결정자들에게는 자신의 정책의 결과가 민중의 삶을 향상시키는 데 기여할 것이라는 변함없는 신념이 있는지 모른다. 하지만, 이른바 '기업하기 좋은 나라 만들기'나 '국가경쟁력 제고'를 위해서 시장원리주의가 최우선적인 경제논리가 될 때, 거기에는 사회적 약자들과 생태계를 보호할 수 있는 공공성의 공간이 극도로 위축될 수밖에 없다. 이것은 이미 세계 전역에 걸쳐 충분히 증명되어온 사실이다. 그럼에도 불구하고, 이러한 경제논리를 계속하여 고집한다면, 그것은 결국 정책 결정자들이 무슨 이유로든 사회적 약자와 환경, 그리고 민주주의를 제물로 바치더라도, 국내외의 자본과 기업 혹은 경제 엘리트들의 이해관계에 굴종하거나 아니면 적극적으로 동조해야 할 동기(動機)가 있기 때문일 것이다.

앞에서 말한 대로, 지금 한미FTA 협상은 무엇보다도 국민에 대한 정부의 설명책임의 방기(放棄) 등 절차상의 문제에 있어서 이미 민주주의를 심각하게 손상시키고 있다. 그러나 그에 못지않게 두려운 것은 실제로 이 협정이 맺어져서 발효가 되었을 때의 예상되는 상황이다. 그 가운데서도 특히 우려스러운 것은 한미FTA의 '투자자-국가 직접소송'에 관한 규정이다. 이 규정이 갖는 잠재적 위험성에 대해서는 이미 여러 전문가들이 소상하게 지적해왔지만, 핵심적인 것은 이 조항으로 인해 향후 한국사회에서 중앙정부든 지방정부든 공공기관이 공익을 위한 정책을 펴는 일이 극히 어려워질 공산이 크다는 점이다. 이 조항은 투자자의 사적 이익을 절대적으로 보장해야 할 것을 최우선적인 원칙으로 하고 있다. 따라서 이것이 사실상 국가의 공공정책 능력을 현저히 약화시키고, 그럼으로써 국가의 주권에도 심각한 타격을 줄 것이라는 것을 예상하는 것은 어렵지 않은 일이다. 실제로, 이 점 때문에 벌써 몇몇 법률전문가들에 의해서 이 조항의 위헌성(違憲性)이 언급되고 있는 것이다. 그러니까, 한미 FTA는 단순히 무역에 관한 협정이라고만 할 수 있는 게 아니다. 그것은 여타의 FTA와 비교할 수 없을 만큼 큰 '포괄성'으로 인해 한국경제가 미국경제에 통합된다는 차원을 넘어서 우리의 정치, 사회, 문화를 뿌리로부터 흔들어놓을지도 모르는 것이다. 물론 우리가 변화 그 자체를 기피해야 할 이유는 없다. 그러나 문제는 이것이 어떠한 방향으로 변화를 초래할 것인가 하는 것이다.

미리 겁을 먹을 필요는 없지만, 한미FTA로 인한 이러한 예상되는 변화 혹은 전면적인 '혼돈'을 생각하면, 실로 두렵지 않을 수가 없다. 간과해서 안될 것은, 한미FTA와 같은 통상조약이 한번 맺어지면 일방이 원한다고 해서 폐기하거나 부분적으로라도 쉽게 변경할 수 있는 것이 아니라는 점이다. 이 점을 고려하면, 예컨대 투자자-국가 직접소송제와 같은 규정이 엄존하고 있는 상황에서는 우리가 아무리 민주주의를 말하고, 그 실천에 노력한다고 하더라도 그 모든 것은 부질없는 노력이 될지도 모른다.

이미 잘 알려져 있는 사실이기는 하지만, 오늘날 신자유주의 세계화 경제를 주도하고 있는 미국이 다른 나라들에 대하여 시장개방을 요구할 때, 그 요구가 얼마나 일방적인 것인가 하는 것을 다시 주목해 둘 필요가 있다. 필리핀 대학의 사회학자이자 세계적인 '반세계화' 이론가, 활동가이기도 한 월든 벨로 교수가 지적하고 있듯이, 오늘날 미국정부가 다른 국가들에 대해서는 자유무역주의를 설파하고 있지만, 정작 자기자신은 철저한 '보호무역주의'를 고수하고 있다는 것은 분명한 사실이다. 실제로, 미국이 근년에 와서 세계무역기구(WTO)를 통한 다자주의 무역방식 대신에 개별국가와의 양자간 자유무역협정에 더 많은 관심을 갖게 된 것도, 따져보면, 미국이 국제사회의 게임의 규칙을 자신에게도 적용해야 한다는 정당한 요구에 응할 마음이 없기 때문이라고 할 수 있다. 예를 들어, 작년 WTO 도하라운드 협상에서도, 미국은 자국의 농업에 대한 막대한 보조금을 철폐하라는 개발도상국들의 일치된 요구를 끝끝내 거부했고, 이것이 협상의 좌절을 자초했던 것이다.

이와 같이 '다자주의 무역의 이상'을 스스로 훼손하면서까지 자기중심적인 입장에 철저한 미국이 FTA와 같은 양자간 무역협상에서 그 기본적인 자세를 달리할 리가 만무하다. 실제로, 지난 1년간 진행되어온 한미 FTA 협상의 지금까지의 경과를 보더라도 미국의 자세에 변화가 일어났음을 시사하는 여하한 흔적도 찾아볼 수 없다. 그리고 이러한 사정이 협상 종료시까지 변함없이 계속되리라는 것은 쉽게 짐작할 수 있다.

미국이 오늘날 '자유무역협정'을 열심히 추구하면서, 정작 협상과정에서 상대에게는 많은 것을 요구하면서도 자신은 거의 아무것도 양보하지 않으려는 것은 결국 미국경제가 허약하기 때문인지 모른다. 현재 미국은 점점 불어나는 막대한 재정적자 및 무역적자로 매우 위태로운 경제상황을 이어가고 있다는 것은 이미 잘 알려진 사실이다. 미국이 세계 최강의 군사력과 최대의 시장을 가진 국가로서 당면한 인류사회 공통의 난제들에 대응하는 데 너그러운 지도력을 발휘하기는커녕, 오히려 세계평화를 어지럽히고, 지구온난화를 심화시킬 뿐만 아니라, 세계 도처에서 인권과 민주주의까지 위협하는 장본인이 되고 있는 데에는 여러 복합적인 원인이 있겠지만, 악화일로에 있는 경제가 그 주요 원인일 가능성이 높다. 일찍이 소련의 붕괴를 정확히 예측하여 주목을 받은 프랑스의 사회이론가 엠마뉘엘 토드는 2002년에 처음 출판된 그의 저서 《제국 이후》에서, 오늘날 미국이 '연극적 소규모 군사행동주의'를 계속해서 되풀이하는 것은 미국 자신의 산업적 기반의 허약함을 은폐하려는 기도라는 견해를 표명한 바 있다. 그러나, 미국의 '군사행동주의'가 반드시 '연극적'인 은폐수단에 그치는 것만은 아닐 것이다. 이라크에 대한 침략이 석유자원 확보라는 숨겨진 목적을 가지고 있었던 데서도 알 수 있듯이 미국의 군사행동은 경제적 목적을 추구하는 유력한 수단으로도 사용되고 있다고 할 수 있다. 일찍이 〈뉴욕타임스〉의 논설필자 토머스 프리드먼이 솔직하게 말했듯이, 미국의 군대는 미국의 경제적 이익을 유지하고, 확대하는 데 불가결한 요소임이 분명하다.

여하튼 미국이 다른 나라에 대하여 시장개방을 요구할 때 그 요구가 일방적이면서 동시에 매우 집요하다는 것은, 예를 들어, 지금 한미FTA 협상과 병행하여 커다란 쟁점이 되어 있는 미국산 쇠고기 수입 문제에서도 확연히 드러난다. 2003년 12월 미국에서 광우병(BSE) 소가 발견됨으로써 수입이 중지된 미국산 쇠고기는 그후 우여곡절 끝에 작년 하반기에 다시 수입이 재개되었다. 하지만 세관의 검역과정에서 쇠고기 속에 뼛조각들이 들어있는 게 확인됨으로써 다시 잠정적으로 수입이 중단되었고, 그 때문에 이 문제는 지금 한미 간 주요 통상현안이 되어있다. 그런데, "광우병 위험물질은 뇌와 척수 등 신경조직에 고농도로 축적되어 있으며, 뼛조각이 들어있다는 것은 배근신경절 등 신경조직이 살코기에 포함되어있을 가능성이 매우 높다는 것을 뜻한다."('미국산 쇠고기 수입 저지 국민운동본부 성명서' 2006. 12. 7) 따라서 뼛조각은 수입되는 쇠고기 속에는 당연히 포함되지 말아야 하고, 그렇게 하도록 양국 사이에 이미 양해가 되어있었던 것이다. 그럼에도 불구하고, 미국정부는 뼛조각이 포함된 쇠고기에 대한 통관금지를 결정한 한국정부의 조치에 불쾌감을 표시하는 수준을 넘어서, 향후 미국산 수입쇠고기에 대한 위생검역 자체를 면제해줄 것을 강력히 요구하고 있다. 자기 국민의 건강을 보호하기 위한 정부의 최소한의 소임마저 포기하라는 이러한 요구는, 간단히 말하면, 국가주권을 포기하라는 것과 다름없는 압력이다.

그런데, 미국산 쇠고기가 과연 안전성이 보증될 수 있는 것일까. 2003년 12월 미국에서 광우병 소가 발견되기까지 미국의 전체 성우(成牛) 4,200만마리 중 검사를 받는 소는 연간 2만마리에 불과했다. 즉, 0.05%만의

소가 검사를 받고 있었다. (검사규모의 축소는 1주일간 100만 달러 정도 드는 검사비용과 관계있을 것이다.) 광우병 발생 후 여러 나라 학자들로 구성된 국제조사단의 권고에 따라 미 농무부는 그후 2년간 약 76만마리를 검사하였다. 그 결과는 "광우병 발생률은 어른소 100만마리당 1마리 이하"라는 것이었다. 그리고 "미국의 소는 건강하다"라는 결론을 내렸다. 그러나, 2006년 2월의 미 농무부 감사국의 보고서에 의하면, "(미국의 검사체제로는) BSE(광우병) 발생률을 정확히 파악하는 것은 불가능하며, 그 추계는 신뢰할 수 없다"는 것이며, 그 이유는 "검사 표본을 채취하는 방법이 엉터리인데다가 그 수도 적기 때문"이라는 것이다. (大野和興, 〈檢證 ― 美國産牛肉(上)〉 日刊ベリタ, 2006. 7. 24)

광우병 소가 발생하면 그 목장은 수많은 소를 처분하지 않으면 안되는데, 그렇게 되면 엄청난 손해를 입기 때문에 과연 미국의 축산업자들이 그러한 원칙을 지키는지 매우 의문스럽다. 일본이나 유럽에서는 모든 소에 귀걸이를 부착해놓고 일평생 소를 관리, 추적하는 시스템이 마련되어 있다. 하지만 미국에서는 그런 시스템이 없다. 아마도 괴상한 동작을 나타내거나 땅바닥에 털썩 쓰러지는 소만 목장의 한 구석이나 사막에 묻어버리고 말 가능성이 있다고 많은 사람이 지적하고 있다.

미국산 쇠고기의 안전문제를 생각할 때 빠트릴 수 없는 또 중요한 문제가 있다. 그것은 미국에서는 육골분(肉骨粉)을 소의 사료로 쓰는 것을 아직도 전면 금지하지 않고 있다는 사실이다. 소나 양 등 반추동물의 시체나 내장을 원료로 해서 만든 이 육골분 사료로 인해 초식동물인 소들이 육식을 강요당했고, 그 과정에서 광우병의 원인물질이 생성되었을지도 모른다고 과학자들이 경고해왔다. 그런데 미국에서는 "반추동물의 육골분을 반추동물에게 먹이는" 것만을 금지하고 있을 뿐이다. 즉, 죽은 소의 시체나 내장으로 만든 육골분을 닭이나 돼지에게 주는 것은 허용된다는 뜻이다. 이렇게 되면 광우병의 원인물질이 먹이사슬에 따라 계속 돌고 있을 가능성이 높다. 사람도 그 사슬 가운데 당연히 포함되어 있다. 영국 수의(獸醫)시험장에 의하면, "소는 광우병에 걸린 뇌조직의 불과 10

밀리그램을 먹어도 감염된다는 것을 보여주는 데이터가 있다"는 것이다.

이외에도 허다한 문제가 있지만 또하나 특기할 것은 미국의 쇠고기 처리공장에서의 작업과정이다. 2004년 여름 일본을 방문한 미국 최대 식육회사 '타이슨푸드'사의 노조위원장의 증언에 의하면 "12초에 1마리라는 눈이 핑핑 돌아갈 정도의 빠른 속도로 소를 처리하지 않으면 안되기 때문에 노동재해가 빈발하고, 열악한 노동조건 때문에 늘 인부들이 교체되고, 그래서 숙련노동자가 드물다. 게다가 위험 속에서 작업을 늘 거칠게 하는 탓에 특정위험부위들이 여기저기 돌아다니며 섞이는 일도 드물지 않다." (大野和興, 〈檢證 - 美國産牛肉(下)〉 日刊ベリタ, 2006. 7. 27)

미국산 쇠고기가 이렇다고 해서 한국정부가 언제까지 미국정부의 압력을 버틸 수 있을 것인가. 조금 버티는 척은 하겠지만, 결국 정부는 미국산 쇠고기의 수입재개를 허술한 검역과정을 거쳐서 받아들이게 될 것이 틀림없다. 우리가 우리 자신이나 아이들의 건강을 위해서 미국산 쇠고기를 회피하려면 그것을 먹지 않는 방법밖에 없을 것이다. 그러기 위해서는 한국의 소비자들은 쇠고기의 원산지 표시를 명확히 해줄 것을 상인들이나 정부당국에 강력히 요구해야 할 것이다. 그런데, 만일 한미FTA가 발효된 상황에서, 쇠고기의 원산지 표시가 미국산 상품에 대한 차별조치 금지 규정에 걸리거나 투자자-국가 직접소송의 대상이 된다면 어떻게 할 것인가. 꺼림칙한 고기를 먹지 않으려면 우리는 모두 극단적인 채식주의자가 되기를 선택해야 할지도 모른다.

그러나, 우리가 한미FTA라는 덫에 빠진 것은, 좀더 깊이 따져볼 때, 지금 정부의 책임만은 아니라고 할 수 있다. '성장동력'이 꺼져간다고 하면서 '이대로 가면' 선진국 진입은 고사하고, 나라가 망할지도 모른다는 위기감을 토로하는 목소리는 이른바 보수, 진보를 막론하고 허다한 사람들 사이에서 들려오고 있다. 한평생 문학에 관한 글을 쓰고, 대학에서 문학을 가르쳐온 어느 원로 문학평론가는 "전쟁보다 더 무서운 것이 가난"이라고 말한다. 그런가 하면, 수십년간 민주화 투쟁과정에서 핵심적인 역할을 해왔던 한 지식인은 최근 들어 "지금 한국은 급격하게 쇠퇴하고 있다. 어쩌면 이대로 가다가는 나라가 망해버릴지도 모른다는 불길한 예감 같은 것을 가지지 않을 수 없다"는 심정을 토로하면서, "한국을 기업하기 좋은 나라로" 만들고 "경제에 새로운 활력을 불어넣기 위해서" 노동운동에 일정한 제약을 가하는 것이 필요하다는 다소 뜻밖의 제안까지 내놓고 있는 형편이다. 이런 분위기라면, 반드시 노무현 정부가 아니라 하더라도, 조만간 어떤 정부, 어떤 정책 결정자이든, 그것이 돈이 되고, '성장'에 도움이 된다고 말해지는 것이라면 한미FTA건 혹은 다른 어떤 도박이건 깊이 생각할 것도 없이 뛰어들고 싶은 유혹을 뿌리치기 어려울지 모른다.

그러니까, 정말 문제는 한미FTA 그 자체가 아니라, 어떻게 해서든 돈을 벌고, '성공'을 해야 한다는 이 사회에 팽배해 있는 밑도 끝도 없는 욕망이다.

하지만, 오늘날 세계 10위권의 경제대국이 되었다고 하는 한국의 현실은 말할 것도 없고, 지난 20년 남짓 "무섭게 성장 질주를 해온" 중국이나 "잃어버린 10년을 되찾고 있다"는 일본과 같은 이웃나라들을 포함해서 소위 글로벌화 시대의 세계 전체의 현실을 냉정히 볼 필요가 있다. 그러면 지금까지와 같은 성장지상주의에 입각한 경제발전이 더 확대되어서는 조만간 인간과 사회와 자연의 공멸이 불가피하다는 것을 인정하지 않을 수 없을 것이다. 오늘날 세계는 인간성과 농촌공동체의 파괴를 비롯하여 빈부격차, 전쟁, 환경 및 에너지 위기 등 온갖 난제를 안고 있다. 이들은 모두 시급한 해결을 기다리고 있는 과제들이지만, 이러한 과제들이 계속적인 경제발전에 의해 극복될 가능성은 거의 없다고 할 수 있다. 아니, 진실을 말하자면, 지금까지의 경제발전이야말로 이 모든 위기와 난제들의 원인이었거나 이러한 사태를 악화시켜온 주범이었다. 우리는 이 기초적인 사실을 정확히 보지 않으면 안된다.

예를 들어, 흔히 우리는 경제성장을 통한 빈부격차 해소를 운위하고 있다. 하지만, 실제로 빈부격차란 경제성장의 필연적인 산물일 뿐만 아니라, 동시에 계속적인 경제성장을 가능케 하는 근본적인 토대라는 점을 간과해서도 안된다. 왜냐하면 자본주의 체제에서의 이윤창출 메커니즘은 본질적으로 사람들 사이의 사회경제적 힘의 격차라는 구조적 조건에 의해서만 작동 가능한 것이기 때문이다. 그러니까, 경제성장이란 어디까지나 인간의 불평등한 사회적 관계를 전제로 할 뿐만 아니라, 그 성장의 결과는 또 필연적으로 불평등의 심화에 기여한다. 만약 모든 사람이 정말로 고르게 산다면 거기에는 자본주의도, 경제성장도 성립할 수 없을 것임이 확실하다.

실제, 역사적으로 자본주의적 경제발전이 확대되는 과정에는 반드시 그 내부든 외부든 식민지의 존재가 필수적으로 수반되어왔다. 오늘날 이른바 선진국이라고 하는 국가들은 실은 모두 과거에 어떤 식으로든 아시아, 아프리카, 아메리카의 토착민들에 대한 식민지적 침탈과 지배에 연루되어 있었던 나라들이다. 그러니까, 식민지가 없는 상황에서 경제성장을 추구한다면 해외가 아니라 국내에서 식민지를 찾아내지 않으면 안된다. 그러면 농촌공동체의 와해와 하층민에 대한 착취는 불가피한 것이 되지 않을 수 없다. 그리고 오늘날과 같은 글로벌 경제 시대에는 국경을 넘어 초저임금 노동자와 세계 각처의 농민들이 사실상의 식민지 역할을 떠맡게 된다는 것은 더 말할 필요도 없는 일이다. 우리는 이러한 모든 과정을 근대화 혹은 산업화라고 불러왔다.

여기서 다시 생각해볼 필요가 있는 것은, 경제발전 혹은 근대화라는 기획의 계속적인 확대를 통해서 빈곤도, 누추함도 언젠가는 사라질 것이라는 생각이 얼마나 어리석은 착각인가 하는 것이다. 《경제성장이 안되면 우리는 풍요롭지 못할 것인가》의 저자 더글러스 러미스의 명민한 관찰처럼, 대도시의 화려한 고층빌딩만 근대 건축일 뿐만 아니라, 바로 그 고층빌딩들 사이의 누추한 슬럼도 틀림없는 근대 건축이다. 근대화된 세계란 이처럼 현대식 빌딩이 대변하는 표(表)와 슬럼이 대변하는 리(裏)의 동시적 공존에 의해서 구성되는 구조물이다. 여기에서 표리관계를 무시하고, 표의 세계만의 독자적인 발전을 꾀한다는 것은 부질없는 일이다.

우리는 우리 자신이 슬럼을 원하지 않는다면 화려한 현대식 빌딩도 원하지 말아야 한다는 것을 명확히 이해하지 않으면 안된다.

　아마도, 근대교육을 받아온 우리들 대부분이 갖고 있는 뿌리깊은 미신의 하나는 일반적으로 문명적인 삶은 말할 것도 없고, 민주주의를 위해서도 일정한 수준 이상의 물질적 풍요와 생산력이 갖추어져 있어야 한다는 생각일 것이다. 그러한 생각의 연장선에서 '생활수준'이 높으면 높을수록 좋고 선진적이라는 검토되지 않은 믿음이 확산되고, 그런 맹목적인 믿음 속에서 국민소득 1만 달러를 넘어 2만 달러로, 그리고 다시 3만 달러의 시대로… 목적지가 어딘지도 모르고, 언제까지 가야 할지도, 또 왜 가야 하는지도 모르는 끝없는 길을 달려가고 있는 것이다. 이 질주가 허망한 것임을 설혹 모르지 않는다 하더라도, 우리가 이 달리기를 멈추지 못하는 것은 다른 사람들, 다른 사회들도 똑같이 달리고 있는 것을 보고 있기 때문일 것이다. 이러한 상황은 마치 절멸 직전의 '이스터 섬(Easter Island)' 사람들의 상황과 흡사한 것이라고 할 수 있다. 최근에 국내에서도 소개된 제레드 다이어먼드의 책 《문명의 붕괴》에는, 한때 풍요로웠던 문화를 일구었던 남태평양의 고도(孤島) 이스터 섬의 주민들이 어떤 연유에서였는지 모르지만, 거대한 석상(石像)들을 부족간에 경쟁적으로 세우는 데 몰두한 나머지 석상의 제작과 운반에 필요한 나무를 함부로 베어냄으로써 마침내 불모화된 자연 속에서 절멸할 수밖에 없었던 과정이 생생하게 복원되어 있다. 생태계가 붕괴되고 사람이 살 수 없게 된 최종 단계까지 살아남은 사람들은 마침내 먹을 것이 아무것도 없어서 동료인간을 죽이고, 식인(食人)까지 할 수밖에 없는 처참한 상황에 내몰린다. 그런데, 이런 상황이 오리라는 것을 그들이 전혀 예측하지 못했던 것은 아니다. 그들은 아직도 숲이 남아있었을 때 이 절해고도의 숲을 죄다 파괴해서는 자기들이 살아남을 수 없다는 사실을 모르지 않았다. 하지만, 그들은 여태까지 계속해왔던 관성대로 석상 건립 경쟁에서 이겨야 한다는 권력욕망을 제어할 수 없었기 때문에 결국 섬의 마지막 남은 한 그루 나무까지 베어버리고 말았던 것이다.

이 책에는 '이스터 섬' 외에도 생태적 조건에 적합하지 않은 생활방식을 고집하다가 결국 지상에서 절멸되어버린 몇몇 인간집단의 경우가 더 소개되어 있다. 말할 필요도 없지만, 이 책의 저자가 이런 사례를 소개하는 것은 단순히 신기한 옛날이야기를 하자는 것이 아니다. 다이어먼드는 오늘날 전세계적으로 악화일로를 치닫는 생태적 위기 앞에서 한사람의 지식인으로서, 그리고 무엇보다도 여러 손자들의 할아버지로서 깊이 우려하고 있는 것이다. 그런데, 그에 의하면, 이들 인간집단이 절멸되어버린 공통의 원인은 그들 자신의 생태적 조건에 반하는 생활방식에 있었지만, 그러한 생활방식이 계속된 것은 그들이 자기들의 삶을 오랫동안 지배해온 '핵심적 가치(core values)'에서 벗어날 수 없었기 때문이다.

오늘날 우리의 삶을 총체적으로 지배하고, 인류사회를 절멸의 벼랑으로 데려가고 있는 '핵심적 가치'란 바로 '경제성장' 이데올로기라는 것은 더 말할 것도 없다. 우리는 '적당한 성장'이라는 것이 현실적으로 성립 불가능한 개념이라는 것을 명심하지 않으면 안된다. 어떤 사회에서든 경제성장이란 언제나 그 사회의 가동(稼動) 가능한 모든 인적, 물적 에너지를 전면적으로 투입할 것을 강요한다. 경제성장은 절제라는 개념과 전혀 양립할 수 없는 개념이다. 고도경제성장뿐만 아니라 어떤 경제성장이든 그 실현을 위해 반드시 요구되는 것은 일종의 국가총동원체제이다. 그러므로 성장지향 국가란 본질적으로 군사국가 혹은 독재국가와 동일한 '폭력'의 논리에 의해 움직인다고 할 수 있다. 국가주도의 개발독재 시대가 과거의 기억 속으로 사라졌다고 믿는 순간, '개혁'이니 '구조조정'이니 '노동시장 유연성'이니 혹은 '경쟁력 없는 농업의 퇴출'이니 하는 갖가지 이름에 의한 인권 탄압과 시민적 권리에 대한 제약이 다시 시작되는 것을 우리는 보아왔다. 이 새로운 억압은 그 강도와 방식에 있어서 어쩌면 개발독재 때보다 더 가혹하고 간교한 억압이라고 할 수 있다. 지금이 군사독재 치하도 아닌데, 노동운동을 제약하고, 필요하다면 노동쟁의 자체를 금지하는 법률을 만들어야 한다는 주장이 나오고 있는 것을 우리는 어떻게 이해해야 할 것인가.

이런 의미에서, 신자유주의 경제학의 압도적인 지배 하에 들어가 있는 오늘날의 세계에서 민주주의의 진정한 반대개념은 정치적 독재가 아니라, 경제성장이라고 해야 옳을지 모른다.

일찍이 근대교육을 받아온 사람들은 대체로 민주주의의 성립과 발전은 자본주의 경제의 발달과 부르주아 계급의 성장 없이는 불가능하다고 믿어왔다. 그러나 이러한 '주류'의 관점과는 달리, 오히려 자본주의의 발달이 민주주의의 기반을 파괴할 가능성에 대해 깊이 우려해온 사상가들도 적지 않게 존재해왔다. 지금은 이러한 사상가들에게 좀더 귀를 기울일 필요가 있는 상황이라고 나는 생각한다. 미국의 정치사상사가 셸던 월린 교수도 그러한 사상가 가운데 하나인데,《정치와 비젼》이라는 고전적인 저서 속에서 그가 예민하게 주목하는 것은 "자본주의 체제에서 양산되는 것은 이기적이고, 약탈적이고, 경쟁적이며, 불평등을 추구하면서, 자신의 지위가 하락하는 것에 대해 심히 두려워하는 인간들, 즉 민주적 시민으로는 부적당한 인간들" 이라는 사실이다.

건전한 민주사회가 성립되기 위한 가장 필요한 조건의 하나는 사적 이익에 못지않게 공공성의 가치를 존중할 줄 아는 정신적 능력이다. 하지만, 오늘날 민주주의와 자유시장을 동일시하는 지배적인 이데올로기에서는 이런 의미의 정신적 능력에 대한 관심은 희박하다. 그들은 자유시장의 발달만이 민주주의를 가능케 한다고 흔히 말하지만, 이것은 실제로 역사적인 현실로도, 과학적인 분석으로도 입증될 수 없는 주장일 뿐이다. 그것은 민주주의를 오직 형식적인 대의제 민주주의의 차원으로 축소시켜 이해함으로써 민주주의라는 개념을 극히 왜소한 것으로 만들고 있다.

결국, 진정한 민주주의란 물질적 생산력이나 생활수준의 문제가 아니다. 그것은 본질적으로 인간의 사회적 관계를 의미하며, 개인들의 정신적 자질에 관련된 문제이다. 우리는 이 점을 좀더 명확히 인식하지 않으면 안된다. 이런 의미에서, 영국의 경제학자이자 역사가로서 영국 노동당의 지도적 이론가이기도 했던 R. H. 토니가 오래 전에 했던 발언은 매우 인상적이다. ─ "가난하기 때문에 올바른 인간사회가 될 여유가 없는 사회는 존재하지 않는다. … 어떤 사회도 단순히 부유해짐으로써 올바른 사회가 되는 것이 아니다."

이러한 투철한 인식의 연장선에서, 토니는 민주주의가 형식적인 정치제도가 아니라, 실질적인 의미를 가지려면 무엇보다 '폭군적인' 경제권력에 대한 통제가 필요하다는 것을 단호하게 말하였다.

민주주의가 하나의 정치적 제도에 머무를 뿐, 그 이상의 것으로 되지 않는 한 정치체제로서의 민주주의는 불안정할 수밖에 없다. 민주주의는 하나의 정부형태일 뿐만 아니라, 무엇보다도 하나의 사회유형이며 생활방식이다. … 하나의 사회유형, 생활방식으로서의 민주주의가 되려면 첫째, 그것은 모든 형태의 특권을 단호하게 제거하지 않으면 안된다. … 둘째, 그것은 흔히 무책임한 폭군이 되어있는 경제권력을 제어하여, 사회를 위해 봉사하도록 전환시켜야 하고, 그 권력이 또한 명확한 한계 내에서 활동하도록 하여, 공적 권위에 대해 책임을 지도록 만들어야 한다.

(R. H. Tawney, *Keeping Left*, 1950)

토니의 말은 진정한 민주주의의 핵심이 무엇인가에 대한 뛰어난 통찰을 집약하고 있다. 우리는 우리가 직면한 온갖 문제들이 무분별한 생산력 증대를 부추기는 경제성장을 통해서 극복될 것이라는 미신에 더이상 사로잡혀 있어서는 안된다. 끝없는 생산력의 증대와 물질적 풍요를 겨냥하는 성장경제 논리는 차별과 격차를 끊임없이 양산할 뿐만 아니라, 필연적으로 세계의 황폐화를 초래한다. 우리는 우리의 유일한 희망이 궁극적으로 평등한 인간관계에 토대를 둔 사람들 사이의 우정(友情)과 환대에 있다는 것을 잊어서는 안된다. (2007년)

한미FTA, '국익'이라는 환상

    격렬한 반대운동의 와중에서 결국 한미FTA 협상이 타결되었다. 협상 타결에 임박하여 몇몇 정치인들이 황급히 단식투쟁에 들어가고, 급기야 한 노동자가 분신을 결행하는 비극적인 사태가 발생했음에도 불구하고, 2007년 4월 2일, 당초 예정된 시한에서 이틀을 더 넘긴 끝에 협상 타결이 공표되었다. 이 발표를 기다렸다는 듯이 재계, 보수 정치인, 주류 언론은 일제히 환성을 터뜨렸다. 그들은 자신의 정치적 지지자들에게 등을 돌리고 협상을 밀어붙여온 대통령의 '용기'와 '결단력'을 높이 평가하고 찬양하였다. 이런 분위기 속에서, 그동안 계속해서 국민의 신임을 잃어왔던 노무현 정부는, 일시적으로나마, 한미FTA 타결 이후 여론의 지지를 상당한 정도 회복한 것으로 보도되었다.

    생각해보면, 대기업과 자본가, 그리고 그들과 이해관계를 같이하는 보수파 정치인, 주류 언론, 학자, 전문가들이 한미FTA의 '성공적인' 타결을 기뻐하는 것은 당연한 일일 것이다. 실제로 이 협정의 구체적인 내용과 상관없이 그들은 미국과의 통상협정이 그들에게 음으로 양으로 큰 이익이 될 것임을 본능적으로 알고 있을 것이기 때문이다. 무엇보다도, 동아시아에서는 처음으로 맺는 미국과의 '자유'무역협정은 그들의 뿌리깊은 친미적 성향에 더할 수 없는 만족감을 주는 것이겠지만, 나아가 당장의 손익계산을 떠나서, 이 협정이 발효된다면 온갖 법률적 사회적 도덕적 규제나 의무에서 그들은 해방될 수 있다고 믿고 있는 것이다. 더욱이, 이 기막힌 선물이 가장 기대하지 않았던 노무현 정부에 의해서 주어진 것이기에, 그들의 기쁨은 배가되는 것인지도 모른다.

지금 이 나라를 지배하고 있는 이러한 보수적 헤게모니를 고려하지 않고는 절대로 이해할 수 없는 기괴한 현상이 협상 타결 후 몇주일이 지난 지금도 계속되고 있다. 즉, 협상의 구체적인 내용을 정부가 일반 시민들에게는 말할 것도 없고, 국회의원들에게까지도 아직도 제대로 공개하지 않고 있다는 사실이다. 정부는 여러가지 핑계를 대고 있지만, 기본적으로 이것은 협상의 세부가 밝혀지면 커다란 국민적 저항에 부닥치게 될 우려가 있기 때문일 것이라는 의혹을 사기에 충분한 사태라 할 수 있다. 그럼에도 불구하고, 명백히 민주주의를 비웃을 뿐만 아니라 국회의 권위를 업신여기는 이러한 처사에 대하여 몇몇 예외적인 의원들을 제외하고 대한민국 국회가 침묵을 지키고 있는 실로 기이한 상황이 지속되고 있다. 이것은 대다수 국회의원들이 이 나라의 특권계급으로서 한미FTA로 인해 이익을 보는 부류에 스스로 속한다는 것을 알고 있기에 가능한 현상일 것이다. 그렇지 않다면 오늘날 이 나라의 정치가들이 아무리 무지하거나 무책임하다 할지라도 지금과 같이 민주주의의 원칙이 이토록 헌신짝처럼 버려지는 것을 왜 멀거니 보고 있는지 우리가 이해하는 것이 불가능하기 때문이다.

실제로, 협상 내용이 소상하게 공개되어 심각한 문제점들이 백일하에 드러나더라도, 그것이 국회의원들의 판단에 영향을 끼칠 가능성은 지금으로서는 극히 낮은 것으로 보인다. 이렇게 말하는 것은, 아직 알려지지 않은 세부 내용은 차치하고, 이미 잘 알려져 있는 내용, 예를 들어, '투자자-국가 직접소송제'와 같은 명백히 국가의 주권행사와 공공정책을 무력화시키고 민주주의를 근본적으로 훼손할 가능성이 높은 치명적인 조항에 관해서도 국회는 무관심한 태도로 일관하고 있기 때문이다. 또, 대부분의 의원들이 설혹 협상 내용에 불만을 가지게 된다 하더라도 그들이 그 불만을 한미FTA에 대한 비준 거부로 연결시킬 신념이나 용기를 갖고 있지 않다는 것도 문제이다. 이것은 근거 없이 하는 얘기가 아니다. 얼마 전, 나는 한나라당 소속 경제전문가로 통하는 이(李)아무개 의원이 한 텔레비전 대담 프로그램 속에서 이번 협상을 전체적으로 따져볼 때 얻은 것은 없고 대부분 잃기만 했다고 강한 불만을 토로하면서도, 대담의 말미에서 미국과의 관계를 고려해서 이 협정을 국회가 거부하기는 어렵다는 요지의 발언을 하는 것을 들은 바가 있기 때문이다. 국민경제에 대한 악영향을 정말로 걱정한다면, 마땅히 비준거부를 해야 하는 것이 주권국가 국회의원으로서의 당연한 임무일 것이다. 그럼에도 불구하고, 미국이라는 상전의 눈치를 보는 게 무엇보다 우선적인 고려사항이 될 수밖에 없다고 생각한다는 것은 결국 이 나라의 독립성을 이 나라의 정치가들 자신이 진심으로는 믿지 않는다는 것을 단적으로 드러내줄 뿐이다.

이런 상황에서, 한미FTA가 국민경제에 끼칠 득실을 논하고, 손익을 꼼꼼히 계산한다는 것은 부질없는 일일 것이다. 설령 손익계산상 누가 보아도 명백히 불리한 협상이라는 구체적인 증거를 토대로 설득을 하고, 그들의 '애국심'에 간절히 호소해본다 한들 이 나라의 기득권자들이 태도를 바꿀 가능성은 극히 희박하기 때문이다. 이 나라의 권력 엘리트들은 한미FTA에 관련하여 끊임없이 '국익'을 말해왔지만, 그들이 말하는 '국익'이 국민경제 전체를 의미하는 것이 아니라는 점이 문제인 것이다.

하기는 한미FTA가 아무리 엉터리 협정이라고 하더라도 이로 인해서 양국 사이에 교역량이 크게 증가하고, 그 결과로 나라 전체의 물질적인 '부'의 총량이 커질 것이라는 것은 예상하기 어렵지 않다. 그런데 이 '부'가 과연 미국이든 한국이든 사회 속에서 고르게 균점될 수 있는 것인가 ─ 필요한 것은 이런 근본적인 질문이다.

대통령과 그의 참모들은 한미FTA가 사회적 양극화의 심화를 초래할 것이라는 우려의 목소리에 강하게 반발하면서, 오히려 양극화의 해소에 기여할 것이라고 주장하고 있지만, 이 주장이 이론적으로나 경험적으로나 전혀 근거 없는 억지 주장이라는 것은 길게 말할 필요가 없다. 그들이 '양극화 해소' 운운하는 것은 한미FTA에 의해 경제규모가 확대되면 이른바 적하효과(滴下效果)가 나타날 것이라고 기대하기 때문일 것이다. 즉, 어떻든 증가된 '부'가 상층부에 집중되더라도 그것이 결국은 넘쳐서 하층부로 흘러내려옴으로써 민초들의 삶도 개선될 수 있다는 것이다. 이것은 부르주아 경제학의 상투적인 논리이지만, 여기서 주의할 것은 이 모든 기획에서 우선적인 것은 어디까지나 기득권자들의 이익이지 민중의 이익이 아니라는 것이다.

오늘날 글로벌 경제에서 이른바 자유무역협정이라는 것이 풀뿌리 민중의 삶에 얼마나 폭력적인 위해(危害)를 끼치는가를 보여주는 가장 단적인 예는 북미자유무역협정(NAFTA)으로 인한 멕시코 농민과 서민사회의 궤멸적인 몰락에서 찾아볼 수 있다. 1994년 '나프타'가 발효된 이후 지금까지 멕시코의 농산물 시장은 홍수처럼 밀려들어오는 값싼 미국 농산물로 인하여 수백만의 멕시코 토착 농민들은 궤멸적인 타격을 입어왔다. 방대한 토지와 정부로부터의 막대한 보조금에 의존하는 미국의 거대 농기업이나 식품회사에 맞서서 '작은 땅뙈기와 노새 한 마리와 곡괭이 한 자루'가 전부인 멕시코의 토착 농민이 '경쟁'을 한다는 것은 처음부터 불가능한 일이었다. 그리하여 멕시코 농민 공동체의 전통적인 소득의 주된 원천이자 멕시코 민중문화의 핵(核)을 이룬다고 할 수 있는 옥수수 농사가 절멸의 위기에 처하는 것은 필연적이었다.

하지만 달리 소득원이 없는 농민들이 옥수수 농사를 완전히 포기할 수는 없었다. 많은 농민들은 쇠퇴일로에 있는 농촌을 떠나 공업지대의 열악한 노동조건을 감수하며 저임금 노동자가 되거나, 대도시의 빈민, 부랑자로 전락하거나, 혹은 많은 경우 목숨을 걸고 국경을 넘어 불법이민자가 되는 길을 택할 수밖에 없었다. 그러나 그들의 가족을 포함하여 자신의 삶터를 떠날 수 없는 잔류자들, 특히 여성들은 오히려 예전보다도 더 많은 옥수수를 재배하기 위하여 엄청난 중노동에 시달리지 않으면 안되게 되었다. 왜냐하면 쏟아져 들어오는 미국산 농산물로 인해 옥수수 값이 급락하는 만큼 그것을 벌충하여 최소한의 생계를 도모하기 위해서는 과거보다 더 많은 농사를 지어 헐값으로라도 내다팔지 않을 수 없기 때문이다. 이렇게 하여, 멕시코 농민사회에는 미국으로부터의 수입 농산물이 많아지고, 옥수수 값이 떨어질수록 옥수수 생산이 더욱 증대된다는 일견 모순적인 악순환이 계속되어온 것이다.

그렇다고 해서 도시의 소비자들이 값싼 옥수수로 인한 이익을 보게 된 것도 아니었다. 옥수수 값이 내려가면 식품비도 내려가는 게 정상일 듯하지만, 현실은 그 반대로 나타난 것이다. 오늘날 멕시코의 유명한 전통식품 '토틸라'의 값은 '나프타' 이전에 비해 300 내지 500% 이상 인상되었다고 한다. 그러니까 '나프타' 이후 국민의 절반이 빈곤층으로 전락한 멕시코에서 이제 영양부조(營養不調)의 문제는 심각한 사회문제가 되어 있는 셈이다.

옥수수 가격은 급락했는데, 그것을 원료로 한 '토틸라' 가격은 왜 오르는가? 그것은 '나프타' 협정에 의해 '토틸라'에 대한 멕시코 정부로부터의 보조금이 중단되었고, 설상가상으로 소수의 거대 식품회사가 거의 카르텔을 형성하여 '토틸라' 값을 올려왔기 때문이다. 어디서나 정부와 기업과 어용학자들은 자유무역협정이 발효되면 무엇보다도 소비자들이 이익을 볼 것이라고 큰 목소리로 주장하지만, 멕시코의 경우는 그것이 얼마나 엉터리 논리인가를 여실히 입증하고 있다.

또, 여기서 주목할 것은, 1994년 1월 나프타 협정이 발효되는 것과 거의 동시에 멕시코 쪽의 미국 국경의 검문, 경비 체제가 강화되고, 국경 전체에 걸친 무장화(武裝化)가 시작되었다는 사실이다. 이것은 당시 클린턴 정부가 나프타 협정이 발효되면 멕시코의 민중이 생존을 위해 필사적으로 월경(越境)을 시도할 것이라는 것을 정확히 예견하고 있었음을 말해준다.

나프타 협정체결 이후 14년이 된 오늘날 멕시코를 방문하는 여행자들은 거대도시 멕시코시티 곳곳에서 학교에 가 있어야 할 시간에 수많은 아이들이 껌팔이나 구걸을 하면서 거리를 헤매고 있는 모습을 쉽게 목격할 수 있다. 그런가 하면 이와 심히 대조적으로 도시의 외곽이나 교외지대에는 '나프타'로 인해 더욱 부유해진 멕시코의 특권층들의 초호화 주택과 고급 아파트들이 줄지어 서 있다.

멕시코에서 볼 수 있는 이와 같은 심각한 사회적 격차는 오늘날 소위 글로벌 시장경제체제 하에서는 결코 예외적인 것이 아니다. 농민과 노동자들을 포함한 하층민의 국경간 이동은 철저히 제한하면서 오로지 자본과 상품과 엘리트들의 이동은 자유롭게 보장하고 있는 체제가 과연 진정한 개방체제인가 하는 물음이 여기서 당연히 제기될 수 있겠지만, 실은 이러한 선택적인 개방을 통해 자본이 세계의 불균등한 발전을 이용하여, 초저임금 노동력을 착취하는 틀이 만들어지는 것이다.

우리가 결코 잊어서 안될 것은, 어떤 식으로 미화되든지 간에 오늘날 세계화 경제체제 하에서 자유무역협정이라는 것은 자본주의의 가차없는 팽창과 확대를 위해서 고안된 최신의 메커니즘이라는 것이다. 자본주의 경제 혹은 자본주의 문명이란 구조적으로 사회적 약자와 자연세계에 대한 제국주의적 공격, 지배, 착취를 그 내재적인 원리로 하고 있는 체제이다. 따라서 이런 식의 자본주의 '개방' 경제가 확대되면 될수록 빈부격차는 더 벌어지고, 생태적 위기는 필연적으로 심화될 수밖에 없는 것이다.

그런데, 가령 한미FTA에 반대하는 사람들 중에는 흔히 미 제국주의를 언급하고, 한국에 대한 미국의 지배력의 심화, 확대라는 각도에서 이 사태를 파악하고 있는 사람도 적지 않은 듯하다. 그러나 이것이 반드시 정확한 상황인식이라고 보기는 어려울지 모른다. 왜냐하면 오늘날 세계경제를 지배하고 있는 것은 특정 국가라기보다 자본이며, 그 자본은 이미 특정 민족이나 국가에 귀속되는 자본이 아니라 민족이나 국가의 경계를 넘어서 있는 초국적 글로벌 자본이기 때문이다.

캘리포니아 대학의 라틴아메리카 연구 전문가인 윌리엄 로빈슨 교수는 1980년~90년대를 통해서 세계경제를 주도하고 있는 자본이 민족 내지 국가적 자본에서 초국적 자본으로 이행해온 것을 누구보다 예리하게 주

목하고 있는 사람이다. 그에 의하면, 이러한 변화의 결과로 국경을 가로
지르는 초국적 자본가 계급이 생겨났고, 그에 따라 지구사회에는 새로운
권력관계와 불평등 구조가 나타났다. 그렇다고 해서 물론 종래의 국가가
더이상 필요 없게 된 것은 아니다. 그러나 그러한 국가나 국가간의 관계
가 더이상 자본주의의 발전을 조직하는 일차적인 틀로서 사회적, 정치적
역학관계를 결정짓지는 않는다는 것이다.

　로빈슨 교수는 국민국가 중심의 사고방식에 의해서는 오늘날 세계의
흐름을 올바르게 파악할 수 없다고 말한다. 예를 들어, 2000년 9·11 사
태 이후 부시 정권이 테러 대책이라는 명분으로 군비를 증강하고 일련의
군사적 행동을 전개하는 것과 동시에 미국 안팎에서 시민적 자유를 억압
하는 조치들을 발동해온 것은 우리가 잘 아는 일이다. 그러나 이러한 부
시 정부의 행동을 미국의 전통적인 제국주의적 지배욕망의 발로(發露)로
서만 보기는 어려운 측면이 있다고 로빈슨 교수는 생각한다. 오히려 이
경우 미국정부는 미국을 중심적 기지로 삼고 있는 전세계의 실질적 지배
계급, 즉 글로벌 자본의 요구에 응했다고 보는 게 좀더 타당하다는 것이
다. 즉, 미국정부의 군사행동과 파시스트적 행동은 오늘날의 글로벌 자본
주의의 위기 - 과잉축적에 의한 경제 정체(停滯), 갈수록 의심받는 자본
주의의 윤리적 정당성, 반세계화 시민세력의 성장 등 - 에 대한 정치적
인 응답으로 볼 필요가 있다는 것이다.

　지금 세계를 실질적으로 통치하고 있는 세력은 단순히 미국이라는 초
강대국이 아니라 초국적 자본이라고 하는 로빈슨 교수의 논리는 우리가
한미FTA의 본질을 이해하는 데에도 요긴한 도움이 될 수 있다.

　사실, 한미FTA 협상이 진행중일 때에도, 협상이 타결된 지금도, 한국
의 우리들은 부지불식간에 국가적 경쟁 혹은 대립 관계라는 틀 속에서
이 문제를 바라보는 경향이 있었다. 그래서 미국에 대한 종속을 염려하
고, 심지어 우리들 모두가 사실상 미국의 식민지 백성으로 전락하는 게
아닌가 하고 우려해왔던 것이다. 아마 이러한 우려에는 부분적이나마 타
당한 근거가 없지는 않을 것이다. 그러나, 이러한 사고방식에는 또한 어

떤 근본적인 결함이 있다는 것도 간과할 수는 없을 듯하다. 이렇게 말하는 것은 로빈슨 교수가 말하는 초국적 자본가라는 세계적인 통치계급의 존재가 이런 사고방식에 의해서는 포착되기 어렵기 때문이다. 요컨대, 한미FTA가 성사되었을 때 이득을 보는 사람들은 단순히 한국인이나 미국인이 아니라, 한미 양국 어디든지 거점을 두고 있는 글로벌 자본가와 그들의 연합세력이라는 것을 분명히 인식하는 것이 중요한 것이다. 이 과정에서 한미 어디든 농민과 노동자를 비롯한 풀뿌리 민중은 필연적으로 피해를 입을 수밖에 없다는 것은 길게 말할 필요가 없는 사실이다.

실제로, 그동안 한미FTA 협상을 둘러싸고 제기된 많은 비판 가운데 중요한 것의 하나는 이것이 준비되지 않은 졸속협상이라는 것이었다. 그리하여 자신의 이익을 챙기는 데 영악하고 집요하기 그지없는 미국의 협상력을 감안할 때 이런 준비부족 상태로 시작한 한국의 협상팀이 어떻게 '국익'을 제대로 챙길 수 있겠는가 하는 염려의 목소리가 많았던 것이다. 지금도 이런 식으로 생각하는 사람들이 적지 않을 것이다. 하지만 우리는 2006년 1월에 한미FTA 협상개시에 대한 대통령의 돌발적인 선언이 있기까지, 그리고 많은 사람들은 그 뒤에도, 아무것도 모르고 있었지만, 실은 이 협정을 강하게 요구한 것이 원래 '한미재계회의'라는 이름의 한미 양쪽 자본가들의 회합이었다는 사실을 기억할 필요가 있다. 이 사실은 최근에 한덕수 국무총리가 공개적으로 밝힘으로써 다시 한번 확인되었다. 그는 한미FTA 협상이 졸속으로 진행되었다는 비판의 목소리에 항변하여 벌써 오래전부터 기획, 준비되어 왔다는 것을 강조하려는 나머지 2004년 초에 이미 '한미재계회의'가 이 협상의 시작을 정부에 요구해 왔다고 말하였다. 한덕수 씨는 자기도 모르게 한미FTA의 배후에 있는 핵심 세력을 언급한 셈이다.

오늘날 그 어떤 국민에 의해서도 선출된 바도, 임명된 바도 없는 글로벌 자본가 계급은 무소불위의 막강한 권력을 휘두르며 전 지구사회와 자연세계를 자신들의 탐욕을 위한 제물로 삼고 있다. 그들 자신은 그 어떤 국가의 규제에도 얽매이지 않으면서도 국가라는 장치를 최대한 이용함으로써 노동자의 권리를 억압하고, 농민 공동체를 파괴하며, 지구 환경에 돌이킬 수 없는 재앙을 초래하고 있다. 그리고 우리들 모두는 갈수록 시민 혹은 공민(公民)으로서의 삶은 거부당하고, 오로지 글로벌 자본주의의 존속과 확대를 위해 봉사하는 '소비자'로서의 삶만을 허락받고 있을 뿐이다.

한미FTA를 둘러싼 공방에서 '국익'이 운위되는 것은 현실상황을 고려하면 어쩔 수 없는 측면이 있다고 할 수도 있다. '국익'이란 기실 아무런 실체가 없는 공허한 정치 선동적 용어에 불과한데도 적어도 한국사회에서는 아직도 엄청난 위력을 가진 개념이기 때문이다. 황우석 사태도 결국 '국익'이라는 말이 부리는 요술 때문에 빚어진 희비극이었다고 할 수 있다.

나는 황우석의 줄기세포 연구에 관련하여 행해진 한 텔레비전 토론에서 어느 일간지 의학전문기자가 했던 말을 아직도 생생하게 기억하고 있다. 그는 황우석의 연구가 갖는 문제점을 지적하는 상대 토론자를 반박하면서 "진실보다는 국익이 중요하다"고 말했던 것이다. 이 명언 아닌 명언은 오늘날 한국인들이 일반적으로 얼마나 비이성적이고, 무분별한 개인적, 집단적 자기확대의 욕망에 빠져 있는가를 알려주는 단적인 기호라고 할 수 있다. 한미FTA도 결국 마찬가지이다. 타결 전에는 오히려 반대 여론이 많음에도 불구하고, 협상 타결이 선언된 이후 다수 여론은 이 협정을 지지하는 쪽으로 돌고 있다는 것을 어떻게 해석해야 할 것인가. 실제로 어떻게 해서 자신에게 이익이 될 것인지 아무것도 모르면서 황우석의 줄기세포에 환호했던 것과 꼭 같은 방식으로 사람들은 영문도 모르고 한미FTA가 '국익'에 보탬이 될 것이라고 막연히 생각하고 있을 가능성이 크다.

이 혼란은 결국 '국익'이라는 환상에 대한 맹목적인 집착, 그리고 그 집착에 근거한 자기기만 때문일 것이다. 따지고 보면, 한미FTA를 줄곧 반대하거나 비판해온 사람들 사이에서도 '국익' 관념이 전혀 작용하고 있지 않다고는 말할 수 없을 것이다.

한미FTA 협상이 타결된 후 양쪽의 구체적인 득실이나 손익을 따지는 일은 물론 필요하고, 누군가에 의해 반드시 수행되지 않으면 안될 일이라는 것은 더 말할 것도 없다. 하지만, 그것에만 골몰한다면 문제의 본질을 회피하는 결과가 될 것이라는 것도 틀림없다. 설령 한미FTA 협상 결과가 '우리' 쪽에 유리하게 되었다 하더라도, 우리는 이 협정이 궁극적으로 사회적 불평등을 심화시킬 뿐만 아니라, 사회적 약자의 삶을 피폐시키고, 자연세계에 대한 무자비한 공격과 파괴를 불러올 것이라는 것을 철저히 인식할 필요가 있다. 따라서 '진보와 번영'을 약속하는 허황한 수사(修辭)가 도처에서 난무하는 상황에서, 우리는 이 협정을 단호히 거부해야 하고, 그렇게 함으로써 우리 자신이 아직도 인간의 존엄성과 인간다운 삶에 관심이 있다는 사실을 명확히 해야 한다.

허망한 '국익'론의 환상에서 깨어난다면 우리에게 대안은 얼마든지 있다. 우리에게 필요한 대안은 기술도, 잔꾀도, 전략적 선택도 아니다. 잊지말아야 할 것은, 참다운 대안은 오랜 인류 역사 속에서 되풀이하여 입증되어온 삶의 근원적 진실을 떠나서 발견할 수는 없다는 사실이다. 즉, 우리의 인간으로서의 참된 행복은 자기중심적인 욕망의 충족이 아니라, 사람끼리 어울리며, 같이 일하고, 서로 보살피는 삶 가운데서만 자랄 수 있다는 진실 말이다.

정의롭고 인간다운 세상으로 한걸음이라도 더 나아가기 위해서, 지금 우리에게 정말로 필요한 것은 아직도 세계 도처의 풀뿌리 민중문화를 지탱하고 있는 상부상조와 연대와 협력에 기반한 호혜적 경제를 배우고 실천하려는 노력일 것이다. 그러한 노력을 통해서 글로벌 자본주의에 대항하는 글로벌 시민사회의 형성, 확대에 기여하려는 자세가 지금은 무엇보다도 중요하다고 하지 않을 수 없다. (2007년)

野生의 삶의 기술

노신(魯迅)의 작품 중에 〈사소한 사건〉이라는 소품이 있다. 이것은 작가 자신의 체험을 토대로 씌어졌음이 분명한 짧은 작품이지만, 매우 흥미로운 이야기를 담고 있다.

어느 겨울날 '나'는 급한 용무가 있어서 인력거를 타고 거리를 달리고 있었다. 그러다가 갑자기 길을 건너려 하던 한 노파가 그 인력거에 가볍게 치어 길바닥에 넘어졌다. 그러나 '내'가 보기에 그것은 별로 심각한 충돌도 아니었고, 노파는 쓰러지기는 했지만 곧 혼자 일어나서 걸어갈 만했다. 그래서 마음이 바빴던 '나'는 인력거꾼에게 지체하지 말고 그냥 가던 길을 달려가라고 일렀다. 하지만 인력거꾼은 '나'의 명령을 묵살하고, 노파를 정성스럽게 부축하여 일으킨 다음에 바로 근처의 파출소로 데려가는 것이었다. 그 광경을 보는 '나'의 눈에 갑자기 그 남루의 인력거꾼의 뒷모습이 크게 보이면서 동시에 '나' 자신은 한없이 초라하게 느껴지는 것이었다.

이 이야기는 가벼운 일화로 읽힐 수도 있겠지만, 어떤 의미에서 여기에는 《阿Q正傳》을 비롯한 걸작과 수많은 '잡문'을 통해서 민중의 어리석음과 노예근성을 끊임없이, 그리고 가차없이 질타하면서 '진정한 혁명'을 위한 싸움에 평생을 바쳤던 작가 노신의 사상적, 정신적 뿌리가 암시되어 있다고 할 수 있다. 즉, 전근대적인 습속과 신앙의 세계에 빠져 헤어날 줄 모르는 민중의 현실을 가혹하리만큼 예리하게 파헤치면서도, 노신은 또한 그 민중의 '전근대적인' 세계의 심층에서 '진정한 혁명'의 가능성의 원천을 보고 있었는지도 모른다.

말할 것도 없이, 인력거꾼의 뒷모습에서 '큰 사람'을 보는 시선에서 우리가 느끼는 것은 작가 노신의 인간으로서의 기본 자질, 즉 삶에 대한 '근원적 겸허함'이다. 그리고 그러한 겸허함이야말로 노신 문학의 진정성을 보증하는 결정적인 요소의 하나라고 할 수 있다. 기본적으로 약자와 작은 사람들의 진실에 가닿고, 그것을 옹호하려는 충동 없이 진정한 문학은 성립할 수 없기 때문이다.

그러나 노신이라는 작가 개인의 자질 이외에 우리가 주목할 필요가 있는 것은 이 이야기 속에 묘사되어 있는, 풀뿌리 민중 공동체 속에서 오랜 세월에 걸쳐 면면히 전승되어온 토착적 가치이다. 여기서 '토착적'이라고 하는 것은 그것이 오랜 민중생활 속에 깊이 뿌리를 내리고 있는 가치이기 때문이다. 그것은 시장에서의 교환이나 국가에 의한 수직적 분배를 통해서가 아니라, 공동체 내의 상호부조, 호혜적 관계를 통해서 자연스럽게 획득된 윤리적, 실천적 덕목이다. 우리가 여기서 주목해야 할 것은 가령 〈사소한 사건〉에서, 한 이름 없는 인력거꾼이 지체 높은 손님의 명령을 무시하고 쓰러진 노파를 먼저 돌보아야 한다고 생각하는 것은 근대적 교육이나 학습을 통한 결과가 아니라는 점이다. 그의 행동은 그가 태어난 공동체 속에서 자연과 친밀하게 교섭하고, 사람들과 어울려 살아오는 동안 저절로 몸에 익혀진 정서와 습속과 믿음에 말미암은 것이다. 거의 무의식적인 야생(野生)의 삶의 기술이라고도 할 수 있는 이러한 '우애와 환대'의 윤리는 오랜 세월 동안 풀뿌리 민중 공동체의 공생공락의 삶을 지탱해온 근원적인 토대였다.

그런데, 우리는 그동안 이러한 토대가 끊임없이 훼손되는 과정을 근대화, 개발, 경제발전, '세계화'라고 불러왔고, 그것을 문명된 삶을 위한 역사적 진보로, 혹은 적어도 불가피한 시대적 추세로 받아들여왔다. 그 결과, 오늘날 대다수 민중의 근거지라고 할 수 있는 농촌 공동체는 총체적인 붕괴에 직면하였고, 우리들 대부분은 자연과 공동체로부터 단절된 채, 살아남기 위해서는 무한경쟁의 시장에서 이기지 않으면 안된다는 강박적 주술(呪術)에 사로잡혀 서로가 서로에게 적대적인 사나운 짐승이 되어버렸고, 그런 상황에서 우리 모두의 삶은 유례없이 남루하고 비참한 것이 되고, 우리 자신의 인간성은 갈수록 피폐해지고 있다.

돌이켜보면, 자본주의적 근대란 자본가에 의한 노동자의 착취의 역사가 아니라, 공동체의 호혜적 관계와 자연세계와의 공서(共棲)에 토대를 둔 풀뿌리 민중의 자립, 자치, 자급적 삶을 일관되게 파괴해온 역사라고 할 수 있다.

생각해보면, 대지(大地)에 뿌리를 내린 삶이란 정말로 자유롭고 풍요로운 삶을 동경하는 인간에게 있어서는 다른 무엇과도 바꿀 수 없는 소중한 가치이다. 지금 '세계화'니 '자유무역'이니 하는 이름 밑에서 실제로 자행되고 있는 것은 세계 전역에 걸친 생태계 및 문화의 획일화, 몰개성화, 추상화이다. 그리고 이 과정에서 생태계나 인간문화의 건강에 불가결한 요소라고 할 수 있는 다양성과 개성과 구체성은 빠른 속도로 소실되고 있다. 오늘날 맥도날드와 스타벅스로 표상되는 소비주의 단일문화의 지배 밑에서 '뿌리에 흙이 묻어있는 언어'를 말하는 것은 점점 어려워지고 있다. 가장 극단적인 예는 학문과 교육의 장(場)에서 벌어지고 있다. 지금 한국의 대학에서는 멀쩡한 자기 언어를 버리고 한국인 교사가 한국인 학생들을 상대로 영어로 강의를 해야 한다는 압력이 증가하고 있다. 이 기괴한 상황을 우리는 어떻게 이해해야 할 것인가? 이제 한국어는 교육과 학문과 문화어로서는 자격이 없다는 것일까? 영어공용어화를 주창하고, 대학에서의 영어강의를 주도하는 사람들의 논거는, 말할 것도 없이, 경쟁에서 살아남기 위해서라는 것이지만, 이런 기괴한 방식으로 경쟁력을 길러야만 살아남을 수 있는 세상이란 과연 어떤 세상일까?

오늘날 싱가포르는 "제3세계의 조건에서 제1세계의 수준으로" 성공한 대표적인 나라의 하나로 평가되고 있다. 원래 이렇다할 부존자원도 없이 출발한 이 나라는 한 지도자의 '탁월한' 리더십과 엘리트들의 헌신적인 노력에 의해서 중개무역국가로서의 위상을 견고히 하는 바탕 위에 교육, 주택, 의료 등 다양한 영역에서 복지체제를 확립함으로써 이른바 '살기 좋은' 국가가 되었다. 그런데 최근 〈인터내셔널헤럴드트리뷴〉지(2007. 8. 29)는 그 싱가포르의 지도자 리콴유(李光耀)와의 회견기사를 싣고, "1965년 건국 이후 지난 42년간 싱가포르가 성공적인 나라로 살아남았지만, 앞으로 42년 동안 과연 살아남을 수 있을지" 걱정이라는 그의 메시지를 전하고 있다. 이 기사에서 무엇보다 흥미로운 것은 이 싱가포르의 지도자가 지구온난화로 인한 해수면 상승에 대한 우려 때문에 싱가포르 국토 전역을 제방으로 둘러쌀 계획을 하고 있다는 사실이다. 그러면서 동시에 리콴유는 지금까지 팽창하는 세계경제의 일부로서 번영을 누릴 수 있었던 싱가포르의 정치, 경제, 사회 시스템을 더욱 견고히 하고, 확대함으로써 계속적인 안정과 번영을 누릴 수 있을 것이라는 그의 믿음을 피력하고 있다. 다만 그가 걱정하는 것은, 예를 들어, 미국의 국내소비가 둔화될 때 발생할 세계경제의 위기상황이다.

　그런데 여기서 간과할 수 없는 것은 오늘날 싱가포르의 경제적 성공이 "이념보다 실용주의를 택한" 이 지도자의 통치철학과 깊이 연관되어 있다는 사실이다. 여기서 "이념이 아닌 실용주의"라는 것은, 간단히 말하여, 싱가포르의 경제적 성공이 국민들의 정치적 자유나 민주주의적 권리에 대한 심각한 제약 위에 이루어져왔다는 것을 뜻한다. 그러니까 리콴유는 경제성장과 민주주의는 본질적으로 양립할 수 없는 가치임을 솔직하게 말하고 있는 셈이다. 오늘날 싱가포르는 경제적으로 성공한 '복지국가'일지는 모르지만, 그 국민들은 극히 가부장적인 권위주의 체제에 순종하면서 살고 있는 것으로 보인다. 싱가포르를 '일류국가'로 만들겠다는 지도자의 의지 때문에 지금도 이 나라에서는 길거리에서 침을 뱉는다든지 하는 공중도덕상의 사소한 위반행위도 법적인 처벌의 대상이 된다.

뿐만 아니라, 어떤 싱가포르의 비판적인 지식인에 의하면, 이 나라는 '쁘띠부르주아적인 가치의 일방적인 고양(高揚)'에 의해서 오로지 '쇼핑센터의 나라'가 되어버린 '문화적 사막국가'이다. (C. J. W. — L. Wee, "Singafore", *The Future of Knowledge and Culture: A Dictionary for the 21st Century*, ed. Vinay Lal and Ashis Nandy(2005)) 그리하여 고급문화는 일반적으로 발을 붙이지 못하고, "교육에 있어서도 이상주의는 미덕이 아니라, 약점으로" 취급되고 있으며, 문화와 언어는 압도적으로 '도구적'인 견지에서 다루어지고 있을 뿐이다. 따라서 비이성적일 정도로 강조되고 있는 것이 영어학습이며, 영어는 오늘날 싱가포르의 공용어가 되어있다. 인간의 언어가 단지 이성적 의사소통을 위한 수단을 넘어서 보다 심층적으로 '시적(詩的)' 차원을 가지고 있으며, 그러한 시적 차원은 인간다운 삶에서 불가결한 것이라는 인식이 이런 '정신적 불모'의 사회에서 완전히 배제되어 있다는 것은 — 오늘날 한국의 상황을 생각하면 — 사실 그다지 놀라운 일이 아니다.

그런데 정말 놀라운 것은 위의 인터뷰에서, 지구온난화를 우려하면서, 동시에 바로 그 지구온난화를 유발해온 세계경제 시스템에의 보다 적극적인 참여를 계획하고 있는 리콴유의 모순적인 태도이다. 하지만 그에게는 이 근본적인 모순이 중요하지 않거나, 거의 의식되지도 않는 것으로 보인다. 그는 싱가포르가 세계경제의 흐름에 적극적으로 참여하지 못한다면, 예전의 가난한 '어촌'으로 되돌아가고 말 것이라고 말하고 있다. 그는 자신이 주도해온 정책노선을 실용주의라고 부르고 있지만, 그러나 지금과 같은 세계경제의 패턴 자체를 근원적으로 붕괴시킬지도 모를 지구온난화나 '피크오일'과 같은 위협적인 사태가 밀어닥칠 때, 그 상황에서도 그와 같은 '실용주의적' 노선이 과연 지속성을 유지할 수 있을까?

제방을 쌓음으로써 지구온난화의 재앙에 대처할 수 있으리라고 생각하는 것 자체가 오늘날 이 세계의 엘리트들이 얼마나 큰 망상 속에 빠져있는가를 단적으로 증언하고 있다. 국토 전역을 제방으로 둘러싸지 않으면 안될 정도로 지구온난화가 심각한 사태로 전개된 상황에서 지금과 같은 세계경제의 틀이 지속될 리 없는 것은 명약관화한 일이다. 그럼에도 불구하고, 지금 이 세계의 질서를 주도하는 엘리트들은 타성적인 사고에서 벗어나지 못한 채, 단순히 '지금까지 해온 방식의 반복적인 확대'를 통해서 돌파구를 찾으려고 하는, 사고력(思考力) 결핍증을 드러내고 있는 것이다.

리콴유는 싱가포르가 예전과 같은 '어촌'으로 돌아가는 것을 끔찍한 재앙으로 생각하고 있지만, 만약 싱가포르가 '어촌'으로 돌아갈 수만 있다면 (물론 불가능한 일이겠지만) 그것은 그들 자신에게 도리어 축복이 될 수 있을지도 모른다. 전통적인 '어촌'에는 어떤 국가, 어떤 자본도 제공할 수 없는 '밑으로부터의 복지' 즉, 호혜적 삶의 질서가 있고, 그러한 삶에서 얻는 다른 무엇과도 바꿀 수 없는 자유와 행복이 존재할 수 있기 때문이다.

선거철마다 되풀이되는 일이지만, 한국의 정치가와 그들의 조언자들이 내놓는 정책 공약들이, 보수와 진보를 막론하고, 한결같이 경제성장 논리에 사로잡혀 헤어나지 못하는 것을 보는 것은 참으로 씁쓸하다. 이번에는 심지어 "시대정신은 경제다"라는 말이 되지도 않는 정치적 구호까지 등장하였다. 고용문제를 포함한 온갖 사회적, 인간적 고통들이 난마처럼 얽혀 있는 혼란스러운 상황에서 사람들이 이 모든 문제의 해답을 쉽게 '돈 문제'로 환원시켜, 경제제일주의 논리에 빠지는 것은 물론 이해할 수 없는 게 아니다.

하지만 지금 겪고 있는 대부분의 고통이 본질적으로 경제성장 논리에 의해 비롯된 것임을 우리는 분명히 직시할 필요가 있다. 오늘날 사람들이 흔히 말하는 '가난'은 엄밀한 의미에서 '근대화된 빈곤'이기 쉽다. 즉, 그것은 경제발전 혹은 개발과정에서 뿌리뽑히고, 고립되고, 원자화된 삶에 수반된 고통이며, 성장의 필연적인 소산인 사회적 양극화, 불평등, 좌절, 실패에 기인하는 고통이라고 할 수 있다. 원래 풀뿌리 공동체에서 가난은 견딜 수 없는 비참한 고통이 아니라, 오히려 공생공락을 가능하게 하는 원천이었다는 것을 우리는 기억하지 않으면 안된다.

물론 선거에 임하는 모든 정치세력이 성장논리를 앞세우고 있는 것은 아니다. 실현성 여부와는 별개로 지금 성장 못지않게 분배에 관해서 말하고, 국가적 복지체제의 확립에 관해서 말하는 정치세력이 상당수 존재하는 것이 사실이다. 이른바 신자유주의라는 극단적인 약육강식의 경제논리의 지배 하에서 약화일로에 있는 국가의 공공성을 회복하고, 약자들을 보호할 수 있는 국가의 기능을 신장시켜야 한다는 것은 나무랄 데 없는 주장으로 생각될 수 있다. 하지만 간과하지 말아야 할 것은 복지국가체제란 기본적으로 계속적인 성장을 전제로 하지 않을 수 없는 체제이며, 나아가서는 자연과 인간과 사회에 대한 끝없는 공격을 그 내재적인 원리로 하고 있는 자본주의 시스템의 확대와 연장에 기여할 수밖에 없는 체제라는 사실이다.

뿐만 아니라, 민주주의의 관점에서도 복지국가체제는 근본적으로 의심스러운 체제이다. 복지국가에서 사람들은 국가권력에 의해 '제도적인 보살핌'을 받는 '국민'이라는 피동적인 객체로 떨어질 수밖에 없다. 인간은 살아남기 위해서 '사회안전망'을 필요로 하고, 최소한의 인간다운 생활을 위해서 무료로 교육을 받고, 무상의료의 혜택을 받을 권리가 있다는 것은 분명하다. 그러나 다른 한편, 우리는 오늘날 자본주의 시스템 속에서 제공되는 교육체제와 의료체제가 궁극적으로 과연 무엇을 위한 체제인지, 좀더 깊이 들여다볼 필요가 있다.

따져보면, 풀뿌리 민중의 자립, 자치, 자급의 능력을 훼손하고, 그럼으로써 인간의 자유롭고 주체적인 정신의 힘을 약화시킨다는 점에서 복지국가가 해답이 될 수 없다는 것은 확실하다. 자본과 국가권력이 결합된 거대 시스템의 지배 밑에서 오늘날 우리의 삶은 갈수록 비소(卑小)해지고, 인간정신은 갈수록 쇠약해지고 있다. 우리가 정말 민주주의와 자유로운 삶에 관심이 있다면 우리는 '우애와 환대'의 공동체를 조금이라도 넓혀가는 일에 헌신하는 수밖에 없다. 진보와 발전이라는 이름으로 야생(野生)의 토착적 문화를 뿌리로부터 소멸시키는 '사막화'의 추세를 더이상 허용해서는 안된다. (2007년)

'공생공락의 가난'을 위하여

　오늘날 한국사회처럼 '선진국'이 되고자 하는 맹목적 열망에 들떠있는 사회가 있을까. 물론 선진적 사회에서 사는 것은 좋은 일일 것이다. 그러나 과연 무엇이 선진국이며, 선진적 사회인가. 그러나 지금 우리들의 지적, 정신적 풍토에서 이러한 근본적인 질문이 활발하게 제기되고, 토의되기를 바라는 것은 어리석은 일인지 모른다.

　한국의 국가경쟁력이 세계 11위로 평가되었다는 뉴스가 보도되고 있지만, 어디서 누가 무슨 목적을 가지고, 어떤 척도와 근거에서 국가경쟁력이라는 순위를 매겼는지, 그리고 소위 국가경쟁력이라는 것이 과연 성립가능한 개념이기나 한지, 그리고 설령 그런 개념을 용납한다 하더라도 그것이 실제로 사람들의 삶에 어떤 구체적인 의미를 가지는 것인지 — 이런 것에 대한 의문이 당연히 있을 법도 하건만, 모두들 어느새 우리들도 선진국 국민이 된다는 데에 기분이 나쁘지 않아서인지, 아니면 성가신 질문으로 사회적 고립을 자초할지도 모른다는 두려움 때문인지, 그 누구도 이의를 제기하지 않는다. 따지고 보면, 한국사회의 가장 고질적인 병폐의 하나는 근본적인 질문의 부재 혹은 회피에 있는지도 모르고, 여기에서 오늘의 수많은 정치적, 사회적, 문화적, 생태적 위기가 비롯하고 있는지도 모른다.

선거 정국에서 우리들의 개인적, 집단적 욕망이 가장 노골적으로 드러나는 것은 피할 수 없는 현상일 것이다. 따지고 보면, 대의제 민주주의 제도 밑에서 정기적으로 시행되는 선거란 유권자들의 가장 상투적인 욕망을 확인하고, 강화하는 메커니즘이라고 할 수 있다. 그러므로 이런 상황에서 그러한 욕망의 의미와 성격에 대해서 근원적인 물음을 제기한다는 것은 아마도 불가능한 일일 것이다. 예를 들어, 오늘날 한국의 선거판에서 경제성장의 계속적인 추구가 가져올 궁극적인 파국을 환기하는 분위기가 조성될 가능성이 단 1%라도 있을 수 있을까. 대통령 선거든, 지방의회 의원 선거든, 모든 입후보자의 가장 전형적인 약속은 언제나 높은 경제성장과 소득의 증대이다. 이것은 독재체제와 민주체제를 불문하고 수십년에 걸쳐 뿌리깊이 굳어진 관행이 되었다.

거의 모든 사람들에게 경제성장은 선진국이 되기 위한 필수적인 조건이지만, 그런 경우 선진국이란, 간단히 말해서, 돈이 많고 힘이 센 나라이다. 그리하여 오늘날 한국에서는 단순한 스포츠에 관련해서도 국익과 국운이 운위되기 일쑤다. 이른바 '붉은 악마' 현상을 두고도 국운을 운위하고 민족의 웅비를 말하는 지식인들이 있었고, 거기에 공감하는 사람들이 적지 않았다는 것을 우리는 기억할 필요가 있다. 이것은 자신이 태어나, 자라고, 살아온 땅과 사람들에 대한 자연스러운 애정이나 충성심의 발로일 수도 있겠지만, 근본적으로 오늘날의 한국사회에 팽배해 있는 자기확대의 욕망을 떠나서 설명하기 어려운 현상이라고 할 수 있다.

통일문제에 관련해서도 사정은 본질적으로 다르지 않은 것 같다. 언젠가 나는 한 일간신문 논설위원이 최근의 젊은 세대들 사이에 통일에 대한 의지가 약한 것을 개탄하면서, 통일이 반드시 이루어져야 한다고 역설하는 글을 읽은 적이 있다. 그에 의하면, 통일을 해야 하는 핵심적인 이유는 "반쪽으로는 민족이 웅비할 수 없다. 지금 남쪽에서 분출하고 있는 민족 에너지가 분단 상태로는 계속해서 뻗어 나갈 수가 없는" 때문이라는 것이었다. (〈내일신문〉 2005년 11월 30일자 " '통일회의론'을 경계한다")

　여기서 주목할 것은 대체 '웅비'라는 게 무엇을 뜻하며, 왜 우리가 '웅비'를 해야 하는지 근본적인 질문이 없다는 점이다. 한국인이라면 당연히 '웅비'의 의미를 이해하고 있고, 또 당연히 '웅비'를 꿈꾸고 있다는 생각이 아무런 의심 없이 전제되어 있을 뿐이다. 그러한 전제가 가능한 것은 이 칼럼의 필자가 보기에 오늘날의 한국은 제어하기 어려운 '민족적 에너지'가 '분출하고' 있는 사회이기 때문일 것이다. 그리고 이것은 이 칼럼의 필자뿐만 아니라 오늘날 많은 한국인들이 느끼는 공통한 체험이라고 해도 좋을 것이다.

　생각해보면, 지금 한국사회에서 넘쳐흐르는 어떤 집단적 에너지라는 게 있다면, 그것은 "오랜 가난과 삶의 후진성에 치가 떨리는" 경험을 해온 사람들의 기억과 분리해서 설명하기 어려울 듯하다. 그리하여, 지난 수십년간 고도의 경제성장과 산업화를 통해서 '가난으로부터 해방'되었을 뿐만 아니라, 조만간 선진국으로도 도약할 수준에 도달했다는 자기만족적인 심리로 한국사회는 지금 한껏 자신감에 차있는 ─ 혹은 그 반대로 행여 선진국으로의 진입에 실패할지도 모른다는 불안감에 차있는 ─ 사회가 되었는지도 모른다. 그런가 하면, 다른 한편으로는, 지금껏 이룬 경제적 성취가 계속해서 증대되지는 못할망정 절대로 축소되어서는 안된다는 대명제가 대부분의 한국인들에게 암묵 중에 당연지사로 받아들여지고 있는지도 모른다.

　이것은 하루하루의 생계에 골몰해 있는 소위 서민들의 일상적인 의식에서만 발견되는 현상이 아니다. 내가 주목하고 싶은 것은 이 나라에서 가장 높은 정신적 생활을 하고 있는 것으로 생각되는 지식인들, 그 중에서도 특히 예술가나 문인들의 경우에도 많은 경우 여기에서 예외가 아니라는 사실이다. 아마도 그러한 사람들의 공개적인 발언 중에서 가장 대표적인 것의 하나는 예컨대 작가 이청준의 발언일 것이다. 그는 연전에 어느 일간신문에 기고한 글 〈어떤 나라를 물려줄 것인가〉에서, 지난 수십년간 고심참담 끝에 이룩한 한국의 '국부(國富)'가 현 정권의 소위 개혁

정책의 실패로 인하여 "더이상 나눌 것이 없는 상태로 이어지는" 불행이 있어서는 안된다고 역설하고 있었다. (〈조선일보〉 2005년 11월 2일자) 그의 말을 좀더 들어보자.

명심해야 할 것은 지금의 우리 경제력이 어제 오늘 이 세대가 이룬 게 아니라는 사실이다. 그것은 일찍부터 값싼 섬유제품과 신발류 등속으로 출혈 수출을 시작한 소기업부터 북태평양 얼음바다로 원양어선 타고 나간 우리 어업인들과, 사막의 모랫바람을 몇해씩 견디고 돌아온 중동 건설근로자들과, 심지어 용병 소리까지 감수해야 했던 월남 참전 용사들의 피와 땀이 기틀을 마련해준 덕이다. 오늘 지구촌 곳곳의 시장을 누비게 된 전자제품, 자동차, 조선해운업의 발전도 이역만리 독일에서 파견 광원들과 간호사와 이 나라 대통령이 함께 애국가를 부르며 눈물 속에 다짐했다는 서러운 결의와 종잣돈이 주춧돌을 놓은 결과라 할 수 있다.

그런데 여기서 흥미로운 것은, 위에서 열거된 지난 세대의 일들 가운데, 그 경제력의 신장 과정에서 자행된 인권유린도, 농민 공동체의 해체도, 도시 변두리의 판자촌과 창녀촌도, 전태일의 죽음도, 그리고 돌이킬 수 없는 자연 훼손도 전혀 언급되고 있지 않다는 점이다. 이러한 균형감각의 결핍을 우리는 어떻게 받아들여야 할 것인가.

비슷한 사정은 원로 문학평론가 유종호의 경우에도 발견할 수 있다. 《문학과사회》 2005년 겨울호에 발표된 글 〈안개 속의 길 ─ 친일문제에 관한 소견〉에서 그는 "좋든 궂든 1970년대 이후 30년간은 비록 한반도의 반토막 지역에서나마 주민들이 중국 대륙의 핵심부보다 덜 열악한 생활을 영위하였던 역사상 거의 유일한 시기였다"고 규정하면서, "그러한 시기에 물질적 토대를 구축한 유공자를 그 기반에 의존해서 호의호식하는 사람들이 전면 비방하는 것의 타당성과 정당성은 다시 후대의 역사가 판단할 것이다"라고 말하고 있다. 아마도 여기서 '유공자'라는 것은 박정희를 일컫는 말일 것이다. 그러니까, 평론가 유종호의 이 발언에는 친일 문제 처리를 비롯한 과거사 청산 작업이 잘못하면 은혜를 원수로 갚는 파렴치한 행위가 될지도 모른다는 경고가 담겨 있다고 할 수 있다. 이런 종류의 관점은 다른 곳에서도 비교적 솔직하게 개진되고 있다. 2004년 12월 20일자 〈중앙일보〉에 게재된 한완상과의 송년대담에서도 유종호는, 오늘날 한국의 소위 진보세력이 '냉전수구세력'이라고 폄하하고 있는 그 "사람들은 나라를 지키고 가난을 몰아낸 공적이 있"다는 소신을 피력하였다.

  나는 물론 이러한 발언에 내포되어 있는 것과 같은 우파적 소신에 공감하지 않지만, 그렇다고 해서 그러한 입장을 배격하고자 하는 것은 아니다. 그것은 있을 수 있는 정치적 태도라고 할 수 있다. 다만, 여기서 내게 몹시 흥미로운 것은 적어도 40년 넘게 오로지 문학활동에 생애를 바쳐온, 사실상 오늘날 한국문단을 대표하는 두 원로 문인의 사회적 발언이 드러내는 관심의 흡사함이다. 나로서는 그들이 사용하는 용어마저 너무도 닮은 게 신기할 정도이다. 즉, 평론가 유종호가 "철저하게 실용주의적 사고가 필요합니다. 어떤 일이 있어도 다시 가난해지는 일이 있어선 안됩니다. 저는 빈곤에 대해 전쟁과 비슷한 정도의 공포감을 갖고 있습니다. 지도자들은 명분보다 실용주의 노선으로 무장해 한국을 불황에서 건져야 합니다"라고 말할 때와 비슷한 어조로, 작가 이청준은 "오랜 가난과 삶의 후진성에" 치가 떨렸다고 말하고 있는 것이다.

  내가 특히 이러한 문인들의 발언에 주목하는 것은 이들이 단순한 세속적인 삶에 부대끼거나 매달려서 속물적 삶을 강요당해온 사람들이 아니라, 적어도 이 사회에서 가장 높은 수준의 정신적 가치를 오랜 세월 일관되게 추구해온 사람들이라고 할 수 있기 때문이다. 그리고 지금에 와서 경제성장과 산업화의 성취를 한국인의 삶과 문화의 성숙을 위한 필수적인 전제로 이해하고 있는 그들의 시각은 실은 예외적인 것이라기보다 아마도 오늘날 한국의 대부분의 지식인들에게 공통한 것인지도 모른다.

  그러나, 생각해보면, 이것은 심히 서글픈 현상이라고 하지 않을 수 없다. 적어도 문학이나 예술의 입장에서라면 지금 경제 제일주의와 권력욕망을 중심으로 미쳐 돌아가면서 온갖 인간적 가치들의 희생을 강요하고 있는 우리의 사회적 현실의 근본적인 모순과 어둠을 응시하고 있어야 하는 것이 아닐까. 그리고 이러한 현실을 배태하고 끊임없이 재생산하고 있는 논리의 원점이 이른바 '빈곤으로부터의 탈출'이라는 암묵적인 사회적 합의에 있다고 한다면, 문학이나 예술이 해야 할 것은 무엇보다도 그러한 합의가 과연 타당한 근거 위에 기초하고 있는 것인지, 혹시 그것이 상투적인 사고에 기초하고 있는 것이 아닌지, 근본적인 각도에서 철저하게 물어보는 일이어야 하지 않을까. 그렇게 함으로써 소비주의 문화와 사회적 격차와 인간성의 마멸을 끝없이 구조적으로 확대재생산하는 "역사상 가장 어리석고 파괴적인 시대"(웬델 베리) 상황에서 아직도 인간정신이 살아있다는 것을 증언해야 하는 게 문학과 예술의 소임(所任)이 아닌가.

하기는 오늘날 문학을 포함하여 거의 모든 지적, 문화적, 정신적 활동이 자본주의 체제에 대한 근본적인 저항과 도전이기를 멈춘 지는 오래되었다. 최근 한국문단에는 일본인 지식인 가라타니 고진(柄谷行人)의 '근대문학의 종언'이라는 테제를 둘러싸고 분분한 의론(議論)들이 개진되고 있지만, 여기에서도 우리가 보는 것은 참된 의미의 비판적 정신의 빈곤이다. '근대문학의 종언'이라는 것은 보편적으로 인정할 수 있는 현실인식이라기보다 한 개인의 편견이나 잘못된 사태파악에 근거한 한갓 단순한 주장일 수도 있다. 더욱이 그가 '근대문학의 종언'을 확실히 실감한 것은 한국에서였다고 말했기 때문에 그의 논리의 신빙성이 한국의 어떤 논평가들 사이에서 의심을 받는 것도 자연스러운 일일 수 있다. 왜냐하면 지금 한국에서처럼 문학시장이 활기를 띠고 있는 데도 사실 드물다고 할수 있기 때문이다. 이런 사실에 입각한다면, '근대문학의 종언'은 궤변에 불과한 말이라고 생각될 수 있을지 모른다. 그러나 피상적인 사실인식에서 오류가 있는지 모르지만, 가라타니 고진이 말하고자 한 것은 문학시장의 활황(活況) 여부가 아니라, 전통적으로 '저항의 언어'로서 문학이 행사해왔던 근원적인 체제 비판 기능의 약화 내지 쇠퇴현상이라는 좀더 본질적인 문제라는 것을 기억할 필요가 있다.

이것은 가령 "근대문학의 종언은 공산주의 운동의 몰락과 함께 시작되었다"라든지, "일본에서 근대문학은 입신출세주의와의 투쟁 속에서 성장해왔다"라고 하는 그의 직접적인 발언에서도 확인할 수 있지만, 또한 그가 인도의 작가 아룬다티 로이를 정통적인 의미의 문학행위를 계승하고 있는 대표적인 사람으로 꼽고 있는 것을 볼 때에도 확실히 드러난다. 우리가 잘 알고 있듯이, 아룬다티 로이는《작은 것들의 神》이라는 처녀작으로 일약 세계적인 주목을 받은 작가이지만, 인도국가의 소위 엘리트들의 기대에 반하여 계속해서 소설을 쓰는 것을 그만두고 미국이 주도하고 있는 '세계화'의 탐욕성과 파괴성, 아프가니스탄과 이라크에 대한 야만적 침략, 인도국가에 의한 핵개발이나 경제개발 논리에 내재되어 있는 근본적인 반민중성을 날카롭게 지적하는 급진적인 정치적 논평을 두려움 없이 발표해왔던 것이다.

우리가 생각해보아야 할 것은 가라타니 고진이 왜 아룬다티 로이와 같은 예외적인 경우를 들어서 '근대문학의 종언'을 말하는가 하는 점이다. 결국 그가 말하는 '근대문학의 종언'이란 단순히 문학다운 문학이 끝나가고 있다는 얘기가 아니라, 신자유주의 세계화의 탁류 속에서 "또다른 세계는 불가능하다"라는 이데올로기적 헤게모니에 대항하는 대신에 오히려 그 체제에 길들여져 상업적 성공을 추구하거나 체념이나 좌절 속에 빠져 있거나 혹은 갖가지 지적 곡예를 '혁명적 행동'으로 착각하고 있는 오늘날 세계적으로 만연한 지식세계의 사상적, 정신적 침체상황을 극적으로 드러내고자 하는 언설이라고 할 수 있는 것이다.

말할 것도 없이, 단지 문학만의 문제가 아니다. 문학을 주목하는 것은 종래에 그나마도 문학이 체제 비판 기능을 가장 충실히 해왔다는 일반적인 믿음이 있기 때문일 것이다. 그러나, 돌이켜 보면, 적어도 한국의 경우, 문학이라고 해서 과연 '근대적' 체제에 대한 철저한 비판의 전통을 형성해왔다고 판단할 근거가 충분한지 의심스럽다. 물론 예외가 없는 것

은 아니다. 가령, 만해 한용운이 일찍이 《님의 침묵》에서,

아아 왼갖 倫理, 道德, 法律은 칼과 黃金을 祭祀지내는 烟氣인 줄을
알았읍니다.
영원의 사랑을 받을까 人間歷史의 첫 페이지에 잉크칠을 할까 술을
마실까
망서릴 때에 당신을 보았읍니다.

(〈당신을 보았읍니다〉)

라고 했을 때, 이것은 단순히 식민지라는 특수한 한 시대의 절망적인 어
둠을 말하는 것은 아니었다. 한용운의 시가 언급하는 것은 좀더 근원적
으로, "民籍이 없는 者는 人權이 없다"는 단죄와 더불어 국가권력과 자
본의 필요에 따라서 언제든지 개인의 기본적인 권리가 쉽사리 박탈당할
수 있는 상황, 즉 근대국가 체제 하의 보편적인 인간상황이라고 해석할
수 있다. 이것은 오늘날 갈수록 사회적 양극화가 심화되는 추세 속에서
불법 이민노동자들이 처한 상황이나, 관타나모 수용소에 감금되어 있는
소위 테러 용의자들의 상황을 생각해보는 것으로 충분하지만, 나아가서
우리는 경제개발이나 산업 및 군사시설 때문에 자신의 삶터에서 쫓겨난
무수한 사람들의 운명에 대해서도 생각해볼 필요가 있다. 어떤 의미에서
근대국가가 성립된 이래 풀뿌리 민중의 생존은 어디서든 본질적으로 난
민(難民)의 상황으로 점철되어왔다고 할 수 있다. 특히 9·11 이후 '테러와
의 전쟁'이 선포된 이래 세계의 어느 곳에서든 어떤 나라 사람이든 미국
의 안전에 위협적인 존재라는 혐의만으로 체포되고, 재판 없이 구금될
수 있게 된 지금과 같이 노골적인 제국주의적 억압의 상황에서는 한용운
의 시는 그의 시대를 뛰어넘어 더욱 절실한 보편적인 의미를 갖는다고
하지 않을 수 없다.
그러나, '근대'의 본질에 대한 한용운의 이러한 근원적 인식이 식민지,
해방, 전쟁, 냉전시대, 반독재 민주화 투쟁의 시기를 통해서 나중의 한국

문학이나 사상적 노력들 속에서 지속적으로 계승되어왔다고 말하기는 역시 어려운 것 같다. 아니, 오히려 한국의 지식인들에게 좀더 다급하고 중요했던 것은 '근대' 자체의 의미를 묻는 것이 아니라, 하루빨리 근대를 성취해야 한다는 욕구였는지 모른다. 물론 근년에 와서 '근대적응과 근대극복'의 동시적 수행이라는 명제를 내걸고 활동해온 지식인 그룹이 없었던 것은 아니지만, 이 명제가 단순히 그럴듯한 슬로건의 수준을 넘어서, 구체적으로 무엇을 뜻하는 것인지 그다지 분명하게 드러나는 것은 아니었다고 할 수 있다.

여하튼 한국의 근현대 사상의 흐름에서 대세를 형성해온 것은 정치적 이데올로기에 관계없이 서구적 근대의 제도와 가치와 관행을 하루빨리 도입, 정착시켜야 한다는 생각이었음이 분명하다. 따라서 아무리 박정희 시대의 정치적인 억압과 인권유린 사태에 대해 비판적인 사람일지라도 그 시대가 이루어놓은 경제적 업적과 이를 통한 근대화의 성취에 대해서는 ─ 그것이 본질적으로 지속불가능한 것이라 하더라도 ─ 감히 그 가치를 근본적으로 의심해보기 어려운 상황이 지속되어온 것이다.

그러나 이제 사태는 벼랑 끝에 다다랐다. 우리가 아무리 원한다 하더라도 지금까지 계속되어온 것과 같은 방향의 경제발전, 근대화의 성숙과 완성을 향한 걸음은 이제 한걸음도 더 나아갈 수 없는 시점에 봉착하였다. 지금 지구온난화라는 위협적인 현상 하나만 가지고 보더라도 이것은 인류사회의 미래에 대하여 심히 불길한 재앙을 예고하고 있지만, 중요한 것은 이러한 예고된 재앙에 대한 대책을 지금과 같은 '근대적' 제도와 관행에 의지해서는 절대로 만들어낼 수 없다는 사실을 철저히 깨닫는 것이다.

지금 세계적으로 생태적 위기상황에 대해 관심이 높아지고 있음에도 불구하고, 속시원한 처방이 나오지 않고 있는 것은 오늘날 세계의 권력 엘리트들이 병의 원인을 가지고 병을 치유하려고 하는 가망없는 방법 외에 다른 방법을 상상할 수 있는 능력이 없기 때문이라고 할 수 있다. 이러한 상상력의 빈곤은 일차적으로는 타성적인 사고 때문이겠지만, 궁극적으로는 자신의 권력을 끊임없이 확대하려거나 또는 적어도 포기하지 않으려는 욕망에 기인한다고 할 수 있다. 그러나 이러한 욕망에 기초한 게임의 법칙들을 전면적으로 변경하지 않는 한, 아무리 많은 돈과 기술과 '생태적 효율성'으로도 위기에서 벗어날 가능성은 조금도 열리지 않을 것임이 분명하다.

간단히 말해서, 근대세계는 그것이 순환의 법칙으로 움직이는 세계 속에서 직선적인 진보를 추구하고자 하는 체제인 한, 처음부터 지속불가능성을 내포하고 있었던 체제라고 할 수 있다. 따라서 지금 파국으로 치닫는 위기에 대한 대응이 이 체제에 대한 땜질식 처방으로는 어림도 없다는 것은 길게 말할 필요가 없다.

초식동물인 소들에게 육골분이라는 이름으로 육식을 강요할 때, 그것을 먹은 소들이 좀더 빨리 자라고, 더 많은 젖을 내놓을 수는 있을지 모른다. 그러나 그 결과는 결국 광우병이라는 전례없는 괴질의 발생으로 귀결되었다. 따라서 광우병을 회피하려면 소들을 이윤추구를 위하여 무자비하게 다루어도 좋은 수단이 아니라, 하나의 생명체로서 존중하고 그에 부합하는 방식의 목축으로 되돌아가는 수밖에 없다. 오늘날 인류사회가 닥친 온갖 사회적, 인간적, 생태적 위기는 결국 광우병과 같은 것이라고 할 수 있다. 그러므로 이 위기를 극복할 수 있는 방법은 우리들의 생활방식을 '재생 순환의 법칙'에 들어맞게 재구축하는 수밖에 없는 것이다. 그리고 그러한 재구축의 노력은 광우병의 경우처럼 기술적으로 자연적 한계를 뛰어넘으려고 하는 교만한 자세가 아니라, 개인이든 집단이든 우리가 우리 자신의 인간으로서의 근원적 한계를 겸허히 받아들이는 데서만 성공을 기약할 수 있을 것임이 분명하다.

그러므로 이러한 근원적 한계에 비추어서 우리는 정말 '좋은 삶'이란 무엇인지 깊이 생각해볼 필요가 있다. 이것은 그동안 우리가 갖고 있었던 고정관념들을 철저히 비판적으로 검토해볼 것을 요구한다. 예컨대 '가난으로부터의 해방'에 관해서 말할 때, 우리가 좀더 냉철하게 들여다볼 필요가 있는 것은 현금이나 부동산 혹은 금융자본의 소유라는 면에서는 지금 우리가 부유해졌는지 모르지만, 인간으로서 우리에게 좀더 본질적인 의미를 갖는 우리 자신의 인간성과 인간관계라는 면에서는 지금 우리가 엄청난 황폐화와 빈곤을 경험하고 있다는 사실이다.

일찍이 이란 정부에서 교육부 장관과 외교관을 지낸 경력을 가진 마지드 라흐네마는 원래 개발도상국가로서 이란이 살 길은 경제개발에 의한 근대화를 신속히 성취하는 길밖에 없다고 믿고, 오랫동안 그런 방향에서의 정책을 지지했던 지식인이었다. 그러나 그는 이란의 현실과 해외에서의 경험을 통해서 자신이 종래에 가지고 있던 '빈곤'에 대한 개념이 근본적으로 오류였다는 것을 인정하지 않을 수 없었다. 그에 의하면, '가난하다'고 해서 다 같은 것이 아니다. '절대적 빈곤'이 있는가 하면 '공생공락의 가난'이라는 것도 있는 것이다. 그의 관점에서 볼 때, 현대세계에서 보다 큰 중요성을 갖는 것은 후자, 즉 '공생공락의 가난'이다. 이것은 물질적으로 넉넉하지는 않지만 (실은 물질적으로 가난하기 때문에 가능한) 상호부조와 협동적 관계 위에서 풀뿌리 민중이 삶을 영위해온 오래된 삶의 방식을 뜻한다. 그런데 이 생활방식이 식민지 시대를 거쳐 개발의 시대에 이르러 세계 도처에서 무자비하게 파괴되어왔다는 데에 우리 시대의 근본적 비극이 있는 것이다. 라흐네마에 의하면, 오늘날 정말 중요한 것은 윤리적으로나 생태적으로나 인류사회에 결코 보편적인 것이 될 수 없는 '선진국형'의 소비문화의 확산이 아니라, '공생공락의 가난'을 보호하려는 노력이다.

실제로, 우리가 이러한 '공생공락의 가난'을 진지하게 음미할 필요가 있는 것은 지금 산업사회의 종말을 예고하는 신호들이 다양한 형태로 나타나고 있기 때문이기도 하다. 그 가운데 석유문제는 아마도 가장 긴박한 문제라고 해야 할 것이다. 오늘날 자본주의 체제는 사실상 석유를 기반으로 한 문명이라고 할 수 있다. 그런데, 만약 석유분석가들의 예측이 맞아떨어진다면, 이 석유문명은 조만간 석유생산 정점 — 이미 정점을 통과했다는 분석도 있지만 — 에 도달함과 함께 결국은 빠른 속도로 종말을 향해 나아갈 수밖에 없을 것이다. 만일 이 시나리오가 현실이 된다면, 거의 전적으로 값싼 석유에 의존하여 수출중심 경제성장 체제를 유지, 확대해온 한국경제는 회복불능의 궤멸적인 타격을 입을 것임이 거의 확실하다.

그럼에도 불구하고, 지금 한국사회와 경제를 주도하는 세력들은 '공생공락의 가난'을 비웃고, 지속가능한 사회를 위한 근본토대인 농민과 그들의 공동체의 가차없는 퇴출을 촉진함으로써 오히려 경제적 활로를 찾으려 하고 있다. 하기는 수십년 동안 지속된 대외의존적 성장논리의 관성 때문에 '경쟁력 없는' 농업을 방기(放棄)하지 않고는 어쩌면 지금 당장의 국가경제의 존립 자체가 위태로운 게 한국경제의 현실인지도 모른다. 한국경제의 기초가 이토록 허망한 것이라면, 우리들 모두의 운명은 바람 앞의 촛불 같은 것이라고 할 수 있다.

되돌아볼 때, 지금 이 시대의 위기는 근대 이후 인류사회가 끊임없이 부닥쳐왔던 고난과 시련의 마지막 단계일지도 모른다. 근대란 한마디로 파괴와 낭비의 문명을 전지구적으로 확대하는 과정이었다고 할 수 있다. 따라서 그것은 본질적으로 폭력의 연속일 수밖에 없고, 이 과정에서 사회적 약자와 자연세계는 끝없는 유린, 박탈, 살상의 희생물이 될 수밖에 없었다. 교육받고 성공한 사람들의 입장이 아니라, 풀뿌리 민중공동체의 견지에서 볼 때, 근대란 언제 어디서나 홀로코스트였다.

지금 우리는 서구 근대의 산물인 자유민주주의, 인권, 복지, 과학기술, 의료, 교육이 주는 '혜택'을 떠나서 인간다운 삶을 생각하기 어려운 상황에 살고 있다고 믿고 있지만, 실은 이러한 제도와 문물은 우리가 '공생공락의 가난', 즉 상부상조의 호혜적 관계망을 잃어버린 대가로 얻은 것일 뿐이다. 그리고, 좀더 엄밀히 볼 때, 이러한 '문명적'인 제도와 문물은 '혜택'이긴커녕 우리의 인간다운 자율성과 자유와 행복을 근본에서부터 가로막는 주된 장애라고 할 수 있다. 근대적 세계에서 사람들은 자신의 자주적이고 자율적인 삶의 지혜와 기술에 의존하여 살아가는 것이 불가능하게 되어버린 것이다.

근대적 재화와 서비스는 모두 '희소성'을 본질로 하는 자원을 기초로 해서 생산, 유통되는 상품으로서, 대부분 점점더 갈수록 전문가의 개입이

238

없이는 소비하거나 접근할 수 없는 시스템 속에서 보급되고 있다. 오늘날 사람들은 직업적 법률가의 도움 없이 자신을 변호할 수 없고, 교사의 도움 없이 배울 수 없으며, 의사의 조언 없이 자신과 가족의 건강을 돌볼 수 없게 되었다. 이런 상황 속에서 능동적으로 자신의 삶을 꾸려나가는 사람의 지혜와 능력이 위축되는 것은 당연하다고 할 수밖에 없다. 사회복지와 보험제도가 발달할수록, 교육이 널리 보급되고, 학력이 높아질수록, 병원이 많아지고, 의료기술이 첨단화할수록 자신과 이웃을 돌보고, 스스로 배우고, 사람을 사귀고, 고통을 견디고, 질병과 노화를 통해 삶의 궁극적 의미를 깨닫는 '삶의 기술'은 날이 갈수록 퇴화할 수밖에 없는 것이다.

뿐만 아니라, 상품의 형태로 혹은 전문가의 개입을 통해서 주어지는 이러한 '혜택'에 접근하기 위해서는, 그것이 '희소' 자원을 기초로 한 것인 한, 우리는 부단히 돈을 벌기 위해서 혹은 자격을 얻기 위해서 타인들과 끊임없이 경쟁하거나 피나는 투쟁을 하지 않으면 안되는 사태에서 벗어날 수가 없다. 그러니까, 도스토예프스키가 일찍이 간파했듯이, 근대적 삶이란 불가피하게 "나의 행복을 위해서 타인의 불행을 전제로 하는" 삶일 수밖에 없는 것이다.

근대적 삶에서 실업, 빈부격차, 성차별, 사회적 불평등, 농민문화의 몰락은 이 체제의 불가결한 요소로 기능한다. 그것은 마치 현대 도시의 화려한 외관을 장식하는 고층빌딩의 이면에 누추한 슬럼가가 반드시 공존하는 것과 같은 이치이다. 고층빌딩이 전형적인 근대 건축인 것과 마찬가지로 슬럼도 역시 철저히 근대적인 산물인 것이다.

서구문명으로부터의 충격에 노출되기 시작한 19세기 중엽 이래 동아시아의 지식인들을 지배해온 것은 대체로 적자생존의 냉엄한 법칙에 따라 강자는 살고 약자는 죽는다는 우승열패(優勝劣敗)의 논리였다. 메이지 시대 일본의 진보적 지식인을 대표하는 후쿠자와 유키치(福澤諭吉)의 유명한 탈아입구(脫亞入歐)론은 어떻게 해서든 일본이 '야만적'인 혹은 '미개한' 아시아를 벗어나서 '문명'적인 서구화에 도달하지 않으면 일본의 독립을 유지할 수 없다는 긴박한 위기감 속에서 나온 것이었다. 그러나, 이 논리는 일본의 성공을 위하여 조선을 침략하는 것을 정당화하는 정한론(征韓論)으로 그대로 연결되는, 근본적으로 제국주의적 논리이기도 했다. 여기서도 중요한 것은 이러한 제국주의적 측면이 결코 이 사상의 비본질적이거나 우연적인 요소가 아니라, 서구적 근대를 향해 가고자 열망한 후쿠자와의 진보사상, 문명관과 표리일체의 관계에 있었다는 점이다. 그러니까, 이것은 우승(優勝)은 열패(劣敗) 없이는 존재할 수 없는 것이고, 근대적 국가의 성립에는 식민지 혹은 식민지적 사회관계의 존재가 필연적으로 수반될 수밖에 없다는 '진리'를 드러내주는 것이다.

하지만, 의식했든 안했든 식민지 조선의 지식인들도 대체로 이와 같은 제국주의적 문명관, 적자생존의 논리를 좁게는 자신의 처세의 원리로, 넓게는 민족의 생존의 방책으로 받아들였고, 이 전통은 아마도 지금까지도 근본적으로 흔들림 없이 계속되고 있는 것으로 볼 수 있다. 그리하여, 국익이니 국부(國富)니 하는 말들이 별반 저항 없이 시도 때도 없이 통용되고 있는지도 모르지만, 하여튼 '부강한' 선진국으로 가고자 하는 이러한 욕망으로 지금 이 사회가 끓어 넘치고 있다는 것은 부정할 수 없는 사실일 것이다.

그러나, 다시 한번 왜 우리가 '선진국'이 되어야 하는가? 선진국이 된다는 게 과연 무엇을 의미하는가? 우리가 개인적이든 집단적이든 '지금 여기'가 아니라, 어떤 다른 '높은 곳'으로 가야 한다는 것은 정말 옳은 생각일까?

일본의 작가 아쿠타카와(芥川龍之介)의 작품에 〈거미줄〉이라는 것이 있다. 어떤 사내가 지옥 속에 빠져 너무나 고통스러워하는 모습을 보고 석가모니 부처가 그걸 잡고 극락으로 올라오라고 거미줄을 내려주었다. 그런데 이 거미줄을 타고 올라가던 사내는 자기 다리에 필사적으로 매달리는 동료들을 떼어놓으려고 심하게 요동을 쳤고, 그 바람에 거미줄이 툭 끊어져 지옥의 심연으로 도로 굴러떨어질 수밖에 없었다 … 이 간단한 이야기의 다분히 교훈적인 메시지를 이해하는 것은 어려운 일이 아니다.

그러나 여기에서 우리가 주의해 볼 필요가 있는 것은 지옥과 극락이라는 이분법에 기초해 있는 이 이야기의 기본구도이다. 다시 말해서, 지옥은 극락이 있기 때문에 존재하고, 극락은 지옥이 있기 때문에 존재한다. 이런 구도 속에 처해 있는 한, 인간은 늘 보다 더 안락한 극락으로 가고자 하는 신경증적인 강박에 시달리지 않을 수 없고, 자유와 행복의 삶은 늘 먼 미래의 가능성으로만 주어질 뿐이다.

이 우화(寓話)에서의 지옥과 극락을 우리는 야만과 문명, 혹은 후진국과 선진국으로 바꾸어 읽어볼 필요가 있다. 그럴 때, 문명과 야만, 선진국과 후진국이란 실체는 원래 존재하지 않는 것이며, 다만 서구적 근대로 인해 형성된 개념이며 허구일 뿐이라는 사실이 좀더 분명해진다.

실제로, 따져보면, 오늘날 우리가 선진국이라고 부르는 사회는 자연과 사회적 약자에 대한 수탈에 근거한 테크놀로지와 시스템에 의하여 유지, 관리되는 사회이다. 따라서 그 사회의 풍요와 안락은 진실로 인간다운 자유와 행복에 기여하는 것이라고 할 수는 없다. 무엇보다도 그러한 풍요와 안락의 삶은 인간간의 유대를 상실하고, '대지(大地)와의 접촉'이 단절된 깊이 소외된 삶이다. 그런 반면에, 이른바 후진국이라고 하는 사회는 물질적인 자본과 기술의 결여에도 불구하고, 인간다운 삶에 보다 본질적인 의미를 갖는 '사회적 자본' ― 가족, 친구, 이웃, 공동체 ― 을 풍부히 소유하고 있고, 식민지적 착취에 따른 손상과 파괴에도 불구하고, 자연세계와의 교감이 아직도 살아있는 토착적 문화를 유지하고 있다. 무엇보다도, 오늘날 후진국에서의 대부분의 민중의 삶은 호혜적 관계를 원리로 하는 '공생공락의 가난'에 의해서 지탱되고 있는 것이다.

그러므로, 정말 문제는 후진국의 '빈곤'이 아니라, 선진국의 '풍요'임이 분명하다. 기후변화가 단순한 가설이 아니라 가공할 현실로서 나타나고 있는 시대에 낭비와 파괴가 시스템 속에 구조화되어 있는 '선진국형' 생활방식을 전지구적으로 확대한다는 것은, 간단히 말해서, 자살행위라고 할 수 있다. 더욱이, 어떠한 상황에서도 전체 인류가 결코 고르게 나눌 수 없는 그러한 생활방식을 특정 지역, 특정 사회가 독점적으로 고수한다는 것은 비윤리적인 행위임은 길게 말할 필요가 없다.

오랫동안 후진국 지식인들 대다수가 서구의 모범을 따라 근대화, 산업화에 매진하는 것을 당연하게 받아들여온 데 반해 간디는 이미 20세기의 초두에 서구문명에 내재한 근원적인 폭력성과 파괴성을 꿰뚫어보고, 이 문명이 확대된다면 그것은 인류에게 언젠가 저주가 될 것이라고 예언하였다. 그리하여, 예를 들어, 동시대의 저명한 시인 타고르가 동서양 문명의 이상적인 융합이라는 방식 속에 인도와 아시아와 세계의 미래에 대한 비젼을 보고 있었던 것과는 반대로, 간디는 서구적 근대문명은 어디까지나 극복의 대상이지 적응이나 타협의 대상이 아니라는 관점을 철저히 견지하고 있었던 것이다. 간디의 관점에서 볼 때, 서구 근대문명은 무엇보다도 배타적인 자기중심주의에 토대를 둔, 영성(靈性)이 결여된 문명이었다. 따라서 그것은 참다운 의미의 '문명'이라고 할 수는 없는 것이었다.

미국의 인디언 지식인으로 현재 뉴욕주립대학의 교수로 재직하고 있는 존 모호크는 서양 제국주의의 침략과 지배 밑에서 토착민이 취할 수 있는 자세를 '착한 신민(臣民)' '나쁜 신민' '비신민(非臣民)'의 세 가지 유형으로 나누어 설명한 바 있다. 다시 말해서, 억압의 질서에 순응함으로써 안락을 추구하는 '착한 신민'은 말할 것도 없지만, 이 억압에 반대하여 투쟁하는 '나쁜 신민' 역시 힘의 논리에 대한 숭상에서 해방되어 있지 않는 한, 지배자의 것과 같은 게임의 법칙을 받아들이고 있는 것이며, 따라서 근본적으로 노예의 길을 가고 있다는 것을 깨달아야 한다는 것이다. 존 모호크의 생각처럼, 참다운 해방의 길은 억압적 구조와 논리 그 자체를 넘어가는 자주적인 비협력의 자세를 통해서만 구축될 수 있을지 모른다. 아마도 그 전형은 영국산 직물에 대한 보이콧이라는 형식으로 인도 민중의 자주적, 협동적 삶의 바탕을 복원하는 과정에서 여하한 권력추구도 철저히 배제했던 간디의 방식일 것이다.

간디의 방식은 서구 근대문명에 대한 순응도, 단순한 반대도 아니었다. 그것은 배타적인 탐욕과 약자에 대한 착취 없이는 한 순간도 존속할 수 없는 근대적 삶의 방식을 뛰어넘어 오랜 세월 '대지에 뿌리박고' 살아온 사람들의 공생의 지혜로 돌아가려는 철저히 비타협적인 자세였다. 간디의 궁극적 메시지는 내가 진실로 자유롭고 행복하기 위해서는 남들의 자유와 행복을 인정해야 하고, 그것은 결국 우리 각자가 소박하고 단순한 삶을 선택하는 길밖에 없다는 것이었다. 그러한 절제와 소박함 속에서 인생에 있어서 가장 소중한 덕목, 즉 '어울려 삶'의 토대가 형성된다는 것은 변함없는 진리일 것이다. (2007년)

민주주의, 성장논리, 農的 순환사회

　　많은 사람들에게 지난 12월 대선은 심히 곤혹스러운 선거였다. 실제로 선거결과는 많은 유권자가 아예 투표장에 나가지를 않았거나, 투표를 했다 하더라도 마지못해 누군가에게 표를 던졌다는 것을 알려주기에 충분한 것이었다. 그러므로 이런 선거를 통해서 누군가가 당선되었다 하더라도 그것을 온전한 민의(民意)의 반영이라고 볼 수는 없다. 그렇게 말하는 것은 심각한 언어왜곡이라고 할 수밖에 없다. 하기는, 비록 30%의 득표율이기는 하나, 상대후보들에 비해서는 압도적인 표를 얻었으니까 자신이 국민의 대폭적인 지지를 받은 듯한 착각을 하는 것도 무리는 아닐지 모른다.

　　그런 탓인지, 아직 새 정부가 구성되지도 않았건만, 소위 인수위원회가 새로운 정책안이라고 내놓는 것을 보면 전부 문자 그대로 무소불위의 전제(專制)권력이 아니면 감히 생각도 할 수 없는 것으로 일관되어 있다. 정작 선거 직전에는 슬그머니 꼬리를 감추는 듯했던 이른바 대운하 프로젝트는 온갖 논리적인 모순이 폭로되고 있음에도 불구하고 강행될 기세이고, 양극화를 더욱 심화시킬 것이 분명한 재벌 위주의 경제정책이 공공연히 제시되는가 하면, 드디어는 한국인들이 자기 땅에서 자기 아이들을 교육하는 데 한국어를 버리고 외국어를 선택하지 않으면 안된다고 하는 기상천외의 '영어공교육' 정책이 운위되기까지 이르렀다. 궁금한 것은 이러한 아이디어를 국가정책이라고 내놓는 사람들의 정신구조이다. 그러나 그보다 중요한 문제는, 실제 집행여부를 떠나서, 실로 상식을 벗어나도 너무도 벗어난 이러한 프로젝트를 아무리 반대여론이 있다 하더라도 '흔들림 없이' 강력하게 밀어붙이겠다는 자세를 노골적으로 천명하고 있는 권력의 방자한 모습이다. 이것은 명백히 민주주의에 대해서는 하등의 관심도 없는 전제적 발상이라고 할 수밖에 없다.

이 시점에서 생각해보아야 할 것은 이른바 '민주화 이후' 시대라는 지난 20년 동안 우리가 민주주의에 대해 지나치게 낙관적인 태도로 살아온 게 아닌가 하는 것이다. 우리는 이제 '민주화'는 성취했으니까 다음 과제는 '선진화'라고 생각하고 있었는지 모른다. 그러나 과연 지난 20년이 올바른 의미에서 민주주의 사회였는지는 잠시 불문에 붙여두고, 지금 권력의 독주를 견제할 만한 정치적 대항세력이 사실상 몰락의 위기에 내몰린 상황에서, 우리는 이러한 위태로운 사태가 민주주의에 대한 우리들 자신의 안이한 인식에 ─ 부분적으로나마 ─ 기인한 것이 아닌지 돌아볼 필요가 있다. 직선제만 쟁취하면, 쿠데타만 없으면, 그리고 정기적으로 투표장으로 가서 칸막이 속에서 아무 간섭을 받지 않고 도장을 찍을 수만 있다면 그것이 민주주의라고 우리는 생각하고 있었던 게 아닐까. 따지고 보면, 히틀러도 나폴레옹 3세도 선거에 의해서 등장했던 전제권력이라는 엄연한 역사적 사실을 끊임없이 기억하고 있을 필요가 있었는데도 말이다.

하기는 통치권의 행사라는 이름으로 여론 ─ 특히 사회적 약자들의 의견 ─ 을 쉽게 무시하는 것은 '민주화' 이후의 정부에서도 고질적인 습관이 되어왔다. 아마도 가장 대표적인 것은 자신의 정치적 지지기반을 심각하게 훼손하면서까지 한미FTA를 밀어붙인 노무현 정권의 경우일 것이다. 한미FTA는 사회적 약자와 자연환경을 보호할 수 있는 마지막 합법적인 수단마저도 박탈해버릴지 모른다는 점에서 이명박의 대운하 못지않은 폭력적 기획이라는 것은 많은 설득력 있는 양심적 증언에 의해서, 그리고 다른 나라들의 예에 비추어 충분히 밝혀졌다고 할 수 있다. 뿐만 아니라, 이 협정에 대한 풀뿌리 차원의 반대 목소리는 조금이라도 민주주의 원칙을 존중하는 권력이라면 결코 무시할 수 없을 만큼 드물게 간곡하고 강렬한 것이었다. 그럼에도 불구하고, 민중이 자신의 운명을 결정하는 과정에 관여할 수 있는 최소한의 권리마저 비웃고, 노무현은 기어이 자기 고집대로 협정체결을 완료하였다. 그렇게 함으로써 '참여정부'는 이 나라의 민주주의의 토대가 얼마나 허약한 것인가가 폭로되는 데 큰 기여를 하였다. 그렇게 해서 오늘날 우리의 민주적 역량은 독선적 권력의 횡포를 막을 수 있을 만큼 충분히 견실한 것이 아니라는, 인정하고 싶지 않은 진실이 드러나고 만 것이다.

지금에 와서 우리가 새삼 민주주의의 위기 운운하는 것도 실은 우스운 노릇인지 모른다. 지난 20년 동안 '민주화 이후' 시대 전체에 걸쳐서 민주주의가 한번도 제대로 실현된 바가 있는지 의심스럽기 때문이다. 오히려 사태는 점점 더 악화되어왔다고 보는 것이 정당한 판단일 것이다. '참여정부'에 의한 한미FTA 협정 체결은 아마도 그러한 추세 속에서 이 나라 민주주의의 결정적인 후퇴의 시작을 알리는 신호였는지도 모른다.

그렇다면, 민중의 입장에서 볼 때, 지금 비록 정권교체가 되고, 집권당이 바뀌었다고 하지만, 그것은 권력 엘리트들의 이름이 바뀌었을 뿐 실질적으로 바뀐 것은 아무것도 없다고 하지 않을 수 없다. 과거에 민주화 운동을 했던 사람들 가운데 상당수가 지난 10년 동안 정부나 집권당에 들어가 활동을 했다고 해서 그들이 속한 정당 혹은 정파가 이번 선거에서 패배한 것을 두고 '진보진영'의 패배를 운위한다면 그것은 실로 가소로운 일이라고 하지 않을 수 없다. 왜냐하면 우리가 다 알다시피, 그들은 기득권 세력과 온갖 소소한 국면에서 쓸데없는 정치투쟁을 벌이면서도 민중생활의 보다 근본적인 차원, 즉 사회경제적인 정책방향에서는 완전히 의기투합해서, 엘리트 중심의 글로벌 시장경제 시스템 외에는 "대안이 없다"는 신념에 충실하거나 굴종해왔고, 그 연장선에서 한미FTA를 받아들였던 것이다.

유감스러운 것은, 반민중적 신자유주의 경제논리에 저항해온 유일한 정당이라고 할 수 있는 민주노동당도 이번 선거에서 참패를 면할 수 없었다는 사실이다. 나에게는 민주노동당의 패배의 원인이 정확히 무엇인지 짐작할 수 있는 정치적 식견이 없다. 하지만 그 패배의 주된 요인이 민주노동당 자신의 내부에 있었다고 보는 시각에는 선뜻 동의하기 어렵다. 지금 연일 보도되고 있는 것처럼 민주노동당이 자기쇄신의 필요와 그 방법을 둘러싸고 심각한 내분에 휘말려있다는 것은 우리가 잘 안다. 이 분쟁의 결과 심지어 민주노동당 자체가 해체되어버릴 가능성도 크다는 우려의 목소리들도 들려오고 있다. 그러나 민주노동당의 내부적 문제가 구체적으로 무엇이든, 분명한 것은 이번 대선에서의 참패 원인을 민주노동당 자신의 한계로만 돌려놓을 수 없다는 사실이다. 물론 민주노동당이 좀더 견실한 내부구조를 갖추고, 유권자들에게 좀더 신망있는 당으로 비쳐졌다면 지금보다 더 많은 지지를 확보했을 것임은 틀림없다. 하지만, 그렇다고 하더라도 민주노동당의 그러한 성공은 극히 제한적인 수준을 넘어서는 것은 아니었을 것이다. 왜냐하면 지금 이 나라의 다수 대중은 '국익' 혹은 '국가경쟁력'이라는 덫에 걸려 자신의 진정한 이익이 무엇인지를 인식하는 데 심각한 혼란을 겪고 있는 것으로 보이기 때문이다.

사회경제적 양극화 현상이 심화되어 가고 있는 상황에서는 '진보적' 가치가 압도적인 다수에 의해서 지지를 받는 게 당연할 것이다. 그러나 유감스럽게도 오늘의 실제 상황은, 우리 모두가 알고 있듯이, 그 반대이다. 오늘날 한국사회에서는 진보적 가치에 대해서 얘기하고, 민주주의에 대해서 말하면 조소(嘲笑)를 당할 뿐이라는 인식이 널리 퍼져있다. 실제로 '민주화 이후' 시대에 실망한 대중들 사이에서는 "민주주의가 밥 먹여주냐"라는 냉소주의가 이미 광범위하게 확산되어 있다는 저널리즘의 보고가 나온 지도 한참 되었다. 흔히 이런 보고를 인용하는 식자(識者)들은 소위 민주세력의 집권 기간 동안 대중적 빈곤현상이 개선되기는커녕 오히려 빈부격차가 심화됨으로써, 대중이 민주주의나 '진보적' 이상에 대한 믿음을 잃어버렸다는 식으로 해석해왔다. 이와 같은 해석이 물론 전적으로 틀렸다고 할 수는 없다. 그러나 오늘날 대다수 한국인들이 정말로 민주주의를 원치 않는다는 것은 진실일까. "민주주의가 밥 먹여주냐"라는 냉소적 태도는 혹시 좀더 진정한 민주주의에 대한 보다 심층적인 원망(顧望)의 왜곡된 표현이 아닐까.

생각해보면, 오늘의 대중적 소비수준이 결코 낮은 것이라고 할 수는 없다. 아무리 빈곤이 문제라고 하지만, 지금 절대적인 궁핍 때문에 사람들이 돈이 된다면 도덕도 윤리도 민주주의도 다 헌신짝처럼 버리겠다는 것은 아닐 것이다. 경제적인 빈곤이 민주주의를 가로막는 주인(主因)이라고 보는 것은 흔히 있는 상투적인 관점이지만, 따져보면 이것보다 더 위험한 관점도 없다고 할 수 있다. 흔히 근대교육을 받은 지식인들은 "중산층이 없으면 민주주의도 없다"는 배링턴 무어의 유명한 말에 덮어놓고 동조하는 경향이 있지만, 이 경우 '민주주의'란 서구근대의 소산인 자유주의적 대의제 민주주의를 가리킨다는 것을 간과해서는 안된다. 이렇게 민주주의를 협소한 의미로 국한시킬 때, 그 필연적인 결과는 근대 이전의 서구세계를 포함해서 세계의 다양한 지역에서 오랜 세월 풀뿌리 민중사회에서 지속되어왔던 여러 형태의 좀더 실질적이고 활력있는 민주주의를 완전히 외면하거나 무시하는 위험한 편견에 빠지기 쉽다. 위험하다는 것은, 그러한 편견으로써는 참다운 민주주의 사회에 대한 전망 자체가 불가능하기 때문이다.

민주주의란, 간단히 말하여, 민중이 자신의 삶을 스스로 다스린다는 것을 의미한다. 그러므로 참다운 민주주의의 성립에 무엇보다도 필요한 것은 민중이 주체적인 삶을 영위할 수 있는 자립과 자치의 조건이다. 요컨대 노예의 삶을 강제당하지 않기 위한 근본적인 조건을 갖추어야 한다는 것이다. 이런 각도에서 볼 때, 사람들이 흔히 믿고 있는 것과는 달리, 경제성장은 민주주의의 발전에 조금도 도움이 되지 않는다고 할 수 있다. 경제성장은 자본주의적 사회관계의 심화, 확대를 의미하는 것이며, 따라서 그것은 갈수록 민중의 자치, 자립의 역량을 근원적으로 훼손하고, 불평등한 사회적 관계를 끝없이 확대재생산한다. 이것은 극히 단순명료한 사실이다. 그럼에도 불구하고, 사람들은 — 특히 근대교육을 받은 지식인들은 — 이러한 사실을 인정하지 않고, 늘 일정한 경제성장이 민주주의나 인간다운 생활에 필수적인 전제조건이라고 생각한다. 그렇게 함으로써 그들은 민주주의를 지금 당장 민중이 누려야 하고, 누릴 수 있는 당연한 권리가 아니라, 언젠가 여건이 성숙되기를 기다려야 하는 문제로 치부한다. 그 결과, 의도든 아니든 그들은 민중의 자치와 자립이라는 이상의 실현 가능성을 끊임없이 미래의 어떤 지점으로 연기하는 '노예소유주'의 정치철학에 동조하는 것이다.

물론, 빈곤이 문제가 아니라는 것이 아니다. 중요한 것은 오늘날 사람들이 흔히 말하는 '빈곤'이 무엇을 뜻하는 것인가를 좀더 세밀히 들여다볼 필요가 있다는 것이다. 확실히 지금도 절대적인 빈곤문제가 없는 것이 아니고, 절대적인 빈곤은 시급히 해소되어야 할 문제라는 것은 두말할 필요가 없다. 뿐만 아니라, 지금 갈수록 안정적인 일자리를 확보하기가 어려워져 가는 상황에서 저소득층의 생계가 근본에서부터 흔들리고 있다는 것도 외면할 수 없는 문제이다. 그러나 우리는 이러한 문제를 포함해서, 오늘날 많은 '가난한' 사람들이 느끼는 가난은 생활에 필요한 물자나 서비스의 절대적인 결핍 그 자체로 인한 궁핍감이라기보다는 '생활의 질(質)'의 열악함에서 오는 고통을 뜻할 가능성이 크다는 것에 주의할 필요가 있다. 설혹 물자나 서비스가 부족하다 하더라도 그 결핍이 재앙이 되는 것을 막아주는 호혜적 인간관계의 그물이 있다면, 그러한 결핍은 도리어 축복이 될 수 있다. 적어도 서구적 근대 자본주의 문명의 침략과 지배를 받기 이전의 거의 모든 토착사회에서의 비근대적 삶은 이러한 호혜적 공동성(共同性)에 기초해 있었다. 상호부조의 그물망이 확립되어 있는 그러한 공동체적 토대 위에서 사람들은 어울려 함께 일하고, 거기서 같이 즐거움을 누리면서 자립, 자치의 삶을 영위하는 게 가능하였던 것이다. 이것이 간디가 되풀이해서 옹호했던 '마을자치(village swaraj)'의 전통이며, 한국의 농촌공동체에서 오랜 세월 동안 국가의 억압 밑에서도 면면히 지속되어왔던 '두레'의 전통이다. 역사적으로 그러한 자치의 공동체야말로 진정한 민주주의가 실현될 수 있는 실질적인 토양이 되어왔다는 것도 매우 흥미로운 사실이다. 이와 관련해서, 우리나라의 전통 마을에서의 민주주의적 생활방식에 대한 천규석의 다음과 같은 언급은 경청할 만하다.

> 농촌공동체 시절의 마을을 들여다보면 그 안에서 사람들이 사는 꼴은 다 비슷했어요. 물론 한 마을에 논 서른 마지기 가진 사람도 있고 두 마지기 가진 사람도 있고 하나도 없는 사람도 있고, 가진 것의 차이는 있었지만 그러나 지금처럼 사는 꼴이 크게 차이가 안 나고 다들 비슷하게 살았는데요. 어느 정도의 경제적 평등이 민주주의의 전제조건이라면, 가난했다고 하는 그때가 오히려 지금보다 더 민주적이었다는 것이지요. 그리고 의사결정 과정의 민주성도 그래요. 가령 마을에서 대소사를 의논하는 동회(洞會)를 하면요, 하루면 끝날 수도 있지만 현안이 해결 안 되면 1주일도 끌고 가고 한달도 끌고 간다고요. 전원합의가 이루어질 때까지 매일 그렇게 모이는 거예요. 그런 민주주의가 지금 어디 있습니까. 민주주의라는 것이 밑바닥, 풀뿌리에서 올라오는 것인데, 그렇게 보면 나는 갈수록 이 사회가 민주주의와는 멀어진다고 생각해요.
> (좌담 〈박정희 시대를 어떻게 볼 것인가〉, 《녹색평론》 2004년 9-10월호)

여기에 묘사되어 있는 마을 민주주의는 어떤 가상의 유토피아도 아니고, 또 그다지 오래된 옛날의 일도 아니었다. 그것은 천규석 자신이 청년 시절 농사꾼으로서 일상적으로 경험하였던 우리나라 농민공동체의 실제 현실이었다. 천규석은 그때 동등한 자격으로 마을 일에 주체적으로 참여하던 그 시골 사람들이 누리던 것과 같은 민주주의적 삶이 지금 어디에 있는가 하고 묻고 있지만, 실제로 그와 같은 민주주의는 박정희의 산업화 전략, 위로부터의 강압적인 개발, 특히 새마을운동을 통해서 결정적으로 붕괴되었다는 것은 우리가 다 아는 일이다. 세계 어디에서나 마찬가지이지만, 자본주의 논리에 의한 개발주의와 산업화가 성공하는 데에는 무엇보다도 호혜적 관계망을 토대로 살아온 풀뿌리 민중의 삶의 방식과 심성을 근저(根底)에서부터 무너뜨리는 것이 필요했다. 그리하여 근대화, 합리화라는 명분을 내걸고 사람들 사이의 관계를 적대적이거나 경쟁적인 것으로 전환시키고, 배타적인 성공을 위해서 수단방법을 가리지 않는 이기적이고 탐욕적인 개인들을 대량으로 출현시키는 것이 급선무였다. 그리고 필연적으로 그러한 전환의 과정은 폭력을 동반하기 마련이었다.

루이스 멈포드는 《기계의 신화》에서 근대적 산업화의 최초의, 그리고 가장 전형적인 형태의 공장이 석탄광산이라는 점을 지적한 바가 있지만, 이것은 근대 산업사회에서의 노동과 삶의 본질적인 성격을 이해하는 데 매우 중요한 암시를 던져준다. 자연의 순리를 정면으로 거스르면서 땅밑 깊숙이 햇빛도 바람도 풍경도 차단된 밀폐된 인공적 공간에 갇힌 채 고통스러운 노역을 자발적으로 감내할 수 있는 인간은 이 세상에 아무도 없다. 그러한 노동은 그렇게라도 일하지 않으면 살아갈 방도가 없는 '막장인생'이 어쩔 수 없이 택할 수밖에 없는 비자발적인 노동이라는 것은 말할 필요가 없다. 그러니까, 광산이 근대적 산업노동의 원형이라면, 근대화된 노동이란 본질적으로 강제노동이라고 할 수밖에 없다. 그것은 어떠한 정신적 고양(高揚)도 심미적 쾌락도 따르지 않는 괴롭고 지겨운 노역일 뿐이다. 뿐만 아니라, 기술의 발전에 의해 작업과정이 고도로 기계화, 자동화되고, 단순화됨에 따라서 근대적 노동과정은 갈수록 노동자에게서 인간으로서의 자유와 개성을 박탈하고, 소외감을 깊게 한다.

오늘날 고도로 산업화된 작업장에서, 그것이 생산현장이든 사무실이든, 모든 노동자들은 갈수록 빈틈을 용납하지 않는 관료적 통제 시스템 밑에서 주체적인 인간으로서의 삶을 부정당하고, 기계의 부품으로서의 역할을 강요당하며 살고 있다. 이것은 비단 서열이 낮은 노동자나 샐러리맨의 경우에만 해당되는 얘기가 아니다. 산업사회가 강요하는 관료적 통제체제는 정부나 기업경영자의 명령에 의해서가 아니라, 자본주의 시스템 자체의 확대재생산 논리에 의해서 강제되고, 심화되어 가는 것이기 때문에, 어떠한 대기업의 최고경영자라 할지라도 그가 인간적으로 행동할 수 있는 공간은 매우 좁을 수밖에 없다. 좋은 예는, '유니언 카바이드' 사건과 '엑슨 발데즈' 사건에서 두 기업의 최고 경영자가 보여준 행동이다. '유니언 카바이드' 사건은 1984년 인도 보팔에서 화학폭발로 2천명이 죽고 20만명이 부상당한 사건이며, '엑슨 발데즈'는 1989년 유조선 기름 유출로 알라스카 야생지역이 광범위하게 오염된 사건이다. 각 회사의 최고 간부는 사건이 터지자 모두 놀라 공식적으로 사과하였고, 심지어 '유니언 카바이드'의 회장은 자신의 여생을 이 잘못을 보상하는 데 바치겠다고 말하였다. 그러나 그들은 처음에 한 말을 곧 철회했다. 왜냐하면 미국의 법률에 따르면 만약 어떤 기업이 이윤추구를 주목적으로 행동하지 않으면 주주들이 경영진을 상대로 주주들의 권리를 무시했다는 이유로 소송을 제기할 수 있기 때문이었다. 두 회사의 최고 경영자들은 자신들이 처음에 '과잉반응'을 했다고 말하였다. (제리 맨더 〈나쁜 요술 - 테크놀로지의 실패〉, *The Sun* 1991년 11월호)

제리 맨더의 말처럼, 처음에는 "인간으로서 행동한" 경영자들이 나중에는 전혀 다른 반응을 보여준 것은 자신들이 "기계의 한 부분이며, 기계의 목적은 인간의 목적과는 다르다는 것"을 깨달았기 때문일 것이다. 여기서 개인이 인간답게 행동할 수 있는 가능성을 원천적으로 가로막는 '기계'는 말할 것도 없이 주주자본주의 시스템이다. 흔히 자본주의 경제의 비약적인 발전에 기여해왔다는 '주식회사'라는 것을 기업의 '사회화'의 한 형태로 이해하는 사람들도 없지 않지만, 주주 이익의 극대화라는 목적에 초점이 맞추어질 수밖에 없는 한, 그 메커니즘은 실은 가공할 폭력의 메커니즘임이 분명하다.

그런데, 지금은 정부나 모든 공공조직도 기업처럼 되어야 한다는 압력이 갈수록 고조되고 있다. 이러한 상황에서 오늘날 작업장이나 직장 안에서의 민주주의가 살아있기를 기대하는 것은 불가능한 일이다. 실제로, '민주화' 이후 한국사회에서 자유민주주의라는 제도로서의 형식적 민주주의는 회복되었는지 모르지만, 사람들의 삶에서 실질적으로 중요한 의미를 갖는 일상생활과 노동의 장(場)에서의 민주주의는 거의 실종되거나 심각하게 위축되었다는 견해에 반론을 제기하는 것은 쉽지 않을 것이다. 이것은 물론 한국사회만의 문제가 아니다. 한국사회에서 특히 이러한 현상이 두드러지게 나타난다면 그것은 소위 '압축적 근대화'로 인해서 온갖 모순들이 집중화된 결과이지, 결코 '전근대적인' 한국사회 특유의 여러 '후진적' 요인이 빚어내는 결과가 아닐 것이다. 왜냐하면 우리가 흔히 믿고 있는 것처럼 진정한 의미의 민주주의를 가로막는 것은 '가난'도 '후진성'도 아니고, 오히려 고도경제성장 체제라고 할 수 있기 때문이다. 이 점에 관련해서 우리는 일찍이 1906년 미국여행 중에 막스 베버가 썼던 한 편지에 나오는 다음과 같은 구절을 깊이 음미해볼 필요가 있다.

> 오늘의 — 지금 미국에 존재하고, 또 러시아로 도입되고 있는 — 고도 자본주의와 민주주의 혹은 자유 사이에 어떠한 연관성이라도 있다고 생각하는 것은 실로 가소로운 일입니다. 그러나 이 자본주의는 우리의 경제발전의 불가피한 결과입니다. 문제는, 고도로 발전된 자본주의의 지배 밑에서 어떻게 하면 장기적으로 자유와 민주주의가 가능할 것인가 하는 것입니다. 자유와 민주주의가 가능한 것은 오직 자기들은 절대로 양들처럼 지배를 받고 살지 않겠다는 한 민족의 단호한 의지가 항구적으로 살아있는 곳뿐입니다.
>
> (H. Gerth & C. Wright Mills, eds, *From Max Weber*, 73쪽에서 재인용)

잘 알려져 있듯이, 막스 베버는 자본주의 근대가 어떻게 해서 서유럽에서만 발흥할 수밖에 없었는지를 해명하는 데 크게 기여한 탁월한 '부르주아' 사회학자이다. 그러나 그는 생애의 말년에 다가갈수록 근대적 합리주의에 의거한 자본주의 체제가 필연적으로 관료적 지배구조의 강화로 나아갈 수밖에 없다는 사실에 주목하고, 그런 상황에서 '영혼 없는 기계'의 삶을 살아가지 않을 수 없는 근대적 인간의 운명에 대해 심히 비관적으로 되어갔다. 그런 점에서 우리는 고도의 자본주의와 민주주의의 양립 불가능성을 명료하게 지적하면서도 사람들의 '단호한 의지'가 '항구적으로 살아있는' 예외적인 상황을 가정하고 있는 베버의 말에서 오히려 더 짙게 그의 비관주의를 실감할 수 있다. 관료주의에 의한 빈틈없는 관리, 통제가 행해지는 시스템 속에서 몇몇 개인 차원이 아니라, 한 민족 혹은 국민이 집단적으로 주체적인 인간으로 살겠다는 '단호한 의지'를 지속적으로 유지한다는 것은 현실적으로 불가능한 일이며, 그것은 냉철한 현실주의자인 베버 자신이 누구보다 더 잘 알고 있었을 것이기 때문이다. 베버는 맑스처럼 자본주의가 그 자체의 모순 때문에 필연적으로 사회주의로 전환될 것이라는 것을 믿지 않았고, 그밖에 자본주의에 대한 어떠한 대안도 전망할 수 없었다. 그리하여 그는 생애의 끝까지 비관주의를 벗어나지 못했지만, 지금에 와서 되돌아보면, 그의 비관주의는 섣부른 대안을 내놓는 것보다도 지적으로 훨씬 더 견실하고 정직한 것이었는지 모른다.

하여튼, 자본주의가 고도로 발전하고, 경제성장을 추구하면 할수록 권력의 집중현상과 관료주의적 지배구조가 강화된다는 것은 분명한 사실이다. 경제성장은 현재의 사회경제적 격차를 토대로 해서만 성립될 수 있는 것이며, 성장의 결과는 기왕의 불평등을 해소하거나 완화시키기는커녕 그 불평등 구조를 온존, 심화시키는 데 기여할 뿐이다. 그리고 다시금 그러한 불평등 구조는 계속적인 성장의 토대가 되는 것이다. 이러한 악순환은 자본주의 메커니즘의 원리에 비추어 볼 때나 역사적 경험에 비추어 볼 때나 어김없이 확인되는 진실이다. 그러므로 더 많은 성장을 통한 '진보'와 '공존공영'의 추구는 처음부터 가망없는 일이라고 할 수밖에 없다. 경제성장의 과실이 보편적으로 나눌 수 있는 성질의 것이라고 믿는 것은 어리석은 망념(妄念)이다. 오늘날 자본주의 시장경제가 요구하는 소비형태는 본질적으로 낭비를 제도화하고 있는 것이지만, 그 낭비적인 소비수준을 누릴 수 있는 인구는 현재는 말할 것도 없고 미래의 어떤 지점에서도 세계인구의 소부분에만 국한될 수밖에 없는 것이다. 부의 균점은 자본주의의 성장 메커니즘이 결코 허용할 수 없는 것이며, 만약 실제로 균점이 실현된다면 이미 그것은 자본주의 시스템이 아닐 것이다.

뿐만 아니라, 계속적인 경제성장의 결정적인 문제는 권력의 집중과 사회경제적 격차 이외에 그것이 자연을 끝없이 수탈하고, 궁극적으로는 인류의 생존 그 자체를 위협하는 가공할 생태위기를 초래한다는 데 있다. 사실, 딴 것은 다 그만두더라도, 지금 지구온난화 문제를 비롯하여 급속도로 악화하고 있는 환경문제를 생각한다면, 인류 문명사회가 여전히 성장논리에 붙들려 있다는 것은 참으로 기막힌 일이라고 하지 않을 수 없다. 그러나 사람에게는 언제 닥칠지 모르는 파국보다는 당장의 현실이 급한 법인만큼, 지금까지 익숙해왔던 관성에 따라 우리는 더 많은 돈, 더 많은 생산과 소비가 더 좋은 삶을 보증해준다는 시스템의 처방에 순응하면서 살아갈 수밖에 다른 선택이 없는지 모른다.

그러나 단순한 관성의 문제가 아니다. 우리들 대부분의 삶은 산업화를 거치는 동안 뿌리가 뽑혀져버렸고, 농민공동체는 돌이키기 어려운 수준으로 붕괴되었다. 도시의 슬럼과 공장과 사무실과 가게에서 새로운 인생을 살게 된 수많은 사람들에게는 공동체의 호혜적 교환관계는 완전히 낯선 것이거나 심각하게 왜곡된 형태로 주어질 수 있을 뿐이다. 이런 상황에서 살아남기 위해서는 각자가 홀로 도생(圖生)하는 방법밖에 없다는 생각이 확산되는 것은 너무나 당연하다. 그리하여 사람들은 무엇보다 돈이 없으면 죽는다는 사고방식에 길들여지게 되고, 부분적으로 국가나 공공기관이 제공하는 사회적 서비스에 기대를 거는 것이다.

그런 의미에서, 예를 들어, "개발지상주의에 대한 많은 사람들의 동조는 분명히 자본주의 이데올로기에 감염된 뒤틀린 욕구 때문이다. 그러나 경제발전을 통해 의식주 기본생활의 충족은 물론, 이를 얼마간 초과하는 풍요로움을 바라는 마음 자체가 반드시 잘못된 것은 아니다"라는 발언은 정당한 것인지 모른다. (백낙청《한반도식 통일, 현재 진행형》253쪽) 하지만, 위에서 말했듯이, 오늘날 사람들이 느끼는 '빈곤'은 본질적으로 물질적 결핍의 문제라기보다 인간다운 삶에서 좀더 근원적인 의미를 갖는 문제, 즉 민주적이며 호혜적인 인간관계의 상실에 따른 '삶의 질'의 열악함에 기인하고 있을 가능성이 크다. 물론, 지금 당장에 호혜적 관계망 자체가 결여되어 있는 상황에서는 어쩔 수 없이 돈을 손에 넣어야 하고, 경제발전을 긍정하는 수밖에 없는지 모른다. 하지만, 언제까지나 그런 방식이 긍정될 수는 없다. 물질적 부에 의한 '풍요로움'이란 원리적으로 공생공락(共生共樂)을 가능하게 하는 것이 아니며, 무엇보다도 오늘의 생태적 위기라는 현실이 더이상 그것을 허용하지 않는다. 물론, 그렇다고 해서 우리가 덮어놓고 가난을 찬미할 수는 없다. 문제는 어떤 가난이냐 하는 것이다.

백낙청은 위에서 인용한 구절에 이어서 "깨끗하고 품위있는 가난이 인간의 어떤 깊은 욕구에 상응하듯이 장엄(莊嚴)과 영화(榮華)에 대한 욕망 또한 중요한 본능인 것이다"라고 말하면서, 오늘날 '녹색담론'의 일부에서 잘 살아보겠다는 '대중의 정당한 욕구'를 외면하는 경향이 있다는 것을 지적하고, 이를 비판하고 있다. 여기서 말하는 '녹색담론'이 정확히 무엇인지 모르지만, 가령 《창작과비평》 100호 기념 심포지엄에서 '대국주의와 소국주의의 긴장'이라는 문제에 관한 백낙청의 논평 도중에 "우리가 장기적으로 지향할 면이 많은 소국주의로는 지금 우리나라의 지식인 사회에서 《녹색평론》 같은 잡지가 강조하는 ― 새로운 안빈론(安貧論)이라고도 말할 수 있겠죠…"라는 대목이 있는 것을 보면(《통일시대 한국문학의 보람》 446쪽), 그것이 《녹색평론》의 입장을 가리키는 게 아닌가 하는 짐작이 가능하다. 물론, 《녹색평론》이 그동안 '가난'의 미덕을 강조하는 여러 이야기를 해온 것은 틀림없는 사실이다. 예컨대 "우리가 가난한 사람에게 자선을 행할 때 그것은 우리가 가난한 사람에게 '허리를 굽히는' 행위가 아니라, 가난한 사람에게 우리 자신을 '들어올리는' 행위"라는 아씨시의 성인 프란체스코의 말을 인용하여 '가난'이 우리의 인간성을 고양시키는 미덕일 수 있다는 언급도 했고, 그럼으로써 '깨끗하고 품위있는 가난'을 강조한 셈이라고 할 수 있다. 그럼에도 불구하고, 나는 《녹색평론》이 가난 그 자체를 찬미한 적이 한번도 없다는 것을 환기하고 싶다. 《녹색평론》이 말하고자 한 것은 늘 어울려 함께 일하고 즐기는 삶의 중요성에 대해서였고, 그런 우정과 환대에 기초한 삶을 위해서는 '가난'이 필수적인 조건이라는 것이었다. 왜냐하면, 위에서 되풀이 말했듯이, 경제발전 혹은 경제성장 논리의 근간에 있는 철저한 배타성의 원리로 보거나, 생태학적 한계를 보거나, 참다운 공생의 논리는 반드시 공빈(共貧)에 의해 뒷받침되지 않으면 안된다고 믿기 때문이었다. 《녹색평론》이 적극적인 가치로서 강조해온 가난이란 단순히 개인적 차원에서 물질적 결핍상태를 기꺼이 감내하는 생활이 아니라, 어디까지나 공생공락의 가난이었다. 따라서, 이것은 옛 유교사회의 지배층 지식인들의 극히 엘리트주의적인 안빈론(安貧論)과는 전혀 무관한 것이었다.

그러니까, 중요한 것은 가난의 정도가 아니라 가난의 종류이다. 공빈(共貧)과 안빈(安貧)은 전혀 질적으로 다른 종류의 가난인 것이다.

물자와 서비스의 절대적인 결핍, 그리고 거기에 기인하는 비참은 당연히 극복해야 할 문제이며, 그러한 극복의 노력을 경제발전이라고 한다면 그와 같은 경제발전의 의의를 부정할 사람은 없을 것이다. 그러나 근대 자본주의가 출현한 이후 제국주의, 식민주의, 개발, 세계화 등 갖가지 이름으로 추진되어온 경제발전이라는 것이 과연 세계의 풀뿌리 민중의 삶의 실질적인 개선에 조금이라도 도움이 되었다는 증거가 그 역사 전체를 통해서 하나라도 있는가. 물론, 경제규모와 물량의 총체적인 증가에 따라서 민중의 소비수준도 부수적으로 올라간다는 것은 이른바 적하효과(滴下效果)라는 것을 들먹이지 않아도 수긍할 수 있는 현상이다. 그런데 그렇게 해서 높아진 소비수준이라는 것이 민중의 잃어버린 공동체적 삶의 '풍요로움'과 '자유로움'을 조금이라도 보상할 수 있는 성질이었는지 물어볼 필요가 있다. 실제로, 경제발전은 민중의 '빈곤'을 해소하는 것이 아니라, '빈곤의 근대화'를 초래한다는 것은 역사가 증명하고 있다. 뿐만 아니라, 자본주의적 경제발전은 원리상 빈부격차를 해소하는 것도 아니다. 부르주아 경제학의 입장에서는 빈부격차는 상존해 있어야 하며, 그렇지 않을 때는 경제발전도 성장도 불가능하다. 자본주의 시스템은 원래 '빈곤'을 제거할 수 있는 시스템이 아니다. 빈곤을 해소한다는 명분으로 전개되는 경제발전은 오히려 새로운 형태의 빈곤을 만들어내고, 경쟁력이 약한 고리에 위치한 사람들을 비참한 곤경으로 내몰 뿐이다. 경제발전 혹은 성장의 논리는 생태적으로나 윤리적으로 받아들일 수 있는 것이 결코 아니다.

이와 관련해서, 여기서 잠시 생각해보아야 할 것은 이를테면 '적당한 경제성장'이라는 것이 과연 현실적으로 성립할 수 있는 개념인가 하는 것이다. 백낙청은 "한번 낙오하면 항구적인 약자로 전락하기 일쑤고 약자는 강자로부터 사람대접을 기대하기 어려운 현존 세계체제의 현실에서" 우리가 "부자나라 따라잡기를 지상목표로 삼고 최대한의 성장을 추구하는 것이 아니라 일종의 자기방어적 성장을 꾀하는 전략"이 필요하다고 말한다. 사실, 이와 비슷한 뜻의 발언은 이른바 '근대적응과 근대극복의 이중과제'에 관해서 계속해서 말해온 백낙청의 근년의 작업에서 자주 되풀이되어왔다. 그는 "자본주의 경제의 틀 안에서 성장을 하고 경쟁력을 추구하는 한, 일정한 환경파괴와 인간성의 훼손이 불가피하다는" 것을 모르지 않는다. 그럼에도 불구하고, 그는 "현싯점에서 한국경제가 일정한 성장동력을 유지하는 것은 민주주의의 진전을 위해서도" 필요하다고 본다. (《한반도식 통일, 현재진행형》 268~9쪽)

계속하면 환경도 파괴하고 인간성도 파괴할 수밖에 없는 경제성장이지만, 그렇다고 안 할 수도 없다 — 이러한 딜레마를 뚫고 나가자면 그야말로 엄청난 '지혜'가 필요할 것임은 말할 필요가 없다. 그 결과, 아마도 고심 끝에 백낙청이 내놓은 처방이 '방어적인 경쟁력 노선' 혹은 좀더 간단하게 '적당한 경제성장'이라는 개념인 듯하다. 하지만 지금으로서는 이 '적당한 경제성장'이라는 것이 하나의 추상적인 언술로서는 성립할 수 있을지 모르지만, 과연 그것이 구체적인 현실에서 무엇을 어떻게 하자는 전략인지 분명치 않다. 이것은 마치 '근대적응과 근대극복의 이중과제'라는 말이 추상적인 언술로는 그럴 듯하게 들리는 개념이면서도 정작 구체적으로 무엇을 어떻게 한다는 것인지, 그 실천적인 상황을 생각하면, 지극히 모호한 것으로 되어버리는 것과 같다고 할 수 있다. 실제로, 이와 같은 사태의 모호성에 대해서는 백낙청 자신이 이미 어느 정도의 불안감을 표시한 바가 있다.

근대 세계체제가 끝없는 자본축적과 그에 따르는 경쟁의 논리를 외면하는 일정 규모의 집단(뿐 아니라 실제로 대부분의 개인)들에게 불행을 안겨주고 심지어 멸망을 초래하는 한, 어쨌든 최소한의 적응과 경쟁력이 요구되는 것이 사실이겠다. 물론 일단 그 과정에 뛰어들고 나서 과연 '최소한'에서 멈출 수 있을지는 골치아픈 질문으로 남지만 말이다. (〈한반도에서의 식민성 문제와 근대 한국의 이중과제〉, 《창작과비평》 1999년 가을)

경제성장이라는 경주(競走) 속으로 뛰어든 이상, 그 속에서 '최소한'으로 멈출 수 있을지 그것은 '골치아픈 질문'이 될 것이라고 하는 유보적 발언으로써 이미 백낙청은 '적당한 경제성장'이라는 것이 실현되기 어려운 난제임을 시인하고 있는 셈이다. 그러나 위의 인용문에서도 드러나듯이, 백낙청의 강조점은 그럼에도 불구하고 이 난제를 슬기롭게 뛰어넘어야 한다는 데 놓여있다. 그렇게 하는 것이 바로 '책임있는 자세'라고 그는 보고 있는 것이다.

하지만, 분명한 것은 자본주의 경제의 틀에 일단 '적응'하는 것을 전제로 하는 한, 어떠한 경우에도 '적당한 경제성장'이라는 것은 있을 수 없다는 사실이다. 자본주의 논리에 근거한 경제성장이란 언제나 가동(稼動) 가능한 모든 인적, 물적 에너지를 전면적으로 투입할 것을 요구한다. 경제성장은 절제라는 개념과 절대로 양립할 수 없는 개념이며, 따라서 '자기방어적인 성장'이란 공연한 말놀음 이상의 어떠한 실질적인 의미를 갖지 못할 가능성이 크다. 고도 경제성장뿐만 아니라 어떤 경제성장이든 그 실현을 위해 반드시 요구되는 것은 자본과 국가의 결합에 의한 일종의 총동원 체제이다. 그러므로 성장지향 국가란 본질적으로 군사국가 혹은 권위주의 전제국가와 동일한 폭력의 논리에 의해 움직이는 체제라고 할 수 있다.

물론, 백낙청의 발언들 속에 이러한 근본문제에 대한 인식이 결여되어 있다고 단정할 수는 없다. 중요한 것은 그 인식이 얼마나 철저한가 하는 것이다. 〈21세기 한국과 한반도의 발전전략을 위해〉라는 글에서 그가 새로운 이념으로 제시하는 '생명지속적 발전'이라는 것도 그렇다. "생명의 발전에는 일정한 물질적 여건이 필수적이며, 어떤 영역에서는 물질생활의 지속적 향상이 요구될 수도 있고 이런 필요에 부응할 적극적인 개발도 있어야 한다"는 그의 생각은 옳은 것일지 모른다. 하지만 그러한 생각에 근거한 '생명지속적 발전'이라는 이념이 주류 환경론자들이 말하는 '지속가능한 발전'이라는 논리와 근본적으로 어떻게 다른지 모호하기는 마찬가지이다. 그가 말하는 '생명지속'을 위한 발전이 실제 현실에서 어떻게 구체화될 수 있는 것인지는 여전히 의문인 것이다.

다시 말하지만, 우리가 생명의 지속에 필요한 물질적 여건을 개선하려는 노력 자체를 거부해야 할 하등의 이유는 없다. 문제는 그러한 '물질적 여건'을 개선하는 작업이 구체적으로 어떤 성질의 것이냐 하는 것이다. 그것이 여전히 물자와 서비스의 낭비를 구조적으로 강제하는 근대적 생활을 유지, 확대하기 위한 양적 성장을 의미하는 것이라면, 그것은 그다지 의미있는 것이라고 할 수 없다. 지금 우리에게 필요한 것은 어느 정도의 적정한 소비수준을 누리느냐 마느냐, 혹은 얼마나 부드러운 성장을 하느냐 마느냐가 아니다. 정말 필요한 것은, '적당한 성장'이든 아니든 성장 없이는 존속할 수 없는 근대적 방식에 대한 '적응'을 말할 게 아니라, 성장논리와는 무관한 질적으로 전혀 다른 삶, 즉 비근대적 방식으로 방향전환하려는 급진적 노력이다.

근대적 삶이란 근본적으로 재앙이며, 끔찍하고 잔인한 덫이다. 일찍이 도스토예프스키는 "내가 행복해지기 위해서는 타자의 불행을 당연시해야 하는" 근대적 인간의 숙명에 관해서 말했고, 이미 20세기 초의 일본에서 나쓰메 소세키(夏目漱石)는 민감한 영혼들에게 근대적 삶이란 그 속에서 "미치거나 종교에 귀의하거나 아니면 자살할 수밖에 없는" 잔혹한 족쇄라는 것을 예리하게 의식하고 있었다.

이러한 근원적인 의미의 폭력성 혹은 야만성은 근대가 본질적으로 자연 — 인간본성도 포함한 — 을 거스르는 것을 원리적으로 강제하는 문명이기 때문이다. 그러나 무엇보다도, 에콜로지의 관점에서 볼 때, 자본주의 근대문명의 근본문제는 그것이 순환의 법칙에 의해 돌아가는 세계 속에서 끊임없이 직선적인 '진보'를 추구하도록 강요하는 메커니즘에 종속된 시스템이라는 것이다. 이 근본적인 모순이 해소되지 않는 한, 조만간 자본주의의 종언은 필연적이라고 할 수 있다. 아니, 이대로 가면 자본주의의 종언보다 먼저 세상의 종말이 닥칠 가능성이 더 크다고 할 수 있다. 그러한 불길한 징조는 오늘날 갈수록 심화되는 환경위기에 의해 점점 뚜렷이 나타나고 있다.

그러니까, 시급한 것은 계속적인 생산력 증대를 통한 '진보'의 추구를 포기하고, 인간의 삶을 자연적 과정에 순응하는 순환적인 생활패턴으로 전환시키려는 노력이다. 이러한 전환의 문제를 도외시하고 지금까지 해왔던 방식대로 돈과 기술과 에너지를 더 많이, 혹은 더 효율적으로 투입함으로써 어떤 효과를 기대한다는 것은 기껏해야 미봉책에 지나지 않는, 부질없는 노력일 뿐이다.

여기서 주목할 것은 일찍이 이와 같은 순환적인 패턴의 중요성에 대해서 뛰어난 인식을 보여주었던 맑스의 선구적인 통찰이다. 일반적으로 맑스주의자들은 생산력이나 과학기술에 의한 '진보'에 대해서 대체로 맹목적인 긍정의 태도를 취해왔고, 그 때문에 그들에 대해서 오늘날 생태주의자들은 심히 비판적이다. 그러나 《맑스의 에콜로지》의 저자 벨라미 포스터가 강조하고 있듯이, 적어도 맑스 자신은 '물질대사 균열(metabolic rift)'이라는 개념에 입각하여 자본주의적 산업화가 가져올 치명적인 생태학적 결과를 예견하고 있었다는 점에서 산업적 생산력의 증대를 일방적으로 긍정했다고 하기는 어렵다.

맑스가 '물질대사'라는 개념에 주목한 것은 19세기 독일의 저명한 농화학자 유스투스 폰 리비히의 과학적 분석에 근거해서였다. 리비히는 당시 영국에서 가장 발전된 형태로 전개되고 있던 산업화된 농업이 토양 열화(劣化) 현상을 불가피하게 하는 '약탈적 시스템'이라는 것을 명확히 지적하였다. 근대사회에서 식량과 섬유가 농촌에서 수백 수천 마일이나 떨어진 도시로 운반된다는 것은, 달리 말하면, 질소, 인산, 칼륨과 같은 토양을 구성하는 필수 영양물질이 운반되어 간다는 것을 의미한다. 하지만 이렇게 운반된 영양물질은 — 인간이나 동물의 분뇨(糞尿)라는 형태로 — 다시 농촌으로, 땅으로 되돌아오는 대신 도시와 강과 바다를 오염시키는 것으로 귀결된다. 이처럼 도시와 농촌, 인간과 자연 사이의 순환적인 '물질대사'가 교란, 분열됨으로써 토양의 재생에 불가결한 자연적 조건이 파괴되고, 그 결과 생명과 부의 원천이 사라질 수밖에 없는 것이다. 이러한 토양열화 현상에 대응하기 위해서 일찍부터 서구 국가들은 식민지나 해외에서 비료를 들여오거나 합성화학 비료를 개발해왔다. 그러나 화학물질의 남용은 결국 토양의 황폐화를 초래한다. 그 결과, 이러한 근대농법의 확산으로 지금 세계 도처에서 농경지의 사막화가 급속히 진행되고 있는 것이다.

여하튼, '물질대사 균열'이라는 개념에 의거하여 맑스는 자본주의적 생산양식이 어떻게 재생산의 토대 자체를 파괴하는 데까지 이르게 될 것인가에 대한 체계적인 비판을 발전시킬 수 있었다.

> 자본주의적 농업에 있어서 진보라는 것은 모두 노동자를 착취할 뿐만 아니라, 토양까지도 약탈하는 방식으로 진행된다. 일정 기간 동안 토양의 비옥도를 증가시키는 과정은 그 비옥도를 장기적으로 유지시키는 기반 자체를 파괴하는 과정이 된다. 미합중국과 같이, 발전의 배경에 대규모 산업을 가진 국가에서는 이 파괴의 과정은 좀더 급속히 진전된다. 따라서 자본주의적 생산이 기술과 생산의 사회적 과정을 발전시키는 것은 동시에 토양과 노동자라는 모든 부(富)의 본래적 원천을 손상시키는 것으로써만 가능하다. (《자본론》 제1권)

맑스는 자본주의가 노동자만이 아니라 토양, 즉 인간생존의 자연적 토대까지 착취한다는 점을 주목하면서, 이 착취과정은 기술이 발전하고, 산업화가 대규모로 확대될수록 급속히 진행되는 것임을 지적한다. 그렇게 되면 인간과 자연 사이의 순환적인 대사(代謝)는 점점 더 불가능하게 되는 것이다. 그리하여 맑스는 소농(小農) 혹은 소규모 생산자 연합의 중요성에 대해서 다음과 같이 말한다.

여기서 배우는 교훈은 (…) 자본주의 체제는 합리적 농업에 반하거나, 혹은 합리적인 농업은 자본주의 체제와는 (설령 이 체제가 농업의 기술 발전을 촉진한다 하더라도) 양립 불가능하다는 사실이다. 합리적인 농업을 위해서 필요한 것은 자기 자신을 위해서 일하는 소농이나 혹은 연합된 생산자들에 의한 관리이다. (《자본론》 제3권)

'합리적 농업'이라는 것은 물론 토양을 고갈시키지 않는, 항구적 지속이 가능한 농사이다. 맑스의 논리에 따르면, 자본주의 국가의 산업화된 대규모 농업만이 아니라 사회주의 사회의 산업화된 집단농장도 역시 합리적인 농업, 즉 지속가능한 농업이 될 수 없다. 중요한 것은 소규모 농민 혹은 그들의 연합체이다. 이것을 명확히 인식한 데에 맑스의 생태학적 형안(炯眼)이 있었다고 할 수 있다.

맑스는 자본주의 체제를 분석할 때, 늘 농업문제를 염두에 두고 있었다. 그것은 단순히 인간과 자연 사이의 관계만이 아니라, 인간과 인간 사이의 관계라는 점에서도 농업이 필수적인 의미를 갖는다고 생각했기 때문일 것이다. 실제로, '합리적인' 농업이란 문명사회가 이 지구상에서 자연의 법칙에 순응하여 순환적인 생활패턴을 지속적으로 강구할 수 있게 하는 거의 유일한 생존방식이다. 뿐만 아니라, 그 '합리적인 농업'에 필요한 소규모 생산자 연합체, 즉 농민공동체는 인간과 인간 사이의 민주적이고 호혜적인 관계를 보장해주는 근본적인 틀을 제공하는 것이다.

소농 혹은 소생산자 연합체를 떠나서 '합리적인 농업'이 불가능하다는 맑스의 통찰은 오늘날 우리들에게 무엇보다도 귀중한 지침이 된다. 지금 우리가 직면하고 있는 가공할 생태적 위기는 본질적으로 세계농업의 위기로 해석할 수도 있기 때문이다.

오늘날 농업은 맑스가 정확히 예견한 대로 고도로 산업화되어, 엄청난 석유와 화학물질과 기계에 의한 영농방식으로 행해지고 있다. 이와 같은 현대식 '과학영농'은 단기적인 생산력 증대에 대한 기여는 있었는지 모르지만, 항구적 지속이 불가능하다는 것은 이미 확연해지고 있다. 재작년 이후 국제 곡물시장에서 밀과 옥수수의 가격이 그 전년에 비해 2~4배나 폭등한 것은 여러 징후로 보아 앞으로 이런 추세가 확대될 것임을 예고하는 신호로 볼 수 있다. 세계의 곡물작황의 이런 추세는 기후변화를 포함한 여러 요인에 의한 것이지만, 실은 오랫동안의 산업적 영농의 필연적인 결과로서 세계 전역에서 농경지가 광범위하게 사막화하고 있는 것에 기인한다고 할 수 있다. 물론 산업화와 도시화, 그리고 최근의 생물연료용 식물재배지의 확대로 인한 농지의 급속한 축소도 빠트릴 수 없는 요인일 것이다.

이런 상황에서 가장 불길한 것은, 글로벌 자본주의의 지배 밑에서 세계 전역에서 소농과 그들의 공동체가 급속도로 소멸되어 가고 있다는 사실이다. 지금 농민들에게 가장 위협적인 적(敵)은 '자유무역' 이데올로기라고 할 수 있다. 글로벌 자본은 '자유무역'이란 허울좋은 이름으로 농산물 시장개방을 강요하고 있지만, 실제로 이 개방의 목적은 농업대국, 특히 미국의 잉여농산물을 처리하기 위한 것임은 잘 알려진 사실이다. 그렇게 해서 방대한 토지에서 막대한 국가 보조금까지 받아 생산된 농업대국의 잉여농산물이 세계시장에 헐값으로 쏟아질 때, "한줌밖에 안되는 땅뙈기와 당나귀 한 마리"뿐인 멕시코나 한국의 소농들이 거기에 대항한다는 것은 원천적으로 불가능한 일이다.

그런데도, 가령 한국의 권력 엘리트들과 주류 경제학자들은 '자유무역'의 확대를 옹호하면서, 농업이 살려면 '경쟁력'을 키워야 한다고, 수십년이나 계속해온 공허한 말을 되풀이하고 있다. 아니, 이제는 더 나아가 거의 노골적으로 농업 자체를 그만두자고 하는 주장까지 공공연히 나오고 있다. 이제 그들은 "비싼 땅값은 기업경쟁력을 떨어뜨리기에 공급확대가 필요하고, 따라서 '농지보존'이라는 토지정책은 포기할 필요가 있다"고 말하는가 하면, 심지어 "식량안보를 위해서는 식량비축이 필요하지 농지를 갖고 있을 필요는 없다, 농지보다는 곡물딜러를 확보하는 게 더 중요한 안보수단이다"라는 과감한 발언까지 서슴지 않는다. (〈망국병 비싼 땅값 - 전문가 좌담〉, 매일경제신문, 2007년 4월 25일) 아마도 이러한 사고(思考) 혹은 사고력의 결핍은 지금 이 나라의 기득권층은 물론이고, 이른바 진보적인 지식인들 사이에서도 광범위하게 퍼져있는 농사 경시 풍조를 극단적으로 반영하는 현상일 것이다. 아니나 다를까, 이명박 인수위원회도 갖가지 '개혁안'을 쏟아내는 와중에 '절대농지' 제도를 폐지하겠다고 공언하기에 이르렀다.

그런데, 지극히 현실적인 문제들을 고려하더라도 계속해서 이렇게 농업을 천대하는 게 과연 가능할 것인지 심히 의심스럽다. 한국은 지금 석유에너지 수입으로는 세계 7위, 농산물 수입은 세계 4위 국가이다. 게다가 고작 20%대의 식량자급률도 갈수록 떨어질 가능성이 높은 게 오늘의 현실이다. 조만간 세계의 석유생산이 정점에 오를 것이라는 경고가 나온 지도 여러 해가 되지만, 만약 이런 예측이 현실이 되어 석유값이 폭등한다면 어떻게 될 것인지 한번 냉정히 생각해볼 필요가 있다. 그렇게 되면 그동안 석유라는 원료를 싸게 수입해서 그것을 가공하여 수출함으로써 성장을 해왔고, 단기간에 압축적 산업화도 이룩하였던 한국경제는 지금까지 해왔던 방식을 더 계속할 수 있을까. 더욱이, 지금까지 거의 전적으로 석유에 의존해왔던 근대적 농업 자체도 — 한국뿐만 아니라 세계 전역에서 — 뿌리로부터 거덜 날 것이 분명한데, 그렇게 되면 설령 돈이 있다 한들 어디서 식량을 사들여올 것인가.

게다가 지금 세계경제를 지배하고 있는 글로벌 금융자본주의 시스템의 근본적인 취약성을 고려하면, 농업, 농촌, 농민의 존재의의는 더 절실할 수밖에 없다. 오늘날 금융자본주의 체제는 거품경제를 토대로 한 그 허구성 때문에 조만간 붕괴할 수밖에 없는 운명이다. 이미 그 붕괴의 징후가 점점 더 뚜렷해지고 있는 상황에서, 우리는 이 위기로부터 우리의 삶을 보호해줄 수 있는 궁극적인 토대가 어디에 있는지 깊이 생각해보아야한다. 이런 점에서도 자립적 농민경제와 그것을 둘러싼 지원체계의 복구는 시급한 과제라고 하지 않을 수 없을 것이다.

우리는 하루빨리 산업문명이 농업문명에 대한 진보를 나타낸다고 생각하는 근대주의적 발전사관의 덫에서 해방될 필요가 있다. 현재 중국의 지도적인 농업사상가로서 소농 중심의 향촌건설 운동을 주도하고 있는 원티에쥔(溫鐵軍)에 의하면, "인류사회가 산업문명으로 들어간 것"을 진보라고 보는 것이나 동아시아 소농사회를 '낙오된 사회'라고 간주하는 것은 큰 착각이며, 오늘날 뒤늦은 근대를 추구해온 동아시아 사회가 미국이나 유럽처럼 대규모 농장을 건설하여 완전히 근대적인 설비를 갖춘 현대식 농업을 꿈꾼다는 것은 어리석은 망상이다. 그는 공업화의 원리를 적용하여 대규모 기계화 농업을 추구한다면, 그 결말은 동아시아 농업의 파멸밖에 없다고 말한다. 나아가서 그는 그러한 '현대식' 농업이란 "유럽인들이 일찍이 세계 도처에서 행한 대규모 살육의 산물"이라는 것을 명확히 인식해야 한다고 역설한다. (〈세계화와 중국농촌〉,《녹색평론》2006년 3-4월호)

우리가 소농과 그 공동체를 기반으로 한 생태적 순환사회를 지향하지 않으면 안될 이유는 많다. 그러나, 그 모든 이유는 '대량살육'에 기초한 문명을 우리가 더는 옹호해서는 안된다는 데로 집약될 수 있다. 모든 징조로 보아 상황은 낙관적인 전망을 조금도 허용하지 않는다. 아마도 한참은 더 자본주의 근대의 폭력적인 독주는 계속될 것이다. 그러나 이 독주에 맞서서 '비근대적인' 삶의 양식을 보존, 확보하려는 세계 전역에 걸친 풀뿌리 저항운동이 바로 이 시각에도 다양한 형태로 끈질기게 조직되고 있다는 것을 우리는 기억할 필요가 있다. 우리는 모든 노력을 다하여 그러한 저항운동에 합류하는 데서 희망의 길을 발견해내는 수밖에 없다.

(2008년)

[토론]

한미FTA, 성장주의 패러다임의 극복은
불가능한가

오늘 이 자리에 오기 전에 〈프레시안〉에 들어가 보니 신영복 교수의 강연 녹취록이 올라와 있었다. 그분의 메시지는 "하방연대를 하라"는 것이었는데 이 시대에 꼭 필요한 말씀이라는 생각이 든다. 신 교수는 강연 서두에서 "앞으로 이 연속강연에서 김종철, 최장집, 박원순이 각론을 펼칠 것이므로, 나는 원론만을 얘기하겠다"고 했다. 실은 나도 그렇게 말할 수 있는 처지가 됐으면 좋겠다. 왜냐하면 나 자신 오늘은 원론에서 조금 더 들어간 이야기가 돼야 한다고 생각하지만, 그럴 만한 실력도 식견도 없는 것을 스스로 잘 알고 있기 때문이다. 오늘은 원론도 제대로 정리하지 못한 채 끝낼지도 모르겠다는 예감이 든다.

오늘 대화의 제목은 "한미FTA, 성장주의 패러다임의 극복은 불가능한가?"이다. 이 제목은 〈프레시안〉 측에서 지어준 것인데, 이 제목에 준해서 오늘 이야기를 한정시켜 보려고 한다. 사실 나는 한미FTA에 대해 상식 수준을 벗어난 이야기를 할 만한 처지가 못 된다. 다만 명색이 한 사

프레시안 창립 5주년(2006년) 기념 대화 : 발제 및 토론

람의 지식인으로서, 또 오랫동안 문학공부를 하다가 《녹색평론》이라는 잡지를 발간, 편집하는 일을 해온 사람의 입장에서 한미FTA라는 재앙 앞에서 생각을 조금 정리해보려는 것일 뿐이다.

《국부론》을 쓴 아담 스미스는 경제학자이기 이전에 도덕철학자로서 자기 시대의 상황에 대한 예민한 사색을 전개했다. 우리가 사회과학자가 아니라고 해서 이 시대의 핵심적인 정치, 경제, 사회적 현안에 대해 외면하는 것은 옳지 않다. 내 생각에 한미FTA는 경제적 문제일 뿐만 아니라 철학적, 도덕적 문제이기도 하다. 지금 '인문학의 위기' 운운하고 있지만, 한미FTA에 인문학자들이 별로 관심을 표명하지 않고 있다는 사실이야말로 인문학의 위기를 확실히 증언하고 있는 것이 아닌가 한다.

한미FTA에 대해서는 다들 잘 아시리라 생각하지만, 우선 말해두고 싶은 것은 노무현 정부가 너무나 한심한 정부라는 것이다. 앞으로 우리사회에 엄청난 파장을 몰고 오고, 사회적 약자에게 굉장한 재앙이 될 것이 거의 명백한 한미FTA를 "서민의 이익을 대변하겠다"는 약속으로 집권한 정부가 자신의 마지막 업적으로 삼겠다고 돌진하는 것을 어떻게 이해할 수 있을지 모르겠다. 더구나 주류 경제학자들조차도 이 협정이 실제로는 별로 남는 장사가 될 것 같지 않다고 하지 않는가.

그러나 좀더 깊이 이 문제를 들여다보면, 한미FTA는 노무현 정부가 아니더라도 언젠가 한번은 닥칠 문제라고 봐야 한다. 우리가 잘 아는 대로 그동안 '한강의 기적'이라고 불려온 한국의 급속한 경제발전은 대외의존을 심화시키는 성장방식에 기반을 두고 이루어져 왔다. 만약 이러한 경제성장 패턴을 계속해서 확대하는 것 외에 어떤 근본적인 방향전환을 고려하지 않는다면, 그 어떤 정당이 집권을 한다고 해도 결국 언젠가는 새로운 성장동력이 필요하다는 명분으로 한미FTA를 추진하겠다고 나설 수밖에 없을 것이다.

왜냐하면 어떠한 집권세력이라도 그게 부르주아 정당에 기반을 둔 이상, 그 정부는 지금까지의 성장패턴으로부터 재미를 보아온 기득권층의 이해관계에 충실할 수밖에 없을 것이기 때문이다. 그렇게 보면, 하필 노무현 정부냐 하는 생각도 들지만, 우리가 벼락을 좀더 빨리 맞는 것이라고 할 수 있다. 이런 점을 염두에 두면 한미FTA라는 사태는 어떤 점에서 필연적인 상황이다.

그간 한국사회에서는 '성장주의' 경제발전을 견제하거나 거기에 저항할 만한 세력이 거의 없었다. 실은 이것은 한국뿐만 아니라 전세계적인 현상이라고 볼 수 있다. 1970년대 이후 세계 전역을 휩쓸고 있는 신자유주의의 힘이 너무나 센 터라, '세계화'라는 새로운 세계 지배 구조에 비판적인 사람들조차도 신자유주의 세계화 그 자체의 논리에 대해서 어떻게 효과적인 공격을 할 것인지 엄두를 못 내는 것이 그동안의 상황이었다.

그렇다면, 한미FTA는 근본적으로 어떤 특정 정당, 어떤 특정 집권자의 문제로 돌릴 수 있는 성질의 것이 아니다. 물론 그렇다고 해서 노무현 대통령과 이 정부의 행태가 정당화되는 것은 아니다. 우리는 노무현 정부의 한미FTA 협상을 넋놓고 바라봐서는 안된다. 최후의 순간까지 이를 저지하기 위한 노력을 하고, 싸움을 계속해야 한다는 것은 말할 필요가 없다.

거슬러 올라가 따져 보면, IMF(국제통화기금) 위기 후 IMF의 지시를 충실히 따르며 신자유주의 노선을 강화하는 데에 결정적인 역할을 한 것은 김대중 정부였다. 김대중 정부는 한국의 주요 기업을 해외에 매각하는 등 경제적 주권을 현저히 약화시키는 쪽으로 방향을 잡았었다. 대통령 개인의 자질, 특정 정권의 철학과 역량이 중요한 것이 사실이지만 한미FTA 문제를 노무현 개인이나 현 정부의 문제로 좁혀서 보다 보면 정작 진짜 문제의 본질이 무엇인지를 놓치게 될 우려가 있다.

한미FTA에 관련해서 우리가 이 시점에서 반드시 고려하지 않으면 안 될 가장 근본적인 문제가 있다고 나는 생각한다. 그것은 간단히 말해서 '경제중심주의와 에콜로지의 갈등'이라는 문제로 환원시켜 이야기할 수 있을 것 같다. 온 세계가 거의 예외없이 초국적 기업이 주도하는 성장 중심의 '세계화' 경제논리에 입각해 돌아가고 있는 게 오늘의 현실이다. "다른 대안은 없다"는 슬로건이 끊임없이 반복되어왔다.

국제통화기금, 세계은행, 그리고 세계무역기구 등 세계화를 주도하고 있는 경제기구들을 자기 마음대로 부려가면서 오늘날 초국적 기업들이 수십년간 추구해온 자본증식 수단의 최신 형태가 바로 FTA이고, 우리에게 그 치명적인 결정판이 한미FTA라고 할 수 있다. 그래서 한미FTA에 대해 논의하려면 그간 우리가 부지불식간에 받아들여왔던 세계화의 논리를 먼저 살펴보지 않으면 안된다.

　세계화란 결국 자본의 이익을 극대화하기 위한 새로운 세계지배 전략이라고 할 수 있다. 그런 의미에서 그것은 식민주의의 또다른 형태임이 분명하다. 직접적인 군사력에 의한 지배라는 형태가 아니라, 개발이니 성장이니 하는 이름으로, 좀더 세련된 형태의 경제적 지배를 통해서 자본의 이익을 관철하기 위한 구도라고 할 수 있다. 그런데 이러한 세계화의 논리에 의해서 무역이 활발해지고 교역량이 증대되고, 전반적인 생산과 소비가 늘어난다고 해서 과연 지구사회의 고질적인 빈곤문제가 해결되고, 빈부격차가 줄어들고, 사람들이 보다 건강한 환경에서 살 수 있게 되었는가? 세계 전체적으로 볼 때, 좋아지기는커녕 거의 돌이킬 수 없을 정도의 파국으로 치닫고 있다고 하는 게 올바른 판단일 것이다.

　《성장의 한계》라는 로마클럽의 보고서가 나온 것이 1972년의 일이다. 《성장의 한계》에 담긴 메시지는 종래와 같은 성장논리에 입각한 경제발전이 이 추세대로 계속된다면 1972년을 기점으로 100년 안에 인류문명은 자연적 한계에 도달할 것이며, 문명사회는 필연적으로 붕괴할 수밖에 없다는 것이었다.

　즉, 유한한 지구에서 무한한 물질 성장을 추구하는 것은 불가능하다는 것이다. 이 보고서가 나온 뒤 이와 비슷한 내용을 담은 자료와 문헌이 무수히 쏟아져 나왔다. 당시 세계의 많은 지식인들과 미국 대통령 카터를 비롯한 일부 정치지도자들은 이 보고서의 내용을 굉장히 충격적인 메시지로 받아들였다. 그 후로 30여년이 지났다. 하지만 세계의 주도적인 정치와 경제 시스템은 아직까지 이런 메시지를 귀담아들었다는 흔적을 보여주지 않고 있다.

물론 이 문제에 관련된 논의를 위하여 1992년 브라질 리우데자네이루에서 열린 유엔환경개발회의(UNCED)의 지구정상회담은 인류문명사에서 획기적인 전기가 될 뻔했다. 하지만 인류문명의 존속 여부가 달려있는 이 중대한 회의는 당시의 미국 대통령 부시 1세가 "미국적 생활방식은 협상의 대상이 될 수 없다"는 말로 불참함으로써 절름발이가 되어버렸다. 그럼에도 불구하고 이 회담은 결론적으로 '지속가능한 개발'이라는 개념을 제시하였고, 세계의 주류 미디어는 마치 이 개념으로 앞으로 지구 사회가 경제와 환경의 조화 속에서 발전할 수 있는 돌파구가 열린 것처럼 법석을 떨었다.

　하지만 '지속가능한 개발'이라는 개념은 논리적으로 양립 불가능한 두 개념을 하나로 묶은 것이라고 봐야 한다. 실제로도, 이 말에서 방점은 '지속가능성'에 있지 않고, '개발' 혹은 '성장'에 있다는 것이 갈수록 분명해졌다. 그러니까 이 개념에는 자본의 증식 속도를 늦추겠다는 의지가 아니라, 환경위기 때문에 군이 종래와 같은 경제발전 방식을 멈출 필요가 없다는 합의가 들어 있었을 뿐인 것이다. 이 개념이 수사에 불과하다는 것은 그 이후의 상황에서 계속적으로 드러났다.

　한국에서도 대통령 직속기관으로 지금 '지속가능발전위원회'란 것이 있는 걸로 아는데 거기서 뭘 하는지 모르겠다. '지속가능한 발전'이란 말에 조금이라도 진정성이 있다면 새만금 간척 사업, 천성산 터널 공사, 방사성폐기물처분장 건설 결정 같은 노골적인 환경 파괴 사태가 벌어졌을 리 만무하다. 이것은 새로운 환경정책을 도입하고 말고의 문제가 아니다. 한국 경제정책의 기본 노선을 바꾸느냐 그렇지 않느냐의 문제다. 내 생각엔 이 기본 노선은 조금도 변하지 않았다.

　나는 이런 생각이 가끔 든다. 인간이 작정하고 지구를 망쳐서 사람과 생명체가 살 수 없는 곳으로 만들겠다는 의도를 가지고 있다면 신자유주의적인 세계화 경제 시스템은 그 목적을 달성하는 데 정말 더할 나위 없이 효과적인 방법이 아닐까 하는 생각 말이다.

　세계화는 결국 극심한 경쟁을 구조화하고 있는 체제이다. 그러므로 가장 희생당하는 사람들은 경쟁력이 없는 사회적 약자일 수밖에 없고, 사회적 약자들은 단순히 살아남기 위해서라도 서로 피나는 싸움을 하지 않을 수 없다. 그 과정에서 삶의 근본을 성찰하고, 자연환경을 배려할 수 있는 물리적, 심리적 여유는 사회 전체적으로 갈수록 줄어들게 마련이다. 그 결과는 전 세계적으로 드러나는 공통한 현상이기도 하지만, 한국에서는 특히 노골적으로 나타나는, 바로 농업의 전면적 몰락이다.

한국은 더이상 농업국가라고 할 수 없다. 수십년간의 경제성장의 결과 한국사회는 싱가포르나 홍콩 같은 중개무역으로 먹고사는 비농업 사회와 비슷한 길로 가고 있다. 이만한 국토와 몇천만명이나 되는 인구를 가지고 있는 사회가 농업을 방기하고도, 자신의 역사와 문화를 가진 국가로서 존속할 수 있다고 생각하는 것은 광기에 다름 아니다. 도대체 왜 이렇게 되었을까? 우리는 흔히 서구에서 수백년에 걸쳐서 이룩한 근대화를 몇십년 만에 압축적으로 했다고 자랑삼아 얘기한다. 나는 바로 이 '압축적'인 근대화 과정이 필연적으로 농업 몰락 현상을 불러왔다고 생각한다.

농업이 완전히 몰락한다면 우리는 어떻게 되겠는가? 이른바 근대화에 성공하여 자본주의 소비사회로 더 깊이 들어갈수록 이 사회는 거의 해결이 불가능해 보이는 온갖 모순과 갈등, 부패와 불의(不義), 재난이 끊임없이 발생하는 사회로 변하고 있다. 대기오염, 식품문제, 도시 교통문제를 비롯한 환경문제, 토지투기, 부동산 문제, 사회 양극화, 비정규직 문제, 그리고 무엇보다도 아이들의 양육과 교육문제 등, 이 사회는 사람이 태어나서 죽을 때까지 모든 단계, 온갖 국면에서 사람다운 삶을 살 만한 분위기로부터 점점 멀어지고 있다. 사회적 약자들뿐만 아니다. 설사 기득권층이라 하더라도 이 사회는 인간다운 위엄과 보람을 느낄 수 있게 하는 성숙한 사회가 되기에는 너무도 요원해 보인다.

바로 이것이 압축적인 근대화, 경제성장의 필연적인 결과이다. 그래서 나는 지금 정부가 주장하는 대로 설사 한미FTA가 한국경제의 성공적인 성장 동력이 된다고 하더라도, 그렇게 되면 더 많은 인간적 손상을 일으키고, 더 강도 높은 환경파괴를 가져올 것이 틀림없다고 보아서, 엄청난 비극이, 아니 결정적인 파국이 올 것이라고 생각한다.

이 발제 아닌 발제의 마무리를, 내 오랜 고민을 털어놓는 것으로 대신하려 한다. 지금 우리는 굉장한 딜레마에 빠져 있다. 오늘날 누구나 지구환경이 위태롭다는 점을 잘 알고 있다. 어린아이도 아는 사실이다. "지구온난화로 빙하가 빠른 속도로 녹고 있다"는 뉴스에 접하지 않아도, 서울 시내만 나가 봐도 이런 공기를 마시고서야 아이들을 낳고 기르는 게 더 이상 불가능하다는 생각을 하지 않을 수 없을 것이다. 전세계적으로 1972년 로마클럽이 예상했던 것보다 훨씬 더 빠른 속도로 생태계가 무너지고 있다는 것을 보여주는 신호가 허다히 나타나고 있다.

이런 위기에 대해서 인간이면 걱정하지 않을 수 없고, 사실 다들 걱정하고 있다. 그러나 당장 자신의 생활로 돌아오면 너나 할 것 없이 하루하루의 생계에 매달리지 않을 수 없다. 장기적 안목에서 지구의 건강을 생각하고, 사회와 개인의 관계를 생각하며 살아가는 사람은 극히 드물다. 당장 달마다 돌아오는 대출금 이자를 갚고, 신용카드 결제를 하는 것만도 벅차다. 자본주의 시스템의 본질상 살아남으려면 성장을 하지 않을 수 없으므로 모든 조직은 조직대로 자신의 덩치를 조금이라도 더 크게 하기 위해서 끊임없이 부심한다. 아마 〈프레시안〉도 내년에는 금년보다 회사규모나 매출액이 더 커지는 것을 생각하고 있을 것이다.

그런데 이렇게 저마다 하루하루 살아가는 일에 열중하다 보면 결국 지구는 더욱 더 파국적 위기로 치달을 수밖에 없다. 이런 상황에서 누가 나서서 제로성장을 제안하면 웃음거리가 될 뿐이다. 제로성장이라면 사람들은 반사적으로 실업, 비정규직 등과 같은 단어를 연상하기 때문이다. 그렇게 연상하도록 오랜 세월 동안 세뇌되어 온 것이다. 한국에서 녹색당의 가능성을 생각하는 사람들이 있지만, 나는 현재와 같은 상황에서 그 가능성은 별로 없다고 생각한다. 어떤 유권자가 성장을 멈추어야 한다고 주장하는 사람에게 표를 주겠는가? 그렇다고 명색이 녹색당이라면서 성장논리를 지지한다면 그것은 이미 녹색당이 아닐 것이다.

생계와 삶 혹은 생명 사이에 존재하는 이런 근본적인 모순, 충돌이야말로 자본주의 시스템의 지배를 받는 한, 우리가 영영 벗어날 수 없는 기본적인 딜레마일지 모른다. 이 딜레마를 풀기 위해 어떻게 해야 하는가? 이것이 15년 동안 《녹색평론》과 더불어 살아오는 동안 늘 내게서 떠나지 않는 핵심적인 고민거리였다. 여러분 중에서 묘수가 있으면 좀 말씀해주시기 바란다.

오늘도 결국 또 원론적인 이야기밖에 할 수 없었다. 지금 세계화 경제라는 기관차는 벼랑 끝을 향해서 질주하고 있다. 우리 각자는 이 죽음의 여정에 동참한 기관차 속의 무기력한 승객이다. 한미FTA는 바로 이 기관차의 속도를 높이는 액셀러레이터가 될 것이다.

우석훈 나는 공식적으로는 경제학자다. 그런데 사실은 고등학교 1학년 때부터 시인이 되고 싶었다. 한국사회가 오늘날 이 모양 이 꼴이 된 것은 지난 10년 동안 시인이 입을 다물어서라는 생각이 든다. 예를 들어, 장정일은 1980년대 후반에 쓴 〈햄버거에 대한 명상〉에서 맥도날드로 대변되는 세계화에 대한 그의 불편한 마음을 잘 드러냈다. 시인이란 이런 것이다: 사회에 문제가 있으면 불편해 하는 게 그들이 하는 일이다.

방금 김종철 선생은 '경제중심주의와 에콜로지의 갈등'을 이야기했다. 그런데 정작 경제학자 중에서 괜찮은 사람은 "성장을 많이 해야 한다"는 따위의 주장은 하지 않는다. 사실 이런 사고가 경제학에서 수용된 것은 1960년대 이후다. 그 전까지는 '축적'이란 말이 쓰였고, 1960년대 들어서야 '성장'이란 말이 경제학 교과서에 등장했다. 거시경제학 교과서의 '성장론'이 차지하는 비중은 교과서 끄트머리 5쪽밖에 안된다.

국내에서 '발전'을 위해 경제를 성장시켜야 한다는, 이런 발전경제학은 이른바 서강학파에 의해 주도됐다. 박정희 정권의 경제성장 논리를 뒷받침하기 위한 일부 경제학자의 주장에 불과하다. 그나마 박정희 정권은 노무현 정부보다는 나았다. 당장 '국민소득 2만 달러' 이런 얘기는 박정희는 물론 전두환, 노태우 정권 때도 안 나온 이야기다. 숫자로 한 사회의 목표를 내걸은 것은 처음 있는 일이다.

박정희 대통령은 "보릿고개를 없애겠다" 따위의 얘기를 했지 노무현 대통령처럼 "국민소득을 2만 달러 수준으로 올리겠다" 이런 식으로 얘기하지 않았다. 당장 파병할 때도 마찬가지다. 베트남 파병 때 박정희 대통령은 "세계평화에 기여하겠다"고 파병했는데, 노무현 대통령은 "국익을 위해서 파병하겠다"고 한다. 숫자로 한 국가가 나아가야 할 목표를 삼고 모든 것을 '국익'으로 환원하는 한국사회는 분명히 과거와 다른 낯선 사회다.

새벽에 "어쩌다 이 지경이 됐을까?" 이런 고민을 했다. 생태학에서는 다양성이 사라지면 생태계 전체의 안정성이 깨진다는 것이 정설이다. '한국 사회의 생태학'이라는 것이 있다면 지금 이 생태계는 비정상이다. 모든 것을 시장논리로 환원하려는 충동과 그 충동에 몸을 내던지는 한 종의 '동물'로만 가득하다. 이런 상황은 앞으로 더욱 가속화될 것이다. 당장 연말부터 내년 대선 때까지는 또 모든 문제가 대선에 묻히지 않겠는가? 이런 정녕 근본적인 문제는 해결되지 않은 채 말이다. 정말 모든 사람이 갑자기 착해지지 않는 한 탈출구가 있을지 회의적이다.

김종철 오늘 대화가 순탄치 못하겠다. (웃음) 확실한 것은 지금처럼 성장만을 최우선의 가치로 신봉하는 사회에서는 어지간한 사람의 심성은 다 나빠지게 돼 있다. 당장 아이가 학교에 다니기 시작하는 순간부터 착한 심성을 내던져야 사다리의 꼭대기에 성공적으로 갈 수 있는 게 한국 사회의 현실이다. 그래서 지금 이 사회에서 성장에 대한 문제는 경제학자만의 문제가 아니라 이 세상에서 사람답게 사는 것에 관심이 있는 모든 사람의 관심사가 돼야 한다.

지금 이 경제체제에서 희생당하고 있는 사람들은 대개 힘이 없고 정직한, 착한 사람들이다. 우리는 이렇게 희생당하는 착한 사람들을 살리기 위해서도 독하게 연대해서 이 공고한 시스템을 뿌리로부터 공격해서 변화하도록 해야 할 것이다.

혼히 사람들은 말한다. "대안이 없으면 비판도 하지 말라." 그런데 눈앞에서 벌어지는 터무니없는 상황을 보면서 어떻게 지식인이 비판적인 발언을 하지 않을 수 있는가? 내가 《녹색평론》을 만들면서 쓸데없이 자료를 많이 봐서 그런지 몰라도 지금 사태가 걷잡을 수 없이 악화되고 있는 것은 틀림이 없다.

최근에 리영희 선생이 지적 활동의 마감을 선언했다고 보도되었다. 이제는 연로하신 분이 건강도 좋지 않아 지적, 정신적 능력이 많이 떨어진 탓에 더이상 예전처럼 치열한 지적 활동을 하실 수는 없다는 말씀인 것 같았다. 그런데 리영희 선생께서 이렇게 지적 삶의 마감을 선언한 데에는 그런 이유 말고도 내가 보기에 더 근본적인 이유가 있었던 게 아닌가 싶다. 왜냐하면 〈프레시안〉에도 기사가 나왔지만, 그 기사 중에 이런 대목이 있었기 때문이다.

즉, 리영희 선생이 "내가 산 시대가 지금 시대하고는 상황이 많이 다르고, 그래서 내가 할 수 있는 것의 한계를 느낀다"고 얘기하셨다는 것이다. 리영희 선생은 식민지 시대가 끝난 후 좌우의 이념대립, 분단과 한국전쟁, 독재시대, 그 속에서 살아야 했던 민중의 고난 등을 몸으로 겪으며 냉전체제, 독재체제 하의 경직된 정치, 사회적 상황에서 지적 몽매주의를 깨는 데 자기희생적으로 헌신해 온 분이다. 리영희 선생은 한국 현대사에서 핵심적인 지적, 사상적 과제를 정면으로 감당해왔고, 그런 의미에서 그분의 지적 생애는 우리나라 현대 지성사에서 가장 기억할 만한 창조적인 흐름의 하나를 대변해왔다고 할 수 있다.

그러나 지금 가만 생각해보면, 리영희 선생 같은 분이 왕성한 지적 활동을 전개하고 있던 상황에서의 핵심적인 과제는 오늘날 우리가 당면한 핵심적 과제와는 뭔가 본질적으로 차원이 다른 것이 아닌가 하는 생각을 하지 않을 수 없다. 한 가지 예를 들어보자. 작년에 나온 선생의 회고록 《대화》(한길사 펴냄)의 후반부를 읽어 보면, 민주화가 어느 정도 성취되고 난 상황에서 리영희 선생이 오랫동안 고생만 해오던 부인과 함께 해외여행도 하시면서 좀 느긋한 생활을 갖게 된 이야기가 나온다.

그런 이야기 중에서 그분이 프랑스를 방문하던 중 파리의 에펠탑을 보면서 느낀 감상을 얘기하면서, 가령 이런 대규모 인공구조물을 세울 수 있을 만큼 이미 19세기에 프랑스나 서구사회가 굉장히 높은 수준의 과학기술적 지식과 사회적 역량을 가지고 있었던 사실에 대해 새삼 감탄하는 대목이 있다. 그러면서 그 무렵 우리 조선사회는 대체 뭘 하고 있었는가, 따져보면 우리에게는 아무것도 없지 않았느냐 하고 개탄하는 구절이 있다. 나는 이런 구절을 읽으면서 비록 오랫동안 리영희 선생이 젊은 세대의 사상적 스승이었지만, 이제 변화된 상황에서 리영희 식의 사고방식과 철학으로는 더이상 우리의 핵심적인 시대적 과제에 대응하는 것이 미흡하지 않을까 하는 생각을 했다.

이제 우리는 경제지상주의, 혹은 과학기술만능주의가 활개치고 있는 상황에서 그동안 우리가 그토록 따라잡기 위해 고심해왔던 서구 근대문명, 물질적 풍요라는 가치가 과연 무슨 의미가 있는지 근원적으로 묻지 않으면 안 되는, 그런 시점에 도달해 있다고 나는 생각한다. 파리의 에펠탑과 같은 인공구조물이 가능하기 위해서는 그 배후에 무수한 민중의 희생과 피눈물이 있었다는 것을 간과해서는 안된다. 더욱이 그런 거대 구조물이 만들어진 시점은 바로 자본주의, 산업주의가 비서구 지역 토착민들과 유럽 자신의 사회적 약자들에 대하여 야만적인 공격을 노골화해가는 상황이었다.

내가 좋아하는 사상가 이반 일리치에 따르면, '좋은 삶'이란 거창한 구조물을 건축하거나 뛰어난 문화재를 남기거나 하는 그런 데 있는 것이 아니라, 풀뿌리 민중이 자신의 이웃과 함께 일하고, 서로 돕고 보살피는 가운데서 생을 즐기는 데 있다. 이반 일리치는 지배하는 자의 입장을 철저히 배격하는 사상가이다. 그에게 중요한 것은 민중의 평화로운 삶이다.

그리고 일리치의 관점에서 볼 때, 경제개발이라는 이름으로 벌어지는 '공유지'의 사적 점유야말로 민중의 평화를 깨는 가장 원천적인 폭력이다. 그는 오늘날 세계의 민중이 평화를 되찾으려면 무엇보다도 민중의 자립적, 자치적 삶의 기반을 뿌리로부터 파괴하는 경제발전의 논리를 배격하는 데에서 출발해야 한다고 주장한다.

리영희 선생 같은 분이 서구의 물질문명에 감탄하는 것은 충분히 이해할 수 있다. 식민지시대를 겪고, 분단과 전쟁을 거치면서 우리나라는 너무도 황폐해졌고, 지독히 가난했다. 아마도 지난 100여년간 좌우를 막론하고 한국의 사상가, 지식인들에게 공통한 것이 있었다면 우리도 빨리 근대화, 산업화에 성공하여, 인간다운 풍요로운 생활을 누릴 수 있게 되는 상황에 대한 염원이었을 것이다. 그리고 좀더 평등한 사회를 지향하는, 양심적인 사상가라면 '고르게 풍요로운 사회'를 꿈꾸어 왔을 것이다.

나는, 어떤 점에서, 리영희 선생은 드물게 명민한 분이라는 생각이 든다. 왜냐하면 이제 와서 "지금 시대는 자신이 살아온 시대와 다르다"고 할 때, 확실히 설명은 못하더라도, 이제는 자신의 지적, 사상적 능력으로 감당하기에는 벅찬, 뭔가 근본적으로 다른 차원의 문제가 시대의 핵심과제가 되었다는 것을 예민하게 느끼는 지적 감수성을 그 말에서 우리가 느낄 수 있기 때문이다. 지금 연로한 지식인들 중에서 이처럼 자기자신이나 자기 세대의 지적, 사상적 한계를 느끼고, 그것을 정직하게 고백할 수 있는 사람이 과연 얼마나 있겠는가?

이제 한국의 소위 진보적 지식인들은 리영희 선생이 자신의 한계를 고백하였듯이, 자신들이 의존해왔던 사회진보의 논리, 세계관이 이미 낡아버린 구식의 사고방식이 아닌지, 다시 근원적으로 들여다 볼 필요가 있다. '고르게 풍요로운 사회'에 대한 꿈이 임박한 생태적 위기의 상황에서도 과연 아직도 유효한 것이 될 수 있는지 깊이 물어보아야 한다. 가령 오늘날 한국의 상당수 진보적 지식인들은 스웨덴과 같은 북유럽 사회민주주의 체제가 우리의 사회발전의 모델이 되어야 한다고 생각하는 것 같다. 그런데 과연 그게 타당한 방향일까?

사민주의가 성공적으로 작동하려면 결국 경제성장을 극대화할 수밖에 없다. 당장 미국, 유럽의 황금시대가 종말을 고하는 1970년대부터 북유럽 사민주의가 안팎의 도전에 직면한 것은 그 한 예다. 세계화가 본격화되면서 그 도전은 더욱 더 거세지고 있다. 물론 내가 스웨덴의 이번 정권교체를 아전인수격으로 해석하며 호들갑을 떠는 〈조선일보〉 등 수구언론의 입장에 동조하는 것은 아니다. 도대체 스웨덴의 보수파는 한국의 그것과는 격이 다르니까. (웃음)

물론 합리적인 사민주의자는 경제성장의 한계에 대해서 조금 더 생각할지 모른다. 그러나 그래봐야 '과일나무를 키우는 정원사'의 입장을 벗어나지 못한다. 과일이 많이 열릴수록 자기에게 많은 이익이 돌아올 것이므로 정원사는 가능한 한 많은 과일을 생산하기 위해 갖은 노력을 다한다. 과일을 더 많이 생산해낼 수만 있다면 장기적으로 토양 생태계에 미칠 악영향을 생각하지 않고 화학비료와 농약을 마구 쓸지도 모른다. 아마도 이것이 바로 현재 진보진영의 사람들의 사고방식이 벗어나기 어려운 함정일 것이다. 요컨대 계속해서 생산력을 높여 나가야 한다는 성장논리에서 시원하게 벗어나 있는 사람을 지금 소위 진보적 진영에서 발견하기는 쉽지 않을 것이다.

청중 한미FTA의 문제점을 지적하는 여러 분의 글을 보면서 "돈 없으면 죽겠구나" 하는 생각을 하지 않을 수 없다. 그때마다 한미FTA를 막고 또 성장 중심주의를 탈피하는 데 힘을 보태야겠다고 생각한다. 그러나 한편으로는 일상에서는 당장 먹고사는 문제에서 한걸음도 나아가기 힘들다.

청중 성장을 멈추자, 이런 얘길 들을 때마다 주류 시스템에 예속되기를 거부했던 사람들이 떠오른다. 예를 들어, 소규모 자급자족 공동체를 꾸리거나, 아니면 거지, 탁발승이 돼 유랑하는 그런 사람들 말이다. 이렇게 구조를 이탈하는 것보다 구조 안에서 바꿀 수 있는 가능성을 모색하는 게 필요하지 않을까?

청중 나는 비정규직이다. 한때는 어엿한 정규직이었다. 그런데 지금은 마흔 가까운 나이에 100만원대 월급을 받고 생계를 꾸리고 있다. 만약 한미FTA가 체결되면 결국 중산층이 몰락할 수밖에 없을 것 같다. 그럼

나같이 지금도 중산층 아래에 있는 이들은 앞으로 도대체 어디로 가야 하는가?

청중 한미FTA의 부정적 효과, 성장주의 문제 등에 대해서는 개인적으로 깊이 공감한다. 그러나 정작 내가 하는 일은 한미FTA의 긍정적인 대목을 설파하는 일이다. 일상에서는 한미FTA에 찬성하고, 성장주의를 부추기는 일을 하면서도 정작 머릿속의 이상으로는 한미FTA 반대, 성장주의 반대를 외치는 불일치의 삶이다. 나는 어떻게 해야 하는가?

청중 한미FTA에 대해서 불안한 마음이 많이 든다. 오늘 얘기를 들으니 이게 나만의 문제가 아니라 2대, 3대 더 나아가 인류가 직면한 엄청난 문제라는 생각이 더 든다. 몇년 전 멕시코에 다녀왔는데 10살 미만의 많은 아이들이 생계를 위해서 거리를 헤매는 것이 너무 충격적이었다. 직업도 없이 고작 몇천만원 저축해 놓은 것밖에 없는데, 정말 이민이라도 가야 한다는 말인가?

우석훈 간단히 내 생각을 말하겠다. 한미FTA가 체결되면 비정규직은 더욱 더 힘들 것이다. 최근에 정부가 발표한 '비전 2030'을 보면 가능하면 노동을 비정규직으로 전환하고 대신 월급 하락을 막겠다는 쪽으로 가닥을 잡은 것 같았다. 방향이 완전히 잘못됐다. 이런 노동시장에서는 결코 숙련된 노동자가 나올 수 없다. 숙련된 노동자 없이 어떻게 세계를 선도하는 산업을 키울 수 있는가?

사실 한미FTA가 체결되기 전인 지금도 비정규직뿐만 아니라 한국사회 대다수는 어떻게 살아야 할지 막막하다. 지난 3년 새 이민이 크게 는 것은 단적인 증거다. 특히 농민이 이민을 많이 간다. 노무현 정부, 또 노무현 정부가 추종하는 철학으로는 결코 희망이 없다. 한미FTA를 가지고 잘 살 수 있다는 이 정부의 주장은 도박판에서 아무 것도 없는 사람이 마지막으로 부리는 호기라고 봐야 할 것이다.

김종철 우석훈 박사가 이민이라는 탈출구를 제안했다. 적극적으로 고려해볼 필요가 있다. 사실 이민 가는 농민, 괜찮은 가능성이다. 우리사회에 농촌공동체가 사라지는 것은 비극이고 크나큰 재앙이 되겠지만, 농민 개인으로 볼 때, 어차피 희생양이 될 게 뻔한 상황에서 농사짓는 곳이 한국이든 브라질이든 무슨 상관이 있는가? 국가가 언제 농민 편이 되어준 적이 있었는가? 하지만 호기롭게 이런 얘기를 하면서도 마음이 쓰린 것은 어쩔 수 없다.

지금 중국에서 농업문제 전문가로서 중요한 발언을 하고 있는 원티에쥔(溫鐵軍)이라는 지식인이 있다. 그는 동아시아 국가들, 중국, 한국, 일본은 근본적으로 소농에 기반을 둔 농업중심 국가로 가야만 장기적으로 희망이 있다고 말한다. 그동안 동아시아 국가들이 탈아입구(脫亞入歐)의 노선에 따라 서구문명을 모방하여, 이른바 선진국을 따라잡기 위하여 일방적인 공업화의 추구에 매진해 옴으로써 농업, 농촌, 농민을 방기해 왔는데, 이것은 엄청난 착각에 의한 것이었음을 지적한다.

서구국가들이 이른바 선진국이 된 것은 식민주의, 제국주의적 지배의 결과였다는 사실을 분명히해야 한다고 원티에쥔은 역설하고 있다. 그리고 지금 국제농산물 시장에서 막강한 경쟁력으로 세계의 농민의 생계를 망가뜨리고 있는 거대 농업국가들, 예를 들어서 미국이나 호주의 기업농이 자랑하는 대규모 농경지만 해도 그렇다. 그것은 말할 것도 없이 서구에 의한 식민주의적 착취, 수탈, 토착민에 대한 무자비한 공격의 산물이다. 그러니까 이것은 결코 우리가 부러워할 만한 농업모델도 아니고, 현실적으로 모방할 수 있는 것도 아니다.

현재 아메리카, 아프리카, 호주 등에서 흩어져 살고 있는 백인들과 서구 국가의 인구를 모두 합해보자. 약 10억명이 된다. 서구가 식민지 침략을 하지 않았다고 가정하면 그 인구는 전부 지금 좁은 유럽 땅에서 모여 살아야 한다. 그러면 유럽은 어떻게 되어 있을까? 아마도 복지체제는커녕 당장에 자기네 국민들을 먹여 살리기도 어려운 상황에 놓여 있지 않을까? 이런 점을 염두에 두고 생각하면, 미국, 유럽의 길을 좇아가자는 것은 결국 대외적으로는 다른 민족에 대한 억압, 대내적으로는 사회적 약자에 대한 공격을 구조화하자는 것 외에 아무 것도 아니다. 그리고 장기적으로 그런 구조가 얼마나 지속성을 가질 수 있겠는가.

그렇다면 우리가 가야 할 방향은 무엇인가? 다시 한번 묻지 않을 수 없다. 과연 미국, 유럽을 선진사회라고 할 수 있겠는가? 대내외적으로 엄청난 폭력을 기반으로 하고 있는 사회가 어떻게 선진사회냐? 우리가 깊이 생각해 봐야 할 문제다. 그러면 어떻게 해야 하느냐? 내가 대답할 수 있는 문제가 아니다. 그러나 한가지 확실한 것은 알고 있다. 그것은 지금이라도 우리 모두가 농업을 살리고, 농민과 농촌을 보호하기 위해 전력을 기울인다면 희망이 생긴다는 것이다. 결국은 동아시아 사람들의 머릿속에 100년 동안이나 깊이 박혀왔던 편견에서 벗어나서, 농업에 대한 근본적인 생각을 바꾸는 것만이 사는 길이 될 것이다. 동아시아의 역사적, 사회적 조건에서는 소농에 기반을 둔 농업중심 사회가 후진사회이기는커녕, 가장 바람직할 뿐만 아니라 가장 현실적으로 열린 활로(活路)라고 하는 원티에쥔의 의견에 나는 전적으로 공감한다.

한미FTA를 추진하거나 지지하는 사람들은 기업가, 관료, 언론인, 정치인을 막론하고, 내심으로 "농업은 포기하자"고 생각하고 있다. 농업이 경제발전에 걸림돌이 된다는 생각 때문이다. 그런데 내가 의문을 품는 것은 과연 그게 경제학적으로도 타당한 운산일까 하는 것이다. 우선 지금과 같은 세계화 경제 시스템 속에서는 갈수록 해결 불가능한 문제가 되어 가고 있는 실업문제만 하더라도 농업의 회생에 의해서만 비로소 치유의 희망이 있다는 점을 그들은 전혀 고려하지 않고 있다. 우리는 현재 전세계적으로 아직도 인간이 종사하고 있는 대부분의 일은 농사일이라는 기본적인 사실을 잊지 말아야 한다. 소농에 토대를 둔 농업중심 사회가 아니고서야 어떻게 수많은 고용인구를 안정적으로 흡수할 수 있는 구조를 만들 수 있겠는가?

우리에게 정말 필요한 것은 사태를 근본적으로, 장기적으로 볼 수 있는 상상력이다. 그런데 그러한 상상력은 사심없이 양심적인 눈으로 보는 사람에게만 가능할지 모른다. 농업은 포기해도 좋다고 생각하는 그런 발상은 결국 권력 엘리트나 기득권층의 이익을 먼저 생각하는 안목에서만 나올 수 있는 것이다.

한미FTA가 좋은 건지 나쁜 건지 헷갈린다고 얘기하는 사람들이 많다. 하지만 사회의 밑바닥에 있는 사람들이 한미FTA 때문에 어떤 운명에 직면할지를 생각하면 해답을 발견하는 것은 조금도 어렵지 않다. 그동안 신자유주의적 세계화를 추진해온 이론가들은 온 세계가 개방된 시장의 혜택을 누림으로써 지구의 빈곤문제가 해결될 것이라고 주장해왔다. 그러나 실제 현실은 세계화가 확대, 심화될수록 지구사회의 불평등 구조는 갈수록 심각해지는 양상을 보여왔다. 단적으로 이것은 대기업의 노동자와 최고경영자 사이의 소득 격차가 10년 만에 수십배에서 수백배로 벌어지고 있는 현상 같은 데서 확연히 드러난다.

밑바닥에서 가난하게 살고 있는 사람들일수록 돈 없이도 생존을 누리고, 인간답게 위엄있게 살 수 있는 사회를 염원한다. 그동안의 경제개발을 통해서 한국사회는 전체적으로 물질적, 금융적 자본은 크게 증가했는지 모르지만, 이른바 사회문화적 자본은 거의 소진되어버렸다. 예전에는 현금이 없어도 이웃끼리의 상호부조적 관계에 의지해서 생존, 생활이 가능했다. 그러나 이제는 가족도, 이웃끼리의 도움도 생각할 수 없는 상황이 되어, 돈 없으면 죽는 수밖에 없게 되었다. 이렇게 본다면 과연 우리 사회가 경제성장을 통해서 정말로 부유해졌다고 할 수 있는가? 오히려 진정한 의미에서 예전과 비교할 수 없이 인간적으로 빈곤한 사회가 되어버린 것이 아닌가?

경제인류학자 칼 폴라니의 관점에서 본다면, 자본주의 시장경제라는 건 장구한 인류사에서 찰나에 불과하다. 인간은 본래 오랜 세월 인간관계의 네트워크 안에서 살아왔다. 그것이 인간으로서는 훨씬 자연스러운 삶의 방식이라고 할 수 있다. 지금 우리를 끝없이 갈라놓고 상호대립, 경쟁을 강요하고 있는 이 경제 시스템 속에서 산다는 것은 인간다운 내면적 리듬이 적응하기 어려운 굉장히 부자연스러운 체제임이 분명하다. 그러면 당장 우리가 무엇을 어떻게 해야 하는가? 어떻게 해야 탈출구를 마련할 수 있을까?

나는 우리가 성장논리에 맞서서, 우리 자신을 노예가 되라고 강요하는 시스템에 대한 단호한 저항과 불복종을 조직하는 것밖에 길이 없다고 생각한다. 그렇다고 폭력으로 맞설 수는 없는 일이다. 간디가 영국산 직물 대신에 인도 사람들이 스스로 물레를 돌려서 옷을 손수 만들어 입는 방식을 통해서 보여준 보이콧의 정신과 방법에 따라, 가장 중요한 것은 자립의 공간을 넓혀가는 방식이라고 생각한다.

말할 것도 없이 이러한 일은 혼자서 할 수 있는 게 아니다. 우선 생각과 뜻을 같이하는 사람들끼리 연대와 협력의 네트워크를 형성해갈 필요가 있다. 사실 주류 미디어가 무시, 외면하고 있어서 우리들이 모르고 있지만, 지금 세계 곳곳에서, 그리고 우리사회에서도, 그러한 네트워크가 끊임없이 만들어지고 있는 중이다. 농산물 직거래운동을 포함한 생활협동조합 운동, 지역화폐 운동, 이자 없는 은행, 노동자 자주관리 기업, 도시농업 운동, 대안학교, 에너지 자립운동, 자전거운동 등등, 다양한 방식이 가능하다.

이반 일리치는 칠레의 아옌데 대통령과 친구 사이였다. 좌파연합의 승리로 아옌데 대통령이 집권하여 주요 광산을 국유화하는 등 사회주의 정책을 시작하였을 때 일리치는 아옌데 대통령에게 이런 충고를 하였다고 한다. "당신의 사회주의적 프로그램이 성공하기 위해서는 당장 자동차 대신 자전거를 칠레 도시의 주된 교통수단이 되게 하라. 자동차로는 절대 사회주의에 도달할 수 없다." 이 충고는 철학적으로 매우 의미심장하다고 할 수 있다.

자동차는 배타적인 기술이지만, 자전거는 공생의 도구이다. 일리치를 포함한 많은 근본적인 생태주의 사상가들은 근대적 과학기술을 거부하며 "과거로 회귀하자"는 몽상가라는 비난과 조롱을 많이 받아왔다. 하지만, 일리치가 찬미하는 자전거야말로 고도의 근대적 기술이라는 것을 간과해서는 안된다. 그러니까 이러한 사상가들은 결코 과학기술 자체를 거부하는 게 아니라 바로 특정한 과학기술을 비판하고 있을 뿐이다.

우리가 지향해야 할 네트워크는 어떤 것일까? 옛날에는 혈연, 지연, 혹은 학연에 바탕을 둔 인간관계의 네트워크가 주류였다. 그러나 지금 세계 곳곳에서 진행되는 네트워크는 공통한 세계관과 사상에 바탕을 둔 네트워크다. 앞으로 이런 네트워크가 실업자, 비정규직 등 사회적 약자들을 중심으로 확산될 날이 올 것이다.

한미FTA가 없더라도 이 추세로는 한국경제는 희망이 없다는 게 확실하다. 많은 전문가의 예측대로 2010년을 전후해서 석유생산 정점(Peak Oil)이라는 것이 현실화되면, 석유가격은 상상을 불허할 정도로 폭등할 것이 틀림없고, 석유에 기반을 둔 세계의 산업경제 부문, 그 중에서도 특히 취약한 한국경제는 대재앙에 직면할지도 모른다. 이런 위태로운 전망이 목전에 있음에도 불구하고 한미FTA가 새로운 성장동력이라고 말하는 사람들은 도대체 뭘 보고 사는지, 한심할 따름이다.

내 얘기의 결론은 방향전환을 위해서 열심히 싸우되, 동시에 타이타닉호에서 뛰어내릴 준비를 해야 한다는 것이다. 이대로 질주하면 빙산에 부딪칠 게 뻔한 배 위에서 엉뚱한 잡담이나 늘어놓고 있는 사람들에게 마음이 빼앗겨서는 안된다. 우리가 타고 있는 배가 타이타닉호가 아니라고 고집부리는 사람들을 굳이 설득하려고 하는 것은 부질없는 노력이 될 가능성이 크다.

비슷한 고민을 가진 영혼들과 함께 우리 각자에게 가능한 행동을 시작할 수밖에 없다. 그리고 그 행동은 어차피 인간으로서 우리 자신의 실존적 한계 때문에 철저히 '지역적 행동들'로부터 시작할 수밖에 없을 것이다. 한꺼번에 사회 전체를 먼저 바꿀 수 있는 행동을 해야 한다고 생각하는 것은 개인으로서 가능하지도 않지만, 엄청난 교만심의 발로일 것이다.

최근에 인문학의 위기를 둘러싼 논의가 분분하다. 나는 이 시점에서 한국의 인문학이 살아나는 길은 한미FTA라는 돌발적 상황에 직면하여, 우리가 주어진 역사적, 사회적 조건에서 대체 어떻게 사는 것이 올바른 것인지, 우리가 지향해야 할 사회가 어떤 것인지를 놓고 치열한 대화를 나누고, 토론을 전개하는 데 있다고 생각한다. 어쨌든 토론이 활발히 일어나야 할 필요가 있다. 다가오는 불길한 사태에 대하여 겁먹지 말고, 용기를 가지고 서로 연대하고 협력하여 세계화 경제의 시스템 바깥에서 품위있게 살아갈 수 있는 네트워크를 끊임없이 모색해보자. (2006년)

환경과 평화의 세기를 위하여

토다 키요시 ― 김종철

21세기를 위한 사상강좌를 열며

김종철 이렇게 많이 참석해주셔서 고맙습니다. 저희들은 별로 소문을 내지 않았기 때문에, 또 오늘이 월요일이기 때문에 청중석에 빈자리가 꽤 있을지도 모른다고 걱정했는데 지금 거의 자리가 다 찬 것 같습니다. 고맙습니다.

저희가 '21세기를 위한 사상강좌'를 구상한 것은 지난 봄에서 여름 사이였습니다. 문제는 강좌개최에 필요한 비용을 어떻게 마련하느냐는 것이었는데, 우여곡절 끝에 결국 영남대학교로부터 재정적 후원을 받게 되어 이런 자리가 열리게 됐습니다. 이런 면에서 영남대가 꽤 희망이 있는 대학이라는 생각이 듭니다. (웃음) 제가 이 학교에 있어서 하는 얘기가 아니라 실제로 여기 앉아있는 학생들은 잘 모르겠지만, 기성세대의 상식으로는 이런 일을 하는 데 학교가 재정 지원을 하겠다고 동의한다는 것은

이 기록은 2003년 9월 29일 영남대 인문관 101호에서, 녹색평론사와 영남대 인문과학연구소 공동주최로 열린 제1회 '21세기를 위한 사상강좌'의 내용을 정리한 것임.

적어도 지금 한국에서는 쉬운 일이 아닙니다. 이 강좌가 일회적인 것도 아니고, 앞으로 1년 동안 매달 이런 모임이 있을 겁니다. 제가 요즘 약간 고달프다는 생각 때문에 괜히 시작했다고 후회할 때도 있기는 하지만, 그래도 시작했으니까 다른 도리가 있습니까. 이 연속강좌가 계획대로 잘 진행되는 것으로, 도와주신 분들에게 보답이 될 거라고 믿습니다.

이번에 왜 어떤 동기로 연속강좌를 구상하게 되었는지에 대해서는 여러분들이 지금 갖고 계신 자료집에 제가 간단히 쓴 게 있습니다. 공식적으로 역사에 기록을 남겨야 되니까 그렇게 썼습니다만, 실은 구체적인 사정을 말씀드리면 지난번 새만금 문제로 네분 성직자에 의해 결행된 삼보일배가 직접적인 계기가 되었습니다. 지금 세계적으로 더이상 우리가 그동안 해왔던 방식으로는 계속 살아날 길이 없다는 것은 이미 여러 징후로 보아 분명해졌습니다. 그리고 금년 들어 우리들 가운데서 새 정부에 대해서 꽤 많은 기대가 있었는데, 그동안 정부가 하는 일을 보면서 철저히 배신감을 느껴왔단 말이에요. 그 가운데서도 소위 국책사업이라는 이름 밑에서 전국 각지에서 벌어지고 있는 대대적인 환경파괴, 인간파괴, 생명파괴 현상은 세계 어느 나라에서도 보기 어려울 만큼 심각한 수준입니다. 그래서 거기에 대한 저항운동도 어디에서도 볼 수 없었던 극한적인 투쟁이 될 수밖에 없는 게 아닌가 합니다. 삼보일배는 그러한 저항운동으로서 세계사적 의의를 가진 것이라고 저는 생각합니다.

며칠 전에 제가 핵폐기장 반대투쟁이 벌어지고 있는 부안에 다녀왔습니다만, 거기서 제가 느낀 것이 지금은 4·19때와도 다르고 광주민중항쟁 때와도 다른, 좀더 차원을 달리하는 상황이 벌어지고 있다는 것이었습니다. 부안에서 지금 벌어지고 있는 싸움은 단지 핵폐기장이 들어서는 안 된다는 운동이 아닙니다. 이 싸움은 근본적으로 잘못된 방향으로 가고 있는 이 자멸적인 문명 자체에 대한 거부의 표현입니다. 그리고 그 운동은 엘리트 지식인들의 운동이 아니라, 아주 밑바닥 민중의 차원에서 "이건 아니다" 하고 지금까지 받아들여온 개발논리 자체에 대한 강력한 의문을 표시하기 시작한 운동입니다. 저는 이게 가장 중요하다고 생각합니다. 따지고 보면, 개발논리라는 것은 엘리트에 의한 민중의 지배를 항구화하기 위한 술책이 분명합니다. 따라서 개발이니 경제성장이니 하는 논리는 근본에서부터 민주주의를 부정하는 논리인데, 우리는 그동안 이러한 논리를 마치 당연한 것처럼 받아들여왔던 것입니다. 지금 바로 그런 근본적인 의문이 부안에서 다수 풀뿌리 민중에 의해 제기되기 시작한 것입니다. 부안에서 일어나고 있는 것은 단지 핵폐기장 반대가 아닙니다. 그것은 진정한 민주주의를 위한 투쟁입니다. 그리고 그 투쟁이 지금은 민중의 삶의 토대인 자연세계를 보호하려는 투쟁으로 나타난다는 데에 이번 싸움의 역사적인 새로움, 세계사적인 의의가 있다고 할 수 있습니다.

아까 동대구역에서 토다 선생 일행을 모시고 택시를 타고 들어오면서도 제가 그런 얘기를 했습니다만, 이 대구라는 도시는 원래 매우 진취적인 도시였는데 한 30년 동안 군사독재의 근거지가 되다보니 지금은 전국적으로도 의식이 제일 뒤떨어진 지역이 되어있지 않은가 — 그런 생각이 지난번에 부안에 다녀오면서 새삼스럽게 들었습니다. 지금까지 산업화니 개발이니 하는 것에서 가장 소외되어온 지역이라고 하는 호남지역에서 오히려 진정으로 새로운 시대를 위한 깨달음이 풀뿌리 정서 속에서 확산되고 있다는 것은 역사적으로 가볍게 보아 넘길 일이 아니라고 생각되기 때문입니다.

그런데, 지금 전라도 지방에서 일어나고 있는 저러한 새로운 기운은, 어떤 점에서, 지난번 문규현 신부님, 수경 스님 등이 주도하신 삼보일배 행진이 매우 큰 영향을 끼치지 않았는가 생각합니다. 저 네분의 성직자께서 이번에 결행하신 삼보일배는 일찍이 역사상 선례가 없는 고귀한 비폭력 직접행동입니다. 운동의 형식 자체가 새로운 것과 이 삼보일배가 우리사회에 던진 메시지가 종래의 일반적인 사회운동의 내용과는 질적으로 차원을 전혀 달리하는 것이었다는 것은 매우 의미심장한 관계가 있다고 생각합니다. 그것은 그냥 새만금 방조제 공사를 중단하라는 요구가 아니었습니다. 명백히 대대적인 환경파괴가 일어날 것이라는 전망에도 불구하고, 방대한 갯벌을 간척하여 거기서 뭔가 경제적 이익을 보기를 기대하는 욕심의 뿌리를 이루고 있는 사회적, 심리적 토대를 깨지 않고는 이제 더이상 우리가 사람답게 살아갈 수 없다는 것을 지극한 기도와 참회의 형식으로 표현한 것이 바로 삼보일배였습니다.

그런데, 부안 갯벌에서 서울까지 65일 동안 계속된 이 고행에 대해서 우리사회 곳곳에서 순결한 영혼을 가진 사람들은 민감한 반응을 보이긴 했습니다만, 아직까지 사회 전체적으로는 그동안의 개발논리, 경제성장 논리의 관성이 너무나 완강한 탓인지 거기에 대한 응답이 매우 미온적입니다. 미온적인 정도가 아니라, 삼보일배가 끝나자마자 정부가 이번에는 부안 앞바다 위도에 핵폐기장을 설치하겠다는 엉뚱한 선물을 내놓는 바람에 삼보일배의 고행 뒤에 잠시 쉴 틈도 없이 문규현 신부님은 지금 다시 엄청난 고통을 겪고 계십니다.

그런가 하면 천성산을 지키기 위해서 부산시청 앞에서 지율 스님은 외롭게 38일간의 단식투쟁을 끝내고, 지금 다시 몇몇 여성 성직자들과 함께 삼보일배를 진행하고 계십니다. 아직 정부측에서 반응이 없기 때문에 삼보일배가 끝나는 대로 다시 무기한 단식투쟁에 들어가겠다는 결심을 하고 계신 것으로 알고 있습니다. 거기다 북한산 관통도로 문제, 그리고 전국 곳곳에 크고작은 도로공사, 골프장 공사로 인한 문화와 자연에 대한 무지막지한 파괴의 현장들이 널려 있습니다. 이런 상황에서 비판적인 지성의 목소리들이 별로 들려오지도 않습니다. 지식인들이란 대체 무엇을 하는 사람들인지 모르겠다는 생각이 듭니다.

그래서, 저희들이 깊이 고민을 했습니다. 이 땅에서 밥을 먹고사는 사람으로서, 지금 멕시코의 칸쿤에서 한국의 농민 이경해 씨가 자결이라는 극한투쟁까지 갈 수밖에 없을 만큼 너무도 어둡고 참담하게 된 우리 농업의 전망을 생각할 때, 또 9·11 동시다발 테러 사태 이후 노골적인 침략전쟁을 계속하고 있는 미국의 패권주의의 그늘 밑에서 민족의 생존이 크게 위협받고 있는 상황에서, 과연 지식인으로서 우리들이 어떻게 살아야 하는지 고민하지 않을 수 없는 것입니다.

그래서, 저는 지난 12년 동안 《녹색평론》을 엮어내면서 나름대로는 노력한다고 해왔습니다만, 이제 조금 다른 형식의 장이 필요하지 않은가, 그런 생각도 좀 해보았습니다. 그래서 지난 12년 동안 투자한 것을 밑천으로 해서 우리들과 비슷한 고민을 해왔거나 또는 한걸음 더 나아가서 좀더 깊이있는 사상과 실천을 보여주고 있는 세계적인 지성, 활동가들을 초빙해서 앞으로 연속강좌를 열면, 그 강좌 자체도 의미가 있겠지만, 이로 인해서 한국에서 지금 일하고 있는 우리의 동지들에게 꽤 큰 자극도 되고, 우리가 앞으로 가야 할 방향에 대해서도 상당히 구체적인 지침을 얻게 되지 않을까 생각했습니다. 그 결과가 오늘 이 자리, '21세기를 위한 연속사상강좌' 제1회의 모임입니다.

그런데, 한가지 말씀드릴 것은, 여기 모신 토다 키요시 선생님께서는 약간 실례되는 얘기일지도 모르겠습니다만, 원래 이 1회 강좌는 삼보일배를 통해서 새로운 사회운동의 형식을 창조하신 수경 스님과 문규현 신부님을 모실 작정이었습니다. 《녹색평론》 지면에서도 그렇게 알리는 공고가 나갔죠. 그렇지만, 세상일이란 늘 우리 같은 사람의 상상력을 뛰어넘는 모양입니다. 저는 삼보일배가 끝나고 난 뒤 두 분 성직자께서 그동안 상한 몸을 좀 추스르고, 피로가 풀리는 기간이 한두달 걸릴 것이고, 그래서 9월 말쯤에 대구로 모시는 게 가능하리라 생각했는데, 상황이 전혀 엉뚱하게 돌아가는 바람에 문규현 신부님은 지금 부안에서 단 한시간도 몸이 빠져나올 수가 없는 형편입니다. 그래서 저희 팀이 부안으로 가서 사상강좌를 개시해볼까도 생각해보았습니다만, 지금 부안의 분위기는 이런 한가로운 강좌를 열기에 적당하지 않은 듯합니다. 그리고, 삼보일배를 중심적인 화제로 삼아야 할 텐데, 지금 비록 부안의 풀뿌리 민심이 많이 달라지고 있다고는 해도 역시 새만금 문제에 대해서는 아직 전북민심이라는 게 있기 때문에 거기 가서 섣불리 새만금 문제를 건드리는 것도 지금 상황에서 적절하지 않을 게 틀림없습니다. 그런 우려가 있었습니다. 그래서 고심 끝에 마침 토다 키요시 선생이 다른 모임의 초청으로 한국에 오시기로 되어있었는데, 이분을 대구로 모셔서 이 강좌를 여는 것도 뜻있는 일이 되겠다고 생각했습니다. 토다 선생은 몇년 전에 창작과비평사에서 나온 저서 《환경정의를 위하여》를 통해서 이미 한국의 독자들에게도 알려져 있는 분이고, 이번에 녹색평론사에서 때마침 두번째 저서 《환경학과 평화학》의 한국어 번역판이 출판되었습니다. 이 책은 이라크 전쟁을 계기로 한층 평화문제에 대한 관심이 고조되고 있는 상황에서 나온 매우 시의적절한 책이라고 생각됩니다만, 다른 평화문제 관련 저서들과도 좀 다르게 평화문제를 동시에 환경문제로 파악하고 있는 점이 매우 돋보입니다. 어쨌든 좋은 기회로 생각되어, 토다 선생을 이번에 처음 초청하신 주체인 서울의 '상계동 모임' 쪽의 협력을 얻어서 급히 이 모임이 성사되도록 일을 추진했던 것입니다. 그래서 오늘 토다 선생님이 대구까지 귀한 걸음을 해주셨습니다.

이런 행사는 주관하는 사람들의 뜻이 있다고 되는 것이 아니고, 여러분들과 같이 이렇게 깊은 관심을 가지고, 귀를 기울여주시는 분들이 있기에 가능합니다. 여러분들이 주목해주시는 덕분에 이런 자리가 열릴 수 있었다고 저는 생각을 합니다.

그리고, 이번에 사상강좌를 구상하고, 계획을 구체적으로 실천하는 과정에서 사실 저는 별로 한 일이 없습니다. 대부분 실질적인 일은 제 주위의 동료들이 다 했습니다. 앞으로 저와 같이 이 강좌를 꾸려갈 '사상강좌 운영위원회' 멤버들을 잠시 소개하겠습니다. 우선 지금 영남대 인문과학연구소 소장으로 계신 이승렬 교수입니다. (박수) 그리고 운영위원회의 간사로 강사 섭외를 비롯하여 어려운 일을 도맡은 영문과의 박혜영 교수입니다. (박수) 또 오늘 사회자로 수고하고 계신 변홍철 씨, 《녹색평론》 편집장입니다. (박수) 그리고, 이런 일을 하는 데는 늘 밑바닥에서 고생하는 사람이 있기 마련입니다. 대학교수들이 맨날 어렵고 힘든 일은 조교한테다 시키는 못된 버릇이 있잖아요. 그 조교 노릇을 하는 송경숙 씨, 영문과 대학원생입니다. (박수)

오늘 모임은 토다 선생님의 간단한 발제가 있고, 이어서 주로 저와 대담형식으로 말을 주고받기로 되어있습니다만, 사실 대담이라기보다는 제가 주로 질문을 하고 토다 선생께서 대답을 해주실 가능성이 큽니다. 그래서 오늘 이 자리가 성공적인 모임이 되느냐 마느냐는 거의 전적으로 통역에게 달려있다고 생각합니다. 그 통역을 맡아주실 분을 소개합니다. 통역은 두 분이 맡아주시겠습니다. 발제문을 통역하실 김원식 선생님입니다. (박수) 김 선생님에 대해서는 아마 여기 계신 여러분들은 대개 모르실 겁니다. 우리 현대사의 파란만장한 기복을 겪어오신 분입니다. 오랜 세월 옥중에서 살아오셨고, 출옥 후에는 아나키즘의 입장에서 환경운동, 반핵운동, 평화운동에 헌신해오고 계신 우리나라의 가장 연로한 사회운동가 중의 한 분이십니다. 그리고 일본의 사회운동, 환경운동가들과 깊이 교류해오신 분입니다. 그리고, 오늘 대담 부분의 통역은 영남대 심리학과의 이광오 교수님이 수고해주시기로 했습니다. (박수) 이 선생님은 일본 홋카이도대학에서 공부를 하셨고, 《녹색평론》의 애독자이면서 환경문제 등에 대해서 많은 지식과 관심을 가지고 계신 분입니다. 일본 사람들도 탄복할 만큼 일본어가 능통하신 분이기도 하고요.

마지막으로, 토다 키요시 선생님에 대해서 간단히 소개하겠습니다. 이번 책에 약력이 나와있습니다만, 보시다시피 상당히 젊은 분이죠. 1956년생입니다. 저보다 거의 열살 적은데요. (웃음) 오사카 시립대학의 농학부에서 공부한 다음, 도쿄대학 대학원에서 사회과학 공부를 하셨습니다. 그 뒤 일본 각지에서 여러해 동안 강사 내지는 비상근 교원을 지냈습니다. 교편을 잡으면서 동시에 각종의 사회운동에 참여해왔습니다. 지금 나가사키대학 환경과학부 조교수로 계십니다. 이게 공식적으로 나와있는 약력입니다. 이분은 가끔 제가 보는 일본잡지에 글을 쓰고 계시기 때문에 늘 제가 유심히 보고 있습니다만, 일본 사람 가운데서도 굉장히 치밀한 사람인 것 같아요. 오늘 김원식 선생님으로부터 들은 이야기입니다만, 이분이 예전에 고등학교 학생 때에는 귀재라는 소리를 들었답니다. 수재도 아니고 귀재라고요. (웃음) 책을 보면 아주 괴력을 가지고 있는 사람이 아닌가 싶어요. 관심 분야가 다채롭기도 하지만, 무엇이든 꼼꼼하게 출처를 밝히고 있어요. 아까도 점심 먹으면서 잠시 이야기 나누는 동안에 우리가 하는 얘기들 가운데서 뭔가를 열심히 메모하고 그러는 걸 봤습니다.

한국 사람들은 누구랄 것 없이 기록을 잘 안하고, 거의 기억에만 의존하려고 하잖아요. 반성할 필요가 있어요. 그런데 토다 교수는 몇년 전에 창작과비평사에서 나온 책에서 그랬지만, 이번에 《환경학과 평화학》에서도 너무나 치밀해요. 그가 하는 거의 모든 발언에 확실한 근거를 댑니다. 그냥 대충 넘어가는 게 없어요. 그러니까 평소에 끊임없이 메모를 하고, 스크랩을 하고, 분류를 하고, 정리하고 하는 작업을 쉴새없이 하고 있다는 얘기거든요. 이런 점에서 굉장히 본받을 만한 분입니다. 이번 책에서 그런 것을 더 느꼈습니다만, 평화와 환경에 관련된 문제, 지구 전역에서 일어나는 사회적 문제, 남북문제 등 무엇이든 이분의 관심사가 아닌 것이 없어요. 모든 문제에 대해서 이렇게 끊임없이, 치밀하게 기록하고 정리한 결과로서 나온 책이니만큼 평화나 환경문제에 대한 훌륭한 참고서로서도 손색이 없어요.

그리고, 또 존경할 만한 것은 일본의 풀뿌리 사회운동, 생활협동조합 운동에서 무려 19년간이나 밑바닥 일꾼으로 자원봉사를 해왔다는 사실입니다. 일본의 근대화는 아시아의 다른 민족뿐 아니라 자기들 가운데 하층민들에게도 심한 편견과 차별을 제도화 내지는 구조화해온 과정이라 할 수 있습니다. 이분은 굉장히 가난한 집 출신일 뿐만 아니라, 일본사회에서 전통적으로 극심한 천대를 받고 소외되어온 소위 부락구민 출신이에요. 그런 출신배경이 아마 대학에 자리잡는 데에도 큰 장애요소였을 것으로 짐작됩니다. 물론 일체의 권위주의를 철저히 배격하는 그의 아나키즘 사상도 대학교수로서 인준받는 데 지장이 되었겠지요. 그래서 상당히 늦은 나이에 조교수가 됐습니다. 물론 일본의 조교수는 한국의 조교수와는 개념이 상당히 다릅니다만. 아까 얘기를 들으니, 앞으로도 이 대학에서 조교수 이상으로 승진할 가능성은 별로 없는 것 같다고 하더군요. (웃음) 그런 뿌리깊은 사회적 편견과 차별이 지금도 엄존하고 있다는 얘깁니다. 그래서 그런지, 이분의 저서를 읽어보면 도처에서 인간불평등의 문제, 공정성의 문제, 인간사회에서 인간이 인간에 대해서 차별하는 문제에 대해서 굉장히 예민하다는 인상을 받습니다.

몇년 전에 우리나라에서 이분의 첫 저서 《환경정의를 위하여》가 번역 출판되었을 때만 하더라도 우리는 대개 자연과 인간의 공생문제, 이런 데에 집중적으로 생각하고 있었습니다. 그런데 토다 씨는 이미 그때부터 환경정의라는 문제를 아주 날카롭게 제기하고 있다는 게 꽤 인상적이었던 기억이 있습니다. 이번에 나온 책에서도 제가 느꼈습니다만, 예를 들어서 사형제도가 폐지돼야 된다는 강한 주장을 펴는 장에서 사형제도가 폐지돼야 하는 이유를 여러가지 열거하고 있는데, 그중에서 눈에 띄는 게 뭐냐 하면 교도소에서 사형집행을 담당하는 교도관에게 인간으로서 감내하기 어려운 고통을 사형제도가 강요한다는 논리입니다. 이런 면은 아무리 열성적인 사형폐지론자들이라도 별로 주목하지 않는 부분이라고 생각되는데, 이분은 이런 걸 정확히 지적하고 있는 거예요. 평소에 인간 평등 문제, 가혹한 노동에 시달리는 밑바닥 사람들의 문제에 대해서 골똘히 생각하는 습관이 없었다면 이런 데 주목하기는 어려웠을 거란 말이에요. 그러니까 사람 하나하나가 모두 존엄한데, 그런 존엄한 인간에게 다른 인간의 목숨을 뺏는 일을 합법이라는 명분으로 강요하는 것은 가혹한 노동이다, 그러니 이런 점에서도 사형제도는 마땅히 폐지되어야 한다, 그런 논리이지요. 하여간 인간의 근원적 존엄성, 평등사상에 철저한 분인 것 같아요.

빠트린 것이 있으면 나중에 보완하기로 하고, 우선 이 정도로 제 이야기는 마치겠습니다. (박수)

발제 — 환경과 평화의 세기를 위하여

토다 인류는 400만년의 역사 속에 일만년 전의 '농업혁명'(농업의 발명)과 18세기의 '산업혁명'(공업사회의 성립)이라는 커다란 전환점을 거쳐, 현재, 공업문명은 앞길이 막혀 '환경혁명'을 필요로 한다고 미국의 레스터 브라운은 말한 바 있습니다. 캐나다 출신의 역사가 윌리엄 맥닐이 말하듯, 1500년경까지는 이슬람문명과 중국문명이 우위였고, 유럽은 뒤떨어진 변경이었습니다. 그러나 1500년경부터 유럽문명 우위의 시대가 시작되어(콜럼버스 이래의 500년), 17세기의 과학혁명, 18세기의 산업혁명을 거치면서 유럽은 세계를 지배하게 되었습니다. 미국의 생물학자 재레드 다이어몬드가 말하듯이, 자연조건의 차이가 문명간의 차이를 만들어냈는데도, 아즈텍과 잉카를 정복한 16세기의 스페인 사람들은 백인이 우월하다고 믿었습니다. 이 500년은 자본주의, 근대국가, 과학기술, 군사력이 서로 뒤엉켜서 발전한, 백인남성 우위의 시대입니다.

그 귀결이 '아메리카의 세기'라는 20세기로, 1908년에 자동차의 대량생산에 의한 석유낭비 경제가 성립되고, '환경파괴와 전쟁의 세기'가 되었습니다. 미소 냉전시대부터 미국의 일극(一極)지배 시대가 되었지만, 미국의 경제적 지배의 절정은 오히려 1950년대(세계 GDP의 50%)였으며, 현재는 쇠퇴과정에 들어서(세계 GDP의 20%), 방대한 재정적자와 무역적자를 짊어지고 있습니다. 미국 차입금의 3분의 2가 동아시아에 대한 것이라고 합니다(徐勝, 《週刊金曜日》 2003. 9. 19).

1948년에 미 국무성의 조지 캐넌은, 세계인구의 6.3%를 차지하는 미국이 세계 부(富)의 50%를 필요로 한다고 했고, 1997년에 클린턴 전 대통령은 세계인구의 4%를 차지하는 미국이 세계 부의 20%를 필요로 한다고 말했습니다. 이러한 불평등을 유지하기 위해서 힘(군대)도 필요하다고 내비쳤습니다. 전세계가 미국인과 같은 소비를 하면 5개의 지구가 필요하게 된다고 하는데요. 아시아의 OECD 가맹국인 일본이나 한국도 이러한 낭비문명에 참가하고 있습니다. 그리고 이 한편에서, 지구상에 현재 10억명이 굶주리고 있습니다.

미국의 석유문명은 지속가능하지 않습니다. 그 일부인 농업도 지금은 수출대국이지만, 지하수의 고갈, 표토의 유출, 농약과 화학비료의 과용, 유전자조작 작물의 남용 등으로 장기적으로는 큰 불안을 안고 있습니다. 곡물자급률이 낮은 아시아의 선진공업국(일본, 한국, 대만)은 계속해서 미국에 의존할 수는 없을 겁니다. 낭비문명의 장래에 불안을 느끼는 미국은 부시(아들) 정권이 들어서면서, 지구온난화에 관련된 교토의정서 이

탈, '대(對)테러' 등을 구실로 한 아프가니스탄 침공, 이라크 침공 등, 환경 면에서나 군사 면에서 거듭해서 억지를 쓰고 있습니다. 미국 주도의 WTO나 기업을 중심으로 하는 세계화는 환경파괴와 불평등을 더욱 조장하고 있습니다. 그리고 미국은 군사대국으로 낭비문명과 불평등을 존속시키려고 합니다. 또, 신자유주의와 군국주의가 결합해서 평화와 환경을 파괴하고 있습니다.

일본은 1950년대의 키시 노부스케(전쟁범죄인), 1980년대의 나카소네 야스히로(전 제국해군장교)와 나란히 반동정권을 이끌고 있는 고이즈미 준이치로가 '아시아의 영국'이 되기 위해서 '북조선문제'를 이용해 유사법제를 만들었고, 이라크 파병법을 만들었습니다. 미국은 프랑스혁명 이래의 '추정무죄' 원칙을 뒤집어엎고 대량파괴무기의 증거(지금까지 발견되지 않았습니다만)가 없는데도 이라크를 침공해, 무고한 시민을 많이 죽게 했습니다. 민주주의(democracy)는 금권정치(plutocracy)가 되었으며, 부시는 사상 최고의 선거자금 2억 달러를 쓰고, '엉터리 대통령'이 된 인물입니다. 일본에서도 국민 다수의 의견에 반하는 이라크 파병을 비롯해서 민주주의가 파괴되고 있습니다.

20세기 문명의 세가지 큰 문제는, ① 환경파괴와 자원낭비의 문명(그 전형은 핵의 군사이용과 민사이용), ② 그것이 가져온 불평등과 빈곤, ③ 그것을 유지하는 군사화(미국은 50년간의 공습을 비롯한 국가테러로 1천만명 이상의 비전투원을 살상했을 것입니다)입니다. 21세기 벽두에도 이것은 계속되고 있습니다. 21세기의 과제는 '전쟁과 환경파괴의 세기'를 '평화와 환경의 세기'로 전환하는 것이며, ① 환경보전과 환경정의, ② 평등과 글로벌한 정의, ③ 탈군사화입니다. 부유한 나라에 비해 가난한 나라의 임산부나 신생아의 사망 위험률이 600배나 되는(Multinational Monitor, July/August 2003) 것과 같은 상황이 계속되는 것을 더이상 용납할 수 없습니다. 과거 500년의 자본주의, 국가, 과학기술, 군사력을 검토하고, 계급, 민족, 인종, 젠더(性)의 위계구조를 검토해서, 전쟁과 구조적 폭력을 극복하고, '새로운 세계'를 만드는 일이 요구되고 있습니다. 500년간 계속된

'근대 세계시스템'은 종말을 향해서 가고 있지만, 이것을 대체하는 세계가 '환경, 평화, 평등'의 세계가 되기 위해서는, 지금부터 10~20년 동안 우리가 무엇을 하는가, 이것이 대단히 중요합니다.

오늘 부족한 이야기는, 제가 쓴 《환경정의를 위하여》(창비사, 김원식 옮김, 1996년), 《환경학과 평화학》(녹색평론사, 김원식 옮김, 2003년)을 참조해주시면 고맙겠습니다. (박수)

대담

김종철 저부터 말을 꺼내죠. 오늘 대담이 될지 질의응답이 될지는 모르겠습니다. (웃음) 김원식 선생님 말씀을 들으면 토다 선생께서 며칠 서울에 머무는 동안 저에 대한 공부를 많이 했다고 그래요. 무슨 공부할 게 있었는지 모르겠습니다. 아마 이분의 꼼꼼한 치밀성 때문에 그런 것 같은데, 지금도 상당히 긴장하고 있는 것 같습니다. (웃음) 저도 노력하겠지만 여러분들도 분위기를 편하게 만들어주시면 고맙겠습니다.

그럼 토다 선생님께 말을 건네겠습니다. 이번이 두번째 한국방문이라고 알고 있습니다만, 일본에 비교해서 한국에 와서 특별히 느끼신 점이 있으시면 말씀해주십시오.

토다 4년 전에 왔을 때 느낀 감회나 마찬가지인데, 한국에 와서 한국이 아시아의 선진공업국으로서 일본과 별 차이가 없다는 것을 느꼈다고 말씀드릴 수 있겠습니다. 자동차가 4년 전에 비해서 많아진 게 새로운 느낌이고요. 한국의 대기오염이 멕시코시티에 버금가는 그런 수준이라는 얘기를 듣고 놀랐습니다. 서울의 거리를 다니다 보니까 포장마차가 참 많았는데, 일본의 후쿠오카에도 포장마차가 많은데 그런 점에서 정겨움을 느꼈습니다. 제가 돌아본 곳은 서울과 대구인데요. 나가사키와 비교하면 두 도시 모두 훨씬 대규모의 도시입니다. 나가사키에는 전차가 있는데 여기는 아마 그것이 없는 것 같은 느낌이 드네요.

김종철 이번 책에서 읽은 것입니다만, 토다 선생님은 나가사키에서 생활하시면서 자동차를 운전하지 않으시고, 걷거나 자전거로 생활하신다고 하는데, 나가사키가 그럴 만한 도시환경 조건을 가지고 있기 때문인가요, 아니면 그것도 포함해서 환경에 대한 적극적인 신념 때문인가요?

토다 제가 자동차 운전을 하지 않는 것은 결과적으로는 환경오염을 방지하는 데 이바지하기 위한 것입니다만, 사실은 제가 어렸을 때 저희 아버지께서 자동차 사고로 돌아가셨습니다. 자동차 운전면허를 따는 데에 대해서 심리적인 저항감 같은 것이 일찍부터 있었습니다. 제가 어머니 뱃속에 있었을 때 아버지께서 돌아가셨습니다. 제가 사는 나가사키는 노면전차라든지 버스라든지 이런 대중교통 수단들이 남아있어서 교통이 굉장히 편리하고, 또 제가 근무하는 나가사키대학까지는 저희 집에서 한 10분이면 걸어갈 수 있기 때문에 별로 불편함을 모르고 지냅니다. 다만 나가사키 바깥으로 나갈 때에는 좀 불편함이 있는데요. 그럴 때는 버스라든지 대중교통 수단을 최대한 이용하려고 생각하고 있습니다. 노면전차가 옛날에는 굉장히 많았는데요. 도쿄에도 많았고, 오사카에도 많았고, 그랬습니다만, 지금은 거의 다 없어지고, 대도시에서 그런 것들을 보기는 어렵습니다. 원자폭탄이 떨어진 히로시마라든지 나가사키라든지 이런 도시에 노면전차들이 남아있습니다.

김종철 너무 이야기를 자세하게 해주시는군요. (웃음) 아까 질문과 결국 같은 질문이지만, 여름에 냉방장치를 가동하지 않고, 겨울에는 난방을 하지 않는 대신에 옷을 두텁게 껴입고 지내신다고 책에서 쓰셨는데, 물론 에너지 문제를 고려한 생활실천이라고 생각됩니다만, 제가 궁금한 것은 대학에서 봉급으로 받은 돈은 대체 어디에 쓸까요? (웃음)

토다 어머니가 계신데요. 어머니는 1932년에 태어나셨습니다. 행정상의 여러가지 착오가 있어서 어머니가 연금을 받지 못하시고, 생활이 어려우신 데다가 도쿄에 살고 계십니다. 여러분도 아시다시피 도쿄는 세계적으로 물가가 비싼데, 어머니를 도와드리는 데 상당부분 쓰고 (웃음) 그렇습니다.

김종철 여러분들에게 참고로 말씀드리자면 일본의 대학교수는 일반적으로 한국의 교수보다도 박봉 생활입니다. 토다 선생님, 지금 학교에서 가르치는 일 외에 일본에서 각종 시민운동에 관계하신다는 얘기를 들었습니다만, 구체적으로 어떤 활동을 하고 계신지 말씀해주시겠습니까?

토다 학생시대 때부터입니다만, 나가사키에도 작지만 원자력문제를 다루는 시민단체가 있습니다. 나가사키에 공급되는 전기의 50%는 사가현에 있는 원자력발전소에서 공급되고 있습니다. 나가사키의 공기가 오염되고 있는데요. 오염을 막기 위한 운동에도 참가하고 있습니다. 한국의 시화호라든지 새만금 방조제라든지 이런 것도 굉장히 유명한데, 일본에서도 그렇게 유명한 것이 바로 이사하야라는 곳에 있는 것인데요. 부당한 공사를 계획해서 시행하고 있는 것에 대해서 반대하는 그런 운동을 하고 있습니다. 나가사키는 히로시마와 함께 피폭 도시로 유명합니다. 그래서, 최근에 이라크전쟁과 관련해서 열화우라늄탄이 이라크에 투하되어 많은 사람들이 피해를 입고 있는데, 그 문제와 관련된 사진 전시회라든지 그런 일들을 나가사키에서 개최하고 있습니다. 바스라와 바그다드에 피해자들이 많고 의사들이 활동을 하고 있는데요, 그 의사들이 오염 때문에 백혈병에 걸린다는 그런 사례가 있습니다. 이런 분들이 나가사키에 직접 와서 강연이라든지 일을 하셨고, 저도 강의에 참석하여 통역을 한다든지 일을 했습니다.

김종철 반핵문제라든지 하는 것에 대해서는 제가 나중에 다시 말씀드리겠습니다만, 우선 제가 또 하나 개인적으로 궁금한 게 있습니다. 제가 알기로 토다 선생님은 청년시절부터 사회운동에 관심을 가져, 대학 나오자마자 소비자 단체의 실무자로서 장기간에 걸쳐서 자원봉사를 하시고, 지금도 풀뿌리 민중의 입장에서 환경문제나 평화문제를 생각하시는 분으로 널리 알려졌습니다만, 특별히 자기 인생을 그런 방향으로 살아가기로 하는 데 뭔가 특별한 계기가 있었는지요. 예를 들어, 지금은 고인이 된 저명한 반핵운동가 다카기 진자부로(高木仁三郞) 씨는 말년에 쓴 저서에서 이런 말을 한 적이 있습니다. 자기가, 말하자면 제도권 안의 과학자에서 제도권 밖으로 나가서 반핵운동에 골몰하는 시민과학자가 된 중요한 동기 중의 하나가 젊은 시절에 일본 원자력공사에 취직해서 일할 때 자기가 맡은 일이 태평양 바다 밑의 흙에 들어있는 방사능의 농도를 조사하는 것이었다고 합니다. 그런데 이 지구는 원래 형성기에 방사능이 많았고, 6억년 세월이 지나면서 이제 표층에서는 방사능이 거의 사라져 생물이 살 수 있는 환경으로 변해왔다고 합니다. 그래서 오래된 지층에서는 엷게나마 천연적인 방사능이 아직 발견되지만, 표토 부분에서는 거의 방사능이 발견되지 않아야 정상인데도 자기가 실지 조사해보니까 오히려 놀랄 정도로 방사능 함유량이 많더라는 겁니다. 그것은 2차대전 이후에 계속되어온 핵실험 때문이라는 거지요. 그래서 큰 충격을 받았는데, 그게 이분이 나중에 도쿄 도립대학 교수라는 안정된 자리를 버리고 시민과학자로 변신하는 중요한 계기가 되었다는 것입니다. 혹시 토다 선생께서도 그런 계기가 있었는지 궁금합니다.

토다 다카기 진자부로 씨처럼 그런 큰 계기가 있었던 것은 아니고, 여러가지 이유가 복합적으로 관련되었다고 생각을 하는데요. 한가지 말씀 드린다면, 제가 대학시절에 수의학을 전공했습니다. 그래서 생물학을 배우고 그 생물학을 배우는 중에서 원자력의 문제라든지 화학물질이라든지 근대 기술력이라든지 이런 것들의 결과로 생태계가 교란이 되고, 그래서 동물과 인간의 삶이 굉장히 부정적으로 영향을 받고 있다는 것을 알게 되면서 이런 운동에 참가하는 계기가 되었다고 생각합니다.

여러가지 문제에 관심이 있습니다만, 제가 오랫동안 관심을 가져온 문제를 세가지로 나누어 말씀드릴 수가 있겠습니다. 하나는 원자력 문제인데요. 이라크의 열화우라늄 오염에 관한 문제만 하더라도 오염이 영원히 지속될 것으로 생각합니다. 두번째는 생물 또는 생태학이라고 그럴까요. 인간과 동물과 식물의 관계에 대한 것입니다. 야생동물을 남획한다든지 또 실험실에서 동물을 사용해서 실험을 한다든지 하면서 인간이 동물이나 식물을 지배하는 것이 바람직한 것인가에 대해서도 고민하고 있습니다. 김종철 선생님도 자주 언급하시는 것으로 알고 있습니다만, 독일 녹색당 창시자 중의 한사람인 루돌프 바로가 동물학대 문제에 대해서 가졌던 그러한 관심, 이것이 저의 두번째 문제의식이라 할 수 있겠습니다. 세번째는 담배의 문제입니다. 담배라는 것은 건강에도 좋지 않고 환경에도 좋지 않습니다. 보고에 의하면, 세계에서 담배 때문에 죽는 사람이 매년 4백90만명에 이른다고 합니다. 담배연기 속에는 일종의 방사능 물질인 폴로늄이라는 것이 포함되어 있습니다. 이것은 알파선을 포함하고 있기 때문에 우라늄이라든지 이러한 것들과 유사한 여러가지 피해를 줍니다. 일본에서도 그렇고, 한국에서도 그런데요. 환경운동이나 평화운동에 참가하고 계신 분들이 아직도 담배를 많이 피우고 계신 것에 대해서 저는 유감스럽게 생각합니다. (웃음)

김종철 담배 얘기가 나왔으니 하는 말입니다. 아까 제가 여쭤봤을 때 본인은 담배를 피워본 적이 없다고 하셨지요. 그러니까 담배 피우는 사람의 고충을 모르는 모양입니다. (웃음) 저는 담배를 오래 전에 끊었습니다만, 담배가 건강문제도 건강문제지만, 환경을 막대하게 파괴하는 주범 중의 하나라니 보통 문제가 아닌 것 같아요. 지금 세계에서 벌채되는 삼림 중의 절반 이상이 담배 건조용으로 쓰인다는 것은 토다 선생님 책에서 처음 알았습니다. 담배 당장 끊어야 되겠지요. 담배에 대한 귀중한 정보를 줘서 고맙게 생각합니다. 담배나 커피 등 기호식품은 식민지 시대의 유산인데, 선생님은 담배를 얘기하셨지만, 담배나 커피는 대개 사람들이 문제가 있다는 것은 알고 있잖아요. 저로서는 좀더 심각한 것은 설탕 문제가 아닌가 싶어요. 설탕의 문제점이나 유해성에 대해서는 의외로 사람들이 잘 모르고 있기 때문에 더 그래요. 인간의 건강에 관해 말하자면, 지금의 의학상식에서는 간과되고 있지만, 설탕이 담배보다도 더 치명적으로 유해하다는 독립적인 과학자들에 의해 발표된 학술적인 정보들이 꽤 있습니다. 정부나 관련기업, 주류의학계에서는 그런 사실을 적극 은폐하거나 무시하고 있지만, 따져보면 근대 식민지 역사의 산물인 설탕을 만약 인류가 먹지 않는다면, 인류의 건강이 오늘날처럼 이렇게 심각하게 손상되어 있지는 않을 것이라는 겁니다. 특히 정신건강, 뇌신경계의 이상이 많은 경우 설탕 섭취와 관계되어 있다는 얘기가 있습니다. 담배는 말할 필요도 없지만, 설탕문제도 반드시 거론해야 되지 않는가 그런 생각을 합니다. 거기에 대해서 어떻게 생각하시는지요.

토다 설탕문제는 미국적인 식생활의 문제라고 저는 봅니다. 미국적 식생활의 특징이라는 건 세가지입니다. 하나는 고기, 즉 살코기이고, 또 하나는 기름, 기름 가운데서도 동물성 기름, 그리고 또 하나는 설탕, 이 세가지가 미국적인 식생활을 대표한다고 봅니다. 한국도 그렇고 일본도 그렇지만, 미국적인 식생활의 영향을 매우 많이 받고 있는 나라입니다. 미국에서는 조사에 의하면 담배 때문에 사망하는 사람이 1년에 약 40만 명, 비만으로 사망하는 사람이 약 30만명으로 추산되고 있습니다. 비만 때문에 심장병이나 당뇨병에 걸리기 쉽습니다. 사람이 비만이 되는 것은 살코기의 과다섭취, 다음에 기름, 다음에 설탕의 과도한 소비 때문입니다. 그래서 설탕이 우리의 신체나 정신에 악영향을 미친다는 점에서는 김종철 선생님이 지금 하신 말씀에 전적으로 동감입니다. 그래서 기호품이라고 해서, 기호품은 개인의 선택이라 해서 그것을 개인의 선택에 맡겨두기에는 문제의 심각성이 매우 커졌다는 생각을 하고 있습니다. 담배, 술, 설탕, 이런 것이 다 기호품입니다만, 이러한 것을 개인의 선택에만 맡겨둘 수는 없다고 생각합니다. 저는 담배를 피워본 적이 없고, 술도 별로 안합니다. 그러나 단것은 제가 굉장히 좋아하기 때문에 저도 이것을 조심하지 않으면 안되는 그런 처집니다. (웃음)

김종철 앞으로 쓰실 다음 저서에는 설탕문제도 다루어주시기 바랍니다. (웃음) 지금 말씀하시는 도중에도 그런 얘기가 나왔지만, 일본과 한국의 청소년들의 식생활이 거의 미국화되어 가고 있는 게 정말 문제인 것 같습니다. 지금 일본에서 청소년들의 비행이 매우 심각한 사회문제가 되어있다는 얘기를 종종 듣습니다. 얼마 전에는 열두살짜리 소년이 네살 먹은 어린아이를 아무 이유도 없이 살해하는 일이 일어나서 일본사회에 큰 충격을 던진 것으로 알고 있습니다. 일본 기성세대의 보수층 인사들은 소년범죄를 다스리는 법을 더 강화해야 된다는 식으로 논의를 끌고가고 있다는데, 실은 그런 청소년 범죄나 비행의 근본원인이 지금 일본이나 한국

사회가 구조적으로 자식을 제대로 키울 수가 없는, 어린아이가 제대로 자랄 수가 없는 그런 환경으로 가고 있는 데 있다는 것을 알아야 합니다. 그중에서도 저는 특히 아이들의 일상적인 식생활이 미국화된 게 제일 중요한 요인이 아닌가 싶어요. 육체적인 건강은 말할 것도 없고, 아이들의 정신위생에도 막대한 피해를 주고 있지 않은가, 생각하고 있습니다. 하여간 제 생각에는 한국과 일본이 정치적, 군사적으로, 또 경제적으로뿐만 아니라 기본적인 식생활 패턴을 비롯한 생활양식의 면에서도 거의 돌이킬 수 없이 미국문화에 예속되어 있는 정도로 볼 때 앞으로 장래가 심히 암담한 상황이 아닌가 합니다. 선생님 생각은 어떠하신지요.

토다 청소년들의 식생활이 미국화되고 있다는 사실과 관련해서, 지금 일본에서 논의되고 있는 문제 중에 '페트병 증후군'이란 게 있습니다. 페트병 증후군은 페트병에 든 콜라나 주스 같은 단것을 아이들이 너무 마시고, 거기에 중독이 된 결과입니다. 설탕은 체중 1kg당 하루 1g을 섭취하는 것이 적합하다고 합니다. 그래서 아이의 체중이 20kg이라면 그 아이는 하루에 20g 정도 설탕을 섭취하는 것이 적합하다는 말입니다. 그런데 '페트병 증후군'이라고 불리는 아이들의 경우에는 적정 설탕 소비량의 5배 내지 10배의 설탕을 먹고 있다고 합니다. 그러한 잘못된 식생활이 아동들의 정신적인 건강에 영향을 줄 것이라고 이야기를 합니다. 한국도 일본과 마찬가지고 아이들이 도넛을 많이 먹고, 맥도날드 햄버거를 많이 먹는다든지 하는 그런 식생활 패턴이 두드러진다 하겠는데, 그렇게 함으로써 고기나 지방 섭취와 같은 잘못된 식습관이 몸에 밴다고 생각합니다. 그뿐만 아니라 상당히 폭력적인 애니메이션들이 매우 유행하고 있습니다. '드래곤볼' 같은 애니메이션에서는 폭력 장면들이 굉장히 많이 나오죠. 그러한 폭력문화는 미국에도 있고 일본에도 있습니다만, 만약에 일본도 미국처럼 총기소지가 자유롭다면 문제는 굉장히 심각한 방향으로 진행될 것이라고 할 수 있습니다.

고이즈미(小泉) 정권이 유사시 법안이라는 것을 만들어, 자위대를 외국에 파병하려고 했는데요. 이러한 것도 역시 일본에서 폭력문화가 심각해지고 있는 하나의 표시가 된다고 생각합니다. 그런 어른들이 만들어내고 있는 폭력문화는 당연히 아이들에게 심각한 영향을 주게 될 것입니다. 미국의 옆에 있는 캐나다도 총기소유가 자유화되어 있지만, 총기에 의한 살인사건은 미국에 비하면 매우 낮습니다. 캐나다에 그렇게 총기가 많이 있음에도 불구하고 총기에 의한 범죄가 적은 것은 캐나다가 미국의 옆에 있으면서도 미국의 군사행동에 추종하지 않는, 추종의 비율이 아주 낮은 것과 관계가 있습니다. 그래서 일본이나 한국이 미국의 이라크 침략에 협조하는 것은 대단히 유감스러운 일이라고 생각합니다.

일본에서 일부 사람들이 청소년 범죄를 방지하기 위해서 처벌법안을 강화하자는 주장을 펴고 있는데요. 청소년 범죄와 비행에 대한 이러한 엄벌주의는 사회적인 분위기와도 매우 밀접한 관계가 있다고 봅니다. 선진국가 중에서도 사형제도를 여전히 유지하고 실시하고 있는 나라는 미국과 일본입니다. 그 사실과 소년범죄, 소년비행에 대한 엄벌주의 움직임이 관계가 있다고 생각합니다. 그런데, 이것은 과거의 얘기입니다만, 일본제국주의 당시에 고문을 통해서 거짓자백을 얻어내는 범죄가 있었습니다. 지금 일본에서는 고문이라는 것은 없어졌습니다만, 그럼에도 불구하고 이 거짓자백이라는 것은 상당히 퍼져 있습니다. 소년범죄, 소년비행의 경우에도 역시 마찬가지여서, 거짓자백에 의해서 성립되는 억울한 범죄들이 많이 있습니다. 그런 의미에서 소년범죄에 관해서 처벌을 강화함으로써 소년비행이라든지 소년범죄를 막겠다는 것은 현명한 방식이 아니라고 생각합니다. 청소년 범죄에 관해서는 식생활뿐만 아니라 여러가지 것들을 충분히 고려해서 대책을 만들어갈 필요가 있다고 생각합니다.

김종철 지난번《환경정의를 위하여》라는 저서가 나온 이후에 이번에 새롭게 나온 책에서는 선생님의 관심이 환경을 넘어서, 평화문제에 크게 집중되어 있는 것 같습니다. 이것은 최근 좀더 노골적으로 자행되고 있는 미국의 침략전쟁으로 인한 영향이 아닌가 짐작되는데요. 지금 일본과 한국이 실질적으로 미국의 식민지적 상황에 있기 때문에 일본사회나 한국사회가 계속해서 역사적인 파행을 거듭하고 있다고 생각됩니다. 또 지금 진정한 평화와 민주주의가 이루어지자면 미국이 물론 변해야 되지만, 미국이 저런 상태로 제국주의적 자세를 취할 수 있는 것은 일본과 한국과 같은 사회에서 미국의 패권주의나 제국주의에 대항하는 저항의 힘이 얼마나 크냐에 달려있다는 생각을 합니다. 그러나, 불행하게도 최근에 일본에서 전후 반세기 동안 어떻든 유지되어온 평화헌법 체제가 크게 흔들리고 있는 것을 볼 때 굉장히 불안을 느끼지 않을 수 없습니다. 그런가 하면, 한국에서는 군사독재 체제가 붕괴되고 직접선거에 의해서 민주정부가 들어선 지도 꽤 여러해가 지났습니다만, 아직도 냉전시대의 논리를 내세우는 소위 기득권층의 정치적, 사회적 지배력이 조금도 줄어들고 있지 않습니다.

제가 보기에는 일본이나 한국에서 이른바 종전(終戰)과 해방이라는 역사적 계기를 슬기롭게 처리하지 못한 결과로서, 그러니까 해방 뒤에 한국은 친일파 내지 친일부역자를 청산하는 문제에 실패함으로써 이런 역사가 시작되었고, 일본은 태평양전쟁의 전범을 처리하는 과정, 특히 1946년에 시작된 도쿄재판에서 천황을 불러서 재판정에 세워 전쟁책임을 묻지 못한 역사적 귀결로서 결국은 오늘날 일본의 정치 기상도가 다시 우경화로 치닫게 되는 상황이 되지 않았는가, 그런 생각이 듭니다.

토다 저는 일본 전범을 처리하는 도쿄재판에 두개의 큰 문제가 있었다고 생각합니다. 하나는 천황을 피고로서 세우지 못했다는 점입니다. 그렇게 된 이면에는 미국의 의도가 있다고 생각하는데요. 결국은 당시의 냉전상태에서 미국이 소련과 대립하게 된 상황에서 동아시아에서 일본을 안정시킬 필요가 있었고, 일본을 안정시키기 위해서는 천황을 유지하는 게 바람직하다고 생각했던 것입니다. 두번째 큰 문제는 요즘 유행하고 있는 용어입니다만 대량살상무기가 폐기되지 않았다는 점입니다. 지금 대량살상무기를 둘러싼 문제는 대량살상무기를 가지고 있을지도 모른다고 생각되는 이라크에 대해서, 대량살상무기를 실제로 가지고 있고 사용해본 적이 있는 미국이, 사용했다는 데에 있습니다. 이러한 모순과 도쿄재판에서 대량살상무기가 적절하게 처리되지 않았던 사실은 관계가 있다고 생각합니다.

대량살상무기에는 핵무기, 생물무기, 화학무기, 이 세가지가 있습니다. 핵무기는 물론 도쿄재판에서 재판을 받지 않았습니다. 왜냐하면 도쿄재판은 이긴 자가 진 자를 심판하는 재판이었기 때문에 미국이 가진 핵무기를 미국이 재판할 수는 없었습니다. 핵무기를 사용한 것은 미국이기 때문에 미국은 자신들이 저지른 핵무기 사용이라는 범죄행위를 재판하지 않았습니다. 그 다음의 두가지 대량살상무기는 일본이 사용했고, 따라서 그 두가지 무기의 사용에 대해서는 재판을 받았습니다. 일본제국주의의 전쟁범죄를 재판하는 것이 도쿄재판의 목적이었다면 이 생물무기와 화학무기에 대한 재판은 당연했습니다. 생물무기는 여러분도 아시다시피 731부대, 즉 이시이(石井) 부대가 그것을 개발해서 사용했는데요. 한국의 독립기념관에 전시기념물이 있습니다. 생물무기 사용에 대한 자세한 전시는 중국의 박물관에 진열돼 있는데 저도 그것을 본 적이 있습니다. 그런데, 이 생물무기는 재판을 제대로 받지 않았습니다. 그것은 미국이 이 생물무기를 스스로 사용하고 싶은 의도가 있었기 때문입니다.

화학무기 또한 일본제국주의 군대가 중국에서 사용한 적이 있습니다. 그리고, 이 화학무기 사용에 대해서는 당시 도쿄재판의 소장(訴狀)에 기록이 되어있었습니다. 그렇지만, 나중에 그것은 삭제됩니다. 삭제된 이유는 화학무기에 대해서 재판에서 이야기가 많아지면, 결국 핵무기에 대해서도 이야기가 되지 않을 수 없기 때문에 그것을 걱정했던 것입니다. 그래서, 제2차 세계대전에서 대량살상무기를 사용한 것은 미국과 일본인데, 결과적으로는 대량살상무기에 관련해서 미국도 일본도 처벌받지 않았습니다. 이런 핵무기, 생물무기, 화학무기와 같은 대량살상무기가 처벌을 받지 않는다면, 통상적인 무기, 즉 클러스터 폭탄이나 열화우라늄탄 같은 것을 사용한 데 대해서도 처벌을 받지 않는 것이 어쩌면 당연하다고 할 수 있겠습니다.

그리고, 중요한 것은 일본이나 미국이나 모두 사형제도를 가지고 있고, 또 거짓자백에 의한 범죄가 존재한다는 것입니다. 보고에 의하면, 미국에서는 수백명에 달하는 사람들이 죄가 없음에도 불구하고 거짓자백에 의해서 사형을 받았다고 합니다. 그렇게 보면 아무 죄도 없는 이라크 민중 7천명, 8천명을 죽였다고 해서 뭔가 양심의 가책을 받는 일은 없을 것입니다. 50년 전에 미국은 소련과 대항하기 위해서 지리적으로 중요한 위치를 차지하고 있는 일본과 한국을 점령해서 예속적인 상태로 유지해왔습니다. 그런 조치 중에는 일본과 한국에 미군기지를 대규모로 유지하는 것도 포함됩니다. 그래서 미군기지가 범죄라든지 환경오염이라든지 하는 것의 근원이 되고 있다는 것은 여러분도 잘 알고 계시리라고 생각합니다. 그리고 작년 유월에 한국의 여학생이 미군 탱크에 살해당하는 사건에서 볼 수 있었듯이 미국은 한국에서 구조적으로 범죄를 일으키기 쉬운 그런 위치에 있습니다. 일본에서는 고이즈미 정권이 미국에 의한 예속상태를 강화해서 미국에 협조하는 방향으로 나아가고 있습니다. 정치적으로 볼 때, 고이즈미에 비해서 훨씬더 민주적인 입장에 있는 노무현 대통령이 미국에 동조해서 이라크에 군대를 파견하는 것은 대단히 유감스러운 일이라고 생각합니다.

아까 말씀드린 대로 전후 두가지 큰 문제 중의 하나는 천황이 전범으로서 처벌받지 않았다는 사실인데, 일본의 매스컴이 범하고 있는 중대한 두가지 실수가 있습니다. 하나는 천황에 관한 것이고, 또 하나는 북한에 관한 것입니다. 무슨 말인가 하면, 일본의 매스컴은 북한에 대해서는 대단히 공격적이고, 북한을 어떻게든지 물어뜯으려고 하는 자세를 보이면서, 천황에 대해서는 그 반대로 어떻게든지 천황을 높이고, 천황에 관한 부정적인 이미지를 보도하지 않으려고 하는 상반된 태도를 드러내고 있습니다. 일본이 이라크의 위험성을 강조했던 것처럼 일본은 지금 북한의 위험성을 강조하고 있습니다. 일본 매스컴의 이러한 태도는 일본사회의 우경화 현상을 반영하는 것이라고 생각합니다.

김종철 조지 캐넌이라는 사람은 2차대전 직후 냉전체제로 접어드는 시기에 미국의 외교정책을 설계하는 데 꽤 중요한 역할을 했던 미 국무성 고위 관리였습니다. 그 조지 캐넌이 "지금 세계 인구의 6.3%를 차지하는 미국은 세계의 부의 50%를 필요로 한다"라고 말하면서, "미국이 세계에 대해 이타주의적인 정책을 실시하거나 윤리적인 행동을 하려고 하는 생각은 매우 순진한 감상적인 생각이다. 그렇게 하면 지금과 같은 미국식 생활은 불가능하다. 그렇기 때문에 미국은 경우에 따라 다른 나라를 침략할 각오가 되어있어야 된다"고 실지로 공언한 바 있습니다. 이것은 유명한 말입니다. 그게 1948년이었어요. 지금 부시 대통령만 저런 게 아니고 실제로 미국은 2차 세계대전 이후에, 따지고 보면 물론 그 이전부터겠지만, 일관되게 그런 노선을 취해왔다고 할 수 있습니다.

그러나, 일미안보조약 혹은 한미군사동맹 체제 하에 있는, 따라서 미국의 실질적인 예속국가가 되어있는 일본과 한국의 지배층, 기득권층은 지금 미국의 힘이 막강하기 때문에 미국의 뜻을 거스르는 것은 국익에 어긋난다, 국익에 반하는 것이니까 현실적인 노선을 지향해서 미국의 지배층을 추종하지 않으면 안된다고 생각하고 있습니다. 따라서 최근 일본의 의회를 통과한 유사법제라든지, 또는 일본이나 한국이 공통하게 직면하고 있는 이라크 파병 문제라든지 이런 것에 대한 논의에서 한결같이 주장되고 있는 게 국익론과 현실론입니다. 실제로 이런 논리를 펴는 사람들이 일본이나 한국의 지배권력을 장악하고 있고, 주류언론을 장악하고 있는 게 지금의 현실입니다. 예전에 쿠바 사태에 관련하여 미국의 제국주의적 정책을 맹렬히 비판하는 책 《들어라 양키들아》를 썼던 사회학자 C. 라이트 밀즈는 이러한 현실주의 논리를 '미치광이 현실주의(crackpot realism)'라고 명명한 바 있습니다. 밀즈가 그런 말을 한 지 수십년이 지난 지금도 여전히 한국이나 일본사회에서 지배적인 것은 미치광이 현실주의입니다.

토다 선생님과 마찬가지로 저도 그렇게 생각합니다만, 지금 세계평화와 환경문제, 남북격차 등, 이런 문제를 포함해서 인류사회가 당면한 위기를 극복하여, 21세기가 환경과 평화의 세기가 되기 위한 과정에서 가장 큰 장애물은 무엇보다도 미국의 패권주의, 그리고 본질적으로 그 패권주의를 강화하는 도구인 IMF, 세계은행, 세계무역기구(WTO) 체제라고 생각합니다. 그렇기 때문에 미국문제가 절대적으로 중요합니다. 우리가 어떻게 하면 미국의 패권주의를 약화시키는 데에 이바지할 수 있을 것인가. 여러 각도에서 타개책을 강구하는 게 시급하다고 생각합니다만, 이와 관련해서 제가 이번에 토다 선생의 책을 읽다가 눈에 번쩍 띄는 구절이 있었어요. 책의 결론 부분에 이런 말이 나오더군요. "미국의 패권은 21세기 후반을 기다리지 않고 붕괴할 것이다." "21세기 후반을 기다리지 않고 붕괴되어야 한다"라고 쓰지 않고 "21세기 후반을 기다리지 않고 붕괴할 것이다"라고 써놓았습니다. 모든 것을 극히 조심스럽게 꼼꼼히 근거를 대면서 적는 토다 선생의 평소 저술태도로 볼 때 상당히 단호한 문장인데, 이 문장은 다른 자료를 인용한 것이 아니라 자기자신의 발언입니다. "미국의 패권은 21세기 후반을 기다리지 않고 붕괴할 것이다"라는 그 단호한 발언은 실제 어떤 근거에서 하신 말씀인지 좀 들려주시겠습니까?

토다 21세기 후반이 되었을 때 실제로 제 예측이 틀린다고 해서 제가 뭐 책임을 질 수 있는 것도 아니고.(웃음) 제가 그런 얘기를 한 것은, 김종철 선생님도 종종 말씀하시는 '집단자살체제'라는 것과 좀 통하는 데가 있다고 생각합니다. 라이트 밀즈가 '미치광이 현실주의'라고 말한 것도 결국 미국의 대외정책이 장기적인 안목에서 이루어지지 않는 것을 비판하고 있는 것으로 보입니다. 현재 미국이 취하고 있는 조치들도 역시 단기적인 안목에서 취한 조치들이지, 장기적인 안목에서 보면 자살적, 자멸적 정책들이 굉장히 많다고 생각합니다. 교토의정서 탈퇴도 그렇습니다. 그것은 어쩌면 단기적으로는 미국사회에 유리할지도 모르겠습니다. 그러나 앞으로 이상기온이 발생한다든지, 지구온난화가 심화된다든지 하는 사태가 발생한다면 그런 피해에서 미국의 기업들도 자유로울 수가 없을 것입니다. 물론 그런 장래의 큰 변화를 기다리지 않더라도 현재도 미국의 기업들은 여러가지 인프라의 면에서 취약한 상태에 있다고 생각합니다. 미국은 세계 최초로 자동차 국가가 된 나라인데요. 자동차가 달리기 위해서는 도로가 필요한데, 사실 미국에서 도로를 만든 지는 아주 오래됐습니다. 현재 그 미국의 자동차 도로들은 유지가 제대로 되어있지 않습니다. 전력소비도 마찬가지입니다. 미국은 전력소비가 굉장히 많은 나라인데요. 그러나 전력시스템이 매우 취약한 상태에 있다는 것은 최근에 미국과 캐나다에서 일어난 전력공급 중지사태에서도 우리가 볼 수 있었습니다. 지금 일본은 미국의 국채를 많이 갖고 있습니다. 그리고 앞으로도 계속해서 미국의 국채를 살 것으로 예상하고 있습니다. 아마 한국도 미국의 국채를 많이 사 갖고 있지 않을까 생각하는데요. 어떤지 잘 모르겠습니다. 그런데 미국의 국채 구입을 거부하는 사태가 일어난다면 어떻게 될까요. 그것은 원칙적으로는 가능한 일이죠.

또, 미국의 농업생산력을 보자면 세계에서 가장 높은 생산력을 가지고 있습니다만, 그러나 장기적으로 볼 때 그것도 역시 많은 문제가 있습니다. 아까 발제에서 제가 말씀드렸습니다만, 지하수가 고갈되고 있는 중이라든지, 표토가 유실되고 있다든지 하는 얘기를 드렸지요. 그런 것이 지금 미국농업에 매우 큰 위협이 되고 있습니다. 일본에서 이 문제를 공개적으로 언급한 사람은 시노하라 다카시(篠原 孝)라고 하는 사람인데요. 1982년에 이 문제를 최초로 언급했습니다. 시노하라 씨는 일본의 농림수산성의 관리였습니다. 그는 미국에 1년간 머물면서 미국의 농업을 관찰했는데, 1년밖에 관찰하지 않은 사람에게도 미국의 농업이 장기적으로 쇠퇴기에 접어들 것이라는 게 뚜렷이 보였습니다. 그럼에도 불구하고, 그에 대한 대책을 생각하고 있는 사람은 아무도 없었습니다.

지금 미국이 추진하고 있는 여러 정책들은 다른 많은 나라들로부터 원망을 사고 있습니다. 방금 말씀하신 조지 캐넌은 미국이 미국 중심의 그런 정책들을 시행함으로써 다른 많은 나라들로부터 원성을 들을 것이라고 말하고 있습니다. 또 조금 전에 김종철 선생님께서 WTO라든지 세계은행에 대해서 말씀하셨는데, 유엔을 비롯하여 이런 국제기구에서는 모든 나라가 한 표입니다. 세계에는 약 2백개 정도의 국가가 있습니다. 국제기구에서 한 나라가 가지고 있는 영향력은 0.5% 정도라고 할 수 있겠습니다. 유엔에는 안전보장이사회 상임이사국이 여러 나라 있고, WTO나 세계은행도 역시 유엔처럼 의사결정기구가 불평등하게 그렇게 구성되어 있습니다. 예를 들어서, 세계은행의 경우 미국은 52%의 의사결정권을 가지고 있었습니다. 지금은 약 18%의 투표권을 가지고 있습니다. 일본은 약 8%의 투표권을 가지고 있습니다. 어느쪽이든 간에 0.5%에 비하면 상당히 큰 권한을 가지고 있는 셈이죠.

이라크 사태를 계기로 중동에서는 앞으로도 테러가 많이 발생할 것이라고 예상됩니다. 테러문제도 그렇고, 의사결정의 문제나 세계의 부를 독점하고 있다는 점에서도 미국은 무리를 합니다. 이렇게 무리를 해서 다른 나라들로부터 원성을 사는 사태가 계속되면 그 체제는 결국 오래가지 못할 것이 아니겠느냐, 그렇게 생각합니다. 이상기후를 포함한 여러 기상이변들은 21세기 전반을 통해서 아주 심각한 상태로 점점 발전할 것입니다. 그렇다고 해서 앞으로 10년 안에 미국의 헤게모니가 급격히 약해진다든지 하는 것은 기대하기 좀 어렵지 않을까 생각합니다. 그러나 이런 상태로 모순이 계속 축적된다면 앞으로 50년 후, 21세기 후반에도 여전히 미국이 세계의 헤게모니를 쥐고 있을까, 그럴 가능성이 매우 약하지 않을까 하고 생각합니다. 그런 예측 이외에 구체적인 자료들의 검토에 바탕해서 아마도 50년이 미국에 있어서는 한계가 아닐까. 50년 후에는 미국의 지배력이 쇠퇴하게 되지 않을까, 라고 직관적으로 판단한 것입니다. 제 생각에는 미국정부도, 미국 사람들도 자기들의 영향력이 21세기 후반에 쇠퇴하게 될 것이라는 데 대해서 어느 정도 감을 가지고 있을 것이라고 생각합니다. 지금 미국은 많은 무리를 하고 있다고 했습니다. 말하자면 그것은 일종의 폭주, 즉 멈추지 않고 달리는 폭주라고 할 수 있는데, 이런 폭주는 미국의 현재 지배층을 구성하고 있는 군사산업이라든가 에너지산업이라든가, 정치적으로는 신보수주의파와 같은 지배층의 앞날에 대한 불안감이 반영된 것이 아니겠는가 합니다.

지금 미국에서는 자원의 낭비가 굉장히 심각한데요. 그러한 것도 역시 미국의 미래를 불안하게 만드는 요인이 되고 있습니다. 한가지 예로서, 알루미늄의 소비를 한번 비교해보고자 합니다. 1996년에 1년간 1인당 알루미늄 소비가 얼마냐 하면, 세계평균은 3kg입니다. 인도는 1kg, 중국은

2kg입니다. 미국과 일본은 20kg입니다. 환경선진국이라 불리는 독일은 17kg입니다. 한국은 15kg입니다. 이런 것을 보면 미국의 자살행위를 한국과 일본이 바짝 쫓아가고 있는 상황이라고 말할 수 있겠습니다.

김종철 그런데, 미국이 망하는 것은 좋은데 미국이 망하기 전에 다른 나라나 힘없는 사람들이 먼저 망할 것 같아서 걱정입니다. 이번 책에서 석유자원에 관해서 간단하게 언급하고 있는 걸 봤는데, 실제로 석유자원 분석가들에 의하면 2010년 무렵에 세계 석유생산량이 절정에 달할 것이라고 합니다. 결국 그 이후에는 석유값이 폭등할 것이기 때문에, 석유에너지를 기반으로 발전되어왔던 문명사회가 엄청난 난관에 봉착하게 될 것이라는 전망입니다. 아마 토다 선생께서도 그런 정보에 대해서는 이미 익숙해 있으리라 믿습니다만, 그러니까 이런 추세로는 더이상 갈 데가 없는 것이 분명합니다. 그리고, 예를 들어, 아까 토다 선생께서 말씀하셨듯이 미국의 농업이 지속가능하지 않다는 것은 이미 이 문제에 관심을 갖고 있는 사람들 사이에서는 잘 알려진 사실입니다. 그런 점에서 일본과 한국이 지금 산업국가들 가운데서 가장 식량자급률이 낮다는 것은 굉장히 위험한 현상이라고 생각합니다. 그러나, 가령 권력 엘리트들, 경제계 사람들이나 소위 전문가들은 앞으로 생명공학의 힘으로 식량문제는 거뜬하게 해결해나갈 수 있다는 논리를 펴고 있습니다. 그러니까 소위 테크놀로지의 힘으로 지금 우리가 처해 있는 생태적, 사회적 위기를 극복해갈 수 있다는 논리가 현재 주류문화 속에 엄연히 존재하고 있는데, 이 논리에 대해서 어떻게 우리가 대처해나가야 하는지 의견을 말씀해주시겠어요?

토다 일본에서도 생명공학이 해결책이라고 주장하는 사람들이 많습니다. 대표적인 예로 유전자조작식품(GMO)이라는 게 있습니다. 유전자조작식품에 대해서는 지금 많은 연구와 개발이 이루어지고 있습니다. 그런데 제초제에 대한 내성과 해충에 대한 내성을 식물들이 갖도록 유전자를 조작하는 데 치중하고 있습니다. 제초제에 대한 내성을 키우게 되면 농약오염이 심각해질 것입니다. 해충에 대한 내성을 강화하는 데 유전자를 조작하게 되면 살충제에 대한 오염이 사람에게도 심각하게 미칠 것입니다. 그런 문제가 있긴 하지만 수확량은 확실히 증대하게 될 것입니다. 미국의 벤부르크 교수는 이런 유전자조작식품을 개발하고 재배하는 데 대해서, 수확량이 느는 게 아니라 오히려 준다는 보고를 하고 있습니다. 기업들은 벤부르크 교수의 보고에 대해서 제대로 반론을 펴지 못하고 있습니다. 유전자조작에 대해서는 아직도 잘 모르는 것이 많기 때문에 그것이 진짜로 수확량을 늘리게 될지 줄이게 될지, 이에 대해 아직 확실하게 얘기할 수 있는 것들이 별로 없습니다.

그래서 유전자조작식품을 개발하는 데 있어서는 다른 문제보다도 공업과 농업의 밸런스, 이런 것을 생각해봐야 되지 않을까 생각합니다. 선진국들은 공업이 발전해 있습니다. 공업과 농업을 비교해볼 때 공업에 대해서 더 많은 투자를 하고, 공업에 기반을 두고 농사를 지으려고 하는 그런 방향으로 나아가고 있습니다. 농업에 있어서 공업적인 논리라고 하면 농약의 사용이라든가 유전자조작식품이라든가 하는 것을 예로 들 수가 있을 것입니다. 앞으로의 농업에 대해서 말한다면, 좀더 농업 중심적으로 생각해야 되고, 공업의 논리로서 농업을 생각해서는 안될 것이라고 봅니다. 특히 일본과 한국은 식량자급률이 30% 정도이기 때문에 농업에 대해서 더 많이 노력할 필요가 있다고 생각합니다.

김종철 시간이 얼마 남지 않아서 아쉽지만 두어개 질문만 더 드리겠습니다. 지금 공업과 농업의 적정한 배분에 대해서 생각해봐야 된다는 말씀을 하셨는데, 아까 말씀하신 일본 농림수산성 관리 시노하라 씨가 또 다른 책에서, 일본이 살려면 대일본주의가 아니라 소일본주의로 나아가야 된다는 논리를 펴고 있는 것을 본 적이 있습니다. 사실은 일본 근대사에서 그런 입장을 취한 논객이 더러 있었던 것으로 알고 있습니다만, 일본정부의 현직 관리가 이런 발언을 하고 있다는 게 한국 사람의 입장에서 조금 놀랍습니다. 시노하라 씨가 그렇게 얘기한 것은 앞으로의 문명이 살아남으려면 결국 순환적인 사회로 가지 않으면 안된다고 생각하기 때문인데, 그러자면 자연히 그런 소일본주의는 농사를 기반으로 할 수밖에 없는 것입니다. 지금의 농업은 실은 농사라기보다는 공업화된 농업인데, 그것은 기계를 사용하고, 화학물질을 사용한다는 점에서만 그런 것이 아니라 실제로 농사를 자본주의적 화폐증식 수단으로 생각한다는 점에서 이것은 공업화의 논리라고 할 수 있습니다.

그런데, 문제는 자본주의 체제를 이대로 두고 우리가 아무리 농업 중심으로 가야 된다고 이야기해보았자 별 소용이 없을 것이라고 생각됩니다. 지금 제가 보기에는 이 세계가 많은 사람들의 양심적인 생각과 발언에도 불구하고 위기를 벗어나지 못하는 것은 일종의 관성의 법칙이 작용하고 있기 때문이 아닌가 합니다. 자본주의적 소득경쟁이라는 관성 속에 우리가 모두 포로가 되어있단 말이에요. 이게 아니고 다른 출구를 찾아야 한다는 것을 알면서도 우리의 생활 자체가 자본주의 논리의 지배를 받고 있는 한 이 예속상태에서 벗어나는 건 굉장히 어려운 일입니다.

여기서 제가 말씀드리고 싶은 것은, 이번 저서의 결론에서 토다 선생께서도 서브시스턴스(subsistence)의 관점을 얘기하셨지만, 그러니까 요컨대 단순소박한 삶으로 돌아가야 할 필요성에 대해서 언급하신 셈인데, 그것도 역시 자본주의 체제 하에서는 불가능합니다. 성장과 팽창을 생명으로 하고 있는 자본주의 경제 체제에서는 말이 쉽지 자급 위주의 소박한 생활이란 게 거의 불가능할 거란 말입니다. 그러니까, 과연 어떤 방식으로 우리가 이 국면을 넘어설 수 있을 것이냐. 이 논리에서 벗어날 수 있을 것이냐. 그런 구체적인 전략이라든지 프로그램을 갖고 계신지 모르겠습니다. 물론 지금도 토다 선생은 몸으로 실천하고 있다는 것을 알고 있습니다만, 개인적인 차원을 떠나 한국이나 일본에 있어서 보편적으로 적용할 수 있는 구체적인 실천이 있을 수 있는지, 그 사례가 있다면 듣고 싶군요. 우리는 일본이건 한국이건 배울 것은 겸손하게 배워야 한다고 생각합니다. 지금 일본에서 실제로 지식인들이나 시민운동가, 환경운동가 혹은 풀뿌리 민중운동 차원에서 새로운 삶을 실현하기 위한 진지한 실험 같은 게 있다면 소개해주시고, 토다 선생님 자신이 개인적으로 갖고 있는 전략적 구상이 있다면 아울러 말씀해주시기 바랍니다.

토다 지금의 자본주의 체제 하에서는 농업이라는 것도 결국 대기업의 이익에 따라서, 의향에 따라서 진행될 수밖에 없는 것이라고 생각합니다. 그래서 결국은 농업도 이익 중심이 되고, 단기적인 수지의 문제가 되고 있습니다. 농업의 공업화를 보여주는 대표적인 사례가 미국의 몬산토 회사가 될 것입니다. 유전자조작 곡물을 만들어내는데, 그 종자가 바람에 날아갈 수 있습니다. 또는 꼭 종자가 아니라도 식물의 화분(花粉)이 다른 데로 날아간다든지 할 수 있습니다. 그렇게 해서 다른 농민의 밭에 떨어져서 자란다든지 화분이 거기로 들어온다든지 하면 그 종자를 개발한 생명공학 회사가 그 농민을 상대로, 자신들의 그 곡물 종자에 대한 소유권을 그 농민이 훔쳐갔다고 소송을 제기한다든지 이렇게 될 수 있습니다. 그래서 화분이 날아갔는지 검사하기 위해서 대기업의 직원들이 함부로 농민들의 밭에 들어가서 무언가를 채취해 온다든지 이런 횡포를 저지르고 있습니다. 그런 일을 하는 사람들을 '몬산토 폴리스'라고 부르고 있습니다. 미국의 중동정책이 비난을 받고 있듯이 몬산토 회사의 이러한 행위도 많은 비난을 받고 있습니다. 그래서 대기업의 이런 횡포에 저항하기 위해서 민중들 쪽에서 어떤 대책이 필요하다고 생각합니다. 그래서 대기업 체제를 뒷받침하고 있는 WTO라든지 세계은행이라든지 이런 것에 반대하는 민중집회나 단합 움직임이 일어나는데, 세계사회포럼이라든지 브라질의 포르투 알레그레에서 열렸던 집회가 그런 예가 될 것입니다.

인도에는 아주 많은 농민들이 있습니다. 그 인도 농민들의 저항이 몬산토 같은 회사들의 횡포에 제동을 걸고 있습니다. 그렇게 민중의 네트워크를 형성함으로써 WTO라든지 대기업들의 횡포에 효과적으로 대처해 갈 수 있다고 봅니다. 이것이 하나의 방법이라고 생각합니다.

자본주의의 힘이라고 하면 돈과 그것을 보호하는 군대라고 생각하는데, 여기에 대항하는 방법은 민중들의 머릿수, 민중들 사이의 연대라고 생각합니다. 그것밖에는 현재 생각해낼 수 있는 좋은 방법이 없지 않은가 생각합니다. 그런 내용을 담고 있는 책으로서 필리핀의 월든 벨로가 쓴 《탈세계화》가 상당히 참고가 될 것이라고 생각합니다.

김종철 보충 질문입니다만, 일본에서 현재 그러한 민중연대의 구체적인 표현이라고 할 수 있는 어떤 활동이 있는지 좀 말씀해주십시오.

토다 일본의 농민운동 중에는 발전도상국의 농민들과 연대해서 활동하는 그런 운동도 있습니다. 그런 운동이 공정무역을 위한 운동이라든지 하는 것으로 발전하고 있습니다.

김종철 국가와 자본, 그리고 소위 전문가가 결합된 이 강고한 체제를 뚫고 나아가는 전략으로서 민중연대를 말씀하셨는데, 거기에 동의하지 않을 사람은 아무도 없을 것 같습니다. 그런 민중연대가 구체적으로 어떻게 표현되느냐 하는 것은 일본이나 한국의 우리들에게 큰 고민인 것 같습니다.

자. 이제 시간이 없으니까 마지막 질문입니다. 지금 여기는 대학입니다. 대학은 기본적으로 책을 읽고 책에 관해 이야기를 나누는 사람들이 모여있는 곳인데, 지금 일본이나 한국을 막론하고 제일 큰 문제는 대학생들이 책을 안 본다는 사실입니다. (웃음) 최근에 나온 《세카이(世界)》 10월호에 보니까 《죽어가는 천황의 나라에서》라는 책을 쓴 노마 필드의 글이 실려있는데, 제목이 〈전쟁과 교양〉이었습니다. 노마 필드는 잘 아시겠지만, 일본인 어머니와 미국인 아버지 사이에서 태어난 일본계 미국시민으로서 지금 시카고대학의 일본학 교수입니다. 그분의 글인데, 아마 최근에 어디서 강연한 내용인 것 같아요. 제목이 재미있어서 읽어보았는데, 물론 단순한 글은 아니고 꽤 복잡한 논의를 담은 글이지만, 한마디로 요약하자면 지금 이 세계가 구조적 폭력에 갇히고, 노골적인 전쟁이라는 아주 불길한 위기상황에 빠진 것은 세계적으로 교양계층이 급속히 몰락해가는 것과 관계가 있다는 것입니다. 특히 일본은 전통적으로 세계적인 독서의 나라라고 알려져 왔습니다. 그런 일본에서도 이제는 독서인구의 감소가 심각해지고 있다고 합니다. 고단샤(講談社)라는 전통있는 큰 출판사가 최근에 부도를 냈다는 얘기도 들리고, 또 일본의 대학생의 지적 수준이 엄청나게 떨어지고 있다고 걱정하는 얘기도 많이 들립니다. 그런 상황이 일본과 한국에서 지금 공통하게 진행되고 있습니다. 조금 우회적

인 논리인지 모르지만, 지금 세계가 왜 이렇게 급속하게 위기에 빠져들고 있는가를 깊이있게 파악하려면 세계의 현실에 대한 전체적인 상을 그려볼 수 있는 지성의 힘, 다시 말해서 인문적 교양의 힘이라는 토대가 있어야 하는데, 오늘날 전자시대의 스크린이 제공하는 즉자적인 만족의 공간에 흠뻑 빠져있는 젊은 세대들이 이러한 복잡다단하게 얽혀있는 세계의 문제를 인식한다는 것은 쉬운 일이 아니라고 생각합니다.

토다 교수님도 대학에 있는 사람으로서 이런 문제에 평소에 관심이 있었을 것이라고 생각되는데요. 교양계층의 쇠퇴라는 문제에 대해서 평소에 생각하신 것이 있으면 말씀해주시지요. 또, 그 문제와 결부해서, 최근에 작고한 정치사상가 후지타 쇼조(藤田省三) 씨가 벌써 오래 전에 "이제 일본사회는 상품 전체주의 시대로 들어섰다"라는 말을 했습니다만, 생각해보면 2차대전을 유발했던 일본 군국주의 파시즘보다도 더 무서운 게 상품 전체주의 체제인지 모릅니다. 저로서는 교양계층의 쇠퇴와 '상품 전체주의 시대'라는 개념은 아무래도 맞물려 있다는 생각이 듭니다. 이 점에 대해서 어떻게 생각하시는지요. 어떻든 사회구성원 속에서 수적으로 열세라 하더라도 교양계층이라고 할 만한 부류의 사람들이 존재하고 있어야 우리가 앞으로 어떤 탈출구를 구상한다든지 전략을 짠다든지, 그런 것이 가능할 것이고, 그렇지 않으면 아주 세상이 비관적으로 돌아갈 것으로 우려되는데, 어떻게 생각하십니까?

토다 최근 일본에서도 학생들 사이에 '탈활자'라는 것이 자주 얘기되고 있습니다. 만화는 읽지만 보통 책들을 잘 읽지 않는다는 얘기가 있습니다. 만화라고 해서 다 나쁜 건 아니고 좋은 만화도 있죠. 만화에서 상당히 많은 것을 배우는 학생들도 있습니다. 한 예를 들면 미국 사람 안드레아스가 쓴 《전쟁중독》이라고 하는 책인데요. 그런 만화를 읽는 것을 계기로 해서 보통 책을 읽는 쪽으로 나아가는 학생들도 많이 있습니다. 노마 필드나 후지타 쇼조가 얘기하고 있는 그런 것에 대해서 저도 완전히 공감합니다. 그 분들이 말하고 있는 상품 전체주의의 문제, 교양의 저하 문제, 이런 것들에 대해서 저도 잘 알고 있습니다. 학생들이 책을 사지 않는데요. 실지로 교과서도 사지 않는 학생도 많이 있습니다. (웃음) 제가 학교 다닐 때는 교과서 정도를 사지 않는 학생은 거의 없었습니다. 요즘 학생들 중에 어떻게 하면 교과서를 사지 않고 학점을 제대로 받을 수 있나, 심각하게 고민하는 학생들이 있습니다. (웃음)

그런데, 아까 말씀드린 것처럼 아주 훌륭한 만화들은 혹시 교양으로 이어질 수 있는 하나의 실마리가 될 수도 있겠습니다. 이것(Star Wars Returns 란 다큐멘터리)은 미국의 스티브 잼벡이라는 사람이 만든 것인데, 미국의 미사일 방어 체제라든지 이런 것에 관한 아주 훌륭한 비디오 테이프입니다. 이것은 미국에서 만든 것이고, 일본 사람들이 자막을 넣은 것입니다. 자막은 물론 문자죠. (웃음) 그래서 이것은 아마 형식의 문제가 되겠습니다만, 어떤 형식이든지 간에 내용적으로 학생들에게 중요한 사실들에 대해서 알려주고, 그런 것들에 대해 생각해보게 할 수 있다는 점에서는 그 의의가 있다고 생각하는데요. 그런데, 그 내용이라든지 형식이라든지 이런 걸 떠나서 제가 생각하기에 '역사'라고 하는 것이 학생들의 교양과 관련해서 중요한 문제인 것 같습니다. 미래의 일을 생각하기 위해서는 과거의 일을 잘 알지 않으면 안됩니다. 지금 중동문제를 생각할 때 과거 11세기에 십자군이 전쟁을 일으켜서 4만명이나 되는 중동 사람들을 학살한 사실이 있는데요. 이런 것에 대해서 거의 학생들이 모르고 있습니다. 그런 역사에 대한 교양, 그리고 아울러 테크놀로지에 대한 교양도 필요하다고 생각합니다. 최근에 돌아가신 다카기 진자부로 씨와 같은 분의 활동은 테크놀로지에 대한 교양이 없었다면 가능하지 않았을 것입니다. 그래서 역사에 대한 교양, 그리고 테크놀로지에 대한 비판적인 교양, 이런 것들을 갖고 있으면 앞으로 일어나는 여러가지 일에 대해서 독자적인 사고나 행동이 가능할 것이라고 생각합니다.

김종철 예. 미진한 것이 많습니다만 시간이 너무 흘러서 여기서 끝을 내야 되겠습니다. 오늘 마지막에 민중연대가 중요하다는 결론이 나왔는데, 우선 지식인부터 연대해야 되겠다는 생각이 듭니다. 오늘은 제가 주로 질문을 드리고, 토다 선생께서 답변을 해주셨는데, 다음에는 지식인

연대의 일환으로 토다 선생님이 저 같은 사람을 일본으로 불러서 저한테도 질문을 좀 해주시기 바랍니다. (웃음) 오늘 장시간 좋은 얘기해주셔서 고맙습니다. (박수) (2003년)

[토론]

시인의 큰 마음

주제발표 : 김종철 (《녹색평론》 발행인. 영남대 교수)
토 론 : 송희복 (문학평론가. 진주교대 교수)
사 회 : 남송우 (문학평론가. 부경대 교수)
정 리 : 조명숙 (소설가)

남송우 먼 길을 와주신 김종철 선생님과 송희복 선생님, 함께하신 여러분, 정말 반갑습니다. 저희들은 어제부터 두번째 요산문학제 행사를 거행하고 있습니다. 《녹색평론》 발행인으로서 김종철 선생님의 행보는 심각한 위기에 처해 있는 환경과 생태에 대한 관심으로 일관해 있습니다. 문학인으로서 저희들도 이제는 더이상 방관할 수 없는 지경에 이르렀지요. 그래서 모처럼 마련한 귀한 자리의 주제를 '21세기 기술사회와 생태학적 전망'으로 정했습니다. 다가오는 새로운 세기에는 기술의 발달과 함께 거기에 따른 생태학적 위기도 가속화될 것이라는 전망이고, 그 위기를 극복해나가기 위해 저희들 문학인들이 무엇을 할 것인가, 또는 해야 할 것인가에 대해 진지하게 생각해보는 계기가 되었으면 합니다. 우선 김종철 선생님의 말씀부터 듣겠습니다.

이 기록은 1999년 11월 25일 부산 민족문학작가회의 주최로 부산 YMCA 강당에서 제2회 요산문학제의 일부로 진행되었던 세미나의 내용을 정리한 것임. 참고로, 원래 세미나 제목은 '21세기 기술사회와 생태학적 전망'이었음.

김종철 반갑습니다. 오는 길에 많은 생각을 해보았지만, 신통한 얘깃거리가 있을 것 같지 않습니다. 요즘 생태학이니 기술사회니 하는 말들이 자주 거론되고 있습니다. 이것은 한편으로는 우리가 지금 전례 없는 환경위기의 시대에 살고 있다는 것을 누구든 느끼고 있기 때문이고, 다른 한편으로는 적어도 주류문화권에서는 이런 위기를 과학기술의 힘으로 극복할 수 있다고 생각하고 있고, 그러면서도 많은 사람들 사이에서는 과연 그럴 수 있을까라는 깊은 불안감이 강하게 남아있기 때문이라고 생각됩니다. 하여튼 이제는 조금 생각하는 사람들치고 이런 문제에 대해서 고민을 하지 않고 지낼 수 있는 사람은 없는 그런 상황이 된 것은 분명한 것 같습니다.

그런데, 말머리가 조금 엉뚱한 방향으로 가는지 모르지만, 근래에 얘기되고 있는 박정희 기념관 건립문제에 대해서 조금 생각해볼 필요가 있지 않을까 합니다. 오늘 우리의 주제와 이 문제가 무슨 상관이 있느냐고 혹 의아해 하실지도 모르겠습니다. 저는 문학공부하는 사람이라면 이 문제에 대한 나름대로의 견해가 있어야 하지 않을까 하고 생각하고, 또 동시에 지금 우리에게 주어진 주제에 관련해서도 이것은 꼭 짚고 넘어가야 할 문제가 아닐까 하고 생각합니다. 지금 정부가 지원해서 건립하려는 박정희 기념관에 대해서는 국민의 대다수가 찬성하는 쪽으로 되어있고, 일부에서는 강력한 반대의사를 표명하고 있는 것으로 되어있습니다. 저는 여론이라는 것은 여론조사의 주체가 누구이며, 조사방법이 어떠하냐에 따라 결과가 달라질 수 있는 것이기 때문에 여론조사의 통계적 결과를 절대적인 것으로 받아들이는 것이 무리라고 생각은 합니다만, 그래도 오늘의 이 나라의 일반적인 대중적 정서가 기념관 건립에 찬성하는 쪽으로 기울고 있다는 것은 실제 우리가 부정하기 어려운 사실이 아닌가 합니다. 실제로 지금 하루하루 살아가는 게 힘들다고 느끼는 많은 사람들에게는 박정희는 어떻든 잘살 수 있는 희망을 고취한 사람으로 기억되고 있는 게 사실이니까요. 이에 반해서 박정희 기념관 건립에 반대하는 사람들의 논리는 역시 그가 인권을 유린하고 민주주의를 파괴한 장본인이라는 것입니다. 지금 이런 논리로 기념관 반대 진영의 가장 앞에 서있는 사람들은 주로 역사를 전공하는 학자들인데, 그들은 차라리 역대 대통령들의 정치에 관련된 자료관을 건립하자는 제안을 하고 있습니다. 말할 것도 없이 역사학 전공 학자들의 이러한 견해는 일반 대중의 단견에 비해서 훨씬 깊이있는 역사적 관점에 토대를 둔 것이라 할 수 있습니다. 실제로 지금 박정희라는 사람에 대한 대중적인 평가라는 것은 막연한 감정상의 반응 이상의 것이라고 하기 어렵고, 어떻게 보면 유신정치 이래 제대로 된 역사교육을 받지 못한 결과라고 할 수 있습니다. 그러니까 사는 일이 힘들다고 느끼면서 박정희식 정치를 그리워하는 사람이 다수를 차지한다고 하는 현실은 이게 파시즘 체제를 위한 사회 심리적 토대가 형성되고 있다는 얘기도 되는 것이라 할 수 있습니다. 역사학자들의 처지에서 볼 때 이와 같은 사회현상은 그대로 방치해 두고 볼 일이 아니라고 생각하는 것은 너무도 당연한 일이겠지요.

그래서 역사학자들은 지금 박정희식 정치에 대한 비판에 맞서서 상투적으로 얘기되고 있는 사실, 즉 그가 경제개발을 통해서 우리들을 가난으로부터 해방시켜주었다고 하는 논리에 대해서도 그것은 박정희 개인의 공적이라기보다는 그 시대를 살았던 이 땅의 민중 전체의 공로였다는 논리로 대응하고 있습니다. 이것은 물론 틀린 얘기가 아니지요. 그러나 이 논리는 어딘가 조금 구차한 데가 있는 듯이 느껴지는 게 사실입니다. 하기는 워낙 보릿고개 시절에 대한 기억을 악몽으로 떠올리는 사람이 많은 상황에서는 가난의 퇴치라는 업적 자체를 두고 시비한다는 것은 불가능한 일인지 모릅니다. 또, 현실주의 논리를 무시할 수 없는 역사학자들의 처지에서는 이보다 더 근원적인 질문을 던진다는 것은 생각하기 어려울지도 모릅니다. 그러나, 이런 경우 문학하는 사람들이라면 어떻게 대응해야 할까요? 그동안 어려운 시기를 거쳐오면서 특히 민족문학작가회의에 소속된 문인들은 현실문제에 관련하여 다양한 견해를 표명해왔습니다. 인권문제에서부터 통일문제에 이르기까지 중요한 고비마다 문학인들은 사회적으로 의미있는 발언을 하는 전통을 지켜왔고, 그런 발언은 어느 정도 현실적으로도 중요한 역할을 하였다고 할 수 있습니다. 그런데, 박정희 기념관 문제에 대해서는 문인 단체가 어떤 견해를 발표했는지, 또는 발표할 준비를 하고 있는지 저는 알지 못합니다만, 만일 발표를 한다고 할 경우 문학인들은 과연 어떤 발언을 할 것인가. 저는 이것은 좀 진지하게 다루어야 할 문제라고 생각합니다. 간단히 결론을 말하면, 저는 적어도 문학하는 사람들로부터는 일반 대중과는 물론이고, 역사학자들과도 다른 견해가 나올 필요가 있다고 생각합니다. 즉, 지금 박정희의 기본적인 공적이라고 말하는 이른바 가난의 퇴치라는 사실 자체를 근본적인 물음의 대상으로 삼아야 한다는 말입니다. 이른바 가난이라는 것을 덮어놓고 박멸해야 할 바이러스 같은 것으로 처리함으로써 지난 수십년간 한국사회는 인간다운 삶의 토대를 근원적으로 파괴해왔다는 인식을 지금 우리가 새롭게 할 필요가 있다는 말입니다. 그래서 가난을 퇴치했다는 건 ─ 정말 퇴치하였는지 하는 것도 따져볼 일이지만 ─ 공적이 아니라 실은 과오였다고 말해야 하는 게 아닌가. 저는 문학하는 사람이라면 그런 식으로 말하는 게 마땅하다는 생각을 해봅니다. 우리가 법률가나 사회과학자들처럼 현실문제를 지극히 현실적으로 다루는 전문가들이라면 모르되 시인, 작가, 예술가라면 원칙과 이념에 충실한 말 ─ 설령 비현실적인 주장이라는 말을 듣더라도 근원적인 입장에서 나오는 발언을 하는 게 우리의 사회적 직분이 아니겠는가 하는 생각에서 드리는 말씀입니다.

하여튼 지금 주류문화의 논리는 따져보면 볼수록 인간을 위한다는 명분 밑에서 실은 인간을 뿌리로부터 망가뜨리는 논리라고 할 수 있습니다. 사실 우리가 지금 직면한 생태적 위기의 문제만 하더라도 이것은 그동안 무조건 물질적인 풍요가 좋은 것이라고 믿도록 해온 주류문화의 핵심적 논리의 결과란 말입니다. 그러니까, 부정과 비판을 생명으로 하는 문학적 정신의 입장에서 볼 때 더이상 가난은 덮어놓고 기피해야 할 것으로 보는 상투적 관점에 동조해서는 안될 거라는 얘깁니다.

생태적 위기라는 것은 실은 내포가 큰 말이라고 할 수 있습니다. 제가 박정희 기념관에 관한 이야기를 한 것은 21세기에도 여전히 개발독재의 논리, 물량적 차원에서의 삶의 성공이라는 낡아빠진 생각이 그대로 우리의 의식을 지배할지도 모른다는 우려 때문입니다. 늘 단기적인 이익에 대한 고려만이 득세를 하고 있는 우리 사회의 분위기 속에서, 또 이른바 전문가니 지식인이니 하는 집단이 그러한 분위기에 동조 내지는 편승하고 있는 엄연한 현실 속에서 외롭고 힘든 일이긴 하지만 누군가가 이의를 제기하는 사람이 있어야 사회의 최소한의 건강성이 유지되는 게 아닌가 하고 생각할 때, 저는 이 일은 현재의 우리 현실에서 문학인들 이외에 기대할 만한 그룹이 별로 없다고 봅니다. 사실 박정희 기념관이 들어서느냐 마느냐 하는 것 자체가 중요한 문제가 아니라 우리의 삶을 뿌리로부터 거덜내고 천박하게 만드는 논리가 횡행하는 기류 속에서는 더이상 아무런 희망이 없기 때문에 이 문제를 거론하는 것입니다. 가난으로부터의 해방도 좋고, 생활수준의 향상이라는 것도 그 자체 나무랄 수 없는 가치인지는 모르지만, 이런 것에 대한 거의 광적인 집착의 이면에서 인간다움의 가치가 얼마나 어떻게 파괴되는가를 증언하는 데 문학의 본분이 있는 것이라고 생각되거든요. 가난이라는 것에 대한 이 사회의 지배적인 인식수준은 한마디로 너무도 상투적이고 심지어 천박하기 짝이 없습니다. 사실을 말하자면, 지금 우리는 다시 가난해져야 할 때입니다. 가난을 퇴치한다는 평계로 인간이 이 세상에서 살아가는 기본적 도리를 망가뜨렸고, 근원적인 희망을 잃어버렸기 때문입니다. 물론 제가 말하는 가난은 절대적 빈곤을 의미하는 것도 아니고, 또 제 얘기가 무조건 가난한 시절로 돌아가자는 것도 아닙니다. 가난에 대한 가치관을 바꾸자는 것입니다. 지금은 모든 것이 풍족한 시대라고 합니다만 물질적 풍요를 얻은 것만큼 우리가 잃어버린 것은 너무나 엄청납니다. 공동체의식이 붕괴되었고, 풍요는 천박함 그 자체로 전락하고 말았습니다. 의식도 천박해지고 있습니다. 인간으로서 마땅히 저항해야 할 문제에 대해 저항하지 않는다는 것은 인간다움의 토대를 잃었다는 말도 됩니다.

지금 가장 두려운 것은 생명조작기술입니다. 생명공학은 식량문제, 건강문제를 해결할 미래사회의 총아로 떠오르고 있고, 컴퓨터의 발전에 힘

입어 급속한 속도로 진전되고 있습니다. 생명복제와 유전자조작 식품을 통해서 인류가 당면한 문제를 해결할 수 있다는 과학기술 지상주의 시각도 문제이지만, 이러한 기술주의적 해결방식이 안고 있는 여러 난점 가운데서도 윤리적인 문제 같은 것은 이를테면 생명윤리위원회의 구성을 통해서 풀어나가면 된다고 하는 식의 사고방식이 참으로 문제라고 저는 봅니다. 제가 정말 두려워하는 것은 바로 이런 유형의 사고방식입니다. 모든 난제를 기술로 풀어가려는 태도도 문제지만, 그에 못지않은 문제는 기술에 의해 파생되는 문제를 또하나의 기술주의적 방책으로 넘어갈 수 있다고 생각하는 뿌리깊은 습성입니다. 요컨대 인간 자신의 기술적 능력으로 모든 것을 관리, 통제할 수 있다는 교만성이 거기에 깊이 도사리고 있는 것입니다. 인간은 모든 동물이나 식물과 마찬가지로 자연의 일부이고, 따라서 건강한 생존을 위한 전략은 자연의 순리에 대한 존경을 떠나서는 있을 수 없다는 확고한 인식이 있어야 합니다. 식량을 얻는 방법도 땅을 공경하고, 땀흘려 노동한 정당한 대가로 먹을 것을 얻는다는 가장 겸손한 태도 속에서 구상되어야 하고, 사람도 생물종의 하나인 이상 때가 되면 다시 흙으로 돌아가야 하는 운명을 군말 없이 받아들이는 데에 건강한 문화가 자리잡을 수 있고, 그게 자연의 순리라는 것은 말할 필요가 없습니다. 우리가 건강하고 싶으면 공기와 물을 정화하고 땅을 지켜야지, 과학기술로 잔꾀를 부리겠다는 얄팍한 생각으로는 결국 대재앙을 면할 수 없다고 생각합니다. 또, 기술 중심으로 생각하는 사람들은 흔히 식량문제가 식량생산의 절대부족에 원인이 있는 것처럼 말하고 있는데, 이러한 생각 역시 그러한 사람들이 얼마나 좁은 시야 속에 갇혀있는가를 단적으로 드러내는 것입니다. 지금 세계의 식량문제는 따지고 보면 식량의 절대량이 모자라는 문제에서 오는 것도 아니고, 하물며 기술부족에서 오는 것이 아니잖습니까. 그것은 본질적으로 분배의 불평등에서 기인하는 것입니다. 부익부 빈익빈을 심화시키고 있는 세계경제 체제의 모순된 분배구조 때문이라는 것은 조금만 들여다보아도 알 수 있는 일입니다.

이런 시대에 우리가 살고 있는데, 문학인이 방관만 하고 있어서야 되겠느냐 하는 것입니다. 문학의 정신은 시대를 초월해 있는 것 아닙니까. 동서고금의 저명한 문학인들과 인문주의자들은 자신의 시대를 치열하게 살아냈고, 그 체험을 바탕으로 기억할 만한 훌륭한 작품을 써냈습니다. 자본주의체제가 발달하면서 문학은 그 체제를 보완해주는 역할을 해온 측면이 없지 않지만, 동시에 체제에 대한 근본적인 저항과 비판도 문학적 정신들이 맡아왔던 것입니다. 이른바 개화 이래 우리나라의 사정만 보더라도 저항의 중심에는 늘 문학인들이 있었고, 우리의 오랜 인문적 전통의 중심에도 언제나 문인들이 있었습니다.

저는 문인들의 이러한 부정과 비판 정신의 뿌리는 문학적 상상력이고, 그 상상력은 간단히 말하여 삶에 대한 충실성이라는 말로 요약될 수 있다고 믿습니다. 이런 경우 삶이란 말은 동시에 생명이란 말로도 교환가능할 것으로 생각됩니다. 지금 우리가 살고 있는 상황을 여러가지로 설명할 수 있겠지만, 저는 우리가 무엇보다 "안락을 위한 전체주의 시대"에 살고 있다는 견해에 참으로 공감합니다. 이 말은 최근에 국내에서도 번역되어 나온 어떤 일본의 정치사상가가 한 말인데요, 권력의 물리적 폭력이나 군사력을 앞세운 통치가 아니라 이제는 일본이나 한국이나 가릴 것 없이 상품이 지배하고 그 지배를 기술이 뒷받침하는 전체주의에 휘말려있다는 말이지요. 단기적인 이득과 편리함, 상품생산과 소비주의가 유일한 진리인양 활개치는 분위기에서 인간성은 깊이를 잃고 날로 천박해지고 있을 뿐입니다. 사실, 지금 제가 가장 이해할 수 없는 것은 왜 인공지능과 로봇이 필요하냐 하는 겁니다. 이렇게 사람이 넘쳐나고, 실업문제가 심각한데, 그리고 기업의 사회적 존재이유가 고용문제를 해결하는 데 있다고 하는데, 무엇 때문에 사람의 노동력을 대신하는 로봇을 만들고, 그 성능을 개선하는 데 그토록 열을 올려야 하는지 모르겠습니다. 물론 자동화는 기업경영자 측에 당장에 이익을 주겠지요. 그러나 그것은 기업의 단기적인 이익을 제외하고는 사회 전체적으로 볼 때, 또 장기적인 관점에서는 누구에게도 이익이 되지 않는 게 분명합니다. 하여튼 지금 새로운 기술이라는 것은 이처럼 장기적이고 근본적인 맥락을 고려하면서, 공개적인 토의를 거쳐 도입되거나 개발되는 게 아니라는 데 큰 문제가 있다고 할 수 있습니다. 대체로 첨단기술이라는 게 거의 전부 이렇습니다. 특정한 사회그룹의 이익, 그것도 매우 단기적인 이익을 위해서 새로운 기술은 늘 과장되게 그 좋은 점만 선택적으로 선전되고, 대중들은 별 비판적 의식 없이, 뒤처져서는 안된다는 강박관념에 쫓기며 그 기술에 매달려버립니다. 이메일이라는 것도 보세요. 편지 한장을 써 보내고 답신을 기다리는 마음의 여유를 이제 우리는 가질 수 없게 되었어요. 모든 게 즉각적으로 전달되고 답변되지 않으면 짜증이 나는 버릇이 생겨났잖아요. 우리의 삶이 편리해지고, 시간을 아껴줄 것이라던 이메일 덕분에 우리는 과거 어느 때보다도 여유 없이 허덕이게 되었습니다. 가상공간에서 이루어지는 인간관계라는 것도 철저히 허상입니다. 이것은 인간이 여태까지 경험해온 것과도 질적으로 다른 소외를 낳습니다. 그것은 인간끼리의 접촉이 아닌 것은 아니면서 동시에 인간다운 접촉이라고는 할 수 없는 기묘한 성질의 소외입니다. 기술중심 사회에서 인간은 인간으로부터, 또 기술로부터도 깊은 소외를 경험할 수밖에 없습니다. 조금 불편하면 어떻습니까. 아니, 불편을 견디고 참아내고 기다리는 바로 거기에 인간으로서의 존재, 인간으로서의 참다운 삶이 가능하다고 할 수 있지 않겠습니까. 불편함을 견디는 사이에 인간은 삶과 세계의 근본 이치에 대한 성숙한 깨달음에 도달하고, 그리하여 삶의 근원적인 아름다움을 발견하게 되는 겁니다. 전면적인 기술지배의 사회로 치닫고 있는 지금, 우리 사회를 조금이나마 인간다운 사람들의 서식처로 되게 하려면 그야말로 의식적이고 철저한 깨달음과 저항의 노력이 필요하다고 생각됩니다.

지금 상황에서 그러한 저항의 노력이 문학에서는 구체적으로 어떻게 표현될 수 있고, 되어야 하는지 제가 말씀드릴 능력은 없습니다. 하지만, 제 생각에는 무엇보다 절실한 것은 인간을 지키려는 노력, 다시 말해서 인간존재라는 것은 다만 물질덩어리도 아니고, 안락과 편리함이라면 모든 게 수용되는 그러한 천박한 존재가 아니라는 것을 끊임없이 확인하는 노력이라고 생각됩니다. 오늘 부산으로 오는 기차 안에서 신경림 선생이

요 근래 내신 《시인을 찾아서》란 책을 읽었는데, 이 책에는 좋은 시가 참 많이 실려 있어요. 그 가운데서 작고한 천상병 선생의 유명한 시 〈소릉조 (小陵調)〉를 다시 읽다가 지금 말씀드린 '삶의 깊이'라는 문제와 관련해서 주목할 만한 작품이 아닌가 하는 생각이 들었습니다. 다 아시다시피 이 시는 어느 핸가 추석이 되었는데 여비가 없어서 부모님 산소에도, 형제 들이 있는 부산에도 가지 못하는 시인의 생활고가 극히 간결하게 유머러 스하게 얘기되어 있는 작품이지요. 한번 읽어보겠습니다.

> 아버지 어머니는
> 고향 산소에 있고
>
> 외톨배기 나는
> 서울에 있고
>
> 형과 누이들은
> 부산에 있는데,
>
> 여비가 없으니
> 가지 못한다.
>
> 저승 가는데도
> 여비가 든다면
>
> 나는 영영
> 가지도 못하나?
>
> 생각느니 아,
> 인생은 얼마나 깊은 것인가

이 시를 읽어보면 앞의 연들과 마지막 연 사이에 엄청난 비약이 있음 을 알 수 있습니다. 천상병 선생은 여러분도 아시겠지만 아주 가난하게 살다가 간 '귀천(歸天)'의 시인입니다. 추석이 되었지만 여비가 없어 성묘를 못 가는 사정을 말하고 나서 마지막 연, "생각느니 아" 하고 이어지는데, 그 사이에는 엄청난 사연이 생략되어 있는 것입니다. 우리는 이 마지막 연에서 돌연한 반전을 느낍니다만, 이러한 반전의 의미를 좀더 깊이 있게 음미하기 위해서는 비어있는 한 행간 속에 숨어있는 시인의 마음의 움직임에 접근할 수 있어야 합니다. 시인은 그 빈 공간에서 한순간 자신의 살아온 생애 또는 나아가서 일반적으로 인간의 이 우주 속에서의 삶 전체의 의미에 대한 직관적인 성찰을 수행하고 있습니다. 그리고 이 직관은 생을 대하는 관조적 태도가 시인에게 이미 깊이 체질화되어 있었기 때문에 가능했다고 할 수 있는데요. 중요한 것은 결국 이러한 관조적 자세입니다. 한걸음 물러나서 대체 우리가 무엇을 하고 있는지를 근원적인 테두리에 비추어서 살펴볼 수 있는 능력 ─ 저는 이런 게 아마도 시적 상상력의 본질이 아닌가 하고 생각합니다. 천상병 선생은 가난해서 성묘를 못 가는 처지를 애닯게 절망적인 넋두리나 원망으로 풀어내지 않고, 오히려 그러한 상황에서 가난을 받아들이고, 또 인생을 궁극적인 대긍정 속에서 받아들이는 실마리를 얻어내고, 그 과정에서 삶이란 근원적으로 살 만한 것이고 헤아릴 수 없이 깊은 것이라는 느낌을 표현합니다. 그 결과 독자인 우리들은 이 시를 통해서 꼭 집어 말하기는 어렵지만, 다시 한번 삶과 존재의 신비에 참여하는 기쁨을 얻게 된다고 말할 수 있습니다. 이러한 신비의 느낌은 좋은 예술작품이 우리에게 주는 최대의 선물이라고 저는 생각합니다.

관조적 태도의 중요성에 관해 말하고, 그것을 시의 본질에 결부하여 논한 대표적인 사상가가 하이데거라고 할 수 있습니다. 오늘 이 세미나 참석을 위해서 며칠 전에 다시 한번 하이데거의 글을 꺼내놓고 읽어보았는데, 전에 읽을 때는 미처 주목하지 못한 구절이 눈에 들어왔습니다. 〈횔덜린과 시의 본질〉이라는 글 가운데 나오는 구절인데요. "시는 역사시대를 사는 인간에게 있어서 원시적 언어이다." 전에는 이 기막힌 구절을 왜 주목하지 못했는지 모르겠습니다. 여기서 물론 핵심적인 것은 '원시적 언어'라는 말입니다. 그러니까, 원시적 언어가 바로 시라고 할 때, 그것은 다시 말해서 문명화된 사회에서 원시적인 삶을 기억하고 있는 사람이 바로 시인이라는 얘기가 됩니다. 하이데거가 반드시 그러한 생각을 가지고 이런 발언을 했는지는 모르겠지만, 제게는 이 구절에는 역사적으로는 고대문화, 공간적으로는 오늘날에도 존재하는 토착적 원시 부족사회에서의 삶을 이른바 문명사회에서는 더이상 경험할 수 없게 된 '조화로운 삶'으로 파악하는 시선이 들어있는 것으로 생각되는 것입니다. 그런 의미에서 시적 상상력이란 문명화된 사회에서의 샤먼적 사고 또는 원시적 사고를 대변하는 것이라 할 수 있는 것이지요. 하기는 근대 이후의 시인들 중에 시의 의의를 이런 식으로 파악한 사람들은 적지 않았습니다. 횔덜린에 의하면 '궁핍한 시대'에 있어서 시인이란 사라져버린 신들을 기억하는 제관(祭官)이었으며, 영국의 유명한 예언자적 시인 블레이크는 시인의 상상력이란 '황금시대'를 기억하는 일에 주로 관계한다고 했습니다. 황금시대 즉 선사시대는 인간과 인간, 인간과 자연 사이의 분열이 없던 시대이고, 신이 살아있던 시대였습니다. 그리고 그러한 분열 이전의 조화로운 삶은 본질적으로 오늘날 세계 여러 곳에서 잔명을 유지하고 있는 토착적 원시사회에서 20세기의 저명한 여러 인류학자들이 확인한 것과 동일한 것이라고 할 수 있습니다. 인류학자들은 자신들의 현지체험과 인류학적 지식체계를 통해서 가령 아메리카 원주민들의 지극히 비폭력적인 평화와 조화의 문화를 발견했다고 할 수 있지만, 이러한 지식체계나 실제 체험을 거치지 않고도 시인들이 '원시적 언어'를 말할 수 있다면, 그것은 시인의 직관적인 능력 때문이라고 할 수 있을 것입니다. 여기서 시인의 직관이라는 것은 따져보면 우리들 모두가 공통하게 지니고 있는 근원적 자질이라고도 할 수 있겠는데, 그런 의미에서 우리 각자는 누구든지 기본적으로 시적인 잠재능력을 선천적으로 소유하고 있다고 볼 수 있겠지요. 저는 이러한 잠재적 힘을 보다 의식화하고 가시적인 것으로 만들면서 사회 전체의 보편적인 언어로 개화시켜나가는 데에 오늘날 생태적 위기 상황에서의 시인들의 주된 사회적 몫이 있는 것이 아닌가 하고 생각합니다.

　지금은 사회적, 생태적 토대의 급속한 붕괴 속에 전통적으로 자명한 것으로 여겨졌던 것들이 걷잡을 수 없이 망가지고 있는 상황입니다. 영국의 작가 토마스 하디가 쓴 작품 중에 〈나라들이 붕괴될 때〉라는 짧은 시가 있습니다. 이 시는 1차 세계대전 동안에 씌어진 것인데요. 이 시의 메시지는 간단히 말하면 전쟁이라든지 정치적 대격변을 통해 영웅이 출몰하고 시대가 바뀌는 소용돌이 속에서도 사람이 영위하는 일상생활의 패턴은 영원하다는 것입니다. 즉, 전쟁이 일어나고 전쟁이 끝나고, 한 왕조가 몰락하고 새로운 왕조가 들어서는 등의 격변에도 불구하고 쟁기질을 하고 씨를 뿌리는 농부의 노동, 추수 뒤 밭에서 피어오르는 연기, 둑길을 다정히 속삭이며 걸어오는 청춘남녀의 사랑의 행위 ─ 이런 것은 아무 변함없이 지속된다는 것이지요. 그러나 하디의 생전까지는 진실이었을지 몰라도 이것은 지금은 거짓말이 되었습니다. 오늘날 농부는 옛날의 농부가 아닙니다. 그들은 논밭을 가꾸는 사람이 아니라 독성 화학물질과 기계를 가지고 땅에 대하여 공격적인 전투를 감행하는 생산도구들이 되었고, 추수 뒤 벌판에서의 평화로운 광경은 더이상 볼 수 없는 장면이 되었으며, 청춘남녀의 순진한 사랑의 속삭임은 시대착오적인 것이 되었습니다. 그러니까, 오늘의 산업-기술문명 체제는 우리의 삶의 가장 근원적인 구조, 즉 일상생활의 영역마저 ─ 나아가서 우리의 내면적인 삶까지 ─ 식민화해버린 것입니다. 사람들의 언어는 오로지 타자를 부리고 이용해 먹기 위한 정략적 언어, 광고의 언어로 바뀌었습니다. 이미 우리는 더이상 살아있는 상징과 은유의 세계에 살고 있지 않습니다. 그러나 아직도 원시적 풍습을 어느 정도 잃지 않고 살고 있는, 예컨대 아프리카의 부시맨이나 아메리카 인디언, 또는 호주 원주민의 언어는 세계를 전부 살아있는 생명과 영혼을 간직한 존재들의 공간으로 파악하는 샤머니즘 또는 애니미즘에 뿌리를 두고 있습니다. 그러니까 그들의 언어는 생생히 살아있고, 나와 그것이 아니라 나와 그대라는 관계 속에서 만물을 대하는 뿌리깊은 태도가 속속들이 배어있는 것입니다. 하이데거가 말하는 '원시적 언어'란 결국 이런 의미의 살아있는 비유와 상징을 말하는 것이라고 저는 생각합니다. 현대적 상황에서 우리가 일상적으로 쓰는 언어는 갈수록 비유와 상징에서 멀어지고 있습니다. 만일 그런 언어를 썼다가는 아마 미치광이 취급을 받기 쉽겠지요. 이른바 문명화된 세계에서는 비유와 상징이 허용되어 있는 유일한 언어공간이 시라고 할 수 있고, 그래서 시인들은 특권적인 존재라고 할 수도 있습니다. 그러나 그 특권은 실상 괴로운 운명일지도 모릅니다. 시인은 본질적으로 대중들이 섬기는 것과는 전연 다른 것을 섬기는 사람이기 때문입니다. 잘 알아듣지 못하는 대중을 향해서 시인은 끊임없이 사라져버린 신들에 대하여, 즉 원초적 조화의 삶에 대하여 얘기하지 않으면 안되고, 그 과정에서 미치광이 취급을 당하고, 고립당할 수밖에 없는지 모릅니다. 그러나 고립을 두려워하여 '원시적 언어'를 구사하기를 꺼려한다면 그는 더이상 시인이라고 할 수는 없겠지요. 그런 사람은 차라리 법률가나 경제학자나 주식투자자가 되어야 하겠지요. 김수영 시인의 인상적인 말에 의하면, 시인은 불가능한 것을 말하는 사람입니다.

로마가 멸망한 것이나 잉카문명이나 마야문명 등 지금까지 있어온 여러 문명의 붕괴현상은 전부 국지적인 현상이었지만, 지금 우리가 직면한 생태적 위기는 전지구적 범위에 걸쳐있는 문제입니다. 어디에서 무엇을 하고 있건 이제 이 문제를 떠나서는 우리에게 어떠한 진정한 의미있는 일도 있을 수 없는 상황이라고 할 수 있습니다. 무엇이 이런 결과를 가져왔나요. 직접적인 원인을 따지자면, 자본주의적 산업문명의 발달이라고 할 수 있습니다. 그러나 좀더 깊이 거슬러 가보면 근본적인 원인은 이른바 문명 그 자체의 성립에 있다고 할 수 있습니다. 여기서 문명이라는 것은 인간불평등을 제도화하고, 자연과 인간 사이에 이원적 구분이 생겨나는 것을 전제로 한 사회질서입니다. 그래서 문명은 가부장적 체제, 남녀차별, 계급, 자연의 도구화를 필연적인 것으로 합니다. 지금 우리는 생태적 위기에 직면하여 자연과 인간 사이의 관계를 새롭게 정립해야 할 필요성에 대해 이야기하고 있습니다만, 이것은 단순히 자연과 인간 사이만의 문제가 아니라 그것에서 파생하는 온갖 차별적, 권위주의적 관계의 극복을 요구하는 문제라고 할 수 있습니다. 물론 인간은 자연에 기대어 살아가야 하고, 그러기 위해서는 자연을 이용할 줄 알아야 하겠지요. 하지만 자연을 이용한다는 것과, 자연을 도구화하고 착취한다는 것은 의미가 다릅니다. 아까도 말씀드렸지만 부시맨이나 호주 원주민, 아메리카 인디언들의 삶이 근본적으로 자연에 대하여 친화적인 것은 그들의 삶이 자연의 순환적인 리듬에 매우 잘 순응하는 것이기 때문이라고 할 수 있습니다. 그들은 자신들의 일방적인 의지 밑에 자연을 부리거나 종속시키는 것이 아니라 자연의 순리에 자신들의 삶의 욕구를 적응시키는 겁니다. 이러한 근본적으로 겸허한 태도와 감수성이야말로 지금 우리들에게 가장 절실히 요구되는 자질이 아닌가 생각됩니다. 또, 그러한 감수성이야말로 모든 진정한 시적 감수성의 본질일 것입니다. 지금 보는 것처럼 오로지 기술의 힘에 의하여 위기를 해결하려고 한다든지, '안락을 위한 전체주의'를 유지하려고 한다든지 하는 것은 결국 그러한 노력이 성공할 수도 없겠지만, 무엇보다 그것이 오만불손한 불경(不敬)에 뿌리박고 있는 태도인 한, 인간성의 황폐화를 불가피한 귀결로 할 수밖에 없다는 사실을 우리는 심각히 생각하지 않으면 안될 것입니다.

톨스토이의 《전쟁과 평화》에 나오는 장면인데요. 톨스토이는 청년시절 크리미아 전쟁에 참가한 경험이 있지만, 아마 그때의 체험에 바탕을 둔 것인지는 모르겠습니다만, 이런 장면이 나옵니다. 러시아군과 프랑스군이 어떤 격렬한 전투를 치른 다음 러시아군의 대패로 전투가 종식된 상황에서 수없이 많은 전사자와 부상자들이 광막한 들판에 널부러져 있습니다. 이때 장교로 참전했던 안드레이 공작도 심각한 부상을 당하여 땅바닥에 쓰러져 누워있는데, 그의 의식은 명료합니다. 격렬한 전투 뒤 상처 입은 몸으로 안드레이 공작은 누워서 하늘을 보고 있는데, 사방은 죽은 듯이 고요하고 하늘은 너무도 푸르고 깊습니다. 그때 느닷없이 공작은 자신과 세계가 일체화된 무아지경, 그 무엇으로도 바꿀 수 없는 너무나 황홀하고 깊은 평화의 느낌을 갖게 됩니다. 이러한 무아지경에 빠져 있을 때, 그 앞에 나폴레옹이 나타납니다. 평소 나폴레옹은 안드레이 공작의 우상이었습니다. 나폴레옹은 자신의 전리품을 둘러보기 위해서 말을 타고 전쟁터에 나왔다가 러시아군 장교 한 사람이 살아있는 듯해서 그 가까이로 살피러왔던 것입니다. 그런데 그 나폴레옹이 자기의 얼굴을 내려다보는 바람에 안드레이 공작의 시야에서 하늘이 가려졌습니다. 그래서 그는 나폴레옹에게 말합니다. 제발 부탁이니 저리 좀 비켜주십시오. 하늘을 가리지 마십시오. 평소에는 자기의 영웅이었지만, 이 순간에 '하늘' 밑에서는 너무나 하찮을 뿐만 아니라 도리어 성가신 존재가 되고만 것입니다.

《전쟁과 평화》에 나오는 이 장면은 그 자체로 흥미롭기도 하지만, 오늘 이 자리의 주제와 관련해서도 꽤 의미있는 이야기가 된다고 생각합니다. 문학이 궁극적으로 하는 역할은 이런 게 아닐까요. 그러니까 중요한 것은 언제나 궁극적인 잣대라는 겁니다. 영웅 나폴레옹은 단지 어떤 부분적인 정신의 부분적인 상황에서의 영웅일 뿐 우리의 삶에서 궁극적인 의미를 갖지는 못 합니다. 궁극적인 것에의 탐구 ─ 이것은 단지 경제적 존재일 뿐만 아니라 무엇보다 시적이고, 종교적인 존재로서 우리 자신의 회피할 수 없는 근원적인 욕구입니다. 그리고, 그러한 탐구는 결국 거룩한 것을 우리의 마음 가운데서 느끼고, 섬기는 것으로 표현될 수밖에 없는 것입니다.

하이데거는 만년에 이르러 갈수록 '무위(Gelassenheit)'의 중요성에 대해 말했습니다만, 실제로 지금 우리에게 가장 필요한 것이 바로 이 다분히 노자적인 태도가 아닐까 하고 저는 생각합니다. 이런 태도는 자기보다 더 큰 것을 받아들이고, 거기에 가만히 귀를 기울이는 자세를 떠나서는 성립할 수 없습니다. 현대기술이라는 것은 이러한 귀기울이는 자세로부터 너무나 거리가 먼 인간의 자만심에 토대를 두고 있습니다. 그래서 현대적 과학기술은 이제 죽음조차 부정하려고 합니다. 죽음이 부정하려고 해서 부정되는 것이 아님에도 불구하고, 우리의 삶과 세계 전체를 기술적으로 통제하고 관리하자는 것입니다. 그리하여 현대문명은 끊임없이

고치고 부수고 새로운 것을 만들어냅니다. 편리함과 효용성, 경제적 가치만이 이 문명이 섬기는 유일한 가치가 되었지요. 이제 이러한 것에 대한 전면적, 근원적 비판과 도전이 절실합니다. 세계는 관리할 것이 아니라 우리가 세계의 소리에 가만히 귀를 기울여야 합니다. 그것이 구원의 길이라고 할 수 있습니다. 모든 것을 일차원적인 유용성 속에서 평가하는 상황에서는 결국 자연도 황폐화하고, 인간도 타락할 수밖에 없습니다. 이제 '쓸모없는 것'을 기리고 찬미하는 정신적 공간을 확보할 필요가 있습니다. 이것은 인간이 과연 어떤 상황에서 가장 행복하고 자유로워질 수 있는가를 깊이 성찰하는 노력과 결국 같은 일이라고 할 수 있습니다. 그동안 문명은 끊임없이 세계를 정복함으로써, 그래서 사회적 약자와 자연을 누르고 부려먹음으로써, 행복의 크기를 증대시키려고 무작정 달려왔고, 그 결과는 지금과 같은 사회적, 인간적, 생태적 재앙으로 귀결되었습니다. 따라서 필요한 것은 근본적인 방향전환이고, 그것을 위해서는 우리가 가지고 있는 상투적인 가정, 논리들을 철저히 뒤집지 않으면 안된다고 생각합니다.

세계 곳곳에는 아직 원시공동체 사회가 남아 있습니다. 현대인은 그런 원시공동체를 시대착오적인 미개한 집단으로 치부하고 있습니다만 어떻게 보면 그러한 원시사회, 원시문화 속에 인류의 미래가 있습니다. 그들은 협동적 연대의 틀 속에서 삶을 영위하고, 무소유의 삶이므로 원천적으로 풍요로운 삶을 즐기고 있습니다. 자연에서 먹을 것을 취하고 자연으로 돌아가는 삶은 산업적 가치관으로 본다면 가난하기 그지없지만, 그 가난 속에는 가장 평화롭고 풍요로운 관계 ─ 인간과 인간, 인간과 자연 사이의 ─ 가 살아있습니다. 가난은 본래 절대적으로 물건이 많으냐 아니냐 하는 문제가 아닙니다. 가난은 관계입니다. 이른바 문명사회 이전에는 인류사회에 가난이라는 개념이 없었다는 사실을 상기할 필요가 있습니다. 만일 원시공동체 사회가 가난한 사회라면, 그 가난 속에서야말로 인류의 진정한 희망의 원천이 있다고 해도 될 겁니다. 현대문명 사회 속에서의 샤먼으로서 우리의 시인들이 할 일이란 이러한 깨달음을 부단히 환기하는 일일 것입니다.

송희복 사실 기술사회와 생태학적 전망이라는 주제는 활발한 토론이 이루어져야 할 아주 중요한 문제입니다만, 생태학에 대해서는 문외한인지라 감히 엄두도 내지 못하겠고, 궁금한 점을 여쭤보는 것으로 토론을 대신할까 합니다.

지구의 역사는 대략 46억년이라고 하고, 인류의 역사는 2백만년이라고 합니다. 이 인류의 역사를 30분으로 환산해 보면 수렵경제 시대가 29분 51초에 해당하고, 8초는 농경사회, 나머지 1초가 문명사회라고 합니다. 그런데 문명사회의 1초가 29분 59초에 해당하는 원시경제시대가 사용한 에너지를 소비해버렸답니다. 생태학적 심각성은 여기서부터 시작된다고 보아집니다.

지난 11월 5일, 제가 재직하고 있는 대학에서는 초등학교 환경교육 이렇게 하자는 취지의 강연이 있었습니다. 그때 주제발표문을 보니까 환경교육에 대한 상식적인 내용이 대부분이었습니다만, 그 중 한 사람이 조금 색다른 이야기를 하고 있었습니다. 즉, 지금까지의 환경교육은 이론이나 실천 등의 명목으로, 덕성교육 차원에서 이루어졌는데, 앞으로는 정의적인 측면에서 환경교육이 이루어져야 한다는 주장이었습니다. 다시 말해 '환경에 대한 지식'을 습득시키는 것보다 우선해서 '환경적 감수성'을 심어주어야 한다는 것이었습니다. 아무리 환경적 지식이 많아도 자연의 아름다움에 빠져보지 못하는 사람은 환경적 존재가 아닙니다.

90년대 초반부터 우리 문학에도 환경, 생태에 대한 시가 많이 등장하였습니다. 하지만 초기의 환경시는 오염된 것들에 대한 절망과 비극을 담은 죽음의 이미지였습니다. 90년대 중반에는 죽음의 이미지를 극복한 생태학적 서정시가 대안으로 떠오르기도 했으나 일부에서는 냉소적인 반응을 보이기도 했습니다. 김 선생님께서도 물질적 풍요가 자꾸만 '쓸모없는 것'을 폄하한다고 하셨는데, 이 '쓸모없음'의 가치를 재인식하는 것이 환경적으로 각성하는 존재가 되기 위한 핵심이 아닐까 생각합니다.

환경적으로 각성된 존재란 생태적인 것이 아름다운 것이라는 환경적 심미안을 가지는 것이고, 그 환경적 심미안이 바로 예술(시)이라고 한다면, 시가 가지는 환경친화 교육적 측면은 매우 클 것입니다. 현대사회에서 시는 이미 쓸모없는 것으로 치부되는 경향을 보이고 있습니다. 이렇게 복잡하고 다양한 문제가 배태되어 있는 사회에서 시가 할 수 있는 역할이 아무것도 없다는 인식이 팽배해 있지요. 하지만 옥타비오 빠스가 "시는 써먹을 수 있다"고 한 말을 유념해볼 필요가 있습니다. 이 말은 다시 말하면 이미 버려지기는 했어도 시는 재활용할 수 있다는 말이 됩니다. 재활용하자는 말일 수도 있고요. 시는 우주의 소리이고, 우주의 리듬이므로 그 리듬을 배우는 것이 무엇보다 필요한 시대입니다. 김지하 선생이 요즘 율려운동을 펼치고 있는데 율려란 인간의 마음속에 내재한 우주의 원리나 리듬이지요. 생태의 파괴는 율려의 파괴이고, 생태학적 살판의 파괴입니다. 시가 가지는 우주적 리듬의 회복이 시급합니다.

  김종철 선생님의 말씀의 맥락은 기술중심적인 생태주의가 아니라 인본주의를 지향하는 생태주의적 입장이 아닌가 합니다. 더구나 환경문제에 대한 선생님의 의견은 충분히 공론화가 가능하다고 생각됩니다. 과학시대의 소산물인 공해다 환경오염이다 하는 문제를 두고, 두 말 사이에 뉘앙스가 있기는 합니다만, 기술중심주의 입장에서는 과학으로 망가뜨려진 관계는 합리적 이성의 집합체인 과학으로 해결할 수 있다고 주장하고 있습니다. 그런데 선생님의 말씀에는 이성주의적 관점이 강하지만 신비주의적인 경향도 있다는 것을 알 수 있거든요. 신비주의란 기복적이다 혹은 몰이성적이다라는 편견을 배태할 수밖에 없습니다. 서양문명사에서는 흔히 세기말적인 증후군의 하나로 이 신비주의를 꼽았고, 폐단도 만만치 않았습니다. 햇빛 아래서는 색이 바래고 달빛에 물들면 신화가 된다는 말이 있듯이 박정희 기념관 설립문제나 치적에 대한 평가에도 이러한 신비주의가 개입되어 있다고 생각됩니다. 신비주의는 폐단만 있는 것은 아니라 과학에 끼친 영향도 지대합니다. 점성술은 천문학으로, 연금술은 화학으로 발전하였듯이, 동양의 풍수지리설은 생태학적으로 발전했다고 보여집니다. 선생님의 신비주의적인 입장에 대해 일종의 해명이랄까요, 보충설명이랄까요, 어쨌든 조금 더 깊이있는 말씀을 들었으면 합니다.

김종철 아주 미묘한 문제인데요. 제 얘기에 신비주의적인 요소가 있다면 그건 그냥 개인적 취미나 체질에 관계된 것일지도 모른다고 하고 싶지만, 여기서 그렇게 말해서는 안되겠지요. 저는 이렇게 생각합니다. 존재의 신비, 삶의 신비를 느끼지 않는 것은 삶이 아니라고요. 그런데 아마 지금 문제되고 있는 것은 미국의 캘리포니아를 중심으로 그동안 확산되어온 이른바 뉴에이지 운동과 결부된 신비주의를 말하는 게 아닌가 합니다. 뉴에이지 사상가 내지 운동가들은 일반적으로 생태적으로 예민한 사람들이기는 하지만, 제가 보기에 좀더 근본적인 생태사상가들과 맞지 않는 점은 그 사람들이 첨단기술의 잠재적 가능성에 지나치게 큰 기대를 걸고 있다는 점입니다. 그들에게는 기술주의에 대한 거부감이 별로 없는 듯해요. 그리고, 그러한 점과 관계가 있겠지만 그들의 방법은 지나치게 개인주의적인 접근입니다. 지금 뉴에이지 운동에 대하여 비판적인 사람들은 이 운동이 20세기 말에 가장 인기 높은 상품의 하나가 되어가고 있다고 하잖아요. 그런 측면이 분명히 있거든요. 예를 들어, 마인드 콘트롤이 심신을 편안하게 해주는 효과를 주목하는 것까지는 좋은데, 어떤 기계적 장치를 만들어 가지고 그걸 구입해서 사용하면 명상상태에 들었을 때와 흡사한 뇌파상태를 만들어준다고 사람들을 유혹하는 광고가 많이 나오잖아요. 어떻든 굳이 특정한 물건의 형태로 상품을 개발해 내놓지는 않는다 하더라도 뉴에이지적 지식이나 신념체계는 실증적 합리주의에 식상해버린 20세기 말의 많은 서구인들에게 매혹적인 것일 수 있습니다.

그런데, 이런 식으로 뉴에이지 운동을 일방적으로 매도하는 것은 공정하지 못한 것으로 생각됩니다. 따져보면 뉴에이지 운동은 이른바 새로운 과학에 의해 뒷받침되어 있습니다. 뉴튼적인 기계론적 과학이 아니라 전일주의적(holistic) 과학이라고 할까요. 우리가 오늘 누구이 언급한 근대적 과학기술은 결국 뉴튼적 세계관에 토대를 둔 것입니다. 이에 대조적으로 오늘날 물리학의 첨단에 있는 양자역학이나 카오스 이론에서는 종래의 물리학에서처럼 직선적인 인과관계를 인정하지 않습니다. 따라서 자연이란 간단히 통제되고 관리될 수 있는 세계가 아니라는 함축이 여기에 들어 있다고 할 수 있습니다. 흔히 드는 예지만, 홍콩 상공에 나비가 날면 뉴욕에 태풍이 분다라고 할 때, 이 둘 사이의 인과관계는 종래의 물리학, 기상학의 기계론적, 선형적 접근방법으로는 도저히 파악할 수 없는 복잡다단한 관계들의 상호작용을 말하는 것입니다. 이런 경우 사람들은 자기들의 전통적인 방법으로 알아볼 수 없는 것이면 무조건 신비주의라고 몰아붙이는 경향이 있는데, 그건 굉장히 비과학적인 태도라고 할 수 있어요. 카오스란 문자 그대로 혼돈이라기보다 지금까지의 인간의 지식 능력으로는 파악 불가능하다는 뜻이라고 보아야 하겠지요. 그러니 첫째도 겸손, 둘째도 겸손일 수밖에 없습니다. 지금 인간이 뭘 안다고 으스대지만, 정말 무엇을 제대로 알고 있다는 건가요. 제가 보기에는 오늘의 과학보다도 오히려 고대인들이나 아니면 고대인들과 비슷하게 아직도 살고 있는 여러 원시공동체에서의 지식이 훨씬 더 비교할 수 없을 정도로 뛰어난 게 아닌가 싶습니다. 첫째 그들의 지식체계는 인간 자신이 자기의 보금자리를 오염시키고 파괴하는 그러한 근원적인 어리석음을 낳는 지식체계가 아니잖아요. 그리고, 실제로 원시문화에서의 인간의 인식 능력은 우리들보다도 훨씬더 탁월한 것 같아요. 프랑스의 인류학자 레비-스트로스가 남아메리카 숲속의 원시부족과 함께 지내면서 겪은 일 중에는 놀라운 것이 많지만, 그 가운데서도 특히 놀라웠던 것은 이 인디언들이 육안으로 대낮에 샛별을 뚜렷이 볼 수 있는 시력을 갖고 있다는 사실이었습니다. 이런 얘기는 아프리카 부시맨에 관한 증언에서도 나와요. 지금부터 벌써 몇십년 전에 부시맨들과 함께 지낸 경험이 있는 어떤 영국 작가에 의하면, 이 부시맨들이 그때 이미 시리우스별에 관한 얘기를 하고 있더라는 겁니다. 이 시리우스라는 별은 오늘의 첨단 천문학에서 비로소 그 존재가 말해지기 시작했다는 별이라고 해요. 아프리카의 토착민들이 무슨 망원경이나 어떠한 기계의 도움도 없이 그런 별의 존재를 인식하고 있었다니 굉장히 감탄스러운 얘기지요. 아마도 이런 능력이 인간에게는 누구에게나 잠재되어 있을지도 모르지만, 문명의 오염으로 말미암아 우리 모두 이런 능력을 상실해버렸다고 보는 게 맞을지 모릅니다. 그 대신 문명인들은 이상한 기술을 만들어놓고 지금 스스로 대견해 하고 놀라워 하고 있는지도 모르지요. 그러면서, 그러한 자신이 퇴화된 존재라는 사실을 돌아보지는 않고 지금의 자기능력으로는 이해할 수 없다고 해서 신비주의 운운 하며 배격하는 측면이 분명히 있을 겁니다. 그러나 저는 과학이 진정한 진보를 이룬다면 지금 흔히 신비주의라고 치부되는 많은 경험이 과학적으로도 해명될 것이라고 믿습니다.

그런데, 이 대목에서 우리가 한가지 더 생각해보아야 할 것은 모든 것을 다 알고 이해하는 것이 과연 좋은 일인가 하는 것입니다. 과연 그게 인간의 인간다운 삶에 유익한 것인가 하는 것은 좀 따져볼 필요가 있습니다. 제 생각에는 세상에서 가장 큰 악덕은 모든 것을 알려고 하고, 구석구석을 다 환하게 들여다보려고 하는 욕망입니다. 이건 병적 욕망이라고 해야 합니다. 인간은 자연의 일부이고, 어디서부터 어디까지인지 알수 없는 생명의 연쇄 가운데서 상호의존의 빈틈없는 그물망의 한 틈에서 살고 있을 뿐입니다. 인간이 인간사회 속에서 개인적으로 고립해서도 살수 없지만, 자연 속에서 다른 생물종으로부터 독립해서 살 수는 더욱 없습니다. 요컨대 인간은 다른 생물들의 경우와 마찬가지로 혼자로서는 철저히 불완전한 존재이며, 따라서 협동과 연대라는 관계망 속에서 생존을 영위할 수밖에 없는 것입니다. 인간이 누구든 결국 죽는다는 것도 우주전체의 질서 속에서는 조화와 균형을 이루기 위한 순환과정의 한 단계라고 할 수 있습니다. 죽음을 부정하고, 어떻게든 기술의 힘으로 그것을 극복해보겠다는 것은 결국 이러한 우주적 질서를 인정하지 않으려는 이만저만 시건방진 오만이 아닐 수 없습니다. 인간은 신이 아니고, 한계를 가진 존재라는 것을 늘 의식하고, 그것을 받아들이는 데 도리어 인간의 위대함이 있는 게 아닌가 저는 그렇게 생각합니다. 그런 의미에서, 저는 신비적인 체험은 인간다운 삶에 필수적인 요소라고 생각합니다. 우리가 모르는 게 있고, 우리의 능력으로는 궁극적인 진리가 무엇인지 파악할 수 없다는 무력감을 느끼는 바로 그곳에 진정한 인간 삶의 열정이 피어난다고 할 수 있습니다.

  그러나, 이러한 신비적 요소와 이른바 신비주의 그 자체는 조금 구별해야 할 필요가 있다고 생각합니다. 신비주의적 체험은 타인들과 공유하기 어려운 것이기 때문에 자칫 속임수의 여지가 많기도 하지만, 우리에게 주어진 이성적 능력으로도 충분히 접근 가능한 경험을 굳이 신비주의의 이름으로 포장할 필요는 없다고 보기 때문입니다. 우리가 서로 상대방의 마음을 읽을 줄 알고, 나 자신이 북극에 가본 적이 없지만 북극의 추위를 내가 겪는 겨울추위를 근거로 미루어 짐작하는 일 따위는 특별한 감각의 훈련 없이도 누구든 갖고 있는 능력입니다. 제가 보기에 오늘날 우리가 부닥친 문제들을 처리해 나가는 데 반드시 특별한 신비주의적 능력이 긴요하다고는 생각되지 않습니다. 땅과 하늘이 오염되고, 숲이 망가지고, 강과 바다가 더럽혀지는 것이 산업문명의 문제, 인간의 어리석은 욕망의 문제와 결부되어 있다는 것을 알기 위하여 신비체험가의 증언이 필요한 것이 아니란 말입니다. 또, 우리가 생태적 위기에 대응하고, 나아가서는 인간다운 삶을 누리기 위해서 무엇보다 교만성을 버리고 겸손을 배울 필요가 있다는 것도 우리 자신의 이성의 목소리로 충분히 알아듣게 말할 수 있는 겁니다.

  미국의 시인 로빈슨 제퍼스는 〈사물의 아름다움〉이라는 시에서 "자연의 아름다움을 크게 느끼고, 크게 알고, 크게 표현하는 것, 그게 시의 할 일이다"라고 했습니다. 그러니까, 시인은 마음을 크게 갖는 사람이라는 말입니다. 이것은 자기가 제일이라고 뽐내는 나르시시즘과는 정반대로 우주 속에서, 그리고 모든 별과 해와 달과 구름과 바위와 바람과 흙과 더불어 있는 인간의 궁극적인 운명에 대한 내적 성찰로 이어지는 마음이란 것은 두말할 필요가 없습니다. 이러한 마음의 교류를 통해 우리는 한결 인간성이 고양되는 느낌을 갖는데, 이와 같이 '큰 마음'을 갖고, 또 그러한 마음이 사람과 사람 사이에서 교류가 가능하다는 것 자체가 이미 신비 중의 신비가 아닌가 싶습니다. 저는 그런 종류의 신비로움이야말로 우리의 삶이나 예술을 근원적으로 있게 하는 토대가 아닌가 생각합니다.

남송우 선생님 나름대로의 생각을 명쾌하게 설명도 하시고, 주장도 하시고, 열변도 토하시고 그래서 저희들로서는 느끼는 바가 많은 시간이었습니다. 그런 시간을 가질 수 있었다는 것이 좋았습니다. 인류역사를 보면, 유토피아에서 테크노피아를 지향하는 사회로 발전해왔습니다. 그러나 인간이 테크노피아를 건설하다 보니, 이것이 인간이 인간을 구속하고 파멸시켜가는 것이구나 하는 것을 이제야 알아차리게 된 것 같습니다. 그래서 이제는 에코토피아를 지향하지 않으면 인류가 생존할 수 없는 상황으로 변했습니다. 이대로 가다가는 인류가 공멸하기 때문입니다. 에코토피아의 사상을 어떻게 현실화시킬 것인가 하는 점에서는 학자들마다 여러 견해들이 있습니다. 심층생태학이나 표층생태학, 사회생태학 등이 그 대표적인 담론들입니다. 오늘 이 자리에서 선생님께서 지금까지 논의하신 생태학적 관점은 소위 근본생태학적 관점으로 판단됩니다. 제 개인적으로는 선생님 의견에 동감하지만 심층생태학적 관점에 대해서는 현실성의 문제에 있어서 비판적인 견해가 있기도 하지요. 그런데 저의 질문은 선생님의 말씀 중에 사회생태학자인 북친의 사상에 대해 비판적인 견해가 있었는데, 선생님이 생각하시는 북친의 사상에서 문제가 되는 부분이 무엇인지를 듣고 싶습니다. 그리고 《녹색평론》을 보면 생태학에 관한 번역글이 많이 실리는데 생태학적 사유를 한국전통 사상에서 모색하는 글들이 많이 보이지 않는 것이 아쉽습니다. 《녹색평론》에서 동양사상과 아울러 한국 전통사상 속에서의 생태학적 관심을 발굴하여 논의하는 장도 함께 펼쳐낼 수 있다면 얼마나 좋을까 하는 생각을 하게 되었습니다. 이런 부분에 대한 생각은 어떠하신지요?

김종철 머레이 북친의 '사회생태학'은 꽤 중요한 사상입니다. 예를 들면, 철저히 주민자치의 논리에 입각해서, 일체의 권위주의적 발상을 배격한다는 점에서 기본적으로 오늘의 주류문화의 논리에 맞서는 녹색운동의 핵심적 가치를 대변한다고 할 수 있습니다. 그러나 문제는 그가 과학기술의 발달에 큰 기대를 걸고 있다든지, 전통적인 동양사상을 비롯하여 비서구권에 원천을 가진 사상과 생태적 관습에 대하여 불필요할 정도로 알레르기 반응을 보이고 있는 것은 저로서는 이해할 수 없는 측면이거든요. 말이 좋아 알레르기 반응이지, 예를 들어 노자나 붓다를 들먹이는 사람들에 대하여 아주 격렬한 말로 모욕적인 언사를 마구 퍼붓고 있어요. 그런데, 역설적인 것은 북친 자신의 가장 중요한 저서라고 할 수 있는 《자유의 에콜로지》 같은 책을 보면 그 자신이 아메리카 인디언들의 자연관을 소개하면서 서구문화의 이성중심주의에 대해 비판적인 견해를 피력하고 있는 부분도 있단 말이에요. 그러니까 이런 것을 보면 그가 조금 일관성이 없는 사람이 아닌가, 또 자기의 제자들이나 가까운 동지 중에 자신의 이론에 조금이라도 비판적인 사람이 있으면 가차없이 매도하고 있는데, 이런 점도 그가 입으로는 반권위주의를 말하는 사상가이지만, 그 자신이 체질적으로 매우 권위주의적인 인간이라는 것을 드러내는 게 아닌가 그런 생각이 들 때가 있습니다. 저는 북친에 대해서는 그다지 큰 매력을 느끼지는 못해서 자세히 들여다보지 못했기에 더이상 언급할 것이 사실 없습니다.

제가 편집하는 《녹색평론》을 두고 기본적으로 근본생태주의의 입장이 아니냐고 하는 사람들이 꽤 있습니다. 그러니까 간단히 말해서 현실성이 없는 이야기를 되풀이하고 있다는 비판이지요. 그러나 제가 보기엔 우리가 당면한 이 시대의 환경·생태문제는 부분적인 땜질을 거듭해서는 결국 실패할 수밖에 없습니다. 그럴듯하게 지옥으로 가는 길을 포장하는 꼴밖에 안되리라고 생각하는 거지요. 중요한 것은 쓰레기를 줄일 궁리를 하는 게 아니라 쓰레기 자체가 나오지 않는 삶의 패턴, 즉 순환형 삶이 가능한 사회로 방향전환을 해야 한다는 겁니다. 그런 의미에서 근본적인 치유책을 생각하지 않으면 안된다는 얘깁니다. 그리고, 누누이 말씀드렸지만, 환경위기는 우리 자신의 내면의 위기와 그대로 일치하고 있다는 것을 분명히 보자는 것입니다. 외면의 위기는 바로 내면의 위기라고 인식하는 이러한 근본입장에 그동안의 모든 전통적인 사회운동과 구별되는 녹색운동의 독특함이 있다고 할 수 있습니다. 그런 의미에서 저는 문학이나 인문학에 관계하는 사람들이 지금의 생태위기 상황을 극복하는 데 기여할 몫이 크다고 생각합니다. 삶의 변화는 무엇보다 내면적 인격의 변화를 통해서만 실현 가능하다고 할 때, 그러한 변화는 추상적인 논리에 의해서가 아니라 설득력 있는 마음의 호소를 통할 수밖에 없습니다. 아무리 땅이 썩고 하늘에 문제가 생겼다고 과학적으로 설명해 봐도 우리의 마음이 움직이지 않으면 모든 게 허사니까요.

한국의 전통사상이나 동양사상 중 생태학적 사유를 적극 발굴하고 소개하는 작업의 필요성은 저도 통감하고 있습니다. 그러나 저의 능력의 한계로 이를 제대로 실현하지 못하고 있습니다. 저는 어차피 주로 서양에서 나온 책을 읽고 살아온 사람이니만큼 지금에 와서 갑자기 우리의 전통문화와 사상에 대하여 알려고 해도 그 한계는 너무나 뻔해요. 그러니까 여러분들이 이런 한계를 메워 주셔야 합니다. 그리고, 꼭 《녹색평론》이 이 모든 걸 다 포괄해야 하는 건 아니잖아요. 좀더 지혜롭고 능력이 있는 사람들이 다양한 공간을 통해 다채로운 목소리를 내는 게 도리어 바람직한 일이겠지요.

마지막으로, 번역문이 많이 게재되는 것에 대해 조금 해명한다면, 단순히 편집의 편의상 번역문에 의존하는 측면도 없지 않지만, 그보다 중요한 것은 이 녹색운동이라는 것은 아마도 지구 역사상 최초의 진정한 국제주의적 운동이라고 할 수 있습니다. 그러니까 국제적 시각이 제일 중요하다는 말인데, 사실 지금 정보화 시대라고 하지만, 비전문가들이 나라 밖에서 어떤 일들이 구체적으로 벌어지고, 어떠한 발언들이 나오고 있는지 거의 모르고 지내고 있거든요. 우리나라의 언론이라는 건 너무나 한심한 수준이잖아요. 이달 말에 시애틀에서 세계무역기구 회의가 열리기로 되어있고, 그 회의의 결과는 우리나라는 말할 것도 없고, 세계의 농업과 환경을 궤멸상태로 몰아갈 가능성이 큰 것인데도 여기에 주목하여 어떤 뚜렷한 시각으로 글을 게재하고 있는 잡지가 하나도 없는 형편입니다. 그래서 할 수 없이 《녹색평론》에서는 국내 필자를 구하다가 안되어 일본과 말레이시아 사람이 쓴 글을 옮겨서 부랴부랴 책을 냈습니다. 저로서는 오히려 이런 상황에서는 앞으로 번역문을 더 많이 게재할 필요가 있는 게 아닌가 하고 생각할 때도 있습니다. 독자들 가운데는 번역문은 아예 읽어보지도 않는 사람도 있는 걸로 알고 있습니다만, 국내에서 구해볼 수 없는 중요한 시각과 발언을 편견없이 수용하고 그런 데서 배울 것은 배워나가야 우물안 개구리의 안목을 벗어날 수 있을 텐데 말입니다. 물론 우리 자신의 능력으로 온갖 문제에 대해 논평하고 정리해 나가면 좋겠지만, 그건 현실적으로 허황된 욕망이기 쉽습니다. 이 경우에도 좀 겸손한 태도가 필요하다고 할 수 있을지 모릅니다. 제가 느끼기에 국내의 녹색운동의 수준은 동남아시아 여러 나라의 수준보다도 많이 떨어지는 게 아닌가 싶어요. 장차 진정한 국제적 교류, 풀뿌리간의 연대를 위해서도 우리가 나라 바깥의 사정에 대하여 어느 정도 알 만큼은 알고 있어야 하지 않겠어요. 외국의 경우에 잡지에 다른 나라 필자의 글이 자주 실린다고 해서 그것을 우리처럼 부정적으로 보지는 않을 거예요. 그런 걸 생각하면, 우리에게는 너나없이 뿌리깊은 쇼비니즘적 경향이 있는 게 아닌지 모르겠습니다.

남송우 지금까지 김종철 선생님을 모시고, 이 시대의 가장 큰 숙제인 생태환경문제를 어떻게 풀어가야 할지에 대해 논의를 해보았습니다. 선생님께서 제시하신 가난의 개념, 시인의 마음, 문자 없는 원시언어의 상태로의 회귀 등의 논의는 인간의 근본 마음을 고쳐세워야만 실현이 가능한 명제들이라는 점에서, 저희들이 현실의 삶터에서 생태학적 삶터로 옮겨가는 계기가 되리라 믿어 의심치 않습니다. 특히 오늘은 요산 선생을 기억하는 자리이기에, 그분이 살아생전 힘들게 지키려 하셨던 낙동강의 모습이 예사롭지 않게 다가옵니다. 요산 선생을 기리는 길은 여러가지가 있겠지만, 생태학적 세계관을 우리의 삶속에서 구체화하는 일도 하나의 맥이 될 수 있으리라 생각되고, 그런 의미에서 이 자리가 더욱 무거워지지 않았나 싶습니다. 감사합니다. (2000년)

21세기 한국문학과 지성의 현주소

김종철 — 서영인(문학평론가)

서영인 선생님께서는 영남대학교를 떠나신 이후에 2004년부터 서울에 거주하고 계시고, 녹색평론사는 아직 대구에 있습니다. 서울에서 강의 활동이라든가 《녹색평론》에 관련한 활동을 하시는지 근황을 여쭙고 싶습니다.

김종철 대구에서 20년을 넘게 사는 동안 건강이 늘 안 좋았어요. 대구가 건조한 곳인데, 나는 건조한 게 맞지 않는 체질인 모양입니다. 공기가 나쁜데도 서울에 올라와서 지내니 예전보다는 건강이 나아지는 것 같아요. 진작 빠져나올 걸 그랬다는 생각이 들어요. 실은 나는 일찍부터 대학을 그만둘 생각을 하고 있었습니다. 요즘 대학은 예민한 사람들이 마음 편하게 살 수 있는 곳이 아닙니다. 갈수록 장사꾼과 협잡꾼들의 소굴이 되어 가고 있어요. 소위 '국제화'니 '세계화'니 하는 말이 대학 내에 침투하면서부터, 한국 사람이, 한국 땅에서, 한국 사람한테 영어로 강의를 하지 않으면 안된다고 하는 이상한 풍조가 유행이에요. 이런 터무니없는

《실천문학》 2007년 여름호

짓이 경쟁력이라는 이름으로 벌어지고 있어요. 미쳐도 보통 미치지 않았지요. 그런데 이런 식으로 돌아가는 분위기에 저항하는 움직임도 없어요. 사회에서 그런 논리가 판을 친다 하더라도 대학에서는 그런 것에 대해 비판도 하고 문제제기도 하고 그래야 하는 거잖아요. 돈과 권력을 중심으로 돌아가는 세상을 근본적인 각도에서 돌아보고, 그 의미를 끊임없이 물어보자고 대학이 있는 거잖아요. 그런데 교수란 사람들은 다들 각자 살아남는 데 급급한 나머지 연구실에 들어앉아서 논문 실적 만들어 내는 데 골몰해 가지고, 옛날처럼 모여서 떠들지도 않고, 막걸리도 안 마셔요. 그냥 학교 시키는 대로 고분고분 따라 가고 있어요. 고전적인 의미에서 지식인은 이미 대학에 존재하지 않습니다. 이런 상황에서 내가 왜 대학에서 시간을 허비하고 있는지 모르겠더라고요. 그렇다고 학생들이 마음에 드는 것도 아니고···. 내가 요즘 젊은이들에 대해 잘 모르니까 함부로 얘기해서는 안되겠지만, 옛날 학생들과는 확실히 많이 달라요. 요즘 세대가 독서세대가 아니니까 우리 세대와는 말과 생각이 통하지 않는 점이 많이 있을 수밖에 없겠지요. 아무튼 점점 학생들과 의사소통이 잘 안된다는 느낌이 많이 들고, 재미가 없었어요.

서영인 지금 이 장소가 '녹색평론 자료실'이라고 되어 있던데요. 이 공간에서 매주 모임이 있다고 들었습니다.

김종철 예, 내가 이반 일리치라는 사상가를 좋아하는데, 《녹색평론》 독자들에게 '이반 일리치 읽기모임'을 하자고 제안했습니다. 모여서 책도 같이 읽고, 세상 돌아가는 이야기 나누자고요. 요즘 다들 말은 못하고 고민들을 가지고 외롭게 살아가는 사람들이 많은데, 정기적으로 만나서 말이나마 서로 좀 위로하고 지내면 한결 인생을 살아가는 데 도움이 되지 않을까 해서 시작한 모임입니다. 2004년 봄부터 이 모임을 시작했는데, 3년 동안 약간 변동이 있었지만 대부분 초창기 멤버들입니다. 서울에 살고 있는 사람들이 대부분이지만, 경상도에서, 전라도에서 매주 올라와서 모임에 참석하는 사람들도 있습니다. 이 모임이 소문이 나가지고, 우리가 여기서 대단한 이야기를 하는 것처럼 오해하고 있는 사람들도 있는 모양입니다.

서영인 아무래도 《녹색평론》 독자들의 모임이니 농촌이나 환경의 문제에 관심이 많으실 테고 그런 의견들을 나누고 읽기 모임을 하면서 《녹색평론》의 문제의식을 더 심화시킬 수도 있을 것 같군요. 얼마 전에 한미FTA가 타결되었는데, 요즘 모임에서는 한미FTA에 대한 이야기를 많이 하시겠어요.

김종철 그래요. 그런데 지금 많은 사람들이 한미FTA 이후 닥칠 피해가 왜 농민만의 문제라고 생각하는지 모르겠어요. 농촌공동체가 무너지면 사회 전체가 재앙이라는 것을 왜 인식하지 못하는지 답답합니다. 자유무역협정이라는 것은 다른 것은 그만두고 환경파괴를 가속화하는 방향으로 경제성장을 더욱 촉진시키고 확장하려는 것이기 때문에 근본적으로 받아들이기 어려운 것인데, 지금 문제되고 있는 한미FTA는 이 가운데서도 가장 질이 나쁜 협정입니다. 만약 이게 발효된다면 멕시코의 경험이 잘 보여주는 것처럼 환경이나 농민경제는 말할 것도 없고, 전반적으로 사회적 약자들의 처지는 돌이킬 수 없이 악화될 것이 확실합니다. 모든 사회적 관행과 제도와 법률이 사적 이익추구를 최우선시하게 될 것이고, 공익이라든지 사회적 협력이니 연대니 하는 전통적인 개념은 결정적으로 해체될 것입니다. 지금 세계화의 핵심적인 논리가 그런 무자비한 경쟁관계를 강요하고 있으니까요. 아마 중산층도 다 무너져버리고, 소수 특권층만 더욱 부유해지고 권력을 독점하게 될 겁니다. 민주주의도 사실상 붕괴될 가능성이 높습니다. 이런 무서운 상황이 전개되고 있는데도, 정부가 일방적인 홍보를 요란하게 하면서 반대 목소리를 철저하게 억압하고 있는 탓인지 한미FTA의 실체에 대해서 사람들이 제대로 인식을 하지 못하고 있는 것 같아요.

서영인 어쩔 수 없다고 생각하는 사람들이 많은 것 같아요.

김종철 여론을 좌우하는 것이 언론인데, 지금 정부의 일방적인 홍보나 속임수도 문제지만, 내가 보기에 방송이나 언론의 자세에 제일 큰 문제가 있는 것 같아요. 원래 자본주의 사회에서 언론의 숙명인지는 모르지만, 지금 언론은 광고주의 이해관계와 너무도 밀착해 있고, 그것을 감추지도 않아요. 윤리니 사회 정의니 하는 것보다 어떻든 당장 살아남는 게 장땡이라는 생각이 아주 굳어져버린 것 같아요. 하지만 장기적으로 봐서 한미FTA가 발효되면 우리나라는 농업적 기반을 완전히 소실할 뿐만 아니라 노동자의 권리나 사회적 약자나 소수자를 보호할 수 있는 사회적 틀은 극도로 위축될 것인데, 그런 상황에서도 신문이나 방송이 살아남을 수 있을지 모르겠어요. 미국과의 경제통합이라는 것이 얼마나 무시무시한 것인지 그 내용을 정말 깊이 있게 학습이나 하고 지금 저런 식으로 무조건 한미FTA를 찬양하고 있는지 모르겠다는 생각이 듭니다.

그리고 일반 대중들에게는 잘살아봐야겠다는 욕망이 뿌리깊이 도사리고 있는데, 그 잘살아봐야겠다는 욕망이 참 맹목적이에요. 황우석 사태 때 보았잖아요. 황우석의 줄기세포 연구라는 것이 정확히 무엇인지 알지도 못하면서 덮어놓고 그게 국익이 되고, 한국 사람들을 먹여 살릴 것이라고 믿는 사람들이 얼마나 많았어요. 그런 맹목적인 믿음에 빠져서 그 연구가 사기라는 게 점점 드러나는 과정에서도 미련을 못 버리고 다들 얼마나 아쉬워했어요. 상황이 끝난 뒤에도 본질적인 반성이라든지 성찰이라든지 이런 것이 전혀 없었잖아요. 그런 사람들이 늘 들먹이는 게 국익인데, 지금 한미FTA에 대해서도 사람들이 대체로 국익의 관점에서 찬성하고 있다고 하잖아요. 여론조사에서 그런 결과가 나왔다고 하는데, 그런 걸 보면 황우석 사태나 기본적으로 같은 문제라는 생각이 듭니다.

그리고 이건 조금 다른 얘기지만, 한미FTA 같은 극단적인 처방을 가지고 경제를 살리겠다고 하는 사람들의 정서적, 심리적 문제도 있는 게 아닌가 싶어요. 습관화된 극단주의라 할까, 그 과격성 말입니다. 지난 몇년 간 내가 가끔 만나온 일본에 사는 동포 지식인이 있는데, 그분하고 얘기를 하다가 한국과 일본의 지식인들은 체질적으로 좀 다른 데가 있지 않나 하는 생각이 들었어요. 물론 일반적인 얘기입니다. 무슨 얘기냐 하면, 일본에는 지금 칠십 팔십대의 고령의 지식인들도 헌법 개정 반대운동 같은 정치, 사회적인 활동을 왕성하게 하고 있는데, 그런 사람들도 결코 자신이 무슨 대단한 지도자인양 나서는 게 아니라 어디까지나 일개 양심적인 시민의 입장을 견지한다는 것입니다. 그래서 목소리를 내더라도 그 자세는 굉장히 겸손하다고요. 그런 모습과는 대조적으로 한국의 지식인이나 사회활동가들은 지나치게 지사연(志士然)하거나 심하게 말하면 마치 자기가 구세주나 되는 듯이 말하고 행동한단 말이에요.

내가 보기에 한국의 지식인들에게는 일종의 메시아 콤플렉스라는 게 있는 것 같아요. 어조부터가 그래요. 서로 대화가 안 되잖아요. 전부 다 자기 생각을 끝까지 우기고 관철하려 듭니다. 우리가 다른 사람과 이야기할 때 미처 생각지 못한 부분들이 분명히 있을 거예요. 이야기가 진전되는 도중에 상대방을 통해서 미처 모르거나 짐작하지 못했던 내용을 알게 되면 원래의 자기 생각을 바꾸거나 이야기의 뉘앙스가 달라지든가 하는 게 정상적인 대화일 텐데, 그게 안 되잖아요. 자기가 잘못 생각하고 있었다는 것을 인정하는 것을 무슨 인격적인 모욕이나 수치로 여기는 겁니다. 전부 다 신(神)이에요, 신들끼리 무슨 대화가 되겠어요. 아까 말한 그 재일동포 지식인은 그것을 느끼고 있더라고요. 자기가 만나본 한국 지식인들 중에는 왜 그런지 오만한 사람이 많은 것 같더라고, 그런 얘기를 해요.

서영인 그것이 한국사회의 지식인운동이나 사회운동하고 관련이 있을까요?

김종철 거기에 대해서 깊이 생각해본 바가 없고, 그래서 가볍게 얘기하기는 조심스럽지만, 어떻든 우리나라 사람들이 성질이 급하고 기질이 좀 사나운 것은 사실이잖아요.

사실 한미FTA 같은 것도, 일본하고 우리하고 사회모델이 비슷하니까, 일본이 어떻게 하는가를 참고해볼 필요가 있거든요. 그런데 일본에서는 일미FTA가, 여기 한국정부나 언론이 선전하듯이 그렇게 유익한 거라고 생각하지는 않아요. 일본이 지금 미국하고 얼마나 결탁이 되어 있습니까. 고이즈미는 간이라도 빼줄 것처럼 하고 살았잖아요. 그런데도 미국과 자유무역협정은 섣불리 시작하지 않습니다. 일본을 칭찬하자는 게 아니라,

일본은 우리보다는 좀 생각을 해가면서 사는 편이라는 말입니다. 지금 우리 정부는 농업을 포기하겠다고 선언을 한 거나 다름이 없는데, 일본은 아무리 썩은 정치가라 하더라도 최소한 농업이 있어야 하고, 농민을 보호해야 한다는 생각이 있습니다. 농업이 없으면 그건 나라가 아니라고 하는 기본적인 상식 정도는 남아있어요. 재계의 압력이 있다고 하더라도, 미국과 쉽게 자유무역협정을 맺지 않으려는 것은 그런 데 큰 이유가 있다고 봅니다.

그런데 우리는 늘 이렇게 성급하고 극단적입니다. 이게 노무현만의 문제가 아니라, 관료들도 그렇고, 정치한다는 사람들도 전부 그래요. 그런데 김근태라는 사람은 왜 그렇게 뒤늦게 단식을 하네 마네 우물쭈물하는지…. 성급한 것도 탈이지만, 김근태 식으로 맨날 장고(長考)에 빠져있는 것도 문제가 많은 것 같아요. 생각이 있는 사람이라면 처음부터 강경하게 나가고, 반대 목소리를 효율적으로 조직했어야지요.

아무튼 국가나 사회라는 것은 생각이 다르고, 이해관계를 달리하는 사람들이 모여서 사는 곳인데, 대다수 사람들의 운명에 중대한 영향을 미칠 문제를 특정인 몇몇의 독단적인 생각으로 결정해버린다는 것은 말이 안돼요. 아무리 선거에 의해서 집권한 대통령이라 하더라도 그럴 권리는 그에게 없어요. 그걸 부정하면 민주주의가 아니지요.

며칠 전 〈한겨레〉 신문에 조순 선생이 한 말씀 하셨더군요. 그분은 내가 알기에 보수적인 경제학자지만, 한미FTA에 대해서는 걱정이 많으신 것 같아요. 왜냐하면 이것은 단순한 무역협정이 아니고, 나라의 정체성을 근본적으로 허무는 것이라는 겁니다. 자기의 정체성이 없는 나라가 무슨 나라냐 하는 말씀이었어요. 근데, 어떤 점잖은 사람, 경륜이 있는 사람들의 말도 현재 정부는 들으려고 하지 않아요. 지금은 도무지 사람의 말을 존중하지 않는 시대입니다. 예전 군사독재 시대에는 말 잘못하면 잡아가서 두들겨 팼지만, 역설적이지만 그것은 최소한 말의 중요성을 인정했다는 얘기가 되잖아요. 그런데 지금은 모든 말이 다 쓰레기예요. 인간의 말이 인간에게 통하지 않아요. 아무리 간곡하게 말을 해도 듣지 않고, 나는 그런 말을 들은 적이 없다고 딴전을 피워요. 차라리 자기 마음에 들지 않으면 잡아가서 패든지 하는 게 낫지 이처럼 말이 허망해지고, 의사소통 자체가 불가능해진다는 건 정말 무서워요.

서영인 FTA 타결과정을 보면 물론 그 내용 자체의 심각성도 문제이지만, 그것이 진행되는 과정이 국민들의 불만을 불러일으키는 측면도 있는 것 같습니다. 너무 서둘러서, 공개하고 숙고하면서 최선을 다해 나라 전체의 이익을 생각한다기보다는 뒤돌아보지 않고 가게 만드는 어떤 분위기도 있는 것 같구요.

김종철 사실, 이 정권이 자신의 정치적 지지자들에게 등을 돌리고 왜 이러는지 해석이 잘 안되지요. 그래서 다들 당황해 하고 그러는데, 박노자 교수가 며칠 전에 어디에 쓴 것을 보니까 그럴 듯한 해석을 하고 있어요. 뭐냐 하면 노무현의 쇼맨십이 발동된 거라는 겁니다. 그냥 예기치 못한 돌출적인 행동을 함으로써 세인의 이목을 끌자는 게 쇼맨십인데, 그런 요소가 이번 한미FTA를 추진하게 된 배경에 강하게 들어 있다는 거지요. 이렇게 보면 예전에 국회의원 떨어질 것 뻔히 알면서 지역주의 극복한다는 명분을 걸고 굳이 부산에 가서 출마함으로써 '바보'라는 소리를 듣고, 그런 것이 정치적인 자산이 되어 대통령까지 된 다음에, 이번에는 자신의 지지기반을 허물고 한미FTA를 추진함으로써 정치적 반대자들까지도 어리둥절하게 만들고 있는, 그 정치적 인생의 궤적에서 어떤 일관성을 발견할 수 있다는 생각이 듭니다. 그런 점에서 박노자 교수의 해석이 전혀 엉뚱한 것으로 느껴지지 않아요.

이런 얘기는 당사자에게는 모욕적인 이야기일 수도 있겠지만, 이런 해석이 나오는 것은 왜 하필 이 정부가 이 협정을 이처럼 강경하게 밀어붙이는지, 종래 노무현을 지지했던 사람들로서는 정말로 이해가 안 되기 때문입니다. 이것은 완전히 정치적 배신행위라고 할 수밖에 없어요. 그러면서 삼불정책은 고수해야 한다, 이것은 또 무슨 말입니까. 한미FTA로 삼불정책이 표방하는 사회적 정의나 평등의 원칙을 뿌리로부터 흔들어놓고는 삼불정책을 고수해야 한다니, 논리적으로 앞뒤가 맞지 않아요. 그러니 쇼맨십이라는 얘기가 나오는 거죠.

아무튼 앞으로 점점 더 어려운 세월이 닥칠 것 같아요. 더구나 지금 협상 타결 이후 몇 주일이 지났는데도 협정문도 보여주지 않고 있잖아요. 협정문이 구체적으로 공개되면 그 안에 고약한 것들이 많이 들어 있기 때문에 그러겠지요. 하여간 뭔가 국민들 앞에 떳떳하게 내놓지 못할 게 많은 게 분명해요. 아마 한미FTA 발효되면 한국문화의 정체성이라는 게 존재할 수 있을지 모르겠어요. 영화예술 같은 것은 말할 것도 없고, 방송도 개방된다고 하잖아요. 출판은 지금도 그렇지만 완전히 상업주의 논리에 지배될 거예요. 아마 한국은 이렇게 가면 머지않아 도처에 쇼핑센터만 들어찬 문화적 사막 국가가 될 가능성이 높습니다.

얼마 전에 멕시코시티에 다녀온 사람의 이야기를 들으니까, 우리 같으면 학교에 가서 공부하고 있어야 할 시간에 조그만 아이들이 시내에 바글바글 하더랍니다. 그 아이들이 껌을 팔거나 구두닦이를 하거나 구걸을 하면서 거리를 배회하더라고요. 그런가 하면 멕시코의 소수 기득권층은 나프타(NAFTA)로 인해서 더 부자가 되어 다들 으리으리한 집에서 산다고 해요. 그리고 얼마 전에 어떤 자료에서 보니까, 클린턴 때 나프타를 조인했잖아요. 멕시코에서 미국으로 넘어가는 국경에서 물론 그 전에도 입국심사가 있고 검문이 있었지만, 그때는 허술한 데도 있고 철저히 감시하지도 않았다고 해요. 그런데 나프타 협정이 발효될 때와 거의 비슷한 시기부터 그 국경에서 멕시코로부터 넘어오는 불법 월경자들에 대한 감시가 훨씬 더 철저해지고, 강화되기 시작하였다고 합니다. 그리고 국경 전체에 대한 무장화(武裝化)가 서둘러 이루어졌다고 합니다. 그러니까 미국 정부는 나프타가 발효되면 멕시코의 농민들과 서민들이 엄청난 피해를 입을 것이며, 그래서 필사적으로 미국으로 넘어오려고 할 것이라는 것을 처음부터 알고 있었던 것이지요.

서영인 그런데 이 FTA 타결과정 자체가 말이 안되는 측면도 있지만, 그것을 계속 반대해온 반대운동들이 그다지 효과적이지 못했던 것은 아닌지 이렇게 성찰해볼 수도 있을 것 같습니다.

354

김종철 그런데 반대 목소리가 시민들에게 전달될 통로가 없었잖아요. 〈경향신문〉과 〈한겨레〉가 줄곧 반대를 하거나 졸속 협상의 문제점을 제기해왔고, 나머지는 인터넷 매체밖에 더 있어요? 초기에 MBC나 KBS의 몇몇 피디들의 노력으로 현지 취재 기록을 방영했던 게 상당한 계몽적인 효과가 있었던 것 같은데, 그런 방송도 그 이후에는 더 나오지 않아요. 뭔가 방송국 내부에서 한미FTA에 비판적인 움직임을 억압하는 세력이 있다는 얘기지요. KBS 사장이나 MBC 사장은 한때는 모두 알아주는 진보적 지식인들이었는데, 왜 이렇게 되어버렸는지 모르겠어요. 나도 저런 자리에 앉으면 저렇게 처신하게 될지 모르지만, 사람을 판단하는 게 겁이 나고, 조심스러워져요.

서영인 올해로 1987년 6월 항쟁 20주년이 됐는데, 사실은 그게 형식적인 민주화지 실질적인 민주화가 아니었다, 이런 것과 관련해서 여러 가지 분석이 많잖아요. 실제로 우리가 원하는 것을 얻었는가, 행복해졌는가, 생각을 해보면 선생님 말씀처럼 차라리 옛날이 나았다는 생각이 들 정도로, 별로 행복하지 않다는 생각이 들더라구요. 상황은 더 고약해지고 있는데, 그때 그 많았던 지식인들과 운동가들은 무엇을 하고 있는가, 하는 생각이 사실 들기도 하고요.

김종철 그러게요. 다 어디로 갔는지 모르겠어요. 예전에는 어용지식인이라는 말이 많이 쓰였는데, 지금은 굳이 어용이다 뭐다 그런 말이 필요 없을 정도로 대체로 지식인이나 전문가라면 다 어용이 되어버린 게 아닌가 싶어요. 특정한 정권이나 권력에 대한 충성이 아니라 이 체제, 이 압도적인 자본주의 체제의 헤게모니에 굴복해버렸다는 점에서 말입니다. 지금 이 FTA만 하더라도 그렇습니다. 사실 한국사회의 장래를 생각하면 이것보다 지금 더 중대한 문제가 어디 있겠어요? 흔히 말하는 국익을 따져 보더라도, 정태인 씨 같은 사람들의 이야기를 들어보면, 이익 볼 게 하나도 없다는 것 아닙니까. 그런데 지식인, 학자, 전문가라는 사람들이 나서서 비판적인 목소리를 내지 않아요. 비겁하거나 체념하거나 그런 게 아니라, 이미 사상적으로 독립성을 잃어버렸기 때문이 아닌가 하는 생각이 들어요. 꼭 친미주의자가 아니라 하더라도 지식인들이 대체로 미국이나 미국식 자본주의 없이는 못 산다는 생각들을 은연중에 가지고 있는 것 같아요. 저항해봤자 자기만 다치거나 손해 본다고 생각하고 있어요. 나는 정치적 억압보다 무서운 게 경제성장의 논리라고 생각합니다. 경제적 풍요라는 마약에 길들여지면 인간 존엄성이니 자립성이니 하는 것들도 다 시들해져버리는 게 아닌가 싶어요. 이번에 박노자 교수도 잘 이야기하고 있더군요. 한미FTA의 손익계산서를 작성한다고 했을 때 당장에 한국이 이익 볼 것 없다는 것을 이 나라의 지배층이나 그들과 한 동아리가 되어있는 지적 엘리트 그룹들이 똑똑히 인식을 한다 하더라도, 기득권층은 그게 자기들에게 궁극적으로 큰 이익을 준다는 것을 알고 있다는 거지요. 왜 그러냐 하면, 앞으로 모든 것을 미국의 논리로 끌고 갈 수 있게 되었기 때문이지요. FTA 이후에는 하층계급을 다스리기가 아주 쉬워지겠지요. 좁은 의미의 경제 문제만이 아니라, 법률, 제도, 문화, 관습을 모조리 바꿔놓는 거니까. 미국에서 이렇게 하고 있으니까 우리도 이렇게 가야한다고 할 거 아니에요? 그러면 한국의 대중이 그것을 거역하는 것은 갈수록 어려워질 게 분명해요. 아마 우리 생활에서 우리 헌법보다도 미국과의 통상협정이 더 큰 상전 노릇을 하게 될지 몰라요. 우리 대법원은 이미 학교급식에서 우리 농산물을 쓰자고 하는 시민들의 자치적인 노력을 세계무역기구 규정 위반이라면서 불법화시킨 선례가 있어요.

나도 꼼꼼히 읽어 본 적은 없지만, 지식인들이라면 헌법을 좀 읽어볼 필요가 있어요. 우리가 형편도 안 되면서 괜히 기분들은 반국가주의자들이어서 (웃음) 이런 것 무시하고 살지만, 국가에 관계된 부분들을 챙길 건 챙기고 따져봐야 할 것은 따져봐야 할 것 같아요. 아무리 아닌 척해도 아직은 국가의 테두리를 벗어날 수가 없잖아요. 그런 거 생각하면 우리 잘못도 많아요. 우리 모임에서 한 친구가 최근에 우리 헌법을 차분하게 읽어봤다고 해요. 그러니까 한미FTA가 명백히 헌법 위반이더랍니다. 왜냐하면 헌법에 명확히 적혀 있어요. "국가는 농민과 노동자를 보호해야 한다"고 똑똑히 씌어져 있습니다. 한미FTA에는 위헌적인 내용들이 무수히 많지만, 헌법 내용 중에서도 농민과 노동자와 약자들을 보호해야 한다는 국가의 의무를 적시한 대목은 아주 명확히 되어 있어요. 보호할 수 있다가 아니라, 보호해야 한다고 되어 있어요. 그러니까 지금 정부는 위헌적인 행동을 하고 있는 게 확실해요. 정부도 한미FTA가 발효되면 농민들과 영세 서민들이 우선 피해를 입게 될 것이라는 점을 부인하고 있지는 않거든요. 그러면서 대책이라는 걸 발표하고 그러는데, 그게 공허한 얘기라는 것은 피차 다 잘 알고 있습니다. 그런데 정부가 탄핵을 받아 마땅한 이런 위헌적인 행동을 하고 있는데도 가만히 있는 게 지금 지식인들입니다.

서영인 FTA 이야기가 자연스레 우리 지식인 사회의 문제점 이야기로 넘어가고 있는 것 같은데요. 1987년 이후 지식인들이 한국사회의 급변하는 현실에 효과적으로 대응하지 못했다는 비판을 듣곤 합니다. FTA 문제 같은 것도 한 예가 될 수 있겠구요. 1987년 이후, 그리고 IMF 이후 한국 지식인 사회의 문제점이랄까 하는 것에 대해서 그 시대를 겪어 오시고 나름대로 《녹색평론》이라는 매체로 사회활동을 해 오신 입장에서 이 문제를 좀더 진단해 보신다면요?

김종철 87년 이후 정확히 언제부터라고 말하기는 어렵지만, 지식인들이 어느 날부터 중요하지 않은 존재가 되어버렸어요. 요즘 근대문학의 종언 운운하는 얘기도 마찬가지지요. 그건 꼭 문학만의 이야기가 아니라, 문학으로 대변되는 지식인 일반의 현상이라고 할 수 있어요.

개인적인 얘기를 해서 미안하지만, 1979년 10월에 박정희가 죽었다는 얘기를 그날 새벽에 이웃에 사는 방송국 직원 가족을 통해서 알았을 때 순간적으로 나도 모르게 눈물을 흘렸어요. 박정희의 죽음을 애도해서 흘린 눈물이 물론 아닙니다. (웃음) 생각해보십시오. 5·16쿠데타가 일어난 게 제가 중학생 때였습니다. 나는 그때 아무것도 몰랐지만 어른들의 얼굴이 굉장히 어두워지는 것을 보았어요. 그리고 고등학교 들어가서는 어느 날 무슨 행사가 있었는데, 그때 국가재건최고회의 시절에 어떤 군 장교에 의해서 우리 학교의 선생님이 아이들 보는 앞에서 매를 맞는 모습을 목격했어요. 군사정권의 야만성은 그런 식으로 내 의식에 투영되기 시작한 거지요. 그리고 이어서 사춘기, 대학시절, 그리고 군대를 갔다 와서 대학에서 선생을 하고 있었는데 그때 내 나이가 삼십대 중반이었습니다. 그러니까 인생의 가장 중요한 시절들을 우리는 맨날 박정희 욕만 하면서 살아올 수밖에 없었어요. 그러니까 늘 내 인생이 걸레 같다는 기분이었어요. 그런 체제 밑에서 우리가 살면서 한 번도 정치적으로 의미 있는 발언이나 행동을 할 기회가 없었는데, 이게 식민지나 다름없잖아요.

지식인은 무엇입니까. 우리가 문학을 하고 글을 쓰는 삶을 살아보겠다고 한 것은 문학이 그나마도 그 시절에 유일하게 가능한, 부분적으로나마 열려 있는 정치적 공간이었기 때문일지 몰라요. 하지만 정치적 억압 상황에서 지식인의 정상적인 삶은 원천적으로 부정당하고 있었어요. 이를테면 한나 아렌트가 말하는 공적 행복(public happiness)이라는 것은 우리들에게는 먼 나라의 이야기였어요. 정치적 행동으로서의 가장 근본적인 인간의 언어가 무지하게 억압을 당하고 있었으니까요. 사람이 공적인 공간에 자발적으로 참여하여, 자신이 속한 공동체의 일에 관계해서 지적으로나 도덕적으로나 의미 있는 언어를 자유롭게 타인들과 교환함으로써 맛보는 기쁨이야말로 근대적인 정치공간에서 우리가 향유할 수 있는 최대의 행복이라고 할 수 있는데, 그게 뿌리로부터 부정당한 것이 우리들의 삶이었습니다. 특히 말을 가지고 살아가는 지식인에게 있어서 이런 상황은 정말 참기 어려운 것이지요. 맨날 글을 쓸 때나 교실에서 강의할 때마다 자기도 모르게 자기검열을 해야 하는 습관이 몸에 배어버리게 되더라고요.

그러니까 이 모든 억압의 장본인이라고 생각했던 박정희가 죽었다고 하니까 그때 그 착잡한 심정은 설명하기가 어려워요. 왜 내가 그 순간 하필 눈물을 흘리게 되었는지 잘 모르겠어요. 돌이킬 수 없이 지나가 버린 자신의 생에 대한 다분히 감상적인 회한이었지도 모르지요.

그런데 이 군사독재가 너무 오래 가니까, 옛날에 라틴아메리카의 어떤 지식인도 그런 이야기를 하는 것을 읽은 적이 있는데, 우리 사회에 큰 지적 공백이 생겨버렸다는 생각이 들어요. 사실 따지고 보면 우리는 식민지 시대부터 그런 상황이었잖아요. 그러니까 결국 지적인 에너지의 축적이 없는 거예요. 나는 내게 시간이 있다면 문학이 아니라, 동아시아의 근대 지성사나 사상사를 한번 제대로 공부해보았으면 하는 생각을 가끔 합니다. 나는 우리나라의 근대 지성사가 매우 빈곤한 게 아닌가 하는 생각을 하는데, 내가 왜 이런 인상을 갖고 있는지 그 이유를 제대로 된 공부를 통해서 좀 알고 싶어요. 물론 식민지 지배를 받고, 전쟁과 독재체제 하에서 오래 눌려 지내오는 동안에 단순히 생존을 영위한다는 것도 지난한 일이었겠지요. 그런데 한국의 근대 지성사는 가령 함석헌 선생과 같은 종교적 지성이 대표하고 있는 사상세계에서 제일 뚜렷한 업적이 남아 있는데, 그것은 결국 정치적인 언어가 줄곧 막혀 있었기 때문이겠지요. 함석헌 선생의 사상이 아무리 풍부하고 심오하다 하더라도 그게 정치적인 언어의 좌절에 수반된 것인 한, 늘 추상적이고 관념적일 수밖에 없어요.

그러면 소위 민주주의가 쟁취되었다는 1987년 이후의 상황에서는 이런 지식인들의 정치적인 언어가 왕성하게 개화했어야 하는데 말이지요.

서영인 막혀 있다가 열렸으니까요.

김종철 그렇죠, 그런데 개화하기는커녕 도리어 퇴보한 게 아닌가 싶어요. 물론 그동안 예전과는 비교할 수도 없이 소위 전문가는 많아졌어요. 각 분야에서 전문가들은 확실히 많아졌어요. 요새는 논문이나 저서들도 굉장히 많이 쏟아져 나와요. 논문도 한 달에 몇 편씩 쓰는 사람들이 있는가 하면 일년에 저서를 몇 권씩 내는 사람들도 있어요. 어떻게 그게 가능한지 모르지만, 하여튼 감탄스러워요. 그런데 문제는 사람들이 이제는 책을 안 읽어요. 사실 읽을 만한 책도 드물어요. 시내 대형서점에 들어가서 엄청난 책 더미들을 보고 있으면 거대한 산업 쓰레기 더미 앞에 서있다는 착각이 들 때가 있어요.

요컨대 전문가는 많은데, 고전적인 의미의 '공민적 지식인'을 점점 찾아보기 어렵다는 게 문제예요. 예전 군사정권 때와는 본질적으로 다른 차원의 화두를 놓고 사상과 의견의 교류가 활발해질 법한데, 그게 안 되는 것 같아요. 나는 이런 현상이 근본적으로 고도경제성장의 불가피한 후유증이고, 상업주의 논리의 지배 때문이라고 보지만, 한편으로는 한국의 지식인 사회가 준비가 안 되어 있었던 탓도 크다고 생각해요. 민주화 투쟁한다고 데모하고, 붙들려 가고, 감옥에 갇혀 있는 친구들 생각 때문에 술이나 퍼 마시고 하는 그런 상황이 오래 계속되면서 지적 축적의 기회를 우리가 많이 잃어버린 게 사실일 거예요.

서영인 이런 지식인 사회의 동향과 관련해서 선생님께서 걸어오신 길이라든가,《녹색평론》을 창간하기까지의 문제의식 같은 것을 좀 듣고 싶은데요.

김종철 자신있게 할 수 있는 이야기는 아니지만, 소위 좌파나 진보적인 지식인들에게는 87년의 경험도 중요하지만, 90년 전후의 소비에트 사회주의권의 붕괴가 가져다 준 충격적 경험 때문에 심리적 평형을 많이 잃어버린 게 아닌가 싶어요. 실제로 군사정권을 타도하고 민주화를 성취하겠다는 운동 과정에서 많은 사람들의 마음속에는 막연하나마 그 사회주의 체제가 유력한 대안으로 자리잡고 있었다고 할 수 있거든요. 그런데 민주화가 이루어졌고, 이제는 좀더 실질적인 민주주의가 실현될 수 있는 사회를 구체적으로 모색해봐야 할 시점에 사회주의 블록이 무너지고 말았어요. 군사독재만 타도하면, 민중이 주인이 되는 진정한 민주주의 사회가 열릴 것이라고 막연히 생각하고 살아왔는데, 마음에 그리고 있던 유력한 대안 모델이 덜컥 몰락하고 말았으니 얼마나 충격이 컸겠어요. 그러나 나 자신은 훨씬 이전부터 현실의 사회주의 블록이 대안이 아니라고 생각하고 살았기 때문에 별로 타격받을 게 없었어요. 나는 소련과 동구권의 사회주의가 관료독재 체제일 뿐만 아니라, 실은 자본주의와 마찬가지로 생산력 제일주의의 산업주의 체제이며, 그런 체제는 진정한 민주주의와도 양립할 수 없고, 무엇보다도 지속 불가능한 체제라는 것을 오래 전부터 생각하고 있었어요. 그래서 나는 1980년대 내내 한국의 군사독재는 조만간 끝날 것이지만, 진짜 문제는 그 뒤에 닥칠 것이라고 늘 생각하고 있었거든요. 아무한테 얘기도 못하고 혼자서 참 많이 끙끙거렸어요. 군사독재에서 벗어나겠다고 피나는 싸움을 하고 있는 상황에서 그런 얘기는 친구들에게도 할 수 있는 분위기가 아니었으니까요. '민주화를 위한 교수협의회'니 뭐 이런 데에 참여하고는 있었지만, 이보다 더 중대한 문제가 기다리고 있다는 생각이 늘 마음속을 떠나지 않았어요.

내가 그런 생각에 몰두하게 된 결정적인 계기는 1983년에 처음 미국에 공부하러 갔을 때였습니다. 그때 여러가지 견문과 독서를 통해서 자본주의든 사회주의든 생산력을 증진시켜 물질적인 풍요를 지상과제로 하는 문명으로는 인류가 망할 수밖에 없다는 생각을 많이 하게 되었어요. 아직 그때는 우리나라에 자동차가 많지 않을 때였어요, 미국에 가보니까 개인마다 자기 차를 가지고 다니는데, 이런 광경을 보자마자 결국 언젠가는 이런 미국식 생활 스타일 때문에 인류가 망하겠구나 하는 심각한 공포를 느꼈어요. 그때는 아직 지구온난화라는 말도 없었는데도 그런 느낌이 들었어요. 아마 석유를 마음대로 써서는 안 되는데 하는 생각 때문에 그랬는지 모르지요.

그리고 내가 공부하던 대학 근처에 나이아가라 폭포가 있고, 그 옆에 러브캐널이라는 환경사고로 유명한 곳이 있었어요. 옛날에는 운하였는데 오래 전에 폐쇄된 운하지요. 그 근처에 미국의 유명한 화학회사 후커 케미컬이 있었습니다. 베트남 전쟁 때 고엽제를 만든 회사 중의 하나예요. 그 회사에서 나오는 산업폐기물들을 그 운하에다가 오랫동안 매립했다가 그 위에 잔디도 깔고, 나무도 심고 해서 초등학교 운동장으로 사용하게 했는데, 여러 해가 지난 뒤에 결국 사고가 터졌어요. 그 동네 아이들이 백혈병에 걸리고 온갖 괴질에 시달리기 시작했어요. 그 동네는 미국에서도 중상류층이 사는 동네였습니다. 그러니까 큰 소동이 일어났는지 모르지요. 처음에는 정부와 기업 모두 독성 산업폐기물과의 연관성을 전면적으로 부인하고, 발뺌을 했지만, 그 곳 지방신문의 기자 한 사람의 집요한 취재활동 때문에 결국 정부도 기업도 항복한 사건입니다. 이 사건은 미국의 환경운동사에서 한 획을 그은 사건이라고 하는데, 그 전말을 마치 탐정소설처럼 흥미진진하게 기록한 책이 있어서 읽어봤어요. 그걸 읽고 나서 무서운 생각이 들었습니다. 뭐냐 하면, 한국에서는 지금 산업활동이 갈수록 증가하고 있는데, 땅덩이가 이리도 넓은 미국에서도 산업폐기물 처리문제가 이렇게 골칫거리인데 좁은 우리나라에서는 도대체 산업폐기물을 어떻게 하는지 굉장히 궁금하기도 하고, 안 봐도 알겠다는 생각이 들기도 했어요. 합법매립이든 불법매립이든 독성 폐기물이란 합리적으로 처리할 방법이 없잖아요. 그러니 당연히 사람들의 눈을 피해서 온 산천 구석구석에 쏟아 붓고 있겠지요. 그게 장래에 어떤 재앙을 가져올지 아랑곳하지 않고 말이에요.

거기다가, 1983년에 레이건이 소련을 '악의 제국'이라고 부르면서 새로 개발된 핵미사일을 유럽에 배치할 계획이 알려지면서 유럽과 미국에서 반핵운동이 대대적으로 일어났는데, 그걸 보면서 나도 핵 문제에 대해 공부를 안 할 수가 없었어요. 모처럼 미국에 와서 미련하게 영문학 공부나 하고 앉아 있을 수가 없었어요. 그래서 그곳 교수 중에 이 방면에 지대한 관심이 있는 분이 있어서 그분이 소개해주는 대로 이런 저런 책들과 자료를 한동안 열심히 보았어요. 내가 만약에 한국에만 있었으면 핵관계 책을 그렇게 열심히 볼 기회는 없었겠지요. 책을 읽으면서 핵을 가지고 장난을 하는 인간의 기막힌 어리석음에 얼마나 한숨을 쉬고 통분을 느꼈는지 몰라요. 히로시마 얘기는 어렸을 때부터 많이 들어왔지만, 정말 그렇게 끔찍한 것이라고는 생각을 못했어요.

미국에서 일년 있다가 돌아왔지만, 거기에서 받은 충격이 컸어요. 계속 혼자서라도 좀 정리를 해야겠다 싶었지요. 해외의 관련 서적, 잡지를 닥치는 대로 구해서 공부했습니다. 그러다가 건강이 나빠져서 나들이도 잘 안 하고 집에서 시간을 많이 보냈어요. 그런데 몸이 나빠지니까 나도 모르게 환경에 대해 더 예민해지더라고요. 그리고 건강이 안 좋으니까, 웃기는 말이지만, 문학평론가로서 출세해보자 따위 이런 생각은 털끝만치도 안 들더라고요. 원래 나는 그런 야심도 없었지만. (웃음) 그 후에 조금 건강해지니까 뭔가 일을 좀 하고 싶다는 욕심이 생기더군요. 세속적인 욕망이 생길 때는 자기 몸이 건강해지는 거라고 보면 되겠어요. (웃음) 하여간 그때 건강문제로 주로 집에서 시간을 보낼 때는 나 자신의 사회적 성공 따위는 아무 흥미가 없었지만, 다만 갈수록 무너지는 세상에서 앞으로 우리 아이들이 어떻게 살 것인가 하는 생각으로 마음이 늘 편치 않았어요. 나는 가난한 환경에서 자란 세대이긴 하지만, 그래도 돌아보면 어른들의 관심과 사랑 속에서 행복한 유년과 소년 시절을 보냈거든요. 우리가 놀던 냇가, 산, 들길, 그리고 맑은 하늘과 바다, 이런 것을 우리 아이들과 그 아이들의 아이들도 맛보고 살아야 할 것인데…. 그런 것들이 사라진다면 어떻게 될 것인가 하는 절박한 심정으로 지냈어요.

그러다가 어쨌든 군사정권이 종식되었고, 소련, 동구권 사회주의 블록이 붕괴하는 것을 보면서 1991년에 들어서서 뭔가 일을 해보아야겠다는 생각이 절실해졌어요. 우리가 할 수 있는 일이 글 쓰고, 책 만들어 내는 거 말고 뭐 다른 게 있겠어요. 그동안 외국 잡지들을 많이 보아온 탓인지, 독립적인 잡지를 하나 내야겠다는 생각이 들었어요. 하지만 막막해요. 이것도 사업인데, 내가 그동안 학교에서만 살아왔는데 엄두가 안 났어요. 그래서 그 해 정초에 김지하 시인을 찾아갔지요. 이미 1980년대에 나는 김지하가 감옥에서 나온 후에 쓴 《밥》이나 《남녘땅 뱃노래》 같은 책을 읽고, 그가 말하는 생명사상에 꽤 공감을 하고 있었거든요. 김지하 시인을 만나서 내가 구상하고 있는 잡지에 대해서 얘기를 하고 조언을 구했습니다. 굉장히 반가워하더군요. 적극 도와주겠다고, 아니 도와주는 정도가 아니라 같이 하자고 하더군요. 말할 수 없이 고마웠지요.

그런데 그날 김지하 시인의 목동 아파트에서 거의 반나절을 지내며 많은 얘기를 듣고, 나누었는데, 새로운 논리를 가지고 지적 작업을 해야 한다는 데는 일치하였지만, 세부적인 문제로 들어가면서는 조금씩 위화감이 느껴졌어요. 뭐냐 하면 그는 기왕에 잡지를 통해 생명문화운동을 할 바에야 아주 규모가 크게 시작하자고, 작게 하면 업신여김을 당한다고, 그런 뜻의 얘기를 하더라고요. 헤어져서 대구로 내려오는데 기분이 착잡했습니다. 뭔가 논리적으로 잘 맞지 않는 게 아니냐, 크게 하자는 것은 결국 권력으로 권력에 맞서자는 얘기가 아니냐. 그것은 결국 자본주의의 핵심적인 논리이고, 군사주의의 논리가 아니냐. 그 논리로 인해 세상이 이렇게 망가져왔는데, 그러한 낡은 논리로 어떻게 새로운 치유(治癒)의 언어가 얻어지겠는가, 뭐 그런 생각 때문이었습니다.

그러고는 별로 구체적인 일의 진전도 없이 지내는데, 그해 봄에 소위 분신정국 때 〈죽음의 굿판을 걷어치워라〉라는 김지하의 〈조선일보〉 기고 사건이 터졌지요. 나는 물론 누구보다도 그때 김지하의 마음을 잘 이해한다고 생각하고 있었어요. 그가 얼마나 생명의 문제에 예민해 있는지 짐작할 수 있었기 때문이지요. 그리고 좀 심각하게 건강을 잃어본 경험이 있는 사람은 다 알지만, 많이 아프면 길가의 풀잎 하나라도 다치게 하고 싶지 않은 심정이 되거든요. 하지만, 아무튼 그 사건은 당시의 정치, 사회적 상황에서 보면 균형감각을 잃은 처사라는 것은 부정하기 어려웠어요. 안타까웠습니다. 자연히 김지하의 도움을 받아 잡지를 내보겠다는 생각도 보류할 수밖에 없었어요.

그 여름에 우리 어머님이 돌아가셨어요. 오랜 병환 끝에 돌아가시기도 해서 그런지 내 마음이 영 안 좋았어요. 그래서 마음을 도닥거리기도 할 겸 미루어놓았던 잡지 일을 시작하기로 했지요. 아마 그때는 이 일보다 내게 더 절실한 일이 없었기 때문에 일에 열중하면서 마음이 진정되는 것 같았어요. 그래서 1991년 늦가을에 《녹색평론》 창간호가 나오게 되었습니다. 나는 별로 욕심이 없었어요. 다만 그때까지 내가 보아왔던 자료들, 책 속에서 읽은 중요한 이야기들을 관심 있는 사람들에게 전달하는 매개역할을 하면 족하다고 생각했습니다. 그래서 이것저것 번역을 하는 데 많은 시간을 보냈지요. 번역이란 게 진도는 안 나가면서 시간을 무진장 뺏는 작업이지만, 그래도 나는 내 노력으로 사람들에게 중요한 이야기들이 전달된다는 사실에 행복했습니다. 단지, 잡지 이름에 이미 반영되어 있지만, 나는 이 잡지를 지식인 위주의 잡지로 생각하면서 일을 시작했는데, 나중에 보니까 농민, 노동자, 주부, 교사, 종교인, 시민운동가, 언론 출판 관계 종사자들이 주요 독자들을 구성하게 되더라고요. 대학교수나 대학생들은 아직도 《녹색평론》을 잘 안 보는 것 같고요.

서영인 《녹색평론》은 고정 독자가 어느 정도나 되나요?

김종철 처음에는 이렇게 15년 넘게 계속할 수 있으리라고는 예상 못했는데, 고정 독자들 덕분에 그만둘 수가 없었어요. 매호 1만 부 정도 찍어서 대개는 정기구독자에게 보내고, 공공도서관 등에 기증하고, 나머지는 시내 서점들에서 판매하고 그래요.

서영인 생태나 녹색, 이런 경우에 지식인들의 경우에는 그걸 자기들과는 별개의 문제라고 생각하는 거 같습니다. 자기 문제라고 별로 생각을 안 하는 경향이 많이 있는 것 같아요.

김종철 사실 혼자 할 수 있는 일은 아니지요. 지식인들은 본래 개인주의자들이니까 자기가 할 수 있는 역할이 있어야 한다, 자기가 중심적인 역할을 할 수 있어야 한다, 뭐 그런 습성들이 있으니까. 그런데, 그래도 이게 더 늦기 전이라도 지식인들이 적극적으로 참여를 하긴 해야 합니다. 요즘 대안논리, 대안논리 하는데 그 논리를 하루빨리 세워서 세상 돌아가는 방식을 바꿀 수 있어야 합니다.

서영인 아까 시간이 있더라도 문학은 별로 안 하고 싶다고 하셨고, 이제 '말'이 별로 의미가 없어진 시대라고 말씀도 하셨는데요. 문학활동보다는 《녹색평론》에 주력하고 계시는 것이 그런 것과 관련이 있나요.

김종철 아니, 그런 것보단 내가 문학이 재미가 없어서요. 문학은 천재들이 해야 되잖아요. (웃음)

서영인 선생님께선 계속 문학평론활동을 하셨던 거잖아요.

김종철 아니, 별로 한 게 없어요. 나는 원래 재능도 없는 사람이지만, 지금 와서 생각해보니 역사가 더 중요한 거 같아요. 우리나라에서는 사실 그동안 문학이 중요한 자리를 차지해왔던 것은 역사나 정치와 같은 다른 사회과학적 기능을 문학이 포괄해왔기 때문이잖아요. 개화기 이래 백년 동안 실제로 그래왔거든요. 그런데 내가 보기에 1990년대로 접어들면서 그런 문학의 기능이나 역할이 크게 약화되어버린 것 같아요. 나는 이렇게 된 데에는 역시 경제성장의 후유증이 크다고 생각합니다. 물론 그동안 문학이 담당해왔던 역할을 여러 다른 지적 분야가 나누어 가지게 되었다고 할 수 있는 측면도 있지만, 사회가 전체적으로 경제적으로 궁핍한 시대를 벗어나서 물질적인 풍요와 소비주의 문화에 빠지게 되면서 인간정신이 우둔해지고, 심지어 마멸되어버렸다고 해도 좋은 그런 상황이 되었거든요. 인간적인 품위라든지 존엄성이라든지 하는 것은 이제는 관심도 없고, 돈이 신이 되어버린 세상이 되어버렸어요. 무서운 것은 다들 그래도 상관없다는 식으로 살아가고 있다는 거예요.

요즘 우리가 이런 식으로 가면 결국 어디로 가게 될까, 그런 생각을 해보게 됩니다. 권력자나 지식인들을 막론하고 다들 농사도 필요 없고, 사회의 장기적인 전망에도 아랑곳없이 당장에 돈이면 제일이라는 생각에 빠져있는데, 이 추세로는 만사가 자장 잘 된다고 하더라도 결국 홍콩이나 싱가포르 같은 금융거래나 무역중개로 먹고 사는 도시국가 비슷한 사회로 갈 가능성이 높아요. 다른 여건이 잘 돌아간다는 전제에서 말입니다. 그런데 가령 싱가포르의 어떤 지식인이 쓴 글을 보니까, 싱가포르는 나라라기보다는 한 개 거대한 쇼핑센터 같은 곳이에요. 싱가포르에 무슨 고급문화와 예술이 있어요? 자기 언어도 포기하고 영어를 쓰면서 교육에서는 교양교육에 아무 관심이 없고 오로지 기능교육이 전부라고 해요. 지금 당장 돈은 있고, 번듯하게 사는 것 같지만 결국 아무런 사상 철학이 없는 문화적 사막이라는 얘깁니다. 그런 문화적 불모지대가 정말 사람이 살 만한 세상일지 모르겠습니다. 지금 한국사회를 주도해가고 있는 사람들이 머릿속에 그리고 있는 사회가 이런 것이라면 적어도 나는 그 길을 따라 가고 싶지 않아요.

그런데 한심한 것은 문학이나 인문적 교육배경을 갖고 있는 사람들이라면 이런 추세에 강한 반감을 느낄 법도 한데 그렇지 않다는 거예요. 경제성장이라는 게 일정한 수준을 넘어가면 진정으로 인간다운 삶에 대한 무서운 파괴력이 된다는 생각을 진지하게 논의하는 분위기가 지금 이 사회에는 너무나 아쉬워요. 그저 깊이 생각해보지도 않고 단군 이래 최고의 생활수준을 누리고 있다는 착시현상이 만연해 있는 게 아닌가 싶어요.

구체적으로 이름을 들먹이는 게 좀 뭐하지만, 이게 우리의 현실이라는 것을 정확히 알 필요가 있을 것 같아요. 우리나라에서 문학평론가 유종호, 작가 이청준 하면 우리 현대문학을 대표할 뿐만 아니라, 평생 동안한 눈 팔지 않고 일념으로 문학에 헌신해온 분들입니다. 그런데 이분들이 최근, 작년 재작년에 걸쳐 했던 발언들을 보니 정말 한심해요. 가령유종호 선생이 《문학과사회》에 발표한 글을 보면, '박정희'란 이름을 명시하지는 않았지만, 우리들이 이만큼 잘 살게 해준 은인을 과거사 청산이라는 명분으로 욕되게 하려는 움직임이 있다고 강한 거부감을 드러내고 있거든요. 그것은 패륜이라는 식으로 규탄하고 있었어요. 유종호 선생은 또 어디선가 자신은 "전쟁보다 가난이 더 무섭다"는 얘기를 하고 있었어요.

그리고, 작가 이청준은 재작년인가 〈조선일보〉에 쓴 칼럼에서 지금 이나라를 통치하는 사람들의 잘못으로 애써 쌓아올린 국부(國富)가 무너질지 모른다는 두려움이 크다고 썼어요. 우리가 이만큼 살게 된 데에는 그동안 얼마나 많은 사람의 피나는 노력이 있었느냐 하는 것이지요. 외화를 벌기 위해서 뜨거운 사막에서 땀 흘리는 중노동을 마다하지 않은 사람들, 남의 전쟁터에서 목숨을 걸고 싸우고 일했던 사람, 그리고 파독광부와 간호원들도 언급하고 있었어요.

나는 못 배운 사람들이 이런 얘기를 하는 것을 탓하지 않아요. 하지만평생을 문학에 바쳐온 분들이라면, 비록 보수적인 정치 이데올로기를 가지고 있다고 하더라도, 이런 식으로 말할 수는 없는 게 아닐까요. 내가제일 이해하기 어려운 말이 "이만큼 살게 되었다"는 말입니다. 내가 보기엔 가장 절망적인 상황을 두고 말입니다. 지금 도대체 무슨 희망이 우리들에게 있어요? 그리고, 또 내가 이해할 수 없는 것은 가령 이청준 씨가하고 많은 사람들의 노고를 언급하면서, 왜 전태일 이야기 같은 것은 빼먹느냐는 점입니다. 왜 평화시장의 지옥같은 환경 속에서 착취당하고 있던 어린 노동자들의 운명이나 새마을운동이라는 허울 좋은 이름 밑에서뿌리째 거덜나고 있던 농촌공동체와 농민문화에 대해서는 왜 눈을 감고있는지 모르겠더라고요. 작가라면 오히려 그런 쪽에 더 예민해져야 하는 게 아닌가요.

서울대에서 정년퇴직하신 문학평론가 김윤식 교수도 그래요. 신문기사들이 오보를 잘 내니까 정확히 전달된 것인지는 모르겠지만, 이런 얘기를 어떤 강연에서 하셨더라고요. 즉, 자기 세대는 어려운 상황에서 고생고생해서 공부하여 그 결과로 국민소득 만불 시대를 만들어냈는데, 이제 여러분들은 2만불, 3만불 시대를 만들어내기 위해서 뭘 어떻게 할 것인지 자성을 해봐야 할 것이라고, 젊은 사람들을 향해서 그런 얘기를 퇴임 기념으로 행한 어떤 시민강좌에서 했다고 그래요. 김윤식 교수가 저서만 해도 백 권이 넘는다고 하잖아요. 그런 분의 내면세계가 결국 이런 것이라면, 문학공부라는 게 무엇인지 모르겠다는 생각이 들더군요.

지금은 우리나라가 세계에서도 출산율이 제일 낮은 나라입니다. 다들 겁이 나서 아이를 가지려고 하지 않는 사회입니다. 지금 이 사회에서는 아이를 제대로 낳고, 기르는 것이나 그 아이들이 건강하고 싱싱하게 성장한다는 게 점점 갈수록 불가능해지고 있잖아요. 그런데 뭐가 잘 살게 되었고, 국민소득이 무슨 의미가 있다는 거예요? 평생 인간의 내면세계를 탐구하고, 정신적 가치를 추구해왔다고 하는 사람들의 이러한 발언을 보면, 우리나라 근현대 지성사나 사상사의 수준이 얼마나 얕은 것인지 새삼 알 만하다는 생각이 듭니다.

나는 《녹색평론》 만들면서 의욕적인 젊은 지식인들의 참여를 늘 바라면서 살고 있는데, 이 녹색의 가치관이라는 것은 우선 경제성장 논리라는 것을 거부하는 것이기 때문에 아무래도 아직은 이 사회에서 변두리 언어일 수밖에 없어요. 비주류 중에서도 비주류예요. 그러니 조금이라도 다른 야심이 있는 지식인이라면 참가하기가 쉽지 않지요. 세상에서 크게 주목을 받는 것도 아니고, 잘못하면 이상한 사람이라는 소리나 듣게 될 테니까요. 그러나 지금 이게 인류가 닥치고 있는 제일 근본적이고 긴박한 문제인데, 이것을 유보해놓고 다른 사회운동, 통일운동 운운해봤자 헛일이에요. 지구온난화로 앞으로 30년 안에, 생물 종의 반 이상이 멸종될 거라고 하지 않습니까.

서영인   저도 그 뉴스 봤습니다.

김종철   그것도 보수적으로 잡아서 그렇다는 이야기가 있어요. 재작년에 미국 국방성이 내놓은 보고서에서도 이미 그런 사실들이 다 언급되었거든요.

서영인   이런 위기의식을 전 인류적 차원에서 심각하게 절감하고 그것을 사회에서 공론화시키는 장이 제대로 마련되어 있지 않다고 생각하시는 것 같습니다. 거기에서 문학인들이 제대로 역할을 하지 못하고 있다는 것이 선생님께서 문학과 멀어진 이유도 되겠구요. ·

김종철   기막힌 문제가 또 하나 있어요. 지금 인류사회의 장래를 가장 어둡게 하는 것이 지구온난화 문제인데, 미국이나 유럽에서는 이 문제를 어떻게 극복할 것인가 하는 차원을 지나서 이제는 이 이상기후 시대에 어떻게 적응할 것인가라는 쪽으로 관심이 이동하고 있다는 조짐이 보인다는 점입니다. 왜냐하면 온난화 현상이 심화되면 지구가 전부 거주불능 지역으로 변하는 것은 아니고, 북반구의 일부는 도리어 지금까지보다 인간이 살기에 더 적합한 기후로 변한다고 생각하기 때문이지요. 과연 전체 지구생태계가 엄청난 혼란을 겪는 와중에서 일부나마 그런 혜택 받는 지역이 존재할 수 있을지 나는 의문이지만, 그렇게 생각하는 사람들이 꽤 있다고 그래요. 그런데 유감스럽게도 바로 이상기후를 초래한 장본인인 미국을 포함한 선진국들이 이익을 본다는 지역에 속하게 되어 있어요. 그러니까 그들이 온난화 유발물질을 통제하는 데 적극성을 보이지 않는다는 얘기도 있어요. 기막힌 얘기지요. 인간의 이기심이란 게 끝이 없어요.

지구온난화가 아니라도, 중국의 갈수록 팽창하는 산업화로 인해 한국이 제일 직접적인 피해를 입을 거라는 것은 우리가 다 잘 알고 있잖아요. 이런 상황에서 한미FTA를 통해 다시 한번 비약적인 경제발전을 해보겠다는 것은 결국 다같이 지옥으로 가는 속도를 높이자는 거나 다름없어요.

재앙으로 치닫는 이 추세를 막기 위해서는 결국 자본주의의 기세를 꺾어놓는 것밖에 길이 없는데, 이걸 어떻게 무슨 수로 꺾어놓을 수 있을지 그게 참 난감해요. 우선 나 자신도 은행통장이 몇 개나 있는데, 내가 적극적으로 악행을 하지 않아도 통장에 들어있는 내 돈이 자본주의를 돌아가게 하고, 초국적 자본이나 금융자본의 먹이가 되어 아마존 숲을 파괴하고, 하늘과 바다를 오염시키고, 온 세계의 농민을 죽이는 데 기여하고 있거든요. 그냥 이론적으로 생태주의 원리에 기초한 새로운 사회주의 혹은 자율적인 공동체로 나아가야 한다고 하지만, 그걸 어떻게 구체적으로 실현시킬 수 있을지 정말 막막해요.

그렇다고 주저앉아 있을 수는 없잖아요. 비록 캄캄하더라도 참을성을 가지고 가능한 것부터 해나가는 수밖에 방법이 없어요. 그러자면 제일 필요한 게 인문적인 지혜와 사상이라고 나는 생각해요.

황우석 사건 때도 그랬잖아요. 나는 황우석 사건에서도 제일 아쉬웠던 게 인문학적 발언이었어요. 논문 사기도 문제지만, 그보다 더 근본적으로 소위 줄기세포 연구라는 게 어떤 의미를 가지는 것인가에 대한 근원적인 성찰과 비판이 있어야 했어요. 그 연구로 인해 인간 공동체의 윤리적 기초가 어떻게 될 것이며, 나아가서 생명조작기술이 생태계는 말할 것도 없고, 인간성을 근저로부터 왜곡, 타락시킬 가능성은 없는지 따지고 묻는 작업이 나와야 한단 말이에요. 오히려 나중에 인문학자들의 침묵에 답답해하던 몇몇 자연과학 전공자들이 모여서 《새로운 인문주의자는 경계를 넘어라》라는 책을 써냈잖아요.

이런 작업은 하지 않고, 맨날 인문학의 위기 운운하고 있으면 뭐해요? 나는 우리나라 인문학 전공자들이 꼭 돈이나 세속적인 성공에 집착하는 사람들이라고는 생각하지 않아요. 그보다는, 이들이 사회적 역할을 제대로 하지 못하는 것은 일종의 문화적 식민주의가 내면화되어 있는 탓이 아닌가 하는 생각을 해요. 보세요. 다수 미국유학 출신은 말할 것도 없고, 국내에서 공부해왔다는 젊은 지식인들도 다들 소위 포스트모더니즘 계열의 난해한 사상, 철학에 파묻혀 세월을 보내고 있잖아요. 나는 인간 역사에서 지금처럼 양심적이고 재능 있는 지식인들의 사회적 역할이 더 필요한 시대가 없다고 생각하는데, 유감스럽게도 이들이 모두 엉뚱한 지적 곡예에 빠져 헤어나지를 못하고 있어요. 데리다니 들뢰즈니 라캉이니 하는 사람들의 사상이 아무리 심오하고 혁명적이라 하더라도 그것은 결국 책상 위에서의 관념적 혁명이에요.

들뢰즈라는 사람은 죽기 전에 자기가 쓴 책은 자기도 잘 모르겠다고 했더군요. 그러니 자기 책은 꼭 처음부터 순서대로 읽을 필요도 없고, 아무 페이지에서나 읽어도 좋다고요. 내가 보기엔 근본적으로 지적 곡예사들이에요. 그래서 나는 가끔 아끼는 후배들에게, 제발 아까운 시간과 정력을 더 이상 그런 데 바치면서 인생을 허비하지 말고, 우리들의 어머니, 아버지, 형제들도 이해할 수 있는 언어로 이야기하면서 살자고 말해요. 나는 지식인이나 전문가들이 자기들끼리만 알아듣는 말을 주고받는 것은 큰 문제라고 생각합니다. 그것은 비전문가들에게는 폭력이 될 수 있고, 인간차별이 될 수 있다고 봐요. 사실 따지고 보면, 원래 우리가 문학공부를 택했던 것도 극히 일상적이고 대중적인 언어의 세계가 문학이라고 생각했기 때문이잖아요.

서영인 얼마 전에 일본의 문학평론가 가라타니 고진이 〈근대문학의 종언〉이라는 글을 발표하면서 한국사회에도 큰 반향을 일으켰는데 선생님의 문제의식과 유사한 부분이 있는 것 같습니다. 실제로 그 글에는 선생님이 거론되어 있기도 한데요. 고진을 만나는 자리에서 앞서 말씀하신 문제의식들에 대해 의견을 나누시기도 했던가요.

김종철 내가 영남대학교에 있을 때 가라타니 고진을 초청한 적이 있는데, 거의 하루를 같이 지냈어요. 강연도 하고, 인문과학연구소라는 데서 몇몇 사람들이 모여서 세미나를 한답시고 몇 시간이나 질문하고 토의하고 그랬는데, 자기 말로는 자신이 오만한 사람이라고 하면서도 굉장히 성실한 태도로 답변을 하고, 세세한 부분까지 설명을 하는 게 퍽 인상적이었어요. 실은 영남대에서 그날 만나보기 전까지는 나는 그 사람에 대한 별로 좋은 인상을 갖고 있지 않았습니다. 이 사람도 결국 포스트모더니즘 가지고 장사하는 사람이구나, 뭐 그런 식으로 생각하고 있었는데, 그러다가 어디서 보니까 뜻밖에도 가라타니 고진이 지역통화에 큰 관심이 있는 것을 알았습니다. 관심이 있는 정도가 아니라 지역통화를 수단으로 해서 NAM(New Associationist Movement)이라는 새로운 형태의 사회변혁 운동을 시작했다는 것을 알았습니다. 그래서 급히 일본에 책을 주문해서 그 사람의 최근 저서를 읽어보기도 했지요. 나 자신도 글로벌 경제체제에 맞서는 지역 자립운동을 위한 유력한 도구로서 지역통화에 대해 그동안 꽤 관심을 갖고 공부도 해왔기 때문에, 종전에 이론가로서만 알고 있었던 일본의 중요한 철학자, 평론가가 이런 데 관심을 가지고 또 실천적인 운동을 조직하고 있다는 게 신기하기도 하고, 대체 구체적으로 어떻게 하고 있는지 내용도 궁금하던 차에 만날 수 있게 되었습니다.

결국 중요한 것은 실천이거든요. 가라타니 고진은 자기는 소비에트 사회주의가 무너지고 난 후 10년 동안 절망 속에서 살았다고 그러더군요. 지식인으로서의 역할, 임무, 그런 게 무의미해진 상황이었다는 것이지요. 근데 그 사람의 저술 연보를 보니까 그 10년 동안에도 책을 여러 권 냈더라고요. 어떻든 90년 대 후반에 지역통화 개념을 발견하고 나서는 기운을 얻었고, 그래서 칸트와 맑스에 대한 재해석을 토대로 지역통화에 의한 사회변혁 가능성을 탐구하는 《트랜스크리틱》이라는 책을 쓰면서 비교적 심리적인 안정을 얻었다고 그래요. 그러니까 이 양반도 결국은 사르트르적인 의미의 공민적 지식인 개념에 기초하여 작업을 해왔던 사람이에요. 그래서인지 자기는 예전에 썼던 자신의 책에 대해서는 별로 큰 의미를 느끼지 않는다고 말하기도 했어요. 한국에서는 오히려 이런 사회적 실천운동 이전의 가라타니 고진의 재기발랄한 저서들이 인기가 있고, 그런 책 때문에 높이 평가를 받고 있는 것 같습니다만. 하여튼 나는 그날 가라타니 고진에게, 그가 하는 운동이 성공하든 못하든 관계없이 그의 실천적 자세가 존경스럽다고 말했습니다. 기분 좋아하더군요.

서영인 현재의 문학 제도나 상황에 대해서는 별로 탐탁지 않게 생각하십니다만, 현대문학에 대한 절망감과는 별도로 실질적 근본적으로 환경이나 전체를 생각하는 데 있어서 인문학적인 사고나 상상력, 또 시적인 것이 근본적으로 동력이 될 수밖에 없다는 것을 자주 언급하고 계신데요. 한편 절망이지만 한편으로는 그럼에도 불구하고 그런 실천의 원동력이 되는 곳에 시의 마음이나 인문학적인 상상력이란 것이 있기 때문에 "문학의 종언이 아닐 수도 있다"고 생각할 수도 있지 않느냐, 저는 그렇게 생각했는데요. 가라타니 고진과도 그런 대화를 해보셨는지요.

김종철 그날 문학 이야기는 별로 하지 못했어요. 단지 서로 왜 문학 그만두고 다른 일을 시작했는지 묻다가 이런 저런 얘기를 좀 나누었을 뿐입니다. 가라타니 고진은, 자기는 일본문학에 대해서는 이제 아무 기대도 하지 않고, 문학지들이 부쳐 와도 표지도 열어보지 않는다고 하더군요. 그에 비하면 나는 좀 나아요. 나는 목차는 봅니다. (웃음) 그런 얘기 끝에 내가 그랬어요. 내가 지금 《녹색평론》 일을 하는 것은 사실은 내 나름의 문학활동을 하고 있는 것이다, 형태를 좀 다르게 했을 뿐이지, 전혀 딴 짓 하고 있다고 생각지 않는다고요. 사실 우리가 근대 이후에 장르를 나눠가지고 시, 소설, 희곡, 평론, 이렇게 분리해서 보는 습관이 있지만, 우리나라의 전통문화에서는 그냥 '문(文)'이라고 했잖아요. 언어로 하는 모든 가치 있는 노력과 활동을 다 문(文)이라고 하는 전통적인 사고로 돌아간다면, 굳이 지금 문학이라고 해서 특정한 스타일의 글쓰기만을 고집할 이유는 없잖아요.

그리고 한때는 장르를 나누는 게 의미가 있었는지 모르지만, 앞으로는 근대적인 의미의 그런 장르별 분류가 실제로 유효성을 유지할 수 있을지 의문입니다. 요즘 보면 우수한 재능을 가진 젊은이들이 예전처럼 문학 쪽으로 가기보다는 사진이나 영화라든지, 혹은 저널리즘이라든지 좀더 역동적인 활동을 요구하는 분야로 몰려들고 있는 경향인데, 가령 영화라는 것만 보아도 그래요. 영화에서도 결정적으로 중요한 요소는 언어입니다. 모든 표현수단의 근간에는 언어가 필수적이에요. 이런 식의 언어의 역할을 전부 합쳐서 문학활동이라고 못 할 것도 없지 않을까, 그런 생각이 듭니다. 그런 넓은 의미에서라면 나도 문학활동을 계속하고 있는 셈이고요.

서영인 고진의 〈근대문학의 종언〉이 한국사회에서 큰 반향을 일으킨 이유는 고진이 지적한 상황에 대해서 한국문인들도 상당부분 공감을 하고 있기 때문이라고 생각합니다. 문학이 사회적 실천을 할 수 있는 영역이 점점 더 좁아지고 있다는 생각도 그 중 하나인데요. 물론 문학의 실천 영역은 고진이 언급하고 절망했던 그런 것과는 좀 다른 것이지 않느냐하는 의견도 있구요. 요즘의 문학에 대해서 선생님께서 느끼는 소회를 좀더 구체적으로 말씀해주신다면요?

김종철 요즘 문학에 대해서 내가 읽은 게 없는데, 무슨 말을 하겠어요? 문학의 종언이다, 인문학의 위기다 운운 하지만, 지금 문학에 종사하는 인구는 예전보다 훨씬 더 많아진 것 같아요. 문학 전문지가 300종을 넘는다면서요? 우리나라 독서인구가 얼마나 많은지 모르지만, 아무리 생각해도 이것은 기현상이에요. 문학잡지의 종류는 엄청나지만, 독자들은 없잖아요. 아마 요즘 문학지들의 독자는 그 수효가 필자와 비슷하지 않을까요. 내가 왜 이런 말을 하느냐 하면, 지금 우리 문학은 이미 '공적 공간'의 정치적 언어가 아니라, 특정 이해관계나 취미를 공유하는 동호인들끼리의 정보교환 매체 비슷한 것이 되어 가는 게 아닌가 하는 생각 때문입니다. 등산이나 바둑이나 낚시 전문잡지들처럼 말입니다.

우리가 인정할 것은 인정해야지요. 아무리 문학이 중요하고, 그 가치가 영속적이라고 하더라도, 당장에 읽어주는 사람이 없는데 이 맥 빠지는 일에 누가 계속해서 열중할 수 있겠어요? 이렇게 되면 결국 문학의 역할이라는 것은 약화될 수밖에 없습니다. 또 이런 상황에서는 문학을 통해서 진지하게 사회적 문제를 제기하고, 공론화하는 전통적인 의미의 문학행위는 점점 찾아보기 어려워진다는 것은 말할 것도 없고요. 사실 요즘 내가 어쩌다가 문학지에 발표된 소설 같은 것을 읽어보려고 해도 굉장한 인내심이 필요해요. 딴 사람들은 어떤지 모르지만, 나는 도무지 재미가 없어요. 지금 얼마나 중요한 이야기들이 많은데, 이런 억지로 꾸며낸 너무도 시시하고, 미시적인 개인적 이야기들을 한가롭게 앉아서 읽고 있을 여유가 없어요. 작가들의 재능의 문제가 아닙니다. 시대의 요구에 작가들이 제대로 반응을 못 하고 있는 측면도 있지만, 기본적으로는 시대 상황 자체의 문제라고 봐야 해요. 가라타니 고진이 〈근대문학의 종언〉에서 "근대문학의 종말은 공산주의 운동의 몰락과 함께 시작되었다"라든지, "일본에서 원래 근대문학은 입신출세주의에 대한 비판으로 시작된 것이었다"라는 발언을 하고 있는데, 나는 꽤 음미해볼 만한 말이라고 생각해요.

재작년엔가 대산재단 주최로, 김우창 선생이 중심이 되어 국제문학심포지엄이 열렸었잖아요. 나는 그때 가보지 못했는데, 최근에 서점에서 그때의 기록을 정리한 《평화를 위한 글쓰기》라는 책이 나와 있는 것을 보고 구해서 읽어 보았어요. 요즘 세계적인 작가들과 한국의 대표적인 문인들이 무슨 생각을 하고 있는지 궁금해서요. 굉장히 두꺼운 책인데, 물론 좋은 글도 있고, 귀담아들을 만한 생각들도 많았어요. 그런데 책을 다 읽고는, 대체로 오늘날의 문인들이 이 세계가 얼마나 큰 위기에 직면해 있는지에 대한 의식이 예상보다 많이 약하다는 생각이 들었어요. 물론 문학이란 본질적으로 미학적인 거리가 있어야 하고, 한가로움이란 게 있어야 성립하는 것이지요. 하지만 그래도 치열함이라는 게 있어야 하잖아요. 가령 촘스키 교수나 역사가 하워드 진이 이라크 전쟁이나 미국의 패권주의 외교정책을 신랄하게 비판할 때 우리가 느끼는 긴박감이나 감동이 오히려 문인들의 글에서는 부족해요. 특히 한국의 문인들에게 그런 결핍이 더 심하다는 느낌이 들었어요. 시인, 작가, 평론가라면 자신의 문제이면서 동시에 세계적인 관심사를 이야기해야 하고, 그 이야기가 인류 공동체 전체에 관련해서 보편성이 있어야 하지 않겠어요. 지금 일일이 열거할 수는 없는데 그 책을 읽어가는 동안에 그런 게 부족하다는 느낌이 많이 들었어요.

조금 다른 얘기지만, 2000년에 9·11테러 사건이 터져서 부시 정권이 아프가니스탄을 공격하고 그럴 때, 백낙청 선생이 어떤 글에서 그런 말씀을 하신 게 지금 기억납니다. 뭐냐 하면 그해 6월에 남북정상회담이 성사된 덕분에 한반도는 테러-반테러의 위험지역으로부터 벗어나서 다행이라고, 그런 뜻이었던 것 같아요. 나는 평생 백낙청 선생을 존경하면서 살아온 사람입니다. 그런데 이분이 왜 이런 말씀을 하실까, 약간 이해가 되지 않았어요. 지금 아프가니스탄의 무고한 민중이 폭탄세례를 받고, 세계 도처에서 미국의 깡패 같은 군사행동으로 사람들이 억울하게 죽어가고 있는데, 우리가 약간 안전지대에 있다고 그것을 다행스럽다고 얘기하는 것은 세계적인 지성으로서 조금 부적절한 발언이 아닌가, 그런 생각이 들었기 때문입니다.

아까 말한 《평화를 위한 글쓰기》에는 소설가 복거일 씨의 글도 들어 있었는데, 나는 그가 영어공용화론을 제창하고 늘 국가경쟁력을 말하는 사람이라는 것을 알고는 있지만, 구체적으로 읽은 게 없다가 이번에 이 책에 실린 글을 꼼꼼히 다 읽어 보았어요. 한마디로 근대 이후 세계는 약육강식의 세계라는 생각에 철저한 사회진화론자더군요. 일본이 우리나라를 침략해서 식민지로 만들었지만, 그것은 일본으로서도 불가피한 세계적인 힘의 파장의 결과로 봐야 한다고 하더군요. 그래서 식민지 지배라는 형식을 통해서 일본이 조선의 근대화의 기초를 닦아준 점을 인정해야 한다는 식민지근대화론을 반복하고 있었어요.

나는 복거일 식의 사고방식 자체를 여기서 문제 삼고 싶지는 않습니다. 그렇게 역사를 보는 사람들이 실제로 적지 않고, 또 그런 사람들이 현실에서 강자로 군림하는 경우가 많잖아요. 문제는 살아남기 위해서 힘을 길러야 한다는 논리가 기조가 되어 있는 복거일 식의 사고는 결코 공생의 논리와는 양립할 수 없고, 그런 의미에서 세계의 보편적인 양심의 언어가 될 수는 없다는 점입니다. 나는 이런 식의 철저히 강자숭배주의적 사고방식이라면, 아무리 그럴듯한 글이라 하더라도 그게 결코 제대로 된 문학이 될 것이라고 보지 않아요.

실제로 일본 같은 곳에서도 우리가 잘 몰라서 그렇지 굉장히 양심적이고, 보편적인 지성의 언어가 예전부터 쭉 이어져왔거든요. 전에는 나도 몰랐고, 요 몇년간 조금 책을 읽으면서 발견한 것인데요. 메이지 시대 초기에 이미 일본의 대국화, 군사국가화 노선을 강하게 비판하면서 비전(非戰) 평화주의를 말하고, 어디까지나 작은 문명국가로 가야 한다고 주장한 일군의 사상가들이 있었고, 1930년대 초에는 일본이 만주를 점령하고 대륙침략을 개시하던 엄혹한 시기에 이 침략주의 노선이 결국 일본의 멸망으로 가는 길이라고 하면서 일본이 살기 위해서는 조선, 대만 등 식민지를 모두 포기하고, 또 무기를 버리고, 그 외 모든 기득권을 포기하는 것만이 살길이라고 용감하게 주장한 언론인들도 있었어요. 이런 일련의 사상적 흐름을 소일본주의 혹은 소국주의 사상이라고 부를 만도 한데, 이 흐름은 일찍이 교토대학 교수직을 버리고 '쓰고 버리는 시대를 생각하는 모임'이라는 시민단체를 만들어 지금 환경운동을 하고 있는 스치다 다카시라는 분의 '공생공빈(共生共貧)'이라는 사상으로까지 연결되어 있습니다. 우리가 모두 같이 행복하게 살려면 같이 가난하게 살아야 한다는 사상이지요. 물질적으로 함께 풍요롭게 산다는 것은 이 지구상에서는 불가능한 일이고, 속임수라는 것입니다. 얼마 전 서울에 이분이 다녀가셨는데, 나하고 얘기하는 도중에 그러시더라고요. 일본이 태평양전쟁 때 '대동아공영권'을 표방했는데, 그 '공영'이라는 말에 이미 일제의 기만책이 내포되어 있었다고요. '공존공영'이라는 말을 쓰는 사람들을 우리가 늘 경계하지 않으면 안된다고 말하더군요. 뭔가 눈이 번쩍 떠지는 기분이 들었어요. 얘기가 장황해졌는데, 문학이든 뭐든 우리가 지식인이라면 이렇게 좀 보편적인 사고로 늘 열려있어야 할 것 같아요.

서영인 지나치게 사소하고 개인적인 문학의 문제에 관해 우려의 목소리가 높은 것은 사실입니다. 그런데 앞서 선생님께서도 한국 사람들은 너무나 국가적이다, 이런 이야기를 하셨는데요. 물론 선생님의 그 맥락하고는 좀 다른 이야기입니다만, 요즘 젊은 작가들에게는 거대담론에 대한 부담감이나 거부감이 있는 것 같습니다. 단순하게 말하자면 뭔가 자기가 역사를 이끌고 민족을 구하는 선도의 입장에 선다고 생각하는 것이 결국은 작은 타자들을 계속 억압하고 무시하는 결과를 낳았다는 생각 말입니다. 아까 선생님께서 말씀하신 일종의 마초주의와 관련이 있을지도 모르겠는데요. 그래서 내가 절대로 '누구의 대표', '무엇의 대표'라고 표방하지 않겠다, 그저 소박한 한 사람의 창작자로서 살 뿐이다, 라는 것을 일종의 세계관으로 견지하는 측면도 있다고 생각합니다.

김종철 나는 물론 '구세주 의식'은 곤란하다고 생각해요. 그렇지만 우리 각자가 한 사람의 좋은 시민은 되어봐야지요. 공민적 의식을 갖고 살아야 할 필요가 있다는 얘기지요. 작가라면 그게 최소한 갖추어져 있어야 할 것 같아요. 작가가 자기의 개인적인 사소한 이야기나 하려면 그거야 뭐 자기들끼리, 동호인들끼리 하면 되겠지요.

서영인 요즘은 그런 이야기들, 금방 말씀드린 그런 이야기들이 굉장히 많이 퍼져 있는 거 같아요. 아까 가라타니 고진 이야기를 하셨는데, 이 사람이 작은 개체로서의 개성과 다양성을 존중하더니 언제 이런 통합론자와 동일자가 되었나라는 식의 비판을 역으로 하는 경우도 있더라구요. 그러니까 지식으로서, 공적 담론으로서의 문학 자체를 믿지 않기 때문에 문학에 대해 오히려 신뢰하게 된다, 하는 이런 의견들도 많이 나오고 있는 것 같습니다.

김종철 자본주의 체제 속에서 정말로 행복한 개인생활이란 게 있을 수 있을까요. 인간이 정말로 동물보다 못하다는 생각이 드는 것이, 제가 좀 아프면 그렇게 못 견뎌 하고 고통스러워하면서 남의 아픔에 대해서는 거의 생각을 안 하잖아요. 그런데 생각을 해보십시오. 예를 들어서 크로포트킨 같은 사람의 자서전이 우리나라에도 번역이 되어 있지만, 그 자서전을 읽어 보면, 그가 원래 러시아 황실의 인척이었어요. 그런 명문가 출신으로 재능이 탁월하고, 지리학자로서 전도양양한 사람이었지요. 그런 사람이 젊어서 시베리아를 여행하면서 시베리아 오지의 오래된 농민 사회에서 사람들이 가난 속에서 기본적으로 경쟁이 아니라 상호부조를 토대로 살아가는 생생한 모습을 감동적으로 발견하고, 나중에는 19세기 러시아의 유명한 사회운동 '브 나르도(민중 속으로)' 운동에도 참여하면서 결국 아나키스트 혁명가의 삶을 선택하잖아요. 그런데 그렇게 혁명가의 생애를 시작하기 전에 당시 워낙 우수한 학자였기 때문에 러시아 지리학회 부회장을 맡아 달라는 요청도 받고 그랬어요. 하지만 그런 요청을 거절하지요. 그때 그는 자기가 누구보다도 과학자로서 과학연구가 주는 기뻠과 희열을 잘 알고, 가능하다면 그 기쁨을 평생 동안 누리고 싶다고 말합니다. 예를 들어서, 태곳적에 빙하가 어디에 자리잡았다가, 어떻게 녹고, 그래서 지형이 어떻게 바뀌고, 그로 인해 호수를 따라 어떤 나무들이 어떻게 들어섰는지, 그 결과 얼마나 아름다운 풍경이 형성되었는지 … 이런 것을 추적해 가는 동안 말할 수 없는 미적 쾌감을 느낀다는 것이지요. 이런 얘기를 하는 것을 보면 크로포트킨이 과학자로서도 진짜였다는 생각이 들어요. 그러나 그는 그러한 자신의 과학자로서의 희열이 있기 위해서는 이름 없는 수없이 많은 풀뿌리 민중이 자식들을 데리고 입에 풀칠도 어려운 고달픈 삶을 살아가지 않으면 안된다는 것을 알고 있다는 겁니다. 그러니까 자기 같은 사람이 아무리 과학이라지만 그 수많은 가난한 사람들의 희생 위에 혼자 행복해질 권리가 어디 있느냐 하는 것입니다. 그래서 그는 결국 명예와 성공이 보장된 러시아 지리학회 회원의 생애를 포기할 수밖에 없었다는 것이지요.

크로포트킨뿐만 아니라 세계의 많은 양심적인 지성들이 이런 생각을 하고 살았는데, 나는 이것이 기본적인 것이라고 생각해요. 인간이 정말로 사람답게 살려면 이런 염치는 조금이라도 있어야 할 것 같아요. 지금 우리의 삶이 황폐해지고 있는 것은 옛날 사람들이 이야기했던 덕이라든지 염치라든지 하는 그런 기본 덕목이 사라지는 것과 관계가 깊다고 봐요.

경제성장 체제가 정치적 독재보다 더 나쁘다고 내가 자꾸 말하는 것은, 재작년 고려대 사태 같은 것을 볼 때도 그래요. 삼성이라고 하는 국내 최대기업의 총수에게 명예박사 학위를 수여하는 데 학생들이 좀 소란을 피웠다고 해서 학교 당국에서 그 학생들을 처벌하려고 하는 것도 나는 말이 안된다고 생각하지만, 더 기가 막힌 것은 다른 많은 동료 학생들이 자기들이 졸업 후 삼성에 취직하는 것을 어렵게 만들었다고 해서 그 소란을 피운 학생들을 처벌해달라고 학교에 요청했다는 것입니다. 참 어이없는 일이지요. 우리 사회가 어느새 이렇게 아무 염치도 품위도 없는 황폐화된 사회가 되어버렸습니다. 황우석 사태, 한미FTA, 이 모든 게 다 내면적으로 연결이 되어 있어요.

제일 중요한 것은 사람들이 인간 공동체에 대한 감각을 잃어버려 가고 있다는 거예요. 박정희가 물질적인 풍요를 누리도록 해주었다고 하지만, 그 대신에 사람다운 삶의 근본조건을 얼마나 망가뜨려놓았어요. 세상에서 제일 중요한 게 인간 상호간의 보살핌의 그물인데, 그 그물이 망가지니까 사회도 깨지고, 환경도 걷잡을 수 없이 파손되는 것입니다.

참 막막한 상황이에요. 영어에 'hope against hope'라는 말이 있는데, 옛날에 소련 시인 만델스탐의 아내가 남편의 전기를 써서 그 책 제목으로 붙여서 유명해진 말이지요. 우리말로 어떻게 번역할 수 있을지 모르겠어요. '절망 속의 희망'이라고 해야 할까요. 우리가 뭐 특별한 일을 할 수 있겠어요? 이럴 때일수록 가까이 있는 이웃이나 친구들과 함께 우정을 나누고, 서로 보살피는 가운데서 사는 것의 즐거움을 공유함으로써 희망을 잃지 않고 사는 수밖에 없을 것 같아요.

서영인 오늘 좋은 말씀을 많이 해주셔서 이걸 다 어떻게 지면에 담을 수 있을까 고민입니다. 감사합니다. (2007년)

저자

김종철(金鍾哲)

1947년 경남 출생

서울대학교 영문과 졸업

전(前) 영남대 영문과 교수

격월간《녹색평론》발행·편집인

저서 《시와 역사적 상상력》(문학과지성사, 1978년)

  《시적 인간과 생태적 인간》(삼인, 1999년)

  《간디의 물레 ― 에콜로지와 문화에 관한 에세이》(녹색평론사, 1999년)

  《비판적 상상력을 위하여 ― 녹색평론 서문집》(녹색평론사, 2008년)

역서 더글러스 러미스《경제성장이 안되면 우리는 풍요롭지 못할 것인가》

  (녹색평론사, 2002년)

  리 호이나키《正義의 길로 비틀거리며 가다》(녹색평론사, 2007년)

땅의 옹호

김종철 평론집

초판 제1쇄 발행 2008년 5월 15일
제2쇄 발행 2009년 1월 19일

저자 김종철
발행처 녹색평론사

주소 서울시 종로구 필운동 146-1번지 201호
전화 02-738-0663, 0666
팩스 02-737-6168
웹사이트 greenreview.co.kr
이메일 editor@greenreview.co.kr
출판등록 1991년 9월 17일 제6-36호

값 15,000원
ISBN 978-89-90274-41-9 03800